本论文集的出版得到南京大学白先勇文化基金资助

刘俊 编

跨界观照与多维审美
白先勇戏剧影视作品研讨会论文集

南京大学出版社

目 录

开幕辞　刘　俊　　　　　　　　　　　　　　　　　　　　　　　001
小说作品的戏剧影视改编
　　——在"白先勇戏剧影视作品研讨会"开幕式上的视频致辞　白先勇　004
在"白先勇戏剧影视作品研讨会"上的致辞　刘重喜　　　　　　　　006

第一辑　跨界生成与文化构建

"白先勇时间"与中华文化复兴　黎湘萍　　　　　　　　　　　　　003
白先勇的文化流散与文化复兴　马　峰　　　　　　　　　　　　　014
白先勇创作的戏剧资源及其开发运用　朱寿桐　　　　　　　　　　028
典型如何构建真实：白先勇、影视改编与空间叙事　丁亚平　　　　036
论白先勇小说电影改编中的空间构设及其文化意义
　　——以《最后的贵族》和《花桥荣记》为分析对象　朱云霞　　043
白先勇小说及其影剧改编的上海想象　梁燕丽　　　　　　　　　　054
孤臣孽子、历史重构与梦回民国
　　——白先勇小说创作与影视 IP 改编的精神谱系　金　进　　　070
时代曲与救亡歌：白先勇小说影视化过程中的乐曲文化　俞巧珍　　079
从小说集到有声剧：跨媒介视域下白先勇《台北人》的声音景观　霍超群　094
究论白先勇的美人观点及承传
　　——以《金大班的最后一夜》、《永远的尹雪艳》等小说及影视作品为例
　　　赖庆芳　　　　　　　　　　　　　　　　　　　　　　　105
孽海情天皆赤子
　　——论白先勇的同性恋文学创作及影响　崔婷伟　　　　　　　122

第二辑　从小说到影视

历史错位与解构离散
　　——论白先勇小说《一把青》的影视改编　王　璇　　　　135
增衍叙述下《一把青》的创伤呈现与情感政治　马海洋　　　　146
跨媒介视域下的战争叙事与创伤体验
　　——以白先勇《一把青》的影视改编为中心　卢军霞　　　157
"台北人"的回响
　　——论白先勇小说《一把青》的电视剧改编　罗欣怡　　　168
战争历史背景下的女性生存图景呈现
　　——论白先勇小说《一把青》改编电视剧中的女性叙事　蒋妍静　　179
从文化乡愁到历史诗学
　　——论《一把青》电视剧本对白先勇原著小说的改编　易文杰　　188
何为"女人"？为何"女性"叙事？
　　——管窥《孤恋花》小说及电视剧改编　施　云　　　　197
离散书写中的贵族视角与平民视角
　　——白先勇作品改编电影《最后的贵族》与《花桥荣记》比较研究　郁旭映
　　　　　　　　　　　　　　　　　　　　　　　　　　　　210
《谪仙记》文本/影视艺术话语的美学特征　戴瑶琴　　　　227
中国性的失落
　　——论《最后的贵族》对《谪仙记》的改编　王天然　　　236
从"家国"到"原乡"
　　——从电影《最后的贵族》的改编看"谢晋电影模式"的转型及成败　戴水英
　　　　　　　　　　　　　　　　　　　　　　　　　　　　245
转型时代的文化症候
　　——基于电影《最后的贵族》的考察　周孟琪　　　　　254

第三辑　从文字到舞台

对传统越剧中悲剧形态的超越
　　——评新编越剧《玉卿嫂》　朱栋霖　　　　　　　　　267
彩云易散琉璃脆
　　——论越剧《玉卿嫂》对原著的改编　刘　垚　　　　　274
小说《玉卿嫂》及其影视、舞台剧改编的比较研究　江少川　285
说上海话的尹雪艳
　　——沪语话剧《永远的尹雪艳》创作分析　徐　俊　　　296
家宴上追忆似水年华
　　——记大陆版舞台剧《游园惊梦》在广州的首演　何　华　306
白先勇《游园惊梦》舞台演出1988　胡雪桦　　　　　　　　311
两岸并蒂莲，梦同戏有别
　　——评海峡两岸同名话剧《游园惊梦》　钱　虹　　　　326
"人伦"的变奏：小说《孽子》从电视剧到舞台剧的跨媒介改编　阮雪玉　335
《花桥荣记》：从小说到话剧　黄伟林　　　　　　　　　　345
陌生空间的再造
　　——论《花桥荣记》的话剧改编　姚　刚　　　　　　　355
《花桥荣记》的桂林叙事：从影剧改编到小说的再解读　于　迪　365
从《花桥荣记》及话剧改编看其乡土叙事的伦理倾向　王云杉　377

第四辑　传统艺术与"现代""青春"

情与美的青春表达
　　——白先勇的昆曲观　王悦阳　　　　　　　　　　　　391
我和昆曲青春版《牡丹亭》　沈国芳　　　　　　　　　　　401
传统复兴与中国经验
　　——海外视野下的白先勇青春版《牡丹亭》改编与传播　张　娟　赵博雅　409

青春常在
　　——白先勇《牡丹亭》与戏曲艺术现代化　卢李响　　419
回余温,醅新酒
　　——昆曲新编戏《白罗衫》的改编与创新　耿雪云　　429
寻梦:白先勇的传统与现代
　　——看《牡丹还魂——白先勇与昆曲复兴》　王晶晶　　434
以昆曲/"情与美"为焦点的"自叙"和"他叙"
　　——论传记电影《姹紫嫣红开遍:白先勇》的叙述形态　吴麟桂　　443

附录一　会议手册　　453
附录二　跨媒介与超时空
　　——"白先勇戏剧影视作品研讨会"会议综述　于　迪　　460
附录三　跨界视野·多维观照
　　——南京大学举办"白先勇戏剧影视作品研讨会"　马海洋　　469
附录四　"青春之眼":白先勇戏剧影视作品研讨会的"台前幕后"
　　黄桂波　吴麟桂　　477

开 幕 辞

刘 俊

南京大学

尊敬的重喜书记，尊敬的各位线上线下嘉宾、师友和同道们：

上午好！

由南京大学白先勇文化基金主办，南京大学文学院协办，南京大学台港暨海外华文文学研究中心承办的"白先勇戏剧影视作品研讨会"，现在正式开幕。今天来到我们现场的嘉宾，有南京大学文学院党委书记刘重喜教授、南京大学中国新文学研究中心副主任张光芒教授、江苏省社科院文学所李良研究员、东南大学人文学院张娟教授，以及南京大学的众多青年学者。在线上的嘉宾，有中国艺术研究院丁亚平研究员，苏州大学朱栋霖教授，中国社科院文学所黎湘萍研究员，澳门大学朱寿桐教授，复旦大学梁燕丽教授，浙江大学金进研究员，上海交通大学胡雪桦教授，华中师范大学江少川教授，广西师范大学黄伟林教授、李咏梅教授，江苏师范大学王艳芳教授、刘东玲教授，温州大学孙良好教授，同济大学钱虹教授，以及著名昆曲表演艺术家苏州昆剧院一级演员沈国芳女士、著名导演徐俊先生、著名文化记者《新民周刊》编辑王悦阳先生、马来西亚华文作家朵拉、新加坡华文作家何华等。在线上参与我们这次会议的，还有许多活跃在世界华文文学研究领域的青年新锐学者，他们是香港大学赖庆芳、香港都会大学郁旭映、盐城师范学院王晶晶、大连理工大学戴瑶琴、中国矿业大学朱云霞、浙江师范大学俞巧珍、北京联合大学王璇、云南大学马峰等，由于时间的关系，还有许多与会的青年学者，我在这里就不一一介绍了。

举办"白先勇戏剧影视作品研讨会"，是为了展现世界著名华文作家白先勇先生文艺创作的多种面向和多样成就。学术界对于白先勇的小说、散文创作研究得比较多，而对他丰富的戏剧影视创作，则缺乏全面、深入、系统的阐述。我们希望这次会议,通过各位与会者的精彩报告和对话讨论,能在学科的交叉中,拓展白先勇研究的领域,深化对白先勇艺术世界的认识。

会议原本计划按照常规方式全部线下进行,我们的准备工作也已基本完成,无奈由于疫情的影响,不得已改为现在这样的线上线下结合方式。本来白先勇先生是要来南京参加这次会议的,也是因为疫情的关系,他的这一计划只得取消。为了弥补这一遗憾,他专门为这次会议,录制了一段致辞视频。现在我们就首先播放白先勇先生的致辞视频。

  插入白先勇先生的致辞视频。

谢谢白先勇教授的精彩致辞!
接下来,我们请南京大学文学院党委书记刘重喜致辞。

  推送刘重喜书记的致辞。

谢谢重喜书记的精彩致辞!
我们这次能举办"白先勇戏剧影视作品研讨会",首先要感谢白先勇先生!因为有了他丰富的文学世界,有了他多彩的戏剧影视作品,我们今天的研讨才有可能;其次,我们要感谢南京大学白先勇文化基金!南京大学白先勇文化基金成立于2015年,2018年得到了美国FCCH基金会(Foundation for Chinese Culture Heritage)及其法人代表辜怀箴女士的大力支持。该基金的设立,是辜女士及其基金会为了表示对白先勇先生在文学创作和文化实践等各方面取得的巨大成就之敬意,用于资助南京大学台港暨海外华文文学研究和民国史研究。如果没有疫情的影响,南京大学白先勇文化基金是很可以做一些事的。现在由于疫情的干扰,许多活动无法展开。不过,即使面对困难,南京大学白先勇文化基金也在推进一些工作。就文学方面而言,除了我们这个会议,下个月东南大学要召开一个"传承与传播:青春版《牡丹亭》与昆曲复兴"国际学术研讨会,那个会议也是南京大学白先勇文化基金资助的。我们这次会议21号下午有个"南京大学白先勇文化基金'博士文库'编辑、作者见面会",这个"博士文库",就是白先勇文化基金为了鼓励更多博士生投身、从事台港暨海外华文文学研究,而专门设立的出版项目。目前第一辑年内可以出两本,21号下午这个文库的出版项目主持人王珺主任会做介绍,而即将出书的两位作者宋仕振、李光辉也会"现身说法",给未来的博士们介绍选题、撰写、投稿等切身经验和相关情况。

我们这次会议能够顺利举办,还要感谢南京大学文学院的大力支持!无论是刘重喜书记还是徐兴无院长,都对我们会议的举办十分关心,全力支持。重喜书记来到会议现场并致辞,就是最好的证明。此外,南京大学发展委、社科处不但对白先勇文化基金的日常管理投入了大量心血,对我们这次会议也非常支持。可以说没有他们的帮助和支持,南京大学白先勇文化基金就不可能运行得这么顺畅,我们这次会议的举办,也不会这么顺利。

当然,我们这次会议能顺利召开,还要感谢各位的参与!没有你们的参与,就没有这次会议!谢谢你们!以后的时间,归于你们,由你们展示精彩的论述和深入的对话。

"白先勇戏剧影视作品研讨会"开幕式,到此结束。

小说作品的戏剧影视改编[*]

——在"白先勇戏剧影视作品研讨会"开幕式上的视频致辞

白先勇

各位专家、各位学者、各位青年学者、各位同学：

大家好！

我是白先勇。欢迎大家今天到南京大学来参加"白先勇戏剧影视作品研讨会"。今天我们欢聚一堂，在南京大学开会，非常非常难得。很可惜，因为疫情的关系我自己不能来参加，非常遗憾，在这里我向大家道歉！这次筹备这个会议，刘俊教授花了很大的功夫、很多的心血，我在这里特别要谢谢刘教授。

小说改编电视、电影、舞台剧，其实由来已久。即便是在今天，虽然电影、电视、舞台剧都非常发达了，可是有些著名的电视、电影或者舞台剧，常常还是改编自小说。我想，小说因为它的人物、故事，给了电视、电影或舞台剧一个非常坚固的、很扎实的根基，所以往往从小说改编出来的电视、电影、舞台剧有它非常值得研究、很深刻的一面。

我的作品在海峡两岸暨香港都曾改编过戏剧影视。在中国大陆，相当早的时候，在1988年到1989年，谢晋导演把我的一篇小说《谪仙记》改编成了电影《最后的贵族》，那时候是潘虹跟濮存昕主演的。那个题材在当时相当地新鲜，引起了很大的反响。后来谢衍，也就是谢晋导演的公子，把《花桥荣记》这篇小说也改编成了电影。

舞台剧方面，也是在1988年，我的小说《游园惊梦》由上海青话（上海青年话剧团）胡伟民导演改编成舞台剧，那时候参加的单位有上海青话、上海戏剧学院，还有上海昆剧院，还有广州市话（广州市话剧团），几个单位合起来，在广州首演，

---

[*] 正标题为编者所加。内容由吴麟桂记录整理。

演了十几场。后来回到上海,在上海长江剧院也演了十几场。我们当时把昆曲跟平剧(京戏)都融入话剧里边,在当时这是相当新的一种形式,演出来也受到观众热烈的欢迎。后来,我的作品改编成舞台剧在中国大陆演出的还有好几出,像《金大班的最后一夜》,是刘晓庆主演的;还有《永远的尹雪艳》,那是在上海首演,它是用上海话(演出的),是个沪语的话剧,那是一个首创,是徐俊导演导的,在上海演出也受到观众相当热烈的欢迎;还有一出就是《花桥荣记》,那是在桂林,我的家乡那边演出的。所以我的作品有的改编成了电影,有的改编成了舞台剧。还有电视,像《玉卿嫂》,在中国大陆改编过,还有《金大班》。所以在中国大陆,我的作品有好几部改编成了各种形式。比如说《玉卿嫂》,还曾经改编成绍兴戏、越剧,也是徐俊导演导的,还把戏剧拍成了电影。《玉卿嫂》还曾经改编过舞剧,苏巧改编,香港舞剧团演的,还到大陆来巡演,在北京演过。所以我作品的改编有相当多的形式:舞剧、绍兴戏、电视、电影、舞台剧都改编过了。

在台湾也是。我的不少作品被改成电影,像《金大班的最后一夜》、《玉卿嫂》、《孤恋花》,还有《孽子》,这些都曾改编成电影;改编成电视剧的也有好几部,像《孽子》、《孤恋花》,还有最近的《一把青》,都通通改编成了电视剧,受到台湾观众相当热烈的欢迎。刚刚讲的《游园惊梦》舞台剧,其实1982年在台湾已经演出过。台湾的那个版本,是由卢燕、归亚蕾、胡锦、刘德凯,他们几个蛮重要的、那时候相当有名的演员演的,是黄以功导演导的。2014年和2020年,我们把《孽子》,我的长篇小说,改编成舞台剧,在台湾演出过两次,观众反应都相当地热烈。

这么多的改编,我自己几乎都看过了,觉得很有意思。因为自己的小说改编成另外一个媒介,完全不同的感受。有的我觉得,哎,这是我的作品;有的我觉得,哎呀,好像就不太像我的作品了。很有意思。因为有时候一篇短篇小说,改编成电视剧要拍得很长,要加很多东西进去,所以跟原著也有了一些距离。不过导演们都非常努力地想把原著的精神抓住,很有意思的。《游园惊梦》用粤语,用广东话也演过一次,在香港。《谪仙记》,就是那个电影《最后的贵族》,也改成舞台剧,在香港也演出过。所以海峡两岸暨香港都有不少根据我的小说改编的戏剧影视作品。

今天有那么多的学者专家汇聚一堂,来研究我的作品改成戏剧跟影视。我想,大家的智慧一定会磨出很多的火花。我对这次的研讨会非常期待。我在台北遥祝这个会议成功、顺利!

谢谢大家!

在"白先勇戏剧影视作品研讨会"上的致辞

刘重喜

南京大学

尊敬的白先生：
尊敬的各位嘉宾：
　　上午好！
　　刘俊老师让我代表南大文学院致辞，我是刘老师的学生，不敢违抗，只能遵命。
　　上个月在上海松江，我家附近新开了一家 Blow Up 咖啡馆，里面有一个小书架，上面摆放着白先生的一本书——《纽约客》，书前《从国族立场到世界主义》的代序文章和附录二《跨越与救赎——论白先勇的 Danny Boy》是刘老师写的，我立即把咖啡馆"奇遇记"告诉了刘老师。
　　为了纪念这次"奇遇"，刘老师特地在南京百年老字号——马祥兴菜馆摆宴，席上点了松鼠鱼、蛋烧卖、凤尾虾等多道名菜。美酒佳肴，大家十分尽兴，于是请服务员取来纸笔，由刘老师口述，书法家庄天明老师记录：

　　　　与诸友小聚马祥兴，忆及该店之历史，前辈胡小石先生等有关之轶事，及九二年在此宴请白先勇先生之情景，复品尝今日菜肴之佳，服务之优，特乘兴录一时之心情。是日天气转凉，诸友兴味不减旧时，欣慰异常。

然后将这份感言赠予菜馆。这或许会成为马祥兴历史上的又一段佳话吧？
　　兴犹未尽，刘老师在香港《大公报》开设的"过眼录"专栏写了一篇《马祥兴》短文，想必很多嘉宾都已看过了。
　　言归正传。因为徐兴无院长今天上午参加一个研讨会并作主题报告，因此刘老师让我来介绍一下近年来南大文学院学科发展的一些情况。

早在2007年,文学院"中国语言文学"学科进入国家一级重点学科行列,"戏剧影视艺术"学科进入省一级重点学科。十多年来,文学院在人才培养、科学研究、国家级科研平台建设、国际交流、服务国家等方面均有大幅度发展。"中国语言文学"是南京大学教育部"双一流"建设的15个"一流学科"之一。最近,"中国语言文学"在2016至2020年第一期学科建设中成效显著,列入学校"践行一流学科培优行动,建设高峰学科"。南大15个"一流学科"有7个学科列入,7个学科中文科只有我们一家。

这些成绩的取得是与刘老师"一流"的教学和科研工作分不开的。

记得1994年,刘老师给我们二年级本科生开设过"港台文学"课程。三十年来刘老师一直在这一领域精心耕耘,从港台逐渐扩展到东南亚、北美和世界华文文学研究。先后出版《世界华文文学整体观》、《复合互渗的世界华文文学》、《穿过荒野的女人——华文女性小说世纪读本》、《世界华文文学:历史·记忆·语系》等多部著作;2000年刘老师撰写的《悲悯情怀:白先勇评传》一书获得了第7届江苏省哲学社会科学优秀成果奖,去年学术论文《"南洋"郁达夫:中国属性·海外形塑·他者观照——兼及中国作家的海外影响与华文文学的复合互渗》再一次荣获第16届省哲学社科优秀成果奖。

学科建设需要有学术平台和项目的支撑。刘老师创立的"南京大学台港暨海外华文文学研究中心",是教育部人文社科百所基地"中国新文学研究中心"和江苏省2011协同创新中心"中国文学与东亚文明"的重要组成部分;他主持的国家社科基金重大项目"华文文学与中华文化研究",是我院"一流学科"建设中学术新领域拓展的重要增长点!

说到这里,要特别感谢"南京大学白先勇文化基金"。基金自2015年设立六年以来,在培养学生、学术交流和实现中国文化"走出去"方面都取得了不凡的成就,十分有力地促进了文学院的学科发展!

最后,再次致敬白先生!

祝愿刘老师取得更多的学术成果!

恭祝各位嘉宾身体健康!

预祝本次研讨会圆满成功!

2021年11月20日

第一辑

跨界生成与文化构建

第二編

民意中展る文化財

"白先勇时间"与中华文化复兴

黎湘萍

中国社会科学院

2021年9月末,我在北京某院线观看了纪录片《牡丹还魂》。我原以为纪录片进入中国大陆的院线是比较困难的事情,因为大陆的观众似乎对戏剧、电影或连续剧更有兴趣,但《牡丹还魂》的现场证明了这是我的偏见。不仅观影的观众多,而且大半是年轻人。开场前,我听到身边的一对恋人低声聊天,女的对男的说:"看这部片子,对我来说特别有意义!"男的笑了:"我也是!"纪录片从开始到结束,整个播放期间鸦雀无声,到最后全场竟不约而同地鼓掌喝彩(有个朋友在别的影院观看后给我发微信,所描写的情景也是如此)。其情其景,宛如当年青春版《牡丹亭》从南到北,从海峡两岸暨香港到欧美日各地高校上演时观众情不自禁地全场鼓掌一般。这些彼此互不相识的观众、读者,用发自内心的感动向不在现场的白先勇先生及其团队致敬。我看到了白先勇先生播下的种子,已然在青年一代的心中生根、发芽、结果。暗想:自宋元明清至现代中国的戏剧史上,可曾有过如青春版《牡丹亭》般走进大江南北的大学校园、连续十五年上演三百场的盛况?

白先勇先生在《牡丹还魂》中强调,他只是一个举着旗帜的人,在他的身后汇聚着海峡两岸暨香港最优秀的几代艺术家、专家学者,有远见卓识的教育家、企业家等,是他们经由青春版《牡丹亭》共同发起了一场当代的文艺复兴运动。诚然,但假如不是白先勇,有谁能在海峡两岸暨香港具有这样的魅力、魄力和能力来摇旗呐喊且做成这件亘古罕见的盛事?假如不是白先勇,有谁能在海峡两岸暨香港经由昆曲复兴而再度高举中华文化复兴的旗帜,展现中华文化之性情、美善及其以美学来熏陶情感、以悲悯来化解戾气、以古典美学来滋养现代的理想?

正是在这场观影现场中,我明显感受到了"白先勇时间"的存在,它透过白先勇个人的生命经验与艺术实践，以艺术的方式，跨越不同的时空，渗透、扩展、播散到每一个观影者自己的时间之中，化为他们个人经验的一部分。

"白先勇时间"源于其文学的美学品质

"白先勇时间"来源于他的所有作品之中。白先勇的作品是中文世界独特而迷人的文学风景。从 1958 年的《金大奶奶》、1959 年的《玉卿嫂》开始，二十出头的白先勇就出手不凡，用简洁清澈的现代中文，精雕细刻了一系列充满历史沧桑感的人物的世界。他与川端康成一样是最细腻深刻地表现东方人的生存处境和精神世界的世界级艺术家，他以冷静的风格呈现人物内心的激情和无名的痛楚，在战后文学中达到了将美学与哲学、伦理学融为一体的极致。

白先勇的作品是艺术，蕴涵着高品质的美学因素：

语言之美：传情达意的高度技巧，描写的精致，叙述角度的巧妙选择和对话艺术的运用。他的小说语言，举凡叙述，皆简洁干净；而凡是人物对话，无不生动活泼。叙述、描写没有欧化的痕迹，完全通过各种叙事观点和口语的灵活运用来自然地表现人物的内外世界，这在五四以来的现当代作家中是罕见的。

戏剧之美：个性鲜明的人物与戏剧性的情节，是白先勇小说很鲜明的特征之一。白先勇是现当代作家最敏感于生命的"无常"的，因此其作品往往善于捕捉从"有"到"无"的戏剧性兴衰变化，个人如此，家国如此，世运也是如此，《台北人》十四篇作品，从《永远的尹雪艳》到《国葬》里的每个人，都无所遁逃于这种渐变或突变的命运。他的人物被置于无常的剧烈冲突之中，因而其颓唐乃至死亡，往往引发读者或观众的强烈共鸣。

绘画之美：白先勇是短篇小说的高手，几乎每篇小说的每个场景，都富有绘画之美，画面感极强。这与他善于交替运用叙述（narrating）和展现（showing）的表现方式很有关系。一身雪白素净的尹雪艳，在五月花唱《孤恋花》的娟娟，或者从打车到窦公馆、在聚会上演唱《游园惊梦》失声到离开窦公馆的钱夫人，画面鲜明，每个人物之或隐或现，都有恰如其分的场面和气氛作烘托，构成个性鲜明的人物群像和一幅幅色彩丰富的情境画面，令人观之难忘。

音乐之美：不仅语言层面富有节奏，朗读起来朗朗上口，而且把音乐作为小说情节展开、突显人物命运的重要线索，这方面表现出白先勇对于音乐的敏感，例如几乎每篇小说都涉及音乐的场面，或径直以歌曲、戏曲为标题，如"一把青"、

"孤恋花"、"游园惊梦"、"Danny Boy"、"Tea for Two"等,音乐是记忆展开的媒介,也打下鲜明的时间或时代标记。

这些美学因素,使得白先勇的小说成为话剧、舞剧、戏曲、电影、连续剧改编的重要来源,因为它们的人物性格和命运的戏剧性变化,乃至音声图像,已为其他艺术形式的改编提供了丰厚的原料。在文学领域,白先勇先生不仅是书写当代的"黍离"、"麦秀"和"哀江南"的抒情诗人,而且是打破成规和偏见的勇士,他诚实地表现人类的内外生活状态,挑战深藏于社会机理之中的偏见和不合理的秩序;在艺术领域,白先勇先生是完美主义者、跨界的先锋,八十年代开始把小说《游园惊梦》搬上舞台,是其文本跨界转换的开始,到青春版《牡丹亭》的策划、制作与文本改编、美学表现等多方面的介入而达到高峰。八十年代以来,白先勇成为影视界的"福将",捧红了众多明星,只要进入他的小说改编的影视剧,老明星会大放异彩,年轻演员都会一举成名。

显然,白先勇的小说创作在突破其文学文本形态进入影视领域之后,已经使"白先勇时间"成为一个跨越时空、打破疆域、意涵日益拓展、影响日益深远的存在。

"白先勇时间"的存在方式

"白先勇时间"存在于白先勇的一系列艺术实践之中,它从文学内部的时间逐步扩展为超越文学疆界的艺术的和社会的时间,其呈现方式即其艺术实践的三个阶段:[1]

第一个阶段是文学创作,包括小说和散文写作。从1958年发表第一篇小说《金大奶奶》到2002年和2003年发表《纽约客》系列的两篇短篇《Danny Boy》和《Tea For Two》,前后跨越四十四年,且这一创作过程仍未终止,《纽约客》系列还在等最后的篇章才能完整问世。这个纯粹的文学写作的阶段,是白先勇艺术实践的主体。白先勇以他自己非常独特的感受世界的方式,完成了他最重要的文学功业,或者说,完成了将自然生命向艺术生命转化的过程。从早期小说(《寂寞的十七岁》系列)到成熟期小说(《台北人》系列以及长篇小说《孽子》),以至晚期

---

[1] 本人曾撰小文《谪仙白先勇及其意义》,发表于台北《印刻文学生活杂志》2006年第2卷第7期"白先勇专辑",此处部分引用拙文。

的小说(《纽约客》的最后几篇),白先勇都是非常前卫却又相当传统的"先锋派"。他之前卫,既表现于题材的开拓,又突出于形式的探索:家国由盛而衰,与个人青春不再,是他一再表现和凭吊的题材。他与传统的关系,最突出者竟然是形式上的,白先勇之"现代主义"的艺术形式——例如他使用得相当娴熟的意识流、象征手法和各种叙事观点的运用——恰是结合了中国传统小说的语言技巧的。人们可在他的小说中感受到《红楼梦》的文字节奏和颜色声调,正是这种特有的文字风格,赋予他的作品在叙事、写人、状物、写景上难以言传的亲切感(《台北人》尤其如此),也可在那里看得出来卡夫卡式的心灵的囿限和无以言说的痛苦。白先勇描写的人生悲剧既是政治的,也是历史的,命运的。他为战后小说注入了深厚的历史沧桑感,使得现代小说在社会批判的功能之外,更多了一层历史的厚度和人性的深度,而正是这一点,创造了白先勇多年来众多的读者群,他们在白先勇作品中,看到了人及其命运的迹线。

第二个阶段是与他的作品有关的舞台实践。1979年,香港大学戏剧博士黄清霞率先把白先勇的《游园惊梦》和《谪仙记》改编成戏剧搬上舞台,促使白先勇后来亲自加入了改编其作品的历程。以1982年夏《游园惊梦》舞台剧在台北中山纪念馆公演十场为标志,文学版的《游园惊梦》进入剧场。1988年《游》剧在广州上演,随后在上海演出,1999年美国"新世纪"业余剧团版的《游》剧在美上演。从1979年到1999年二十年,昆曲的旋律与白先勇小说人物命运的盛衰浮沉,成为非常重要的艺术风景,小说的戏里戏外,和现实人生的戏里戏外一样,构成一部真切感人的人生戏剧,激发成千上万观众的共鸣。这个阶段,是白先勇走向第三阶段的过渡,是他在2003年开始策划青春版《牡丹亭》的演出的预备。

而第三阶段,即青春版《牡丹亭》的策划制作,白先勇虽然是在幕后,却是非常重要的主脑人物。正如率军打仗一样,文将军白先勇率领他的艺术军团,走进校园,以昆曲艺术特有的美,一一攻破年轻一代的心灵的城墙,不仅启动了一部古老的戏,而且重新唤醒了新生代对我们自身的传统文化的自信心。对于美的向往和喜爱,非但不会演变成为政治性的民族主义浪潮,反而有可能给趋于干枯的传统重新注入温润的现代活力。

这三个阶段有一个越来越清晰的特征,那就是从侧重描写毁灭于时间的"美"的沉沦的悲剧,到试图用"美"来抵抗时间的侵蚀,以瞬间的美为永恒,从而重铸属于性情和灵魂的历史。前者是文字的,后者是舞台的;前者是悲悼的,后者是救赎的;前者是悲怆哀婉的,后者是庄重喜悦的;前者是过去的,后者是现在和未来的;前者是告别的仪式,后者是复兴的典礼。

从这三个阶段看,白先勇的艺术实践和文化活动,前后有两个面向。一个面向是通过作品来表现的,其主题,如欧阳子和他本人所言,是"时间"及其造成的各种悲剧,从《台北人》、《纽约客》到《孽子》,无不如此。因此,白先勇小说的"时间"有不同的层次:一是最根本的个人的时间;二是家族的时间;三是国族的时间;四是文化的时间。这四种时间,相互纠缠,互相影响。每一种时间,都有其悲剧的色彩。白先勇最了不起的地方,是细腻地描绘了时间变化与个人、家族、国族和文化之命运变迁之间的关系。他观察到,所有的美的东西都毁灭于时间,在这个意义上,白先勇是千古的"伤心人"之一。这是白先勇文学世界向读者展现的最基本的情调。但白先勇的意义不仅仅在此,从他八十年代以后的文学或文化活动看,白先勇还扮演了文化使徒的角色,这是另一个面向,通过文化实践活动来表现。七十年代中期,白先勇就开始提出"文化复兴"的说法,[①]这当然与官方的说法有所不同,因为,白先勇的文化复兴说,乃基于对官方的文化、教育实践的批评。如果说,白先勇的文化复兴说在七十年代中期还只是一个理念,那么到八十年代以后至二十一世纪头十年,则是一种具体的实践活动。我把从《游园惊梦》的舞台剧到青春版《牡丹亭》的策划演出,看作白先勇文艺复兴实践的重要例证。所谓的文艺复兴,表面上看,似乎是昆曲的复兴,是明代汤显祖《牡丹亭》的重现舞台,是白先勇个人青春梦的再现,但实际上,从昆曲到青春版《牡丹亭》,我们看到白先勇和他的团队所呈现的艺术世界之外,还有更多的启示意义。这就是昆曲背后的中国传统艺术的价值,也是《牡丹亭》所呈现的世界的意义。这些都指向对中国传统文化、文化哲学、美学的重新认识。要强调的是,白先勇所理解的传统文化,并不是其中保守、僵化的部分,而是其充满了活力、开放精神、精致的部分。

简言之,白先勇的文学创作和文化实践,有两个相反的方向:文学中,他描绘了某种文化价值、美的必然的衰亡;而在文化实践中,他试图走出这种悲剧,力振中国文化和美学所曾有过的辉煌。在他对古典文化的重新诠释之中,暗示了现代创新的文化的可能方向。

---

① 1976年8月21日白先勇与胡菊人的对谈中,提到文化复兴首先应该改革课程的问题,见《与白先勇论小说艺术》,原载《香港明报月刊》和《联合报》,后收入《第六只手指》,上海文汇出版社1999年版,第284页。

白先勇在写他眼中的世界时,为读者提供了许多既熟悉又陌生的经验世界。这些经验,分析起来,不外三种:其一是外在的历史经验。这些经验具体落实于家国的巨变上,深刻影响白先勇对历史、现实、人生、人性、命运的感知。白先勇小说在表现这些历史经验时,不是从"宏大叙述"入手,而是从经历过这些历史沧桑的大、小人物的日常生活的改变入手。他采取了不同的视角或观点来切入历史。正是在这一点上,他的小说被夏志清比拟为"民国史"。然而,事实上,小说不等于历史,小说只是具有认识历史的功能,因为书写历史不是小说的目的,而是历史学的目的,小说的虚构性质,使它区别于历史,也使其最终目标并不是以客观史料来讲述历史,而是表现在历史运动中的人的命运和人性,对此,白先勇有非常清楚的认识。他的"历史"小说的落脚点,往往不是大事件的回溯,而是大事件对于小人物命运的深刻影响。另外一种是内在的个人经验或身体经验。白先勇不止一次提到小时候因患肺病而被隔离疗养的故事,这对白先勇的个人生命而言,是非常重要的转折点之一(另外一个转折点是他的三姐罹患精神疾病和母亲的去世)。生命中不能承受之轻和重,酝酿于身体的变化,也来自与身体有至深至亲关系的生命的变化。白先勇敏感于自己内心感情的变化,也敏感于别人的情感的变化,这一能力也许深受他非常独特的"身体"感觉的影响。因此,早期的小说,竟有大部分是涉及身体的觉醒,可把早期写作看作"身体写作"的滥觞。到《孽子》以后,同志书写使白先勇成为这个领域的最深入大胆的探索者,与他早期的身体感觉有密切的关系,也是在这一点上,白先勇把最"另类"的个人经验做了富于现代伦理意义的表现,大大扩展了人性探索的领域。第三种所谓的"现代经验",也许不可以称为"经验",因为它是"超验"的,属于白先勇所领悟的宗教的层面。越到后来,白先勇的写作就越突显出这种宗教性的救赎性质。2002—2003年问世的《Danny Boy》和《Tea for Two》,就具有救赎的性质,应该看作《孽子》的尾声。与此同时,2003年开始,白先勇策划制作青春版《牡丹亭》,在我看来,也是另外一种更具有普遍性的救赎,只是他以"美"来作为现世的"宗教",以"情"改造了政治和礼教。

"白先勇时间"的意义

1969年3月号的《现代文学》以白先勇作封面人物,该期除了刊登白先勇的小说《思旧赋》(《台北人》之八)和《谪仙怨》(《纽约客》之二),还同时刊出颜元叔

《白先勇的语言》、於梨华《白先勇笔下的女人》,大概可以看作以白先勇作为杂志专号的滥觞。在此之前,魏子云、隐地、尉天骢、姚一苇等作家、评论家都曾就白先勇的作品做过评论。同年12月,夏志清在《现代文学》第39期上发表《白先勇论》(上),如胡适撰述《白话文学史》之缺乏"下卷"一般,夏志清的《白先勇论》也没有"下"文。这对于勤奋著述的学者夏志清而言,可能是一种偶然,可能他等着白先勇的新作,或者寻找新的诠释方式。但这未尝不可以看作一种不期然而获得的"象征",仿佛在预示着,关于白先勇的评论,自1969年颜元叔、夏志清迄今,不论如何热闹,涉及的面有多宽,构建了多少从白先勇的文学作品得到启发的"论述"和"知识",它们都可能还是"上"部,白先勇论的"下"卷永远等着未来一代人来写。这是不易做定论的作家论,是没有终点的旅行。

围绕着白先勇所展开的评论、译述、研究以及作品改编(舞台剧、电影、连续剧),衍生出另外一种文学和文化现象。从魏子云、姚一苇、隐地,到颜元叔、夏志清,中经欧阳子、龙应台、袁良骏、王晋民、陆士清、刘俊、林幸谦,到晚近的江宝钗、曾秀萍,还有数不清的论文论著,汇为饶有趣味的"白先勇现象",而"白先勇现象"背后的关键,正是"白先勇时间":它通过文学、戏剧、影视等艺术形式对于人性的深刻表现,产生了社会性的影响力。已有的白先勇研究将被新的白先勇言说所深化,后来人再去论述他的作品的主题、题材、语言、形式时,必将克服日益加深的诠释和理解的困难,也正是这种"困难",使得"白先勇时间"有了不断绵延拓展的意义。

现在重新审视白先勇的文学与影视作品,可以重新思考和反省它们所共同表征的两个相互关联的概念,即"白先勇时间"与"中华文化复兴":

其一,"白先勇时间"不仅包括白先勇小说中所描述的时间,譬如每个人物在时代巨变中的不同命运(在这个意义上,《台北人》《纽约客》《孽子》可谓家国兴衰与个人命运的"编年史"),而且包括白先勇生命历程中观察、感受、体验与表现"时间"的方法和特质。这是从白先勇个人时间拓展延伸出去的具有历史意义和文化价值的时间,它包含着白先勇所领悟的文化精神和白先勇所创造的艺术世界(包括其文学创作及其改编的戏剧影视作品),它上接汤显祖、曹雪芹所开创的新人文主义文艺传统和五四文艺复兴的精神,下开战后中华文化复兴的大业。因此,"白先勇时间"的容量大,持续性长,影响广泛而深远。今天,当我们大家聚合起来研讨白先勇的文学创作及其相关的影视剧创作时,我们就都处于这一特殊的"白先勇时间"之中。

其二,"文化复兴"问题早在七十年代就已经见诸白先勇与胡菊人的讨论,而这一思路在白先勇这里,不仅仅是"概念"或"理念"的问题,更是一个具体的文化实践的问题。我们都知道西欧的文艺复兴起源于文艺,譬如意大利薄伽丘的《十日谈》、英国莎士比亚的戏剧,等等。所谓的"中华文化复兴",重点在文艺,而文艺的复兴,根基仍在人的问题。白先勇借助青春版《牡丹亭》,展现了从汤显祖到曹雪芹数百年的艺术传统,这一传统中所蕴含的美学与人文思想,在于他们以艺术的方式丰富了关于人、人性的理解,在于他们明确提出了"情"对于人的存在与社会再造的意义,对于延续了数千年的政治性的"礼教"、哲学上的儒学或"理学"和社会学上的"礼制","情"都具有根本性的意义,倡导有情的文化与政治,不是简单的"反"传统,而是把敬重个人的生命、情义作为艺术、政治、哲学、社会建设的核心。

从白先勇倡导的文化复兴,不由得想到胡适所论及的中国文艺复兴。胡适曾说:"所谓'中国文艺复兴',有许多人以为是一个文学的运动而已;也有些人以为这不过是我国的语文简单化罢了。可是,它却有一个更广阔的涵义。它包含着给与人们一个活文学,同时创造了新的人生观。它是对我国的传统的成见给与重新估价,也包含一种能够增进和发展各种科学的研究的学术。检讨中国的文化的遗产也是它的一个中心的工夫。"[1]借由"活文学"创造"新的人生观"是胡适文艺复兴观的核心所在,其中包括对于传统成见和文化遗产的重新评估与检讨。在这方面,白先勇是继承和发展了胡适的文艺复兴观的。

从胡适的"文艺复兴"概念,又不由得想到李长之的文艺复兴。李长之在《迎中国的文艺复兴》"序"中说:"我的中心意思,乃是觉得未来的中国文化是一个真正的文艺复兴。'五四'并不够,它只是启蒙。那是太清浅,太低级的理智,太移植,太没有深度,太没有远景,而且和民族的根本精神太漠然了!我们所希望的不是如此,将来的事实也不会如此。在一个民族的政治上的压迫解除了以后,难道文化上还不能蓬勃、深入、自主,和从前的光荣相衔接吗?"[2]白先勇的文化复兴,正好回答了李长之的问题。

---

[1] 胡适:《中国文艺复兴》(1935年1月4日在香港大学演讲),刊于《联合书院学报》第1卷第49期,《胡适全集》第12卷(安徽教育出版社2003年版),第242页。
[2] 李长之:《迎中国的文艺复兴》,商务印书馆1944年8月重庆初版,1946年9月上海初版,第4页,该序写于1942年9月9日。

然而,无论是胡适还是李长之,都缺乏白先勇进行文学创作与艺术实践的才华和时空。换言之,文化复兴在白先勇这里,不是一个空洞的概念,而是由他六十多年来的文学创作实绩和由他参与、众人参与、在不同的时空中无限延伸、扩展出去的艺术创作组成的,"白先勇时间"则是其中最核心的特征与存在。

从"白先勇时间"再看白先勇的创作,会有什么不一样呢?

首先,在白先勇的小说里,"时间"比"空间"更重要,因为时间是属于每个人的,而空间则不然,空间只是白先勇表达时间之哀伤的依托,所谓"黍离之思",所谓"昔我往矣,杨柳依依;今我来思,雨雪霏霏",是也。白先勇所有的小说,如果整合起来看的话,可以看作白先勇独具特色的"追忆逝水年华"系列。无论是"台北人"(民国史),还是"纽约客",无论是在桂林、上海、台北,还是流散于纽约、芝加哥(离散书写),所有人物曾经生活过的"空间"都不再属于人物自身,他们所拥有的,只有对于这些流动的空间的追忆。而时间的变化,对于人物本身才是刻骨铭心的,小到一个人的生老病苦死,大到国家的生死存亡,时间成为一把看不见的利刃,把每时每刻的欢乐和悲伤、幸福与痛苦,都雕刻在人的身体与记忆里。白先勇把他自童年以来观察、体会到的自己与他人的人生,用了生动的语文,编织成不会被时间侵蚀的文字雕像。因此,当他说"尹雪艳总也不老"的时候,意味着"尹雪艳"成为在"时间"中的一个象征性坐标,一一映照出在时间中老去和消逝的人们,万物盛极而衰,繁花凋零,然而,唯有情、义仍能存在于时间长河之中,也唯有情义可以在时间中抗拒轮回,起死回生。

其次,解读白先勇的小说,无法用单向度的文学理论或方法,诸如现实主义、现代主义,或者浪漫主义、古典主义,乃至各种时髦的解构说、后殖民说之类,或者说,白先勇的世界对单一化的"理论"具有抗拒解释的作用。白先勇没有去刻意创造现实主义所强调的"典型"或"新人",你在他的小说里找不到梁生宝之类的人物;但你会看到他的人物都会在时间的变化中改变命运的轨迹:旧式的金大奶奶(《金大奶奶》)如此,新式的李彤(《谪仙记》)、朱青(《一把青》)也是如此,赫赫战功的将军,忠心耿耿的仆从,青春勃发的飞行员,无家可归的青春鸟,都是如此。白先勇在时间的流变中写出了"无常",又在"无常"的命运中写出了"人性"、"人情"之常态。正因如此,读者在他的小说世界中看到了别人的世界,也认出了在这个世界中的自己的模样。什么主义、理论都可以借用白先勇时间来自我解释,但白先勇时间本身不属于任何主义和理论。

第三,白先勇塑造的人,以重情义为特征,这样的"人"融合了传统的优异价值观和现代人的新伦理,是白先勇式的文化复兴的基础和典范。因此,白先勇的中华文化复兴,不仅是美的形式的复兴(如昆曲所包含的综合性的艺术之美),而且是一种融合了古典价值观与现代伦理的人的再造。我们看青春版《牡丹亭》、《白罗衫》和《潘金莲》等新版昆剧,对古代戏剧人物的再现,都融入了现代的价值观;而根据白先勇的同名小说改编的连续剧《一把青》和《孽子》,也创造了崭新的伦理世界:前者展现的是宏大的战争与和平的画面,人物在战争(抗战、内战与"冷战")中变化莫测的命运,在书写家国巨变,悲悼青春、死亡,书写现代性的悲剧方面,白先勇的作品汇入了世界文学中战后的一代,其书写美的灭绝、废墟上的希望、人的身体和精神的流离、罪的救赎,等等,既是华人的,更是世界性的(关于"一战"、"二战"后的作家作品,早在六十年代创办《现代文学》时,就得到一系列的译介,而白先勇对于经典的吸纳,则不限于这些作家,更包括了《红楼梦》这样的中国古典和一些十九世纪的经典作品)。后者所塑造的孽子们的"王国",颠覆了人们所习以为常的偏见,小说不仅完美体现了白先勇先生所追求的"希望把人类心灵中无言的痛楚转换成文字"的理想,也通过"孽子们"的命运和献祭,救赎了一般的读者大众。

  关于白先勇的研究、评论如此众多和持久不衰,"白学"之说似也呼之欲出。[①]"白学"不仅研究漂流的文化乡愁、怀旧的文学、悲天悯人的生活态度,追求完美的审美趣味,或者,"最后的贵族"与"边缘人"的悲情,白学也将是一个不断突破各种陈规旧套的文学场域。事实上,从二十世纪六十年代初开始至今的白先勇评论、研究,在中国台湾、中国大陆和海外,不断衍生关于青少年问题、女性问题、阶级问题("最后的贵族")、历史与社会意识、文化认同、国族认同、身份认同、同志议题、后殖民与离散、现代主义与现实主义、传统与现代、昆曲复兴和文化复兴

[①] 二十世纪六十年代初开始有针对白先勇小说的评论。早期的评论侧重题材的意义和相关议题的讨论,例如魏子云《寂寞的十七岁——评介一篇触及少年问题的小说》发表于1962年11月14日《联合报》;隐地《读白先勇〈毕业〉》刊于《自由青年》1965年第34卷第4期;尉天骢《最后的贵族》发表于1968年2月《文学季刊》第6期。从姚一苇《论白先勇的〈游园惊梦〉》(发表于1968年11月的《文学季刊》)开始,到颜元叔《白先勇的语言》(刊于1969年3月《现代文学》第37期)和夏志清《白先勇小说论》(上)(刊于1969年12月《现代文学》第39期),细读白先勇、探讨构成其作品肌理的语言和主题渐成学院派评论的特色,而以欧阳子对《台北人》系列的主题分析(收入欧阳子《王谢堂前的燕子》,尔雅出版社1976年版)集其大成。至今关于白先勇的研究专著至少已有七种,论文不计其数。建立"白学"似嫌"夸张",但作为知识生产的资源之一,白先勇的作品及其文化艺术实践活动早已不可或缺,直接影响到海峡两岸暨香港甚至海外华人文学的定位问题。

等各种相关的文学内外的话题，成为浮现于媒体、大学课堂的重要讨论对象，是知识生产和理论创造的资源、文艺沙龙与社会运动的助力。

"白学"之所以有意义，最重要的，是源出于白先勇笔下那个虽然不是很庞大，却非常精致、质感十足的小说世界，是由金大奶奶、玉卿嫂、尹雪艳、金大班、沈云芳、娟娟、钱夫人、朱青等女性人物和王雄、阿青、龙子、阿凤、杨师傅、傅老爷子等一干人物组成的艺术画廊；是1960年白先勇领着一班人马创办的《现代文学》杂志，这份杂志现已成为台湾文学史不可或缺的环节之一。当然，还有从小说文本衍生出来的舞台剧、电影、连续剧，以及白先勇作为制片人和策划者，也颇能体现其美学理想和人生追求的传统艺术的呈现，即青春版《牡丹亭》的演出。后者看似借用传统的昆剧来表现四百年前汤显祖的青春梦想，然而，白先勇及其创作团队对这个青春梦想的呈现方式，却引发新生代重估传统艺术和人文价值的浪潮，在这个意义上，昆剧青春版《牡丹亭》的舞台实践，既可看作"昆曲"的复兴，更应看作一种深具新意的文化现象，这是昆曲背后的传统人文价值（包括戏剧、音乐、文学、绘画、书法和哲学）的反省和更新，当代条件下可能的新的文化复兴。

从文学创作到影视剧的改编到青春版《牡丹亭》在不同国家和地区的跨境、跨时空旅行，"白先勇"这三个字，已从个人的专有名词，演变为一个包含着丰富的文艺与文化意义的普通名词，它可以用来描述具有世界意义的战后华文文学的特质，它可以用来阐释中华文化复兴的内涵，它赋予了当代"人"更为深邃、多样、开放的诠释，它开启了古典与现代相互融合的人文与美学新境界。

总之，"白先勇时间"从1937年白先勇诞生之时开始，而真正的展开，始于使用文字来进行文学创作的二十世纪五十年代，它的生命力与恒久性和他六十多年来的从未终止的文学创作有密切关联，与其创作被改编为话剧、舞台剧、戏曲、影视剧有关，与三百多年前的文艺传统的融合和再造有关，与读者和观众们的时间之密切呼应有关，因此，"白先勇时间"或者即意味着中华的文化复兴在二十一世纪的生根、开花、结果。

2021年11月19日于北京
2021年12月31日修改

白先勇的文化流散与文化复兴

马 峰

云南大学

在世界华文文坛,白先勇是十分典型的多元流散者。在他的人生历程中,桂林、重庆、南京、上海、中国香港、中国台湾、美国等地,不仅是他流动迁移的生命驿站,而且潜蕴着深重的文化记忆。2015年,目宿媒体拍摄的白先勇文学纪录片《姹紫嫣红开遍》在台湾首映,2017年又在大陆上映。这部纪录片虽属《他们在岛屿写作》的台港文学名家系列之一,但其文化视域已然具有跨越边界的普适性。在白先勇的文学自述里,他不仅抒发了个人的文学志业,还有对抗日流亡、两岸流散、知识分子自我流放的群体生态的审视,更寄予着中华民族的文化复兴梦。

在纪录片、访谈及创作中,白先勇不断讲述人生流散的虚构故事与非虚构故事,有家族历史的民国记忆(《父亲与民国》、《八千里路云和月》),有人物承载时代的创伤记忆(《台北人》),有知识分子的跨国记忆(《纽约客》)等。在求学、教学及昆曲推动中,他努力践行回归中华文化的复兴理念,有台湾大学时期创办《现代文学》杂志的文学推动,有美国加州大学圣芭芭拉分校讲学《红楼梦》的古典文学推广,有在中国海峡两岸暨香港对青春版《牡丹亭》的传统戏曲推陈出新。换言之,"文化流散"与"文化复兴"是透视白先勇生命历程与文化理想的关键词。

一、 民国流散的集体乡愁演绎

对于白先勇而言,中华民国是父亲白崇禧戎马生涯的征战史,也是白氏家族四处辗转的流散史。民国时期,他尚且年幼,但眼光敏锐、心思敏感,深刻的童年流散记忆从而萦绕一生。正如白先勇自述,"长期以来,民国史在大陆,很少宣传,我趁着《父亲与民国》出版,巡回演讲,把我所知有限的一点民国史,声嘶力竭

白先勇的文化流散与文化复兴 / 马　峰

拼命向大陆听众倾诉：父亲的起、父亲的落，民国的兴、民国的衰，其实无论民国兴衰，对大陆听众而言，都已经是'前朝史'了。我觉得自己有点像《桃花扇》最后一折《余韵》里的苏昆生回到金陵，眼见昔日故都，一片断井颓垣，禁不住'诌一套《哀江南》，放悲声唱到老'"①。在《白崇禧将军身影集》和《关键十六天：白崇禧将军与二二八》两本著述中，白先勇也抱持着"还原历史真相"②的客观态度。他希望历史能给父亲比较公平的评价，为此用心为父亲回溯历史现场，"父亲参加辛亥革命武昌起义、北伐、抗战、国共内战，他自己一生命运与民国息息相关，他选择台湾作为他最后归宿，最后他在台湾归真，是死得其所。父亲在台湾十七年，伏枥处逆，亦能淡泊自适。他曾为郑成功祠天坛横匾题'仰不愧天'四字，这也是他一生写照"③。白先勇为父亲写传记，也是为民国历史补遗、疏正。

　　从个体流散到群体流散，民国流散承载着太多太重的集体乡愁，这也是白先勇不停创作演绎的母体文化源泉。在刘绍铭看来，"《台北人》系列，有不少篇章是跟民国史脉络相承的。《岁除》《梁父吟》和《国葬》是显例。白先勇是将门之后，他小说中的许多人物，可能曾经一度是对他'尊前悲老大'的'眼前人'"④。毋庸置疑，白先勇的民国流散让他格外牵情于民国人事，正如他一再抒写倾诉的怀旧之情，而流散与怀旧的纾解之道便是绵延无尽的文化乡愁。

　　1937年7月11日，白先勇出生于广西南宁，成长于故乡桂林。虽然他六岁便离开桂林，但桂林永远是家族记忆之根，也是乡愁的地理原点。1993年，阔别五十六年后，当他再度回到桂林会仙镇山尾村的老家，家族历史、家族精神、家族性格汩汩而出，拜访"先"字辈宗亲更是感慨无限，"她跟我一样，都是从一棵榕树的根生长出来的树苗。我们有着共同的记忆，那是整族人的集体记忆。那种原型的家族记忆，一代一代往上延伸，一直延伸到我们的始祖伯笃鲁丁公的基因里去。……我回到桂林，三餐都到处去找米粉吃，一吃三四碗，那是乡愁引起原始性的饥渴，填不饱的"⑤。于是，在小说《花桥荣记》中，黄天荣的招牌米粉成为桂

---

① 白先勇：《走过历史的长廊》，收入《八千里路云和月》，中国友谊出版公司2019年版，第3页。
② 白先勇、廖彦博：《关键十六天：白崇禧将军与二二八》，广西师范大学出版社2015年版，第23页。
③ 白先勇：《台湾岁月》，收入《仰不愧天》，广东人民出版社2019年版，第100—101页。
④ 刘绍铭：《白先勇就是这样长大的》，收入白先勇《昔我往矣》，中华书局2016年版，第9—10页。
⑤ 白先勇：《少小离家老大回——我的寻根记》，收入《树犹如此》，广西师范大学出版社2015年版，第55—56页。

林乡愁的饮食与怀旧象征。当年的"米粉丫头"曾做过几年营长太太,战争失散后便流落到台北,自己开起米粉小食店营生。"花桥荣记"从桂林开到了台北,虽也稍能抚慰那些要吃点家乡味的广西同乡,但再也没有她爷爷当年的风光。

1944年,母亲带领家人在"湘桂大撤退"中逃难重庆,白先勇开始了漫长的肺病隔离治疗。抗战胜利后,又随家人到南京短暂居住。在童年记忆中,随父亲拜谒中山陵有着极为庄严的民国仪式感。1987年,重返南京,却倍添了沉重的苍凉感。

> 三十九年后重登中山陵,又值暮春,那天细雨霏霏,天色阴霾,因为右足痛风,一颠一拐,真是举步维艰。蹭蹬到国父陵前,猛抬头,看到国父手书"天下为公"四个大字,一阵悲痛,再也按捺不住,流下了几十年海外飘零的游子泪。想想国父当年缔造民国的崇高理想,想想我们数十年坎坷颠踬的命运,面对着眼前龙蟠虎踞一水中分的大好河山,怎不教人怆然而涕下。[①]

在民国记忆中,"还都南京"充满了抗战胜利的集体喜悦,这是国父与父辈浴血奋战开创的民国功业。"重返故都",除了对民国历史的动情感怀与释怀,他还参观了侵华日军南京大屠杀遇难同胞纪念馆,格外警醒于日本侵略的民族痛史(《岂容青史尽成灰》)。在小说作品中,《一把青》里的"南京大方巷仁爱东村"、《游园惊梦》里的"南京梅园新村公馆"等都带着浓重的故都印记。

1946年至1948年,白先勇在上海度过了9岁到11岁的一段时光,肺病痊愈后复学于徐家汇的南洋模范小学。两年多的上海童年酝酿成一束旧时流光,而"海派文化"也转换为另一种文化乡愁。虽然时间不长,"可是那一段童年,对我一生,却意义非凡。……童稚的眼睛像照相机,只要看到,咔嚓一下就拍了下来,存档在记忆里。虽然短短的一段时间,脑海里恐怕也印下了千千百百幅'上海印象',把一个即将结束的旧时代,最后的一抹繁华,匆匆拍摄下来"[②]。流散上海的童年影像在记忆中定格存档,当时"大世界"、"百乐门"、"国际饭店"、"美琪戏院"、"大光明电影院"等给他留下深刻印象,这也成为一种长久封存的"上海情结",为其后来一再书写的上海故事提供旧时返照。于是,《金大奶奶》、《永远的

---

① 白先勇:《石头城下的冥思》,收入《树犹如此》,广西师范大学出版社2015年版,第68页。
② 白先勇:《上海童年》,收入《树犹如此》,广西师范大学出版社2015年版,第61—64页。

尹雪艳》《谪仙记》等一系列旧时上海的历史人事便酝酿拼贴而出。

在一系列繁华余晖的上海故事中，《台北人》的首篇《永远的尹雪艳》承载着尤为沉重的百年上海绝代繁华的旧时记忆，俨然旧上海的文化凭吊象征。

> 尹雪艳总也不老。十几年前那一班在上海百乐门舞厅替她捧场的五陵年少，有些头上开了顶，有些两鬓添了霜；有些来台湾降成了铁厂、水泥厂、人造纤维厂的闲顾问，但也有少数却升成了银行的董事长、机关里的大主管。不管人事怎么变迁，尹雪艳永远是尹雪艳，在台北仍旧穿着她那一身蝉翼纱的素白旗袍，一径那么浅浅地笑着，连眼角儿也不肯皱一下。①

从"上海百乐门"到"台北新公馆"，尹雪艳为何"总也不老"？她是迷倒众生的不老女神，又如同红颜惑人的千年老妖，她的不老传奇也是老上海传奇。台北的尹公馆，弥留着诱人腐化的上流社会余晖，是逃避现实的"乐园"，也是沉湎过去的"墓园"。她恰似乐园"女祭司"，精明人情世故，却又冷眼旁观世态。她如同墓园"守墓人"，为年华老去的旧时捧场客另辟一隅"世外桃源"。

1949年，白先勇随家人从上海再次流散，经汉口、广州而转赴香港。从此，他作别中国大陆三十余载，而早年的民国记忆也渐成远去的民国历史。不过，这并未妨碍他对中国文化的赤诚热爱。夏志清将白先勇视为当代短篇小说家中少见的奇才，并指出其对中国文化的向往与自信，"白先勇这一代的作家，不特接受了二十世纪大文豪所制造的传统，而且向往于中国固有文化，对其光明的前途也抱着坚强的信心。……一种油然而生的爱国热诚占据了他们的心胸，这种爱国热诚在他们作品里表现出来，常带一种低徊凭吊的味道，可能不够慷慨激昂，但其真实性却是无可否认的"②。诚然，在溢满乡愁与流散记忆的散文中，在民国兴衰的历史凭吊小说中，白先勇对中国的文化乡愁与文化信念已然浑融一体。

二、流散台湾的"现代文学"践行者

白先勇在纪录片开头自述，"文学是我一生中第一个志业，我的一生对于一

---

① 白先勇：《台北人》，广西师范大学出版社2015年版，第1页。
② 夏志清：《白先勇早期的短篇小说》，收入白先勇《寂寞的十七岁》，广西师范大学出版社2015年版，第328—329页。

些人物,或者是自己心中的那种,对于一些被流放的边缘人,我跟他们的心理上的一种认同,跟对他们的一种同情"①。1952年,白先勇从香港到台湾,就读建国中学,从此逐渐步入文学世界。他从幼年便体验到因病痛带来的孤独感,在四年肺炎的"独处"、"隔离"、"冷宫"中变得极为敏感,这种经历使他更能感受别人内心细微的痛楚,而文学也成为他透视并言说他人痛楚的渠道。于是,经过个体流散与民国记忆的时间沉淀,在台湾现实的生活感受催发下,《台北人》系列小说里身处时代变革的飘零流散者由之也潜蕴起来。

白先勇在台湾由少年而成年,对于大陆迁台的"外省人",他既有切身的自我、家族及戚友的流散感触,也有诸多耳闻目睹的颠沛流离、悲欢离合的故事。就《台北人》中的人物形象而言,当他们在台湾的现实生活并不如意,往往便沉迷于大陆时代的"辉煌"过去。他们纵使年华老去,却仍然难以洒脱释怀。这既是一种沉重的精神负载,同时又是一剂缅怀过往、麻醉自我的抚慰剂,其背后则是时代更迭而来的历史沧桑感。欧阳子在探讨《台北人》的主题意蕴时也说,"贯穿《台北人》各篇的今昔对比之主题,或多或少,或显或隐,都可从上列国家、社会、文化、个人这四观点来阐释。而潜流于这十四篇中的撼人心魂之失落感,则源于作者对国家兴衰、社会剧变之感慨,对面临危机的传统中国文化之乡愁,而最基本的,是作者对人类生命之'有限',对人类永远无法长葆青春、停止时间激流的万古怅恨"②。就如小说《那片血一般红的杜鹃花》的主人公在金门服兵役时所见,"有一天晚上巡夜,我在营房外面海滨的岩石上,发觉有一个老士兵在那儿独个儿坐着拉二胡。那天晚上,月色清亮,没有什么海风,不知是他那垂首深思的姿态,还是那十分幽怨的胡琴声,突然使我联想到,他那份怀乡的哀愁,一定也跟古时候戍边的那些士卒的那样深、那样远"③。从老士兵的灵肉冲突,到古代士卒的戍边遥思,他们在现实中难以放下因战事而起的丧亡离乱愁绪,更深层面上则是家国流散者那深埋故土的文化乡愁。在白先勇的笔下,国民党败退台湾后,上至李浩然将军、朴公、刘营长、秦副官、赖鸣升等将领军人,下至钱夫人、朱青、金大班、罗伯娘、顺恩嫂、王雄等妇孺平民,其流散起落、悲辛苦楚无不如是。虽然

---

① 《他们在岛屿写作:姹紫嫣红开遍》(白先勇纪录片),邓勇星导演,(台湾)目宿媒体拍摄,2015年上映。
② 欧阳子:《白先勇的小说世界:〈台北人〉之主题探讨》,收入白先勇《台北人》,广西师范大学出版社2015年版,第231页。
③ 白先勇:《台北人》,广西师范大学出版社2015年版,第81页。

《台北人》创作于美国,但是从中国大陆流散台湾的身边人事与现实体察无疑是其主要素材源泉。

就台湾场域而言,白先勇在此度过了十一年的中学与大学时光,不仅创作起步于此,还创办了声名远播的《现代文学》,离台后的《台北人》、《纽约客》、《孽子》等也多积淀于此。尤其是《现代文学》的文艺堡垒,在文学使命感的激励下,白先勇义无反顾地承担起办刊、供稿的攻坚大任,其大部分作品皆发表于此,承载刊物的内外压力一定程度上也转换为对自身创作的莫大助力。在白先勇的文学生涯中,台湾大学外文系的四年(1957—1961)学习时光至为关键。在夏济安主编的《文学杂志》的激发引导下,他决然放弃成功大学的水利梦想,转而投入台湾大学的文学世界。他的文学起步离不开台湾大学的一众师友,尤其对夏济安老师的启蒙帮助感念至深。1959 年 11 月 23 日,白先勇致信夏济安,谈到要与同学办一个《现代文学》杂志并恳切约稿。在回信《祝辞》中,夏济安讲到对五四以来中国新文学的诸多感想,"你们现在既然不能模仿,那只有创造了。不用说,你们的责任重大,你们的工作艰巨。……看到你们这样起劲的办文学刊物,不禁想起'五四'以来无数的青年人,他们也曾同样起劲的办刊物"[①]。可见,夏济安对《现代文学》的这批青年人满心祝福与鼓励,更惊喜并寄望于他们对五四精神的起劲重现。

1960 年,当时就读大学三年级的白先勇与陈若曦、欧阳子、刘绍铭、叶维廉、王文兴、李欧梵、陈次云、戴天、方蔚华、林耀福、张先绪十一位同学一起创办了《现代文学》。当时,白先勇有属于自己的人生绚烂之梦,"常常做一些不切实际、浪漫的梦想,不可救药的浪漫"。在办杂志之初,便有一种要倡导"新的文学"的理想,俨然要弄个新的"五四运动"。那时候,在《现代文学》刊登了一群很有才情的年轻作家的作品,像陈映真、黄春明、王祯和、郭松棻、刘大任、瘂弦、洛夫、周梦蝶、施叔青、三毛、李昂等,"可以说是一个 Mini Renaissance,迷你文艺复兴"。回首来时路,白先勇极为珍视《现代文学》的艰辛历程,"我觉得现在想一想,我很高兴创办这本杂志。这是我一生中,我觉得在文学上做的最有意义的事情"[②]。1963 年,他到美国爱荷华攻读硕士。即使刚经历了丧母之痛、离家之苦,他也没

---

① 白先勇编:《现文因缘》,联经出版事业股份有限公司(台北)2016 年版,第 12—13 页。
② 《他们在岛屿写作:姹紫嫣红开遍》(白先勇纪录片),邓勇星导演,(台湾)目宿媒体拍摄,2015 年上映。

有放弃这本杂志。1960—1973年,在白先勇与一众文学青年的主持下,《现代文学》共出版了五十一期,在翻译介绍西洋文学、中国古典文学研究、小说与现代诗创作等方面都有不凡成绩。1977年,远景出版社复刊《现代文学》,至1984年停刊,又出版了二十二期。

《现代文学》对上世纪六十年代的台湾文坛有着突出贡献,这已在学界形成共识。在办刊理念上,求新求真求善,大力介绍西方文学,既使"现代主义"在台湾的译介与创作得以发展,又为台湾文学的后续发展培养了不少新生力量。就此,符立中曾指出,"《现代文学》拓展了'现代主义'在华文文坛思想和文学上的领域,使之交汇、呼应,并且繁衍出深具本地色彩的多样成果,为台湾往后的百花齐放,种下扎实的根基"[1]。其实,《现代文学》的文学影响远甚于此,它随着白先勇、陈若曦、刘绍铭、叶维廉、李欧梵等编者群、作者群的海外流散而辐射至更为广阔的世界华文文坛及世界华人学术圈。1988年,《现代文学》重刊,白先勇再次谈到刊物所展现出的鲜明时代背景与精神风貌。

> 我们之间有不少人都走过同一条崎岖的道路,初经欧风美雨的洗礼,再受"现代主义"的冲击,最后绕了一大圈终于回归传统。我们对待中国传统文化毕竟要比"五四时代"冷静理性得多。将传统融入现代,以现代检视传统——我们在融合传统与现代的过程中,大家都经过了一番艰苦的挣扎,其实这也是十九世纪以来,中国文化再造的大难题,百多年来,一代又一代的中国知识分子似乎都命定要卷入中西文化冲突的这一场战争中。[2]

台湾大学外文系的西方文学熏陶,让白先勇自觉地对中国文化进行反身自视。他对传统持以批判性接受的态度,并将传统与现代融合,在创作与办刊两方面皆如是践行。

三、流转美国的"古典文学"传播者

1963年,白先勇赴美国爱荷华大学"作家工作室"留学。1965年,凭创作获

---

[1] 符立中:《对谈白先勇——从台北人到纽约客》,现代出版社2015年版,第67页。
[2] 白先勇编:《现文因缘》,联经出版事业股份有限公司(台北)2016年版,第34页。

得艺术硕士学位。"在那段时间,对我写作更重要的影响,便是自我的发现与追寻。像许多留学生,一出国外,受到外来文化的冲击,产生了所谓认同危机,对本身的价值观与信仰都得重新估计。……离家日久,对自己国家的文化乡愁日深,于是便开始了《纽约客》,以及稍后的《台北人》。"①对西方文学的技巧学习,对中国文化的深层饥饿,对国外流散的彷徨无告,这些切身感受无不掺拌着文化的冲突、交融与价值重估。

在小说创作方面,白先勇擅于将古典意境进行现代嫁接。在《台北人》的开篇,他引用刘禹锡的怀古诗《乌衣巷》,"朱雀桥边野草花,乌衣巷口夕阳斜。旧时王谢堂前燕,飞入寻常百姓家",借古怀今的寓意十分明显。他将大陆迁台者的沧桑与西晋世家望族的兴衰进行类比铺垫,从而让一系列民国历史人物纷纷亮相。同样,在《纽约客》的开篇,他又引用陈子昂的《登幽州台歌》,"前不见古人,后不见来者。念天地之悠悠,独怆然而涕下"。虽然《纽约客》更多讲述美国体验式的现代故事,但其吊古伤今的"起兴"格调与《台北人》并无二致。当然,《纽约客》比之《台北人》,主人公常挣扎于跨国界流散与跨文化冲突,其身份认同的焦虑甚至迷失得更为凸显。在刘俊看来,《纽约客》发表于不同时期的小说体现了作者创作立场的转变,"经历了一个从上个世纪的国族(中国)立场,到近年来的世界主义的变化过程"②。不过,在流散美国的身份体认中,以《谪仙记》、《谪仙怨》为代表的小说仍不乏家国变故的中国立场,以及借留洋知识分子进行古典兴寄的中华文化寓意。李彤从上海贵族中学到美国留学,身为高管的父亲和母亲在国共内战的逃难中意外罹难,从此她由家变国变而堕落纽约。黄凤仪经历从上海到台北的家境衰落,母亲借债送她到美国留学,她却在纽约繁华中寂寞独行、孤独迷失,"淹没在这个成千万人的大城中,我觉得得到了真正的自由:一种独来独往,无人理会的自由。……在纽约最大的好处,便是渐渐忘却了自己的身份。真的我已经觉得自己是个十足的纽约客了"③。当惊艳的李彤成为大学校园里的"五月皇后",当标致的黄凤仪成为陪酒卖笑应酬男人的"蒙古公主",格调高雅的"谪仙情结"在古典兴寄中跌落现实。换言之,以"谪仙"为文化符码的命题

---

① 白先勇:《蓦然回首》,收入《昔我往矣》,中华书局2016年版,第50—51页。
② 刘俊:《从国族立场到世界主义》,收入白先勇《纽约客》,广西师范大学出版社2015年版,第156页。
③ 白先勇:《纽约客》,广西师范大学出版社2015年版,第29—30页。

立意,应带有对两位知识女性变为"堕落天使"的无尽同情与惋惜,更有文化失落的异域殇悼。

即使在长篇小说《孽子》中,对于当时的同性恋弱势群体,他所表达出的悲天悯人的惊天动地之情,依然可以说与《牡丹亭》、《红楼梦》等古代经典有着扯不清的丝絮关联。王夔龙与阿凤的龙凤"孽缘"①,杜丽娘与柳梦梅的痴梦结缘,林黛玉与贾宝玉的木石前缘,皆是为情所动。曾为《现代文学》主编群之一的柯庆明讲到,"他的《孽子》里头,他为什么创造所谓的龙子跟阿凤的龙凤神话,其实还是在继承《红楼梦》的那个神话,也在继承《牡丹亭》的神话。《牡丹亭》用白先勇自己的话来讲,就是爱得死去活来,然后再往下就是《红楼梦》,所以你可以看,白先勇会跟《牡丹亭》发生关系,会跟《红楼梦》发生关系"②。这种古典"情"脉,不仅屡现于小说,白先勇在散文也常借古牵情,就如《石头城下的冥思》中的故都深情,当他暮年重谒南京中山陵,开篇再度引用刘禹锡的诗作《石头城》,"山围故国周遭在,潮打空城寂寞回。淮水东边旧时月,夜深还过女墙来"。在南京古都的历朝历代回溯中,凸显出经历民国兴衰的当代心绪。

在美国时期,在中西文化的比较中,白先勇更清楚地意识到中华文化复兴的必要与迫切。他心中有着"在当代接续古典"的渴望,"在彷徨的青年时代,我移居海外,如今半个多世纪过去,人家优点看到了,弱点也看到了。这时回头看自己,清楚了自己美的地方在哪里。如今国力强盛是宝贵机遇,我们更要守住自己的根基,通过振兴古典文化让当代中国在文化上强起来"③。白先勇年轻时就有强烈的文化焦虑感,念书时就希望中华文化能像欧洲"文艺复兴"一样迎来"文化复兴",而被自己视为"文学圣经"的《红楼梦》无疑是中国古典文化的践行标杆。1965—1994年,他在美国加州大学圣芭芭拉分校任教二十九年,便一直讲授《红楼梦》。2014年2月至2015年6月,他又在台湾大学讲授开放式课程《红楼梦导读》,并结集出版了《白先勇细说红楼梦》。

> 我自少年时代便耽读《红楼梦》,后来在美国加州大学教书,也常常教这

---

① 白先勇:《孽子》,江苏文艺出版社2010年版,第255页。
② 《他们在岛屿写作:姹紫嫣红开遍》(白先勇纪录片),邓勇星导演,(台湾)目宿媒体拍摄,2015年上映。
③ 白先勇著,刘俊编选:《我的寻根记》,广西师范大学出版社2019年版,第469页。

本经典小说,可是要等到我接近耄耋之年,从头再细细研读一次,才有十足信心宣称《红楼梦》是——天下第一书。……十八世纪乾隆盛世中国文学冒出了《红楼梦》这座巍巍高峰,这是我们民族文化集大成的旷世杰作,我们应当感到无比骄傲,更应当全力呵护珍惜这部天下第一书。[①]

白先勇有自己的"红楼"心路与识见,他不仅将《红楼梦》视为中国最伟大的小说,而且一再推崇其为中国文化史上的巍巍高峰。同时,作为外文系科班出身的他更高扬《红楼梦》的世界性,不断讲述并阐释其所蕴涵的民族心灵投射、民族精神表征以及民族文化丰富性,进而标示其毋庸置疑的世界文学经典地位。他对《红楼梦》一往情深,在个人的文学痴迷之外,更是集体的文化保护拥趸。

2018年3月25日,白先勇与宁宗一、吴新雷、胡文彬、王润华、郑铁生、孙伟科一起讨论"程本和脂本孰优孰劣"、"后四十回是否续书"两大百年议题。对此,他极力主张要把著作权还给曹雪芹,并带着万分敬意发出强烈呼吁,"我们大家都要保护、维护、抢救最珍贵的文化遗产,曹雪芹留给我们的了不得的经典《红楼梦》,这是我们民族了不起的成就,我们应该感到非常骄傲的"[②]。由之,在频繁倾吐的"骄傲感"背后,白先勇借助《红楼梦》呈现出强烈的中华民族文化自信。2018年5月27日,白先勇与奚淞在台湾大学又就"《红楼梦》的神话架构与儒、释、道的交互意义"进行对谈演讲,他再次强调,"曹雪芹写《红楼梦》是集大成的人,不光是文学上、而且是在整体文化上。中国儒、道、释三家分合流布,发展到清朝乾隆时代,文明可以说是到顶了,而曹雪芹就是一个集大成者"[③]。可以说,《红楼梦》不仅是他汲取文学素养的重要源泉,是他教学生涯的重要输出,是他研究心得的重要聚焦,也是文化自信的重要承载。

四、 流动无界的中华文化复兴者

经过中国大陆、中国台湾、美国的流散淬炼,经过与西方文化的对照审视,白

[①] 白先勇:《白先勇细说红楼梦》(上册),广西师范大学出版社2017年版,第3—4页。
[②] 白先勇主编:《正本清源说红楼》,广西师范大学出版社2019年版,第593页。
[③] 白先勇、奚淞:《红楼梦幻:〈红楼梦〉的神话结构》,联合文学出版社股份有限公司,2020年版,第84—85页。

先勇在文化焦虑中反而对国家民族命运更为关怀,对中国文化更加执着眷恋。他在纪录片中讲过,"我是广西桂林人,但我很小就出去了。在台湾也住了一阵子,在美国住了很久。人家问我家乡在哪里?我一下答不出来。不是地理上的,我说,我的家乡,是中国传统文化。回到中国自己的传统文化,我觉得好像回家了。听了昆曲就有这种感觉"①。幼年便从广西桂林的家乡走出,几经流散的白先勇早已不再介怀于家乡,已然心灵复归于中华文化的精神家园。

白先勇的"梦"缘甚多,除了自身写作的"文学梦",还有中国文学的"古典梦"、中国文化的"复兴梦"。究其"古典复兴梦",如果说《红楼梦》是其一,那么《游园惊梦》可谓其二。在诸多梦缘中,二者纤丝交织,集中体现了其核心指向"文化复兴梦"。他的"文化复兴"宏愿借鉴欧洲的"文艺复兴"观念,"希望二十一世纪我们中华民族像欧洲那样迎来'文艺复兴'。现在是最好的时候,没有内忧外患,而且经济都起来了,正是建设文化的好时光。我也是因缘际会,替汤显祖、曹雪芹做了一些事情。……中国戏剧上最了不得的就是《牡丹亭》,最伟大的小说是《红楼梦》,我希望这两本书可以成为未来'文艺复兴'的两根台柱,也希望青年朋友们看看这两本经典,对你们也会有很多很多的启发"②。白先勇历来极为推崇《红楼梦》与《牡丹亭》,他在美国执教期间是《红楼梦》的文化传播者,退休后则不遗余力地推广昆曲《牡丹亭》。

抗战胜利后,年幼的白先勇曾在上海美琪大剧院看过梅兰芳回国首次公演的昆曲《游园惊梦》,一时怦然心动于昆曲之美,从此便结缘于昆曲艺术,尤其念念寄情于汤显祖的《牡丹亭》。1966年,童年的牡丹因缘也激发了小说《游园惊梦》的创作(刊于《现代文学》第30期),作品聚焦于当年昆曲名角蓝田玉(钱夫人)在台湾的风光不再,也表现时代命运中昆曲在台湾的流落依稀。1982年,《游园惊梦》剧本出版,作者将其改编成舞台剧在台北演出。《游园惊梦》的成功演出,开启了白先勇的昆曲复兴之路。

1987年重返上海,他看了《长生殿》的昆曲演出,看到中国最精致、最雅致的传统戏剧艺术的浴火重生,"当时那一种感动,非比寻常,我感到经历一场母体文

---

① 《他们在岛屿写作:姹紫嫣红开遍》(白先勇纪录片),邓勇星导演,(台湾)目宿媒体拍摄,2015年上映。
② 白先勇著,刘俊编选:《一个人的"文艺复兴"》,广西师范大学出版社2019年版,第300、325页。

化的重新洗礼,民族精神文明的再次皈依"。而后,看到昆曲在两岸的大力推动,他愈加高兴,为之感动不已,"二十世纪的中国人,心灵上总难免有一种文化的飘落感,因为我们的文化传统在这个世纪被连根拔起,伤得不轻。昆曲是中国现存最古老的一种戏剧艺术,曾经有过如此辉煌的历史,我们实在应该爱惜它、保护它,使它的艺术生命延续下去,为二十一世纪中华文化全面复兴留一枚火种"①。白先勇热爱昆曲、呼吁昆曲,也践行推广"新式"昆曲。

2004年,青春版《牡丹亭》在台北首次公演,随后在海峡两岸暨香港、澳门以及欧美地区传播开来,苏州大学、北京大学、加州大学洛杉矶分校等陆续上演并取得巨大成功。在黎湘萍看来,"昆曲青春版《牡丹亭》是从戏剧着手进行文艺复兴的有益而成功的尝试"②。2008年,继青春唯美基调的《牡丹亭》之后,白先勇又制作了以琴曲书画为高雅基调的《玉簪记》。"青春版《牡丹亭》在华人地区,甚至欧美国家广受欢迎有诸多原因,我想最重要的是青春版《牡丹亭》在制作方向上,把传统与现代的因素成功地磨合成有机整体,符合二十一世纪观众的审美需求。青春版《牡丹亭》是一出既传统又现代的昆曲表演。……昆曲的音乐唱腔、舞蹈身段犹如有声书法、流动水墨,于是昆曲、书法、水墨画融于一体,变成一组和谐的线条文化符号,这便是我们在《玉簪记》里企图达成的昆曲新美学的重要内涵。"③在昆曲制作理念上,他赋予昆曲舞台表演以古今兼容的新美学趣味,保护传统而不泥古,推陈出新而绽放新机。

白先勇将昆曲视为中华文化的复兴大业,他带着强烈的民族文化使命感进行昆曲推广,心甘情愿、激情似火地充当"昆曲义工"。说起昆曲,他总是谈笑风生,充满文化自信。

> 我觉得一个民族的灵魂,就在于它的文化。如果我们的文化不完全的时候,我们的灵魂也是一直会漂泊的。我一直希望说通过推广昆曲,尤其让年轻学子,由于接触了昆曲,而对我们的传统文化的美,有了新的认识。我现在是,走进校园,还是有继续。我在北大、中大都开了昆曲课,可能在台大

---

① 白先勇:《白先勇说昆曲》,中国友谊出版公司2018年版,第45、59页。
② 黎湘萍:《闻弦歌而知雅意:从昆曲青春版〈牡丹亭〉开始的文艺复兴》,《华文文学》2005年第6期。
③ 白先勇策划:《云心水心玉簪记:琴曲书画昆曲新美学》,人民文学出版社2010年版,第4—5页。

也要开昆曲课。给昆曲一个学术上应有的地位。我的大愿,希望说,这些青年学子,大陆的、台湾的、香港的、世界华人的、外国留学的,我想至少一生中有一次,接触到这样美的东西,从此以后对我们的传统文化重新评估。也许由此就会亲近了我们的传统文化了。

说到底,昆曲只是我用来作为一种媒介,要透过昆曲把我们中国文化的精髓、美的东西传给他们看。原来我们自己的文化中,也有那么美的东西,也有那么精致的东西。而且那个精致是别的文化达不到的,我想这才是我真正的要做这个的目的。①

在昆曲复兴的文化工程中,白先勇向年轻学子传播昆曲之美,向世界展示中国文化最美的层面。对于文化复兴,他始终保持旺盛的青春活力。正如他在接受刘俊的访谈中所言,"我在想啊,可能在我的心灵里有这么一块地方,我想它可能是永远不老的,永远是青春状态。我发现自己蛮矛盾的,一方面我有那种老灵魂,很早的时候就有那种人世沧桑的感觉,另外一方面,对青春生命的那种焕发,我也有强烈的感受,一直到今天。事实上我想这是我生命中的一动力吧。我现在一直在推广文化,《牡丹亭》也好,《红楼梦》也好,我总是希望我们的文艺能够复兴——就是文艺回春。我们的文化老了,我们这个民族也蛮老了,可是中国这个民族也很奇怪的,其他民族有时候摔了也就摔了,起不来了,哎,我们这个民族很奇怪,你看那么古老的民族,看她那么老了,一翻身,又以一个很青春的生命回来了。其实我们的文化也是这样,在古老的生命里头,不断有着青春重生的能力"②。白先勇具有永恒的文学魅力与文化感召力,他在心灵里葆有"青春"一隅,在生命流散中不断自我更新,在传统戏曲里不断文化出新,正用切实行动建构着超越时空的文化复兴梦。

结 语

在白先勇的人生历程中,不断的"身体流散"、"精神流散"反而激发且丰富了

---

① 《他们在岛屿写作:姹紫嫣红开遍》(白先勇纪录片),邓勇星导演,(台湾)目宿媒体拍摄,2015年上映。
② 刘俊:《我所有的准备,都是为了中国的文艺复兴——白先勇访谈录》,《香港文学》2017年第11期。

"文化流散"。在他的流散视域里,"文化流散"既有延续五四精神传统的中国知识分子流散,也有对边缘群体流散心理的深层文化观照,更贵在对中华传统文化的自信与持守。于他而言,文化是心灵稳定的力量,"我年轻时念的专业是西方文学,我到美国去,现在算算在美国住了四十几年了,我的整个一生中让我还能安定下来从事写作、生活、教书,在此背后,我感觉就是有一股我们中国传统文化的力量在让我定下来"[①]。无论是文学写作、编辑《现代文学》刊物,还是《红楼梦》教学、昆曲《牡丹亭》制作,他都寄情观照,并楔入中华文化因素。综而论之,白先勇始终带着中华文化在迁转流散,在流散中又践行、传播、复兴中华文化,其文化自信、文化坚守、文化复兴之情可谓一往而深。

[①] 白先勇、朱寿桐:《呼唤中华文艺复兴:"白先勇与汉语新文学的世界影响"研讨会闭幕式上的讲话》,《华文文学》2016年第2期。

白先勇创作的戏剧资源及其开发运用

朱寿桐

澳门大学

已经有研究者注意到,白先勇的文学创作与戏剧的关系极为密切,但这样的研究多为白先勇近十数年来浸淫于戏剧事业,推动并主导青春版昆剧《牡丹亭》这一特别的文化事件所启发,而且相关的研究往往过甚其词,认定白先勇的文学创作具有"戏剧化"的倾向。在这方面,娄奕娟的论文具有代表性,也具有相当的分寸感,论者认为白先勇的《台北人》具有"戏剧化的因素"[①],但其他论者较多地坐实白先勇小说创作的"戏剧化"倾向,似乎想论证白先勇小说"太像戏",这就有些不合适。其实,作为作家的白先勇主要成就仍然体现在他的小说创作之中,而且他的小说就是典型的小说文体文本,只不过他的小说创作较多地运用了戏剧资源,而戏剧资源的开发利用强化了他小说的特性和魅力。

一、杰出文学家与戏剧资源

几乎所有著名的中国新文学家,其文学创作的巨大成功,都常常包含有戏剧资源的开发与运用的成分。因为他们在童年、少年时期所接受的文学养分和艺术养分,最有可能通过戏剧特别是民间戏剧的资源与渠道。戏剧滋养了他们的文学兴味,同时戏剧也成为一种文学记忆沁入他们作为作家的心脾,成为他们日后进行文学创作的重要素材,甚至成为他们进行文学构思的方法论基础。

鲁迅在小说《社戏》中说"我"几乎不看戏:"倒数上去的二十年中,只看过两

---

① 娄奕娟:《论白先勇小说中的"戏剧化"因素——试以〈台北人〉为例》,《华文文学》2003年第2期。

回中国戏,前十年是绝不看。"但这并不影响他在创作和写作中频繁地、密集地使用戏剧文化资源。他不仅写出了中国现代几乎是唯一成熟的哲理诗剧剧本《过客》,他的最重要的小说人物阿Q动辄"手执钢鞭将你打",《离婚》中的爱姑也崩溃在七大人唱戏式的"来……兮"堂号声中。《白蛇传》这类戏文中的"义妖"形象成为鲁迅写《论雷峰塔的倒掉》等战斗檄文的资源,《电影的教训》等杂文引征传统戏剧剧目《斩木诚》,以及《四郎探母》、《双阳公主追狄》等传统戏文更是驾轻就熟,如数家珍,对中国传统文化中的孝道、"忠义"的批判一般都借助于戏曲资源。

郭沫若是汉语新诗的缔造者,同时也是汉语新剧的开拓者。他在五四时代推出的代表作《女神》,其点题之作就是诗剧《女神之再生》,在此剧中甚至有舞台监督的角色出现。当然他的《棠棣之花》、《屈原》、《南冠草》等剧作也足以表明,他同时也是杰出的剧作家。茅盾同样是杰出的剧作家,他1940年代的戏剧创作成就并不下于他的小说成就。莫言将猫腔地方戏曲引入他的多部著名小说,并成为小说代表作中的代表性情节。贾平凹将秦腔当作重要的文学素材,还以秦腔为名创作了他的重要作品。这些戏剧因素不仅丰富了作家的创作题材,而且也夯实了作家的创作资源。

白先勇接触戏曲的年龄是9岁:"梅兰芳回国首次公演,那一年,我9岁。梅兰芳一向以演京戏为主,昆曲偶尔为之,那次的戏码却全是昆曲:《思凡》《刺虎》《断桥》《游园惊梦》。很多年后昆曲大师俞振飞亲口讲给我听,他说——梅兰芳在抗战期间一直没有唱戏,对自己的嗓子没有太大把握,皮黄戏调门高,他怕唱不上去,俞振飞建议他先唱昆曲,因为昆曲的调门比较低,于是才有俞梅珠联璧合在上海美琪大戏院的空前盛大演出。我随家人去看的恰巧就是《游园惊梦》。从此,我便与昆曲,尤其是《牡丹亭》结下了不解之缘。小时候并不懂戏,可是《游园》中《皂罗袍》那一段婉丽妩媚、一唱三叹的曲调,却深深地印在我的记忆中,以至许多年后,一听到这段音乐悠然扬起就不禁怦然心动。"[①]后来,他与剧坛大德周信芳等过从甚多,与昆剧界的张继青等名师也交往甚多。不过他的文学资源则是在少年时代的戏剧濡染中形成的。

根据文艺创作心理学的原理,一个作家少年和青年时代的人生体验,是构成这个作家创作资源意义的最为有效的经验。英国小说家格雷安·葛林认为,作

[①] 参见白先勇接受高晓春采访,链接 https://zhuanlan.zhihu.com/p/63266028。

家在其人生"前20年"的经验具有这样的资源意义,爱尔兰作家乔伊斯则说是"前25年"。[①] 上述杰出作家在少年时代所受到的戏剧教育和戏剧资源的濡染,最可能形成他们的文学创作的原型题材,甚至成为他们的思想文化资源。白先勇的人生经验与戏剧艺术接受经验同样也是如此,在童年和青年时代的接受最有可能成为伴随其一生的文学文化资源。

这样的资源意义首先在于,青少年时代接受的戏剧资源可以经常性地被作家征用来作为自己喜欢表现的文学题材。白先勇借用《游园惊梦》的戏剧题材和戏剧情境表现官场贵夫人的落魄人生和相应的哀怨情感,在作品《一把青》中借助演艺题材比喻人世的沧桑和人生的剧变,之所以如此信手拈来,就是因为这样的戏剧情节、戏剧情境在作家胸臆中形成了感动的力量,甚至形成了冲动的机制。成年以后接受的文艺熏陶也可以成为文学创作的资源,但不会形成如此强烈的感动力量或诉诸文学表现的冲动机制。

文学创作原理表明,在作家的生活体验中,只有直接经验能够有效地作用于文学创作,而间接经验,也即通过所读的书本所获得的经验,往往不能转化为文学创作所需要的灵感和悟性材料。但实际情形是,只要是在青少年时代获得的阅读体验、文艺接受的体验,即便是书本上的,或是戏文上的"间接经验",仍然可以发酵为文学创作的资源,也就是梁笑梅所论证的第二资源。[②] 其实,英国作家所讨论的人生前20年还是前25年的经验可为文学创作的有效经验,这并不是问题的关键,关键是这样的有效经验中是否包含间接经验,是否包含着这段时间阅读经验和艺术接受经验的结果。从鲁迅、白先勇等与戏剧资源的关系中可以分析出,阅读经验或艺术接受经验如果能够转化为文学创作的直接资源并相当于直接经验,则须在人生观价值观尚未完全形成的少年时代。

二、"人生如戏"的悲剧性体验与白先勇的小说创作

如果说杰出作家与戏剧资源的密切关系构成了一个重要的文学规律,那么,白先勇处在这个规律的自然链接之中。这位小说家没有创作过严格意义上的戏

---

① 参见朱寿桐:《文学与人生十五讲》,北京大学出版社2006年版,第142页。
② 参见梁笑梅:《〈小说星期刊〉与香港早期新诗的次源性传播》,《中国现代文学研究丛刊》2010年第3期。

剧作品,但他对戏剧的爱好,对戏剧的濡染,对戏剧资源的偏爱和对戏剧题材表现的热忱,以及在非戏剧作品中写出戏剧的苦情与悲剧美,是他有别于其他小说家的创作特色。

白先勇的人生与写作,都体现出丰厚的戏剧资源。他所体验的生涯跌宕起伏,所观察的人生的波诡云谲,生动而深刻地诠释着人生如戏的哲性理趣。白先勇的大部分小说都表现出主人公就如《谪仙记》中的李彤那样在命运的拨弄下人生境况或人生境遇的巨大落差,这样的巨大落差体现出的便是戏剧性的跌宕与诡异。巨大的人生变故是戏剧性人生体验的基本格局与框架,这样的人生体验往往与白先勇作品的艺术表现联系在一起,因而他的作品所体现的戏剧性比任何作家都更明显。人生如戏、人生如梦的戏剧体验固然在《游园惊梦》等戏剧风的作品之中体现得最为明显,而且这样的作品也常常是以戏剧题材和戏剧情境表现。类似的还应该有《一把青》等。人生如戏、人生如梦的况味在作品中得到了充分的体现。

戏剧的突变化笔法体现于《谪仙记》、《一把青》这样的作品中,读者不难认知人们面对命运之神的神秘操控,无能为力,只有在过于强烈的特立独行中(实际上是戏剧性动作的调适中)通过实在性的"表演"掩饰自己的心灵悲痛和灵魂创伤。用喜剧笔法反映悲剧的人生,其状态之惨烈乃为一般作品所难以企及。

他的人生阅历中充满着戏剧接受、戏剧体察、戏剧性省思的意味。出生于帝王将相之家,却暌违于才子佳人之道,于是,生命的豪华都只能寄寓于虚拟之间,人情的富丽又只能寄托于想象之中,人生如戏,人生如梦,人生似水月镜花,人生有声色犬马,这些生命体验和人生感悟都是戏剧性的展现,也都符合白先勇这个特殊的文学个体所有的生命感受。《孽子》集中体现了这样一种悲剧性的人生况味。在一个无法正常体验和享受人生的生活格局之间,敏感的台北少年体验和感受的就是荒诞的悲剧和无望的人生。这是一个极度不合法的特殊的世界,一个在所有意义上都不被承认、不受尊重的畸形地域,一个即便是在欧仁苏的《巴黎的秘密》和高尔基的《夜店》中也很难窥见的黑暗的人生舞台,这种无边的黑暗只有在舞台的高度人为的灯光处理下才可能得到酣畅的表现,这可能也正是《孽子》所具有的戏剧效应的一种展示。在这部小说中,所有的场景都凸显着被渲染的幽暗和被强调的绝望。"在我们的王国里,只有黑夜,没有白天。"这是小说一开始的宣告,也是一种舞台式场景灯光的虚拟与描述。

可以推断的是,《孽子》将这一群挣扎在黑暗人生中的男同性恋者处理成社会最底层的受虐狂,多少含有在最大限度上拉开与作者自身社会层次、文化层次乃至道德层次之间的距离的意味,这实际上是在当时看来非常敏感的话题上让自己处在较为安全的状态的一种文学设计。其实,这恰恰说明,小说通过人物展示的抑郁焦虑、多重人格的情绪,近乎疯狂和自虐的感受,与作家自身的体验具有密切的关联。将精神层面自身体验的深切与无奈通过与自己在物质世界相距甚远的人物加以表现和表演,这正是一种戏剧性构思的特征性体现。戏剧家往往都会通过拉大人物与自身的一定距离来安全地寄托自己的情怀与情绪,这是戏剧性构思的重要特性。郭沫若创作《蔡文姬》之后,就直接表述说,"蔡文姬就是我!"由此引发了人们对郭沫若"隐曲心声"的考释。[①] 曹禺也往往通过女性人物表达自己作为剧作家的内心隐曲,如繁漪、愫方,等等。戏剧表现比起小说表现来,一个特别明显的特点就是剧作家可以在非常安全的状态下将自己的情绪和情愫寄托在与自己距离较大的人物身上,这既是一种看戏的感受,也是一种写戏的诀窍。因此,《孽子》的写作不仅强化了人生如梦如幻如戏如演的荒诞与空虚,而且也显示出白先勇深得戏剧构思之妙的创作心机。

白先勇的小说创作善于运用丰富而厚重的戏剧资源,不仅在人生如梦、人生如戏的主题表现方面有着突出的建树,而且在人物性格的刻画,特别是人物性格在重大历史变故和命运转折中造成的巨大变异方面,体现着戏剧作品才具有的艺术力度。没有任何文学体裁像戏剧这样强调人物性格的刻画,特别是强调人物性格的历史,将人物性格的历史描写当作戏剧情节发展的必然要求。他的小说总是体现着像戏剧一样刻画人物性格,更像戏剧一样将主要情节处理成人物性格的历史,在巨大的戏剧突转中改变人物的性格。《谪仙记》中的李彤本来是一个美丽、爽朗、大方、得体的女孩,但一场重大的灾变不仅使她丧失了父母、家庭,也使她性情大变,她变得忧郁而焦躁,歇斯底里而自暴自弃,一个美丽的生命就如同一朵绰约的鲜花,开放在肃杀的命运和残酷的环境之中,遭遇到的便是凄美的枯萎与消亡。人物生活遭遇和命运的改变,完全有可能而且也绝对有能力改变一个人的性格。《花桥荣记》中几乎所有的人物,都在命运的颠沛之中改变了性情,也改变了性格。其中的主人公卢先生,一开始以诚信、老实、守正为立身之本,但遭遇到的生活一次又一次打击,让他的希望的泡沫一次又一次破灭之后,他变得比任何人都更加世俗甚至变态,终于在历史的颠沛中,在悲苦飘零的

---

① 见贾振勇:《〈蔡文姬〉:郭沫若隐曲心声考释》,《郭沫若学刊》2007年第2期。

处境和内心失去希望、失去依靠的情形下,在体验过生命的虚妄和命运的无常之后,发展到了精神上的放弃,情感上的放纵,生活上的放荡,完全失去了原来的谦谦君子之风。白先勇同样是在人生如戏、认真不得,如果认真对待,最后是伤痛淋漓的人生教训和悲剧况味中完成这个人物的性格历史书写的。总之,通过拉长历史长镜头,人物在日常的但是毫无希望的命运中体验灾难性的隐痛,从而发生性格的变化,典型的作品是这篇《花桥荣记》。

悲剧性的命运与性格对于白先勇的小说人物来说,都像是比翼双飞的燕子,始终伴随,而且无处不在,无时不有。在《芝加哥之死》中,吴汉魂的命运与性格同样坠入了沉闷的低谷,然后一蹶不振。《寂寞的十七岁》虽然没有通过命运的变异书写人物性格的历史,但那不幸的命运以及环境的捉弄所传达的悲剧性依然挥之不去,这应该是《孽子》的雏形。小说中的对话之精彩、机锋而无奈,体现出戏剧性的表现风格,而唐爱丽的反目成仇所具有的情节突变性则非常生动地体现了小说的戏剧品性。

三、 白先勇小说的戏剧手法

白先勇小说其精致的小说味在于景象与人物描写的精美、传神,人物刻画的精致、深入,而其小说的戏剧资源的发挥则体现在精彩、精炼、精到地描写人物对话。且看《永远的尹雪艳》中的人物对话:

"亲妈,"徐太太忍不住又哭了起来,"你晓得我们徐先生不是那种没有良心的男人。每次他在外面逗留了回来,他嘴里虽然不说,我晓得他心里是过意不去的。有时他一个人闷坐着猛抽烟,头筋叠暴起来,样子真唬人。我又不敢去劝解他,只有干着急。这几天他更是着了魔一般,回来嚷着说公司里人人都寻他晦气。他和那些工人也使脾气,昨天还把人家开除了几个。我劝他说犯不着和那些粗人计较,他连我也喝斥了一顿。他的行径反常得很,看着不像,真不由得不教人担心哪!"

"就是说呀!"吴家阿婆点头说道,"怕是你们徐先生也犯着了什么吧?你且把他的八字递给我,回去我替他测一测。"

徐太太把徐壮图的八字抄给了吴家阿婆说道:"亲妈,全托你老人家的福了。"

  "放心，"吴家阿婆临走时说道，"我们老师父最是法力无边，能够替人排难解厄的。"①

  这番对话将徐壮图太太和吴家阿婆的身份、性格、行动风格、说话语气等全部凸显出来，宛如舞台上的对白一般，读之可以联想到对话人的神态，甚至她们的样貌与动作、姿势，在小说中便如在戏剧舞台上那样活灵活现。

  白先勇的戏剧资源运用于小说创作，较普遍的情形便是将戏剧创作中习见常闻的表现手法融入小说叙事，从而使小说作品体现出明显的戏剧性品质与韵味。这也是作家较多浸润于戏剧艺术的一种资源性运用的艺术效果。

  戏剧创作中经常采用的突转、突变手法，在白先勇的小说中得到了较普遍的使用。即使是《寂寞的十七岁》这样属于少年题材的作品，属于远离人生的狂风巨浪的小说，作家也照样使用突转、突变的手法，强化作品的情节性效果。杨云峰拒绝了唐爱丽的缠绵要求，但又觉得让女生难堪了，于是好心给她写了封安慰的信，没想到的是：

  我到学校时，到处都站满了人在看书。我一走进教室时，立刻发觉情形有点不对，他们一看见我，都朝着我笑，杜志新和高强两个人勾着肩捧着肚子怪叫。前面几个矮个子女生挤成一团，笑得前仰后翻，连李律明也在咧嘴巴。我回头一看，我写给唐爱丽那封信赫然钉在黑板上面，信封钉在一边，上面还有限时专送的条子，信纸打开钉在另一边，不知道是谁，把我信里的话原原本本抄在黑板上，杜志新及高强那伙人跑过来围住我，指到我头上大笑。有一个怪声怪调地学道："唐爱丽，我好寂寞。"我没有出声，我发觉我全身在发抖，我看见唐爱丽坐在椅子上和吕依萍两个人笑得打来打去，装着没有看见我。我跑到讲台上将黑板上的字擦去，把信扯下来搓成一团，塞到口袋里去。杜志新跑上来抢我的信，我用尽全身力气将书包砸到他脸上，他红着脸，跳上来叉住我的颈子，把我的头在黑板上撞了五六下，我用力挣脱他，头也没回，跑出了学校。

---

① 白先勇：《台北人》，广西师范大学出版社2010年版。本文引用均为此版本，下文不再一一标注。

这样出乎意料的突转是戏剧常用的表现手法,因为戏剧情节一般都有时间上和篇幅上的经济要求,不可能提供娓娓道来的叙事空间,于是,突转性的情节和突变性的安排常常得以运用。白先勇在许多作品中都安排了突转和突变的情节设置,体现出戏剧资源在小说中运用的艺术特性。《一把青》、《金大班的最后一夜》、《玉卿嫂》、《花桥荣记》、《谪仙记》等小说都运用了命运突转或环境突变的表现方法,这些作品都因而体现出浓厚的戏剧性。

戏剧常用的情节揭秘法在白先勇小说中也得以普遍使用。戏剧作品须在比较集中的时间和场景内完成故事的叙述,这种艺术构思的集中性常常通过剥茧抽丝、层层揭秘的办法加以展示,既持续调动观众的关注兴趣,又在舞台展示方面具有清晰的逻辑性。典型的表现在疑案性的剧作《十五贯》、《女起解》中都有揭示,莎士比亚戏剧《罗密欧与朱丽叶》、《威尼斯商人》等也存在着这种逐层揭秘的表现策略。在白先勇的小说中,《玉卿嫂》是这方面极为成功的典范。玉卿嫂的神秘动作引起了所有读者像看戏一般的好奇与解秘的冲动,并因此将我们探秘同时也是观赏的热情持续调动着。类似的场景错愕法以及动作解秘法还体现于《我们看菊花去》。姐姐在外国留学由于各种原因得了严重的精神病,她特别信任的弟弟动议说带她去看菊花,一路上姐弟俩欢声笑语,亲情甜蜜,可是到了"看菊花"的地方才让读者,也让病重的姐姐真相大白:弟弟原来是受命将姐姐诓到精神病院,姐姐不仅失去了看菊花的烂漫梦想,而且也失去了家庭的温暖和人生的自由。在《芝加哥之死》等作品中,也都存在着类似的逐层揭秘的戏剧化写作的痕迹。

白先勇还从戏剧式创作中更进一步,将电影手法,特别是蒙太奇手法运用于小说创作中,如《游园惊梦》、《金大班的最后一夜》都有这样神奇与娴熟的手法。这是戏剧资源的一种技术意义上的发挥。

这些戏剧资源在创作中的普遍应用,可以总结出解读白先勇的一个角度。这样丰富的戏剧资源使得白先勇小说具有天然的戏剧资源意义,他的每一篇小说皆可以转化为戏剧或戏文的文本。

典型如何构建真实：白先勇、影视改编与空间叙事

丁亚平

中国艺术研究院

一、白先勇先生的"超空间"

白先勇身份特别，他是一个文学作家，也是一个有着"高度的美学涵养与鉴赏力"的学者，甚至还被誉为"整个文化复兴的引领者"。[①] 他的创作高峰期集中于二十世纪六七十年代，相继发表了《寂寞的十七岁》《纽约客》《台北人》三个系列共34篇短篇小说和长篇小说《孽子》。为什么二十几岁这么年轻的他创作伊始就迎来这样的创作高峰？我们都知道，白先勇十二岁前在中国大陆成长，后在台湾生活，发表小说则在美国留学时期。每一个地方，于他越是新的，就越是塑造着他的生活与思想。作为他者的美国经验使他有了他者的眼光，思想、艺术的交融与碰撞，肇始于跨地的"超空间"的奋进和文学化生产进程，驱使他不断地回味、咀嚼并重述这个大历史下的人与故事。

在八十年代后，"悠游于美学、音乐、喜剧、文学诸领域"[②]的白先勇，积极参与到他的小说的跨媒介改编创作中。1984年，台湾新浪潮导演张毅首次将白先勇的短篇小说《玉卿嫂》改编为电影，同年，《金大班的最后一夜》被台湾导演白景瑞改编为电影，这两部电影上映后得到了广泛好评，获得了当年金马奖多项提名和奖项。转年，他的小说《孤恋花》被台湾导演林清介改编为电影。白先勇的长篇小说《孽子》于1986年首次被台湾导演虞戡平改编为电影，同年被选为"洛杉矶

[①] 陈美霞：《跨界对话：白先勇研究的新进展》，《学术评论》2012年第6期。
[②] 同上。

第一届同性恋影展"的开幕影片。这意味着,相较于过去的历史阶段,现在的他更为进步、更加成熟。他的多篇作品接连被改编为影视剧、舞台剧等形式,白先勇也是作品被影视化改编次数最多且最有影响的华人作家之一,至今共有11部改编自小说的电影和电视剧。

白先勇作为台湾文学的代表作家,他的作品,何以成为影视创作竞相改编的对象?也许,作为像许知远所说的"拓展时代的边界"的"逆潮流"的人,他的作品的影视化,恰恰缘于这种"超空间"激发的个人体验,并且借由中国化的典型场景与现代性互融表现,助推其成了影视改编实践过程中文化文明协商的热点和互动、复杂的中国经验书写的亮点。

二、"典型"的中国化:与典型场景"常量"结合

陈荒煤在二十世纪八十年代说过,"典型问题,是文艺规律中的一个关键问题"。他还谦虚地说这也许是他个人的偏见。回过头来再看这一认识,这非但不是偏见,倒正是高见。与陈荒煤做这样的论断的同一时期,台湾兴起了"新电影运动",一批年轻的电影创作者更加注重以写实的手法反映现代社会中的问题;同时,在这一时期,随着一批乡土作家的文学被改编成电影并获得成功,台湾产生了影视改编文学的创作趋势。一些电影,在票房上获得成功,"台湾观众在银幕上见到了熟悉的乡镇场景,听到了亲切的台湾闽南语和'国语',感受到了台湾文学改编电影的魅力,促使了台湾电影改编文学的热潮"。而事实上,白先勇文学作品的影视化改编,也在八十年代,走向了它的高光时刻。其中的典型问题,始终是影响白先勇作品影视改编创作的关键,"典型如何构建真实",涉及在对典型的"过渡"性质和不稳定性质越来越清晰的意识中,而这是和"典型场景"结合的。

《台北人》中的台北,折射时代洪流中的台湾和大陆、香港的历史牵连,表现现代中国的社会变迁与情感记忆。《金大班的最后一夜》中的百乐门,从前那种日子,片中上海话、山东话、苏北话,等等,与抱着过去的记忆的人物同在。

白先勇本人在1987年受邀来到上海讲学,和著名导演谢晋确定对《谪仙记》进行电影改编。"上影厂的导演谢晋来找我商谈改编我的小说拍成电影的事。当时他的《芙蓉镇》刚上演,震动全国。谢晋偏偏选中了《谪仙记》,这多少出我意料之外,这篇小说以美国及意大利为背景,外景不容易拍摄,谢晋不畏艰难,坚持

要拍这个故事。"①在电影《最后的贵族》(1989年)筹备及拍摄过程中,白先勇参与了电影的各个创作环节,他对于电影剧本的创作以及典型场景的设计等都发挥了较大的影响。

中国台湾和大陆、香港,美国,意大利,这是物理空间。在这样的物理空间之外,作为"典型场景"的还有影片故事与人物所置身其中的社会空间、心理空间。编剧白桦曾提到:"我和白先勇有过一夕谈,我窥见了他心灵的一隅,进一步也有可能看见李彤的心灵的一隅。这就是我所以最终还是改编了这个作品的缘故。"②这显现出作为文学改编中的典型场景等典型创造的复杂性和深刻性。

影片《金大班的最后一夜》相较小说,编导强化空间叙事的营造:除大段落地增加了在上海的月如与兆丽生活的场景,还特地叙述,月如从屋外面回来,外面下雪了,相比于台北,毕竟下雪的上海地域特色突显了出来。月如说肚子饿了,提议要到国际二十四楼吃饭,去逛大世界,去美琪戏院看翡翠七彩电影《出水芙蓉》,这都是原小说中没有的。影片特地强化性地补充描写兆丽是苏北人,她的妈妈和哥哥极其粗暴地灌她堕胎药,三个人都操着浓浓的苏北话。"金大班"的清醒、通透、老到,和岁月、时间与阶级、地域,比如上海的苏北人、台北的上海人,和这样的被影片强化了的身份有很大联系。

夏衍曾这样说:"每一个典型环境、典型时代都有典型情景,你要抓住它。"说得太好了,但是我想,他说的这种典型情景、典型场景,作为空间形象,是复杂、多义的。

三、"典型"的现代性:"最小可辨差"与最低程度的含混性

白先勇小说的典型之进入影视,典型问题及其创造的吸引力、注意力所呈现出的含混性,就得到解决,至少是一定程度的解决,也就是在影视可视化的过程中,典型形象创造得以实现"最小可辨差",或最低程度的含混性的创作条件,进而有可能参与对真实的建构。当然,这也与白先勇作品的特定表现方式以至影像、图像预设有内在的联系。

有学者将白先勇这种表现方式称为"图像写作","白先勇小说中的图像写

---

① 白先勇:《谪仙记——写给林青霞》,《书摘》2015第2期。
② 白桦:《世界上的水都是相通的》,《文汇报·笔会》1987年11月18日。

作,实际上说的是顽强抵抗着被'文字''意象'化的部分——它由于这种对行文的抵抗,而成为凝聚着更多'言外之意'、'画外之象'的顽强而坚硬的东西,同时,这又不同于传统文学的意象表达,它更多地属于现代,属于摄像机的时代"。①2003年《孽子》被台湾导演曹瑞原改编为电视剧,曹瑞原导演共三次以电影、电视剧改编白先勇的小说,分别还有电影《孤恋花》(2005)、电视剧《一把青》(2015),他认为"白先勇的文学作品影像感强烈,《孽子》中'那个白花花的午后,父亲把儿子赶离家门'令人感受到白先勇对影像的情感"②。

也有很多人关注到,小说《游园惊梦》中有一段著名的"蒙太奇"段落,钱夫人醉酒后在身处的现实时空中不停地涌现出回忆中的画面,一系列平行层面的话语和意象重复登场,曲词里的"姹紫嫣红"与"断井颓垣"重复交替。这一系列场面在小说的描述下造成了一种奇特的间离效果,钱夫人既身处其中同时作为叙述者描述这些场景。此刻小说展现的空间场景包含着多维度的时间意识,无比接近于电影镜头中常呈现的摄影机与主视点伴随-分离的效果,制造出时空的重叠。③

因此,白先勇小说"典型"在影视改编的过程中,从《玉卿嫂》到《金大班的最后一夜》,再到电视剧《孽子》、《一把青》,更多地被注入了"最小可辨差"的色彩,这从其作品影视可视化的现代移译、位移中可以得到进一步呈显。

白先勇小说,多年来有不同的媒介来改编它、移译它,但是需要看到,他的作品改编,当然不将一个故事原封不动地转移到另一种媒介上。李欧梵曾指出,电影对小说文本的接受程度会影响其改编结果,而形成忠实改编、无修饰改编与松散改编等不同类型。④ 白先勇的小说被改编,大体属于松散改编。白先勇本是这样看的。

白先勇在《小说与电影》一文中就论述过这两种媒介的差异和联系。首先他认为小说和电影间并没有严格的对照关系,是否忠实于原著并不是改编成功的必要条件,"小说与电影的关系可能比其它形式的转换更为密切"⑤。其次电影对

---

① 陈云昊:《论白先勇小说的图像写作》,《华文文学》2018年第2期。
② 陈美霞:《跨界对话:白先勇研究的新进展》,《学术评论》2012年第6期。
③ 参见许燕转:《论白先勇小说的"叠置时空"叙事》,《广西大学学报(哲学社会科学版)》2010年第5期。
④ 参见李欧梵:《文学改编电影》,香港三联书店2010年版,第34—35页。
⑤ 白先勇:《白先勇经典作品》,当代世界出版社2007年版,第50—55页。

小说的改编,更多取决于各自的媒介特征,"小说与电影相互影响的另一个实例是所谓意识流技巧的运用"①。对于两者的差异之处,他认为小说描述的是一种平面效果,而电影则以视听技术塑造了更立体的效果,更加适合表现典型情景、典型场景,并且特别适合描绘宏大的史诗场景,对于真实的空间细节表现优于小说的文字描述。小说长于描写人物内心活动,白先勇对于小说和电影两种媒介的共通点做出了总结,"在文学类中,小说是最不纯粹的类别……时空与人物的处理也更自由广阔;是一种综合性的文学形式。而电影,除了文学,更糅合了音乐、绘画、科技等等,是一种综合艺术。它们二者的共同点是:都有故事、人物、情节,基本的态度都在反映社会、关切人的问题"②。白先勇对于电影改编小说的看法重点在于,于注重两种媒介的叙述特性和差异中寻求创作规律的公约数,并且实现艺术创作的目的。因此在白先勇小说的影视改编中,关键在于如何根据叙述性特征,以创作手法的形象性构建,在从物理空间到社会空间再到心理空间方面达至"过渡、短暂、偶然"③的现代性的最低程度的含混性,实现影像化的重构,以为观众提供独一无二的内容,全面描写人类心灵深处无言的思绪以至痛楚,展现人物所牵连的文化、历史及事件,挖掘出人物命运表征之下更深层次的意味,以有助于读者增加对白先勇小说文字的敏感与现代性的理解,同时让更广大的观众获得直接、整体性的体验。

四、历史直觉化:对时代与文明演变的知觉经验实现令人信服的移译

我们看到,"典型"在白先勇作品影视改编的过程中,是伴随着特定的时代背景发生的。这里的核心问题不在于故事安排、情节发展,而在凭着历史的直觉化的想象、文明和审美意识,使用了怎样的空间叙事,这些空间之间存在什么样的关系,典型在何种层面构建了怎样的心理的真实,文学、电影、电视剧与人类文明,在互文性的空间叙事的意义上各自展现怎样的时代书写的贡献和意义。"从

---

① 白先勇:《白先勇经典作品》,当代世界出版社 2007 年版,第 50—55 页。
② 同上。
③ 汪民安:《现代性》,南京大学出版社 2020 年版,第 16—17 页。

观众那里得到什么样的认知和社交反馈"①，进而由转瞬即逝的包括身体感官的感性经验演化为对心理空间、文明意识深处的驻留、品尝与回味。

与《金大班的最后一夜》相比，《孤恋花》的改编更动较大。原小说侧重心灵、心理空间，而林清介的电影和曹瑞原执导的电视剧在社会时代表现上着墨较多，戏剧性十足，但是角色与上海、与大陆、与祖国的最深的"结"深深缠绕其中。影片《孤恋花》同样是表现的风月场，背景改为二十世纪四十年代战时和战后时期，讲述台湾醉风楼里云芳、白玉、娟娟、雪儿（陆军司令）等人的故事。日本人、南洋、中国东北、唐山……构成隐秘的情感地理。音乐家林三郎与白玉的心灵相通，对她心生好感。白玉家没有钱，白玉哥哥只好去当兵，家里人指望她，她倍感压力。云芳到了台湾，又遇上了美国飞机炸。轰炸的场面格外惊悚。阿俊想娶云芳为姨太太，她拒绝了他。柯老雄喜欢上了娟娟。电视剧的主角转移为台湾作曲家林三郎及其流亡人生，包蕴文化乡愁的民族志的参与性观察，展现出文化的厚度及其传递效应。

《孤恋花》中的人物经常和人说"从前家乡"。影片讲述，三郎在大陆几年，他和人说他是台湾人，谁知常常被说是日本人。他一想，算了，还是回到台湾，"醉卧枫乡"。电视剧第一集，剧中描述林太太早年由台湾随丈夫到东北做事，苏联人来的时候，丈夫病故，可她和孩子格外惨，她"带着孩子东奔西波"，过得很不容易，最后才到了上海。"日本人，拿他们当中国人，撒手不管了。内地人，拿他们当日本人，人人喊骂。"林三郎听了，不由感叹："这都是台湾人的悲哀。"这个细节和电影有差异，但身份认同、家园认同同样成为问题，它意味着人物的流离、身体感官的经验、难断的情缘与灵魂的漂泊，纯真的花样年华不再，却只留乱世儿女满心满眼的沧桑与无奈。

典型创造能不能把握"真实"，和对主体的知觉经验实现有较大的关联，关键是不能建造"云雾中的楼阁"，这样的东西没人会感动。夏衍曾在二十世纪三十年代指出："能否把握'真实'，这是艺术家能否成功的分歧。"后来，在《写电影剧本的几个问题》中，夏衍再次强调："真实性是一切艺术的重要的原则。"同时，他还明确指出：典型环境的关键，是"政治气氛与时代脉搏"。

白先勇没有像夏衍一样置身过三十年代外忧内患的时代环境，他的时代脉

---

① ［美］亨利·詹金斯、赵斌、马璐瑶：《跨媒体，到底是跨什么？》，《北京电影学院学报》2017年第5期。

搏的触碰,传递的,是人本精神,他的作品的影视改编在人物塑造和人生观照等方面继续进行探索。这之中,从历史上直觉地寻找影视或剧情展现的形式,虽然做的是改编,但我们还是看到"直觉"的作用、走心的作用。

《花桥荣记》(1998)中的老板娘荣蓉,在战时与她丈夫天长匆促别离,从此,天各一方,失去音讯。来到台湾的老板娘荣蓉开了一个米粉店,店里的顾客中,许多是广西同乡,为着要吃点家乡味,才常年来荣记这里光顾,尤其是来包饭的,都是清一色的广西佬。李半城死前还惦记着能不能回到大陆看一看自己有地契的几栋老房子。秦癫子一直活在当年县长的幻象中。卢先生为了在大陆的未婚妻能来台湾与他相聚被骗去全部积蓄。桂戏,可以解解乡愁。音乐与唱词跨地、跨时空。"望儿望得我眼穿,我的儿,汾河湾,去打雁,日落西山。"桂林的山、水、人之美常在心中。这种表现,是外在于理性认知的属于身体感官的层面的。

其中贯穿着"情感地理"的建构与解构。其中强调流动性,重视表现情感和感情在人与人、人与物之间的流动;重视个人性,不停留于肤浅的表层关系,深入精神生活的隐秘空间;主张文化乡愁的民族志的参与性观察。弱化隔绝观念,显化文化的厚度及其传递效应,倡导跨界关联。

这是作者白先勇先生的"哀江南"。是大陆一代人迁台的"沧桑与惘然",是刘俊教授说的"与大陆千丝万缕的历史联系"(《〈台北人〉五十岁了》),是流转颠沛的人们去国离家生命际遇的深情"宣叙"。

我想说,我是视白先勇先生作品的影视改编中的典型创造为有生命的动力学的,而且它之于中国影视与文化的发展,有其重要的当下意义。

在后现代的时代语境下,典型的曝光瞬间似乎比百分之一秒还短,这种情况下,再谈典型似乎是老生常谈,但其实并非如此。典型作为构建真实、形成任何有意义的定位与动力学的重要手段,不仅不是时代的弃儿,反而需要被重新重视和讨论。它作为历史的一部分,而非外在者,和中国性、现代性和文明性相呼应,体现出独具魅力的艺术真实。

论白先勇小说电影改编中的空间构设及其文化意义

——以《最后的贵族》和《花桥荣记》为分析对象

朱云霞

中国矿业大学

  白先勇是"时空意识、社会意识极强的作家"[①]，在其最负盛名的小说集《台北人》和《纽约客》中，时空意识既是解读作品主题的关键，也是考量他文学观念和社会认知的切入口，由此延伸出与"怀旧"、"离散"、身份认同等相关的文化阐释。问题是，自1984年《金大班的最后一夜》被导演白景瑞改编成电影之后，这两个小说集中的多个短篇被改编成影视作品，当小说以跨媒介形态被改编后，我们如何把握"时空"在故事转化与文本对话中所衍生的更深广的意涵？诚如我们在阅读中所感受到的，小说对空间的描述，即便如白先勇这样的作家，能够在细微处以客厅、沙发、橱柜、抽屉、卧室等表现时代感与个体心境，但与叙事或抒情同步的空间大都作为场景存在，读者是在想象中完成对空间的认识和理解。而当小说改编为电影，空间构设则是首要的，原本抽象的场景必须再现为有意味的空间，这样的视觉空间要呈现给谁看？以怎样的方式提供看的路径？如何在空间表现中深化或拓展原作的时间意识？空间在这里就不再是抽象的概念，而与时代语境、接受向度以及主体建构等问题密切相关。因此，本文尝试以中国大陆导演根据《谪仙记》改编的电影《最后的贵族》(谢晋，1989)和《花桥荣记》改编的同名电影(谢衍，1997)为分析对象，考察原作的"时空意识"如何通过电影的空间构设得以呈现或拓展，在具体分析中注重辨析文本跨界所产生的张力及新意义的衍生，以进一步思考白先勇小说电影改编的意义和影响。

[①] 颜元叔：《白先勇的语言》，引自欧阳子《白先勇的小说世界》，收入白先勇《台北人》，广西师范大学出版社2021年版，第229页。

一、 家宅与居所：家庭的空间性与象征性

在小说《谪仙记》和《花桥荣记》中，个体的创伤记忆、怀旧意识，首先是通过对家庭的回忆、想象和理解展开的，进而延伸出家国之变和历史之叹的意涵。比如《谪仙记》的开头在讲述个体记忆时，校园空间是模糊的背景，而家宅的形象是清晰、明亮的"前景"——在"我"的转述中李彤的家"那幢德国式的别墅宽大堂皇，花园里两个大理石的喷水泉，在露天里跳舞，泉水映着灯光，景致十分华丽"①。《花桥荣记》虽然以米粉店作为故事讲述的场景，但与"家庭"相关的话题和记忆才是个体内在情感的表征，"我"的回忆是从"我们花桥荣记"开始，这里的"我们"即指向"我们家"的历史，因而讲述也从爷爷的发家史、奶奶与"我"的日常交谈开始，这些与过去有关的生活记忆大都在家庭视域中展现。当然，小说也表现这些流散群体，如何生活在现实移居地，亦有他们建构新家的努力和渴望，但现实境遇的"家庭"形象，在《谪仙记》中色调是不甚明朗的，所以慧芬"在厨房里洗蔬菜的当儿"总爱回忆过往；而在《花桥荣记》中，在台北的"家"是残缺、破败、拥挤或不堪的，只能称其为居所或住处。相反，在中国大陆的"家庭"则是扎根地方又具有可延展性，是根基深厚的家宅的形象。家宅是把自己扎根于"世界一角"的象征，按照加斯东·巴什拉的理解，家宅是个体最初的宇宙，是一种强大的融合力量，把人的思想、回忆和梦融合在一起。② 家宅虽然在《谪仙记》和《花桥荣记》中如同一个飘忽的意向而存在，但个体的记忆和内在情感的储存场域，是隐形的内心空间的面向。值得肯定的是，电影《最后的贵族》和《花桥荣记》都把握住了小说隐藏的"家庭"线索，首先是在视觉营构中，将作为记忆媒介和个体情感之源的家宅空间呈现出来，家宅形象及其所隐含的时代情绪与个体的内心空间有效融合；其次是在从家宅形象到居所空间的过渡中，延伸出与家国、家庭相关的精神面向，进一步拓展家庭的象征性。

白桦在谈《谪仙记》的改编时曾说，白先勇以全部激情描写的是人类中一个独特的人，个人走向精神深渊的最痛苦、最美丽的历程也是作品具有长久生命力的根本原因，但这个历程在小说中是以最含蓄的"藏"的手法达到最佳效果的，每

---

① 白先勇：《纽约客》，广西师范大学出版社2021年版，第1页。
② 参见[法]加斯东·巴什拉：《空间的诗学》，张逸婧译，上海译文出版社2020年版，第3—5页。

一个读者都投入自己的想象,但电影不能重复小说的技巧而必须"露",应该"露"视觉可及的东西,这是改编工作中要全力以赴,也是最艰难的所在。[①]《最后的贵族》确实在努力呈现个体的精神世界,依循原作的叙事线索,将由"我"展开的叙述,转换为空间流转中的多重叙述,且从正面凸显了李彤的主体位置,个体与家庭、与时代的关系也被多角度拓展,从而符合"看"的多元诉求。1980年代末期的中国大陆,在视觉表现上正面凸显民国家庭的贵族气质,既是展现原作精神的一种表现,亦是以新的审美风格冲击并吸引观众的一种方式。但为了避免不必要的政治麻烦,电影把握并丰富了原作对家庭性的理解,虚化大时代的政治背景,充分展现家宅作为实体空间与个体内心空间的互动关联。《最后的贵族》电影开场即以生日宴会再现小说中"那幢德国式的别墅宽大堂皇"、"景致十分华丽"的家宅书写,视觉再现中家宅的外景、客厅、花园、餐厅等又把民国贵族之家的喧闹与浮华,通过交往空间呈现出来,除了镜头闪现的卧室、书房、角落等场所是私密性的存在,家宅更像是一个浓缩的公共空间,这里储存的是李彤的成长经验和时代记忆。在影像表述中,过去的家宅形象如此牢固和庞大,是李彤在美国建构自我的精神庇护所,但当家国之变中个体之家不复存在,漂泊的灵魂也终无归处。

　　加斯东·巴什拉认为,是家宅照亮了回忆与无法忆起之物的结合,在这个遥远的区域,记忆与想象互不分离,双方都致力于互相深入,两者在价值序列上组成了一个回忆与形象的共同体。[②]《花桥荣记》尤其强化了作为"回忆与形象的共同体"的家宅形象所具有的精神指向。不过,因为拍摄于1990年代末期,谢衍及其编创团队对影片风格的追求,和其父谢晋拍摄《最后的贵族》有很大差异。谢晋曾表示原本他最想拍摄的是《花桥荣记》,受当时政治语境的影响,去台湾拍摄的困难比较多,就转为改编《谪仙记》,他也指出谢衍拍出的"黑色幽默"风格和"喜剧"的味道,与他想展现的"悲凉"和"沧桑感"不同,[③]但两代导演的选择与互动,亦可看出谢衍对白先勇小说改编的选择多少受到父亲的影响,也正留下两个世代、两个时代的接受轨迹。虽然影片风格不同,但家宅形象及其所具有的象征

---

① 参见白桦:《白桦谈〈最后的贵族〉的改编》,《电影评介》1989年第8期,第3页。
② 参见[法]加斯东·巴什拉:《空间的诗学》,张逸婧译,上海译文出版社2020年版,第4页。
③ 参见谢晋:《两代人对白先勇作品的情结》,收入谢衍、杨心瑜等《花桥荣记——电影剧本与拍摄纪事》,远流出版社1999年版,第13—17页。

意涵,在影片中可以说是超越时差的对话。与《最后的贵族》以抒情格调正面呈现家宅形象不同,《花桥荣记》多用闪回镜头,以时空对比的方式呈现家宅的过去属性,在老板娘荣蓉、卢先生和李半城的日常生活中,作为建筑空间的家宅虽然不复存在,但似乎永存于精神原乡,是个体内在空间的美好与疼痛。

《最后的贵族》和《花桥荣记》都是关于迁移的故事,在时空之变中,如何安放逝去的家是必须解决的心理-情感问题,而建构新家庭也是主体重构的重要路径之一。影片都依循家庭性逻辑,在叙事推进中逐渐淡化家宅的空间形象,以象征物作为替代,如李彤父母亲的照片、李半城放置地契的小箱子等,而与家宅相关也相对的居所空间开始成为现实之家的映射,并在今夕之比中,拓展流散群体建构或拥有家庭的渴望,重构并延伸了原作的家庭意涵。在《最后的贵族》中,电影强化了李彤在美国建构家庭的渴望——在好友婚礼现场的失态、对好友家庭生活空间的刻意游离。属于别人的家庭场景越是温馨日常,越是显示出李彤内心的落寞和孤寂。这种对比在电影中也浓缩在李彤的居所中——在寒冷的圣诞节,精心布置,等待情人,对共享节日和彼此拥有的渴望正是内心空间的折射。呈现不合世俗伦理的婚外空间,是电影增添的情节,以此丰富李彤在美国的生活,强化外部空间和内在世界无法真正互动融合的悲哀——美国的居所只是华丽的外壳,李彤在虚浮的家庭边缘只能是孤独的存在。因而,在电影结尾,李彤重游欧洲的轨迹亦是对童年记忆的追寻,是她在现实空间努力建构与父母同在的感觉,但只会加重失家之痛,因此在出生地威尼斯结束生命,亦有回到生命原初地,与家庭在起点重逢的意涵。虽然,有论者认为结尾的安排将李彤彻底从世俗的烦忧中拉出来,"为一个形而上的'无家可归'的绝望做了注脚。从世俗的诉求跳跃到形而上的概念,显然是一种深刻的难以弥合的矛盾","影片最后所说的'家',只不过是一个直到最后才附加上的概念而已"。[①] 事实上,当我们将整个影片对家宅及居所空间的构设作为思考线索,电影结尾的升华处理并不突兀,对"家"和家庭的守望始终是李彤们心理空间的表征。以与家庭相关的场所空间,把个体创伤记忆无以疗救的状态呈现出来,以让情绪和氛围在镜头中被渲染得极具感染力和冲击力。

而在电影《花桥荣记》尾部,我们看到卢先生因建构家庭无望而放浪形骸,最

[①] 王志敏:《超越的界碑——重读〈最后的贵族〉》,收入《谢晋电影选集:女性卷》,上海大学出版社 2007 年版,第 200 页。

终死于租来的住所里。借来的空间,自然和卢先生在大陆的家宅无法相比,电影聚焦卢先生在台湾的日常生活细节,讲述他在局促的小天地里洁身自好、努力求生的故事,也因特别期待建设新家庭的可能,所以绝望也最彻底。而经历卢先生、李半城执着过去,绝望而终的悲剧,"我"虽然无法走出过去的家庭影响——爷爷奶奶的家和店、团长先生的宠爱,这些在电影中多次以闪回镜头,形成时空交错的视觉冲击,表现出在台北的生活空间拥挤、混乱,"我"的内心失落、孤寂,但也逐渐生发了在新居地重构自我的渴望。因此,电影结尾在表现原作的基础上,以"我"的声音和目光所投射的空间,拓展了原作的时空意识:"喏,那就是我爷爷开过的那家米粉店。多少年了,它依然还在漓江边,花桥旁。对了,我要找人来看看,把店里重新装修装修,再和秀华商量一下,我就不信,我不能把'荣记米粉店'这块招牌再打响。"米粉店不只是一间店铺的意涵,"荣记"所延伸的是对家宅和故乡的怀念,而在台北重振"荣记"招牌,也意味着重构与现实世界关系的努力和渴望。以此,电影更加符合1990年代末期海峡两岸的时代语境,但在符合大众审美诉求的基础上,对家庭和地方关系的理解也融入时代内涵,两岸一家的共同感再建构,具有超越离散的意味。

从小说到电影,从谢晋到谢衍,我们看到《最后的贵族》(谢晋,1989)和《花桥荣记》(谢衍,1997)对家庭空间的理解和再现,从多个角度丰富了原作的时空感。电影改编亦可视为中国大陆文艺界在二十世纪八九十年代对白先勇小说创造性接受,并进行再传播的一种方式。但是,不同于中国当代小说,白先勇的小说,能够提供影视改编在叙事角度和文化表达层面的独特性。谢晋曾在1980年代拍摄根据同名小说改编的《牧马人》《芙蓉镇》,但他说白先勇作品的内涵和主题非常复杂:"因为白先勇对人生、对世界的感知方式,和我们以往不一样。他的作品,吸收、消化了西方现代文学所偏爱的那种象征手法,也是中国诗歌中的比兴的传统手法,所以《谪仙记》(《最后的贵族》)这么一个短篇,它有史的作用,诗的境界。"[①]《最后的贵族》和《花桥荣记》都充分吸收了原作的象征手法,谢晋强调"史的作用"和"诗的境界",以电影的视觉氛围、音乐空间和人类共同感意识进行阐释和提升,其子谢衍则在"史"之外以黑色幽默的风格,淡化诗境,强化现实观照。这些整体性的风格和最突出的叙事表征,在论述中经常被提及,反而是一些

---

① 谢晋:《形象大于思想——〈最后的贵族〉的艺术追求》,收入《谢晋电影选集 女性卷》,上海大学出版社2007年版,第104页。

细节组成的线索容易被忽视,但也正是在一系列与家庭相关的细节,如在家宅形象和居所空间中,我们深刻感知并体验到离散群体的精神世界,并在电影对家庭空间的构设中获得审美震撼与情感升华。

二、何以为家:人与城的空间关系

　　白先勇的小说创作大都融入了自身的迁移经验,与桂林、南京、上海、台北、纽约等城市有关的地方书写既是作家跨域经验的表征,也是《台北人》《纽约客》中小说故事展开的具体场景。因而,城市既是白先勇在小说中凝视、反思历史的空间场域,也是以人与城的空间关系发生变化——离开曾经拥有的城,到达新的地方,通过这一移民语境思考在生存和精神层面"何以为家"、如何建构自我主体性的问题。比如刘俊教授在讨论白先勇小说中的"怀旧"主题时,即强调白先勇是通过对时间和空间的错置,借助对不同都市的形塑,以对人的身份建构为旨归,实现了从表现"单纯的怀旧"(Simple Nostalgia)到创造"动能的怀旧"(Dynamic Nostalgia)这一转变和突破,并且在这个变化过程中,小说中的都市景观和作品中人物的身份认同/身份建构,也发生了相应的变化。[①] 也可以说,正是白先勇小说中独具魅力的城市空间,为后来的电影改编,提供了以跨域经验表现中国故事的独特视角。

　　《最后的贵族》主要呈现了上海、纽约和威尼斯的都市景象。上海最初是作为李彤之家宅的夜背景,人在家中,家即上海,人和城的关系是紧密相融的。在视觉中真正作为空间形象被推到镜头前的,是上海外滩——渡桥、码头、汽车、广告牌、货车、轮船,熙熙攘攘,却是离别的地方,但离去对于李彤们来说是寻梦的开始。四个穿着红色裙装的女孩以中美英苏自比,她们的形象和上海外滩一起定格在电影中,是那一代留学生离开"我城"奔赴海外的记忆,也是时代的隐喻。电影展现比较多的是作为美国大都会的纽约,自由女神的形象首先作为地景被推到观众面前,接着是四个女孩期待、兴奋的目光,观众也跟着她们好奇、期待的视角走进了纽约和那里的校园。尤其是摩天大楼、广场、教堂的尖顶、奇形怪状的屋顶……这些高大和宽阔的建筑需要采用仰视和远望的角度去看,和上海外

---

① 参见刘俊:《从"单纯的怀旧"到"动能的怀旧"——论〈台北人〉和〈纽约客〉中的怀旧、都市与身份建构》,《南方文坛》2017年第3期,第157页。

滩形成强烈的视觉对比,这里的传统-现代之异就隐含在空间转换的方式中,而摄影机对纽约都市空间的构设,显然和二十世纪八十年代末期中国大陆对海外世界以及国际大都市的期待和想象有关。

谢晋对《谪仙记》的时空感进行阐释的同时,也融入了他对转折时期的中国的理解,一是在小说所讲述的历史变局中寻找两个时代的对话可能,二是在留学和离散话题中发掘新的故事亮点,以符合当时观众对"过去"和"海外"的期待,因此原作中的历史转折、家国之变和迁移经验也都在影像中获得新的意涵。电影被诟病最多的,也是后来者植入的文化观念,有论者就认为在改编中台湾留学生的故事融入了八十年代新移民的背景,剧作中的人物像"八十年代的海外学子"[1],移植和改写的文化意识"显然携带着后冷战时代的因素,同时又将八十年代现代化对于西方文明的美好想象纳入其中"[2]。但是,电影不仅是以纽约的都市景观表现对西方现代文明的美好想象,景观只是传递文化理念的视觉路径,人和城市的空间关系才是思考个体心灵世界的潜在线索。李彤、黄慧芬、雷芷苓和张嘉行,生活在纽约,被现代的一切吸引,但心中所念的是过去的城和家,她们和纽约的关系是疏离的。无论是结婚成家,还是独立行走,人与城并不能在生活和情感上真正融为一体。谢晋要表达的是从历史中走出的,也是在现实中远行的漂泊者的空间感受:"她们面对着严酷的现实,面对走过曲折道路的苦难的祖国,失去了信念,像在太空中失重一样,失落了灵魂,远离祖国,在异国土地上艰辛地追求着幻觉一般的金色的梦。"[3]所以,李彤和纽约在影像叙事中始终是若即若离的飘忽关系,即使彻底放纵身体,也不能沉入浮华城市的核心,李彤的身体和城市的空间关系则又形成另一种现代性隐喻。

有意味的是,《最后的贵族》结尾处,让小说中被提及、被议论的李彤之死,在古老的水城威尼斯以极具诗意的方式得以展现。威尼斯是李彤的出生地,她后来的人生和成长经验与威尼斯极少发生直接关联,但那座古老的城是生命源头的一种象征,因此电影强化了这种象征性,城市不再只是一个地方,而是有意义的空间,只有在这样的空间中,人和城才能够真正交流,不再有间隙。电影以极

---

[1] 魏文平:《〈谪仙记〉的误读——评影片〈最后的贵族〉》,《电影评介》1990年第4期,第23页。
[2] 李玥阳:《当代文学和电影中"贵族"的显影》,《文学评论》2013年第4期,第48页。
[3] 谢晋:《形象大于思想——〈最后的贵族〉的艺术追求》,收入《谢晋电影选集 女性卷》,上海大学出版社2007年版,第108页。

具心理暗示的抒情节奏不断召唤李彤在威尼斯回到原初的自我,并在同是漂泊离散的俄国乐师那里得到回响,李彤问乐师:"世界上的水都是相通的吗?"在威尼斯的水中,她以生命的终结真正拥抱了城市和自我。谢晋说,电影结尾:"突然冒出一个俄国乐师,这个老人的出现,不论是内心的意蕴,或者是美学形式上,都是超越了原著的。"[①]小说重在表达精神失落的空洞与悲凉,结尾的场景依然是在纽约——"我"和黄慧芬穿行在纽约周日的清晨,最热闹的街道,依然空荡又寂寥,在白先勇的空间表达中人和城在一起,却是隔膜的,以此凸显在异国城市安家生存的陈寅和黄慧芬们,虽然与李彤不同,但离散经验所困扰的内在心境相通。电影改变了这种悲凉和凄清的氛围,增加李彤在威尼斯行走并思索人生、家园、故乡意义的场景,以升华"死亡"与"救赎"的意义。抒情性音乐、俄国乐人和李彤的坦然与淡定,营构的是一种"深沉的美,一种深远凄凉的美感,一种人世的沧桑感"[②],从而形成与开头相吻合的空间构设:人在家宅中,也是与城市拥抱、融合,人和城的空间关系是密切、深厚的;人在异国都市,总是悬置、漂浮于城市,人和城的空间关系是在场又疏离的;人回到出生地,主动拥抱那里的城市,人和城市的关系再次回到原初状态,即家的感觉、与城市融为一体的记忆。这种形而上的升华,虽然受到诸多评论者的苛责,但对经典之作的改编同样需要创造性阐释,个体的创伤记忆或个体的内在空间在跨媒介表述中,才能超越时代局限性具有更深广的文化价值,让受众获得丰厚的审美体验。

与《最后的贵族》以人和城的空间关系表现原作的离散经验,并融入时代思考和人类意识不同,《花桥荣记》在二十世纪九十年代末期的改编,因要获取海峡两岸观众的最大认可度,对"何以为家"的思考也更具有心怀故城、融入地方的现实情怀。电影在还原小说由饮食与乡愁所引发的家乡(桂林)想象的基础上,也将桂林和台北的城市形象在人与城的空间关系中进行重构,既依循小说中的个体记忆和情感逻辑美化桂林,也尽可能呈现属于台北的时代气息和地方性,"导演谢衍把台北的影像,处理得又湿又闷,和桂林场景如童话般的调性,一样给人粗粝且沉重的感受"[③]。因此,电影《花桥荣记》对桂林、台北的地方感营构,是在

---

① 谢晋:《形象大于思想——〈最后的贵族〉的艺术追求》,收入《谢晋电影选集 女性卷》,上海大学出版社 2007 年版,第 107 页。

② 同上。

③ Burl Burlingame,韩良忆译,夏威夷 LocalMoco 报上影评,引自 https://book.douban.com/subject/1635829/。

双城空间视域中进行的,借由影像所呈现的时间和空间关系,从历史到现实,从当下的"地方"到想象中的"源头",大陆和台湾不同的地方获得了关联性,这种桂林—台北、台北—桂林的空间切换,就让电影叙事不局限于单一的地方感,形成一种"双世界视景",其中的怀旧情绪、文化记忆和身份想象也具有双重意涵——既是桂林的,也是属于台北的。

老板娘荣蓉和在台北长春路"桂林米粉"店里吃饭的同乡们,固然忘不了桂林,所以电影中"有关桂林的倒叙镜头,金光闪烁,令人无法逼视,回忆把一切都美化了"[①],但是回忆叙述同样也强调"我"在台北已经生活十几年了,尽管"我们"这些广西人与台北的空间关系,如同李彤和纽约的状态,是客观现实的"在"而心理上的不融入或无法融入,不得不正视的问题,是在这"十几年"的时空措置中,"我"的心境和心理也在努力做出调整,寻找合适的距离面对心中的桂林往事。所以,电影对桂林的山水、桥、店铺、庭院、戏院、街道等地方景观的呈现均以倒叙或插叙的方式进行,在镜头闪回中,想象空间和现实空间形成鲜明对比,在营构叙述主体"我"的怀旧情绪的同时,也在暗示人与城的关系在时间流变中发生了变化,"我"和台北的空间关系,尤其是心理距离逐渐缩短,在"我"乘火车去台中找李半城儿子讨债的情节中,镜头首次展现了台湾的风景之美,这让坐在火车中的"我"若有所思,在"我们"这些流落台湾的广西人那里,山水之美曾经只在桂林,但走出台北看到的也可能是另一种台湾景象。对于离散群体来说,回忆和怀旧也是告别过去的一种方式,桂林和台北的位置也终于在电影结尾获得平衡的可能:"日后,我要让来店里的客人都看看,桂林的山有多青,桂林的水有多美,桂林的人有多俊",这里的"桂林"成为一种文化记忆,而不再是一碰即痛的内心空间,人和城都是可以言说的过往和想象。不仅如此,"我"还要在台北重新装修店铺,怀着重振"荣记米粉"店的梦想重新生活。这一结尾是对原作人与城的空间关系的重构,小说结尾是"我"在照片中将思绪定格在"从前""那个路口",是对过去的沉浸,而电影则对这种沉浸式情感作出了告别,强调面对现实生活空间的重要性。

如果说《最后的贵族》以人与城的空间关系思考的是精神家园的终极意义,那么《花桥荣记》则在"过去"和"现在"所构成的双城空间中,探寻个体重构现实

---

① Burl Burlingame,韩良忆译,夏威夷 LocalMoco 报上影评,引自 https://book.douban.com/subject/1635829/。

之家的可能。而电影最打动人的地方,也在于视觉表现中的空间构设拓展并深化了原作的叙事结构,在人与城的空间关系中折射人物的内在情感与灵魂深度,影片既是对原作的呼应,也以改编所处的时代语境和文化诉求对原作进行再阐释,在跨文本以及互文结构中生成更丰富的意涵。

结　语

在白先勇众多被改编成电影的小说中,选择《谪仙记》和《花桥荣记》的改编进行讨论,主要有两个层面的考虑:一是导演谢晋和谢衍的文化背景,他们对小说的创造性改编,在一定程度上代表了中国大陆文艺界在特定时代对白先勇小说理解—接受—再传播的文化心理,既留下了电影对原作创造性接受的轨迹,也是时代语境、特定文化心理的表征;二是《最后的贵族》和《花桥荣记》拍摄与上映的时代,为我们重新思考二十世纪末中国当代文化与境外华文文学之间的互动形态,提供了较为有效的观察途径,这也是值得思考但未充分展开讨论的话题。从这两部电影改编的空间构设角度而言,导演都在借鉴白先勇小说跨区域、跨文化经验的基础上,赋予"空间"符合当时语境又超越时代局限性的意涵。有论者认为,中国大陆的电影空间尽管在《黄土地》等一批实验先锋之作中经历了从具实到抽象的过程,形成了扩张的文化隐喻,但是传统的空间经验陷入了一个表达的形式悖论,很难由具象迈入抽象的精神境界,[①]而《最后的贵族》和《花桥荣记》对空间的表现正是对中国大陆传统空间经验的突破,对具象的家宅、居所、都市景观再现的同时,尤其注重呈现空间转换背后个体/群体的精神内涵,并对此进行升华,既是对原作的阐释,也是拓展,但最终的理解亦可在白先勇的地方感所延伸的空间意识中得到还原——白先勇曾说,台北是他最熟的,真正熟悉的城市,因为在那里上学长大,但他不认为台北是他的家,桂林也不是;在美国他想家想得厉害,那不是一个具体的"家",一个房子,一个地方,或任何地方——而是这些地方的,所有关于中国记忆的总和。[②] 因为,我们必须要注意的一个问题是,白先勇在其小说的影视改编中并不"缺席",他是艺术追求极高的作家,不允许导演

[①] 参见陈林侠:《叙事的智慧:当代小说的影视改编研究》,浙江大学博士论文,2005年,第46—47页。

[②] 参见白先勇:《蓦然回首》,尔雅出版社1980年版,第78页。

过度改编,不走世俗路线,不讨好低俗观众,反而要求电影改编在保留文学性的同时,能够提升观众的品位。① 电影改编虽然"凸显了时空的沟壑和各自的位置"②,但改编后的电影文本毕竟与原作共存,空间感和意义结构亦能在互文中敞开更加丰富的面向。

---

① 参见王润华:《白先勇与王润华对话》,《焦风》2016 年第 510 期,第 39 页。
② 颜敏:《海外华文文学在内地的影视化传播》,《华文文学》2016 年第 2 期,第 101 页。

白先勇小说及其影剧改编的上海想象

梁燕丽

复旦大学

白先勇诸多作品与上海这座城市,以至海派文化的关联,已是共识。白先勇说:"我有三部短篇小说集,每部首篇都是从一则'上海故事'开始的。"[①]这里指的是《寂寞的十七岁》里的《金大奶奶》,《纽约客》里的《谪仙记》,《台北人》里的《永远的尹雪艳》。其中,《金大奶奶》全篇写上海虹桥镇金家的故事;《谪仙记》及其电影改编《最后的贵族》中,李彤等四位中国女子的人生起点是上海,上海成为她们家国记忆的缩影;《永远的尹雪艳》从小说到沪语话剧,上海百乐门和台北尹公馆都是海派文化的象征,白先勇和编导徐俊达成共识——尹雪艳永远不老,就是上海永远不老的象征;《金大班的最后一夜》从小说到电影,在金大班眼里,最美的青春故事发生在上海,台北夜巴黎就是山寨版的上海百乐门。那么,白先勇小说及其影剧改编,作为海派文化空间的想象,如何参与上海这座城市的现代性建构?

近现代以来,上海作为最早工商业化的城市,成为中国一个具备现代性经验的典型,在此基础上形成独特的海派文化空间和海派文学传统,包含典型的城市性和现代性叙事,这在1930年代新感觉派和1940年代张爱玲的作品那里已形成高潮。1960年代,白先勇的《永远的尹雪艳》《金大班的最后一夜》《谪仙记》等成为海派文学的海外延伸。新时期以来,王安忆的《长恨歌》主角是上海弄堂女儿,同时,海派文化及其生活方式、城市图景也是主角。还有程乃珊的《上海探戈》,陈丹燕的《上海的风花雪月》,以及1999年《收获》开辟"百年上海"栏目,

---

① 白先勇:《上海传奇——沪语话剧〈永远的尹雪艳〉》,收入徐俊编著《说上海话的尹雪艳》,文汇出版社2013年版,第2页。

2002年《上海文学》开辟"记忆·时间"、"上海地图"、"上海词典"等专栏,以至海内外"张爱玲"研究引发的海派文学研究热潮,李欧梵《上海摩登:一种新都市文化在中国(1930—1945)》,追忆老上海的摩登与繁荣,想象上海为"中国世界主义城市"[1]……上海形象成为海内外想象的共同体:"老上海"的"现代性"成为"新上海"、"全球化"图景的前传和底蕴,新上海与老上海延续着一脉相承的传奇。海派文本的影剧改编,透过原著到影剧新媒体的转码,"上海想象"和上海性在剧场空间和影像空间得以展现。这样的改编作品众多,其中涉及白先勇小说的影剧,如1984年白景瑞导演的电影《金大班的最后一夜》,1989年谢晋导演的电影《最后的贵族》,2005年赵耀民编剧、熊源伟导演的话剧《金大班的最后一夜》、2013年徐俊等编导的沪语话剧《永远的尹雪艳》等。上海承载着海内外华人共同的历史记忆和繁华梦幻,《永远的尹雪艳》、《金大班的最后一夜》、《谪仙记》等从小说到影剧改编,共同场域便是作为海派文化空间的想象。一种都市性和现代性,体现在海派人物形象和海派空间叙事之中;相比之下,小说注重人物形象刻画(人是城市的主体),影剧更注重空间叙事。

一、站在虹桥镇想象上海

在白先勇早期小说《金大奶奶》(曾被改编为同名舞剧)中,上海这座城市作为未完成现代性的象征,人性的欲望和残忍得到赤裸裸的暴露。1940年代上海的近郊虹桥镇,作为农耕文明和现代工商文明的交界处,成为从传统到现代转型的过渡地带。白先勇最初的上海故事聚焦虹桥镇最有钱的金家。富孀金大奶奶受到风流倜傥的金大先生的诱惑,再嫁金大,可见已不是恪守节烈观的传统女性。在田契房契都到手之后,金大开始嫌弃金大奶奶这个老太婆。金大奶奶从此受尽虐待苦楚,直到金大再娶上海舞女,金大奶奶服毒自杀。这是传统意义上忘恩负义、始乱终弃的故事,更是一个现代意义的欲望故事,包括情欲和物欲。《金大奶奶》可能使我们联想起《金瓶梅》:西门庆也是个金大先生,也曾诱娶寡妇以谋财骗色;西门家虽然也充满罪恶和糜烂,但大小老婆在传统社会的伦理框架中被组织和安置,妻妾成群在传统社会也算顺理成章。《金大奶奶》的时代背景

---

[1] 参见顾一然:《上海想象——怀旧消费文化下的海派改编话剧》,复旦大学硕士学位论文(指导教师:梁燕丽),2016年。

不同了,在一个现代转型的海派社会,既不完全奉行传统伦理,也不完全遵循现代契约,前不着村后不着店,金大奶奶得不到任何保护,弱肉强食成为必然宿命。小说中有意无意写金二奶奶和新金大奶奶(舞女)都是很锋利、有手段的强人,金大先生表面斯文,内里也是穷凶极恶。他总到上海办货,在徐家汇有黑势力,是紧跟上海这座城市工商业发展步伐的人物,也是强盗式的人物。跟他们相比,裹着小脚一无所恃的金大奶奶,在时代变迁中虽然不必被禁锢情欲(再嫁),却终究在人欲横流中被淘汰出局,任人宰割。这里,我们看到在金大先生、金大奶奶、金二奶奶这些人物符号的背后,似乎还有一个主角是上海这座城市的故事,更确切地说是上海所表征的现代性。白先勇的创作基于小时候在上海虹桥镇的记忆,这里并没有完全展开上海这座城市的故事,却精准地把握住社会转型期的景观。同时,我们也可能联想到莎士比亚戏剧《李尔王》(受到女儿女婿们的欺骗,待到什么都交出去,老父亲随即被抛弃),西方社会的现代转型时期,欲望取代传统伦理,成为主角。《金大奶奶》既用中国古典小说的侧面叙事,也用现代小说的零度叙事,叙述人容哥和小虎子的儿童视角,把一个悲剧故事讲述得如同冰山一角。这里,一角即金大先生和金大奶奶的故事,整座冰山则是上海的故事,乃至中国现代转型的故事。可见,彼时的白先勇诚然是"人小鬼大"(黎烈文语),《金大奶奶》不局限于传统批判忘恩负义的主题,更在于人性恶的存在主义表达,甚至饱含现代性的荒诞色彩。比起《金瓶梅》,金大奶奶没有被塑造成李瓶儿似的佳人,白先勇无意于落入俗套,把情欲、物欲故事再度包装为才子佳人故事。在现代语境下,《金大奶奶》更接近于人文主义时代的莎剧《李尔王》,传统伦理道德及其价值体系崩溃之后,面对人欲横流和人性之恶,人应该如何自处?在这个意义上,《金大奶奶》中人性和欲望成为主角。站在虹桥镇看上海,成为白先勇最初想象上海的方式。

二、上海故事的女性传奇

对于上海现代性的感知和表达,不少文艺作品具体化为上海故事的女性传奇。《海上花列传》、《金锁记》、《倾城之恋》、《永远的尹雪艳》、《金大班的最后一夜》、《长恨歌》、《上海王》等,都是这样的文本。虹影在《上海这个阴性的词》中说:"女性自我意识中的现代性。既是现代意识的表现,又是现代意识的象征。

上海,又或者是中国现代性的象征。"①在韩邦庆的《海上花列传》中,我们已然看到女性的生存状态从伦理框架到非伦理框架,从传统到现代,就此而言,白先勇的《永远的尹雪艳》、《金大班的最后一夜》书写女性的生存空间由长三书寓变成上海百乐门。回看《海上花列传》中的十里洋场,正是中国社会转型和裂变的接触地带,那些寄居书寓的女人,游离于血缘关系和家族关系之外,追逐金钱和物质;上海故事中最初赤裸裸物化的现代性,透过"她们"的故事得以"记载如实,绝少夸张"。②"长三书寓"的沈小红与王莲生们,不同于传统救风尘的故事,"而呈现转型时期的种种印记,甚至芜杂的个性解放的要求与呼声"③,其现代性特征,标志着传统价值体系的变异、新型工商业社会价值的崛起与失序。循此海派文化的书写脉络,白先勇笔下的女性形象,从伦理关系之中的金大奶奶到风月场中的尹雪艳、金兆丽,其中尹雪艳短暂嫁过人,金兆丽最后找到归宿,但主要的故事并非发生在传统伦理框架之内。上海故事的阴性书写,这里包括张爱玲、王安忆、虹影等的作品,《上海王》的筱月桂模仿男权话语中的侠者风范,《金锁记》的曹七巧模仿男性话语中的残酷和阴暗面(指其后半生对于儿女命运的控制和伤害),《倾城之恋》的白流苏和《长恨歌》的王琦瑶,扮演"上海女人柔情似水"(虹影语)的神话。在一定模式和范畴之内,女性顺从或模仿男性经验,难以真正超越。华人世界有一种说法,除了曹雪芹的《红楼梦》,写女人很少作家能够写得过白先勇。白先勇笔下的尹雪艳、金兆丽、李彤,历经"海上花"、妖魔化、大女主的三重书写,成为上海故事的女性传奇谱系中最为璀璨的明珠。

尹雪艳和金兆丽可谓百乐门时代的"海上花",在上海这座城市的现代性之中,离开血缘关系和伦理框架,不受传统道德和现代法律保护,与各色男人纠缠不休却自主人生命运,纵然悲剧,也不再是金大奶奶式的悲剧。失去原生家庭保护的李彤,也始终没有再度进入伦理框架,而是成为漂泊美国的"海上花"。白先勇在刻画女性形象和描摹海派生活方式方面,远远走到了成熟、精雅、高超的境界。尹雪艳简直以女神一样的存在超越于一切男权,甚至超越时空,进入风刀霜剑无法伤害她的妖女行列。小说写了尹雪艳先后和三个男人王贵生、洪处长、徐

---

① 虹影:《上海这个阴性的词》,收入陈思和等主编《丰富的作家,丰富的文学》(会议论文集,内部资料),2018年,第9页。
② 参见鲁迅:《中国小说史略》,收入《鲁迅全集》第9卷,人民文学出版社1981年版,第264页。
③ 栾梅健:《1892:中国现代文学的起源——论〈海上花列传〉的断代价值》,《文艺争鸣》2009年第3期,第60—65页。

壮图的故事,一再印证了祸水、死神、妖女的传说。与此同时,永远不老的尹雪艳,象征着上海冒险犯难而又精致成熟的现代性。上海是魔都和冒险家的乐园,"八字带着重煞"的尹雪艳,成为沉浮洋场的男人们的欲望投射,金融家和实业界的新贵都想"去闯闯这颗红遍了黄埔滩的煞星儿"。① 金兆丽也作妖,从上海百乐门到台北夜巴黎作孽无数,被称为"九天妖女白虎星转世"②。这些带着迷信色彩的传说,都是站在传统伦理道德角度,对尹雪艳和金兆丽妖魔化,这在西方女性主义理论中有专用话术,即魔女。魔都必出魔女。在尘世中游刃有余的金大班演绎着"金锁记"的故事。金大班一出场"金碧辉煌的挂满了一身"(黑纱金丝相间的紧身旗袍、金耳坠、项链、手串、发针),③这凸显金大班一生被金钱和欲望绑架。但年轻时金兆丽也曾追求纯真的爱情,与月如(复旦学士)的相遇和相爱,为他怀孕,为他死去活来,可老上海的浮华并不允许聪明伶俐、有情有义的金兆丽走一条正常的人生道路。百乐门再奢华,都只是红尘万丈的风月场、欲望的深渊,金兆丽只有彻底放弃自己的理想,才能豁出去乘着年轻多捞金。这是一种自我毁灭式的蜕变,却是反成长模式,更接近鲁迅所说:悲剧就是把美好的东西毁灭给人看。现代性叙事伴随着繁华与颓废,在金钱和欲望中滚爬的人生终究是悲凉和虚幻的,人性被扭曲,人性又是不甘被扭曲的。尹雪艳和金兆丽都是世事洞明、人情练达,试图自主把控命运的女人。李彤的学识、理想、性格、能力都十分高强,到了美国,依然是那样光彩夺目的中国女子。她先后遇到的男人,哈佛高才生、古董商,这些男子的内在节奏都无法与之相匹敌。小说中其他三位女子(黄惠芬、张嘉行、雷芷苓)都回归家庭而存活,唯独李彤东飘西荡。李彤一定要自主命运,包括生死(来到出生地威尼斯投海自尽),这里隐含着李彤无法回归原乡和祖根,她身上有一种历尽沧桑始终不变的家国情怀。李彤视野开阔、理想高远,这是尹雪艳和金兆丽无法比拟的,但上海故事的女主角多是见多识广、光彩照人的,她们都是一个谱系的大女主,作品中男性都是用来烘托和陪衬她们的魅力的。尹雪艳和李彤似有超人意味,金兆丽更有御姐范,全都是看透世事世情后,终能自主命运的大女人。从妖女、魔女到大女主,颇具女性主义话语色彩,但白先勇贴近生活,细致入微地刻画和把握,没有任何符号化或刻板化印象。就此

---

① 白先勇:《台北人》,花城出版社 2000 年版,第 4 页。
② 同上书,第 60 页。
③ 同上书,第 51 页。

而言,将尹雪艳、金兆丽放在上海的阴性书写谱系中解读,不仅相当自然,而且不能不赞叹白先勇创作出有血有肉的上海故事的女性传奇,创造出上海这座城市的阴性美学,蕴涵着丰富深邃的影剧改编空间。

三、上海故事的空间想象

上海1843年开埠,逐渐发展为远东第一大城市。新中国成立后,上海成为"计划经济排头兵";新时期中国社会转型,上海步伐稳健地走在改革开放的道路上,1993年浦东新区建立,标志着上海再次跃居面向世界最具活力的改革前沿。在剧场中想象上海,成为上海故事的一种空间化和仪式化的表现方式。其中,海派文学改编的海派话剧,仅从新世纪来看,就有2003年苏乐慈导演、赵耀民改编的《长恨歌》,2004年黄蜀芹导演、王安忆改编的《金锁记》,2005年熊源伟导演、赵耀民改编的《金大班的最后一夜》,2006年毛俊辉导演、喻荣军等改编的《倾城之恋》,2013徐俊编导的《永远的尹雪艳》,2013年郑星导演、徐企平等改编的《亭子间嫂嫂》,2018年马俊风导演、温方伊改编的《繁华》等。白先勇小说的话剧改编,属于这个脉络,其中,沪语话剧《永远的尹雪艳》具有典型性,本文以之为考察重点,兼及白先勇小说的其他影剧改编作品。

在白先勇笔下,上海是一个台北人记忆中不断出现的繁华梦,一种精致优雅的现代都市文化及其生活方式的表征,人物故事重心是在现实中的台北,叙述视角是从台北回望上海。话剧改编则是上海人和台北人共同想象上海,一种历史想象的交织,现实目光的交集。上海作为小说原著的重要背景乃至主体形象,改编正是借助海外华文经典关联老上海和新上海。上海形象成为话剧的象征寓意,剧场成为海派文化的招魂仪式:在时空中想象上海、戏剧化叙事和符号化人物、舞台空间的诗意创造,让沪语为"上海想象"注入一缕精魂……种种改编策略,透过如梦如幻的舞台声光、沪语声色,全方位渲染海派生活空间、海派风情、海派韵味,引发观众在剧场中共同追溯和体验上海"东方巴黎"似的繁华和传奇,意在海派文化空间的重建。

(一)在时空中想象上海

1999年底,白先勇面对繁华的上海南京路,赞叹"尹雪艳永远不老,上海永远不老",一句话穿透了老上海和新上海的历史时空。但自1965年首次发表,《永远的尹雪艳》从未被改编成话剧或电影,历经徐俊导演和白先勇的结缘,终以"上海形象"为关联点,得以在剧场中展现尹雪艳的口音和风采,成为上海前世今生的象征性仪式。剧场作为城市空间的隐喻,城市的形象往往由剧场所塑造。沪语话剧《永远的尹雪艳》的演出,可谓上海人在时空中想象上海的方式。为此,剧场中以上海故事和场景取代小说中的台北场景和故事,成为主角。原小说共五章,只有第一章回忆上海往事,后四章人物故事都发生在台北。话剧改编为八场,台北故事场景只出现在第五和第七场,其余都是上海场景的正面表现;而台北场景的尹公馆作为海派生活方式的缩影,台北并未真正在场,上海并未真正缺席。可见,话剧把人物故事放在精心组织的时空中塑造上海形象。具体地说,空间作为剧场的直观呈现方式,以号称远东第一舞厅的百乐门作为上海的微空间贯穿全剧,这样舞台空间就找到了与之几乎重叠的物理空间。演出灵活运用"三一律"和史诗剧场的结构方式:基本是一个地点上海百乐门(红都剧院和台北尹公馆都是百乐门的变身),一个事件"上海形象"(尹雪艳和百乐门都代表上海形象);戏剧时间则是史诗剧场架构,以1949年元旦百乐门始,至1979年百乐门重开止,其间出现1960年代的台北和"文化大革命"中的红都剧院,横跨海峡两岸三十年;具体以片断式场景展现,属于剧场主义的演绎方式。人物除了尹雪艳、徐壮图、乐经理贯穿全剧,作为群像,还有舞国小姐、舞客和舞厅侍者等,组成百乐门的众生相。全剧以空间为经、时间为纬,构成史诗规模。

小说以台北作为叙事起点,自然地追溯到十几年前上海百乐门的五陵年少,以回忆性叙述引出尹雪艳和王贵生、洪处长的瓜葛。白先勇写台北的小上海,空间之隔、时间之伤是小说的基调,历史感和文化意识并存,岁月流逝、沧海桑田是小说深切的表达,海派文化精致、优雅的审美趣味也得以展露和回味。白先勇说:"上海在中国那时候是一个独特文化,所以这群人到台湾来,他们的上海文化以尹雪艳为代表,'总也不老'。他们的影响很大的。"[①]话剧改编以舞台形式,延续这种丰富深远的上海想象,寄予着海内外华人的共同理想。

第一场1949年元旦,以上海百乐门作为起点,舞台纱幕一拉起,便展开一幅百乐门全景图,直观地把观众带回历史想象。舞客们都是上海滩大亨,生意做到南洋、东洋、西洋;乐经理一出场,用夹杂着英语的沪语招呼各方来客,显示出多元、接纳、圆融的海派性格。相比之下,《茶馆》的王利发更为传统,市民气息更

---

① 白先勇、张大春:《〈台北人〉出版半世纪,张大春专访白先勇》,公众号"白先勇衡文观史",2021年12月22日。

浓;乐经理更洋气,元旦夜百乐门宣布舞国皇后、舞国贵妃、舞国公主,可见,经营手法更加灵活多样,想方设法激发现代人的欲望。第二、三场王贵生和洪处长表白尹雪艳,空间场景转到老上海地标国际饭店十四层云楼,敞开另一个城市符码。第四场告别百乐门时代,释题"百乐门"(Paramount Ballroom)是"至高无上的意思",尹雪艳则是"永远的尹雪艳"。第五场1960年代的台北场景,尹公馆再造"鸟语花香、温馨舒适"的海派生活空间。第六场插叙1966年"文化大革命"中,百乐门变身红都剧院,作为过渡场与第五场台北上海人在记忆中缅怀百乐门,构成一种平行时空结构。第七场尹雪艳和徐壮图再续上海百乐门前缘。改编把握住小说原著台北故事即上海故事的延续,尹雪艳和徐壮图在上海开始的故事,在台北故事中得以发展;同时改变小说片断式、开放式结构,精心安排尹雪艳和徐壮图这条故事主线,上海和台北,空间构成重叠,时间自然延伸。徐壮图从上海交通大学学生变成台北工商界的佼佼者,不变的是对于尹雪艳、对于上海的感情。透过徐壮图的视角,尹雪艳的不老象征上海的不老,在剧场叙事中便有了着实的感知。从上海到台北,被渲染的百乐门和被聚焦的尹雪艳都是上海这座城市的象征,这在剧场呈现上尤为针脚细密。第八场1979年上海百乐门重开、尹雪艳归来,诸多场景和细节重现或呼应第一场,"想象上海"形成一个时空的圆。

从1949到1979年,上海形象在剧场中完整显化,既作为写实层面,也作为象征层面。写实层面集中在前四场,凸显上海场景和海派文化空间的视觉呈现;象征层面以尹雪艳和百乐门作为代表,贯穿全剧:透过百乐门,展现"生动的历史画卷,波澜壮阔、气势澎湃"[①];透过尹雪艳,展现精美绝伦的海派文化跨越时空、魅力无限。不同于小说,话剧运用剧场方式敞开上海-台北两个空间,根本上是上海一个空间,或者说,话剧有意构成上海-台北的时空叠加,让海内外共同想象上海,展开一种民间视角的史诗建构。

(二)戏剧化叙事和符号化人物

亚里士多德的《诗学》界定戏剧的六要素为情节、人物、思想、语言、音乐、景观。情节为首要元素,戏剧冲突和戏剧性包含在戏剧情节之中。话剧《永远的尹雪艳》的戏剧化叙事,首先体现在上海形象主角化,围绕这个中心,凸显尹雪艳和王贵生、洪处长、徐壮图的故事线索,特别是徐壮图成为贯穿全剧的男主角,并增

---

① 徐俊:《说上海话的尹雪艳》,文汇出版社2013年版,第2页。

加百乐门乐经理这个地道上海人形象,以及增加百乐门重开、尹雪艳归来的大团圆结局。这样的构思同时带来一定程度的人物符号化,主要人物和次要人物都成为上海想象的一种符号表达。

话剧表现王贵生、洪处长、徐壮图以各自方式追求尹雪艳,既是戏剧化叙事,也符号化人物。第二场,王贵生表白要为尹雪艳赚更多铜钿,"拿所有铜钿统统换成金条搭一部楼梯"[①],以此通天云梯为尹雪艳摘下月亮,用钻石玛瑙串成项链套住尹雪艳。尽管以极度浪漫的场景和修辞加以渲染,王贵生的关键词只有一个"铜钿",尹雪艳的回应是"铜钿、铜钿、铜钿,除脱铜钿就呒没别个了?"[②]这里"铜钿"显然没有完全打动尹雪艳。在洪处长看来王贵生就是"样样事体侪好拿铜钿来摆平个"。老上海赤裸裸的财色气在王贵生和尹雪艳这场戏中充分展现。可惜"全上海顶灵光个地方"不灵光,王贵生因"有铜钿还想要更加多个铜钿,恨勿得拿侬身边个人统统打倒"而遭枪杀。[③]有权有势的洪处长以权求婚,结局同样"出事体"。情欲和物欲纠缠不清,上海洋场的冒险家们对于尹雪艳的身体想象,夹杂着对于财富的想象,融财色于一体,这样的故事恰如周作人在《上海气》中所说:"上海文化以财色为中心。"[④]但话剧的深层含义是站在新世纪的上海,表现尹雪艳婚恋故事的三个层次:王贵生以钱求爱,洪处长以权求爱,都没有成功,只有初出茅庐的徐壮图以情求爱,真正打动了尹雪艳。这样的尹雪艳成为更高贵的上海女人,她所代表的上海形象也成为更高级文明的象征,以心交心,以情动情,没有异化,饱含人文色彩。然而,这种才子佳人的老故事,似乎不足以传达白先勇笔下入木三分的人生况味和社会剖析。或许,话剧意在表达"纯真和真情却是永远美好的"[⑤],不似小说那样从容不迫地叙说老上海的繁华梦幻和尹雪艳的风华绝代,同时透露出无限悲凉和残缺美。

无论如何,尹雪艳和徐壮图的故事在剧场中得到完整叙述。在上海百乐门时代,只有写诗的徐壮图真正在尹雪艳的心里种下爱的种子,有了这个铺垫,台北场景中尹雪艳和徐壮图的恋情更具历史感和说服力,更符合情节逻辑。谢晋

---

① 徐俊编导:沪语话剧《永远的尹雪艳》(根据白先勇同名小说改编),2013年首演,收入徐俊导演提供的剧本《永远的尹雪艳》,第13页。
② 同上书,第12页。
③ 同上书,第13页。
④ 周作人:《上海气》,收入《谈龙集》,北新书局1927年。
⑤ 徐俊:《说上海话的尹雪艳》,文汇出版社2013年版,第6页。

的电影《最后的贵族》，也曾把陈寅这个人物改编为贯穿始终的男主角。小说《谪仙记》中陈寅作为叙述人和视角人物，与李彤并无前缘；电影改编也让陈寅提前出场，在上海豪宅的生日派对上以哈佛大学生的身份成为李彤的准男友，在李彤身世遽变之后，二人逐渐疏离，陈寅成为黄慧芬的丈夫。如此戏剧化和情节化讲述李彤和尹雪艳的故事，多从人物外在环境和性格逻辑去表达一种观众看得见的因缘。但就以上海代替尹雪艳成为真正主角而言，徐壮图承担了远比小说重要的角色功能。剧中以台湾口音的徐太太与苏家阿婆的交谈，彰显徐壮图是一个体面的上海男子：从一心扑在事业上的正人君子，到上海男人和台湾女人结婚，夫妻和美，"不要说破脸，就是连句重话向来都是没有的"[①]。这些话语和细节提炼自小说原著，却有意无意加重了徐壮图这个人物的"上海形象"。而尹雪艳身着旗袍，精心为徐壮图准备上海美食冰冻鸡头米，两人细品美食的配料和做法，凸显海派生活方式的精雅品质。正是渗透尹公馆的老上海味道，重新唤起二人的未尽情缘：

徐壮图：……我呒没想到迭能稀奇个物事，辣辣尹小姐侬此地吃着了。让我又想起了上海。我一直觉着，还是上海好……

尹：嗯？

徐壮图：迭个鸡头米，勿晓得小姐是啥地方觅来个？

尹雪艳：我是托朋友从香港寄来个。

徐壮图：尹小姐侬真来事，怪勿得我个娘舅一日到夜讲，蹲辣台北，想要寻老上海味道，除脱尹小姐此地就呒没第二个地方了。[②]

尹公馆"有鸡头米吃，有上海闲话讲"，徐壮图再也走不出尹公馆。他乡遇故知，话剧为尹雪艳和徐壮图的感情找到更深厚的基础：即"上海"这个介质，但尹雪艳和徐壮图形象也因此更符号化。戏剧性的突转发生在徐壮图向尹雪艳表白，与王贵生、洪处长的话语不谋而合：赚更多铜钿，为尹雪艳去冒险，去追逐成功。依然是情欲与物欲交织，尹雪艳陷入命运的怪圈：缘分轮回，尹雪艳始终身

---

① 徐俊编导：沪语话剧《永远的尹雪艳》（根据白先勇同名小说改编），2013年首演，收入徐俊导演提供的剧本《永远的尹雪艳》，第30页。

② 同上书，第25页。

陷伦理道德之外，欲望深渊之中。台北的故事还是上海的故事。话剧安排尹雪艳为了保护徐壮图而紧急刹车，中国人所谓"发乎情，止乎礼"。剧中尹雪艳有胆有识、有情有义，有力量和觉悟主动把握命运，已然不是小说中神秘的死神和悲剧人物。这个改编的得失可以探讨，但上海导演徐俊的温和敦厚，可见一斑。如果说尹雪艳就是一个女子，话剧的把握显然细腻而精准；如果说尹雪艳是上海的象征，那么上海女人的品位格调、心气内蕴，也得到了升华，而上海形象本身，也有了情感温度和深度。小说中尹雪艳没有内心的敞开，话剧在徐壮图故事中，一方面坐实了尹雪艳带着"重煞"和"犯白虎"的迷信说法；另一方面，还给她有血有肉的真身，尹雪艳在徐壮图的故事中，仍然带着宿命色彩，却是一个可敬可爱的玉女形象，应酬世人，心仪真情。话剧中尹雪艳的故事接近了金兆丽的故事，她们都难以摆脱"身份悲剧"，但有一段纯情滋养的人生，更富于理想色彩。这在白景瑞的电影《金大班的最后一夜》中，有着更完整、唯美且感人至深的影像表达。话剧《永远的尹雪艳》中徐壮图没有死，白先勇说徐俊编导不舍得让他死，更高尚的尹雪艳，不再是死神尹雪艳，而是百事周全、如沐春风的女神尹雪艳。从象征意味而言，一种更精细的分寸感、一种更包容的心态，无疑属于徐俊导演站在新世纪的上海想象，一种百年现代化进程累积而成的城市品格，非魔都和冒险家乐园这样的刻板印象可以简单覆盖。《永远的尹雪艳》中的徐壮图是上海交通大学毕业生，《金大班的最后一夜》中的月如则是复旦学士。白先勇让自己笔下两位最重要的男性角色出身上海两所最重要的大学，特别是月如，如白月光般的理想存在，照亮了金兆丽的人生底色。这或许不是巧合，而是白先勇极其动人的上海情结的细节流露。

  剧场中，无论上海舞女尹雪艳，上海太太宋、赵、孙、李，还是上海男人徐壮图、乐经理、王贵生、洪处长，作为上海形象的象征，其符号价值都超过了生命感觉。尹雪艳与这座城市的契合点，除了风情万种，还在于阅历沧桑、见多识广的包容性，包容王贵生的财色欲望，洪处长的权色欲望，徐壮图的情色欲望，上海太太们的养尊处优，乐经理、吴经理的营营役役；接纳"花无百日红，人无千日好"的世事沧桑。这是上海这座现代性城市开阔成熟的一面。另一方面，尹雪艳成为洋场男士们追逐的物欲、情欲的象征，似乎暗示了半殖民地社会的复杂，人们欲罢不能地受到诱惑，缺乏根基的缥缈不定，难以自主命运的逐浪浮华。人性中不甘平庸的冒险精神和无止境的欲望相互纠缠和搏斗，既造就现代性英雄，也造成现代性悲剧，但上海这座传奇城市，从来不缺弄潮儿。这也是《永远的尹雪艳》的

"上海想象"。

尹雪艳走下神坛，还原为有血有肉的女人，这样一个肉身的尹雪艳，如何既是你我她，又是上海形象的象征，如何永远不老？没有了疏离感和神秘感，尹雪艳成为海派世俗生活的载体，有了更多亲切感，但也因此少了超越感和震撼力，而泯然众人矣。小说中尹雪艳也有起伏不定的人生命运，然而，王贵生、洪处长、徐壮图都先后丧命或出事，尹雪艳不动声色地面对起起落落、得而复失的命运，如人饮水，冷暖自知；尹雪艳像一面镜子，折射出人世沧桑、祸福无常，人生的缥缈无依。小说原著更自然、凝练、深远，散发着悲剧的力量和人性的探索。话剧人物形象落地坐实，尹雪艳依然是完美的女神般存在，但不是普遍性、宇宙性的艺术精灵。

除了尹雪艳，四位面目模糊的上海太太和尹雪艳一起在台北构建上海记忆、上海形象。宋、赵、李、孙作为上海滩太太的符号，她们总是搓麻将（在上海、在船上、在台北尹公馆），这搓麻将也是某种符号。更重要的，还有一位百乐门的乐经理。根据徐俊的自述，乐经理这个形象的灵感来自白先勇特意推荐的法国电影《舞厅》。"舞厅"布景的舞台：展现不同时代人物的生活、心情和感觉。话剧因此增加了乐经理这个角色，上海百乐门需要这样一位从外表到性格都是典型的上海人乐经理，刚柔并济、海纳百川地守护着百乐门这一物象空间。尹雪艳、乐经理一虚一实都是上海精雅文化的代表。为了戏剧的整体性，改编还打破原著小说的结构，以大团圆的结局，形成戏剧叙事的完整格局，基于观众心理的完型格式和完美经验，使得全剧成为循环型、封闭式的故事结构；同时，人物在故事中达成某种圆满。

戏剧化叙事和符号化人物，以及文化层面的解析，这是传统通俗剧（话剧和电影）和宏大叙事视角的必然选择，但倘若实验话剧或新浪潮电影则未必如此。世俗化倾向的影剧改编，可能使现代社会中孤独的个体获得更多认同感和归属感，并且引起共鸣，但倘若更具实验性和探索性的改编，可能会以剧场方式去应和白先勇小说的诗性气质和现代派意味，加深剧作的人性深度和哲学视野。

（三）舞台空间诗意

现代戏剧家安托南·阿尔托指出，剧场最重要的是空间诗意，包括形象和空间表达，具体指舞台上使用的一切表达方式：音乐、舞蹈、造型、动作、声调、建筑、灯光、布景等，每一种手段都有其特有的、本质的诗意，组合方式中所产生高度的空间诗意，浓烈的自然诗意——不受制于话语的纯粹戏剧语言，一种象征性的表达。① 改编话剧追寻戏剧本体,使得"舞台成了舞台,身体成了身体,表演成了表演……演员、观众(人)成了演员、观众(人)"②。《永远的尹雪艳》对精准舞台效果的追求,基于改编者对于剧场艺术的理解,在更深层次,则是如何运用剧场美学"想象上海"的问题。海派话剧《长恨歌》以自然主义幻觉剧场,表现上海的风俗变迁,剧组为此特意向上海观众征集道具:四十年代的旗袍、梳妆台,五六十年代的八仙桌,铁丝架子,饼干盒子,烘干小孩子尿布的煤球炉子……被称为假戏真做。③《永远的尹雪艳》的舞美追求假定性的写意风格。徐俊导演擅长将戏曲艺术方式融入话剧舞台,将写实主义和象征主义、表现主义相结合,通过服装、灯光和剧场空间处理,构成统一的格调,既有戏曲性,又有象征意味,特别注重整体舞台气氛的构造,追求美轮美奂。如华美服装设计,尹雪艳的八身旗袍特意邀请香港著名舞美设计师张叔平量身定做,不能是普通的旗袍,务必是质素精良和高端品位,充分体现上海女人的精细奢华。尹雪艳的旗袍果然引起观众的轰动效应,据说曾有场次观众 200 人全穿旗袍,剧场特意为她们铺上红地毯,彰显了上海文化。戏剧更具仪式性,表现方式不只是语言、故事和逻辑;戏剧诉诸感性和感觉,回到摩登上海的梦幻体验,回归舞台形象,包括物质形象、物质形式、物质符号等,以及形体语言、空间诗意和精神仪式。剧作的精神深度通过形象和空间的和谐形式传达,剧场向来是一种公共空间,传达身体美学和人文精神。

　　剧场中的"诗意美"是形而上学的,却是诗意的。《永远的尹雪艳》第一场,百乐门亮相,金碧辉煌的多立克柱子和光芒四射的巨大吊灯颇有质感和时代气息,④但舞美设计没有刻意再现舞台真实环境,也不设环绕四周的桌椅和道具,而是中国戏曲写意式的以虚描景。虚拟情景中的舞客千姿百态,舞台空间却是极简主义,舞厅的场景气氛通过演员的表演来传达。表演是塑造人物形象的方式,也是创造舞台环境的手段。徐俊深谙中国戏曲的独特风格和表演体系,就连舞

---

① 参见[法]安托南·阿尔托:《残酷戏剧——戏剧及其重影》,桂裕芳译,商务印书馆 2015 年版,第 37 页。
② 钟明德:《神圣的艺术——格洛托夫斯基的创作方法研究》,台北扬智文化 2001 年版,第 236 页。
③ 参见顾一然:《上海想象——怀旧消费文化下的海派改编话剧》,复旦大学硕士学位论文(指导教师:梁燕丽),2016 年。
④ 多立克(Art Deco),演变自十九世纪末欧美的 Art Nouveau(新艺术)运动,1940 年代在上海流行。

台时间和空间,也常常依靠演员的动作表演,启发观众的联想,形成具体的舞台环境。与此同时,百乐门透露出中西合璧的时尚,舞客们喝的是法国香槟,跳的是伦巴舞,第一场音乐选用白光的《莫忘今宵》,以伦巴节奏的动感渲染元旦气氛;第四场众人告别百乐门,奏响的是爵士乐。尹雪艳的出场和造型,处处精雕细刻。第一场红幕升起,尹雪艳在高台上转身亮相,"沿着Z字形的斜波平台缓缓走向舞台中央",凸显舞蹈化的台步和节奏,以及占据舞台中央的白色宝座。小说对于尹雪艳的文字描摹往往寥寥数语却力透纸背,以少胜多、无懈可击且略显神秘,剧场中尹雪艳造型唯美,"削肩蛇腰,鹤立鸡群",成为众人瞩目的中心。有人约舞,有人搭宵夜、包场,有人乐意做一条忠犬……尹雪艳有礼有节地应对。舞场如战场,尹雪艳成为上海滩大亨们欲望和竞争的标的。王贵生、洪处长的明争暗斗和针锋相对,舞台上表现为"若即若离、跳进跳出",通过假定性表演语汇外化人物内心活动。第二场和第三场"云楼各诉衷肠",高台穹顶繁星点点,下方舞客剪影隐隐约约,看似悠远空灵、诗情画意,实为王贵生、洪处长、尹雪艳空中楼阁式的欲望空间。洪处长表白时,尹雪艳"小云手旋扇,侧身拧转,频频收放扇子,随即双手背拢,右脚徐徐后抬,然后脚尖轻轻下地,脸部缓缓仰天,组合了戏曲和现代舞蹈的一系列动作……"[1]透过造型和动作显化,尹雪艳的内心波澜起伏。而徐壮图与尹雪艳初遇,全场舞者定格、停顿,舞台上无法用动作和语言表达的,则用停顿,表示此时无声胜有声,只有抒情性歌曲《恋之火》烘托尹雪艳的花容月貌,也暗示尹雪艳的曲折命运和洒脱超越。第七场徐壮图与尹雪艳重逢,舞台叙事既简洁又形象。舞台空间处理成平行交叉的场景:一边是徐家的空间,昏暗、冷色调,徐太太茫然地拖着一把藤椅走来;另一边,尹公馆白墙投射尹雪艳和徐壮图激情舞蹈的剪影,剪影越来越大,像是尹公馆的写照,又像是徐太太的内心视像。徐家和尹公馆平行交叉的时空,以"假定虚拟的意象空间"[2],呈现空间意义,这是阿尔托所谓的空间诗意的典型;透过演员的表演进行空间阐释,则属于东方戏剧美学范畴。苏家阿婆施加法术,舞台上以剪影呈现:尹雪艳与徐壮图激烈、激情地跳着探戈;众徒们跳着对抗舞蹈,企图扯开尹雪艳与徐壮图。戏剧源于宗教仪式,舞台上的仪式化表现神秘而诡异。徐壮图向尹雪艳表白,却在重复王贵生和洪处长的声影和情状;舞台空间以白墙投射出大幅王贵生、洪处长

---

[1] 徐俊:《说上海话的尹雪艳》,文汇出版社2013年版,第9页。
[2] 同上书,第11页。

的身影,这既与上海百乐门故事呼应,也仿佛是尹雪艳自己的心理阴影。尹雪艳拒绝和推开徐壮图。徐壮图出了尹公馆,传来凄厉的急刹车,此时出现王贵生、洪处长无数身影的人墙,仿佛是尹雪艳无法冲破的命运循环。

话剧演出最值得称道的还是舞台空间诗意。即使是配角,也充满仪式性感和符号价值。第三场宋、赵、孙、李四位太太上场,身穿黑白色系的旗袍,手持黑扇,脚着白鞋,一致地起步、搓步,齐齐地折扇、转扇、运扇,实现"现代造型和戏曲写意动作相结合"①。第五场台北尹公馆里无实物麻将戏的舞台表现,更是出奇制胜:没有桌子,没有麻将牌,只保留四把椅子,将椅子装上滑轮,采用虚拟的动作来表现打麻将的可信场面。特别是装有滑轮的椅子,演员坐在上面,可聚拢、可分散、可面对、可背向;可任意自由走动;可瞬间进入牌局,又可随时抽离其状。结合优美的舞姿,灵巧的动作,舞台空间生趣盎然,假定性写意化的麻将戏,让演员的表演得到最大限度的释放。② 第六场红都剧院作为过渡场,全场没有对话,只有舞台空间和动作,表现特殊年代,乐经理独自守护百乐门,回味昔日百乐门的现代性音符和节奏,情不自禁地跳起一段探戈……仅靠演员肢体语言的精准表现力,渲染和象征时代气氛并洞彻乐经理难以言表的内心世界。

全剧唯美、精致的舞台形式,以表演动作和造型娓娓道出上海故事,观众需要何等静心,才能欣赏和品味。徐俊戏曲出身,他的话剧舞台表现形式,必然是中西合璧的,特别是带着中国戏曲舞台神韵的,但徐俊的舞台空间又是包容和开放的,这和白先勇作品的内在气韵相契合。两个有视野有情怀的中国人,携手讲述上海故事,有一种不言自明的心意相通。小说原著以人物为中心,人永远是主角,人的丰富性和复杂性最能展现上海想象的深阔远大。这是白先勇作品的精髓所在。话剧则着力创造中西合璧的舞台空间,倾情演绎上海地域性和世界性文化,以及作为中国现代性城市的象征意涵。

一方剧场演一方戏,既指语言亦指身体,用自己的"声音"和"身体"演绎自己的故事和文化,根本上是在建构"本我"。用沪语演出《永远的尹雪艳》和展现上海形象都是一种意图肯定自我的方式。沪语演剧传神而有力地凸显上海这个主角。方言所带出的地方性、地方感,承载着城市的历史底蕴和人们的记忆、认同和情感。作为大众参与的仪式化剧场,沪语话剧《永远的尹雪艳》演出的成功,隐

---

① 徐俊:《说上海话的尹雪艳》,文汇出版社2013年版,第9页。
② 参见徐俊:《说上海话的尹雪艳》,文汇出版社2013年版,第10页。

含着人们的地方之爱和树立地域特色的文化自觉。剧场辨析本我的声音特别显著。但剧场发声、本我发声,未必只为还原方言本来面目,更在于把沪语从单纯的方言土话的地位,提升至剧场里本我的声音。沪语话剧《永远的尹雪艳》就是上海人在剧场里共度的精神仪式。

  白先勇小说原著表现社会与时代,刻画超越时代的永恒人性,发掘隐藏在社会、时代、人性背后的哲思,但白先勇说:"希望这个剧能触动上海人心里的一种回忆,我当初写这部小说,也下意识地希望上海这种精致文化能通过文学作品定格为永恒。"[1]

---

[1] 转引自徐俊:《说上海话的尹雪艳》,文汇出版社 2013 年版,第 13 页。

孤臣孽子、历史重构与梦回民国
——白先勇小说创作与影视 IP 改编的精神谱系

金 进

浙江大学

截至目前,白先勇小说的影视 IP 改编的作品有:1.《玉卿嫂》(1960),1984 年改编成电影,剧本由白先勇创作,但拍摄过程中,导演又找人修改;2006 年被中国大陆拍成电视剧。2.《谪仙记》(1965),剧本也是白先勇所写,1989 年被改编成电影《最后的贵族》,导演谢晋,主演潘虹。3.《金大班的最后一夜》(1968),1984 年改编成电影,导演白景瑞,女主角姚炜,剧本由白先勇亲写。后被大陆拍过电视剧《金大班》。4.《孤恋花》(1970),1985 年改编成电影,女主角姚炜。2005 年改编成同名电视剧,导演曹瑞原,演员李心洁、袁咏仪和萧淑慎。5.《花桥荣记》(1970),1998 年改编成同名电影,导演谢衍,演员郑裕玲、周迅。6.《孽子》(1983),1986 年改编成电影上演。2003 年同名电视剧版上映,导演曹瑞原,演员有杨祐宁、范植伟、庹宗华、张孝全等。

关于白先勇小说的影视 IP 改编的论文不少,但多流于对单个作品的文本解读,或者讨论单个作品从小说到影视的改编。通过梳理相关的研究资料,在台湾学界,根据曾秀萍的整理,最早关于白先勇的评论是魏子云的《寂寞的十七岁——评介一篇触及少年问题的小说》(《联合报》1962 年 11 月 14 日第 8 版)。最早关于白先勇小说的影视话剧改编的评论是张灼祥的《白先勇的小说搬上舞台》(《中国人月刊》第 7 期 1979 年 8 月)。而在大陆学界,根据刘俊的考证,最早关于白先勇的评论是《答读者问——关于白先勇小说〈思旧赋〉》(《作品》1979 年 12 月)。[①] 最早

[①] 刘俊也指出在 1979 年有一些介绍台湾文学的文字中对白先勇都有所提及,如《介绍三位台湾作家》(《出版工作》1979 年第 10 期)、《台湾小说选·编后记》(人民文学出版社 1979 年版)等。

论及白先勇小说与影视话剧关系的论文是林青的《小说〈游园惊梦〉与同名话剧比较分析:兼谈昆曲对白先勇创作的影响》(《台湾研究集刊》1988年第2期),讨论的是《游园惊梦》从小说到话剧的转化过程,以及昆曲对白先勇小说的影响。总体来说,大陆学界的研究很长时间滞后于台湾地区学界的研究。

一、孤臣孽子:从台北人到新台北人

1997年10月24—26日,台湾民进党"立委"王拓承办了"乡土文学论战二十周年回顾研讨会",正式给乡土文学平反。而同年12月24—26日,台湾联合报副刊承办了"台湾现代小说史研讨会",两场研讨会都是在台湾文建会资助下主办。"现代文学"和"乡土文学"在二十世纪末的台湾陷入打擂台的境地,白先勇作为台湾现代主义文学的精神领袖,而现代主义一直占据台湾文学的主流,却在这个时段的台湾文学本体建构的风波中略显尴尬。五年后,台湾大学《中外文学》2001年第30卷第2期编辑"永远的白先勇"专号,统稿人梅家玲在《导言》这样介绍:"和许多其他成名作家比起来,白先勇的著作并不算多,但在战后台湾文学史上,'白先勇'却一直是一个不断受到读者与评论者高度瞩目的名字。从早期《寂寞的十七岁》等短篇开始,他便受到前辈学者夏志清的高度赞扬,认为他'是当代短篇小说家中少见的奇才'、'在艺术成就上可和白先勇后期小说相比或超越他的成就的,从鲁迅到张爱玲也不过五六人','凭他的才华和努力,将来应该是中国文学史上的一位巨人'。《台北人》系列问世后,那一份对于'忧患重重的时代'的深情回顾,曾触动多少感时忧国者的心弦;八〇年代,他以《孽子》披露少年同性恋者的彷徨追寻,为台湾的小说关怀另辟洞天,亦具有划时代意义。"[①]

梅家玲的评价从文学史的角度看没有问题,联系当时的台湾地区文学批评界的研究,当时的白先勇在台湾文学界的地位很高,但也在被台湾某些势力边缘化,普遍认为1963年白先勇移居美国之后,他就被烙印上"自我放逐"、"流浪"、"无根"的文学符号,但在中国大陆改革开放之后的当代文学建构中,白先勇及其作品不断地被经典化。以两套中国现代文学丛书为例,广西教育出版社在1989年和台湾海风出版社合作出版的"中国新文学大师名作赏析"系列(主编侯吉谅)

[①] 梅家玲:《导言》,《中外文学》2001年第30卷第2期,第1页。其中的引言出自夏志清《白先勇论(上)》,《现代文学》1969年12月。

中,共编选 30 本,包括鲁迅、巴金、老舍、沈从文、艾青、冰心、夏丏尊、丰子恺、闻一多、郭沫若、丁玲、郁达夫、茅盾、臧克家、何其芳、朱自清、叶绍钧、萧乾、萧红、胡适、刘半农、刘大白、沈尹默、戴望舒、冯至、许地山、郑振铎、曹禺、周作人、赵树理、叶圣陶、苏雪林、凌叔华、庐隐、冯沅君、徐志摩、王统照、白先勇、林语堂 39 位现当代文学作家。其中白先勇是唯一一位抗战之后出生的作家,与其他入选的大师相差一两代的年龄差。而两年后的 1991 年,台湾前卫出版社出版的"台湾作家全集"系列,包括"日据时代"(作家包括赖和、翁闹、巫永福、王昶雄、杨守愚、吕赫若、陈虚谷、张庆堂、林越峰、龙瑛宗、张文环、杨逵、王诗琅、朱点人、杨云萍、张我军、蔡秋桐等)、"战后第一代"(作家包括李笃恭、陈千武、吴浊流、郑焕、林钟隆、廖清秀、钟肇政、文心、张彦勋、叶石涛等)、"战后第二代"(包括黄娟、欧阳子、钟铁民、陈恒嘉、季季、郑清文、七等生、陈若曦、施明正、东方白、施叔青、李昂、郭松棻、刘大任、张系国、李乔等)、"战后第三代"(包括黄燕德、东年、王幼华、履疆、吴锦发、张大春、曾心仪、黄凡、宋泽莱、王拓、杨青矗等)和"别集"(作家周金波),一共收录了 55 位作家,但在"战后第二代"收录了同属于现代派也同样移居美国的欧阳子,没有收录白先勇。用当时研究者的话就是"伴随着白先勇这样在本岛逐步被边缘化的走向,近几年来我们却明显见到他在中国大陆的快速经典化"[1]。

除了知名学者组织的会议、作家文丛之外,白先勇在大陆与台湾两地的影响力似乎也很不相同。以台湾学术期刊在线数据库(TWS)和中国知网(CNKI)为例,以朱伟诚作出"白先勇在本岛逐步被边缘化"的判断 1998 年为统计下限,在 TWS 数据库中,关于白先勇作品及其影视改编研究的论文共计 28 篇,其中还包括梅家玲为《中外文学》组稿的"白先勇专辑"的 8 篇论文。而在 CNKI 数据库中,仅以白先勇为"主题"的搜索,相关论文 1052 篇。搜索同属"战后第二代"文学群体的欧阳子(2 篇)、陈若曦(12 篇)、郭松棻(13 篇)、郑清文(15 篇),似乎研究型论文都不多。

白先勇在台湾文坛的"中心化"和"边缘化"的吊诡处境是怎样造成的呢?原因有三:首先是国民党政府解严之后,国民党与民进党轮流执政,统独两派对立思想的政治争锋开始波及和影响台湾文学界。欧阳子认为"难怪《台北人》之主要角色全是中年人或老年人。而他们光荣的或难忘的过去,不但与中华民国的

---

[1] 朱伟诚:《(白先勇同志的)女人、怪胎、国族:一个家庭罗曼史的连接》,《中外文学》1998 年第 26 卷第 12 期,第 48 页。

历史有关，不但与传统社会文化有关，最根本的，与他们个人之青春年华有绝对不可分离的关系"①。《台北人》中与中国大陆母体文化的千丝万缕的联系是不可一世的独派绝对不能接受的。其次是白先勇的文化中国理念之下的创作，似乎也不为某些"文化台独分子"所喜，忽视《台北人》、《孽子》也就成为必然。评论家彭瑞金就认为白先勇把自己的创作写成"无根文学的哀歌"，原因正是白先勇小说中对"流浪的中国人"的追求。② 第三就是白先勇小说中台北(人)的有意缺席也是很明显的，这种台北(人)的缺席也与台湾文学本土建构的追求相悖。梅家玲直言："台北(现实)与大陆(过去)之间，遂形成既相互建构，也相互消解的吊诡关系——立足现实台北，是为了在失去过去之下重返过去，然而，过去的记忆之旅，却是以对台北现实的视而不见开始，以意识到大陆过往已无可回归告终。故而，所谓'台北人'，便不得不成为流离于不同时空的放逐者，所造成的，乃是对台北与大陆的双重否定。也因此，无论是'台北'，抑是台北'人'，都要不断地于'在场'处宣告'缺席'。"③

那么白先勇在中国大陆的经典化的内外因素是什么呢？刘俊曾说"作为最早被介绍到大陆的台湾著名作家，白先勇进入大陆的学术视野几乎与他的作品被'引进'大陆同步。从一九七九年到现在，二十一年来，白先勇一直是大陆的台湾文学研究界着力关注的重点研究对象"④。之后，白先勇的作品不断在大陆各大文学期刊重新刊发，加上著名学者袁良骏、王晋民和刘俊等的研究专著出现，⑤使得白先勇成为在中国大陆最受欢迎的台湾作家。白先勇在中国大陆受到青睐，其原因是耐人寻味的，其中最重要的就是他基于感时忧国精神之上的对文化中国理念的追求。朱伟诚说："如果综览白先勇小说探讨的主题，'国族落难'所占的份量的确相当大，尤其是在他六三年赴美留学前后，停笔两年，再次提笔，已

---

① 欧阳子：《白先勇的小说世界——〈台北人〉之主题探析》，收入《台北人》，尔雅出版社1983年版，第7页。
② 彭的原话是"自认是流浪的中国人的白先勇，只能不断的自我放逐……自我放逐的流浪者回到原本他可以生根的地方，宣布自己精神上的死亡，无疑是这种无根文学的哀歌"。参见彭瑞金：《台湾新文学运动四十年》，台北自立晚报社1991年版，第134—135页。
③ 梅家玲：《白先勇小说的少年论述与台北想像——从〈台北人〉到〈孽子〉》，《中外文学》2001年第30卷第2期，第61页。
④ 刘俊：《白先勇研究在大陆：1979—2000》，《中外文学》2001年第30卷第2期，第155页。
⑤ 包括袁良骏《白先勇论》，尔雅出版社1991年版；王晋民《白先勇传》，台北幼狮文化1994年版；刘俊《悲悯情怀：白先勇评传》，尔雅出版社1995年版。

是深具新文学以来'感时忧国精神'的《芝加哥之死》了。而此后从'纽约客'系列到《台北人》，再到最近（也有一些时日了）的两个标属于'纽约客'系列的单篇——即〈夜曲〉与〈骨灰〉——这样的主题关怀虽不能说涵盖一切，却是十分明显而且一以贯之的。"①林幸谦则更直接地指出白先勇小说中所蕴含的国族意识："在精神上，流落台湾的'台北人'，并没有身处国土的归宿感，反而全心全意等待回国的日子。他们永远在寻求回归国土的方向，具有和'纽约客'一样的流浪心态和漂泊感。他们都是被逼流放，自成另一模式的海外中国人，是精神上的放逐者。……易言之，对《台北人》和《纽约客》中这两群人物来说，他们共同盼望的'家乡'，即是'中国'……"②而在我看来，无论是朱伟诚还是林幸谦，他们都点明白先勇文学创作的主题是"感时忧国"的演绎，而这一主题更深入的认知就是白先勇实际上演绎的是"文化中国"这一文学命题。

联系起白先勇的人生经历和创作情况，其笔下的"孤臣孽子"指的是1949年国民党败退台湾一隅，海峡两岸政治离散之后，心怀祖国，不忘母国，在离散地情感无依、孤立无援的一群人。如果说小说集《台北人》中多是花果飘零的"孤臣"故事，那么长篇小说集《孽子》则是展示"孽子"落地生根中经历的阵痛。或许被人质疑过"台湾作家"的定位，但白先勇一再强调，虽然他在台湾总共只居住了十一年，但那是他一生中最珍贵、最实在的十一年。《台北人》、《孽子》都是在美国写的，但写的是台北，写的人也是道道地地的"台北人"。"不论是在纽约、旧金山，我都是透过台湾的镜头看世界的……我是以台北人自居的。"③

早在七十年代初，《台北人》系列刚完成后不久，《孽子》便开始创作，"故事都有了，可是拖了很久"，以至于1983年才成书。④ 在《孽子》中，被逐出家门的阿青，心中总是耿耿于怀自己不能继承父亲的革命志向，似乎一直活在父辈赫赫战功的阴影之下。还有将门之后的王夔龙对父亲的仰慕，小说中的傅老爷子形象，都满含着白先勇对父辈（包括白崇禧）的尊重和爱戴，父亲在小说里就是英雄的存在。白先勇说"真正写台北人的是《孽子》，《台北人》中台北是个框框，后面的

---

① 朱伟诚：《〈白先勇同志的〉女人、怪胎、国族：一个家庭罗曼史的连接》，《中外文学》1998年第26卷第12期，第48页。
② 林幸谦：《生命情结的反思：白先勇小说主题思想之研究》，麦田出版社1994年版，第225页。
③ 陈宛茜：《道道地地的"台北人"——白先勇专访》，《联合文学》2003年12月号，第35页。
④ 蔡克健：《访问白先勇》，收入《第六只手指》，尔雅出版社1995年版，第441—475页。

回忆大了,包括整个大陆"①。可以说一个个"孽子"在从"台北人"到"新台北人"的过程是痛苦的:一方面他们背负着父辈的荣光和期待,一次次将现实拉回民国记忆之中,参与着向父辈致敬的历史叙述的建构;另一方面,也正因为《孽子》这部作品,从《台北人》到《孽子》,从缅想中国大陆到关怀台北家园,从母体的依恋到在地的归化,白先勇真正地从老台北人过渡到了新台北人。而这条精神谱系就是白先勇影视改编的第一个核心关键词。

二、历史重构:从女史到父辈的历史

虽然白先勇曾经说过"我们父兄辈在大陆建立的那个旧世界早已瓦解崩溃了,我们跟那个早已消失只存在记忆与传说中的旧世界已经无法认同,我们一方面在父兄的庇荫下得以成长,但另一个方面我们又必得挣脱父兄加在我们身上的那一套旧世界带过来的价值观以求人格与思想的独立"②,但有一点是我们必须认识到的,白先勇作为离散作家,无论是桂林、重庆、南京、上海、台北,数十年的流离,出身将门,没有了"乌衣巷"的王谢高堂的"旧时"记忆,又如何重构得出"飞入寻常百姓家"的"堂前燕"的离散经历。白先勇曾经笑谈"我在上海住的房子变成'越友餐厅',我还在那儿吃过饭。我在松江路上住过的房子,拆了,现在的位置上是六福客栈"③。可以说,对国共内战之后的华人离散历史的再现,展示"人最后的挣扎",是白先勇历史重构的主题。④

很多评论文章认为白先勇的作品尽是着墨没落的贵族,但细究起来,白先勇笔下的娟娟、朱青、王雄、金大班、尹雪艳,还有飘落异乡的纽约客们,实在算不上

---

① 白先勇:《白先勇谈创作与生活》,《中外文学》2001 年第 30 卷第 2 期,第 197 页。
② 参见白先勇:《〈现代文学〉创立的时代背景及其精神面貌:写在〈现代文学〉重刊之前》,收入《第六只手指》,尔雅出版社 1995 年版,第 273—286 页。
③ 陈宛茜:《道道地地的"台北人"——白先勇专访》,《联合文学》2003 年 12 月号,第 36 页。
④ 原文是这样的:"我的小说宿命观是蛮重的没错,人的命运很神秘,但我不觉得我写的东西很悲观,我觉得人最后的挣扎是差不多的,其实人一生下来就开始漂泊,到宇宙来就开始飘荡了,在娘胎里大概是最安全的,我从小就蛮能感受这东西,所以我的小说里没有很容易乐观的东西。……另一方面,我觉得我写的是文学,作为一个艺术家,自己有一套孤独的世界、自己的价值,是一种正面的使命感。写作时,至少在我们那一代,文学是我们的宗教,一旦下笔,便是以非常严肃的态度相待,不考虑其他的,这个最要紧,别的时候还可以妥协一下,马虎一点,文学是我的志业,那不能妥协的,是什么就是什么,而且也不顾虑一切,别人怎么讲都没关系。"白先勇:《白先勇谈创作与生活》,《中外文学》2001 年第 30 卷第 2 期,第 192—193 页。

贵族。白先勇曾说"我的确比较喜欢写边缘人物,英雄老去、美人迟暮,对社会底层的人物较为同情,《孤恋花》里的妓女、《金大班的最后一夜》的风尘女子,剥掉人为、文明的外衣,就是人性,他们最需要的还是爱:爱情、亲情、友情"[①]。而同学欧阳子则直接道明了白先勇《台北人》的主题:今昔之比、灵肉之争和生死之谜。在白先勇笔下,《一把青》写的是抗战胜利后的南京,空军军人与少女之间的爱恋,后来国民党败退台湾,朱青性格大变。《血染海棠红》本是白光的一首歌,在香港时,他与白光同住一条巷子,同名电影在台湾上映时,白先勇有感而挥就该文。《孤恋花》的创作源于白先勇去过一家酒家,巧遇杨三郎演奏该曲,演唱的酒女唱得哀婉悲戚,引发了白先勇创作五宝、娟娟的形象。而《玉卿嫂》、《花桥荣记》都是他曾经的童年经验和家乡记忆。

在白先勇笔下女性的形象最具特色,季季认为"在中国近代作家中,一般公认白先勇写女性写得最成功。白先勇对女性有一种特殊的崇拜,他笔下的女性,在两性关系中大多是'强势货币':她们凭美貌和手腕支使周遭的男人,很少吃大亏"[②]。蔡源煌借用荣格的精神分析学理论来尝试分析白先勇笔下的女性形象:"白先勇笔下的女人,可以说是'杀气'大于阴柔——白先勇的小说一再写道:女人与男人八字犯冲,克死了男人,正是此意。……按照荣格(Carl Jung)的说法,人的心灵是由三方面所构成:女性潜倾、男性潜倾、潜影(anima, animus, shadow)。男作家笔下的女人——若以男性潜倾为蓝图,那么泼辣凶悍的一面就显现出来了。……依此类推,白先勇笔下的女人,是男性潜倾的投射。"[③]"男性潜倾",即阿尼姆斯(animus),荣格提出的原型理论中的一种,荣格在分析人的集体无意识时,发现无论男女于无意识中,都好像有另一个异性的性格潜藏在背后。男人的女性化一面为阿尼玛(anima),而女人的男性化一面为阿尼姆斯(animus)。以《永远的尹雪艳》为例,尹雪艳华丽沉稳的女性气质、宠辱不惊的人生态度,都展示着对周遭人事物的把控能力,她身上那挥散不去的老上海味道,使得她身上充满着隐喻意义和神秘魅力,尹雪艳身上的孤傲风格,使得她成为寄居台北的老民国男人的偶像。

[①] 白先勇:《白先勇谈创作与生活》,《中外文学》2001年第30卷第2期,第196页。
[②] 季季:《两性关系的时代抽样》,收入张小凤等《十一个女人》,尔雅出版社1981年版,第5页。
[③] 蔡源煌:《从台北人到撒哈拉的故事》,收入《海峡两岸小说的风貌》,台北雅典出版社1989年版,第65—68页。

"谪仙"意象的化用则是白先勇建构女性历史叙事的又一重要主题。白先勇的短篇小说最早先后以《谪仙记》和《游园惊梦》结集出版。这两个书名在其象征意涵上有着特殊的意味。柯庆明认为,"'谪仙'在白先勇的小说中可能具有较为具体的'去国沦落'的特殊意涵,但其中由'谪'所喻示的'流离'命运,再加于原本是游戏逍遥,自在自由的'仙'之上,就不但具有了'流水落花春去也,天上人间'之沉沦的象征意蕴;而且更是喻示了,由'少年不识愁滋味,爱上层楼,爱上层楼,为赋新词强说愁'到'而今识尽愁滋味,欲说还休,欲说还休,却道天凉好个秋'的心理转化。因此在白先勇的小说中,'谪仙'不但有历经生离死别的'记';而且还要有欲说还休,顾左右言他的'怨'"①。在白先勇笔下,所有的小说都有着一个悲剧的,甚至悲情的结局。《芝加哥之死》中的吴汉魂、《谪仙记》中的李彤、《那片血一般红的杜鹃花》中的王雄、《金大奶奶》中的金大奶奶、《玉卿嫂》中的玉卿嫂、《花桥荣记》中的卢先生,还有大量牵涉死亡的小说,如《月梦》、《小阳春》、《永远的尹雪艳》、《一把青》、《梁父吟》、《国葬》,还有沉浸于故人之思的《思旧赋》、《孤恋花》、《秋思》、《冬夜》等作品,还有《孤恋花》中疯掉的娟娟、《我们看菊花去》中的姐姐、《思旧赋》中的少爷,都在一种发疯的状态之中。在《谪仙记》中,李彤的姓名一如对李白的影射,而李彤在毕业礼上的风光,与李白宫廷之中的逍遥有得一比,最后李彤在内战之后,只剩下痛饮、狂舞、豪赌,一如现代版的李白那狂放不羁的"痛饮狂歌空度日,飞扬跋扈为谁雄?"(杜甫《赠李白》),最终在威尼斯游河跳水自杀,结束了自己的一生。《谪仙怨》中的黄凤仪、《黑虹》中的耿素棠,都有着"捉月"美梦、"捞月"而死的影子。更为关键的是,柯庆明认为《孽子》的产生有其"深远的根由",正是因为白先勇小说中的"'雾里看花'遂与'水中捞月'成为互补的母题,共同象征的正是'假作真时真亦假,无为有处有还无'的虚妄与迷执;因而也正是将'谪仙''捉月'的主题,转向了'痴男怨女,可怜风月债难酬',人类所无法勘破的'孽海情天'的方向"②。

关于父史的书写,白先勇是通过关于父亲白崇禧的回忆录完成的,如《父亲与民国:白崇禧将军身影集》(时报,2012,上册戎马生涯,下册台湾岁月)。另外,白先勇与廖彦博合著的有《止痛疗伤:白崇禧将军与二二八》(时报,2014)、《悲欢离合四十年:白崇禧与蒋介石》。可以说,新世纪以来的白先勇及其创作,是一种

---

① 柯庆明:《情欲与流离》,《联合文学》2003年12月号,第27页。
② 同上书,第29页。

怀旧式的展示着他重返1949年之前的民国时期父辈历史的企图。李欧梵曾说起自己的老同学："白先勇的创作风格又和王文兴有显著的不同，因为我们从他的作品中看不到太多的西方现代文学风味，技巧上的借鉴当然是有的，但是内容却颇为'怀旧'，他把《台北人》献给他父亲那一代饱经忧患的国民党人士，表现的是另一种历史感。……多年后白先勇的'情结'却又回到他父亲，最近即将出版的白崇禧将军传记，非但是他多年来的呕心沥血之作，也是他献给他父亲饱经忧患的那一代人的礼物。"①

三、结语

据陈宛茜的访谈，白先勇的创作时间在晚上十一点到清晨六点，他在花园挂满了灯泡，好让夜深人静的时候访花私语，仍是一片光彩璀璨。白先勇说"我写作写累了，习惯跟花说说话"②。我想象半夜笼罩在花之光晕里的白先勇，不正是《牡丹亭》里掌管花之精魂的花神吗？白先勇说他的青春版《牡丹亭》挑选出来的杜丽娘、柳梦梅都是二十五岁，正是容貌、演技的最好年龄。写第一篇"台北人"的白先勇不也正是二十五六岁吗？不论是孤臣孽子，还是新台北人；不论是意识流大师，还是自称昆曲义工，白先勇及其作品注定成为现代中国文学史上永恒的记忆，与他同在一个时代，何其幸哉！

---

① 李欧梵：《回望文学年少——白先勇与现代文学创作》，《中外文学》2001年第30卷第2期。
② 陈宛茜：《道道地地的"台北人"——白先勇专访》，《联合文学》2003年12月号，第37页。

时代曲与救亡歌：
白先勇小说影视化过程中的乐曲文化

俞巧珍

浙江师范大学

自1980年代以来，由白先勇小说改编的影视剧主要有：《金大班的最后一夜》(1984，导演白景瑞)、《玉卿嫂》(1984，导演张毅)、《孤恋花》(1985，导演林清介)、《青春蝴蝶孤恋花》(2005，导演曹瑞原)、《孽子》(1986，导演虞戡平)、《最后的贵族》(1989，导演谢晋)、《花桥荣记》(1997，导演谢衍)、《一把青》(2015，导演曹瑞原)。从文本走向荧幕的过程，自然也是艺术形式不断焕新的过程。在此过程中，影视插曲往往扮演了重要的抒情角色。事实上，白先勇小说本身就充满了音乐的元素：《孤恋花》、《一把青》直接以音乐名为题，《金大班的最后一夜》则由于金兆丽工作场合的特殊性，音乐不仅成为小说影视化过程中的重要背景，同时也是金兆丽历经人世浮沉的心境写照。鉴于此，本文以以上三部作品为中心，探讨台湾导演如何在音乐情境中拓展小说文本对漂泊感与丧失感的主题表达，搭建"台北人"的精神空间与在地空间，并在"今昔对比"的强烈反差之外形成某种耦合，从而探寻解严以来台湾电影人在技术、光影之外，试图通过音乐流动呈现出的关于"情"的经验、"家"的议题和"国"的脉络的影视叙事肌理。

一、"有情之曲"：女性命运中"情"的隐喻

一直以来，关于白先勇《台北人》的论述，总是离不开欧阳子提出的"今昔之比"、"灵肉之争"和"生死之谜"三大主题。特别是"今昔之比"，欧阳子对《台北人》中的人物作了详尽的归类：一是"完全或几乎完全活在'过去'的人"；二是"保持对'过去'之记忆，却能接受'现在'的人"；三是"没有'过去'，或完全斩断'过

去'的人"。但是无论以哪一种方式对待"过去","这些大陆人,撤退来台多年,客居台北,看起来像台北人,其实并不是"。这种客居的状态,正是白先勇透过《台北人》中形形色色的人物所传达的"不胜今昔之怆然感"[①]。应该说,以上论断在很大范围内精准阐释了《台北人》的命题精髓。可以推断,"过去"所指向的大陆生活空间是"台北人"精神生活的核心,也是小说《台北人》所始终聚焦的叙事场域。不过,如果将视线转移到1980年代以来根据《台北人》改编的影视剧,那么关于"台北人"的故事空间,似乎仍有值得再探讨的余地。如果说白先勇通过小说不断质询政治对立下"异城市(生活)空间"在个人命运解体过程中扮演的重要角色,那么影视剧则在小说基础上对"空间"范畴进行了不同程度的改设,尤其是影视表达过程中对两岸民歌及流行歌曲的引入,更在一定程度上弥合了这种地理空间的落差,从而想象性地建构起一个属于彼时在台民众的生命经验共同体。这些音乐将小说文本中弥漫的怀旧气息,与台湾在地景观通过影像投射相伴相依,细腻地呈现出小说叙事时看似缺席、实则在场的更为深远的历史语境。

据统计,在影片《孤恋花》、《金大班的最后一夜》、《一把青》中,涉及的乐曲大致如下:一是台湾民歌,如《孤恋花》、《寒雨曲》(来自影片《孤恋花》,导演林清介),《港都夜雨》、《绿岛小夜曲》(来自影片《金大班的最后一夜》,导演白景瑞);二是三四十年代流行乐,如《恋之火》、《小亲亲》、《满场飞》、《夜来香》(来自影片《金大班的最后一夜》,导演白景瑞),《一把青》(来自影视剧《一把青》,导演曹瑞原);三是抗战歌曲,如《西子姑娘》、《松花江上》、《长城谣》(来自影视剧《一把青》,导演曹瑞原)。由此大致也可看出,导演在音乐的选择上,首先跨越了"大陆-台湾"的空间界限,两岸音乐文化共同成为人物情感和命运的表达途径。

从小说层面而言,以上三部作品共同涉及了"情"的问题。《孤恋花》以一位由上海流落台北的迟暮酒家女阿六(又号总司令)的回忆性叙事为线索,讲述她人生亲历的两位同为酒家女的亲密女友五宝、娟娟在不同时代、不同生存空间里惊人相似的悲剧命运。五宝在上海万春楼遭遇流氓华三,被华三以鸦片控制虐待,以至五宝服毒自尽;而台北五月花酒家的娟娟,因长相酷似五宝而受到阿六格外照拂怜惜,却没有逃脱"黑窝主"柯老雄的纠缠虐待:"他到五月花去找她,她

---

① 欧阳子:《王谢堂前的燕子——白先勇〈台北人〉的研析与索隐》,广西师范大学出版社2014年版,第4—12页。

便乖乖地让他带出去,一去回来,全身便是七痨五伤,两只膀子上尽扎着针孔子。"①最终娟娟不堪凌辱,在中元节之夜用一只黑铁熨斗锤死了柯老雄,自己也被关进精神病院。小说将两则悲剧分别放置于战争前后、上海与台北两个不同时空,似乎仍有"今昔对比"之意,但又很难用欧阳子所定义的"今昔对比"来完整概括。换句话说,流动于阿六回忆中的上海、台北两地的生存空间的差异比较并非小说的首要凸显之意。而影片中,在场景建构上,虽然云芳仍然维持着由大陆到台北的流离者形象,但"上海"空间被置换成日据时期的台北,五宝的形象也由白玉替代,因而引出小说/电影的题眼"孤恋花"。小说中,乐曲《孤恋花》为日据时期台湾乐师林三郎为一名为白玉的酒家女而作;电影则以此为线索铺展了日据时期酒家女的爱情和宿命,成为影视叙事的主线之一。小说中把"满腔怨情都唱尽"的悲苦酒家女白玉(既是小说,此处应为五宝?),在电影中也真实呈现过对爱情小心翼翼的期待,可惜白玉在日军轰炸中丧命,而同为酒家女的娟娟对歌曲《孤恋花》来源的好奇以及每一次关于《孤恋花》的演唱,既寄托了走过日据岁月的林三郎、云芳对白玉的怀念,也预示着娟娟在歌声中不断找寻自我又不断走向被毁灭的命运。

  同样的,小说《一把青》也以乐曲名为题,讲述一位嫁给国民党空军飞行员的女中学生朱青,在遭遇丈夫郭轸阵亡的人生变故后,生活方式、人物性情上的巨大变化。国共内战是郭轸与朱青的爱情悲剧发生的背景和根源。不过小说侧重表达的是"丧夫"这一人生变故带给朱青的命运转折,关于战争的描述则比较抽象,涉及几处为:郭轸与朱青结婚不久,还未来得及度蜜月,国共内战爆发,郭轸就随大队调去东北,从此音信渺茫。"总部刚来通知,郭轸在徐州出了事,飞机和人都跌得粉碎。"②寥寥数语交代了朱青的爱情和期待逐渐落空直至破碎的过程——这似乎是飞行员家属不得不面对和接受的青春和命运。对此,空军队伍中也有自己特殊的解决方式:"她们背后都经过了一番历练的呢。像你后头那个周太太吧,她已经嫁了四次了。她现在这个丈夫和她前头那三个原来都是一个小队里的人。一个死了托一个,这么轮下来的……"关于朱青与郭轸,影视中有过更多对危机四伏的悲剧性暗示:"字条,是生死悬命的寄托,哪个女学生找来,算她倒霉",一再成为战争环境下朱青失落的爱与人生的伏笔。

---

① 白先勇:《孤恋花》,收入《台北人》,广西师范大学出版社2015年版,第126页。
② 白先勇:《一把青》,收入《台北人》,广西师范大学出版社2015年版,第28页。

《金大班的最后一夜》中,小说里只出现过乐曲《小亲亲》。《小亲亲》与《满场飞》、《夜来香》等组成了1940年代上海城市流行歌曲的主旋律,也是彼时上海舞厅最常用的舞步伴奏音乐。在舞厅的特定环境和氛围中,人与人之间的感情更多的是浮面的交际应酬,用金大班警告朱凤的话说:"阔大少跑舞场,是玩票,认起真来,吃亏的总还是舞女。"①但《小亲亲》的字里行间,表达的又是卷入恋爱中的年轻姑娘深情、哀怨、患得患失的心情——也是年轻时的金大班曾冒出过的"许多傻念头"之记录。她曾在百乐门舞池边爱上过"会脸红"的腼腆大学生月如,替他怀了孕,但月如最终被"大官老子"派来的卫士绑走,"她知道今生今世,休想再见她那个小爱人的面了"②。此后二十年,她"心高气傲"一次次错过"下嫁"的机会,直到年近四十才幡然醒悟,理解了曾经的百乐门姐妹任黛黛、吴喜奎们的选择。说到底,混迹风月场求生存的金大班,仍抱着在红男绿女中寻觅真情的期待。

　　从音乐层面而言,歌曲《孤恋花》由台北著名歌谣作词家周添旺作词③、杨三郎作曲④,以闽南语民歌的方式呈现:

　　　　风微微,风微微,孤单闷闷在池边/水莲花,满满是,静静等待露水滴/啊……
　　　　阮是思念郎君伊/暗相思 无讲起/欲讲惊兄心怀疑
　　　　月光暝,月光暝,夜夜思君到深更/人消瘦,无元气,为君唱出断肠诗/啊……
　　　　蝴蝶弄花也有时/孤单阮 薄命花/亲像琼花无一暝
　　　　月斜西,月斜西,真情思君君毋知/青春欉,谁人爱,变成落叶相思栽/啊……

---

① 白先勇:《金大班的最后一夜》,收入《台北人》,广西师范大学出版社2015年版,第65页。
② 同上书,第68页。
③ 周添旺(1910—1988):台湾早期著名歌谣作词家,台北万华人。6岁开始习汉文,1933年为《逍遥乡》谱曲,曾任古伦美亚唱片公司文艺部主任、歌乐唱片公司文艺部负责人。词作有韵味、富诗意。代表作有《月夜愁》、《河边春梦》、《孤恋花》、《秋风夜雨》等。
④ 杨三郎(1919—1989):中国台湾作曲家。原名杨我成,生于台北永和,后迁居台北大稻埕。从小喜爱音乐,对小号情有独钟。1937年赴日本学习音乐,师从清水茂雄,并改名杨三郎。1940年转赴中国大陆,在各地舞厅、夜总会担任乐师。1945年返台,改名八岛三郎。1947年,经吕泉生建议,由那卡诺作词、杨三郎作曲的《望你早归》走红台湾歌坛,杨三郎因此扬名。1948年在台北中山堂举办个人歌谣发表会,并结识作词家周添旺,先后合作诸多名曲。1951年创作台湾名曲《港都夜雨》。1952年与好友那卡诺、白明华、白鸟全书等人筹建"黑猫歌舞团",活跃到1965年。曲作旋律优美、情感细腻,既有台湾乡土风格,又融合了日本音乐与爵士乐特点。代表作有《秋风夜雨》、《孤恋花》、《春风歌声》、《黄昏故乡》等。

追想郎君的真爱/献笑容 暗悲哀/期待阳春花再开

　　白先勇说,光是《孤恋花》的歌名,就让他喜爱不已。他曾在一酒家偶遇杨三郎演奏此曲,酒女唱得哀婉凄恻,引起他勾勒"五宝"、"娟娟"等人物形象。也就是说,与《游园惊梦》等小说中不断回望大陆生活的姿态不同,小说《孤恋花》更深层的表达,首先是白先勇对彼时生活的那片土地上的人及其相关文化的亲近、认同与关怀。如果说白先勇通过台湾民歌将关注的焦点由两岸生活空间的比较转移到对两岸底层女性社会/命运遭际的共同关注,并在此意义上与难以回归的"过去式"时空达成某种和解,那么影片将上海酒家女"五宝"直接置换成日据时期的台北酒家女白玉,事实上是将故事的焦点完全转移到台湾本土。乐曲《孤恋花》是林三郎与白玉的爱情记录,三十年后林三郎与云芳对娟娟的共同关照和爱护,很大程度上是对逝去的生命经验的缅怀。然而娟娟本人有过对爱情的期待吗?她央求林三郎教她唱《孤恋花》的场景,似乎滋生过一些夹杂着甜蜜与忧愁的梦寐气息。但她的人生,早就被发了疯的母亲、强暴她又污蔑她的父亲踏碎,流氓柯老雄的出现更将她破碎的人生推向深渊。这种从未获得过爱的权利和自由的残酷性,与其说是娟娟作为弱势身份的个体的偶然遭遇,不如说是时代的黑幕孕育的无从救赎的伤痛。影片的最后,《孤恋花》的歌声幽幽回荡在探视了精神病人娟娟的云芳、林三郎、娟娟幼子的身后,咏叹着几乎被遗忘的台湾底层女性在漫长的历史进程中几乎贯穿始终的悲剧命运。

　　而《一把青》的篇名则出自 1940 年代闻名上海的电影明星兼女中音歌手白光为电影《血染海棠红》演唱的《东山一把青》:

　　东山哪一把青,西山哪一把青,郎有心来姐有心,郎呀咱俩好成亲。
　　今朝呀鲜花好,明朝呀落花飘,飘到哪里不知道,郎呀寻花要趁早。
　　今朝呀走东门,明朝呀走西口,好像那山水往下流,郎呀流到几时方罢休。

　　用欧阳子的话说,《一把青》是白先勇在《台北人》中将"今昔对比"之主题演绎得最明显、直接、透彻的一则作品。过去的朱青,自然、朴素、纯洁、拘谨;而失去郭轸之后,朱青变得矫作、世俗、华丽、浪荡。她曾视爱情为生活的全部,却在郭轸死后过着"今朝有酒今朝醉"的生活。无论在小说还是曹瑞原导演的影视剧中,乐曲《一把青》是线索、伴奏,也是灵魂,是朱青三个人生阶段的隐喻。从美国受训回来的空军飞行员郭轸,看上了还是金陵女中学生的朱青,将练习机低飞到学校上空示爱,追求得浪漫、热烈又大胆。"郎有心来姐有心,郎呀咱俩好成亲",说的正是郭轸与朱青的爱情佳话。不过乱世的爱情,正如枝头飘零的花朵,"飘到哪里不知道",在时代风云中有着身不由己的宿命。郭轸死后,朱青一改往日的拘谨,她衣履风流,混迹空军新生社,"专喜欢空军里的小伙子",与小顾"眉来眼去"。可当小顾出事,朱青的表现却淡然到让师娘觉得"已经找不出什么话来可以开导她了"。事实上,从失去郭轸的那天开始,朱青不仅从此埋葬了爱情,同时也封锁了所有鲜活人生的可能:"我也死了,可是我还有知觉呢。"[①]如果说乐曲《孤恋花》之于娟娟,是一个遥远时空中可望而不可即的爱情想象,那么乐曲《一把青》之于朱青,却架构了她曾有过的美满爱情迷宫中的所有回声,但只剩下了回声。

前面已说过,《金大班的最后一夜》并非以音乐命名,甚至在小说中也只有《小亲亲》一闪而过。《小亲亲》由音乐家黎锦光[②]作词曲,徐小凤演唱,全曲如下:

> 你呀你,你是我的小亲亲/为什么你总对我冷冰冰/我要问一问/请你说分明/你对我呀可真心
>
> 你呀你,你是我的小亲亲/为什么你总对我冷冰冰/我要问一问/请你说分明/你对我呀可有情
>
> 你不说分明/当你假呀假殷勤/你的话我不听/你不说分明/当你假呀假惺惺/你的情我不领
>
> 你呀你,你是我的小亲亲/只要你不再对我冷冰冰/你也要像我一样用真情/免我早晚心不定

和小说一样,影片也从美人迟暮的金大班决定"老大嫁作商人妇"切入,以歌曲《恋之火》开场,随着音乐低回婉转的旋律,引发金大班对青春时代与盛月如之间那一段交织着美好和残酷的往事的追忆,以化解现实时空中不断逝去的青春

---

① 白先勇:《一把青》,收入《台北人》,广西师范大学出版社 2015 年版,第 30 页。
② 黎锦光(1907—1993):中国早期著名流行音乐家,湖南湘潭人。1927 年到上海,加入其兄长黎锦晖任团长的中华歌舞团,成为"黎派"歌曲重要传人。与陈歌辛一道被认为是中国流行音乐成熟期的最杰出代表,被誉为"歌王"与"歌仙"。1939 年任百代唱片公司音乐编辑,为上海各电影公司作曲。其中 1946 年为电影《莺飞人间》作的插曲《满场飞》、《夜来香》、《香格里拉》流传甚广。《夜来香》曾被日本作曲家服部良一翻译成日文,流传日本。

以及与此相伴随的失去获得爱情可能的哀伤。相比小说而言,除《小亲亲》外,电影在叙事过程中引入了更多流行乐作为背景,在一定程度上借助音乐流打破了时间界限,在过去与现在的时空中来回切换,既是金大班在想象性的时空中对过去时间、当下时间乃至未来时间的表述,也是身处风月场中的金大班关于爱与幸福的追求在想象的时空与现实时空中的并置。换句话说,二十年前与盛月如的爱情,始终是金大班不断缅怀的关于幸福的吉光片羽,哪怕她不得不在现实时空中委身陈发荣以求生存的安稳。看起来精明冷静得近乎无情的金大班,只有通过在漫长岁月里不断修缮过去才能填补当下及未来人生的遗憾。

可以看出,日常生活中爱的缺席是构成以上三部小说叙事的重要内容。应该说,三部同名影视剧共同尊重并真诚地阐释了小说的精髓。在此过程中,同名音乐成为影视表达的基础镜像,隐喻着女主人公在各自生命历程中关于爱与希望的保存、找寻和延续的命题上共同遭受的困境,因此"今昔对比"的命题,并不单纯指向大陆-台湾的地理空间,更指向现实生活中女性心理经验和生命状态的更深层面目:她们曾是美丽的、纯真的、优雅的,却不得不寂寞地不断衰老,身心俱疲地幽隐在人间,她们遭受了许多艰难的时刻,积攒了很多的失望,甚至被凌虐至发了疯。

二、"时代之曲":流离岁月里"家"的寻觅

在影片《孤恋花》中,除《孤恋花》之外,还出现过另一首台湾民歌《寒雨曲》。《寒雨曲》于1944年由日本作曲家服部良一[①]谱曲、香港音乐人陈蝶衣[②]填词、潘

[①] 服部良一:(1908—1993)日本著名作曲家。1907年10月1日生于大阪,曾就读大阪实践商业学校、大阪音乐学院钢琴科。曾在BK管弦乐团等处任职。创作歌曲2000余首,并有管弦乐代表作《萨克管协奏曲》、《水与烟的对话》等。1959年任日本作曲家协会理事长,1978年任日本作曲家协会会长,并获日本政府三等文化勋章。

[②] 陈蝶衣:原名陈哲勋,1907年生于浙江,后随父迁往上海。15岁进报馆当练习生,1933年创办《明星日报》,并于创刊号发起举办"电影皇后"选举活动。此后又陆续担任《万象》、《春秋》、《大报》等多家刊物编辑、主编,是活跃于上海报界的知名文化人。1944年,因电影《凤凰于飞》导演方沛霖邀请,为影片撰写了11首歌词,经陈歌辛、黎锦光、姚敏、李厚襄、梁乐音等五位作曲家谱曲、周璇演唱,在歌坛、影坛引起轰动,由此开启陈蝶衣电影歌曲作家之路。1946年,为电影《莺飞人间》作词《香格里拉》,由黎锦光谱曲,欧阳飞莺演唱,欧阳飞莺以此曲红遍华人社会。1947年以陈式为笔名为歌舞片《花外流莺》、《歌女之歌》作词12首。1952年,陈蝶衣移居香港,歌词创作进入辉煌时期。香港时期代表作品有《南屏晚钟》、《情人的眼泪》、《寒雨曲》、《我有一段情》等。

秀琼录唱,是典型的日曲填词歌曲①,也是蓝调歌曲②。全曲如下:

  吹过了一霎的风/带来一阵蒙蒙的寒雨/雨中的山上是一片翠绿/只怕是转眼春又去
  雨呀雨/你不要阻挡了他的来时路来时路/我朝朝暮暮盼望着有情侣

  蓝调歌曲被称为黑人的"苦难之歌",是所有黑人在黑暗旧时代下的苦难过往与疲惫心灵的见证。因而《寒雨曲》出现在娟娟的酒肆演唱场景中,也隐隐昭示了她迷蒙的伤感和惆怅。我们可以通过娟娟对阿六的自述得知,她发了疯的母亲被父亲锁在猪笼,她偷偷去送饭却被母亲咬伤;父亲醉酒后强暴了她,又在她怀孕后天天将她拎到邻居面前示众,骂她:"偷人!偷人!"对此情形,阿六的观感是:"我轻轻的摩着她那瘦棱棱的背脊,我觉得好象在抚弄着一只让人丢到垃圾堆上,奄奄一息的小病猫一般。"③娟娟从苏澳乡下流落到台北当酒家女,这种飘零的身世,与被贩卖到美国的黑奴处境并无二致。也就是说,在那个传统意义上被视为故乡的空间里,娟娟并未得到过丝毫持久稳定的有关"故乡"温情的回忆。她深陷柯老雄的暴力虐待,并不单纯因为软弱,一定程度上也源于她对某种强大力量的期待与依赖的本能。阿六让她小心"黑道中人"柯老雄的提醒,她也只是"凄凉地笑一下",十分无奈地说:"没法子哟,总司令——""说完她一丝不挂只兜着个奶罩便坐到窗台上去,佝起背,缩起一只脚,拿着瓶紫红的蔻丹涂起她的脚趾甲来;嘴里还有一搭没一搭的哼着《思想起》、《三声无奈》,一些凄酸的哭调来。"④这个场景与朱青在小顾飞行失事后的表现何其相似:"原来朱青正坐在窗台上,穿了一身粉红色的绸睡衣,捞起了裤管跷起脚,在脚趾甲

---

 ① 1950年代台湾歌坛,根据创作方式的不同,闽南语流行歌曲分为两大类:创作歌曲和日曲填词歌曲。日曲填词歌曲指的是用日本歌曲的曲调或加以改编的日本歌曲调,歌词被直译为闽南语或填上新词,具有浓郁的日本风格。
 ② 蓝调音乐:又叫布鲁斯。起源于美国黑人奴隶的劳动号子和哀歌。他们哀悼难以回归的土地、倾诉生存的困顿,也表达了对种种不公的抗争,记录了美国黑人苦难的命运。从艺术角度说,蓝调通常有着自我情感宣泄的原创性以及时性,注重演奏、演唱者的灵魂与音乐的相通,这种相通与演唱者的即兴发挥密切相关。因而蓝调音乐既是悲苦愁闷的、忧郁的,又是有平静祥和的、自由自在的情绪。
 ③ 白先勇:《孤恋花》,收入《台北人》,广西师范大学出版社2015年版,第123页。
 ④ 同上书,第126页。

上涂蔻丹，一头的发卷子也没有卸下来。""朱青不停地笑着，嘴里翻来滚去嚷着她常爱唱的那首《东山一把青》……"①郭轸死后，朱青有过"家"的焦虑吗？欧阳子曾指出，朱青在麻将桌上习惯性反复哼唱的歌曲，反映的正是今日朱青"得乐且乐"的人生态度。

如果说，朱青以"快意人生"来表达对没有郭轸的"家"的深深失落，那么身为酒家女的娟娟却始终处在"离家"而"无家"的空洞中。《思想起》是早期流行于台湾南部恒春一带的闽南语民歌，又叫《恒春调》。传说两百多年前清朝曾派大量官兵和移民，渡海开发台湾，这些远离家乡的人，用当地流行的曲调填词，表现他们对家乡的思念，故而得名。

冬天过了是春天/百花含蕊当要开/阿娘生做真正美/想无机会来相随

《三声无奈》也是日曲填词歌曲，是日据时期台湾民众借相思、失恋的情绪来表达被殖民语境下愁闷、压抑的精神状态。可以说，在《寒雨曲》、《思想起》、《三声无奈》、《东山一把青》中，共同隐藏着身世飘零、无家可归之"异曲同工"之意。

"某种意义上，人是乡愁的动物，他为自己一次又一次的被抛弃而哀愁。个体从自然、子宫、家庭、故乡以及文化母体中脱离出去，又总是在孤绝中寻找回家的道路。"②在台湾电影中，回家的道路呈现出一种"在家而无家、无家而寻家的特征"③。娟娟和朱青都在经历"无家"的巨大痛楚中看透了曲折人生的虚无感，但金大班看起来有所不同。失去月如二十多年后，她早已看清爱情婚姻的真相，却仍然一步一步认认真真为自己谋求以安稳为首要前提的"家"。在影片《金大班的最后一夜》中，除了被欧阳子视为"俗词艳曲"的《小亲亲》，还使用了《港都夜雨》、《绿岛小夜曲》的乐曲伴奏。《港都夜雨》④极少见地写了台湾本土男性的生

---

① 白先勇：《一把青》，收入《台北人》，广西师范大学出版社 2015 年版，第 40 页。
② 朱立立：《身份认同与华文文学研究》，上海三联书店 2008 年版，第 43 页。
③ 孙慰川：《后"解严"时代的台湾电影》，商务印书馆 2014 年版，第 97 页。
④ 《港都夜雨》：原为杨三郎面对台湾雨景即兴创作的闽南语歌谣作品《雨的布鲁斯》。由吕传梓填词后改为《港都夜雨》，并广泛传播，为闽南语名曲。另，吕传梓（1909—1989）：生于台北。从小喜欢乐器，会演奏小号和手风琴。在基隆担任乐师时结识杨三郎，合作多首歌曲。1952 年加入杨三郎组建的"黑猫歌舞团"。（王立平：《百年乐府 中国近现代歌词编年选》，上海音乐出版社 2018 年版）

存实景：

> 今夜又是风雨微微　异乡的都市/路灯青青照着水滴　引阮心悲意
> 青春男儿不知自己　要行叨位去/啊……漂流万里　港都夜雨寂寞暝
> 想起当时站在船边　讲甲糖蜜甜/真正稀奇你我情意　煞来拆分离
> 不知何时　会来相见　前情断半字/啊……海风野味/港都夜雨落袂离
> 海风冷冷吹痛胸前　漂浪的旅行/为了女性费了半生　海面做家庭
> 我的心情为你牺牲　你那袂分明/啊……茫茫前程　港都夜雨那袂停

被任黛黛挖苦为"还在苦海普度众生"的金大班，实际也获得过轮船大副秦雄的一片痴心，不过从"家"的意义上来说，秦雄却要她再等五年："再过五年她都好做他的祖奶奶了。"因而她最终放弃秦雄下嫁陈发荣——影片中，陈发荣带金大班参观阳明山别墅并表示愿意过户给她名下以表诚意。她手扶阳台栏杆感叹："我总算有个落脚之处了。"相较之下，在"寻家"的过程中，金大班虽然也不断回望大陆时期那段纯美的爱情，但她更积极地追求生活的安定以抵抗青春逐渐消逝的焦虑。在此过程中，台湾的地景开始变得明晰起来。导演借助《绿岛小夜曲》娓娓道来的深情，无疑召唤了在台湾寻觅自我身份与安稳生活的人对台湾这片土地的认同。从金大班的立场来说，《绿岛小夜曲》传达的首先是情感上对台湾的确认。导演致力于表现的大陆时期金大班的个人成长经验，在功能上的确回应了"今昔对比"的议题，但不可回避的是，这种经验的回顾不是为了"怀乡"，而成为启发她自身以及相同职业与阶层的女性在地生存经验的知识动源。这也在一定程度上呼应了1950年代赴台女作家在回望大陆悠远的文化历史、生活趣味的同时，提出的"此处心安即是家"异地生存命题。

欧阳子说："《台北人》中的许多人物，不但'不能'摆脱过去，更令人怜悯的，他们'不肯'放弃过去，他们死命攀住'现在仍是过去'的幻觉，企图在'抓回了过去'的自欺中，寻得生活的意义。"[①] 如今看来，这种说法也有值得商榷的地方。很显然，在小说《孤恋花》、《一把青》和《金大班的最后一夜》中，关于"台北人"的生活样态，作者捕捉到了更多更为个人化和私密化的经验，而这些经验在影视化过

---

① 欧阳子：《王谢堂前的燕子——〈台北人〉的研析与索隐》，收入《白先勇文集　第 2 卷：台北人》，花城出版社 2000 年版，第 196 页。

程中,如果我们从意识形态角度介入,即可看出在既定的言说体系之下,"台北人"实际上面临着地理媒介之外的更细密的表征——通常的族群、阶级区别消弭于性别、家园等更为具体的话语叙事。民间音乐特别是带着浓厚蓝调歌曲色彩的日曲填词歌曲的使用,除了再现一种感伤凄美的情绪氛围之外,也以个体人生为媒介追溯了沉痛的被殖民史和战争史。换句话说,尽管白先勇不断在小说中感叹"今昔相对"的境遇,台湾在很多时候被不同程度地放置到了"他者"的位置,但是,他并未将大陆与台湾、今时与往日对立,而是在充分表达了"台北人"异地生存的流落感之外,也充分挖掘了同为"台北人"的生存的艰辛与艰难,从而建构起不同身份背景的"台北人"(本省籍和外省人)在台湾找寻更大的主体自我的经验历程——某种意义上讲,"中国人"才是他们通约的共同身份。在此过程中,音乐就成了将个人的生命际遇、情感记忆以及两岸的历史记忆很好地并置在一起的重要符码,也是在小说与影视之间、地缘身份与社会身份之间达成一种多重声部叙事的精神进阶之窗。

三、"救亡之声":抗日战争延长线上的民族国家寓言

如果说《孤恋花》在某种意义上也可视为日据台湾的象征,那么《一把青》在很大程度上则体现了 1949 年以后赴台军民的主体寓言。关于《一把青》,曹瑞原在其导演的同名影视剧中,在人物设置、故事情节以及叙述空间上,都做了较大范围的调整和改动,特别是,对朱青及空军大队各色人物命运背后的历史和时代做了深入且正面的探索。

前面说过,白先勇的小说文本《一把青》中并没有正面描写战争,而侧重表达"丧夫"这一人生变故带给朱青的命运转折。由于《一把青》的背景涉及中国近现代史上抗日战争与国共内战两次重大战事,在短篇小说中不可能把战争叙述作为重点加以展开,曹瑞原则在动态的影像空间中对战争进行了深入具体的叙述,而音乐也成为这种叙述的重要指涉。除《东山一把青》外,曹瑞原在电视剧中还另选了三首战时流行乐《西子姑娘》、《松花江上》和《长城谣》,作为战争叙述的载体。

《西子姑娘》发行于 1946 年,彼时为抗战胜利后一年,空军复原南京,"航空委员会"更名为"空军总司令部",为提振空军士气,激励斗志,由傅清石作词,刘雪庵谱曲,先选中陈燕婷主唱,后又由周璇、姚莉在上海"百代唱片公司"分别灌

录,作为空军军歌。全曲如下:

柳线摇风晓气清/频频吹送机声/春光旖旎不胜情/我如小燕/君便似飞鹰
轻渡关山千万里/一朝际会风云/至高无上是飞行/殷勤期盼莫负好青春
铁鸟威鸣震大荒/为君亲换征裳/叮咛无限记心房/柔情千缕,摇曳白云乡
天马行空声势壮/逍遥山色湖光/鹏程万里任飞扬/人间天上比翼羡鸳鸯
春光粼粼春意浓/浣纱溪映花红/相思不断笕桥东/几番期待凝碧望天空
一瞥飞鸿云阵动/归程争乘长风/万花丛里接英雄/六桥三竺笼罩凯歌中

《西子姑娘》出现在赴台之后朱青与小顾的感情线上。小说中白先勇赋予朱青与小顾的关系颇多暧昧不明的色彩,而在曹瑞原镜头下,朱青对小顾的感情更为决绝,或者说,是小顾单方面承担了对失去郭轸之后的朱青的爱恋。其中邵志坚接手牺牲学长遗孀的行为似乎成为一个暗示和隐喻,推动着小顾以照顾郭轸遗孀的名义靠近朱青,却被朱青一再拒绝。《西子姑娘》将飞行员对日常温情的期待和"报效国家"的国族想象有机连接,小顾自然也是怀有如此心愿的,但直到他接受最后一次飞行任务前,两者都未能达成。由此还引发另一个问题,即国民党当局彼时偏激的战争宣传,导致他们的军事命令都缺乏正面意义,致使军人尴尬地处在一种虚无主义遮蔽下的身份焦虑中。对此,曹瑞原借用空军大队长江伟成、副队长邵志坚以及处长在不同场合发表的关于国民党内战的观感和言论加以阐述:"自己的村子炸多了,就回不了家了……""我只负责在办公室里边下达错误的指令,然后让他们自行修正。所以每一个大队,都需要有一个大队长修正错误,错误修正。然后,仗打完了。"作为军人,无论是郭轸、江伟成、邵志坚、处长还是小顾,都清晰地看到,打仗的意义在于保家卫国——"多打下几架日本鬼子的机",而不是"多炸几个自己的村子",但作为国民党治下的军人,他们的人生不得不凝固于战败赴台后的国民党所建构的"国家危机"谎言中,从而不可避免地陷入某种身份价值的矛盾性和空洞性。换句话说,《西子姑娘》承载着国民党空军对个体人生、对民族国家的万缕长情,但这种温情和正面的国族想象被定义在了1945年以前。

《西子姑娘》之外,曹瑞原还在剧中使用了两首抗战歌曲《松花江上》、《长城谣》。《松花江上》是抗战时期《流亡三部曲》[①]之一,发行于1936年,由张寒晖填

---

① 《流亡三部曲》,另两首为《离家》、《上前线》。由江陵作词,刘雪庵谱曲。

词谱曲。彼时已是在"九一八"事变五年之后,东北大地早已失去往日平静。大批东北民众有家难归,流亡关内:

> 我的家在东北松花江上,那里有森林煤矿,还有那漫山遍野的大豆高粱;
> 我的家在东北松花江上,那里有我的同胞,还有那衰老的爹娘;
> 九一八,九一八,从那个悲惨的时候
> 脱离了我的家乡,抛弃那无尽的宝藏
> 流浪,流浪,整日价在关内流浪
> 哪年,哪月,才能够回到我那可爱的故乡;
> 哪年,哪月,才能收回我那无尽的宝藏;
> 爹娘啊,爹娘啊,什么时候才能欢聚在一堂。

1936年岁末,此曲由西安中学首次公演,此后在东北军部队中广为传唱,它悲愤凄凉、如泣如诉,唱出了亡国的血泪、民族的悲伤,激起了广大军民强烈的抗日热情。[1]

《长城谣》发行于1937年"七七"事变之后,由潘子农填词、刘雪庵作曲,周小燕演唱。原预作为电影《关山万里》的插曲,不过由于"八一三"淞沪抗战爆发,电影刚开机试拍就夭折了。而乐曲却因民族危亡的现实引发了民众巨大的情感共鸣:

> 万里长城万里长,长城外面是故乡
> 高粱肥大豆香,遍地黄金少灾殃
> 自从大难平地起,奸淫掳掠苦难当
> 苦难当奔他方,骨肉离散父母丧
> 没齿难忘仇和恨,日夜只想回故乡
> 大家拼命打回去,哪怕倭寇逞豪强
> 万里长城万里长,长城外面是故乡
> 四万万同胞心一样,新的长城万里长

---

[1] 参见罗先哲:《张寒晖创作〈松花江上〉前后》,《文史春秋》2007年12期,第12页。

"万里长城是中华民族凝聚力的象征,也是中华民族抵御外辱、刚强不屈精神的表现,歌曲以长城内外的富庶和日寇侵略的灾难作对比,号召大家打回老家,建造新的长城。"[①]这两首流亡歌曲,记录了抗战期间流离失所的广大民众的悲愤和哀伤。但抗战结束了,颠沛流离的命运远未结束。这两首音乐出现在曹瑞原剧中的场景是:国民党败退台湾之后,墨婷的地理老师在授课时说到东北,突然抛下粉笔唱起"我的家在东北松花江上……"悲愤不能自抑。

这是很有意思的镜头。《一把青》以国民党空军及其眷属的遭遇和命运为主要故事蓝本,除朱青外,《一把青》中的人物都数度追忆大陆,并广泛涉及迁台民众的在台生活经历。这些"台北人"虽然身在台湾,却始终无法忽视自身的历史和文化经验——他们内心深处强烈的民族归属感和清晰的国家认同,都在音乐声中获得了深深共鸣。曹瑞原导演的《一把青》,借助音乐在一定程度上还原了战争给民众带来的伤痕体验,对民众记忆中的历史现场进行了正面描述,批判了1950年代以来国民党威权统治和"白色恐怖"的政治氛围,也揭示了"国族认同"走向恶质化的历史事实带给民众的集体创伤。

结　语

1987年解严以后,台湾影视剧的创作语境开始松动,写实主义传统得到进一步深化,日据时期的民众经验叙事得以呈现出更细微的面貌,也促使一些影视剧跳出"大力宣传和忠实执行当局政策"的樊篱,拓展了民族历史书写的疆域。由于影视导演们各自关怀的视角不同,不同族群的历史记忆和生命体验衍生出各异的身份诉求。白先勇的小说显然是对外省人离散记忆的深度挖掘,"回望的乡愁"的确也是表征外省人"中国情结"的典型载体,但在此过程中,台湾民众与以国民党政权为中心的"大中国"民族主义话语之间有着颇多暧昧和游移的空间。1949年国民党败退台湾是中国现代历史上影响最为深远的一次集体迁徙,尽管迁徙之地仍在中国境内,但此后深重的"流离"感确实也是生存在两岸政治夹缝中的台湾"外省人"身份认同的新印记。而这种国土内的"流亡"状态本身,早在日据时期就已渐次浮现。影视剧《孤恋花》、《金大班的最后一夜》对台湾本土音乐特别是闽南语民歌、日曲填词歌曲的交互引用,除了借用音乐表达电影人物具

[①] 李明忠:《〈长城谣〉唱振人心》,《中国艺术报》2015年10月30日,第S03版。

体而微的情绪、情感之外,更呈现了台湾民众文化意识中所夹杂的历史想象和家园建构的复杂性,而《一把青》对空军军歌、抗战歌曲的使用,也寓示着剧作的叙述话语,溢出了小说中传达出的时代洪流中个体生命的丧失感和无力感,而试图呈现出白先勇在《台北人》中反复诉说的那种独特的"家"的焦虑——这当然与台湾社会一直以来的现实处境有着莫大的关系。国民党当局长期将政党冲突放置在"抗日战争"的延长线上,白先勇对这种状态的洞察,被导演借用音乐的形式策略性地放置在影视叙事的肌理中。应该说,三部作品对两岸音乐的使用,一定程度上稀释了长期以来学界对《台北人》中地理文化空间冲突感的关注和解读,影片本身在尊重小说对个体生命体验书写的基础上,借助影像叙事,使观众在音乐体验中,捕获到了更为宽广深厚的"中华民族"这一身份立场。

2021年10月3日完稿,审校后2021年10月18日提交会务组

从小说集到有声剧：
跨媒介视域下白先勇《台北人》的声音景观

霍超群

南京大学

白先勇小说的跨媒介传播历史源自上世纪七十年代末。1979 年 8 月 30 日，香港大学"海报剧团"师生出演了粤语版舞台剧《游园惊梦》，这一"有点出人意料之外"[①]的举动使白先勇萌生出将自己的文学作品改编成舞台剧的念想，在一众朋友的鼓励和支持下，台北版舞台剧《游园惊梦》于 1982 年 8 月上演。此后将近四十年，白先勇的小说被改编成舞台剧、电影、电视剧等多种变体，[②]足见其文学魅力非凡。2019 年 12 月至 2020 年 5 月，由"看理想"和冠声文化联合制作共计 14 集、39 节的有声剧版《台北人》在"看理想"APP 上连载，意味着白先勇作品的跨媒介"触角"已延伸到近年来十分流行的"随身听"节目当中。文字媒介为何能够以及如何与声音媒介产生化学反应？本文以《台北人》为例，从跨媒介的角度对这部经典华文小说的听觉化改编策略作一探讨。

一、小说集《台北人》中的"可听性"

《台北人》能够被改编为有声剧，表明小说本身所蕴含的"听觉性"因素具有较高的审美价值。白先勇十分重视小说的语言。已有研究指出，白先勇在小说中偏爱使用方言词、古典词、叠音词等词语类型；句子则以长句为主，整散结合；

[①] 白先勇：《游园惊梦——小说与戏剧》，收入《白先勇文集 第 5 卷》，花城出版社 2000 年版，第 336 页。

[②] 刘俊在《情与美——白先勇传》中梳理了白先勇作品的跨媒介改编史（1979—2006），为后人研究白先勇作品的跨媒介传播提供了基础史料。参见刘俊：《情与美——白先勇传》，花城出版社 2009 年版，第 142—147 页。

在表达上擅长糅合文言白话。这些词句的使用特点使得白先勇的语言既自然朴实,通俗易懂,富有浓厚的人间烟火气息,又错落有致,行云流水,集古典含蓄和现代晓畅于一体。① 需要补充的是,白先勇语言风格的练就离不开他对小说"对话"的重视。欧阳子曾指出,"白先勇小说里的文字,很显露出他的才华。他的白话,恐怕中国作家没有两三个能和他比的。他的人物对话,一如日常讲话,非常自然"②。对于自己的创作经验,白先勇曾有一段这样的描述:

> 在爱荷华作家工作室,我学到不少东西:我了解到小说叙事观点的重要性。Percy Lubbock 那本经典之作:《小说技巧》对我启发是大的,他提出了小说两种基本写作技巧:叙述法与戏剧法。他讨论了几位大小说家,有的擅长前者,如萨克莱(Thackeray),有的擅长后者,如狄更斯。他觉得:何时叙述,何时戏剧化,这就是写小说的要诀。所谓戏剧化,就是制造场景,运用对话。我自己也发觉,一篇小说中,叙述与对话的比例安排是十分重要的。我又发觉中国小说家大多擅长戏剧法,《红楼》、《水浒》、《金瓶》、《儒林》,莫不以场景对话取胜,连篇累牍的描述及分析,并不多见。③

这段话表明白先勇重视"对话",其来有自,更重要的是,他指出了"对话"这一技巧对小说的"戏剧化"起到重要的作用。在他看来,懂得利用"对话",能够有效表现人物的个性,推动故事的发展。白先勇的这种创作观无疑为仅仅依靠"声音"来创设"戏剧性"的"有声剧"提供了绝佳的"剧本"。

白先勇对语言的锤炼,绝非重文轻语,他还细微地关注到了作品中的语气、语调,甚至是字词的音调。在改编《游园惊梦》的剧本时,白先勇曾坦言,"我希望自己写的对话能做到没有文艺腔。……我写的时候就注意到这一点,我听他们念,听起来不对的就改掉"④。实际上,白先勇正是通过"念字诀",找准小说的节

---

① 这部分的研究可参考颜元叔:《白先勇的语言》,《现代文学》1969 年总第 37 期;刘俊:《论白先勇小说的语言艺术》,收入刘俊《从台港到海外:跨区域华文文学的多元审视》,花城出版社 2004 年版,第 209—222 页;王小平:《传统与现代之间:论白先勇的长句书写》,《南方文坛》2016 年第 1 期等。
② 欧阳子:"序一",收入《白先勇文集 第 1 卷:寂寞的十七岁》,花城出版社 2000 年版,第 2 页。
③ 白先勇:《蓦然回首》,收入《白先勇文集 第 4 卷:第六只手指》,花城出版社 2000 年版,第 11—12 页。
④ 白先勇:《座谈白先勇的〈游园惊梦〉——从小说到舞台剧》,收入《白先勇文集 第 5 卷:游园惊梦》,花城出版社 2000 年版,第 361—362 页。

奏和情感的强度,增强其作品的"可读性"。比如在谈到自己写作《游园惊梦》时,他直言写得很辛苦:"写第一、第二遍也不好,到第三、第四次时,稿子已丢了好几桶,还是写不出来。后来我想,传统的手法不行,而且这篇小说与昆曲有关,昆曲是非常美的音乐,我想用意识流的手法把时空打乱来配合音乐上的重复节奏,效果可能会好得多。于是我试试看,第五次写,就用了这个方法跟昆曲的节奏合起来,她回忆的时候,跟音乐的节奏用文字合起来。写后我把小说念出来,知道总算找到了那种情感的强度……"[1]同样,舞女"金大班"的名字也是因为白先勇认为"金大班"这三个字的发音听起来"派头大得很"[2],而"金"字的"能指"与"所指"对于挖掘小说的深意均起到重要作用。白先勇如此重视文字的"听感",使得他的小说有着音韵美和节奏美。

在《台北人》中,音乐扮演了重要的角色。如《一把青》和《孤恋花》这两部小说的名字就分别取自电影《血染海棠红》的插曲、白光演唱的《东山一把青》和杨三郎作曲、周添旺作词的闽南语小调《孤恋花》,两首歌曲在小说中也承担着相应的叙事功能。在《金大班的最后一夜》的收尾,金大班和一个扭捏的年轻男人跳舞,作者适时地插入了潘秀琼的思春调《小亲亲》。当《花桥荣记》的卢先生唱起戏曲《薛平贵回窑》时,小说由原来的"戏谑"口吻转向淡淡的忧愁。经典小说《游园惊梦》更是将昆曲和小说融为一体,在胡琴声、笛声、二胡声、月琴声中,将一段如梦幻泡影的伶人往事娓娓道来。无论是流行歌曲,还是地方小调,抑或雅部昆腔,《台北人》都能运用自如,白先勇甚至认为"白光的歌就是《台北人》的调子。她歌里的沧桑,就是《台北人》的沧桑"[3]。这些"现成"的乐音素材让人对有声剧的改编充满想象和期待。

如果说,《台北人》中流畅自然的口语、韵律和谐的音调、风格多样的音乐是有声剧中的"血肉",那么,鲜活的人物形象则是它的骨架。广播剧创作者刘文宇指出,"广播剧的故事,要具有丰富的音效、突出的人物个性,事件要有较大的起伏,人物行为的动作性较强"[4]。由于视觉语言的缺失,广播剧要想长时间吸引听众,就必须在人物塑造上下功夫,个性鲜明的人物是表达戏剧矛盾冲突的关键要

---

[1] 白先勇:《我的创作经验》,收入《树犹如此》,广西师范大学出版社2015年版,第145页。
[2] 刘俊:《文学创作:个人·家庭·历史·传统——访白先勇》,收入《情与美——白先勇传》,花城出版社2009年版,第272页。
[3] 白先勇、奚淞:《白光:〈时代的歌声〉》,《联合报》2014年5月19日。
[4] 刘文宇:《广播剧剧本创作中如何结构故事》,《中国广播电视学刊》2011年第3期。

素。白先勇恰恰是对人物塑造十分了然的小说家:"我觉得人物在小说里占非常重要的地位,人物比故事还要重要。就算有好的故事,却没有一个真实的人物,故事再好也没有用。因为人物推动故事,我是先想人物,然后编故事。"①《台北人》的各色人物栩栩如生,神秘舞女尹雪艳、"多余人"赖鸣升、庸碌的大学教授余钦磊等,都给人留下深刻的印象,从这个意义上说,《台北人》可谓戏味盎然。

本文从语言、对话、语调、音乐、人物这几个方面分析了小说《台北人》潜藏的听觉性因素,这些因素均有利于编剧在改编时进行创造性的发挥。尽管如此,问题的关键或许不在于《台北人》能被改编成"有声剧",而是这个重新解码-编码的过程是如何完成的。韦勒克指出:各种艺术(造型艺术、文学和音乐)都有自己独特的进化历程,有自己不同的发展速度与包含各种因素的不同的内在结构②,"结构"的不同预示着媒介的转译工作并非文字与声音的一一对应,而是需要创作者在把握原著精神的基础上,将文学作品中情节丰富、线索繁复的语言/文字符号策略性地"翻译"成仅仅依靠耳朵去感受的声音符号。

二、有声剧《台北人》的听觉话语分析

由"小说集"而"有声剧",有赖于以下四个方面的探索:

听觉影像化 在影像作品中,场景的建构是丰富作品视觉元素的重要方式之一。"场景"这一概念最早出自戏剧舞台表演,指在故事情节发展的过程中,人物在特定的时间和空间所发生的行为,是人物言行的直接呈现,常被称为戏剧化的内心独白。③ 在有声剧中,由于画面的缺席,我们并不能"看到"人物活动所在的"空间",但可以通过听觉加以推测。该剧导演据此原理,在原著的基础上,借用电影的"空镜头"手法,根据情节需要增加了若干环境音效,让人有身临其境之感。

比如在《永远的尹雪艳》中,小说是这样开头的:尹雪艳总也不老。这句开场白不仅是叙述者对尹雪艳的反讽,而且是作者白先勇对整个民国命运的反讽,作

---

① 白先勇:《与白先勇论小说艺术——胡菊人、白先勇谈话录》,收入《白先勇文集 第4卷:第六只手指》,花城出版社2000年版,第225页。
② 参见[美]雷·韦勒克、奥·沃沦:《文学理论》,刘象愚等译,生活·读书·新知三联书店1984年版,第142页。
③ 参见[美]华莱士·马丁:《当代叙事学》,伍晓明译,北京大学出版社2005年版,第120页。

为一部短篇小说之开篇,其精彩性和经典性不言而喻。但是,如果作为纯粹依靠声音传递信息的有声剧来说,这七个字的力量就削弱了不少。鉴于此,混录师在这句话之前,加入了以下声音元素:

	声音元素	时间
场景一:海上	海浪声	00:06—00:41 (贯穿整个场景一)
	汽笛声	00:24—00:26
	水鸟声	00:28—00:34
	汽笛声	00:39—00:40
场景二:街道	闹市声	00:41—00:57 (贯穿整个场景二)
	人声"欢迎欢迎,热烈欢迎"	00:43—00:57 (远处隐约传来)
	电车声	00:43—00:46
	汽车刹车声	00:49—00:50
	汽车开、关门声	00:50—00:53
	男声叫喊"尹小姐——"	00:54—00:55
	高跟鞋走路声	00:56—00:57
过渡音乐	钢琴声	00:57—01:02
	旁白:"尹雪艳总也不老"	01:03—01:06

为了方便分析,笔者将《永远的尹雪艳》的开篇一分钟所运用的声音元素以表格的方式呈现。从中可知,有声剧为了铺垫小说正文的第一句话,在原文的基础上凭借若干典型的声音符号,增设了两个不同的场景,在近一分钟的时间里"有层次"地交代了故事发生的背景:"台北人们"(当然也包括尹雪艳)从大陆涉海而来,在新的地方扎根(从海上到街道)。时光荏苒,不管人事怎样变迁,体面的男人们总能一眼认出尹雪艳(在熙攘的街道中,一把男声呼叫"尹小姐"),因为"尹雪艳总也不老"。从听众的角度说,这一新增的细节对整个故事("尹雪艳"的故事和作为群体的"台北人"的故事)而言具有"定调"的作用。

声音"空镜头"还出现在《岁除》开头的鞭炮声、《一把青》开头的飞机轰鸣声、《冬夜》的风声等,限于篇幅,本文不一一分析。这些环境音效可视作故事的"小引",引领听众展开形象的联系与记忆,从而构筑一个生动、感性的虚拟空间。

音色形象化 "场景"搭建成功后,还须依靠人物完成叙事。有声剧不比电影,可以"以貌取人",也不像文字,可以"文本细读",随生随灭的声音靠什么抓住人的耳朵?人物形象如何用声音表达?这时,配音演员所创造的"声音形象"(音色)就成了表现人物个性的关键。众所周知,人的笑声、哭声、叫喊声、叹气声、喘息声常常被用来表现人物的喜悦、悲伤、发泄、失望和紧张等方面的情感。在小说《一把青》中,当得知郭轸飞机失事后,朱青先是"一边跑一边嚎哭,口口声声要去找郭轸";头撞电线杆后,连"声音都没有了。……她没有哭泣,可是两片发青的嘴唇却一直开合着,喉头不断发出一阵阵尖细的声音,好像一只瞎耗子被人踩得发出吱吱的惨叫来一般"。休养几个礼拜后,面对秦老太的好心劝慰,朱青"冷笑道:'他知道什么?他跌得粉身碎骨哪里还有知觉?他倒好,轰地一下便没了——我也死了,可是我却还有知觉呢'"。白先勇在写朱青经历丧夫之痛的三个阶段时,是以声音的变化加以表现的,听觉叙事的手法用得甚为高明。在有声剧中,导演依循原著,"还原"了朱青的这些"声音",让人听得揪心、惊心和痛心。第一阶段,朱青的嚎哭声还伴着破音,呼天抢地地叫喊"你别拦着我",让人感到女主人公情绪的波动已达到极限;第二阶段,文中形容朱青的声音是"尖细"的,在有声剧里,我们听到了长达半分钟的人哭干了以后喉咙发出的声音,同时入耳的还有外聚焦叙述者秦老太用冷静、低沉的语调讲述朱青的状态,这两种极不协调的声音确实让人感受到了朱青此时的肝肠寸断;第三阶段,饰演朱青的声音演员带着哭腔,却又冷冷地、语速加快地把台词念出,让人不禁联想到一个面容扭曲、嘴角抽搐的新婚少妇形象,从中我们可听出朱青对郭轸的态度已从原来的悲痛欲绝转变为吞声忍泪,为下篇她的"脱胎换骨"埋下伏笔。"人声"的变化更直观地表现出人物的情态。

再如《思旧赋》。罗伯娘和顺恩嫂两个老妇人的性格,白先勇主要是通过状写她们的外貌来象征和映衬的。顺恩嫂"身躯已经干枯得只剩下一袭骨架"、"鸟爪般瘦棱的右手"等细节暗示了她是一个体形瘦小、胆小怕事、性格温顺的女仆;而罗伯娘"面庞滚圆肥大"、"一双肥大的耳朵挂了下来,耳垂上穿吊着一对磨得泛了红的金耳环子"则表明了她很有可能是一个行为粗鲁、不拘小节、饶舌多事的女佣。我们可以依凭白先勇这些细腻的文字想象这一大一小、一胖一瘦、一粗野—恭顺的形象。但这些文字本身是非听觉化的,设若仅由旁白将二者的外貌"念出",听众的感受必定不深。于是,有声剧采用了强烈的音色对比策略,突显二人性格的差异。饰演顺恩嫂的演员音量微弱,说话时尾音拖长,且夹杂气音,仿佛在说悄悄话,声线颤抖,略带凄楚,欲言又止,给人一种絮絮叨叨却又宽厚和善的印象。饰演罗伯娘的演员音量则提高八度,风风火火,喜从鼻子发出哼哼的声音表示轻蔑,声线粗粝,略带刻薄,讲话干脆利落,给人一种斤斤计较的距离感。这样,在你来我往的对话中,人物的个性便声声入耳,于此我们便更能理解,为什么罗伯娘关注的是公馆里的男娼女盗、少爷小姐的胡闹造孽,而顺恩嫂却惦念着夫人的遗言、小姐的婚姻以及少爷的近况。音色的强烈对比,暗示了对话二人性格的迥异。

在有声剧中,由于人物"形象"的不可见,音色就等同于角色,成为识别人物的唯一手段,而人物的个性,主要是通过声音演员所创造的腔调、语气、节奏等方面加以塑造的。闻其声,知其人,其声落处,恰如其人,达成声音与角色合一的效果。

同构联觉 声音不仅可以构筑场景、展现人物个性,还可以表达情感,而抒情的手段主要来自剧中的音乐。关于音乐如何表现情感经验,苏珊·朗格认为,"我们叫做'音乐'的音调结构,与人类的情感形式——增强与减弱,流动与休止,冲突与解决,以及加速、抑制、极度兴奋、平缓和微妙的激发、梦的消失等等形式——在逻辑上有着惊人的一致"[1]。换言之,尽管音乐表达的不是情感本身,但由于它那流动的内在结构恰好与人的情绪运动轨迹相一致,因此能够给人一种"曲为心声"的感受。这就是所谓的同构联觉。

本文的第一部分已指出,白先勇好以歌/曲入文,增强其小说的"可听性",但作为文本话语的音乐和作为声音话语的音乐,在表达情感的效果上,是不可同日而语的,"当歌词被烘托到旋律的声浪之上时,当诗的轻微节奏,在和缓的交错中同音乐节奏融合在一起时,效果则更大,更美"[2],也就是说,当歌词配上了音乐以后,音符的流动和人的情绪的流动是同构共振的,此时的音乐,才是真正意义上的"声入人心"。音乐是对情绪表达起作用最强的艺术。这一点在《一把青》中体现得淋漓尽致。

---

[1] [美]苏珊·朗格:《情感与形式》,刘大基等译,中国社会科学出版社1986年版,第36页。
[2] 同上书,第175页。

原著曾两次使用歌曲《东山一把青》承担叙事功能。第一次是秦老太在台初遇朱青，朱青在台上"浪荡"地唱着这首歌，预示朱青判若两人。第二次是小说结尾，朱青的相好小顾坠机身亡，但她像没事人似的，"嘴里翻来滚去哼着她常爱唱的那首《东山一把青》"。在有声剧中，制作团队似有意要将歌曲《东山一把青》打造成《一把青》的主题音乐，配合剧情的发展，剧中共出现六次《东山一把青》的旋律，每一次的唱词、唱法均有不同，以区别人物不同的情绪和命运。如下表所示：

	出现的位置	唱词	演唱形式	混录音	情感体验
第一次	开篇	东山哪，一把青。西山哪，一把青。郎有心来姐有心……	女声独唱	飞机轰鸣声 女学生议论声 "飞机过来了"、"好大的飞机啊" 女学生嬉闹声	快乐
第二次	关联情节：郭轸和朱青决定结婚。位置：在原文"师娘，我就是要来和你商量这件事，要请你和老师做我们的主婚人呢"之后。	东山哪，一把青。西山哪，一把青。郎有心来姐有心，郎呀，咱俩儿好成亲哪——	男女合唱	飞机轰鸣声 男声"欸！慢点儿！小心哪！"	甜蜜
第三次	关联情节：郭轸飞机失事，朱青被父母用板车拖走。位置：在原文"朱青才走几天，我们也开始逃难，离开了南京"之后。	东山哪，一把青。西山哪，一把青。郎有心来姐有心，郎呀，咱俩儿好成亲哪——	女声独唱	雨声 雷声	哀怨
第四次	关联情节：朱青在游艺晚会上演唱《东山一把青》。	东山哪，一把青。西山哪，一把青。……嗳呀嗳嗳呀，郎呀，咱俩儿好成亲哪——	女声独唱		轻佻
第五次	关联情节：秦老太到朱青家吃饭，发现朱青变得爱说风话。位置：在原文"那餐饭我们吃了多久，姓刘的和姓王的便和朱青说了多久的风话"之后。	东山哪，一把青。西山哪，一把青。	女声独唱		无奈

	出现的位置	唱词	演唱形式	混录音	情感体验
第六次	关联情节：小顾飞机失事后，秦老太、一品香老板娘和朱青打麻将时，朱青哼出《东山一把青》。 位置：结尾	东山哪，一把青。 西山哪，一把青。 …… 嗳呀嗳呀，郎呀，咱俩儿好成亲哪——	女声独唱	飞机轰鸣声 女叹息声 男呼吸、喘气声	由喜转悲

《东山一把青》这首歌在《一把青》这部剧中的主要作用是贯穿故事情节，烘托主人公的心情。相同的旋律，相似的歌词，不同的唱法，在回旋往复中，建构出不同的情感空间，道出了女主角朱青跌宕起伏的命运。

声音蒙太奇 《游园惊梦》可能是《台北人》中最复杂的文本，它的复杂性在于白先勇本人对昆曲的敬意，促使他追求一种"昆曲化"的写法，从而达到某种"似虚还实，时真时幻"的审美境界。因此欣赏这一篇小说，主要是侧重听觉，而不是视觉。有意思的是，这部小说却多次搬上舞台供人"观看"，白先勇甚至亲自操刀，将其改编成舞台剧版的《游园惊梦》。可以想见，改编过程中，遇到的最大的"技术难题"，便是如何在虚实结合中呈现钱夫人的心理活动，让人感受到女主人公的意识是在回忆和现实中穿行，从而明了其痛苦的隐秘往事。据白先勇介绍，舞台剧版《游园惊梦》的意识流部分主要依靠人物独白和灯光效果呈现："独白时候灯光会把其余角色变成背景'僵掉'，灯光打暗，变成一个人独白。也会加幻灯。主要还是靠卢燕的演技"[1]；而"主角回忆过去人物出现时，有回声效果。技术上，音响效果是这回演出最成功的一环"[2]。也就是说，出演《游园惊梦》，演员演技、灯光效果和音响效果这三要素必不可少，其中声音元素可谓成败之关键。

有声剧《游园惊梦》很有可能受到了舞台剧《游园惊梦》之启发。在有声剧版中，旁白主要由一把温厚的男声承担，负责叙述整个故事，而当剧中人物钱夫人挡不住客人们的敬酒，"缓缓的将一杯花雕饮尽"时，故事的叙述者便开始在男声（外聚焦的旁白）和女声（内聚焦的独白）中交替进行，一男一女两个声音，区分了外在世界和女主角的内心世界，达到虚实结合的效果。

---

[1] 白先勇：《为逝去的美造像》，收入《白先勇自选集》，花城出版社2000年版，第376—377页。
[2] 白先勇：《白先勇与〈游园惊梦〉》，收入《白先勇文集 第5卷：游园惊梦》，花城出版社2000年版，第385页。

在钱夫人的内心世界里,回忆占据了很大一部分。这是几段交错进行的往事:钱鹏举娶她做填房夫人、瞎子师娘为她摸骨批命、郑彦青和她那仅有一次的偷情、桂枝香三十岁的生日酒上妹妹和郑彦青不怀好意地向她敬酒、她在唱《惊梦》时发现了妹妹和郑彦青的私情后嗓音撕裂。有声剧把这些往事组合在一起时,为了遵循原著意识流的形式,设计了多重声音并列进行,声音的层次由其响度决定。譬如在唱《山坡羊》时,《山坡羊》作为背景音而存在,因此音量较小,而钱夫人的心理独白是主调音,所以音量大。《山坡羊》的唱词是催发春情的,而钱夫人此时回忆的场景恰是她和郑彦青的交欢,两种声音拼贴在一起,情与景互相补充,拓展了原著的想象空间。

电影艺术在创造时空的连续性时,常常会采用一个有效的手段:音桥。音桥指的是在下一个场景的画面出现之前,提前呈现下一个场景的声音,使声音成为连接两个叙事时间和空间的桥梁。导演巧妙地运用音桥的处理手段能使时间上的闪进、闪回和空间上的转换变化更自然,使跨时空描述的节奏更连贯、更流畅。[①]《游园惊梦》中钱夫人的种种思绪在回忆和现实中来回跳跃,就属于跨时空的叙述,那么,回忆如何切换到现实呢?在小说文本里,当钱夫人张皇失措地发现她的嗓子哑掉了,在唱(喊)"天"时,是蒋碧月的叫唤让她回到了现实。这两个情节是依次发生的。原文如下:

  ……(吴师傅,我的嗓子。)——就在那一刻:就在那一刻,哑掉了——天——天——天——
  "五阿姐,该是你'惊梦'的时候了。"蒋碧月站了起来,走到钱夫人面前,伸出她那一双戴满了扭花金丝镯的手臂,笑吟吟的说道。

在有声剧中,当演员念到"就在那一刻"时,蒋碧月的声音就出现了:"五阿姐,该是你'惊梦'的时候了",同时哑掉了的声音(作为背景音,隐约浮现)还在唱(喊)着"天"。这个细节的处理借鉴的正是电影中的音桥手段,即提前呈现下一个场景的声音,告示此时钱夫人的思绪被(蒋碧月的叫喊)打断,但她本人仍沉浸在那不堪回首的痛苦中(刺耳的"天"的发音还萦绕在听众耳边),而且"就在那一刻"

[①] 详见刘志新:《用声音写作——论电影导演创造性的声音表意》,上海戏剧学院博士学位论文,2006年。

与"五阿姐,该是你'惊梦'的时候了"这两个声音组接在一起,显得十分自然,符合情节发展的需要。导演的这一设计,可谓精巧非常,真正做到了导演季冠霖所说的给人带来了"视听享受"。

综上,有声剧版的《台北人》通过听觉影像化、音色形象化、同构联觉、声音蒙太奇这四个策略"转译"了小说原著,故事世界经由声音媒介的多元表达,呈现出一派更加立体、丰富的"风景"。

结　语

这部有可能是最"忠实原作"的跨媒介作品,让我们得以重新思考"文学经典"的生存和发展之道。作为"台湾文学经典"的榜首、"二十世纪中文小说 100 强"的第七名,《台北人》在华文世界的经典地位早已确立,但文学经典应如何传播,则是一个与时代共振的话题。如何定义这个瞬息万变的时代,评论家多有断语,比如"电子媒介时代"、"视听时代"、"全媒体时代"等,名目或许略有差异,但实质都强调了我们所处的时代已在数字媒介的强大控制力之下。在这样的时代氛围中,文学变异似已成定局。不少研究者以或伤感或激愤的笔墨描述当下的文学转型现象,认为其或深或浅地沾染上"时代的病症",比如平面化、碎片化、娱乐化等。诚然,这些概括大体是符合实际情况的,但这是否意味着所有与新媒介联姻的文学,只能丧失自己的独立品格,成为附庸式的存在？我想,有声剧《台北人》或许能带来别样的思考。从上文的分析中我们可看出,这部改编作品并未因媒介转译而"降低"它的艺术水准,而是通过人声、音效、配乐等方式"翻译"原著内容,使之听觉化、想象有声化、文字立体环绕化,以填补读者/听众理解上的空白。换言之,声音元素是在遵循原著精神的基础上创造出来的,是用来辅助叙事而不是"节外生枝"的。白先勇看重的是"有声剧"这一新的传播媒介的技术属性及媒介特性,这与他当年借现代技法"复活"《牡丹亭》的典雅精神有异曲同工之妙。而"台北人"的"内容"能够和"有声剧"的"形式"相契合,从根本上说,仍有赖于白先勇高妙的小说艺术,其中一个很重要的方面,便是对小说"可听性"的重视。可见,文学之为经典或许有其时代因素,但也有其永恒不变的本质,那就是作家对语言的孜孜以求。有声剧《台北人》是否就是未来纯文学传播甚至文学生产的新方向,本文不便悬拟,但从制作者的良苦用心出发,我们或许可以这样说：视听时代下的文学经典并没有因文字的静止状态而成为标本,它仍有旺盛的生命力。

究论白先勇的美人观点及承传

——以《金大班的最后一夜》、《永远的尹雪艳》等小说及影视作品为例

赖庆芳

香港大学

有关白先勇的小说研究,论文多不胜数。仅以《永远的尹雪艳》及《金大班的最后一夜》两篇小说及其影视剧的论文为例,最少有六十二篇。笔者根据香港大学图书馆所存学刊期刊库统计而得,研究《金大班的最后一夜》中文论文约有十六篇,《永远的尹雪艳》共计四十六篇。然而,论文大多集中分析小说情节、人物、艺术手法,较少触及作者审视美人的观点,亦鲜有学者研究白先勇对女性的审美观点。

据悉白先勇1968年在美国爱荷华大学上创作课,创作了《台北人》这部小说。[1]《永远的尹雪艳》与《金大班的最后一夜》是十四则短篇之二则,[2]其时白先勇正值三十一岁之青壮时期。白先勇在小说之中反映的是他青壮时期对美人的审美观,笔者整理成四项:一、以肌肤净白为美;二、以年少青春为美;三、以温婉娴静为美;四、以脱俗不凡为美。尹雪艳与金兆丽可谓个中例子。

作者对美人的审美观可谓保留着传统的审美倾向,同时承继古代描写美人的笔法:一、引入红颜祸水之论以反写正;二、以花名美人以示红颜易老;三、以局部显全图之法描绘美人容貌。笔者发现,在描绘手法或美人仪表内涵两方面,

---

[1] 白先勇《我的创作经验》云:"我写《台北人》第一篇是《永远的尹雪艳》。我写这篇时,已到了美国,在爱奥华大学的爱奥华作家工作室念书,那是美国唯一可以用写作当硕士论文的地方。写小说可写出一个学位来,实在太好了。"载《树犹如此》,台北联合文学出版社2002年版,第2001页。

[2] 参见江海宁:《重逢总比告别少——歌舞话剧〈金大班的最后一夜〉观后记》,《听乐记》(Spot Review: Music Lover),第32—33页。

白先勇笔下的女主角皆或多或少与古代文士所录美人有一脉相承之处。以下尝试究探白先勇笔下的美人，梳理其心目中的美丽女子，重组白先勇对美人的审美观点，以展示其观点与传统观念之承传关系。

现代学者点出白先勇《永远的尹雪艳》的女主人翁是性格鲜明，有令人着迷的容貌与身段、令人赞叹的时尚艳丽穿着，展现女性对独立意识的追求。[①] 然而，笔者认为尹雪艳等女主人公更能反映作者的审美观。若仔细审视白先勇两篇小说，可以发现白先勇几点审美观。

一、以雪白肌肤为美

古代以白为美，早见于先秦时代诗歌《硕人》等诗，迄今不衰。透过白先勇对美人的描述，显见其审美首要条件是雪白的肌肤，以《永远的尹雪艳》为例，作者笔下的尹雪艳就有雪白的肌肤。评者云："虽然小说没有用一个字正面描述尹雪艳的容貌、身材、气质，但已经可以让读者充分幻想出她靓丽的外表和脱俗的气质。"[②]若审视《永远的尹雪艳》一小说，会发现作者有正面的描述：

> 尹雪艳是有一身雪白的肌肤，细挑的身材，容长的脸蛋儿配着一副俏丽甜净的眉眼子。[③]

尹雪艳之美始于"雪白的肌肤"。作者对冰肌雪骨的爱好，甚至可见于人物的姓名、衣着及外表的描述。人物名为"雪"，是以雪白为美。尹雪艳有"雪"字，人如其名；金兆丽无"雪"，却有"玉观音"之称，亦离不开雪白如玉。

古今以白为美的倾向不变，人们对纯白的追求依旧。白色代表着净洁、纯洁，同时在精神上代表着高贵的品格、纯净高洁的层面。白先勇以白为美，喜好

---

① "小说《永远的尹雪艳》与《世纪末的华丽》都选取了两位性格鲜明的女性作为主人公，她们姣好的容貌与身材令人着迷，时髦艳丽的穿着令人惊叹，但最令人印象深刻的还是她们表现出的对女性个体独立意识的追求。"载李延佳《现代性的审美与后现代性的反思——从〈永远的尹雪艳〉到〈世纪末的华丽〉》，《湖南人文科技学院学报》2016年第4期，第33页。
② 姚雨：《试论白先勇的〈永远的尹雪艳〉》，《文学教育》（中）2010年2月，第30页。
③ 白先勇：《台北人》，尔雅出版社1983年版，第2页。此文中的《台北人》，均为尔雅出版社1983年版，下同。

白皙之审美亦见于两位女主人公的塑造——作者以"玉观音"[1]称呼金兆丽之外，亦以"像一尊玉观世音"[2]描述一身白衣衫的尹雪艳，借此凸显两名美人净白俏丽的外表如白"玉"，具有纯净洁白如观世音的肤色。然而，有评论者认为尹雪艳是冷面"观音"，"雪"是其外表，而"艳"是其魅力。[3]

尹雪艳雪白的肌肤、幼细的身材、俏丽的眼眉等条件，早见于先秦时代的美丽女子。古代对美人的审美准则，于先秦时期已有仔细的记录。《诗经》记述美人具有：一漂亮脸容、二清秀眉目、三洁白牙齿、四雪白软柔肌肤、五秀丽鬓发。[4] 白先勇在描画人物时亦承传此审美传统，故其笔下的美女尹雪艳拥有其中两项：白皙肌肤、甜净的眼眉。

白先勇喜好洁白，由人物自身肌肤的白净，推及外在衣着的洁白，作者云尹雪艳是"浑身银白"：[5]

> 尹雪艳从来不爱擦胭抹粉……也不爱穿红戴绿，天时炎热，一个夏天，她都浑身银白，净扮的了不得。[6]

作者描述女主角所穿的旗袍亦是一身"蝉翼纱的素白"[7]予人纯白的美感，也让人联想到洁净之美。为此，有学者云作者是"调动了白色调来雕刻尹雪艳"[8]，明显点出了作者流露的审美倾向。

从小说对尹雪艳的描述中，可见白先勇透过对人物的塑造，流露他对肤色白净的喜爱。此种审美倾向亦见于《金大班的最后一夜》中的书生月如。作者以金兆丽的眼光审视月如："她发觉原来他竟长得眉清目秀。"白先勇对月如的描述是

---

[1] 白先勇：《台北人》，第72、74、78页。
[2] 同上书，第15页。
[3] "尹雪艳象个冷面观世音，'雪'是她的外表，也是她处世的手段；'艳'是她的魅力，亦是她深埋心底的人性的温情。"见范肖丹《"妖孽"与"观世音"——尹雪艳形象内涵论》，《河池师专学报（社会科学版）》1998年第1期，第34页。
[4] 详见赖庆芳：《美人》，北京大学出版社2017年版，第18—20页。
[5] 白先勇：《台北人》，第1页。
[6] 同上。
[7] 同上。
[8] "白先勇充分调动了白色调来雕刻尹雪艳高雅、冷艳、阴柔的性格特点。"载张芳《浅析白先勇小说中的女性形象》，《科技信息（人文社科）》2009年第4期，第111页。

"雪白的脸上一下子通红了"①。书生的名字亦暗示白净的审美观——"月如"如月般的洁白脸容。男主角月如是一名温文尔雅的书生,有洁白如月的脸容,这何尝不是作者自身形象的倒影?

白先勇的审美倾向不仅见于小说,亦见于现实例子。由徐俊执导《永远的尹雪艳》话剧,于2013年假上海文化广场共演九场。②据闻白先勇一眼看中黄丽娅③,由她饰演尹雪艳。白先勇亲自选女主角,对此决定颇有自信,更云"我的尹雪艳,谁演谁红"④。从剧照及影片所见,黄丽娅皮肤确是偏向白净。由《金大班的最后一夜》改编而成的《金大班》电影于2009年上映,女主角由范冰冰饰演。范冰冰是著名的皮肤净白的美人,符合原作者的审美观。

二、以青春年少为美

古今以年少为美,汉代乐府诗咏写的美人,皆在15至20之间——古人认为最青春美丽之岁数。⑤ 现代人长寿健康,平均可活至80岁左右,女子初婚年龄亦随之而延后,大城市尤甚。以中西融合的国际城市香港为例,据可查核资料,女性平均寿命达85岁,2020年香港女性初婚的平均年龄为30.4岁,男性则是31.9岁。⑥ 香港报章早年曾访问男性,得出最受欢迎的女性年龄是28岁至32岁之间,恰巧人民网于2017年11月9日引美国科学家之言云:男女28至32岁是最佳的结婚年龄。⑦ 根据2019年《中国青年报》调查访问所得,大陆最认可的结婚

---

① 《台北人》,第89页。
② 九场话剧分别于2013年5月25、26、28、29日及6月1日至5日上演。
③ 详见《东方卫视环球交叉点》于2013年3月27日之影像报道。网址见https://www.youtube.com/watch? v=3Y4G0poa-Nw(浏览日期:2021年10月10日)。
④ 一宁:《白先勇与沪语话剧〈永远的尹雪艳〉》,载《上海企业》2013年第4期,第95页。
⑤ 详见赖庆芳:《美人》,北京大学出版社2017年版,第39页。
⑥ 详见香港特区政府统计处2021年7月29日发布之《香港的男性及女性主要统计数字》,第52页。
⑦ 详见人民网"科学家表示最佳结婚年龄是28—32岁"之报道,http://health.people.com.cn/n1/2017/1109/c14739—29635748.html(浏览日期:2021年10月10日)。

年龄是26至29岁。① 又根据恒大经济研究院院长任泽平撮要的《2021中国婚姻报告》,得知2019年大陆晚婚现象普遍,25至29岁人士是结婚主力军,占34.6%。三十岁以上人士结婚比率占45.7%。其中,四十岁或以上的结婚登记比率大幅上升至19.9%。② 由此推断,女子青春美丽的年龄亦延后。

白先勇笔下的尹雪艳没有年龄的提示,别人都老了,她依然年轻美丽,"尹雪艳总也不老"③。女子以年轻为美,在白先勇笔下亦然。尹雪艳"一径那么浅浅的笑着,连眼角儿也不肯皱一下"④,足见其逆龄的美貌,也见作者作为男性的审美观点——青春不老是女性的美丽泉源。

班固(公元32—公元92)《汉书·杜周传》记录杜钦评论男女容貌:"男子五十,好色未衰;妇人四十,容貌改前。"⑤此四十年龄之限,古今相同。《金大班的最后一夜》中的金兆丽,以四十为极限,赶着嫁人。⑥ 为了相亲,她以"勒肚子束腰"以显年轻,不敢告诉对方已达四十的真实年龄。作者透过她的心理独白,展示美人金兆丽在面对年龄渐大的困扰:

> 四十岁的女人不能等。四十岁的女人没工夫恋爱……四十岁的女人到底要甚么呢?⑦

从白先勇对金兆丽的描述之中,可见他对女性的审美观亦以四十为上限。最美的女子也经不起岁月的摧残,此与汉代杜氏妇女四十而"容颜改前"之论相同。

---

① 详见《中国青年报》2019年8月29日08版"26—29岁是受访青年最认可的结婚年龄段"之报道。报道亦见于"中青在线",http://zqb.cyol.com/html/2019-08/29/nw.D110000zgqnb_20190829_2-08.htm(浏览日期:2021年10月10日)。
② 原文:"2005—2019年,20—24岁结婚登记人数(含再婚)占比从47.0%降至19.7%,25—29岁从34.3%升至34.6%,30—34岁、35—39岁、40以上结婚登记人数占比分别从9.9%、4.9%、3.9%增至17.7%、8.1%和19.9%。"详见任泽平:《21财经》2021年2月23日"中国婚姻报告",网址https://m.21jingji.com/article/20210223/herald/77cc7470f0be5023a3c309dc88c313a0.html。报告撮要亦见于《义乌商报》(财经你我他)2021年4月18日版3。
③ 白先勇:《台北人》,第1页。
④ 同上。
⑤ 班固:《汉书·杜周传》卷六十,中华书局2009年版,第9册,第2668页。
⑥ 白先勇:《台北人》,第77页。
⑦ 同上书,第78页。

三、以温婉娴静为美

中国古代早有要求女性之妇言、妇德、妇容、妇功四项。[①] 汉代班昭（约公元45—公元117）在《女诫·妇行第四》云："妇言，不必辩口利辞也；妇容，不必颜色美丽也……择辞而说，不道恶语，时然后言，不厌于人，是谓妇言。盥浣尘秽，服饰鲜洁，沐浴以时，身不垢辱，是谓妇容。"[②]白先勇对女性的审美亦灌注其笔下的尹雪艳。尹雪艳是一个具备妇容、妇言的女子。她是一个文静的女子，其文静可见于寡言而有旨、温婉而熨帖：

> 尹雪艳也不多言、不多语，紧要的场合插上几句苏州腔的上海话，又中听、又熨帖。[③]

白先勇着墨最多的美人尹雪艳是温柔婉约，连说话也是温柔软语而令人感觉舒服的，可见作者对女性的审美取向是倾向古代倡议的温柔娴静类型。此种审美似乎普遍见于作者认知的男性——作者云钱财不足的舞客会特意去"观观尹雪艳的风采，听她讲几句吴侬软话"[④]，让心里感觉舒服。

白先勇描述尹雪艳娴静有自我的节拍，总是"不慌不忙"、"即使跳着快狐步……从来也没有失过分寸"、"从容"、"绝不因外界的迁异，影响到她的均衡"。[⑤]可见男性就是喜欢她那种温婉娴静、从容不迫的软语。有评者认为"尹雪艳是雅致清高的……说话轻轻柔柔，把每个人都照顾得很好"[⑥]。白先勇对个性娴静的

[①] 班昭《女诫·妇行第四》："女有四行，一曰妇德，二曰妇言，三曰妇容，四曰妇功。夫云妇德，不必才明绝异也；妇言，不必辩口利辞也；妇容，不必颜色美丽也；妇功，不必工巧过人也。清闲贞静，守节整齐，行己有耻，动静有法，是谓妇德。择辞而说，不道恶语，时然后言，不厌于人，是谓妇言。盥浣尘秽，服饰鲜洁，沐浴以时，身不垢辱，是谓妇容。专心纺绩，不好戏笑，洁齐酒食，以奉宾客，是谓妇功。此四者，女人之大节，而不可乏之者也。"见黄嫣梨：《女四书集注义证》，香港商务印书馆2008年版，第18—19页。

[②] 班昭：《女诫·妇行第四》，收入黄嫣梨《女四书集注义证》，香港商务印书馆2008年版，第18页。

[③] 白先勇：《台北人》，第2页。

[④] 同上。

[⑤] 同上。

[⑥] 孙天怡：《〈金大班的最后一夜〉喜剧色彩下的沧桑内涵》，《新阅读·新书阅赏》2020年8月号，第80页。

喜好,非仅见于其小说的主要人物,亦显见于自身修养——相信接触过白先勇的人亦会同意,作者本人亦是说话轻声温婉、从容不迫的。

四、超凡脱俗的倾向

　　白先勇的审美倾向,亦见于其笔下美女有不吃人间烟火之脱俗美。首先,他分别以神佛的形象"玉观音"、"玉观世音"形容金兆丽、尹雪艳,以示二人不同凡俗的美;又述年青的金兆丽被人称为"九天嫦女白虎星转世"[1],即使年届四十的金兆丽亦能令陈发荣失魂落魄——"一见到她,七魂先走了三魂,迷得无可无不可的"[2]。"九天嫦女"、"观音"皆乃不吃人间烟火的神佛,有超凡脱俗的气质。其次,白先勇在小说里描述尹雪艳一举手一投足皆有世人不及的万种风情:

>　　见过尹雪艳的人都这么说,也不知是何道理,无论尹雪艳一举手、一投足,总有一份世人不及的风情。[3]

《永远的尹雪艳》的女主角令人联想起超越凡人俗世的神女,皆因神女绝色之美态不可以语言描画。作者又云:"尹雪艳迷人的地方实在讲不清,数不尽,但是有一点却大大增加了她的神秘。"[4]世人又说不清其迷人之处,尹雪艳仿如神女般美艳而带点神秘,而其说话却仿"如神谕般令人敬畏"[5]。此种神秘感如不可查探的神女,令人联想《庄子·逍遥游》所述藐姑射山神人之特质。白先勇描绘尹雪艳:

>　　在人堆子里,像个冰雪化成的精灵,冷艳逼人,踏着风一般的步子。[6]

此简要的描绘揭示几点:一、美人的冷艳;二、美人有冰雪肌肤;三、美人拥有仿如神仙"精灵"般的气质。精灵的出现非同俗世凡人,故作者两次云她"踏着风一般

---

[1] 白先勇:《台北人》,第85页。
[2] 同上书,第76页。
[3] 同上书,第2页。
[4] 同上。
[5] 同上书,第11页。
[6] 同上书,第4页。

的步子"①。白先勇的审美观点可谓承传《庄子》藐姑射山之神人：

> 藐姑射之山,有神人居焉,肌肤若冰雪,淖约若处子,不食五谷,吸风饮露。乘云气,御飞龙,而游乎四海之外。②

庄子所述的是"神人",白先勇述的是"精灵",同属非尘世间之人物；庄子的神人是肌肤若冰雪,白先勇的尹雪艳是"像个冰雪化成的精灵",同样有雪白的外貌；庄子的神人是"乘云气",白先勇的美人是"踏着风一般"的步伐,同是乘风踏云而来。尹雪艳踏着风而来的原因,自然是她体态轻盈。白先勇对其轻盈体态的描述尚有"轻摆着腰"、"轻盈"、"随风飘荡的柳絮",③作者对美人的审美明显倾向清修轻盈的体态,而非丰满圆润的体型。

若云白先勇心目中的理想美人,可数先秦时代的西施(约公元前463—公元前473在世),因为他笔下的美人尹雪艳有西施的影子：西施有颦眉之美,尹雪艳亦有相同之态——颦眉及伸懒腰皆美：

> 别人伸个腰、蹙一下眉,难看,但是尹雪艳做起来,却又别有一番妩媚了。④

佳人之所以有绝色之美,就是常人为之不美之态,美女为之则美。西施有心绞痛之病,往往捧心胸而颦眉,⑤别人颦眉难看,西施为之反而凸显其美。常人伸懒腰及蹙眉皆难看,唯尹雪艳之伸懒腰、蹙眉皆妩媚。白先勇将尹雪艳与"别人"——别的女子相比,凸显其美之余,亦承继了古代描述西施美艳之精要之点。此种曲笔描述更能突出尹雪艳的美丽。

然而,白先勇的审美并非仅限于外表的美丽,而是由个性与内心散发而出来

---

① 白先勇：《台北人》,第4、11页。
② 《庄子·逍遥游第一》,收入(晋)郭象注、(唐)陆德明等疏《庄子集释》(第一册),台北中华书局1970年版,第18页。
③ 白先勇：《台北人》,第2页。
④ 同上。
⑤ 《庄子·外篇·天运》："西施病心而颦其里,其里之丑人见而美之,归亦捧心而颦其里。其里之富人见之,坚闭门而不出；贫人见之,挈妻子而去之走。彼知颦美而不知颦之所以美。"

的美态。"尹雪艳着实迷人"①,但"谁也没能道出她真正迷人的地方"②。评论者云:尹雪艳有独特韵味,富有"不张扬却有动人心魄的美"③。若从此推断,作者白先勇颇欣赏可让人细细品味的含蓄美,而非仅仅瞬间让人惊艳之美。此种含蓄美包括气质与涵养,令人越看越美,越深入了解而越感觉其美。

在描述美人之时,白先勇究竟承传了哪些写美人的笔法?以下乃笔者审视两篇小说之后的分析——

一、引入红颜祸水之论以反述正

自古以来,超凡脱俗的美人往往招来妒忌;为此要描述女性不同凡响之美,作者引入红颜祸水之论以反述正,透过人们的嘴巴批评尹雪艳乃"妖孽":

> 这种事情历史上是有的:褒姒、妲己、飞燕、太真——这起祸水!你以为都是真人吗?妖孽!凡是到了乱世,这些妖孽都纷纷下凡,扰乱人间。④

红颜祸水的论调,是古代人们对长得异常美丽的女子产生的一种反常心理,至今仍存。白先勇描述美女尹雪艳八字带"重煞"⑤,以显其异常之美;又借闲角之口,以历史美女妲己(约公元前1076—公元前1046在世)、褒姒(公元前774—公元前771在世)、赵飞燕(?—公元前1)、杨太真(公元719—公元756)暗指尹雪艳,批评她乃"妖孽",是"狐狸精似的女人"⑥,让平凡的妇女显露嫉妒之情。⑦ 作者之描述与古代红颜祸水之论一脉相承——揭示其审美叙述角度乃承传古代士子对佳人美女的观点。

司马光(公元1019—公元1086)的《资治通鉴》记载女官淳方成(约公元前

---

① 白先勇:《台北人》,第1页。
② 同上。
③ 一宁:《白先勇与沪语话剧〈永远的尹雪艳〉》,《上海企业》2013年第4期,第95页。
④ 白先勇:《台北人》,第18页。
⑤ 同上书,第3页。
⑥ 同上书,第18页。
⑦ 司马迁《史记》云:"谚曰:'美女入室,恶女之仇。'……美女者,恶女之仇。"见司马迁撰、裴骃集解、司马贞索隐:《史记》卷四十九,《世家》,第14页;中华书局1959年版,第789页。

33—公元前 7 在世)批评刚入宫的赵飞燕的妹妹——令人啧啧称奇而又秾艳娟洁的赵合德(？—公元前 7)，她云："此祸水也，灭火必矣！"①据闻汉朝属火，故以火代指汉家天下。唐代元稹(公元 779—公元 831)传奇小说《莺莺传》有"尤物妖人"②之说。白先勇在创作小说之时，大体亦承传此绝色妖人之论，以塑造尹雪艳之美，同时展现白先勇的审美视点与古代一脉相连。

述尹雪艳之美，云大凡沾上她的人，"轻者家败，重者人亡"③。然而，仿如芳香玫瑰带刺，这种美人有害之说更能吸引人的观赏。可观而不可及的美人，令天生有冒险精神的男性更欲靠近，成为"探险者"④、"逐鹿者"⑤：

> 谁知道就是为着尹雪艳享了重煞的令誉，上海洋场的男士们都对她增加了十分的兴味。⑥

白先勇笔下的美女尹雪艳，评论者认为有三个特征：青春永驻，美丽神秘，带有仙气或者妖气。⑦ 若云尹雪艳带有仙气尚可，妖气则不然。白先勇笔下的尹雪艳没有妖惑男性，男性自愿拜其石榴裙下；尹雪艳亦无害人，恰巧曾与她一起的男性皆不幸受遭挫败或困厄，甚至家破人亡，仿如古代可倾城亡国的绝色美人。

曾有学者认为尹雪艳倾注了白先勇的文化乡愁——

> 吸引人的不是面容姣好、舞艺高超，而是她涵养中所具有的那种上海的精气神……一种被白先生所重视的精英文化的象征，也倾注着白先生一种

---

① 《资治通鉴》卷三十一《汉纪二十三》："上微行过阳阿主家，悦歌舞者赵飞燕，召入宫，大幸；有女弟，复召入，姿性尤酰粹，左右见之，皆啧啧嗟赏。有宣帝时披香博士淖方成在帝后，唾曰：'此祸水也，灭火必矣！'姊、弟俱为婕妤，贵倾后宫。许皇后、班婕妤皆失宠。"中华书局 2009 年版，第 3 册，第 996 页。
② 元稹《莺莺传》："大凡天之所命尤物也，不妖其身，必妖于人。"见鲁迅校录：《唐宋传奇集》，齐鲁书社 1997 年版，第 90 页。
③ 白先勇：《台北人》，第 3 页。
④ 同上。
⑤ 同上。
⑥ 同上。
⑦ 张婷：《一声吴侬软语透出海上风情——沪上专家点评沪语话剧〈永远的尹雪艳〉》(Discussion on music drama "Forever Yin Xueyan")，《上海戏剧》2013 年第 6 期，第 50 页。

文化乡愁。①

白先勇生于广西桂林,在二十世纪六十年代创作此小说时已移居台湾,小说的创作始于美国求学时期。作者对上海的记忆只限于1946至1948年之间的两年经历,其时作者九到十岁:

> 那时候我才九岁,在上海住了两年半,直到四八年的深秋离开。……头一年我住在上海西郊……很少到上海市区,第二年……才真正看到上海。②

故此,《永远的尹雪艳》小说的背景设置虽为上海,推断该是白先勇年轻时生活的台湾——台北;即使所述是上海记忆,按理也仅限于那两年零碎记忆的重构。据说白先勇写尹雪艳是为了"让自己童年的感受有一个永恒的意义"③。因还是儿童的作者不可能进入成人娱乐场所——舞厅,更不可能得知舞女刻骨铭心的故事,故事只能是他成年后将听说而得或构思重编,其中混合着自身于台湾的经历与见闻。作者将两篇小说的"现时"背景设置为台北,多次提及"台北"及"中山北路"④,显见其原型与真实性。

白先勇年青时对女性的审美观,可见于小说女主角设定的名字"尹雪艳"。女主角之姓氏"尹"字(国语 yin3、粤音 wan5),其粤音同"风韵"之"韵"(wan5)字读相同,国语读音则与另一姓氏"殷"(yin3)相同。据上海著名作家黄遐所述,"尹"上海话亦读"yin1"音,与姓氏"殷"的国语读音相同。然而,不知此姓氏与人物的原型可有关系?姓"尹"之"人"合成一"伊"字,多少令人联想《诗经·蒹葭》"所谓伊人,在水一方"⑤,诗中所述"伊人"是一名令人思念的美人,且可望而不可及,在河水的另一边。若云尹雪艳的美是外在的、可观而不可及的、仿如世外仙人一般的,金兆丽的美则倾向内在的、踏实而可触及的,仿如活于左邻右里的美人。

---

① 张婷:《一声吴侬软语透出海上风情——沪上专家点评沪语话剧〈永远的尹雪艳〉》(Discussion on music drama "Forever Yin Xueyan"),《上海戏剧》2013年第6期,第50页。

② 白先勇:《上海童年》,收入《树犹如此》,台北联合文学出版社2002年版,第100、102页。

③ 谢亚浓:《一束白光下的散沙——沪语话剧〈永远的尹雪艳〉观感兼谈海派文化》,《上海戏剧》2013年第8期,第26页。

④ 白先勇:《台北人》,第4、5、6、75、85页。

⑤ (宋)朱熹:《诗集传》卷六,香港中华书局1987年版,第77页。

二、以花名美人暗示红颜易老

白先勇透过中国文学传统的笔法描写美人,如以花为小说的美人命名,以示她们青春易逝。作者的审美观同样以青春年少为美,他在《金大班的最后一夜》描述年华老去对美人的打击,尤其是依靠花容月貌的女性:

> 容颜渐老对一般女人而言,也许只是心意上平添的几分悲凉……对于金兆丽……这样活在舞台上和灯光下的女人来说,就另当别论了。[1]

年轻时的白先勇从男性的审美角度审视众多女性,对女性的观感仿如惜花者审视不同的花卉一样,故此其笔下有"五月花"酒女[2]、"姊妹花绿牡丹粉牡丹"[3]、"丁香美人任黛黛"[4]以花为名的人物。《永远的尹雪艳》亦以花描述尹雪艳,述她有"兰花般细巧的手"[5],而其春风得意则如盛放的玉梨花:

> 尹雪艳像一株晚开的玉梨花……以压倒群芳的姿态绽发起来。[6]

现实中的白先勇亦确是一名惜花者、爱花之人。他曾云:"百花中我独钟茶花。茶花高贵,白茶雅洁、红茶秾丽,粉茶花俏生生、娇滴滴、自是惹人怜惜。"[7]白茶花之高贵雅洁,仿如尹雪艳的形象,红茶花的高贵秾丽则如金兆丽的形象。

白先勇以花为小说中的女子命名,笔者认为实有三点涵义:

一、以花比喻美人乃自古以来描述女子美貌之传统手法;
二、花生命短暂,灿烂盛开有期,如女性青春容颜有限,时过而容颜

---

[1] 朱尹、王艳芳:《男性视域下女伶命运探寻——〈金大班的最后一夜〉与〈青衣〉合论》,《焦作大学学报》2013年第2期,第35页。
[2] 白先勇:《台北人》,第17页。
[3] 同上书,第72页。
[4] 同上书,第74页。
[5] 同上书,第3页。
[6] 同上书,第4页。
[7] 白先勇:《纪念亡友王国祥君》,收入《树犹如此》,台北联合文学出版社2002年版,第16页。

不再；

  三、花朵若无人采摘或欣赏之时，亦失去其价值。

此三项不仅切合一般只能落根一名惜花者的闺阁名媛，更切合在交际场所工作、需要众多惜花者簇拥支持的女子。现代学者亦有相类之见——

  ……以花比女人，向来是有传统的。这一喻体本身就暗含着主体必然凋零的意味。另外，花被人欣赏的功用与女为悦己者容不无相似之处。再美的花朵，假使开在无人问津的角落，也只落得个孤芳自赏，并在一定意义上失去了它存在的价值。①

白先勇小说的女主角亦是惜花人，与花有紧密的联系。尹雪艳对花道十分讲究②，是惜花之人，她安慰因年老色衰而被丈夫冷待的宋太太时，曾云："'人无千日好，花无百日红'，谁又能保得住一辈子享荣华，受富贵呢？"③欧阳子云："白先勇是尹雪艳"④，在爱花、惜花及喜好净白的层面上，作者与尹雪艳是共通而重叠的。

三、以局部显全图之法描绘美人容貌

  白先勇笔下的美人，外表容貌究竟如何？此问题不易回答，因为作者没有仔细的描绘。除尹雪艳有三数句正面描述外，其他美人几乎只有局部描绘，承传古代的婉转描述手法，留给读者想象的空间。例如他写金兆丽的美，也只是写她的笑容"温柔的笑"⑤、"笑盈盈"⑥。白先勇写尹雪艳则用"笑盈盈"的类近词"笑吟

---

 ① 朱尹、王艳芳：《男性视域下女伶命运探寻——〈金大班的最后一夜〉与〈青衣〉合论》，第36页。
 ② 白先勇：《台北人》，第5页。
 ③ 同上书，第8页。
 ④ 欧阳子：《白先勇的小说世界》，收入《台北人》序言，第26页。
 ⑤ 白先勇：《台北人》，第90页。
 ⑥ 同上书，第71、88页。

吟"①,亦述其微笑是"吟吟浅笑"②、"吟吟的笑"③、"浅浅的笑"④。述其活动状况则有"轻盈盈的闪进"⑤、"轻盈盈的来回巡视"⑥、"轻盈盈的到……台前"⑦。晚唐五代张泌(生卒年不详)《浣溪沙》云:

晚逐香车入凤城,东风斜揭绣帘轻,漫回娇眼笑盈盈。⑧

描述香车中的美人,引得狂生追逐入凤城。此"盈盈"之美早见于汉代《古诗十九首·青青河畔草》一诗:

青青河畔草,郁郁园中柳。盈盈楼上女,皎皎当窗牖。娥娥红粉妆,纤纤出素手。昔为倡家女,今为荡子妇。荡子行不归,空床难独守。⑨

此诗可谓金兆丽人生的局部描述:令兆丽刻骨铭心的两个情人——书生月如及船员秦雄,是另类"荡子"——不为游狎,前者被父母强行带走,后者因船运工作而不能时常陪伴身旁。遇见前者时,金兆丽年青,愿意等却没此机会;遇到后者时,她年华消逝,不能再等五年,因"荡子行不归",故此嫁给家财殷实的商人陈发荣。⑩

四、以衣饰之物衬托美人气质——

白先勇在描述金兆丽之时,运用汉乐府诗中以衣饰描述高贵女子的格局——

---

① 白先勇:《台北人》,第6、13、15、21页。
② 同上书,第4页。
③ 同上书,第3页。
④ 同上书,第1页。
⑤ 同上书,第4页。
⑥ 同上书,第20页。
⑦ 同上书,第11页。
⑧ 唐·张泌《浣溪沙》词:"晚逐香车入凤城,东风斜揭绣帘轻,漫回娇眼笑盈盈。消息未通何计是? 便须佯醉且随行,依稀闻道太狂生。"载张璋、黄畬编:《全唐五代词》,台北文史哲出版社1986年版,第600页。
⑨ 隋树森:《古诗十九首集释》,中华书局1955年版,第18页。
⑩ 白先勇:《台北人》,第77页。

金大班穿了一件黑纱金丝相间的紧身旗袍,一个大道士髻梳得乌光水滑的高耸在头顶上;耳坠、项链、手串、发针,金碧辉煌的挂满了一身。①

作者述其穿着"黑纱金丝相间的紧身旗袍"、"大道士髻梳得乌光水滑的高耸"、"耳坠、项链、手串、发针"挂满身。② 其描述与汉代文士述写美女类同。汉乐府诗《日出东南隅行》(又名《陌上桑》)描述美人秦罗敷云:"头上倭堕髻,耳中明月珠。缃绮为下裙,紫绮为上襦。"③金大班满身衣饰与汉乐府描述手法相近——发饰、衣着及首饰——记录,可见白先勇描写美人之法,甚至其审美角度多少受文学传统的影响。

白先勇甚至用可作衣物吊饰或家居摆设的玉观音形容美人,如前所述,以"玉观音"④称呼金兆丽,以"玉观世音"⑤描述尹雪艳;述两人分别有"玉观音"之名及"玉观世音"之状,暗示她们慈悲如观音的菩萨心肠,同时展现作者对美善的追求。"观音"似的女子"普渡"生活悲苦而寻欢的男性之余,亦暗藏一颗仁慈之心。事实证明金兆丽是一个仁义的女子,她将自己的一克拉半的钻石戒指送给朱凤——一个爱上香港侨生而怀孕的女子:

> (金兆丽)缓缓脱下手上的钻戒,拉过朱凤的手,把戒指放在她手心里。拿着,一克拉半,值五百美金,够你肚子里那个小孽种过一年半载了。⑥

朱凤的命运是金兆丽年轻时的缩影,二人同样对自己的情郎痴心一片,同样愿意为爱人牺牲工作、生儿育女。金兆丽将己之重要财宝转赠朱凤,让她脱离欢场,显见她救人于苦难之心。作者在此以"钻戒"一饰物展示迟暮美人善良的内心。不论外表泼辣如金兆丽,或冰冷如尹雪艳,仁义之心乃作者认为不可或缺的特质。或许对白先勇而言,尹雪艳是他对女性的外在审美观的展现,而《金大班

---

① 白先勇:《台北人》,第71—72页。
② 同上。
③ 吴冠文、谈蓓芳、章培恒汇编:《玉台新咏汇校》,卷一〈日出东南隅行〉,上海古籍出版社2014年版,册上,第39页。
④ 白先勇:《台北人》,第72页。
⑤ 同上书,第13页。
⑥ 同上书,第83页。

的最后一夜》的金兆丽则展示他对良善内涵的审美追求。

在塑造金大班一角色及命名之时，作者运用了"兆丽"一词以示其亮丽的外表。"兆"除指预兆、征兆之外，亦有众多之意，古代以十亿为兆。"兆丽"可谓多美、多丽之意，揭示金大班的美。白先勇在金兆丽身上倾注了个人的审美观点：美不只是外表，更要有耐看的内在品德，仁义善良的人是美的构成，金兆丽正如此。小说再次展示白先勇追求的含蓄美——外表与内心也越看越耐看。

1984 年电影《金大班的最后一夜》，由姚炜主演，获得了第二十一届台湾金马奖提名。① 白先勇云挑选姚炜是"天作之合，是缘份"。② 因为姚炜本姓金，与金兆丽同姓；姚炜原籍上海，会说上海话。另外，姚炜的气质能压住现场所有演员，有大班的风范。传媒亦觉得姚炜就是金兆丽的投影，《明报》曾刊出姚炜穿旗袍的照片，并注文云："这不是白先勇笔下的金大班吗？"③ 香港明星姚炜长得俏丽，也是越看越耐看的演员。

小　结

南京大学刘俊教授评《永远的尹雪艳》的尹雪艳是由"俏艳、素雅、大方、得体、冷酷、残忍等种种侧面交织而成的"④，精要点出白先勇笔下的美人是男性的"欲魔"展现。⑤ 也有评论者认为金兆丽的思想是复杂的，既善良又丑恶，既美丽又丑恶；善中表现了恶，美中又有丑的表现。⑥ 不论学者用何角度分析尹雪艳或

---

① 胡志毅：《城市记忆：上海话剧中的上海、香港、台北的互动仪式——〈长恨歌〉〈倾城之恋〉〈金大班的最后一夜〉的互文》，《文化艺术研究》2018 年第 11 卷第 4 期，第 49 页。
② 白先勇、姚炜主讲；金圣华、刘俊主持："查良镛学术基金文化讲座——从小说到电影——《金大班的最后一夜》的蜕变"，2019 年 3 月 22 日假香港大学百周年校园李兆基会中心大会堂举办，笔者于现场听而记之。
③ 详见《〈金大班的最后一夜〉——女主角为什么选姚炜？》一文，载"灼见名家"网页 https://www.master-insight.com（浏览日期：2021 年 6 月 24 日）
④ "由俏艳、素雅、大方、得体、冷酷、残忍等种种侧面交织而成的尹雪艳在小说中无疑给我们留下了深刻的印象。"载刘俊《论永远的尹雪艳》，《镇江师专学报（社会科学版）》1998 年第 1 期，第 33 页。
⑤ 见刘俊：《论永远的尹雪艳》，《镇江师专学报（社会科学版）》，第 31 页。
⑥ 常征："金兆丽复杂的思想和丰富的性格，表明作为社会关系的总和的人，她的心灵负担多么重啊！她既善又恶，美而且丑。有时善中表现着恶，有时她的美又恰恰是丑的表现。"载《深邃，在复杂丰富的底层——论〈金大班的最后一夜〉中金兆丽的性格》，《新疆大学学报（哲学社会科学版）》1987 年第 2 期，第 89 页。

金兆丽,白先勇的审美倾向是承传古代的观点之余,亦融入自身的观感与看法。金兆丽的性格与思想,正是人性的真实面,也是作者精神与心灵的灌注,正如白先勇创作人物的性格一样:

> 我曾在上海念书,会上海话,写金大班要懂上海话,不觉得吃力;但金大班是在舞场打滚的舞女,我没有这种生活经验,便要努力揣摩她的性格。可见写不同的人物时要尝试扮不同的角色。①

作者按己之认知,以己之审美喜好,创造两名美丽女性——尹雪艳、金兆丽;以第三身的角度——男性角度审视二人之余,同时投入自身的演绎,熔铸其审美观点。西蒙娜·德·波伏瓦(Simone de Beauvoir,1909—1943)云:"男人只有通过思考他者,才思考自己……女人被列在他者的范畴中。"②作者透过小说中的女性人物,更能思考自己及了解自身;而读者透过小说女主角的形象、心理、思想等项的塑造,亦能更深入透视作者。

在散文集《树犹如此》中,白先勇曾云:

> 我从西方文学获益良多,学了很多技巧和思想。可是,在运用时,由于受到中国古典诗词的熏陶和感染,以至古文文字上的应用,使我在笔下有意无意地表露出来。③

写各篇小说尝试运用不同的方法、语调、角度,④此段话正可解释为什么白先勇的审美观点带着古代传统色彩——他受古典文学的熏陶和感染,不仅受古代笔法的潜移默化,亦多少承传了古代的审美角度。

---

① 白先勇:《我的创作经验》,收入《树犹如此》,台北联合文学出版社2002年版,第207页。
② [法]西蒙娜·德·波伏瓦:《第二性》,郑克鲁译,上海译文出版社2011年版,第95页。
③ 白先勇:《我的创作经验》,收入《树犹如此》,台北联合文学出版社2002年版,第203页。
④ 白先勇在《我的创作经验》中云:"我写《台北人》,每一篇尝试运用不同的方法、语调跟角度来写,看哪一个最好。"见《树犹如此》,台北联合文学出版社2002年版,第203页。

孽海情天皆赤子

——论白先勇的同性恋文学创作及影响

崔婷伟

南京大学

白先勇是中国当代第一位描写同性恋的作家,也是华语文学史上为数不多的公开自己同性恋身份的作家;对同性恋群体的关注与书写,不仅是他创作的重要组成部分,也在中国台湾乃至整个华语文艺史上有着不容忽视的地位。他不避讳题材的特殊与敏感,以勇敢赤诚之心、严肃认真的态度和悲天悯人的情怀,深入刻画同性恋者的情感世界和生活形态。

同性恋是白先勇小说世界中一个始终萦绕的母题。[1] 1960 年白先勇发表短篇小说《月梦》,拉开了中国当代文学史上这一题材创作的序幕;之后他又陆续创作《青春》、《寂寞的十七岁》、《上摩天楼去》、《满天里亮晶晶的星星》(下文简称《满》)、《孤恋花》等有关同性恋的作品。特别是《孽子》,不仅是他目前唯一一部长篇小说,还是中国新文学史上第一部以同性恋为题材的长篇小说,它较为全面地描写了男同性恋群体的感情波澜,并借此呈现他们在家庭和社会中的生存境遇,"是一部罕见的作品,也是一部伟大的小说"[2],影响广泛而深远。新世纪以来他发表《Danny Boy》、《Tea for Two》和《Silent Night》等小说,将这一话题置于更广阔的国际背景,表现不同种族的同性恋者面临的问题,特别是来自艾滋病(AIDS)的致命威胁。同性恋也是白先勇散文创作的重要主题。1986 年他发表《写给阿青的一封信》,以自己的经验鼓励为同性恋问题所苦的青少年勇敢地面对现实,引导他们诚实、努力地去寻找可行的人生途径。1988 年与 1990 年,他在

---

[1] 参见刘俊:《情与美——白先勇传》,花城出版社 2009 年版,第 118 页。
[2] [法]雨果·马尔桑:《世界报》(*Le Monde*),1995 年 3 月 24 日星期五读书版。

先后接受 PLAYBOY 记者蔡克健和南京大学学者刘俊的访谈中坦承自己是同性恋。1999 年他在《树犹如此——纪念亡友王国祥君》一文中深情追忆与他相互扶持 38 年不幸病逝的挚爱，令人感动不已。可以说，同性恋文学在白先勇的作品中拥有举足轻重的地位。

一、 中外影响下的同性恋书写

白先勇称赞林怀民①的"云门舞集"之所以在太平洋两岸都能被接受，是因为"它融合了中国传统和西方现代舞，再加上台湾本土的文化，三者合在一起，自创一种新形式"②。笔者认为，白先勇立足于台湾的历史与现实，将中国传统文化和西方现代主义相结合，同时融合自身独特的生命体验，亦是他的同性恋文学作品能够在中外引起巨大反响的重要原因。

首先，白先勇自幼在中国古典文学的熏陶下成长，对古典文学十分喜爱，"从《诗经》、《楚辞》到唐诗宋词，从元曲到明清小说，他都大量阅读，广为汲取"③。在台湾大学外文系读书时，他还常到中文系旁听郑骞、叶嘉莹、王叔岷等老师的课。他主办《现代文学》时，也对中国古典文学给予格外的关注。赴美留学期间，他埋头苦读中国文史类书籍以治愈西方文化冲击产生的认同危机。日积月累，他便有了极好的中国古典文学修养，许多诗、词、歌、赋、曲、文，他都能信手拈来。他在美国执教期间还开设有关中国古代文学的课程，对于很多作品他都有深入的研究和独到的见解。特别是《红楼梦》，白先勇自小学五年级时便开始看，至今仍是他的枕边书，它不仅是白先勇讲课的重点，写作时他也从中汲取资源；亦因为早年看到书中描写林黛玉听《游园》的曲词而埋下了他与《牡丹亭》的因缘。白先勇曾多次表示一生中对他影响最大的两本书，便是《红楼梦》和《牡丹亭》。

《牡丹亭》讲述了杜丽娘梦中与柳梦梅相爱，醒后她遍寻不见情人而抑郁身亡，不久柳梦梅与她的游魂相遇、相爱，后来杜丽娘复生如初，两人最终归第成亲。"情不知所起，一往而深。生者可以死，死可以生。"④"这个故事是极端浪漫

---

① 林怀民，1947 年出生于中国台湾嘉义，1973 年创办《云门舞集》，同性恋者，是享誉国际的台湾编舞家。
② 白先勇：《一个人的"文艺复兴"》，广西师范大学出版社 2019 年版，第 260 页。
③ 刘俊：《为逝去的"情"与"美"造像》，收入白先勇《白先勇集》，花城出版社 2009 年版。
④ 汤显祖：《牡丹亭·作者题词》，崇文书局 2019 年版，第 1 页。

的——爱情征服了死亡。我在浪漫时期的时候,很为'情种'所感动,决定我也来写段东西,描述爱情可以征服一切。"① 而白先勇对于"情种"的感悟则来自对《红楼梦》的思索,他认为,"《红楼梦》是'天下第一书',对于情感的诠释和呈现更加复杂,更加全面,更加浪漫"②。特别是贾宝玉不仅对黛玉、袭人等女子有情,对秦钟、蒋玉菡这样的男子也是有情的;而秦钟谐音"情种",他与姐姐秦可卿是情的一体两面。蒋玉菡则确实与贾宝玉发生过亲密的同性之爱,并且蒋玉菡的拿手好戏便是扮演《占花魁》里的秦重,"秦重"亦谐音"情种"。

《牡丹亭》与《红楼梦》对爱情与死亡关系的探讨,对爱情的生命力与毁灭性的描述,深深打动了白先勇,也影响着他笔下人物的命运,尤其是《孽子》中的"龙凤之恋":国民党高官之子王夔龙与在孤儿院长大的阿凤相爱,龙子对身世坎坷的阿凤用情至深:"你一身的肮脏我替你舔干净,一身的毒我用眼泪替你洗掉。"③ 然而阿凤知晓他们之间横亘着巨大沟壑就选择了逃离,龙子冲动之下杀死爱人,自己也疯掉了。两人的故事在公园里流传得最广、最深,已变成王国里的一则神话,而这则爱得死去活来的神话,"其实还是在继承《红楼梦》的神话,也在继承《牡丹亭》的神话"④。

其次,白先勇的同性恋文学创作也受五四新文学传统的影响。所谓五四新文学传统,指的是"人的文学"的传统,强调人的个性、价值和尊严,为人的合理性所呐喊。二十世纪二十年代初,一些现代作家借用同性恋这个题材来表现反叛传统、追求个性解放和妇女解放的思想。其中,郁达夫可以说是中国现代同性恋小说的开拓者,也是白先勇年轻形成期非常喜欢的作家,白先勇中学时就阅读其作品。并且郁达夫是自叙传抒情小说的开创者,他主张"文学作品,都是作家的自叙传"⑤,他对于人性、人心的描写,很多都是以自己的情思、经历为素材而展开的,率真而大胆地袒露自己,包括极为隐私和敏感的"性的要求"。这无疑影响到了白先勇,"我觉得他真的非常真诚地在写作。心里面这种感情的流露,非常感

---

① 白先勇:《昔我往矣》,中华书局2016年版,第290页。
② 白先勇:《一个人的"文艺复兴"》,广西师范大学出版社2019年版,第295页。
③ 白先勇:《孽子》,重庆出版社2011年版,第68页。
④ 台湾大学柯庆明教授语,参看纪录片《姹紫嫣红开遍:白先勇》。
⑤ 郁达夫:《过去集》,开明出版社1996年版,第6页。

动,而且很浪漫"①,也鼓励了白先勇勇敢直视自身的情感世界,并有助他确立真诚的创作态度和人生态度:他不仅敢于在台湾戒严时期创作同性恋题材的作品,还在接受采访时公开承认自己的性取向。在被问到为何写《树犹如此》时,白先勇回答:"因为我想我跟他之间的友谊、爱情,我想要写一篇,想把它记录下来。文学是绝对百分之百、百分之两百要诚实,一点不好遮掩,一点不好讲不诚实的话,心里面怎么想的,真正的一种看法,你就要写。"②

郁达夫也影响到了白先勇同性恋题材的小说创作。郁达夫于1922年发表中国现代小说史上第一部涉及男同性恋的小说《茫茫夜》,它与续篇《秋柳》描写了青年于质夫与美少年吴迟生之间产生了像兰勃③与佛尔兰④那样"纯洁的爱"。面对争议郁达夫撰文回应:"我不过想说现代的青年'对某事有这一种倾向'……"⑤可以说,郁达夫是从现代意义上发现、肯定了同性间的欲望和情感。这也能从小说《她是一个弱女子》中再次印证,这次他将笔触涉及女同性恋,描写了郑秀岳与女同学冯世芬产生了纯真的爱情,在世芬离开后又和李文卿陷入肉欲的乐园。由这三篇小说还能发现,郁达夫是有意将同性之间的爱情与异性间的爱情平等、严肃地看待和探究的,他既写出了同性之间也能产生真挚之爱,又写出了同性恋者也会沉湎欲望而迷失自我。总之,不管同性恋还是异性恋,都是人与人之间的爱恋,归根到底,写的还是人。白先勇认为自己的《孽子》也是如此:"是写同志的议题,但是我是写同性恋的人!我想人很要紧!下面这个人字很要紧!"⑥

而且《月梦》发表时署名为"郁金"⑦,白先勇鲜少用笔名,首篇同性恋小说署以此名,颇有向郁达夫学习和致敬的味道。从作品来看,还能发现郁达夫的小说对他有更多的影响。例如《月梦》中的静思是十五六岁的少年,纤细白皙,眸子秀逸,苍白面腮渐渗红晕,死于肺病;吴医生则稍大几岁,矫健强壮。《孽子》中阿青长得像父亲,高大黝黑;而弟娃像母亲,一身雪白,大眼睛乌黑,不到十六岁时死

---

① 2018年12月6日,白先勇接受杭州《都市快报》记者专访,参看https://www.sohu.com/a/280085962_674934。
② 摘自纪录片《姹紫嫣红开遍:白先勇》。
③ Arthur Rimbaud,现多译作兰波,19世纪法国著名诗人,同性恋者。
④ Paul Verlaine,现多译作魏尔伦,法国诗人。1871年,17岁的兰波与26岁的魏尔伦相遇、相爱。
⑤ 《郁达夫全集·第十卷·文论(上)》,浙江大学出版社2007年版,第32页。
⑥ 纪录片《姹紫嫣红开遍:白先勇》。
⑦ 白先勇:《白先勇集》(大家小集),刘俊编注,花城出版社2009年版,第42页。

于肺炎。《Danny Boy》中云哥照顾的 Danny O'Donnell 是十八岁的少年,绿玻璃似的眼睛,面庞清俊,沐浴后青白的脸上会泛起血色,死于急性肺炎。白先勇笔下多次出现罹患肺病的人物,也许与他七岁时被确诊肺结核且一病四年多的经历有关,不过这种"年长/年轻、强壮/纤弱、健康/肺病"的对照模式,不禁让笔者想起《茫茫夜》:二十五六岁的于质夫健康高大,而十九岁的吴迟生身染肺病,面貌清秀,眼睛柔美,身体纤弱,脸色苍白,害羞时面上浮现红晕,二人"却成了一个巧妙的对称"①。尽管在近作中白先勇对于艾滋病倾注了更多的关注,但是这种对称依然有迹可循,例如《Tea for Two》中的罗大哥与安弟,《Silent Night》中巨灵般的中年大男人乔舅与年轻病人阿猛、胖大的保罗神父和年轻的余凡。

另外,白先勇还吸收了很多西方的优秀文艺成果,特别是田纳西·威廉斯②对他同性恋文学创作影响很大。威廉斯一生著作颇丰,且有近二十部作品被拍成电影并摘得包括奥斯卡在内的诸多奖项。值得注意的是,威廉斯是一位同性恋者,他不仅在自己的作品中塑造同性恋者,还在 1970 年大卫·弗洛斯的电视节目中公开"出柜"。白先勇曾说:"田纳西·威廉斯是我最喜欢的 DRAMATIST(戏剧作家)之一。"③此外,威廉斯与姐姐若丝的感情非常好,可不幸的是若丝二十出头患了精神分裂症;白先勇与三姐先明从小就亲密,然而明姐却在二十二岁时罹患精神分裂症。并且,威廉斯与白先勇都曾在爱荷华大学作家工坊学习,前者于 1938 年获得学士学位,后者则在 1963 年到此学习,"我记得在爱奥华念书的时候,那边的人提起威廉斯曾是爱大的学生,仍然觉得十分光彩"④。相似的经历无疑进一步拉近了白先勇与偶像的心理距离。1986 年白先勇发表《人生如戏——田纳西·威廉斯忏悔录》对威廉斯进行评介,文中可以看出他对威廉斯及其作品如数家珍,对他大胆、赤诚、坚守自我、不肯媚众的创作原则极为赞赏,对引起巨大争议的《回忆录》白先勇也是给予很多肯定;他还寄了英文版《回忆录》给翻译家杨月荪,鼓励他将之翻译出来。

夏志清是最早指出白先勇的小说与威廉斯作品有相似之处的学者,他认为

---

① 《郁达夫全集·第一卷·小说(上)》,浙江大学出版社 2007 年版,第 140 页。
② 本名托马斯·拉尼尔·威廉斯三世(Thomas Lanier Williams Ⅲ),美国剧作家,以笔名田纳西·威廉斯(Tennessee Williams)闻名于世。
③ 符中立:《对谈白先勇——从台北人到纽约客》,现代出版社 2015 年版,第 10 页。
④ 白先勇:《白先勇集》(大家小集),刘俊编注,花城出版社 2009 年版,第 409 页。

在白先勇早期创作时稍显青涩,有时不免显露模仿的痕迹。在点评白先勇的同性恋小说时,他看到了威廉斯对白先勇的影响,例如《青春》里俊美的少年,《月梦》中清秀的静思,"白先勇偏爱阿多尼斯式(希腊神话中带有女性气质和同性恋倾向的)美少年,这是在他早期小说中不容置辩的事实。现代欧美作家中,同性恋者多的是。前文所提到的剧作家威廉斯就是其中的一位"[1]。不过白先勇是一位有着很高追求的艺术家,到了《孽子》他不再执着、直白地进行外貌描写,转而对人物的内心、性格等深入刻画。仔细辨认,与其母一样有着一双飞挑桃花眼的"头牌大红人"小玉似乎还有点阿多尼斯的韵味,但小玉让人印象深刻的是他坎坷的身世与寻父的执着,而非样貌如何。《孽子》的人物、叙事、结构都自成一家,早期那种模仿痕迹也渺无影踪了。

而这也与白先勇的人生经历有关。他对中国传统家庭和社会伦理文化有着深刻的认知,作为同性恋者,他经历过这方面的"认同危机"[2],所以他才发表《写给阿青的一封信》,以自己的人生经验鼓励那些被同样问题困扰的青少年。因为他对六七十年代台湾同性恋群体在家庭中的处境十分了解,才会在《孽子》中花大量笔墨来描写父子之间因为同性恋的问题而拉扯。这样的叙述,也比西方以个人主义为核心的文化影响之下同性恋者自哀自怜的书写更为深刻和复杂,从而"给了一个同志书写在全世界的范畴上面一个非常特别的观点"[3]。因为他自己有与王国祥 38 年相知相守的经历,所以他才会鼓励阿青保持赤子之心,勇敢寻觅相爱的伴侣;还因为他自己亲眼见过美国八十年代艾滋病对同性恋群体的屠戮,所以才会以忧郁沉痛的笔触写下《Danny Boy》、《Tea for Two》、《Silent Night》等小说和大量散文,并在海峡两岸暨香港、澳门奔走呼吁中国社会对同性恋群体和艾滋病的关注。

二、 同性恋书写与改编的影响

白先勇在上个世纪五十年代末登上文坛,至今笔耕不辍,成就举世瞩目。他被夏志清称为当代中国短篇小说家中的奇才,他的著作《台北人》在"二十世纪中

---

[1] 夏志清:《白先勇早期的短篇小说》,收入《文本与阐释》,译林出版社 2019 年版,第 320 页。
[2] 刘俊:《情与美——白先勇传》,花城出版社 2009 年版,第 263 页。
[3] 台湾作家李昂语,摘自纪录片《姹紫嫣红开遍:白先勇》。

文小说一百强"中名列第七,是仍在世作家的最高排名;而这部共由14个短篇组成的小说集还收入了《满天里亮晶晶的星星》与《孤恋花》这两篇分别书写男、女同性恋者苦悲的作品。他在1960年与同学创办《现代文学》杂志,对台湾文坛影响深远;而他所发表的九篇涉及同性恋的短篇小说中有六篇都是首先刊载于《现代文学》,唯一的长篇小说《孽子》也是先在它的复刊号上连载。毋庸置疑,他的同性恋文学创作也产生了不小影响。

首先受到感染的是白先勇周围的作家,例如欧阳子和陈若曦,她们皆是他在台湾大学外语系的同学,也是与他一起创办《现代文学》的好友,对白先勇其人其文都极为熟悉。因此,欧阳子轻易就捕捉到了《台北人》中涉及同性恋的信息。在评论《孤恋花》时,欧阳子指出"她们这种不寻常的恋爱关系,由于除了肉体之外含有更多成分的感情,所以和华三、柯老雄的兽性相对而立,形成作者对人生较肯定的一面"[1]。换言之,她认为这篇小说写出了女同性恋者试图以深厚的爱对抗坎坷的人生、野蛮的男性肉欲,尽管在命运的洪流中这种努力以失败告终,但不能抹杀这种感情所产生的积极意义。《满》虽然写的是男同性恋群体,但特别强调小说的叙述者是"我们",是复数,指向的是一个团体;曾是三十年代上海红星如今心死身衰只剩肉欲涟漪的"教主"朱焰,只是其中的代表,并且朱焰这种青春终将逝去的悲哀,生命之光逐渐黯淡终至熄灭的命运,"当然不限于同性恋者,而普及人类全体。所以,从这一点来论,我们每一个人都是叙述者团体的一员"[2]。总之,白先勇暗示除同性之爱特别以外,同性恋者是与异性恋者一样会生老病死的普通人而已。

陈若曦则将这一题材纳入她的小说创作。她的长篇小说《纸婚》以日记的形式讲述了来自上海的雕塑家尤怡平为了获得绿卡,在一个叫项的美国同性恋男子的帮助下与之组成有名无实的婚姻的故事。《纸婚》将同性恋这个话题置于中西方文化和多种宗教信仰以及现代医学等多方面、更广阔的背景之下讨论,似乎仍然没有得出将同性恋如何安放的结论,不过通过"我"这么一个异性恋女子的目光,看到了同性恋者不输于其他人的纯善的人性之光和真挚深沉的爱情,也让"我"对他们产生了敬与爱。作者还借"我"的一个台湾朋友汪奇的观点,进一步

---

[1] 欧阳子:《王谢堂前的燕子——〈台北人〉的研析与索隐》,收入《白先勇文集 第2卷:台北人》,花城出版社2009年版,第216页。
[2] 同上书,第249页。

表达对同性恋的态度:"他在老家台北有几个文艺界朋友,均是玻璃圈内的,个个才华洋溢,且卓有成就。可能因为他们杰出的成就,台湾社会才由歧视转为容忍,终于给这些人恰如其份的尊重。汪奇相信,艺术的最高境界是无性,或两性俱全的世界。"①换言之,如果说《孽子》是以父亲接纳孩子的角度来包容同性恋的话,那么《纸婚》则是从同辈朋友的视角表达出对同性恋者的尊重与理解。

李昂也是这样一位被打动的作家。1976年李昂和姐姐施叔青一起到白先勇家拜访,遇到了正在整理花木的王国祥,"他最让我印象深刻的是他在弄那些花草的时候,那一种觉得可以把花草都可以救活的,好像他真的有个绿手指。后来我才知道白先勇那么喜欢茶花,就是因为他这个朋友非常喜欢茶花"②。王国祥的朴实、真诚给她俩留下了十分好的印象,多年后,李昂仍然对"两人如此和谐、自然、相知相惜"记忆犹新。③ 李昂在创作中也对同性恋有所反映。在她的小说《禁色的爱》中出现的暗夜里的台北新公园与莲花池畔,让人不禁想起白先勇在《满》和《孽子》里的描写;而文中的主人公王平是个同性恋者,他台大外文系毕业后赴美留学,之后在美执教,父亲是国民党的中高级官僚,很明显带有白先勇的影子。而且,喜欢以性描写刻画人物的李昂在这篇小说中依然大胆直率地点出了问题的关键:"我一直以为,同性恋除了做爱方式不一样外,与所谓异性恋,并没有多大差别,同样可以爱得要死不活。"④

虽然八十年代以来白先勇较少进行小说写作,《现代文学》也于1984年终刊,但从七十年代开始,就不断有他的小说被改编成舞台剧(话剧)、舞剧、电影、戏曲等多种形式的艺术在海内外上演,使白先勇及其作品的影响范围更加广泛。并且随着台湾解戒和时代的进步,同性恋也越来越能够被了解和尊重,九十年代台湾文坛对同性恋题材的书写接踵而来,而且成为文学奖的热门作品,如朱天文的《荒人手记》、邱妙津的《鳄鱼手记》、杜修兰的《逆女》等小说。直到今天,台湾的同性恋书写依然是世界华文文学中最为繁荣的一部分。作为台湾这一题材的肇始者和中国现当代首部同性恋题材长篇小说的创作者,白先勇自然功不可没。而且,随着《孽子》被译成英、法、德、日等多个外语版本,白先勇所描绘的中国文

---

① 陈若曦:《纸婚》,中国文联出版公司1987年版,第221页。
② 摘自纪录片《姹紫嫣红开遍:白先勇》。
③ 转引自刘俊:《情与美——白先勇传》,花城出版社2009年版,第188页。
④ 李昂:《禁色的暗夜》,皇冠文化出版有限公司2000年版,第25页。

化笼罩下发生的同性恋故事,还给了世界了解中国的一个特别视角。

白先勇的同性恋小说也是文学改编的热门选项,特别是《孽子》对同性恋者的描写更为鲜明深入,因而它的改编所产生的影响更加独特而深广。1986年《孽子》被导演虞戡平拍摄成同名电影,白先勇与孙正国担任编剧,但因为当时台湾仍处于戒严时期,影片不得不进行大幅度删改,这令白先勇十分不满,但影片的开创性意义是不容置疑的——它被视作台湾第一部同性恋电影,还被选为"洛杉矶第一届同性恋影展"的开幕片,影响深远。

而1988年李安创作的第一部长篇中文剧本《喜宴》就涉及同性恋题材。1993年李安将其拍成电影在美国上映,斩获金熊奖、金马奖等多项中外大奖,可以说《喜宴》是使李安扬名国际的起点。电影讲的是同性恋者高伟同与美国男友西蒙同居,却难以摆脱远在台北的父母施加的结婚生子压力……高爸爸曾是国民党师长,传统而要面子,十分看重传宗接代,伟同是家中独子,从小就被寄予厚望,他十分清楚自己的性取向对年迈患病的父亲意味着什么。在《孽子》中,同样是国民党军官独子的阿青、傅卫、王夔龙,他们的性取向被发现导致了家破人亡。当然,《喜宴》所表达的内容自有其特别、丰富之处,但在某种程度上,它以喜剧化的情境探讨了逐渐步入中年的华人同性恋者在家庭中的处境,这可以说是对白先勇《孽子》中父子关系的延伸思考。

此外,1989年《孽子》还被香港舞台剧导演刘泽源以系列剧的形式,搬上舞台连续上演。1997年,由《孽子》英译本改编成的舞台剧在哈佛大学公演七场,导演为戏剧博士生John Weistein,他的指导教授是王德威,演员是一群亚裔大学生,这次表演给白先勇留下了特别的印象。香港导演杨凡也对白先勇十分仰慕,他深受《满》与《孽子》的影响,写下小说《中南湾》,又将之拍摄为电影《美少年之恋》,于1998年在香港上映。影片讲述了警察Sam与男妓Jet相爱的故事。Sam是独子,其父曾经也是警察,他觉得无法向父亲交代而自杀和《孽子》中的傅卫极像,而Jet也有阿凤的影子。杨凡还曾向白先勇购得《孽子》里《龙凤血案》这段情节的电影版权。并且,杨凡还受到白先勇《游园惊梦》及其推广昆曲的启示,拍摄了同名电影《游园惊梦》,影片在延续《牡丹亭》血脉的同时还融入了女同性恋的色彩,讲述了色艺双绝的歌姬翠花嫁入荣府为妾,荣兰对擅长昆曲的翠花非常心仪,两人常常对唱《牡丹亭》,翠花扮演杜丽娘,荣兰扮演柳梦梅,一个女装一个男装,配合得天衣无缝,也产生了微妙旖旎的情愫——笔者不禁想起《孤恋花》中"我"与五宝总爱配一出《再生缘》。可以看出,杨凡受白先勇的影响相当深远。

台湾曹瑞原也被白先勇的小说吸引,并且成为与他合作最为频繁和密切的导演。2003年曹导演将《孽子》拍摄成20集电视剧,这是台湾第一部同性恋题材的长篇电视剧,该剧斩获金钟奖六项大奖。这次改编之所以取得成功,很大程度上是因为对原著还原度很高,也离不开白先勇的严格要求和辛苦付出:他亲自参与每一集的改编,也相当要求演员的角色气质与外形魅力。经过两年的打磨这部剧才与观众见面,一经播放便打动无数观众的心,也进一步促进大众对同性恋的理解,甚至有家长请求电视台帮忙呼吁因同性恋问题离家出走的孩子回来。而且《孽子》还到包括台湾大学和警察大学在内的十几所高校巡回演出,反应同样热烈。2005年曹瑞原把《孤恋花》拍摄成电视剧、电影,将原著中女同性恋的情节充分展开,这次改编也很成功,其中剧版《孤恋花》获金钟奖五项大奖。2014年两人又一次合作将《孽子》改编成舞台剧,白先勇认为舞蹈比影视剧更能表达出小说中"龙凤恋"强烈而纯粹的情感,以及这种情感的超越性与毁灭性,所以他们邀请林怀民的大弟子吴素君担任舞蹈编导,香港词人林夕为剧作词,台湾歌手杨宗纬深情演唱歌曲。这部舞台剧在台北"国家戏剧院"首演八场,场场座无虚席;他们还推出《孽子——2014剧场显像》剧本与写真集,在文学界与剧场界造成一股"孽子现象"。2020年舞台剧版《孽子》经典重现,依然广受好评。

总而言之,白先勇出身名门,出名甚早,毕业于名校,创办《现代文学》杂志,还身兼作家、编剧、教授多职,又以一己之力极大地推动了昆曲的复兴,可以说他不仅是文学巨匠,亦是文化名人,他自身就拥有巨大的影响力和社会文化价值。他不仅率先为同性恋群体发声,真诚而执着地书写同性恋题材,塑造追求情与美的同性恋者,还坦诚地公开自己的隐私,有力地促进了公众对于同性恋的正确认识,进而推动建设有利于同性恋者身心健康发展的社会文化环境。这不仅影响了台湾,还惠及整个华人社会,甚至具有世界性的积极意义。

第二辑

从小说到影视

第二節

反常積分舉隅

历史错位与解构离散

——论白先勇小说《一把青》的影视改编

王 璇

北京联合大学

短篇小说《一把青》创作于上世纪六十年代,是作家白先勇的作品,后收入其小说集《台北人》。2015年,台湾导演曹瑞原将《一把青》改编成同名电视剧上映。电视剧沿用了原作中的主要人物朱青、老秦等形象,空间上横跨两岸,时间上更是跨越几十年的历史岁月。作为一部结合了历史与偶像剧因素的年代剧,《一把青》在台湾和大陆都收获了良好的口碑并斩获众多奖项。

在好评如潮的背后,电视剧《一把青》裹挟着众多的历史议题,其叙事内容、叙事方式相比原著产生了较大变化。这不仅是电视剧这种大众传媒方式造成的,更多亦源自近年来台湾文化浪潮的影响。可惜的是,学界对于电视剧《一把青》的改编并没有广泛深入探讨。然而,细究其叙事策略与人物设置,会发现电视剧《一把青》中历史叙事的重点与主题都发生了一定的偏移。

一、反转历史叙事

毋庸置疑,电视剧《一把青》对原著小说中的"留白"进行了较多的填补工作,在人物群像的塑造中营造了较为真实的历史感。但随着"留白"被填满,小说中历史叙事所隐含的今昔对比问题,乃至历史叙事的重点都发生了相应变化。

在原作中,朱青与《台北人》中的众多女性角色形成了一组"迁台"人物群像。她们背井离乡后,在台湾找不到现实与精神的依归,只能通过不同的方式留住过去。朱青身上透视出过去的精神之爱与当下的身体之爱之间的龃龉,小说由此展现了这些"台北人"精神上的漂泊无依感。

"作为叙事,历史叙事并不消除有关过去、人生、群体本质等的虚假信仰;它所做的是检验一种文化的虚构作品赋予真实事件以各种意义的能力,这里所说的各种意义是文学通过塑造'虚构'事件的格式而向意识展示的。"[①]在小说《一把青》中,白先勇通过过去朱青与现在朱青的对比,展现了他对于大陆时代的缅怀,因而原作中的历史叙事重点放在对大陆往昔历史与空间的追忆上。如刘俊所说,"《台北人》中所有主要人物的一个共同特点是在他们的身上无一例外地背负着一种历史的重负……他们本身就构成了历史"[②]。

在电视剧《一把青》中,众多女性人物的加入毋宁是对原作《台北人》中女性群像的致敬。有学者指出,电视剧《一把青》将原作中朱青的个人悲剧扩展到某一群体的集体境遇,"融合与回应了《台北人》里各不相同的人生境遇"[③]。这显示出电视剧主创对原作人物的准确把握与理解。

不过,电视剧的创作显然不止于对原作的致敬。电视剧延续了原作中人物命运多舛的主线,但毕竟其创作的时代已与上世纪六十年代不同,剧中众多有关历史的叙事方式与内容都与原作产生了一定的割裂。首先,电视剧对原作"今昔对比"的历史叙事进行了一定的反转。在原作中,重大历史事件对个人情感、命运的改变是其历史叙事的主线。老秦在与朱青重逢时,才感到自己遭遇物是人非后依然老去:"从前看京戏,伍子胥过昭关一夜便急白了头发,那时我只道戏里那样做罢了,人的模样儿哪里就变得那么厉害。那晚回家,洗脸的当儿,往镜子里一端详,才猛然发觉原来自己也洒了一头霜。"[④]重大历史事件作为故事背景,形成了对个中人物的行为规约与伤害,历史在小说中作为个体命运的转折而存在。小说的历史叙事无意追究历史的重重疑点,而将重点放置在历史盖棺论定之后小人物的个体历史叙事上。电视剧《一把青》的历史叙事,则较为明显地展现出了对历史的重构意识。

这一重构意识集中表现在对国民政府的负面形象塑造上。与原作无意纠缠历史真相不同,电视剧《一把青》中融入大量的历史事件,并以空间为分界点,将

---

① [美]海登·怀特:《形式的内容:叙事话语与历史再现》,董立河译,文津出版社2005年版,第63页。

② 刘俊:《悲悯情怀——白先勇评传》,花城出版社2000年版,第25—26页。

③ 俞巧珍:《凡人故事,时代隐喻——白先勇小说〈一把青〉的跨媒介分析》,《中国现代文学论丛》2018年第1期,第134页。

④ 白先勇:《台北人》,广西师范大学出版社2015年版,第33页。

故事分成南京与台湾两个部分,着重对国民政府的形象进行了表现。其中南京的故事发生于抗战胜利初期至内战国民党失败期间,主要讲述了空军十一大队队长江伟成夫妇、分队长郭轸夫妇的故事。在原作中,历史叙事只是人物叙述的背景,江伟成与郭轸的战时表现与情感存在"留白",人物的命运与选择皆为时局驱使,其叙述重点在于展示个人的漂泊离散,而非叙述历史。在电视剧中,南京故事通过江伟成、樊处长等人物,展现了南京时期国民政府的负面形象。一方面,江伟成本是空军队伍中的翘楚,在抗战时期立下汗马功劳。抗战胜利后,长期的战争与逃难让空军村的太太们不堪重负,剧中将秦芊仪祈求丈夫退伍、国民政府反复无常的故事做了大篇幅渲染,意在合理化江伟成在内战中私自撤退的行为,也更是对"反对内战"的民意进行铺陈。而在内战中,江伟成奉命屠杀百姓、被迫执行错误指令等事件进一步将他推入崩溃的深渊。直至从东北撤退时,长期的思家之情与不得不杀死郭轸等情节让他说出"我杀死了自己的学生,罗盘坏了,我找不到回家的路了"①,由此开始精神错乱。江伟成从空军翘楚变为身体残疾、精神病患者,却无力为自己脱罪,只能选择自杀的结局,从侧面塑造了罔顾民意、出尔反尔的国民政府形象,将内战中国民政府暴力、蛮横的丑态呈现于剧中。

另一方面,国民政府的负面形象通过樊处长这一人物得以体现。樊处长作为十一大队的领导、空军指挥部的成员,即国民政府的化身。他在南京时期要求已有退伍打算的江伟成、郭轸参与内战,对阵亡下属毫无同情,只道"他们是志愿的,我只负责发放抚恤金,两不相欠"②;败退台湾后,樊处长又主导了冒充空军英雄的假新闻、参与迫害小周的"告密"事件,其丑恶形象更加深了观众对于国民党政府的负面看法。樊处长的冷漠、铁血,江伟成的受害、虚弱向观众展示了失败、无能的国民政府形象,重新叙写了《一把青》的故事。在电视剧中,南京时代对江伟成等人来说并非美好追忆,而是心怀抱负却苦于战争、身心遭受重创而阴影重重的,南京时代失败、丑恶的国民政府是故事中的加害者。因此,电视剧中所展现的南京空间是伤感、压抑的,并非原作中所缅怀的那个大陆时代。至此,原作小说中"今昔对比"的基础被打破,原作中过去美好的大陆时代在电视剧中被消解了。

---

① 曹瑞原:《一把青》,台湾公共电视台制作,2016年,第19集。
② 曹瑞原:《一把青》,台湾公共电视台制作,2016年,第18集。

其次，电视剧中的两个重要历史空间——南京和台北——由于种种原因存在前后割裂的情况。其中，南京空间的叙事除了空军村与金陵女大以外，没有出现其他真实地景。而在原作中，白先勇有意提到南京的众多空间——玄武湖、金陵女中、夫子庙等，是借老秦的视角对南京的空间与历史进行追忆。而电视剧中不仅抹去了南京的真实地景，其对东北、石家庄、西安等地的位置也表述得非常模糊。文艺作品中的空间书写"不只是简单地对地理景观进行深情的描写，也提供了认识世界的不同方法，揭示了一个包含地理意义、地理经历和地理知识的广泛领域"①，电视剧中单薄化南京空间叙事的处理方式不仅展露出创作者对大陆地理空间认识不足，同时也导致其历史叙事的重点与原作相比发生了变化。在原作中，每一处南京的具体地景都展露出白先勇的叙事重点是主人公对"过去"/大陆空间的追忆，相比之下对台湾空间的叙述相对薄弱，台湾空间是虚幻、单薄的。"人既是空间存在的规定者，又是空间存在的界限"②，电视剧《一把青》则将小说中的空间界限进行了反转。南京空间的故事虽篇幅较长，但主线单一、相对乏味，这与台湾空间故事的鲜活、厚重形成了对照，即大陆空间叙事的单薄化、台湾空间叙事的厚重化，是电视剧中历史叙事的主要转变。在这一层面上，电视剧对原作的历史叙事重点进行了反转，过去美好的大陆时代成为失败的代名词，对台湾历史的重构成为历史叙事的重中之重。

由此，电视剧《一把青》相对于原作中的历史叙事模式、重点都发生了偏移，更重要的是"如何看待历史"及看待历史的视角发生了极大变化，进而导致电视剧的主题与原作存在较大的差异。

二、解构离散主题

《一把青》的题目源自歌曲《东山一把青》，小说将《东山一把青》的歌词融入题目与故事中，直接点出了朱青在大陆时期与台湾时期的沧桑巨变。对于小说《一把青》的主题，历来有一致的研究结论，即"一把青的'青'，歌词原意指的是一把青丝。然而实际上指的是青春。……在《一把青》中，上半部书写青春之青涩，

---

① [英]迈克·克朗：《文化地理学》，杨淑华、宋慧敏译，南京大学出版社2003年版，第72页。
② 谢纳：《空间生产与文化表征——空间转向视阈中的文学研究》，中国人民大学出版社2010年版，第72页。

下半部描写春光之流逝,强烈的今昔对比"①。朱青在南京时还是女学生模样,羞赧内向,遇事"只有哽咽的份儿"②。直至郭轸死后,朱青陷入绝望,"我也死了,可是我却还有知觉呢"③。南京时期的朱青与郭轸是灵魂之爱,在爱人死后,朱青的精神世界已经衰亡。当老秦在台湾与朱青重逢时,朱青则变成了外向成熟、善于交际的老练舞女:"笑吟吟地没有半点儿羞态……踏着伦巴舞步,颠颠倒倒,扭得颇为孟浪。"④身份、精神的双重转变展示了今昔对比下的"灵肉之争",即白先勇创作的重要主题——离散——《台北人》中的人物群像皆服务于这一主题。离散(diaspora)又译作飞散,意指"移民、移位(displacement)相关的状况,以及对'家园'的某种情感"⑤。《台北人》中的外省人都是不想做"台北人"的遗民——离散主题决定了大陆空间与过去是重中之重,小说更是常见家国主题与国家情感。虽然《台北人》中的人物多是八面玲珑的舞女、落魄困顿的遗老,但这些人物对于大陆时代的诉说凝聚成统一的声音,即思念故乡与过去。因此,《台北人》的叙述视角是望向大陆与过去的。这种追忆逝去青春、花果飘零的情感让文本"难免流露出怜悯和惋惜之情以及人生如梦、一切皆空的悲观、虚无的思想"⑥,《一把青》尤为如此,即建构一个有关大陆与时代的离散故事。

电视剧《一把青》则在很大程度上消解了这一悲观、虚无的情感特质。作为大众传媒的电视媒介产物,电视剧中加入了不少撒狗血式的故事情节,在很大程度上削弱了作品的历史感。同时,由于其对台湾空间的叙事相比南京空间更为复杂、厚重,致使电视剧后半部分的重点几乎脱离了离散主题的框架。

电视剧对原作离散主题的解构首先体现在空间叙事的转变上。如迈克·克朗所说,"文学作品不能被视为地理景观的简单描述,许多时候是文学作品帮助塑造了这些景观……文学作品不仅描述了地理,而且作品自身的结构对社会结构的形成也做了阐释"⑦。文艺作品中的地理/空间的意义是复杂的。空间叙述

---

① 符立中:《对谈白先勇——从台北人到纽约客》,现代出版社2015年版,第117页。
② 白先勇:《台北人》,广西师范大学出版社2015年版,第25页。
③ 同上书,第30页。
④ 同上书,第31—32页。
⑤ 赵一凡等主编:《西方文论关键词》,外语教学与研究出版社2006年版,第113页。
⑥ 张训涛:《〈一把青〉的精神分析学解读》,《广西社会科学》2003年第3期,第133页。
⑦ [英]迈克·克朗:《文化地理学》,杨淑华、宋慧敏译,南京大学出版社2003年版,第55—56页。

与建构隐含着创作者对某一空间及其历史的认识与态度。电视剧《一把青》对南京空间的单薄化处理，正展现了创作者的表达重点并非在此。在南京发生的故事篇幅虽占全剧的三分之二，但只表现了一个单薄的叙事主线——退伍、反战的愿望与好战、冷漠的国民政府之间的冲突。而只占剧集篇幅三分之一的台湾空间，上演的故事就有迁台、"白色恐怖"、眷村、炮击金门、美援等众多历史事件与议题，致使电视剧的后半部分成为台湾战后初期的历史展演。这种叙事的断裂感让原作中今昔对比而生的离散主题发生了转变。在原作中，今昔对比的前提是大陆与台湾时代皆被统筹在离散主题之下，叙事重点放在了过去对现在的影响上。而在电视剧中，南京空间与台湾空间之间的联系被切断了。主人公来到台湾后，融入战后台湾的历史进程中，鲜少提及过去的南京生活，反倒是年轻一代的邵墨婷、焦飞、小顾的故事被塑造得极为鲜活生动。这导致电视剧的主题从南京转换为台湾层面，"去往台湾"变成叙述重点。

在这一层面上，电视剧《一把青》中历史叙述的反转建立在空间叙事的转变上。通过着重建构台湾空间中发生的历史事件、弱化南京空间的叙述，电视剧《一把青》完成了对原作叙述重点与主题的转化。在原作中，台湾空间发生的历史恰恰是不重要的，如"小顾的飞行失事，发生在桃园飞机场上，只是一个意外，一个不具任何历史悲剧含义的意外"[①]。小顾的死只为表现朱青在台湾如行尸走肉般的生存状态。而在电视剧中，小顾追随朱青期间发生的众多故事皆对应着两岸之间的真实历史事件。这种叙事方式让电视剧中的台湾空间更具有厚重的历史感，同时也更消解了原作中望向大陆与过去的离散主题。主人公在台湾的悲惨生活，一方面是国民政府败退台湾造成的，但在剧中更强调的是另一个原因——国民政府在台湾的倒行逆施导致人人自危。

其次，电视剧解构原作离散主题的方式还体现在叙述视角的变换上。原作中的叙事者是老秦，她作为大陆相关历史的见证者，来到台湾后只能"天天忙着过活，大陆上的事情，竟逐渐淡忘了"[②]。然而想要淡忘过去又恰验证了她在大陆遭受的苦难与折磨。《台北人》中的人物在台湾皆处于人生的后半场，他们把青春、美好留在大陆，在台湾则是衰败、死亡的意味。而在电视剧中，叙述者变成了

[①] 欧阳子：《王谢堂前的燕子——白先勇〈台北人〉的研析与索隐》，广西师范大学出版社2014年版，第51页。

[②] 白先勇：《台北人》，广西师范大学出版社2015年版，第34页。

从小在空军村长大的邵墨婷——老秦的下一代。这一叙述视角的转化在历史叙事与主题建构中的意义是巨大的。邵墨婷在南京时期尚是孩童,她眼中的南京空间只停留在空军村和飞行基地之间,其活动空间是十分局限的。而当她来到台湾,正成长为青春期的少女,她所叙述的故事变得鲜活有力。尤其是学校空间所发生的故事与历史事件,让电视剧的主线故事与邵墨婷这一叙述者之间相得益彰。

因此,从老年叙述者到少年叙述者的视角转变使电视剧《一把青》的主题完全脱离了原作的离散框架。"一个叙事作品(影片、小说等)就产生于两极之间的张力:一方面是虚构世界(被讲述的世界),另一方面是这世界的组织者(讲述的机制)。"[①]在原作中,老秦作为讲述机制,其视角自然是追忆大陆。对老秦来说,"台湾"空间只等于空军眷村,而眷村的空间划界功能是十分明确的。眷村内外省人聚集,众人可以活在过去、追忆过去,而眷村外的空间则是他们不愿融入的台湾空间。空间与时间相连,便形成了如希伯利所说的空间政治:"空间同时是社会行动与关系的中介和结果、前提和局限;社会生活的时空结构动态,界定了社会行为与关系如何在物质层次上架构起来和具体化……"[②]离散主题通过老年人老秦的自我空间划界得以呈现,眷村成为她与过去的唯一联系。老秦、朱青将自己封闭在过去的空间里,正如尹雪艳的尹公馆一样,想要以过去的空间留住过去——仁爱东村就是老秦们的尹公馆。电视剧中沿用了这一设置,而邵墨婷的叙述视角更揭示出这一空间划界的意味:"我觉得日子没什么不一样,因为我还是住在仁爱东村,台湾的仁爱东村。"[③]正因眷村的生活停滞在过去,邵墨婷逃离眷村的行为则更具有离开受难空间的意味:作为讲述机制的少年邵墨婷,孩童时期的南京空间变得越来越模糊(南京故事单薄化的一种解释),而她在台湾长成、结婚、生子,台湾空间对她的影响更为深刻。邵墨婷作为少年人,强烈希望走出眷村,正是电视剧要表现的重要主题:来到台湾的外省人应该面对现实、融入台湾空间,而不是活在过去的空间与时代里。

叙事空间、叙事主体的转变隐含着创作者对于文艺作品中历史叙事与空间

[①] [加]安德烈·戈德罗:《从文学到影片——叙事体系》,刘云舟译,商务印书馆2010年版,第94页。

[②] 王志弘:《移/置认同与空间政治:桃园火车站周边消费族裔地景研究》,《台湾社会研究季刊》2006年第3期,第170页。

[③] 曹瑞原:《一把青》,台湾公共电视台制作,2016年,第21集。

建构的把控。从老秦到邵墨婷的叙述视角转换，便是原作中"追忆过去"、"大陆青春"主题向电视剧中"活在当下"、"青春台湾"的过渡。至此，原作中的今昔对比、离散主题被电视剧中的"去往台湾"等关注台湾自身的视角所解构。

三、时代浪潮的回响

从上世纪六十年代的小说《一把青》，到二十一世纪的电视剧《一把青》，其间横跨半个世纪之久，台湾的社会文化思潮也发生了极大的变化。"对于影视批评而言，脱离了文化分析的镜像探讨非常容易落入琐碎的、游戏的陷阱，同样，脱离了镜像探讨的文化分析也是缺乏针对性和说服力的。"[1]因此要探究电视剧改编的深层原因，除了追问传播媒介对作品改编的影响之外，依然要回到文艺作品对时代文化浪潮的回应之上。

（一）现代主义浪潮下的小说集《台北人》

《台北人》收录的众多小说皆创作于上世纪六十年代，不免透露出彼时文化思潮的影响。1960年，以白先勇等人为核心的台大学生发起成立《现代文学》杂志，以创作成果回应当时盛行于台湾的现代主义思潮，创作于此时的《台北人》更是典型。"'现代派'文学，借用'象征'手法来曲折地反映'乡愁'的心结，更符合'原型'文学批评理论。而象征手法，更容易将心理'阴影'以暗示、隐喻的艺术方法予以表现。"[2]在"白色恐怖"愈演愈烈的背景下，作家诉诸对上海、南京、桂林等地的追思，以人物的回忆串起遥远的大陆时代，成为排解心中怀乡、怀旧情绪的出口。

不仅是白先勇，台湾自六十年代始直至七十年代，回忆大陆过往成为外省作家的重要话题。唐鲁孙笔下的北京餐馆、梁实秋笔下的北京美食、侯榕生对北京建筑历史的考证等，玩味旧俗的背后仅仅是故乡之思吗？对于白先勇等作家来说，台湾不稳定的生活环境、风雨飘摇的国际形势让他们时刻处于能否回到故乡的焦虑之中，回忆大陆时代的美好青春成为他们缅怀特定时代的密码。"愈是价值不明的环境、愈可能产生强大的'怀旧'情愫来"[3]，台湾六十年代的"白色恐怖"

---

[1] 李道新：《影视批评学》，北京大学出版社2002年版，第75页。
[2] 刘鹤：《遗民情结"场"下的台湾现代文学叙事研究》，吉林大学出版社2017年版，第23页。
[3] 詹宏志：《城市人——城市空间的感觉、符号和解释》，天下文化出版股份有限公司（台北）1989年版，第14页。

让作家噤若寒蝉的同时又涌起怀乡之思,因此不难理解为何白先勇在《台北人》中塑造的众多怀念过去的角色——这显然是作家自身的精神投射。在七十年代乡土文学论战兴起之前,现代派作为风行一时的思潮,主导着书写乡愁、排解离散愁绪的方法与路径。

因此,书写过去美好、稳定的大陆时代,寄寓着六十年代作家离散漂泊的心境。对于迁台的知识分子来说,书写过去的大陆时代成为对抗离散心绪与"白色恐怖"苦闷的重要手段——他们既对台湾乡土与历史相对隔阂,更不希望大陆时代过去。换言之,以《一把青》为代表的《台北人》之所以被统摄于离散的主题之下,乃源于作者自身的离散经验与精神困境。五六十年代兴起的现代派虽致力于译介西方著作,探求文学创作的新方法、新思路,但毋庸置疑的是,现代主义仅作为一种方法,"其代表作家同样摆脱不了'乡愁'对心灵的袭扰"[①]。因此,小说集《台北人》中的作品有着同一个主角——过去的大陆时代。尹雪艳、金大班、朴公、朱青、老秦,皆活在过去的空间与时代中,是他们不愿面对台湾现实空间的重要原因。

(二)重写历史浪潮下的电视剧《一把青》

电视剧《一把青》的创作背景已与六十年代有了极大变化,其创作与改编也同样回应着当下的历史文化思潮。

台湾自1987年"解严"后,思想解放的背景让创作者在相当长的一段时期内,将反思与反抗"戒严"时期国民党的弹压政策、历史叙事策略作为主要的创作方向之一。"戒严"时期国民党当局对历史事件的一元表述更是遭到了强烈的反拨,因此反思和解构"白色恐怖"时期乃至日据时期的历史叙事成为重要的文化浪潮,在文艺作品中体现得尤为明显。尤其是九十年代的历史书写,对"戒严"时期官方历史言说存在有意反转与颠覆,乃至为反转而反转,只为控诉丑恶的国民党当局形象。总的来说,九十年代的历史书写在解构官方叙事的同时,又走向了另一种单一历史观的建构——国民党当局的种种历史"原罪"使之成为被唾骂的对象而在文艺作品中被呈现。

直至二十一世纪新乡土小说的出现,这股解构历史叙事的文化浪潮走向了重构台湾历史的极端。对历史真实的消费、抽离,乃至刻意回避去殖民等严肃话题,让国民党当局的形象在历史叙事中进一步跌落神坛,丑恶、失败的形象几乎

[①] 刘鹤:《遗民情结"场"下的台湾现代文学叙事研究》,吉林大学出版社2017年版,第22页。

成为文艺作品的共识。由于创作者在历史叙事中更强调个人与家族史的叙述,相对地放弃了对真实历史事件等宏大主题的呈现,因而消解了对历史的批判与反思精神,导致历史叙事成为地方建构的附庸。

因此,电视剧《一把青》对原作历史叙事的反转与颠覆来自二十一世纪重构历史浪潮的影响。对"历史输家"国民政府的穷追猛打成为近年来台湾社会的共识,虽然剧集的叙事与镜头呈现具有历史剧的厚重感,然而电视剧作为通俗的大众传媒产物实际无法承载不符合当下社会舆论场域的内容。因此,电视剧对于国民政府负面形象的塑造有其社会历史原因。同时,电视剧中以台湾空间的叙事来构建新的历史话语,与新乡土小说以台湾空间重写台湾历史的创作模式殊途同归,展现了台湾意识的影响。

自九十年代开始,有关"台湾意识"、"台湾文学"的论争不断。及至二十一世纪,台湾意识走向极端,与重构历史的浪潮结合在一起,出现了以地方书写建构台湾历史的新乡土小说,更加深了这一思潮的极端发展。在这一文化思潮背景下创作的电视剧《一把青》,对大陆历史的模糊化、国民党当局形象的单一化和对台湾历史的主动建构,是台湾重构历史记忆的浪潮、以"建构台湾"来重写台湾历史的思潮的外化。另外,"任何大众传媒都有其政治、经济和意识形态背景,它们必须为特定的利益服务"①,从小说到影视作品的媒介变化,隐含着创作者叙述方式的转变与对社会舆论场域的迎合。根据麦克卢汉的理论,电视媒体属于参与度高、清晰度低的冷媒介,而冷媒介需要观众的高度参与和介入,"所以最成功的电视节目,是那些在情景中留有余地,让观众去补充完成的节目"②。源于八九十年代、盛行于二十一世纪的台湾意识,夹杂着解构历史的文化思潮,加之新闻媒体的大肆宣传,国民党政府的负面形象及作为历史错误的责任者这一社会性话题,在电视剧中都得到了印证——可以说电视剧的改编是为迎合近年来台湾社会思潮的社会舆论场域而进行的创作。想家、畏战的江伟成,迎合了九十年代以来解构大历史叙事、呈现个人被时代与战争戕害的历史叙事模式;刻薄寡恩的樊处长则具有较为明显的脸谱化倾向,回应了二十一世纪以来国民党当局丑闻缠身的社会舆论环境。

---

① 郭庆光:《传播学教程》,中国人民大学出版社2011年版,第129页。
② [加]马歇尔·麦克卢汉:《理解媒介:论人的延伸》,何道宽译,译林出版社2011年版,第364页。

不过,较之六十年代,"解严"后的历史叙事的确呈现了历史叙事的多种可能。可惜的是由于台湾意识作祟,九十年代的解构主义与历史叙事被地方主义裹挟,加之个人主义的影响,直至二十一世纪走向以台湾地方空间重构台湾历史的方向,以及只见个人、难见家国的叙事模式。而电视剧作为大众传媒的重要形式之一,反过来又影响着受众的文化接受,因为"电视节目尤其是'描述现实生活'的电视剧中包含着大量的虚构因素,一般受众很难将这些虚构与现实区别开来,而容易把虚构当作现实来接受"[1]。因此,电视剧《一把青》的问题不仅止于历史叙事等内部问题,更由于其大众传媒的性质,让更多受众在无意识中将作品中的历史叙事当作真实的历史来接受,更映照出创作的诸多外部因素考虑。

结　语

"任何媒介都有力量将其假设强加在没有警觉的人的身上。"[2]无论是小说还是电视剧集,都在向受众传达着作者的观点。可惜的是,白先勇原著中有关离散的诸多议题原本可能在台湾"解严"后进行更为深入的探讨与反思,却因九十年代台湾意识的裹挟致使解构历史的思潮发生偏移,相关历史资源难以被客观呈现。更应注意的是,电视剧的创作意图与路径很难为受众所识破,导致受众在无意中接受影视作品中传达的历史观。

其实,台湾近年来有很多有关两岸离散议题的影视作品出现。可惜的是,这些作品或如《一把青》在严肃历史剧的外衣下迎合当地社会舆论,或如《我在1949等你》(2009)成为偶像剧的另一种诠释方式,而少有《军中乐园》(2014)这样的优秀作品。同时口碑优秀的《宝岛一村》(2008),则囿于话剧的演出形式无法为更广大的受众所熟知。这也应引发更多思考——作为大众传媒的影视产品应如何讲述历史?电视剧《一把青》的创作团队来自台湾,原本可以将"迁台"故事表现得更为深入,却囿于种种原因,无法处理原作中复杂的历史余绪与故乡之思,让相关历史遗落在时代漩涡中,十分可惜。

---

[1] 郭庆光:《传播学教程》,中国人民大学出版社2011年版,第206页。
[2] [加]马歇尔·麦克卢汉:《理解媒介:论人的延伸》,何道宽译,译林出版社2011年版,第26页。

增衍叙述下《一把青》的创伤呈现与情感政治

马海洋

南京大学

《一把青》为白先勇所作的短篇小说,收于小说集《台北人》,2015年,曹瑞原将此改编成为电视剧并于同年放映。《一把青》讲述从抗战胜利到国共内战和国民党退守台湾后,空军及其眷属的故事,由万字小说的故事"留白"到31集电视剧的内容"补白",在移步换景之中,电视剧一改小说的简练和内敛式的表达,在讲述此段历史故事之时,增添丰饶而细密的隐微细节,刻画了复杂而缠绕的人物形象,将曾隐埋于小说春秋笔法中的创伤记忆通过具体事件及物化,并产生了直指家国政治的增衍叙述。本文认为,电视剧版的《一把青》补白了小说中历史被抽象为大背景的"存在空位",使空军士兵/眷属的个人故事与历史风云耦合于一处,在影像呈现中不避讳刻画人物性格的复杂,并且触碰了国民党指挥不当、军心涣散和上层腐败等敏感的问题,及迁台后的白色恐怖和清洗等政治事件。人物、故事、历史、战争等被铺展开,在增衍中变得立体而鲜明,在小说叙述人为师娘而电视剧叙述视角转换为空军二代墨婷的过程中,电视剧拉开"时距"与"视距",其中内蕴的后代"反思"与"审视"意味跃出地表。在小说文本和电视剧的罅隙间,衍生出了更为复杂而有血肉的创伤故事。电视剧对于1945年后较为隐秘的内战以及退避台湾后的心灵创伤予以呈现。进一步,在电视剧《一把青》战争的外表之下,包含了一种"反战"的愿望,这正是作为后革命时代的二十一世纪对于革命年代的二十世纪的时代重思。在当下两岸分断的体制之下,电视剧《一把青》触碰了曾经国共两方的博弈历史,但是跳出了宏大叙事,也并未局限于小儿女的爱恨情仇,去除了意识形态的遮蔽。其中所传递出的情感政治,是一种立足于中性立场的历史探讨,立足点为两岸共享的中华民族的大历史,这样的一种情感政治传递出以文化弥合创伤的路径。故而,《一把青》在"由文而视"的过程中,由叙述的增衍而将故事的内蕴丰富化,在将小说的创伤呈现"及物"化和绵密化的同时,落脚于对于创伤的救赎,虽然仍未摆脱台湾视角式的讲述,但是显示出了一种"超克"两岸分断历史的努力和尝试,在文化上重新架构起属于两岸的共同历史记忆,潜藏了一种和解与同情中理解的向心力。

一、 空位补白:台湾版的战争故事

《一把青》是台湾电视剧多元化思潮下的成果,被视为"年代大戏"[1]并获得了第51届金钟奖6项大奖。该剧触及战后台湾语境中敏感的"内战"历史,相比于白先勇小说之中对于战争的背景式存在的表达,电视剧则以具体人物的经历和故事,将内战的历史及物化和具体化,呈现了一个台湾版的战争故事。小说写作于二十世纪六十年代的台湾,在冷战和两岸对峙的语境之下,对于历史公案的言说仍要虑及政治因素,而多空白和春秋笔法。电视剧则拍摄于2015年,在后冷战的年代语境变化之下,故事的讲述"试图"破除被政治遮蔽的事件禁忌。因而,电视剧《一把青》在对于历史空位进行补白之时,便多了在后革命时代反思"革命"的意味。

小说中,故事的讲述人为师娘秦芊仪,被讲述者则为朱青和郭轸,电视剧则将讲述的视角置换为空军第二代邵墨婷,经她视角讲述的故事跨越南京和台湾,这一在中国现代历史上具有政治指向性的空间,辐射面则囊括朱青、郭轸、秦芊仪、江伟成、周玮训、邵志坚等。从小说到电视剧的一个重要转变便是视角的转换,其涉及故事的立意与阐释等问题。所谓视角指的是:"叙述者或人物与叙事文中的事件相对应的位置或状态,或者说,叙述者或人物从什么角度观察故事。"[2]在视角转换为空军第二代邵墨婷之时,后代的审视意味呼之欲出。同时,作为一个身在却又逸出空军父辈故事的人物,邵墨婷处在一个相对的中间地带,因而可以进行客观的描摹。在电视剧之中,视角和声音之间存在着时间差异[3],电视剧中的视角为邵墨婷,而讲述的声音在第一集出场时说道:"那个年代像传

---

[1] 黄诗娴:《台剧复兴:近年来台湾电视剧创作转型研究》,《集美大学学报(哲学社会科学版)》2020年第4期,第119页。

[2] 胡亚敏:《叙事学》,华中师范大学出版社2004年版,第19页。

[3] 胡亚敏认为,视角和声音的差异的表现形式是多方面的,有时间差异、智力差异、文化差异、道德差异等。参见胡亚敏:《叙事学》,华中师范大学出版社2004年版,第21页。

说……没人知道怎么样了。"①声音却变成了对于往事的回忆性追溯。戴锦华认为,"后冷战历史书写的一个极为突出的特征就是以记忆的名义修订历史"②。经过邵墨婷之口说出的"没人知道怎么样了"则是作为后代的她对于历史的质疑和反思。在电视剧《一把青》的开始,便质询了曾被官方固化讲述的历史,由此,可以在电视剧之中补白那些小说中有所规避的内战失利和退守台湾的白色恐怖事件,并且在告别革命的二十一世纪对于历史再反思。

电视剧《一把青》以抗日胜利为起始讲述点,第一集当中,收音机广播"全民生活安定"③所预设的似乎百废待兴的形势下,却又带有着混乱的画面切入,以及作为空军遗眷的周玮训的"交接"事件,暗示着历史之中的不平静,也与官方的定性产生了裂隙。相较于小说对于抗日战争的省略,电视剧通过郭轸、江伟成等人的只言片语,不断地拼凑起了零碎的抗日战争故事。抗日战争之中,郭轸因为中计而误入日军的包围圈,队员张之初和沙明亮为救他而返回最终被击落,在生还无望的情况下,郭轸不得已向张之初开枪。电视剧的开始阶段便补足了这样的一段悲壮故事。由此,在彼时抗战胜利的故事之下,包裹着作为个体的创伤记忆,并且这一队友阵亡的梦魇和内疚之情一直环绕于电视剧的始终,最终,郭轸的结局便是对于张之初命运的复现。电视剧由此呈现了这样的一个观念:个体在大历史中的被绑缚和无力挣脱,这也成为电视剧故事展开的一个贯穿性的观念。只是,对于抗日战争的零星讲述属于一种脱离了历史语境的事后追溯,对于英雄的呈现或以靳副队替邵志坚出战的阵亡,或以江伟成在机场内使受损的飞机成功降落,显示出了在把握历史之时的某些平面化倾向。抗战历史的加入并非无关紧要,而是在补足空白的策略之下,与此后的内战故事达成一种呼应,并为郭轸等人从民族英雄变为人民战犯的结局提供一个历史前景。

电视剧《一把青》对于内战历史的呈现相比于抗日战争而言篇幅更大,在这场兄弟阋墙的战争中,国民党战败逃往台湾,此战也被视为禁忌而在很长时间内被官方压抑不准提及。相较于其对于抗日历史的浮于表面的反思,对于内战历史的空白补位呈现,借助于郭轸、江伟成和小邵等人物的故事,以及呈现空军在战场的情景,而触及了国民党的指挥不当、战争不义、人性异化等矛盾和冲突。

---

① 曹瑞原:《一把青》,台湾公共电视台制作,2016年,第1集。
② 戴锦华、王炎:《返归未来:银幕上的历史与社会》,生活·读书·新知三联书店2019年版。
③ 曹瑞原:《一把青》,台湾公共电视台制作,2016年,第1集。

在第16集当中,从南京眷村的画面一转为江伟成等人在东北战场的景象,江伟成所选的耕田图片显示出厌战的心灵波动,而此后的抽光汽油的飞机、绑铁链的驾驶舱以及叛变的飞行员,都在不断地深化着这一症候。邵志坚所言"听上面行事吧"[①],则暗指着此场战争应负责的一方即上层政府。在攻击上面指定的轰炸目标时,江伟成不顾上面停止攻击的指令,而伤及无辜,画面中,被轰炸村子的小孩在战火纷飞中拉着倒地的母亲,与飞机上的火力全开形成了鲜明的对比。电视剧在小说的基础上补足了这场战争中受害的除江伟成以外的更为底层的平民。"全大队无损,回航"[②]的指令,与飞机远去时,村子的一片火海形成鲜明的对照,江伟成等人既是受害者但是在某种意义上又是加害人。电视剧触及了人性如何在战争中被异化,以个体人物的命运和经历折射出上层在这场战争中的罪责难脱。而大队长说道"我已经不想回家的事了"之后,画面切换到被轰炸村子中小女孩和母亲倒在地上,以及村子化为废墟的画面,显示出"家"的焚毁正是出于同胞之手,在内容补白中,反思的意味呼之欲出。

电视剧《一把青》对于内战历史的呈现集中于空军大队赴东北作战的场景,在东北战场上,江伟成、郭轸、王刚、邵志坚等人被战争所损害,十一大队七零八落。电视剧在复现内战历史之时,经由小邵等人物之口,指示出国民党的政策摇摆不定,所谓"败军之相,拖拖拉拉"[③]。在内战胜负已定的时刻,国民党官方指挥日益混乱,不明就里的陆军长官指挥空军,十一大队被留下做牺牲性的断后工作,被战争所折磨的江伟成带领仅剩的队员离开,未遵从指令执行任务,却在日后被视为逃兵,另一方面,在共产党的叙述中,十一大队则是残害同胞的人民战犯,他们处于历史和权力的罅隙无处立足,电视剧在对这些内容进行补白时,便深切地质疑了权力对于个体的戕害,进而对于战争的双方都有所批驳。

相较于小说当中的笔墨集中于朱青、郭轸的爱情故事,以及对于时代的素描式呈现,电视剧在增衍叙述的空位补白中,质询了历史、战争、屠杀以及人性等诸多内容。电视剧虽然触及了上层的指挥不当,但是仍将轰炸的责任归咎于江伟成个人,将陆军部队的失利归咎于十一大队的临阵脱逃,由此,一定意义上为对于历史禁忌的触碰提供了安全位置。由此可见,电视剧对于历史空位的补白虽

---

① 曹瑞原:《一把青》,台湾公共电视台制作,2016年,第16集。
② 曹瑞原:《一把青》,台湾公共电视台制作,2016年,第16集。
③ 曹瑞原:《一把青》,台湾公共电视台制作,2016年,第15集。

然不规避敏感话题,但仍旧带着对于意识形态的妥协,因此消解了对于历史反思的深度,处于暧昧不明的幽暗地带。国共内战这一中国历史上重要但微妙的事件,长久以来在大陆和台湾的历史语境中呈现出不同的面貌,但无疑都以"战争"作为立足的焦点。在《一把青》中战争仍是大背景但升跃进人性的高度,这也是在新世纪的历史语境下,台湾面对历史大事的一次话语症候性的转型。复现国民党在内战期间诸多政策的同时,对于人性的思考一方面不断地质疑着国共两党决战的意义,另一方面,电视剧不断地借助战争思考人性,这也是后革命时代电影和电视剧讲述历史的热门方式之一。

电视剧《一把青》的增衍叙述在对于小说留白内容进行填补之外,实际成了一个"再创造"并填充了意识形态的典型故事。如果说,在小说《一把青》中战争只是一个"空洞的能指",而关注中心在于个人的命运流变,那么电视剧的补白则使战争成了一个落在实处的能指结构。其对于台湾版本的内战讲述方式加以改变和重塑,联系着新世纪以后,国民党失势和民进党上台的多元化思潮兴起之后的政治无意识。这样一种对于历史的补白,越过战争而落脚于人性,并且以人性的嬗变为线索呈现特殊年代的创伤记忆。

二、 创伤呈现:罗曼史与家国史

电视剧《一把青》通过个人的罗曼史呈现了战争之下的家国史,以爱情的纠缠离合指涉国族故事,是影视剧的一种典型的表述模式。电视剧《一把青》中小我的创伤和国族的兴亡纠缠在一起,电视剧当中的飞机、陆军、空军、眷村和女学生等诸多符码显示出其所恪守的现实主义的原则,有着丰富的细节性的呈现,从第一集开始时刻的倒叙式回忆开始,此后的故事发展遵循着编年体式的情节链条。在罗曼史和家国史的相互指涉下,所延续的是电视剧站位于人性视角的故事呈现,便质疑了胜者为王、败者为寇的历史逻辑,专注于呈现属于中国人的切肤之痛。

《一把青》的电视剧无疑是一次成功的故事增衍,其中对于人物性格的呈现不同于小说中的平面化表述,而是洞穿了人性的幽微与复杂,在特殊的历史年代为自保可以出卖挚友、长官,为了帮助和拯救朋友也可以牺牲自己,便也从侧面揭示出战争年代和白色恐怖时期,对于人性压迫所造成的人性异化。如研究者所言:"在内容生产上,曹瑞原将近万字的小说拓展为 30 集的电视剧,在人物形象设置及其命运遭际上做了较大调整和改动,但却深化和明晰了个体故事背后的群体性时代经验,将个人悲剧串联到集体境遇,成为边缘性'历史'再叙述。"①电视剧中的人物,朱青、郭轸、秦芊仪、江伟成、周玮训和邵志坚等,都并非完美的人物,而属于善与恶交织的辩证性存在。郭轸因自己失误而导致队友殉职,江伟成曾伤及无辜百姓,秦芊仪为保护丈夫出卖朱青,周玮训同样为保护丈夫令郭轸顶罪,邵志坚则在队友殉职之后赴台湾担任起大队长的职务,朱青则委身美军丧失纯真。在战争的语境下,他们都在吸收恶也在释放恶,但是仍旧带有人性善良的一面。《一把青》"观照大时代下小人物的漂泊命运"②。电视剧从南京出发延及东北和台湾三个地理空间,空间转移之下人物的性情嬗变,三组人物的故事经历都带有爱情故事的线索,成为罗曼史和家国史的重要呈现并带有一定的主题寓言性。

"一个并非偶然的症候是,知识分子、艺术家对社会政治的直接或间接的介入性文本,却大都以非政治化表述为其基本特征。"③这使得国家化的宏大叙事无法包裹一切,因而可以触及在主流意识形态中被掩盖的内容,电视剧《一把青》的个人化视角的罗曼史和家国史的交缠之中,印刻下了属于那个时代的记忆痕迹。电视剧中,朱青和郭轸于南京火车上的初次相遇,朱青父亲因银行的钱财被炸而引咎自杀,朱青成为被通缉者,郭轸则因自己失误令队友殉职,成为一个不敢回空军部队的"逃兵",便是对于所谓抗日战争胜利的悖反,二人相遇时刻既是一段罗曼史的开端,但同时也都背负着原罪。因此,电视剧使抗战胜利下的个人创伤浮出水面,成为历史之镜中的一条裂隙,解构掉了国族大叙事的统辖,而决定了电视剧是以普通平凡人物的视角,呈现历史上因缘际会的大故事。在郭轸和朱青的爱情故事这一个坐标之上,抗日战争、国共内战和两岸分断的基本参数全部在场。在南京是彼时国都的语境下,"空军少爷兵"和"女学生"作为带有符号性的表征,是典型环境中的典型人物,罗曼史被通过"因缘负伤共床枕"的纸条,以及飞机掠过蓝天时朱青仰视的镜头予以呈现。郭轸于东北的殉职则成为朱青性格的转折点。不同于小说中郭轸出事地点设置的徐州,东北作为一个遥远的地

---

① 黄诗娴:《台剧复兴:近年来台湾电视剧创作转型研究》,《集美大学学报(哲学社会科学版)》2020年第4期,第120页。
② 同上。
③ 戴锦华:《侯孝贤的坐标》,收入《昨日之岛:戴锦华电影文章自选集》,北京大学出版社2015年版,第280页。

理方位,是曾经"九一八"事变时期使得国人同仇敌忾的重要地点,浓缩着中国人抵抗外辱的共同体情感所在,但是在内战期间,东北成了国民党军队和共产党军队对抗的战场。十一大队执行任务炸毁村庄,飞行员不断的投诚对方使得上层对空军不信任,郭轸飞机焚毁身死后,残骸成了民众唾骂的地标。电视剧中飞机残骸处所谓"民族罪人"的指示词,逆转了此前郭轸等人抗日时的"民族英雄"的身份,这一场景的潜台词是个人如何在政党暴力的裹挟下成为不自主的傀儡,伤痛跃然纸上。上层发动战争的罪恶以及责任被强行加诸个体身上,个体成为历史之中的被动裹挟者,并被动地承担了历史骂名。

江伟成和秦芊仪作为空军眷村的"大家长",则扮演着权威式的角色,当得知自己曾误炸朱青父亲押送银行财物的船只,并导致其父自杀之后,秦芊仪选择将朱青交给浙江警察局以保全丈夫,但是江伟成又因为良心不安而选择认罪。此处的罪与罚达成一种平衡关系,但是在日后的内战影响之下,故事向着无法救赎的航向发展。小邵因为自己的失误导致飞行员摔坏新飞机,周玮训为了救丈夫而让郭轸顶罪。《一把青》当中体现家国大义,但不是庸俗的正义式的呈现方式,它发现了人性的善也不避讳人性的恶,因而,电视剧中的人物相对于小说中更为立体和复杂。电视剧《一把青》并不是小说中那种略带怅惘的结局,它不仅触碰了国民党内战失败的历史,而且也触及了其迁台之后的白色恐怖时代。1945年台湾光复,国民党接手台湾,随之对台湾社会进行改造,即清除殖民记忆与推进中华传统的灵根再植;以三民主义儒学形塑台湾社会风貌,以进行国民党统治的合法化。1948年,国民党开始实行"动员戡乱时期临时条款",建立起威权时代的基本法律构架,1949年战败,戡乱法令也被延续至台湾。随之而来的朝鲜战争和美国舰队开入台湾海峡,从1950到1954年,国民党当局开始了对于台湾红色左翼的肃清活动,这段历史有着内战和冷战的双重背景,即为台湾的白色恐怖时期。蓝博洲认为:"'白色恐怖'一词,通常意味着拥有政权的统治者,运用国家机器中的直接暴力手段,针对反抗现有体制的革命或革新势力,所进行的超制度的摧毁行为,'白色'表示它保守、反动的性格。"[①]电视剧便对这一段历史有所呈现,秦芊仪和周玮训是大学时代的好友,在空军眷村互相扶持,但是在台湾白色恐怖的审查期间,为了各自的丈夫和自我保全而互不信任,攀咬朱青;江伟成则被战争所打击,内疚于十一大队的几近全员覆灭,不复当年意气风发的大队长模样,

---

[①] 蓝博洲:《白色恐怖》,扬智文化事业股份有限公司1993年版,第17页。

而是变成残疾、病弱和颓废的人,顶着南京时期不断被空军们加以戏谑的"地上爬的"陆军名义生活;小邵一直视江伟成为尊敬的大队长,但是在台湾期间为了自保还是出卖了老长官;朱青原为金陵学校的女大学生,却在郭轸殉职后成了美军的情妇,汪影则成了交际花以换钱来为孩子治病。电视剧《一把青》在邵墨婷的观察视角之下展开,她时常插入的旁白成了一种后代的审视式表达,但是呈现式的而非讲述式的,电视剧当中并没有一般战争叙事的说理或者辩驳,而是在呈现中复现战争期间和分断年代里的残酷、血污的暴力和非暴力时刻。电视剧不同于小说,它其实拒绝了任何一种评判的价值立场,而是在关注小人物命运的同时,以一种不露声色的内敛美学表述其情感,即反对战争。

《一把青》所讲述的是二十世纪四五十年代中国大陆和台湾的故事,所涉及的是共产党和国民党抗日和内战的历史。在一定意义上来说,这是一部失败者书写的失败者的故事,其视点和方式便都值得深究。电视剧《一把青》既与中国大陆主流的抗战和内战历史做了一次深入的对话,同时又与台湾主流对于此段历史的定义方式产生了裂隙。它以一种叙述过去的方式连接着当下的现实,即大陆和台湾分断历史的前因和后果。戴锦华认为:"主流意识形态所包容的信仰、价值体系,通常以其日常生活化的形式成为公众的生活'常识'与行为准则。"[1]但是此部电视剧显示出了对于主流意识形态的隐晦逆反,它在呈现郭轸和朱青等人在战争离乱中的个人创伤时,便有效地质疑了由意识形态国家机器[2]所设定的关于此段战争史的讲述方式。

三、情感政治:弥合与拯救

导演曹瑞原说:"这个故事如果我们不说,以后也没有人能说了。"电视剧《一把青》在触及此段内战历史时,一改白先勇小说中留白式的微言大义,在故事的增衍之中,仍旧带有其价值观的指向,尤其是在新世纪大陆和台湾语境中的当下,此剧便不仅是一段对于过往历史的简单复现,而且在情感政治上导向了对于中华意识的呼应,其中留有弥合裂隙和超克分断痛楚的渴望,虽诉说的是过去的

---

[1] 戴锦华:《镜与世俗神话:影片精读十八例》,中国人民大学出版社 2004 年版,第 145 页。
[2] 参见[法]路易·阿尔都塞:《意识形态和意识形态国家机器》,李迅译,《当代电影》1987 年第 3 期。

故事但是指向了当下。

1949年,国民党在战败后迁往台湾,在电视剧中,"一年准备,两年反攻"的粉刷于台湾眷村围墙上的口号日渐成为空谈,并随着蒋介石的逝世最终覆灭。而电视剧开头时刻便已经逝去的江伟成、秦芊仪,意识混乱的周玮训和垂老的邵志坚,便有诉说台湾命运以及返归大陆无望的寓言意味。因此,电视剧《一把青》在战争的创伤基础上,进一步对于历史的创伤加以撕裂,撕裂了国族叙事中的鬼魅妄言,而以个体的故事寻找弥合的路径。由此,电视剧《一把青》便成了在新世纪解构和寻求拯救的标志性文本。事实上,自二十世纪八十年代以来,随着民进党的上台操演族裔论述,以所谓的台湾自主意识拆解中华意识,因而导致了台湾岛内本土性思潮的崛起,台湾开始改变自己的归属和存在位置。在两岸的分断体制之下,电视剧《一把青》重新打开了曾被遮蔽的同室操戈的历史,对于此段创伤记忆的复现,是对于历史和战争机器的一次质问。当返归成为一个永久的难以抵达的延宕,电视剧将视角伸向了过去并且开始反思造成当前状况的原因。

电视剧的增衍叙述呈现出了在内战中国民党的政策失当、官员腐败。在这段无论大陆还是台湾都不愿提及的内战历史中,电视剧直接将曾经藏匿的战争原因做了更为明显的揭露,政权争夺的直接受害者为彼时的个体,朱青或郭轸等人的创伤和经历便是不可置疑的历史证词。电视剧是在告别革命的年代再革命化,其中对于历史的重写和再度讲述,在驱逐密布于历史身上的雾障之后,其实隐含着一种弥合与救赎的努力。电视剧当中,郭轸死于冰天雪地的东北,朱青赴台成为烟视媚行的交际花,江伟成背负原罪落魄自杀,秦芊仪则入狱,邵志坚被降职,电视剧版的《一把青》几乎呈现了悲剧所具有的内核。电视剧中的每一个人都在损害他人中苟活,但又都在伤害自己中拯救他人。作为父辈一代的他们早已因战争和流离的创伤产生人性的异化。电视剧结尾处的改编颇具意味,在台湾白色恐怖时代,秦芊仪和周玮训攀咬朱青,因江伟成之死,秦芊仪没有牵挂而自动入狱企图"一个换一个"拯救朱青,只是,以此种方式所欲达成的和解,却无法真正地拯救朱青。在此处,作为空军第二代的邵墨婷成为拯救父辈们的关键点,在此处可见电视剧对于青年一辈的期待。邵墨婷给总统写信,言称自己的两个干妈不是"共匪"而是空军遗眷,在电视剧中,这封信发挥作用而引起"上面"的关注。此处,电视剧以一种宣谕式的话语,将责任推给乱抓人的军法处。"你女儿的信,老十一队的阵亡名单,长官看过了,名单里都是二十一二的英华少年,国难当头的时候,他们志愿加入空军,置个人生死于度外,'国家'不会忘记,老十一队最后全数阵亡,老队长也自杀身亡,当初,老十一队在东北,擅自脱离战场回航,也许是不得已,也许是情势,上面就不再追究,另外,老十一队殉职的飞行员,'国家'会将他们加入剿'匪'作战殉职人员名单,言尽于此,从今之后,你和你的女儿要谨言慎行。"①电视剧在启动对于历史的追责之时,却在几近结尾之处增添了这样的一个败笔式的场景,对于上层和下层的位置加以颠倒,原本是上层应该为此负责,却在表述当中使得加害者成为宽恕的一方,而被害者只有得到上面的宽恕才能放下重负。这样的一个"宽恕与被宽恕"的情节削弱了对于战争的反思力度,显示出对于台湾岛内意识形态的遵守和服从。

  因此,电视剧《一把青》在呈现创伤和弥合的情感政治之时,却存在着故事表达的裂谷地带。电视剧虽然触及战争这一巨大的能指并将其具象化,但仍是在一个悬浮的舞台上演出故事。历史被具象化却只是借助于一些抽象的符号,显示出在当前台湾场域中讲述历史之时的"失能",这也是远离语境的必然结果。"因为是空军题材的电视剧,为了打造具有真实感的历史场景,剧组将高雄冈山杂草丛生的眷舍废墟改造为南京富贵洋气的仁爱东村,将台北桃园旧时的机场基地改造为南京机棚。"②杂草丛生的眷舍和桃园的旧时机场时时印证着这段历史的怀旧性,也意味着过往的记忆已经成为旧迹,这些符号只是表象的复制,却在远离了南京这一地理空间之时,成为意义浅淡的建构。《一把青》的场景和拍摄问题显示出了巨大的症候,在表现东北之时,电视剧中所展现的仅是被抽象的符号,如寒风、坐标、飞行员的服饰、大雪等,呈现南京之时也只是"金陵学校"、"空军村"以及历史中的各种游行事件。大多发生在眷村和机场的故事,隐隐地传递出一种幽闭的恐惧意味。电视剧以一种预想中的方式寻觅"中国"的痕迹,但是一次远离于历史现场的逃逸。这样的一种痕迹性的复现和追溯以及建构,只是历史坐标之上的一座并不稳固的浮桥,因而,在弥合和救赎的情感政治中便存有着一个始终难以跨越的沟壑。

  电视剧《一把青》结尾于1981年,邵墨婷画外音所简要交代的秦芊仪和周玮训的生平,以及在飞机展览的活动上所言的野马机:"老东西,没人看"③,预示着

---

  ① 曹瑞原:《一把青》,台湾公共电视台制作,2016年,第30集。
  ② 姬旦花:《从美术设计看〈一把青〉,穿越时空的故事装潢家许英光》[2020-4-18],https://www.fanily.tw/archives/6873.
  ③ 曹瑞原:《一把青》,台湾公共电视台制作,2016年,第31集。

这是一段走向结尾的历史。某种意义上,秦芊仪/江伟成,朱青/郭轸,周玮训/邵志坚这一组人物结构和邵墨婷/焦飞达成了一种同构,后者的圆满结局是此剧在个人角度的一种圆满救赎式的表达。由此,电视剧以一个"在政治化"的场景开始,又以一个"告别政治"的口吻结束,而其间的弥合与拯救必须以一种远离政治的"替换结构"才能予以达成。

结语 询唤与循环

电视剧《一把青》是在新世纪语境之中再次出现的关于国共同室操戈的战争表述,既是一次解码又是一次重新的编码,对于战争的正义、人性的异化、救赎的可能性进行思考。电视剧《一把青》对国共兄弟阋墙的历史的再叙述,原本就是一种记忆唤起,它给予普通人以观照,并不站位于任何一种党派的立场,其中潜隐着寻找沟通和救赎的意味。电视剧《一把青》实际上成了一个询唤性的文本呈现,其在问责历史之时触碰了诸多曾经不可言及的政治禁忌,又在意识形态的边缘以回返的台湾"上层"宽恕的故事结局,寻找到了一个安全的表述地带。因此,其在询唤这段充满创伤记忆的故事之时,便寻找到了人与自我和解这一角度以负载历史中的大和解这一事件。在结尾处,朱青的再度回归却仍旧是旧时的学生模样,暗指朱青的自我救赎已经达成。如此,电视剧在放弃了直接冲撞意识形态的表述后,以朱青回归这样一个场景,从个体的角度达到了对于裂隙的弥合和创伤的拯救。开头与结尾场景的循环式的链接使得电视剧出现了一个"闭锁性"的结构,1981年之后的故事已经很难再去言说,而属于空军父辈一代的罪与罚被人为地圈定在这一时空之中,因此,在历史和现实的角力之中,电视剧《一把青》选择了回归人物自身的站位,在历史的潮流之中冷眼相看,暂时搁浅了其在历史之中的远征。

跨媒介视域下的战争叙事与创伤体验

——以白先勇《一把青》的影视改编为中心

卢军霞

南京大学

  随着视觉文化的兴起，影像已成为人们获取信息、思考人生、感悟世界的重要渠道之一。在文字至光影的媒介嬗变中，白先勇的诸多经典因具有独特影像美感，而长期备受改编者的青睐。《金大班的最后一夜》、《玉卿嫂》、《孤恋花》、《孽子》、《谪仙记》、《花桥荣记》曾被多次搬上荧幕，影视与文学互渗互动。2015年，台湾导演曹瑞原与编剧黄世鸣将仅有万余字的短篇小说《一把青》改编为三十一集同名电视剧。在成功拍摄《孽子》（2003）与《孤恋花》（2005）后，曹瑞原将《一把青》视为"台湾三部曲"的终章。他坦言无意仅仅只刻画出空军爱情故事，而是致力于用影像涵盖台湾近代以来的人与事，以便为观众呈现较为完整的历史图景。电视剧凭借灵活的篇幅容量优势，较电影等视听媒介而言更能契合导演的拍摄意图。从美学形式看，贴合时代怀旧气息的昏黄色调、恰当剪切的镜头语法、复古雅致的服化道、制作精良的影视配乐，皆使电视剧《一把青》收获不俗的观众口碑。从故事内容的角度看，小说《一把青》用上下篇的形式揭示出朱青的情爱悲剧和人生巨变，并未正面铺叙主人公的战争体验。电视剧《一把青》则保留大部分白先勇的文学表述与艺术美感，且透过"空二代"墨婷娓娓道来的记忆之眼，将观众拉回遥远的战争年代。回溯性视角的使用，缩短了现实与过去的距离，凸显出战争历史的真实感和战争创伤在当下的延续性。通过自如增减、细化故事人物与情节，朱青的个体悲剧被弥散为时代群像的集体性创伤。白先勇坎坷的生命体验化为舞台背后的"次文本"，不断参与电视剧的改编过程。电视剧《一把青》由此传递出严肃的反战情怀与历史反思，与小说一道向那颠沛流离的大时代致以深切敬意。

一、英雄失落：参战主体的心理创伤

小说《一把青》共涉及抗日战争、国共内战两场影响中国近代历史进程的重大战争。白先勇在小说中倾向以零散的战争片段代替对战争场面的精心描摹。参战主体在战场上的内心世界成为空白点，白先勇关注的是战争这一历史事件本身所带来的人物命运转折。寥寥数语的战争书写虽渲染出悲惨紧迫的战时氛围，但因缺乏硝烟味常沦为故事的暗景。小说《一把青》开篇便以"抗战胜利"四字，一语带过全民族长达十四年艰苦对抗日本侵略者的漫长岁月。在描写国共内战时，白先勇的笔墨也较为抽象。在尊重史实的基础上，他借由郭轸飘忽不定的作战轨迹揭示出国共战争爆发、白热化，直至国民党失利败退台湾的整体过程。战争不仅是改变人物命运的重要时代节点，也是故事起承转合的线索之一。

相较于原著的精简凝练，电视剧《一把青》的战争叙事则贯穿剧情始终且不再碎片化。影像的视听演绎须与白先勇的文字相融合，以便在跨媒介的流转中实现更好的传播与接受效果。依循原著逻辑，电视剧强化战争画面的真实感与现实感。在复原相关历史场景的基础上，主创人员运用特效、音乐、美术等各种视听手段，大胆挑战激烈的空战戏码。在伟成所幻想的空军临死前最后一秒，他在机舱中看见芊仪面含微笑仰视天空，并身着白衣立于破败黑暗的残垣断壁之前。随着主观视点的俯拍镜头不断抬升，强烈的黑白全景比照促使人物愈发渺小，难以挣脱的命运劫数令观众倍感战争的压抑残酷。随着剧情推进，这种"景观式真实"逐渐形成一种暴力美学，不断刺激观众的感官系统。硝烟弥漫的镜头语言突破了白先勇对战争叙事的克制与隐忍，揭示出个人命运与战争历史相互交融的复杂状态。

除强调战争画面的真实，电视剧《一把青》还重点突出参战主体的创伤体验。在内战爆发前，人们皆沉湎于来之不易的和平气息。白先勇写道："骤然回返那六朝金粉的京都，到处的古迹，到处的繁华，一派帝王气象，把我们的眼睛都看花了。"[①]小说以乐景写哀情，参战主体在战争中所遭受的苦痛与失落皆被遮蔽。曹瑞原在拍摄时则偏重揭示出隐藏在和平背后的创伤。"长期置身于暴力

---

① 白先勇：《一把青》，收入《台北人》，广西师范大学出版社2015年版，第19页。

与死亡的精神压力下,足以在男人身上引发类似歇斯底里症的神经性症候群。"①关于战争的痛苦记忆反复侵袭,令受创者难以重返原来的生活轨道。郭轸在原著中的初登场,是刚从美国受训回来一副英气勃勃的挺拔模样。剧中形象却出现强烈反差,成为极度颓丧、躲在陆军医院不敢归队的逃兵。电视剧多次运用闪回再现郭轸压抑已久的创伤记忆。原著中隐而不宣的死亡哀情化为具体影像,在灰暗光线的渲染下,以俯拍远景呈现队友张之初中弹燃烧的飞机残骸,转以近景聚焦满脸鲜血的张之初,和他在火海中呼喊分队长"回来"的痛苦呻吟,间或交错剪接郭轸在空中不断躲避炮火且慌乱回应的特写镜头。泪流满面的郭轸最终不忍队友遭受烈火焚身之苦,决定亲手结束队友生命。创伤经历作为"抹不去的影像"与"死亡印记",②令郭轸心怀浓重的羞愧感与负罪感,彰显出战争所带来的深远效应。

当内战爆发时,由于战争性质的改变,被创伤记忆反复困扰的参战主体已出现情感压倒理智的状况。战争可分为两大类,"一类是虚幻战争,此类战争带有大量的虚幻色彩;另一类是感觉战争,人们在这种战争中保持着正常的认知方式"③。为戏剧呈现的集中感,电视剧将原著中的战场迁移范围缩小至东北战场一地。在天寒地冻的东北战场,前线飞行员心中充斥着失败主义与厌战情绪。但国民党高层并未及时采取安抚政策,而是接连下达匪夷所思的错误指令。朝令夕改的频繁、血与火的纷飞,足以使伟成和郭轸等人对战争的观点由"感觉"转为"虚幻"。镜头移至东北战场的空中,逐渐"不正常"的伟成不顾小邵劝阻,执意轰炸地面的平民村落。画面以近景呈现地上拿着草蚱蜢快乐奔跑的小女孩,与已进入轰炸高度的十一大队这一仰拍镜头形成生死比照。接着镜头以客观视点记录十一大队在地面狂掠,俯拍已成一片火海的村落,并插入女孩在哭泣中被炮弹射倒的全景。随即炮声归于平静,镜头抬升转向机舱中飞行员错愕恍然的面部特写,预示参战主体已走向非人状态。曹瑞原沿袭白先勇的文本基调与叙事风格,拒绝对历史进行美化阐述,选择较为客观的立场检视过去。他以此复现参战主体在动荡时代中的精神困境,为国民党在内战中遭遇全面惨败的结局留下

---

① [美]朱迪思·赫尔曼:《创伤与复原》,施宏达、陈文琪译,机械工业出版社2015年版,第16页。
② 同上书,第34页。
③ [美]劳伦斯·莱尚:《战争心理学》,林克译,中国人民大学出版社2011年版,第90页。

历史脚注。

借由补白原著中参战主体的创伤体验,电视剧《一把青》实现对传统英雄形象的解构。多数战争剧普遍塑造一种"去个体化"的革命者形象,甘愿为国家民族话语牺牲一切。而剧中郭轸在前往东北战场之前便害怕死亡到来,没有勇气给朱青留下利落的遗书。只想回家的伟成,甚至在关键时刻违抗军纪拒绝为陆军断后。以他们为代表的空军群体没有超越小我的无私伟大,却彰显出底层人物在面对战争暴力时的恐惧与卑微。从"抗战英雄"到"人民战犯"的身份转变,参战主体褪去神圣光环,遭遇身心双重失落。由于自我指认与命名的权力被剥夺,参战主体将难以在历史坐标系中找寻到存在位置。曹瑞原颠覆传统英雄形象,展现不可言说的创伤,将个体生存欲望重新赋予合法性。他从人道主义立场出发,直面被创伤心理笼罩下的破碎个体,与白先勇以"人"为本的文学观念遥相呼应。

二、边缘显现：女性人物的情爱创伤

对人类情感世界的关注,是白先勇文学谱系中的重要主题。他认为:"年轻的时候,最动人的青春就是爱情。"① 小说《一把青》正是以朱青、郭轸二人的乱世情爱为故事核心。然而残酷的战争环境、丈夫飘忽不定的飞行任务,让女性的幸福感缺乏稳定性。这种爱情模式在战争年代难以存续,也为女性的自我实现埋下阴影。随着爱情破灭,朱青前后人生的性情命运发生巨变。"南京的朱青"作为纯情羞涩的女学生,将所有的心灵世界与情感寄托给郭轸一人,以至于听闻郭轸阵亡的消息,不禁心神俱裂。当历史的悲剧再次重演,"台北的朱青"却全然没有过去的悲痛和毁灭之感。她的痴情羞态被"懒洋洋的浪荡劲儿"所取代,似乎什么事也不能伤害她的心。即使情人小顾失事,其依然面不改色涂蔻丹,在麻将桌上悠然哼唱《东山一把青》。刻意渲染朱青前后巨大反差实则不是白先勇的真正用意。"南京的朱青"和"台北的朱青"虽在衣着外貌、言谈举止上判若两人,但皆为爱情世界的失败者。面对命运巨手的无情拨弄,"台北的朱青"选择封闭内心来实现自我保护。白先勇借"对比"的艺术策略营造出巨大的想象空间,用人

---

① 刘俊、白先勇:《我所有的准备,都是为了中国的文艺复兴——白先勇访谈录》,《世界华文文学论坛》2017年第4期,第88页。

物的悲剧命运来昭示人的现实无奈与生存悲戚。

曹瑞原在剧中则将故事的单线情节扩充为三线情节,以丰富战争叙事的情感维度。女性作为战争中的边缘人物,开始浮出历史地表,战争已然不是男性专属的权力场域。电视剧曾插入旁白:"男人的战争结束了,女人的,才开始……男人的战争,打起来很壮烈。课本里很爱写,你背都背不完。女人的,是另一种。女人的战争,细水长流,一辈子打不完。"[1]导演首先如实呈现出朱青前后人生的巨大变化,但对其性格特征予以改造与丰富。面对郭轸的阵亡,剧中朱青不同于原著那般柔弱,而是增添时代新女性的独立特质。镜头跟随悲伤的朱青接连转至小周家中和师娘家中,在询问具体细节无果后,朱青没有像其他小太太一样疯狂砸东西,反而冷静下来邀请姐妹二人打最后一晚的麻将。画面随之剪接朱青与众人道别,准备独自前往东北寻找郭轸的情节,并以浅景深聚焦朱青走入茫茫人海中的痛苦与孤独。朱青由此展现出强大的心理素质,她对郭轸的爱既纯粹又坚定。对于小顾的死亡,彼时已沦为酒吧女的朱青也一反原著中的冷血无感,而是流露出默默温情与遗憾。电视剧弱化了小说中人物的强烈的性格对比,使朱青带有理性与人情味的底色,为其在"白色恐怖"时期保持自我人格完整性奠定基础。此外,对镜卸下艳丽浓妆、向学姐自陈对郭轸的思念等影视片段也表明朱青不再如原著那般封闭内心,而是敢于直面过去的惨痛回忆。这种贴近日常生活的叙事逻辑虽在一定程度上破坏了小说有意营造的想象空间,却同样凸显出战争的残酷无情,使得挣扎于其中的人物命运走向合理化。

战争不仅使女性遭受情感之伤,也化为烛照人性之镜。除性格改造外,电视剧更致力于发掘女性在极端生存环境中所流露出的不同身份特质。她们或以拯救者姿态介入参战主体的生活。小说中的师娘由于早就"认清空军太太必担之风险,并学会以打麻将、织毛衣等方式来'自卫',所以能够不受大伤地接受命运的打击"[2]。电视剧中的芊仪便是以其为原型。东北战场失利,伟成丢下整个大队独自归来。电视剧首先以寂静黑夜的空镜头奠定伟成归来时的落寞基调,再交错剪接芊仪、伟成二人隔窗流泪的面部特写,随之插入伟成因看见墨婷而恐慌倒下的俯拍全景,表明在战场上轰炸无辜妇孺等创伤压力症候群已令伟成几近

---

[1] 曹瑞原:《一把青》,台湾公共电视台制作,2016年,第2集。
[2] 欧阳子:《王谢堂前的燕子——白先勇〈台北人〉的研析与索隐》,广西师范大学出版社2014年版,第56页。

癫狂。随之场景转换至师娘宅中,芊仪紧紧抱住精神错乱的伟成,让其寻回战场之外久违的安全感与归属感。在原著乐天知命的处世哲学基础上,剧中师娘进一步彰显出一种女性庇护男性的母性情怀。以她为代表的女性角色在战争中自觉承担起家庭伦理责任,用矢志不渝的爱激发参战主体的生命热忱。这不仅契合参战主体渴望被拯救的生存需要,也暗含曹瑞原作为男性导演对理想女性的期待。

在战争压力的逼仄下,剧中女性同样陷入从无私救赎者沦为自私施虐者的身份危机。电视剧曾细致铺排女性人物为维护丈夫而陷害他人的情节。小周、小邵因空军"交接"传统而结合,虽无感情基础,却在时间力量介入下形成命运共同体。当小邵因渎职而面临处分时,小周不惜将罪责推给郭轸一人。中景镜头中小周的喜悦与小邵的自责形成强烈对比,随之二人一站一坐的近景切换,预示气氛的紧张焦灼,接着镜头给予小周愤怒站起的面部特写,并道出台词:"为了救丈夫,我找全世界的人来顶罪,陷害忠良都可以!"[1]残酷战争导致社会运行秩序走向崩溃,无法营造"正义的环境",以唤起人们强烈的友谊和信任情感。在一个组织良好的社会中,人们会"获得一种相应的正义感和努力维护这种制度的欲望"[2]。而战争暴力削弱了小周心中作为"善"的正义感。在利己主义的指引下,她为了丈夫利益牺牲他人自由,阻碍了自我身份的建构。"如果一个人只爱某一个人,对其他同胞漠不关心,那么他的爱就不是真正的爱,而是共生性的依附,或扩大了的自我主义。"[3]理想的爱情模式应建立在两性主体间性之上,自我与他者皆被视为平等的主体。曹瑞原以较为真实的影像呈现,揭露出女性群体生命依附于男权社会的从属性,暗示女性遭受情爱创伤的悲剧宿命。

相较于小说中偏扁平化的女性形象,剧中女性因多元的身份特质而更具层次感。朱青、师娘、小周三位女性角色在遵循白先勇最初的人设设定之余,皆借由细节填充实现对深层人性的探求。曹瑞原以女性之间的善恶冲突展现人的生存悖谬,流露出对历史逻辑与人性逻辑的尊重。在处理这些戏剧冲突时,电视剧《一把青》传递出"情感本位"、"爱情至上"的价值倾向。爱情被形构为乱世男女治愈创伤的良药,隐含着个体对战争历史的浪漫想象与现实抵抗。但剧中人物

---

[1] 曹瑞原:《一把青》,台湾公共电视台制作,2016年,第8集。
[2] [美]约翰·罗尔斯:《正义论》,何怀宏等译,中国社会科学出版社1988年版,第456页。
[3] [美]艾里希·弗洛姆:《爱的艺术》,刘福堂译,上海译文出版社2019年版,第50页。

在为了爱情做出伤害他人的行为后，皆流露出不同程度的后悔之心。可见当爱情越过道德禁区时，剧中情感本位的意识并不是毫无底线的，而是依附于一定的战争语境。在战争车轮的碾压下，人类的各种存在行为都出于求生本能。导演并未对多元复杂的人性予以价值评判，而是透过每个人在大时代下的身不由己传递出一种包容心态。这种包容既来源于对"情"的珍视，也来源于他承接自白先勇而获得的悲悯目光。

三、空间位移：迁台群体的离散创伤

文学影视改编作为一种再创作，是赋予原著第二次生命力的过程。曹瑞原在剧中强化了战争所带来的离散体验，促使《一把青》所辐射的历史范畴更具广度与深度。国共内战结束后，两岸之间热战渐息，冷战渐起，战争阴霾从未离开。百万迁台军民作为被历史放逐的异乡人，其念兹在兹的"青春作伴好还乡"只能化为遥不可及的奢望。对于这一改变无数近代中国人命运的重大事件，原著仅从师娘视角简单概括："朱青才走几天，我们也开始逃难，离开了南京。"[1]电视剧则借蒙太奇手法，用生动影像费心铺陈具体离散场景，意欲再现动荡时代。镜头一方面展示伟成、芊仪梦碎老家，为了逃亡不得不坐船前往台湾，甚至途中还遭遇伟成被抓去充军、芊仪被强暴的戏剧性情节。另一方面，镜头则对准从战场上死里逃生的小邵，用他与初恋女友的机场离别，来凸显动乱年代下人物不得不在亲情与爱情之间抉择的两难处境。仓皇逃难的民众远景与人物凄哀痛苦的特写镜头相互交错，无不彰显离散的悲怆与艰辛。在浩荡忧伤的音乐中，电视剧适时插入墨婷的旁白："西元一九四九年，民国三十八年，我跟我爸妈离开南京，运输机上，有人带着房契、地契，等再回来的时候当证明……不知道秦阿姨、小朱青阿姨能不能找到往台湾的路，找到我跟我爸妈……"[2]电视剧打破原著中由师娘一人讲故事的方式，让小周之女墨婷成为故事的主要讲述者。稚嫩的儿童成长视角更具情绪感染力，促使观众用原生态的目光去审视战争的残酷性与荒谬性。借由墨婷之眼，曹瑞原复活离散至台湾的"台北人"群像，记录下他们在台湾社会日益边缘化的集体性创伤，为逝去时代留下重要见证。

---

[1] 白先勇：《一把青》，收入《台北人》，广西师范大学出版社2015年版，第30页。
[2] 曹瑞原：《一把青》，台湾公共电视台制作，2016年，第20集。

电视剧《一把青》的叙事重心不在于"人的历史",而在于"历史的人",由此关注每一个在历史洪流中挣扎沉浮的离散个体。他们因战争离散至异域空间后,普遍丧失话语言说权力,遭遇巨大的命运落差。原著中伟成在抵台之前已感染痢疾病故,电视剧则使其随芊仪逃难来台。曾经精明强干的大队长因饱受战争心理创伤和飞行后遗症的困扰,仅以陆军下士的身份苟活于世。与小邵相认后,其又被迫安上通敌罪犯的污名,个人尊严与家国情怀遭到无情践踏。镜头转至夜深无人的小巷,以全景呈现拖着残腿艰难前行的伟成,随之切入墨婷的背面特写,并剪接芊仪闻声从屋内冲出的近景。在二人见证下,伟成辛酸地道出自己已是"废人"的悲惨现实。如同《岁除》中的过气英雄赖鸣升,伟成抵台后的凄凉处境与其具有相似性。他们曾满心期待"一年准备,两年反攻,三年扫荡,五年成功"的政治誓言,但随着反攻大陆的神话破灭,逐渐沦为无人问津的政治弃儿。作为历史悲剧的象征,他们的身份定位与人生选择缺乏自主性,很大程度上是由强势话语者所赋予的。长期失声的现实困境与随之而来的大时代发生碰撞,令个体的逃避与屈从成为无法抗拒的宿命。

剧中难以融入台湾主流社会的离散者会产生强烈的思乡之痛,以呼应白先勇小说中的乡愁主题。在《台北人》中,形形色色的主人公虽身在台湾,却始终心系大陆。借助视觉影像的优势,电视剧《一把青》使乡愁叙事更加生动可感。它或指向具体亲人,隐含着离散者浓重的失落感与孤独感。在小邵偷听大陆广播以寻找母亲消息这场戏中,导演刻意突出小邵既渴望又谨慎的心情,试图再现两岸隔绝状态下人们对于亲人的思念。中景镜头中一家三口坐在一起回忆往事,随之镜头给小邵母亲照片特写,并剪接小邵悲从中来流下热泪的情节。母亲是维系家园存在的灵魂人物,失去母亲会使离散者更加深切地感受到与家园之间的断裂。剧中的乡愁也常依附于具体空间,指向一种无形的精神寄托。小说《一把青》关于空间的叙述多集中于"南京"与"台湾"两地,电视剧则另添"东北"来凸显人物的大陆情结。在台湾课堂上,墨婷的地理老师对着中国地图泣不成声,坚持用歌曲《松花江上》来表达思乡之情。沉浸于歌声的老师的特写镜头与逐渐不耐烦的学生的近景镜头来回交错,暗示年轻一代乡愁失落的现实危机。而亦是东北人的小周,即使日后患病意识不清,也依然记得"要在东北盖三间眷舍,与芊仪、小朱青当邻居"的愿望。就像《花桥荣记》中的老板娘对昔日桂林山水念念不忘,小周同样将东北视为魂牵梦绕的所在。但特殊的战争氛围、敏感的政治环境,令她的思乡情绪无法抵达具体的地理位置,更接近精神层面的原乡。有关故乡的人事风华,在时空交错中皆成为某种乌托邦式的符号。它蕴含强大的召唤力量,代表个体所向往的记忆源头与人生终点。正如白先勇曾言:"我不认为台北是我的家,桂林也不是——都不是。也许你不明白,在美国我想家想得厉害。那不是一个具体的'家',一个房子,一个地方,或者任何地方——而这些地方,所有关于中国的记忆的总合,很难解释的,可是我真想得厉害。"①电视剧以此将迁台群体的离散创伤推向更高境界,与白先勇所推崇的"文化乡愁"形成共鸣。

为对抗战争所带来的离散创伤,在异地空间建构理想家园成为迁台群体的共同期盼。由大陆移植并在台湾发扬光大的眷村文化,是承接家园重构的重要载体。正如墨婷来台后自述道:"我觉得日子没什么不一样,因为我还是住在仁爱东村。台湾的仁爱东村……"②同样的命名代表一种心理慰藉,寄托着离散者对昔日时光的眷恋及想象。眷村凝结着离散者的集体记忆,是连结家园与过去的情感纽带,也是维系身份认同的重要途径。作为空军家属区,仁爱东村具有特殊的封闭性与异质性。电视剧遵循原著的叙事基调,鲜明地呈现出大陆眷村与台湾眷村的地景差异。前者多以阁楼、小洋房传递一种尊贵之气,后者则用偏日式的低矮建筑和小篱笆来显示匆匆来台的衰败之感。导演对小说中并未过多涉及的"白色恐怖"氛围做出具体铺陈,这不仅是对特殊时期台湾社会历史文化的真实写照,也契合其企图再现完整世代的拍摄野心。随着国民党在台湾逐渐采取高压政策,"白色恐怖"笼罩全岛,人们丧失对彼此的信任感。仁爱东村里每个人都可能是告密者,但没人知道他们到底藏在哪里。在目睹母亲小周的疯狂后,创伤体验透过代际传递已深深伤害墨婷敏感脆弱的心灵。作为时代见证者,她曾哭诉道:"我不要回村子!我不要等黑头车!"③或隐或显的战争氛围使离散家园的建构之路危机四伏,而日后离散第二代纷纷选择逃离启蒙之地,则预示着理想家园的建构失败。

电视剧的结局颇具意味,小说止于朱青听闻小顾出事后,在麻将桌上悠然哼出《东山一把青》。电视剧在承续文本苍凉华丽的基调之余,依据当今时代氛围增添些许想象。时间来到一九八一年,镜头以远景呈现野马机与朱青的背影,接

---

① 林怀民:《白先勇回家》,收入白先勇《树犹如此》,广西师范大学出版社2015年版,第327页。
② 曹瑞原:《一把青》,台湾公共电视台制作,2016年,第21集。
③ 曹瑞原:《一把青》,台湾公共电视台制作,2016年,第23集。

着背景模糊,镜头拉近定格朱青回眸一笑的面部特写。她从美国归来重返台湾后,竟依旧保持当年金陵青春模样。"总也不老的朱青"为那个时代的"传说"留下灿烂终结。这一象征性镜头代表导演对于逝去年代特有的温柔与怀念,同时也传递出一种时代虽已落幕,但创伤仍未治愈的遗憾。对剧中离散者而言,不同的地理空间具有不同的文化内涵。大陆是精神原乡,台湾是离散之地,美国是亦正亦邪的救赎之所。洗尽铅华的朱青最终并未真正地回归故乡,暗示离散者的心中将存在永恒的家园失落与身份游移。曹瑞原通过强化历史感与空间感,延伸了原著中并未过多着墨的离散美学,以影像重构方式实现对战争历史的再审视。

结　语

　　白先勇以无与伦比的艺术情思,创作出《一把青》这样凄美华丽的动人故事。曹瑞原站在巨人肩膀上,用宛如电影质感的电视剧实现经典传承。电视剧《一把青》作为战争剧,虽存在特效技术不足、台词不够生活化、某些演员演技较为生硬等缺陷,但总体而言瑕不掩瑜。多数战争剧普遍无法摆脱宏大叙事的桎梏,希冀用强烈的血与火渲染悲情史诗,却因空洞浮泛与普通观众产生隔膜之感。电视剧《一把青》则突破模式化、固定化的战争叙事模式,弱化敏感的意识形态色彩,始终高扬人性与反战的旗帜。它升华原著的审美空间,重点突出战争历史的时代背景,以及主人公的创伤体验。无论是参战主体在战场上的渺小脆弱,还是女性人物面对情爱时的痛苦无奈,抑或离散者迁台后失去故乡的孤独迷茫,都为观众展示出战争年代下创伤印记的多种风貌。隐含在战争创伤背后的人文关怀与生命关怀,极易引发观众的情感共鸣与历史反思,以反衬当今珍惜和平的时代之音。

　　战争暴力作为历史常态,当被贴上"正义"或"非正义"的标签时,它所带来的伤痛与死亡常被人们"合理"遗忘。历史见证者沦为战争暴力的牺牲品,他们的爱恨情仇、悲欢离合湮没于时间的洪流中。小说《一把青》与电视剧《一把青》皆选择正视历史,通过小人物的生存方式与精神面貌折射时代悲剧,真实再现他们被战争历史无情裹挟的命运。由于创作年代的限制,小说在言说方面偏含蓄内敛,白先勇凭借深厚的文学功底将人物微妙的情感变化融入历史变迁之中,常以儿女情遥寄兴亡之感。电视剧则借由转换叙事视角、增减人物情节、突出战争背景、放大人物创伤体验等改编策略,提升故事的时代格局。这种视听双重感官刺激,不仅同样揭示出人生无尽的生命遗憾,也丰富了白先勇小说中的悲剧美学。电视剧《一把青》在与小说不断对话的过程中,实现影像与文学的相互辉映,并以真诚恳切之音告诉世人"唯有铭记可不朽"。

"台北人"的回响

——论白先勇小说《一把青》的电视剧改编

罗欣怡

中南财经政法大学

"这个故事如果我们不说,以后也没有人能说了",这是电视剧《一把青》导演曹瑞原曾经接受采访时的一句话。"我觉得再不快写,那些人物,那些故事,那些已经慢慢消逝的中国人的生活方式,马上就要成为过去,一去不复返。"[1]这是白先勇写作小说集《台北人》的自述。白先勇以小说写出"台北人"的故事和历史,曹瑞原则在此基础上以影像"说"出,这个故事以《一把青》中的朱青为代表,讲述的是特殊历史时代里一群空军的故事,也是一群被历史忽略的空军眷属的故事,更是属于"台北人"的故事,电视剧《一把青》里人物的声音可以视作白先勇文字里"台北人"声音的回响。

一、 个人命运与"台北人"的集体经验

欧阳子曾提到《台北人》中主要角色的两大共同点:其一是他们都出生于中国大陆,都随着国民政府撤退到台湾,离开大陆时或是年轻人或是壮年人,而后在台湾若非中年人便是老年人。其二是他们都有一段难忘的过去,甚至于过去的重负直接影响到现实生活。[2] 电视剧《一把青》不仅为朱青与郭轸的爱情悲剧提供了从大陆到台湾、从青年到中年的时代背景,更从突出朱青个人的形象与悲剧到刻画以秦芊仪、周玮训、朱青、汪影为代表的空军太太的人物群像及其爱情

---

[1] 刘俊:《情与美——白先勇传》,花城出版社2009年版,第89页。
[2] 白先勇:《台北人》,广西师范大学出版社2015年版,第228页。

悲剧。电视剧中朱青丧子、丧夫、流落异乡、沦落风尘的个人经历看似惊心动魄，可空军眷村内前有秦芊仪丧子和周玮训丧夫，后有汪影丧夫、丧子、沦落为妓的经历与其相互对照，因此，眷村这一特殊历史空间内的记忆成为小说中相对忽略而电视剧加以着重表现的部分，朱青的个人悲剧实际上是这群空军眷属命运的缩影。同时，电视剧《一把青》还展现了其他人物来到台湾后"难忘的过去"与"现实的重负"，如课堂上提到家乡便痛哭流涕的地理教师。总体来看，电视剧《一把青》正是借助对空军眷属的群像塑造与对眷村生活的刻画还原了《台北人》中的"台北人"们所经历的生活变故与集体经验。

从小说到电视剧，《一把青》的"外衣"没有变，即讲述了朱青与飞行员郭轸战争年代的爱情悲剧，然而小说中朱青是故事的主角，电视剧却不同。曾有论者认为电视剧以朱青和郭轸的爱情为主线，以秦芊仪、周玮训、朱青三人的姐妹情以及十一大队在飞行中所遇之事为副线，主角为三位女性。[①] 笔者认为此观点有待进一步完善，实际上电视剧在纵向的情节上以三位女性主角（秦芊仪、周玮训、朱青）的爱情发展为主线，以时代背景的展开为副线，在横向的情节上则是以三位女性主角在南京/台北仁爱东村内的生活日常为主线，以她们丈夫的军中生活为副线。除此之外，汪影与王刚、朱青与小顾、墨婷与焦飞等也都构成叙事线索，因此，电视剧《一把青》相比原著小说有着更为丰富的人物形象与故事情节。

电视剧《一把青》对人物形象的塑造相比小说不仅更为丰富，而且在原小说的基础上有所改造和创新。首先，电视剧对朱青的人物背景和性格进行了一定的改动。小说中朱青父母双全，外貌单薄清秀、性格腼腆，与郭轸恋爱后遭到学校的开除和父母的反对，但她毅然与郭轸结了婚，隐隐展现出其性格中倔强的一面。电视剧正是立足于"倔强"这一性格特质进行了强化，电视剧中朱青父母双亡，只剩下一个姨丈，亡父还背负着贪污的罪名致使她被警察通缉，但她坚强、独立、勇敢，不屈服于警察，凭一张纸条孤身一人远赴南京，倔强的性格中带着青涩和懵懂。小说对郭轸与朱青的恋爱过程描述不多，但电视剧以丰富的情节展现了他们恋爱的全过程，大体来说，小说与电视剧的前半部分都是通过讲述郭轸与朱青的爱情经历来表现朱青对郭轸的情之切与爱之深，与朱青后来展现的妖娆浪荡形象形成鲜明对比。在讨论小说中朱青的形象时，欧阳子认为，"过去的朱

---

① 李玉涛：《浅析电视剧〈一把青〉叙事内容风格特征》，《戏剧之家》2021年第11期。

青,给我们的印象,是自然、纯洁、朴素、拘谨。现在的朱青,是矫作、世俗、华丽、浪荡"①。欧阳子的这一概括极为准确,然而小说对朱青外在浪荡形象下的内心情绪的呈现毕竟是隐晦的,电视剧则是直观的,镜头中朱青穿着打扮的变化固然直接鲜明地呈现出朱青形象从朴素到华丽的变化,可其外在的变化带给观众的并非其世俗、矫揉造作的形象,而是进一步呈现出她内心深处的伤痛与其痴情到麻木的心境,有如电视剧里的一处"预言",朱青后来成了她自己理解中的茶花女——一位痴情的社交女郎。

其次,电视剧相比小说而言塑造了一个更饱满丰富的师娘秦芊仪的形象,其艺术魅力甚至并不弱于朱青,成了电视剧在人物形象塑造上的闪光点。小说中秦师娘对自己经历的叙述平淡而简略,"打我嫁给伟成的那天起,我心里已经盘算好以后怎样去收他的尸骨了。我早知道像伟成他们那种人,是活不过我的"②,秦师娘仿佛已经将丧夫之痛深深掩埋。正如欧阳子认为《台北人》中有一类保持过去之记忆,却能接受现在的人,《一把青》中的师娘就是这类形象的代表。③ 电视剧中秦师娘也知道自己与丈夫面临的生死危机,但她不仅无法如小说中坦然面对,甚至始终以丈夫江伟成为中心,成为一个为了丈夫的生命安全可以牺牲一切、略显疯狂的悲情人物。秦芊仪的形象起初端庄大方、细腻体贴,多次冷静地处理了空军村中的事端,但在面临失去丈夫的危机时,其性格中慌乱、敏感、自私的一面也都暴露了出来,为了保护丈夫,她两次出卖朱青导致朱青入狱,为了照顾丈夫,她不顾亲情,赶走了寄宿家中的亲生叔叔。

最后,电视剧还创新性地塑造了一些生动的、具有特色的人物形象。如小说以寥寥数语带过"那个嫁了四次的周太太",电视剧却将这句话中巨大的想象空间填补起来,塑造了一个经历了两次婚姻,心直口快、生动活泼的人物周玮训。通过对这一人物的塑造,小说中无法发声的周太太的内心历程都一一显露出来。电视剧还突出地塑造了一群男性飞行员形象。不论是小说还是电视剧,郭轸都是一位技艺高超的飞行员,他自尊心强,性格胆大轻狂,然而电视剧在塑造郭轸形象时不仅还原了小说中郭轸驾驶飞机吸引朱青注意这一情节,还提供了郭轸

---

① 欧阳子:《王谢堂前的燕子——白先勇〈台北人〉的研析与索隐》,广西师范大学出版社 2014 年版,第 45 页。
② 白先勇:《台北人》,广西师范大学出版社 2015 年版,第 34 页。
③ 同上书,第 236 页。

留下情书、为朱青写诗、飞鸽传信等情节,使得这一形象更富有浪漫色彩,同时还刻画了郭轸饱受战争伤害与内心情感的异化,体现出其脆弱的一面,使郭轸这一人物形象更为复杂和丰满。除了郭轸,电视剧中另外两位男性飞行员形象也具有代表性。如江伟成作为十一大队大队长,原本英勇自信,但他在持久的战争中不仅变得麻木残酷,战后又遭受着身体和精神的双重创伤,最后带着对妻子的愧疚自尽;又如邵志坚作为副队长,本性善良却不善于变通,他本有自己的恋人,但为了军中的道义娶了周玮训,徘徊与挣扎在个人情感与集体道德之中。

值得注意的是,电视剧《一把青》中的人物形象还明显地受到白先勇其他小说或由小说改编的影视作品中人物的影响,不仅立足于小说《一把青》中的人物形象进行改造和丰富,还融汇了白先勇其他作品中人物的性格气质与经历,更鲜明地传达出"台北人"的声音。有论者提及朱青与《花桥荣记》中卢先生形象的相似性,认为"他和朱青一样,心灵丧亡,自暴自弃"[①]。然而《台北人》中性格今昔差异较大的人物很多,就精神气质而言,电视剧中朱青成为交际花后的形象仿佛更沾上《金大班的最后一夜》中金大班的气息,看起来艳丽妖娆,却又那么落寞,身边纵使有多少年轻男子,朱青的心里还是只有郭轸,金大班的心底还是不忘月如。师娘秦芊仪与《游园惊梦》中钱夫人的形象与命运也极为相似,都是由富裕到落魄,由落落大方到小心翼翼。《游园惊梦》中钱夫人参加宴会时特意挑了一件从南京带来的旗袍,却在宴会现场显得乌黑,在宴会里的处境也是如履薄冰;电视剧中秦芊仪搬到台湾仁爱东村后的第一次聚会时穿的是周玮训帮她从南京带来的旧旗袍,表现出秦芊仪生活现状的今不如昔,而茶叶罐中无茶叶这一细节更突出其生活的贫穷与宴会上的困窘处境。小说《岁除》里的赖鸣升与俞欣讲到台儿庄战役时,"突然间,他回过手,连挣带扯,气吁吁地把他那件藏青哔叽上装打开,捞起毛线衣,掀开里面的衬衫,露出一个大胸膛来"[②]的这一细节直接成为改编自白先勇小说《孽子》的同名电视剧中李青父亲的动作;而《一把青》中江伟成到台湾后只能依靠当初的下属邵志坚的帮助才能谋得一份职位的情节以及他那失意又要强的性格,又多少带着点赖鸣升与李青父亲的影子。

---

① 俞巧珍:《凡人故事,时代隐喻——白先勇小说〈一把青〉的跨媒介分析》,《中国现代文学论丛》2018年第1期。
② 白先勇:《台北人》,广西师范大学出版社2015年版,第51页。

二、小说语言与视听语言：对话、视点与音乐

小说与电视剧有着相同而又不同的艺术表达，小说中的人物形象、语言风格、叙述视点都可以为电视剧改编时借鉴参考，但电视剧艺术表达的独特地方在于其视听语言的运用，就小说《一把青》与电视剧《一把青》而言，其对话、视点、音乐的表达成为具有独立、独特意义的改编部分。李欧梵在谈到电视剧的作用时认为"它不是文字，它的功用不在叙述，但它的视觉形象却恰好可以印证或勾起人们的回忆"[1]。在研究电视剧《一把青》的改编时或许可以将李欧梵的观点稍作修改：电视剧《一把青》的功用不仅仅在于叙述，更能以其视觉形象印证或勾起人们的回忆，乃至还原读者在阅读小说文字时的想象。

电视剧《一把青》的台词中出现过许多原小说中的对话，借助影像的表达在视觉与听觉上还原了对话发生的场面，产生了独特的艺术效果，满足了读者阅读文字时的期待。小说中郭轸告诉师娘，"是朱青把我的心拿走了。真的，师娘，我在天上飞，我的心都在地上跟着她呢"[2]，这句话固然能够表现郭轸对朱青的喜爱，但电视剧近景镜头中演员的语速、语气与面部表情等视听语言则更直观地展现了郭轸浪漫活泼的性格以及追求朱青爱而不得时的焦急神态。小说中郭轸死后不久，朱青茶饭不思，对前来相劝的师娘冷笑道，"他知道什么？他跌得粉身碎骨哪里还有知觉？他倒好，轰的一下便没了——我也死了，可是我却还有知觉呢"[3]。电视剧中这句话出现在多年后台湾仁爱东村里朱青与秦芊仪、周玮训三人的一场麻将聚会上，此时朱青身份上已变成一个交际花，行为上也做出了烧毁郭轸遗物的举动，看起来似乎已不在乎郭轸，秦芊仪和周玮训都对这样的朱青感到些许不满，朱青才说出这句话反驳二人，吐露其压抑多年的心声。语言内容相同，但电视剧延长了语言发生的故事时间，变换了叙事的空间与具体场景，相比小说，电视剧中对这句话的安排更凸显了朱青多年来受到的内心折磨，将朱青的内心情感及长久的痛楚表现得淋漓尽致，对理解朱青的形象具有重要作用。

小说与电视剧《一把青》的叙述视点也显然有差异。小说以秦师娘的视点讲

---

[1] 李欧梵：《寻回香港文化》，广西师范大学出版社 2003 年版，第 92 页。
[2] 白先勇：《台北人》，广西师范大学出版社 2015 年版，第 23 页。
[3] 同上书，第 30 页。

述，属于旁知视点，电视剧却主要以邵墨婷的次知视点来讲述，交织着秦芊仪的自知视点以及全知视点等多重视点。次知视点与旁知视点相当接近，但二者的不同在于旁知视点中的叙事人与故事情境和故事中的主人公的关系更加疏离。①小说中师娘与朱青的交往并不密切，实际上是以旁观者的身份在为读者讲述朱青的故事，电视剧中邵墨婷并非故事的主角，但她与朱青的交往密切，见证了朱青与郭轸的爱情，见证了整个故事的起源与落幕，是极为重要的人物。电视剧中的师娘秦芊仪也不再是旁观者，而是参与故事的人，其多次的旁白实际上是对自己故事的讲述。得益于电视剧中多重视点的交融，小说里作为旁观者的师娘所未见的朱青的内心都一一呈现在观众眼前。小说中秦师娘心中的朱青，过往讲话时声音都怕抬高，而现在却能自在地与男子调情，情人小顾死了，朱青也似乎毫不在意，说起这事时正炒着菜，连"头也没有回"②。秦师娘能够看到朱青前后性格、外貌、行为的对比，却无法参透朱青看似无情背后的深情，小说结尾朱青看似快活地哼着《东山一把青》，她的内心成了白先勇留给读者的"空白"。电视剧里朱青在台湾现身后正如小说里的叙述是位妖艳的交际花，也似乎对郭轸毫不在意，但借助多重视点，观众可以看到朱青一人躲在厕所面对镜子时茫然的表情，可以看到小顾念郭轸遗书时朱青湿润发红的眼眶，可以听到她对汪影坦言"有时候，我真的好想郭轸"。小说借助旁知视点留下"空白"供读者发挥想象，电视剧则以次知、自知、全知等多重视点的交融还原"空白"，借助影像直接向观众展现朱青与秦芊仪等人物形象的内心世界。

　　音乐在电视剧《一把青》中是能够直接表现人物情感、影响观众感受、传达导演主观意图的重要手段，既有如电视剧片头曲《看淡》这种虽然没有直接参与电视剧叙事，但也影响了观众感受的非音响化音乐，也有大量具有更丰富内涵的音响化音乐出现。正如戴锦华在谈论电影中的音乐时认为电影音乐实际上既有可能成为强化或确定影片的情感基调乃至价值评判系统的强制性手段，也有可能在叙事情境中获得声源，即电影场景中为音乐的出现提供情境依据使得"音乐音响化"，避免音乐的外在与强制，③借用这一理论来分析电视剧《一把青》中出现的音响化音乐的内涵具有重要意义。小说只出现了《东山一把青》这首歌曲，而电

---

① 参见戴锦华：《电影理论与批评》，北京大学出版社2007年版，第15页。
② 白先勇：《台北人》，广西师范大学出版社2015年版，第40页。
③ 参见戴锦华：《电影理论与批评》，北京大学出版社2007年版，第17页。

视剧中还出现了《西子姑娘》、《长城谣》、《松花江上》等歌曲,这几首歌曲在电视剧中都是叙事情境中有声源的音乐,属于戴锦华提到的"音乐音响化"。

有评论者认为小说中《东山一把青》实际上是贯穿小说始终的重要意象,歌词内容则是朱青人生阶段的隐喻:与郭轸甜蜜的恋爱时光;风云难测,身不由己的宿命;麻木的余生与心酸的追问。[①] 笔者却认为小说中这首歌并非完整地出现,因此应结合具体场景与具体歌词进行分析。这首歌第一次出现是秦师娘在台湾首次见到朱青时她在舞会上所唱,歌词"郎有心来姊有心,郎呀,咱俩儿好成亲哪"[②]描绘出两位情人恋爱时美好与浪漫的画面,相形之下,朱青已经丧夫,孤身一人流落台湾,美好的过去与残酷现实之间的今昔对比产生了强烈的冲突,"一字一句、清清楚楚地唱着……突地一股劲儿,好像从心窝里迸了出来似的唱道"[③],朱青仿佛是用全身的"劲"为自己的爱情唱一曲凄凉的挽歌。小说结尾朱青再次哼起这首歌时出现了另外一句歌词"郎呀,采花儿要趁早哪"[④],此时小顾已死,"趁早"一词中的时间感也隐含了朱青内心的感叹。电视剧中朱青首次唱《东山一把青》时对切的镜头在视觉上传达了秦芊仪和周玮训的震惊,在听觉上尽量还原了小说里秦师娘感受到的那"懒洋洋的浪荡劲儿"[⑤],然而电视剧直接的视听语言实际上打断了读者/观众对朱青内心的想象,使情感暴露得过于直白。第二次《东山一把青》这首歌的出现不在故事的结尾而是在芊仪与小周出卖朱青后官员带着小周来抓朱青时,主要构成了电视剧的叙事情境。也与小说中的艺术效果不同。

《西子姑娘》原是为提振空军士气,激励斗志而做,歌曲以温婉缠绵的女声传达了一位少女对飞行员爱人柔情的期盼和深切的叮咛。[⑥] 这首歌在电视剧中的两次出现均与故事情节融为一体,对营造场景氛围和展现人物心情具有重要作用。这首歌第一次出现是国共战争爆发时秦师娘与朱青送十一大队等人奔赴战场后在家中播放,此时她们都以为这场战争很快就会结束,秦师娘期盼与打完这

[①] 参见俞巧珍:《凡人故事,时代隐喻——白先勇小说〈一把青〉的跨媒介分析》,《中国现代文学论丛》2018 年第 1 期。
[②] 白先勇:《台北人》,广西师范大学出版社 2015 年版,第 32 页。
[③] 同上。
[④] 同上书,第 40 页。
[⑤] 同上书,第 32 页。
[⑥] 参见俞巧珍:《凡人故事,时代隐喻——白先勇小说〈一把青〉的跨媒介分析》,《中国现代文学论丛》2018 年第 1 期。

场仗就能退伍的江伟成一起回乡,朱青期盼战后带着郭轸一同离开南京,这首歌的轻柔舒缓营造了师娘家中轻松喜悦的气氛,歌曲本身的含义极为符合人物的心境。这首《西子姑娘》第二次出现是多年后小顾独自在军营宿舍播放,他将执行一次很可能死亡的任务,然而却没有来自爱人的叮咛与祝福,于是他只能自己放给自己听,此时歌曲中柔情似水的呢喃与小顾即将面临的死亡所形成的对比使得该场面的气氛格外孤单、落寞、悲戚。

《松花江上》和《长城谣》在电视剧中的出现则别有深意。当课堂上地理老师讲着东北故乡情难自禁地又一次唱起"我的家在东北松花江上"时,墨婷已提前偷偷跑出教室喊来教官扶住老师(可见这样的场面多次出现),而此时讲台下学生们大都昏昏欲睡甚至捂住耳朵。镜头的切换使得歌曲出现时电视剧呈现出声画不一的影像,老师的泪流满面对应的是学生们的漠然。显然,这一视听语言的运用有导演曹瑞原的主观意图,这首歌的出现不仅是为了表达地理老师对故土的思念,更是通过老师与学生情态的对比表现台湾年轻一代对历史的漠然。同样,地理老师在讲台上领唱《长城谣》歌词"苦难当,奔他方,骨肉离散父母丧,没齿难忘仇和恨,日夜只想回故乡",在内容上正是《台北人》中那些从大陆流离到台湾的"台北人"的经历,表达了地理老师对故乡的怀念与沉痛的历史感受,而在这一声音背景中,电视剧又一次出现声画分离,画面呈现的是墨婷阅读继父邵志坚的个人资料及对生父记忆的闪回,一定程度上淡化了歌曲悲伤情绪的表达力度。"闪回"是电视剧中呈现追述回忆或记忆场景的重要方式,在这样一种场景下出现,邵墨婷的这段记忆闪回与内心独白就有了格外深的含义,即以墨婷对继父/生父的认同/遗忘来对应和暗示新一代台北人对现居地/故乡的认同/遗忘,离邵墨婷越来越远的不只是对生父的印象,也是对故乡与历史的印象。

三、电视剧《一把青》与小说集《台北人》主题的呼应与共鸣

欧阳子曾将白先勇《台北人》的主题分为三个互相关联、互相环抱,其实是一体的三节:今昔之比、灵肉之争与生死之谜。[①] 小说《一把青》又被认为在大量运

---

① 白先勇:《台北人》,广西师范大学出版社2015年版,第230页。

用对比技巧以契合"今昔之比"主题的小说中"最为明显、直接、透彻"。[①] 小说《一把青》中今昔对比对主题的呈现固然明显,但电视剧《一把青》不仅在小说的基础上更全面地呼应了《台北人》中"今昔之比、灵肉之争、生死之谜"的主题,导演曹瑞原还透过电视剧表达了对人生与命运的独特思考,既与小说集《台北人》的主题产生共鸣,又显示出电视剧《一把青》独立的艺术与审美价值。

电视剧《一把青》中的"今昔对比"较小说而言可谓丰富,其今昔对比主题的呈现更值得思索,在众多值得对比的人物中,朱青与其学姐汪影命运的今昔对比最耐人寻味。朱青与汪影从一开始见面似乎就针锋相对,汪影时常以学姐身份嘲讽刁难朱青,朱青也敢于反驳顶撞汪影,性格上二人都有好强、倔强的一面。人生经历上她们先后与飞行员恋爱,巧合地在同一天结婚,一起嫁入空军村,差不多同时怀孕,后来汪影的丈夫王刚先战死,于是汪影带着身孕离开眷村,朱青的丈夫郭轸暂时活下来,朱青却不小心在眷村里流产,时过境迁后二人在台北都孑然一身,沦为交际花。朱青与汪影昔日都是女大学生与空军眷属,今日都是妓女与空军遗眷,昔日在南京,今日在台北,先后丧夫、丧子、沦落风尘,曾经敌对的二人再见面时的拥抱充满了"同是天涯沦落人"的唏嘘。她们命运轨迹的变化充满象征意味,二人的今昔对比下表达的不仅是她们青春消逝的遗憾,更是她们在灵魂与肉体、理想与现实、生存与死亡、故土与异乡之间苦苦挣扎的悲哀与心酸。

关于《台北人》中"灵肉之争"主题的探讨,欧阳子认为"灵是爱情,理想,精神。肉是性欲,现实,肉体"[②]。实际上,理想与现实间的"灵肉之争"几乎体现在电视剧《一把青》每个人物的命运之中,其中最可悲的人物不一定是朱青而可能是秦芊仪。电视剧中秦芊仪的理想就是与丈夫过平静安稳的日子,然而这一理想却一再地遭遇现实的破坏:想同丈夫去美国散心与被迫滞留眷村;希望丈夫在办公室安稳度日与面对丈夫自尊受挫时的不忍;准备去洛阳过安稳日子与丈夫坐牢;静待丈夫退伍与战争爆发丈夫的出征;丈夫战后归来一同回乡与战后面目疮痍的老家,等等。秦芊仪这一人物形象的悲剧在于,她不断地在理想与现实的对立中挣扎,为了个人理想不惜背叛朱青,赶走投靠她的家人,但她尽了所有努力,未曾料到丈夫自杀,最终也没有实现理想,逃不掉一个人孤独终老的命运。

---

① 俞巧珍:《凡人故事,时代隐喻——白先勇小说〈一把青〉的跨媒介分析》,《中国现代文学论丛》2018年第1期。
② 白先勇:《台北人》,广西师范大学出版社2015年版,第239页。

"生死之谜"这一主题并不只是人物生存或死亡的表象,"郭轸与朱青逝去了的爱情,是生命;但埋葬了'过去'的朱青,却只是行尸走肉"①。郭轸死,朱青生,但后者的生只是无尽的痛苦,他们的爱情已经死亡。江伟成死,秦芊仪生,后者的生只是日子到头的孤独,他们的理想已经失落。"今"看起来是朱青与秦芊仪现实的"生",实际上却象征她们爱情与理想的死,而"昔"看起来是郭轸与江伟成"死"的事实,实际上却象征着他们曾经鲜活的爱情与理想。今昔之比、灵肉之争、生死之谜几个主题在此意义上更体现出其紧紧环抱、密不可分的特点,小说集《台北人》中如此,电视剧《一把青》中亦如此。

电视剧《一把青》具体展现了空军眷属这种类型的惊魂与其宿命的循环过程,正如有研究者指出,小说《一把青》写的固然是写实的、具体的朱青,可是在朱青的身上,无疑也凝聚着一种超越个人朱青的类型惊魂和悲剧性宿命。②但不同的是,如果小说显示出白先勇实际上是一个消极的宿命论者,正如欧阳子认为"他显然不相信一个人的命运,操在自己手中"③,那么导演曹瑞原在这宿命的轮回中留有一线生机。空军太太们的生活看起来安全,却住在一个"死气沉沉"的村子,看起来跳舞、喝咖啡过得很快活,家里却会突然响起报丧的电话,目睹村里开进一辆黑头车。身为空军的妻子,她们时刻面临丧夫的痛,在等待丈夫死亡的消息中忐忑度日,在得知丈夫死讯后大闹至昏厥,最后一个人要么孤单痛苦地离开眷村,要么与其他飞行员"交接",继续重复这样胆战心惊的日子。小说中朱青嫁进空军村是秦师娘主动提出的,电视剧中秦芊仪和周玮训却几次试图阻止这场婚姻,正因为电视剧中秦芊仪与周玮训早已清醒地认识到空军村的女人们面临的共同的悲剧性宿命,才试图阻止朱青也进入这一宿命的循环。早已经成为这"宿命"一部分的秦芊仪与周玮训表达过两种不同的生活观,前者认为日子过了就好了,后者认为日子不会好的,她们以各自的生活观顽强面对着"宿命",然而电视剧后半部分芊仪再也没说过"日子过了就好了",仍旧迎来宿命般的结局,倒是周玮训会重复这句话,最后安享晚年。面对宿命的两种不同生活观贯穿了电视剧始终,体现了电视剧《一把青》对人生与命运的哲学思索;同时,如果小说与电视剧中朱青与秦芊仪的悲剧都是宿命使然,那么电视剧中的周玮训则是导

---

① 白先勇:《台北人》,广西师范大学出版社 2015 年版,第 248 页。
② 刘俊:《情与美——白先勇传》,花城出版社 2009 年版,第 90 页。
③ 白先勇:《台北人》,广西师范大学出版社 2015 年版,第 248 页。

演曹瑞原安排的一条"生路",她没有像小说中那样先后换四个丈夫,而是找到了一个伴她余生的邵志坚。

白先勇本人曾说,"台北我是最熟的——真正熟悉的,你知道,我在这里上学长大的——可是,我不认为台北是我的家,桂林也不是——都不是。也许你不明白,在美国我想家想得厉害。那不是一个具体的'家',一个房子,一个地方,或任何地方——而是这些地方,所有关于中国的记忆的总合,很难解释的,可是我真想得厉害"[①]。小说集《台北人》蕴含与体现了白先勇本人心中浓厚的文化乡愁,而这种乡愁也蕴含在电视剧《一把青》中,表现得丰富而具体,即电视剧中那句曾被秦芊仪、周玮训、江伟成等人多次提及的台词——青春作伴好还乡。"白先勇称这些中国大陆人为'台北人',就是很有含义的。这些大陆人,撤退来台多年,客居台北,看起来像台北人,其实并不是。"[②]电视剧《一把青》中这群特殊的"台北人"全部在战争飘零的年代中流落异乡,失去青春,最后客死台北,永远无法回"乡",他们也许看起来像台北人,其实并不是,"青春作伴好还乡"成为他们不可能实现的理想。电视剧《一把青》使小说集《台北人》里的浓浓的文化乡愁再次弥漫起来。

电视剧《一把青》改编的价值与意义在于,它将个人命运、集体经验与时代背景紧密结合,不仅抓住了小说自身的主题思想,而且立足于小说集《台北人》,展现了"台北人"的集体经验,既呼应了《台北人》的丰富主题,又包含了对人生命运的独特哲学思考。由此,曹瑞原导演的电视剧《一把青》可谓真正融入了白先勇小说思想与内涵的优秀改编作品。

---

① 余秋雨:《世纪性的文化乡愁:〈台北人〉出版二十年重新评价》,广西师范大学出版社2015年版。

② 白先勇:《台北人》,广西师范大学出版社2015年版,第232页。

战争历史背景下的女性生存图景呈现
——论白先勇小说《一把青》改编电视剧中的女性叙事

蒋妍静

广州大学

在《一把青》剧中无论是故事的叙述者、贯穿故事始终的经历者,还是扛住命运重压继续艰难前行的隐忍奋斗者,都不同以往的是女性,可以说这是一部以女性为叙事主体的战争历史背景电视剧。这得益于白先勇在原著中的内容设定,电视剧在保持原著精神内核的基础上对其进行了大幅度的扩充和调整改动。剧中通过描写剧中女性人物在面对爱情、友情、亲情与道德困境时的不同选择,展现她们各异的生活态度和命运轨迹,在战争历史这样宏大的叙事背景下,以在此类情境中常常被忽视和遮蔽的女性话语,表现女性在历史中所经历过的伤痛,表达她们所想表达的复杂情绪。

一、从现实到影视:浅谈历史女性书写的血与泪

从古至今,人类社会一直被男权中心思想所牵制,尤其在深受儒家传统思想文化浸染的东方社会,女性的生存空间更是被挤压得逼仄不堪,"在遥不可溯的远古史上,也许就在生殖和繁衍后代不再是种族生存的主要依凭、古老的初民们开始在黄河流域过上定居的农业生活的那个时代,以女性为中心的母系社会被以男性为中心的父系社会所取代,仅仅留下了一些零星而无声的残片"[①]。中华步入文明阶段,多个朝代几经更迭,父系社会逐渐形成了一套甚至足够影响现今的行事和统治逻辑,它从方方面面强制地、有目的性地把女性置入社会底层地

[①] 孟悦、戴锦华:《浮出历史地表——现代妇女文学研究》,河南人民出版社1989年版,第2页。

位，剥夺女性的主体价值。它采取的手段"不仅包括以性别为标准的社会分工和权力分配，更包括通过宗族的结构和纪律、婚姻目的和形式、以严明的社会性别规范和兼有行为规范之用的伦理规范来实行的各种人身强制性策略"[1]。即使上世纪初，在中国持续了两千多年的君主专制制度被推翻，封建帝制被废除，中国民众的思想得到了很大程度上的解放，紧随其后也出现许多进步运动去影响和启蒙社会大众，但漫长的一个世纪过去，那已经深入东方人骨髓的儒家伦理纲常、传统的性别权力观念依旧主导着社会生活。无论是在社会还是家庭之中，一些较为实质的结构性改变并未发生，女性始终作为一个被压迫和受统治的性别而存在。那么在这样的情况下，女性的历史、女性在历史上留下的痕迹便难以被知晓，因为"在历史事件与历史叙述之间，存在着一些看似自然却深藏不露的权力运作"[2]，而传统的历史叙述通常被用作肯定男性具备且独有能动性的手段。有意思的是，即使出现了能力过人的女性人物，她们也只能被在男性专属的褒义名词前冠之"女"字以示认可，如"女英雄"。

从历史文献、文学到影视，与历史书写相关的记载和创作，女性人物和角色往往被否定和忽略，更有甚者将其排除在历史陈述之外，即使是得以留名于世者，也少有保存其主体性的正面形象。这便是男权中心主义逻辑渗透于社会生活的一个侧面表现，这样的情况也反映在影视作品的内容创作之中。在中国以战争历史为故事背景的影视作品里，女性人物的设置一直呈现出脸谱化、定型化的特征，她们通常被塑造成"传统妇女"、"革命伴侣"和"间谍特工"这三大类形象，也有其相对应的、固定的人物性格和设定，如甘愿为家中男性的革命事业无私奉献的"贤妻良母"、勇敢无畏的"女英雄"和狡诈邪恶的"反派特务"等。而"革命伴侣"形象看似与另外两种明显陷入传统性别权力逻辑的设定有所区别，实则并未跳脱于该逻辑之外，她们会在高压环境中受男性导师指引而成长为革命斗士，在这个过程中"尽管抹去镜头语言逻辑内部的男性主体与欲望观看，但'爱情'仍以某种方式残存于情节之中，作为人物成长、情节发展的阶段性动力"[3]，即使她们最后实现了成长目标，也只是用自己的性别身份去换取一个所谓"英雄"

---

[1] 孟悦、戴锦华：《浮出历史地表——现代妇女文学研究》，河南人民出版社1989年版，第2页。
[2] 陈瑜：《别样的历史书写》，收入艾晓明主编《20世纪文学与中国妇女》，天津人民出版社2008年版，第209页。
[3] 戴锦华：《性别中国》，麦田出版社2006年版，第56页。

的命名。以上的这些形象在历史上确实存在，但这三类形象就能真实代表历史上的所有妇女形象吗？真的能再现历史中妇女曾遭受过的磨难吗？她们在这个叙事逻辑之中仅作为男性的客体去表现，女性角色仍未突破原来固有的性别身份秩序，她们身处其中只能化身为男性的附属品，依旧在"被陈"而非"自述"。她们的主体性被淡化和遮蔽，她们被拒绝一切可以彰显自我能力、发声叙述的机会。

《一把青》的出现或许是能打破过往影视局限的一丝曙光，因为它以电视剧的形式，给了历史中的妇女一个自我陈述的机会。

二、从文字到荧屏：生成剧中女性人物的命与格

小说原作借空军大队长夫人秦师娘之口将故事娓娓道来，讲述金陵女中学生朱青与年轻飞行员郭轸相恋后结合，又经历其在战事中牺牲、朱青为了求生而赴台，在重大变故后性情和人生发生剧变的故事。剧中塑造了一系列性格鲜明、身份地位各有不同的女性人物，其中有脱胎于原作小说的朱青、秦芊仪、周玮训，也有编导原创出来的、同样给人留下深刻印象的墨婷、汪影和葛瑞琴，还有多个次要却鲜活的女性小人物，她们在剧中经历了各异的人生，也各自承担着不同的叙事任务，刻画出一幅战乱时期形形色色的妇女众生相。下面将从这些女性人物的形象塑造、叙事视角、叙事功能等几个方面对《一把青》中的女性叙事加以分析。

（一）女性人物形象塑造

书中的师娘历经沧桑后在"本质上，性格上，却前后一致，完全没有改变。她自始就是一个好心肠，有人情味，有同情心的平凡女人"[1]，而剧中的秦芊仪则不然。编导对秦芊仪本人的形象做了大幅改动，先顺着作者的思想呈现一个书中曾勾勒出的端庄贤惠、举止稳重的空军大队师娘，再慢慢揭开她看似平静实则跌宕的生活之下的反抗和挣扎。剧中的秦芊仪全篇皆过着苦闷的生活，她的一生围着丈夫打转，她的期待的满足与落空都由江伟成来决定。秦芊仪不是没有能力，她原本出身殷实家庭，就读师范大学，但在选择与江伟成组建家庭后，她便直

---

[1] 欧阳子：《王谢堂前的燕子：〈一把青〉里对比技巧的运用》，收入《白先勇文集 第2卷：台北人》，花城出版社2009年版，第161页。

接失去了原本所拥有的经济资本和文化资本，逐渐变成一个依附于江伟成生存的非传统意义上的"贤妻"，她一改小说中一贯的从容温柔，剧中的她心系江伟成的荣辱和健康与否，会因为这些事表现得极为自私敏感。看似拥有一定权力、能够代表其身份的"空军大队娘"不过是男权逻辑给予她的一个所谓"认可"的符号。周玮训也是父权制下的牺牲品，她代表了战争背景下一部分空军家眷尴尬的处境，她们的原配丈夫因战去世，她们或为了再找一处避风港或为了孩子能顺利成长不得不接受"交接"再嫁。她这样被剥夺婚姻自由的情况也直接反映出该时代背景中女性地位的低下，即使性格直率泼辣、强势有主见如她，也身不由己、受人摆布，依旧不能将话语权真正掌握在自己手上。秦芊仪和周玮训是眷村太太中的两种典型，眷村里其他小太太的遭遇便可见一斑，她们的奉献或许可称为"献祭"，因为她们动作的操纵者和接收者还是男性与男权社会。

　　朱青初入金陵女大时，强势的学姐汪影曾有意拉拢她加入自己的圈子，朱青宁愿被对方刻意针对也没有为了强迫自己合群而与之为伍；对郭轸用情至深的她在郭轸死后未曾接受他人的"交接"；时至迁台，她利用自己与美军男友的关系帮秦芊仪与周玮训往大陆通信；后来被当作"匪谍"抓捕，面对尖锐审问她不屈不挠。以上处处都体现出朱青的坚韧刚强、对爱专一、不畏强权与仗义坦荡。在原作中她是一个带有强烈命运悲剧性的人物，但白先勇在书中并没有直接给出朱青的全部经历，读者只能通过小说上下两部分朱青形象的强烈今昔对比，从她心中代表理想的纯洁爱情覆灭后而选择消耗外在、游戏人间，去推测她的心灵已麻木死亡这一悲惨事实。而编导在剧中将她"悲剧缠身"这一人物特质愈加放大和具象，让朱青在前后产生巨大变化的原因更有迹可循。有论者分析过小说朱青人生悲剧的主要成因是她个人强大的自我意识，这在剧版朱青的身上也有所表现，从她仅凭一张没有人名的纸条就敢找到南京空军基地，到她的姨丈和秦芊仪都曾多次为她提供逃生机会，她却都选择回到郭轸身边，直至她为求生存混迹在美军身边也没将郭轸放下，能看出她性格里所带的执拗与对纯洁爱情的向往、对婚恋自由的争取，所以她会在这个悲剧漩涡里越陷越深。但也正因如此，朱青有别于剧中的其他眷村妇女，她虽也被禁锢在父权制度之下，但以上种种都说明朱青的主体意识从未被消解，编导在这样战乱的历史背景下构建出一个全新的女性形象。

　　与飞行员相恋的"女学生"是"眷村太太"之外的另一种形象，朱青属于其中但又是一个特殊个例，较能代表这类形象的角色是汪影，她既是朱青的镜像人物,也是她的对照人物。汪影有和朱青截然不同的性格,却有着重叠度很高的人生轨迹。《台北人》中人物的姓名都经过白先勇的深思熟虑才赋予,如符立中就分析过"朱青之名就如同宝玉兼具宝黛意涵一般,融合了朱焰的'朱'(热情与欲望)与姜青的'青'(美与青春)"[1]。再看剧中原创的"汪影",也是单姓加一个单字为名,还特取了"汪"、"影"二字,人物设置的意味显而易见,她是朱青一生的一个倒影,也是许多选择将自己一生托付予飞行员的女学生的缩影。她们单纯善良,只因爱上了飞行员就将大好青春断送,一同生活在父权制度的阴影之下难以脱身。

墨婷看似在乱世中安然长大,但她从小在空军村里看过的太多悲欢离合令她懂事太早,她也一度在该姓靳还是姓邵之间寻找父亲和自己的身份认同,长大后在校园里又因是空军大队长女儿这个名号,而成为召之即来挥之即去的政治工具,年纪轻轻的墨婷又何尝没有背负一身伤痕。而从她在与焦飞的恋爱关系中占主动地位,她会在朱青、秦芊仪入冤狱时直接写信给地区时任最高领导人为她们鸣不平等情节,能看出她身上有她的母辈人物因各种原因所没有、所不能有的女性意识,让她逐渐成长为跳脱出父权社会桎梏的新女性。

剧中还有其他多个女性形象,她们在剧中的篇幅虽然极少,但同样为该类作品中女性形象的塑造去脸谱化做出努力,如丈夫牺牲后就选择只身投的小邓、手握实权的处长夫人等,在此不一一赘述。

(二)女性的叙事视角

剧集沿用了书中以第一人称叙述故事的方式,只是将叙事视角由秦师娘转为原创人物"墨婷"。剧中前期,年纪尚小的墨婷戏份不多,但她的身影总作为背景出现在与朱、秦、周三人有关的画面场景里,如人来人往的眷村街道、三人谈笑吃饭打牌的家中客厅、时而热闹时而冷清的机场和空军新生社,等等。她用她稚嫩天真的目光记录下众人的喜怒哀乐和命运浮沉。而成年墨婷的画外音自述在全剧间不时出现,她具有故事叙述者的全知性。在墨婷的叙事视角下,剧中的女性完成了一定程度上的自我的历史书写,使得该剧集展现出在战场后方的女性的生存状态,还传达出对女性承受的苦难、她们的付出被社会忽视的不平。如第十七集中,家中的飞行员都已经奔赴国共内战的东北战场,朱、秦、周三人带着墨婷在教堂祈祷完后来到门外对月闲谈,此时墨婷的画外音道:"课本里没讲我的

---

[1] 符立中:《对谈白先勇——从台北人到纽约客》,现代出版社2015年版,第116页。

妈妈小周、我的干妈秦阿姨、小朱青阿姨的故事，也许她们四散流离的故事难登大雅之堂。那时候课本上，女人的故事，不重要。"[1]这整部电视剧都在讲女人的故事，这个故事里的她们都鲜活强大、坚强不屈，连剧中的空军作战处处长都曾说"这个村子也属于战争的一部分"[2]，可知她们所受的苦难和遭遇的伤痛并不比战场上男人的少。故事里的女性身上所折射出的是现实之中千千万万个像她们一样艰难度日的平凡女人的生活，她们与男人一样经历过那段战争岁月，背后却没人为她们提笔铭记，此时墨婷一语中的地道出旧时社会中女性地位的卑微、女人功绩被遮蔽的事实。

虽然该剧的很大一部分重点被放在剧中人物的感情纠葛之中，它能否被归类为"战争历史题材电视剧"还有待商榷，但我们不能就此忽略剧中所描述的特殊时代背景对女性的身体和心灵的摧残，战争现场的残酷和无奈在剧中得到尖锐的体现，在女性的叙事视角下，战争后方的心碎和绝望也就更掷地有声。

（三）女性角色的叙事功能

墨婷除了承担叙述者的功能外，编导还有意让墨婷成为褪去母辈悲剧烙印、被母辈人物寄予美好希望前行的特殊存在：她选择了与飞行员焦飞恋爱结婚，但彼时社会已经步入和平年代，少了炮火的威胁，墨婷也不必望着丈夫驾驶飞机缓缓升空便担惊受怕；她以教师为职这一选择也从侧面实现了秦芊仪和周玮训欲为人师却不成的愿望；她与所爱之人婚后生了一个女儿，在人物情感和影视画面上都填补了秦芊仪和朱青相继流产、汪影儿子病弱夭折所带来的悲伤缺口。墨婷这个人物的成长在一定程度上是在回应和弥补她母辈们的生命里所留下的种种遗憾。

与上述在故事情节中占据重要地位的女性角色不同，美国牧师葛瑞琴在剧中更具单纯的叙事功能性。她也伴随着这班主角的故事从南京走到台湾，她会出现在一些关键剧情之中或标志主角命运发生转折的地方，如在最初提醒朱青远离飞行员；为朱青与郭轸证婚；目睹被歹徒强暴后的秦芊仪等。她不参与主角们的故事，也不做干涉主角们选择的行动，她作为一个见证者，同时发散耶稣怜爱众生的情感，也承接了白先勇一直秉持的悲天悯人的创作理念。

---

[1] 曹瑞原：《一把青》，台湾公共电视台制作，2016年，第17集。
[2] 曹瑞原：《一把青》，台湾公共电视台制作，2016年，第19集。

三、从被动到主动：深入《一把青》女性叙事的灵与魂

上述这些女性人物虽因身处乱世和父权社会而无法真正掌握自己的命运走向，她们也曾在面对自己所爱之事物时做出各种妥协，但随着剧情的推进，她们中的个别人逐渐完成自我的成长蜕变，她们能够在有所选择时争取主动权，纵观整部剧她们无一真正软弱之人。《一把青》不仅以维护女性的叙事方式很好地延续了白先勇一贯尊重、体恤女性，并关注女性生存困境的创作理念，同时它在宏大特殊的历史语境下以女性为叙事主体，女性在该境遇下从被动附庸走向主动发声，达到了以该背景创作的影视剧的一个重要突破。

（一）传承：维护女性的叙事方式

在白先勇的作品中他曾塑造出多位令人印象深刻的女性角色，她们的阶层跨越由上层名流至底层百姓，书中无一不流露出作者对女性的关怀怜悯。白先勇对于女性书写的关注有多方面的原因，首先他年幼时曾染上重病，在与外界隔离康复的过程中，他渐渐学会将身心痛苦都自我消化，随着他对内心世界的思考探寻逐步深入，他的心思精神也变得细腻缜密。其次在那段病痛缠身的岁月里，他将自己年少时的几乎全部情感皆倾注在给予他亲切照顾和爱意的母亲和三姐先明这两位女性身上，这些让他能够用区别于男性父权视角的客观态度对女性产生更多认同。再次，白先勇对中国传统文化的反叛和回溯也使得他欲将被束缚在封建伦理与父权枷锁之中的女性解脱出来。故白先勇的作品多用细致深刻的笔触呈现女性身处上世纪战乱年代的生存困境，也为她们寻求觉醒和自立提供可能性的出口。

但完成跨媒介的思想转化并不是一件易于实现的事，白先勇文学作品的影视化也曾有过几次失败的尝试，如1985年林清介执导的《孤恋花》和1986年虞戡平执导的《孽子》就因现实社会环境风气等原因而将电影改编得不尽人意。台湾的女性意识自二十世纪七十年代始抬头，至八十年代渐渐兴起妇女研究与引入西方女性思潮，到了九十年代，女性的声音随着各种妇女团体成立、女性活动增加被外界社会听见，女性得以有更多机会重建自己的面貌。与此同时台湾的同志平权运动也顶着极大压力朝前迈进，多部同志题材影片在市场、艺术与国际奖项上表现亮眼，台湾社会由此对女性及同志议题的态度慢慢转为开放。导演曹瑞原遵循这个历史脉络接连将《孽子》(2003)和《孤恋花》(2005)重新搬上荧

屏,这两次改编得到了公众和白先勇本人的双重肯定。这样想来,他们达成第三次的愉快合作似乎也是顺理成章的事了。

《一把青》故事以女性视角展开,剧中维护女性的叙事方式体现为描述姐妹情谊的呈现、女性角色的台词语言和女性主动抗争等多处情节上。朱青自己流落南京孤立无援,识得秦芊仪、周玮训,二人待她情同亲姐妹,在战乱背景下共谱出一段动人可泣的互助情谊。而周玮训与邵志坚那位在剧中并未指名道姓的昔日恋人——丈夫的正妻与前任本是相当尴尬的一组人物关系,她们却表现出了另一种在战争背景下女性间惺惺相惜的感情。即使她们的联系是因同一个男人而产生,但周玮训与对方都跳脱出囿于男权中心的雌竞话语语境,只作为女性本身对彼此充满怜惜或感激。如在赴台时周玮训曾想让邵志坚也将对方带上飞机,后来默许邵志坚在外租房照顾病危的她,甚至在她病逝后赶到病房、同邵志坚一样对她的离去表现出沉痛悲伤。而对方也始终对周玮训心存尊重与诚挚谢意,但她身弱命薄、无以为报,只能于离世之前在墨婷手掌写下"谢"、"姊"二字表达自己对周玮训的感恩之情。

第九集十一大队等人试飞新飞机时她就曾道,"我知道飞机对他们就像小孩子的糖果,是生命中少不了的东西,可是糖果会融化,只有空军村里的女人知道,糖衣融化后的炼狱是什么样子",这段话配以秦芊仪望着登上新飞机的江伟成时担忧的神情,为秦芊仪后续不断阻止朱青嫁入空军村提供动机,为朱青和郭轸的爱情悲剧埋下伏笔,同时也呼应了朱青在书中及剧中面对郭轸之死时都曾说过的一句台词"他倒好,轰地一下便没了。我也死了,可是我还有知觉呢"[①]。

秦芊仪在逃难时遭歹徒趁乱强暴,也从侧面表现出当时女性的一种极端被动处境,平日里就处于弱势地位的女性在战乱时更难以保全自身。而后她亲手枪杀强暴了自己的歹徒这个情节并非以简单方式惩戒恶人,因为"枪"这一物件在精神分析学中对应男性的阳具(菲勒斯),后者又代表着父权制度的权威,"当女性手持代表男性阳具的枪射杀父系时,这本身就意味着一种反叛的行为与反讽式书写"[②],反讽即在于秦芊仪利用男性歹徒伤害她的工具充当了自己的复仇

---

① 白先勇:《一把青》,收入《白先勇文集 第2卷:台北人》,花城出版社2009年版,第161页;曹瑞原:《一把青》,台湾公共电视台制作,2016年,第25集。
② 韩旭东:《历史·性别·谱系——从黄碧云〈烈女图〉看香港女性的生存境遇》,《华文文学》2016年第1期,第113页。

武器,这是她为找回自身主体性而做出的一步尝试和努力。她没能实现这种建构的最终完成,原因是那个历史语境和社会制度下,她或她所代表的这一群妇女的能动性被大大束缚。而剧中出现如秦芊仪遭遇歹徒强暴、她和朱青被关押审问这样极易与女性身体、屈辱和贞操等关键词联结的情节时,也并未呈现男性凝视下惯有的性别暴力场面,直接规避了对女性价值的剥削。

(二) 突破:《一把青》女性叙事的意义

无论在电影还是在电视剧中,大多数以战争历史为背景的影视作品里,女性角色的内容所占篇幅总是少之又少,一般战争题材的影视作品多注重挖掘与展现男性军人形象的英勇坚毅、男性军人之间的情谊与他们的爱国情怀,指导此类作品的导演也大多由男性担当,故"即使男性导演尝试将女性在电影中摆在主体的位置,以女性的眼光看待战争,但不可避免的是,其主观意识还是不知不觉融入了父权思想及意识形态"[①]。《一把青》无疑是国内以战争历史为叙事背景的影视作品中的一部特别之作,尽管在原著作者、编剧与导演均为男性的情况下,它不去回避男性软弱怯懦的一面,同时没有消费女性的身体,也不再遮蔽和淡化女性的身影,做到能以细腻入微、真切可感的女性视角去勾勒出战争的冷峻残酷,以女性为叙事主体去揭开一段历史革命岁月的真实面目,展现女性身处战乱洪流和父权逻辑中的无奈和苦难。并让其中的个别女性主角在自我生命中完成了主体地位的建构,使其有别于过去在此类影视作品中被定型化的几种形象而鲜活立体,尝试与力争在历史中主动发声,尽管未能十分完善,但如此突破,难能可贵。

《一把青》正视了女性在历史长河中的重要地位,她们的一生从青春走向衰老,一个时代也会由辉煌逐至黯淡,女性与家国时代二者的命运本就密不可分。无论是文学作品的影视化还是原创影视作品,对战争、历史题材的探索仍会长此以往地进行下去,尊重、正视和体恤女性人物的存在和付出,会是该类作品保有经典意蕴和美学价值的重要方法。

[①] 周禹彤:《战争中的女人:近代战争电影中的女性研究》,淡江大学,指导教师杨明昱,2015年,第14页。

从文化乡愁到历史诗学

——论《一把青》电视剧本对白先勇原著小说的改编

易文杰

厦门大学

白先勇的小说《台北人》以工致考究的文笔,叙写了十四个传奇故事,堪称"二十世纪中国文学"中的经典之作,其中的《一把青》饱含沧桑之感,体现命运浮沉中的花果飘零。而由此改编的电视剧《一把青》(2015)更是在上映之后斩获台湾地区"金钟奖"等多项大奖,允称精良之作。

前人对此小说改编的研究,大多聚焦在电视剧对小说的改编所体现的历史意识、电视剧的叙事内容风格等方面。如俞巧珍指出:电视剧对小说的改编深化和明晰了个体故事背后的群体经验,成为一种不同于官方历史叙事的个人"历史"再叙事。同时,也反映了白先勇蕴藉在文本中的关于人性和命运的思想。[1] 再如李玉涛认为:电视剧改编通过倒叙结构等叙事内容和形式的创造,实现了纪实与虚构的结合、历史事件与个人经历的相辅相成、现实主义与浪漫主义的互补。[2]

然而,现有研究较少聚焦于电视剧剧本对小说的改编。而实际上,编剧将一万多字的短篇小说改编成四十多万字的具有史诗气质的电视剧本,还受到来自演员与电视剧资深粉丝的赞赏,其中颇有研究的空间。因此,本文试图着眼于电视剧本对小说的改编,研究文本的跨界之旅:如何从小说的文化乡愁走向剧本的历史诗学。

---

[1] 参见俞巧珍:《凡人故事,时代隐喻——白先勇小说〈一把青〉的跨媒介分析》,《中国现代文学论丛》2018 年第 1 期。

[2] 参见李玉涛:《浅析电视剧〈一把青〉叙事内容风格特征》,《戏剧之家》2021 年第 11 期。

一、文化乡愁:《一把青》的文化乡愁
——基于《台北人》的互文性阅读

美国社会学家弗雷德·戴维斯(Fred Davis)在《渴望昨天:对怀旧的社会学分析》一书中,将"怀旧"分为三个不断深入的层面:第一层为"单纯的怀旧"(Simple Nostalgia),主体以一种积极的姿态对待过去,过去总是美好的,而现在却是不如意的;第二层为"内省的怀旧"(Reflexive Nostalgia),主体感伤过去而责备现在;第三层为"阐释的怀旧"(Interpreted Nostalgia),主体会对怀旧的现象、过程和效果进行阐释和反思。[1] 而作家白先勇所著的《台北人》,正是以一种"单纯的怀旧"的怀旧姿态,叙写了《台北人》的怀旧美学。小说以工致考究的文笔,织金炼玉、踵事增华,叙写了十四个传奇故事,更给读者斟满了一杯怀旧的浓酒:书中其人其事,表面上是台北都市社会各阶层的浮华沧桑,实际上是流落孤岛的中华子民之缥缈乡愁。无论是《梁父吟》之中虽年老却挺拔的儒将朴公,抑或《思旧赋》之中退休女仆顺恩嫂,还是《游园惊梦》上流社会的窦夫人,皆为如此。《台北人》中的人物,曾经生活在上海、南京、北京、桂林等地(即大陆),而如今生活在台北。他们都是以一种积极的姿态对待过去的大陆时光,而对如今的台北生活感到不如意。这种"怀于旧而悲于今"的怀旧姿态源于作者一种深刻的文化乡愁。

当然,这也是当时流落孤岛的大陆人的一种普遍的文化心理。流落孤岛的他乡客,虽名为"台北人",但实际上其文化心理、身份认同、家国归属还是大陆人,正如传统文人南渡之后,总要抚古追今,慨叹一番,因为家国并不统一。白先勇在《台北人》的扉页上写道:"纪念先母、先父以及他们那个忧患重重的时代。"可见这本书寄托着白先勇很深的怀旧情结与文化乡愁。

落实到《台北人》小说集中的文本,包括《一把青》,都注重于书写离散语境中的文化乡愁。

(一)小说所呈现的人物命运变迁都颇有故国情结的文化蕴涵在里面,象征

---

[1] Fred Davis, *Yearning for Yesterday: A Sociology of Nostalgia*, The Free Press, 1979, pp.17-26,转引自刘俊:《从"单纯的怀旧"到"动能的怀旧"——论〈台北人〉和〈纽约客〉中的怀旧、都市与身份建构》,《南方文坛》2017年第3期,第154—157页。

着中国传统文化在冲击过程中的瓦解。作者娴熟地营造出一种"物是人非事事休,欲语泪先流"的小说气氛,小说人物往往触目伤怀,情郁于中,常邈若山河之感。譬如《一把青》中的朱青,其南京时期刻骨铭心、饱受创伤,而台北时期以颓靡的状态掩饰内心的荒芜空洞,呈现今昔对比之下"今非昔比"的浩叹感。《游园惊梦》中的钱夫人,在一场豪华的宴会上追忆当年"昆曲皇后"的似水年华,为爱情失意、年华逝去而怅恨惋惜,叹的是草木荒秽,美人迟暮;《梁父吟》、《国葬》、《岁除》,堪称夕阳西下的英雄末路之悲歌……小说的文化指向始终是借人物的浮沉命运来刻画传统文化的冲击和瓦解。人物的变迁其实也折射着传统儒家文明在离散的历史语境中的花果飘零(唐君毅语)。

(二) 白先勇以出色的"旧物"书写营造出氤氲的怀旧美学,落实文化乡愁。《一把青》中,当郭轸第一次带朱青来见"我"时,朱青穿的是一身半新半旧、直统子的蓝布长衫,显得素净而体面,颇有怀旧之美。诚如《游园惊梦》中钱夫人身上那件墨绿杭绸的旗袍,是从南京带出来的,一直舍不得穿,为了赴这场宴才从箱子底拿出来裁了,虽有些发乌,但比起台湾货自有大陆货的"细致"与"软熟",也与小说的气氛相映衬。《永远的尹雪艳》中尹雪艳家里的装饰是"客厅的家具是一色桃花心红木桌椅。几张老式大靠背的沙发,塞满了黑丝面子鸳鸯戏水的湘绣靠枕",极富老上海的风情。这些写"旧物"的物质细节,精致而考究,富有美感。

旧物的物质细节,也正寄托着深刻的怀旧感情。尽管尹雪艳到了台北,但她仍然要用老上海的旧物,以零零碎碎的旧物重建一个回不去的、灵光业已消逝的情感乌托邦。虽然物什是精致而华丽的,但骨子里是哀伤的、苍凉的。这种反衬,更显示出了怀旧的深沉与悲哀,令读者读之颤栗而沉痛。因为这种弥漫在《台北人》之中的今不如昔与乡愁之感并不是物质的浮华就能重建的。旧物可以重建,旧衣可以重穿,旧人旧事却不能重来。

诚如夏志清所言,"感时忧国"是中国现代文学的一个重要特征。[①] 总的来说,白先勇以其工致的文笔,以考究的旧物书写,写出了物质的繁华,渲染出一种怀旧的气氛,更反衬出一种今不如昔的情感沉痛,呈现文化乡愁。

[①] 夏志清:《现代中国文学感时忧国的精神》,收入《中国现代小说史》,复旦大学出版社2005年版,第357页。

二、宏阔的历史内容：剧本的历史诗学

　　夏志清和欧阳子都对《台北人》中的"民国史"性质有所肯认。欧阳子甚至认为，"民国成立之后的重要历史事件，我们好像都可在《台北人》中找到：辛亥革命（《梁父吟》），五四运动（《冬夜》），北伐（《岁除》、《梁父吟》），抗日（《岁除》、《秋思》），国共内战（《一把青》）。而最后一篇《国葬》中之李浩然将军，则集中华民国之史迹于一身"。然而，整部《台北人》的历史叙事还是以虚写实的，哪怕是辛亥革命、五四运动、北伐战争、抗日战争、国内战争等历史大事（小说）都没有从正面去描写。小说的文化指向始终是借人物的浮沉命运来刻画传统伦理的冲击和瓦解。人物的伦理变迁其实也折射着传统儒家文明在离散的现代社会中的花果飘零。《一把青》小说文本的叙事重心，也始终并不在对战争、历史的正面描写上，战争和历史只是一个模糊而且抽象的、被寓言化的背景，比如关于郭轸的死亡只用了寥寥几语来交代，"总部刚来通知，郭轸在徐州出了事，飞机和人都跌得粉碎"①。

　　小说更多的是体现文化乡愁，而剧本对小说的改编更多落实在历史诗学之上。剧本以四十多万字的篇幅，将短篇小说改编成了一部具有丰富历史内容的史诗。汪晖在《去政治化的政治：短20世纪的终结与90年代》中指出：中国的二十世纪（1911—1989）堪称一个"漫长的革命"的年代。二十世纪中国的历史堪称中国革命的历史。二十世纪的中国经历了人类历史上所有样式的革命。② 王德威的《历史与怪兽：历史，暴力，叙事》指出：二十世纪中国文学中历史暴力及其文学书写，直指现代性进程中种种意识形态与心理机制加诸国人身上的规范和训诫。现代性（modernity）与怪兽性（monstrosity）相伴相生。③ 剧本正是这么一部呈现中国二十世纪历史的史诗，呈现近似于卢卡奇意义上"史诗"的气魄。④

---

　　① 白先勇：《台北人》，广西师范大学出版社2015年版，第28页。
　　② 参见汪晖：《去政治化的政治：短20世纪的终结与90年代》，生活·读书·新知三联书店2008年版。
　　③ 参见[美]王德威：《历史与怪兽：历史，暴力，叙事》，麦田出版社2004年版。
　　④ 卢卡奇在《小说理论》中认为古希腊的史诗"从自身出发去塑造生活总体的形态"，其对象"并不是个人的命运，而是共同体的命运"。参见[匈]卢卡奇：《小说理论》，燕宏远等译，商务印书馆2013年版，第21、53、59页。

剧本呈现了横跨三个时代的历史,具有宏伟的历史维度。譬如:

1. 抗战史,准确来说是关于抗日战争历史的回忆,关于抗战的创伤性回忆。譬如剧本一开头就叙述了一段关于抗战的创伤性回忆。抗日战争中,飞机被击落后,飞行员很可能被困其中,无法脱身。他可能被燃烧的飞机烧死,被敌人俘虏。为了减轻队友的痛苦,飞行员会选择用枪结束队友的生命。张之初的战机便在江西南昌的一场战斗中不幸被击落,火焰中的他惨呼,"分队长,我逃不出去,起火了……分队长,回来……""分队长……好痛,烧到脸了……小白会认不出我了……烧到脸了……"[1]郭轸看到他在火舌之中一脸绝望的样子,不忍看到被困驾驶舱里的他被烧死,便掉着眼泪用最后一颗子弹击毙了他,随之大哭大骂。然而,看到队友死在自己的枪下是很残忍的。而张之初临死前的呼喊,更成了他念兹在兹的梦魇。张之初一死便解脱了,而等待他的爱人小白,却要陷入长久的痛苦之中。等不到他的她,一开始选择了自杀,被救回来之后被师娘照顾,无力再试。她一心念着爱人,哪怕残废也不介意,她会用一生去照顾他。然而,她永远失去了这个机会,"照片都不见了,我想不起来我丈夫长什么样子了……"[2]"点名……他在田里,孤孤单单……我没家,你们也不能有!"剧本的台词写得锥心刺骨。这一创伤多次在剧本中出现,在酒吧聚会时仍然困扰着郭轸,在战后的酒吧中,中尉读道:"职飞回,对三号机抛燃烧弹,解飞行员痛苦。"[3]最后,他在坟前激动地说道,"张之初!尤其是你!手枪也不用!分队长还得飞回去帮你丢燃烧弹!"[4]铭刻创伤记忆的表征,书写的既是士兵的个体记忆,更是一代人的集体记忆。

2. 对国共内战历史的正面描写,刻画战争的残酷与揭露国民党的非正义性。譬如剧本呈现出:在东北战场上,由于多年抗战的疲劳和战争本身的失义,从国民党高层到前线军官都处于进退两难的境地,国民党的强硬政策,更令军心一落千丈:为了防止将士们投共,国民党竟然把飞机汽油抽完,用锁链把驾驶舱锁住,以不具备空军知识背景的军官指挥空军,并轰炸村庄的房屋与杀害平民。剧本深刻地批判了国共内战中国民党的无能与腐败。

---

[1] 白先勇原著,黄世鸣改编:《一把青 创作剧本》,水灵文创有限公司(台北)2016年版,第72页。
[2] 同上书,第77页。
[3] 同上书,第131页。
[4] 同上书,第132页。

剧本的描写秉笔直书，令人触目惊心。当小邵劝说只是一个小村子，别炸了的时候，伟成依旧面无表情地轰炸，"地面，一农妇伴一小女孩正要走回身后土屋，小女孩回头，开心看着天空，挥了挥手，草蚱蜢——飞机声啸来，农妇脸色变了拉走小女孩。子弹整排扫地过来——农妇身上飞出几片肉。小女孩哭拖尸体进土屋……"①其残忍令人发指。小邵见此惨状，继续呼叫停止攻击，然而，伟成依旧面无表情，变本加厉地屠杀，"不如一次性烧个干净！十一大队，杀！伟成疯扣扳机……小女孩嚎哭声传出——'啪啪啪！'子弹打进，哭声熄了……伟成面无表情"②。抗战之后令人敬仰的英雄伟成，竟在国共内战中被催化得如此残暴不堪，令人叹息。而面对焦黑的村子，少将却说，"这里，早该弄掉了，还是你们空军做得干净……"③平民的死亡令人叹息，而士兵的死亡也令人扼腕。郭轸的队友在战中丢了一条腿，本可回家，但因为医疗事故，手术没有注意伤口，导致其败血症，年纪轻轻就魂归西天。郭轸为此悲愤不已，"不准烧！他腿被锯了，连陆军都当不成！"④此刻，剧本的描写呈现出了作者的悲悯情怀，"三个男人看着脏窗子射进暖光，伟成竟往空病床躺下。郭轸笑笑躺地上。……三人全都贪婪仰头闭眼，与死亡、平静共在当下……三人闭眼说话……"⑤这和白先勇本人的悲悯情怀（刘俊语）是共通的，诚如白先勇自述的那样，"我不是基督徒，也没有任何宗教信仰，但那一刻我的确相信宇宙间有一个至高无上的主宰，正在默默的垂怜着世上的芸芸众生"⑥。而第十七集中，郭轸重复张之初死亡的命运，因飞机着火无法逃出而被伟成送走最后一程，更令人叹息。⑦战争的暴力给平民和士兵都带来了无可挽回的创伤。

3. 白色恐怖历史。冷战之时，为了对抗民族解放运动与共产主义在第三世界场域的发展，美国发起了"现代化意识形态"的思想战线，传播一种进化论的神话。台湾成了冷战前沿的意识形态堡垒，只能紧紧依附在美国"新殖民"的霸权之下，经受着经济殖民与文化殖民的宰制。剧本通过朱青被举报和伟成被审讯

---

① 白先勇原著，黄世鸣改编：《一把青 创作剧本》，水灵文创有限公司（台北）2016年版，第385页。
② 同上书，第386页。
③ 同上书，第403页。
④ 同上书，第437页。
⑤ 同上书，第437页。
⑥ 刘俊：《悲悯情怀——白先勇评传》，花城出版社2000年版，第79页。
⑦ 白先勇原著，黄世鸣改编：《一把青 创作剧本》，水灵文创有限公司（台北）2016年版，第448—452页。

自杀的事件呈现了台湾白色恐怖的一个侧面，呈现了战后台湾畸形社会结构的一面。

总的来说，剧本的改编通过追寻创伤记忆、打捞历史，呈现了宏阔的历史内容，有力地反映了二十世纪"冷战、内战"双战结构交叠构造的中国台湾地区的历史。记忆是决定个体身份与相关文化认同的重要因素。人一旦失去了记忆就等于迷失了身份。诚如托多罗夫所言，"回顾过去对肯定回顾相关事实者的身份是必要的，不管个人身份还是团体身份"[①]。"过去既可以帮助我们建构个人或集体身份，亦可以帮助我们形成我们的种种价值、理想和准则……记忆的良好使用即服务一种正确的事业。"[②]在改编之中重新打捞历史，追寻记忆，连接社会历史的断裂，有利于治愈"内战-冷战"结构下两岸分断的伤痕，抚平个体心灵的褶皱，增强对两岸命运共同体的认同。

三、历史叙事视角：从"边缘"出发的女性视角与人文关怀

剧本既然包括了丰富的历史内容，历史观也值得玩味。剧本呈现了家国情怀的历史理性，譬如影片中毅然报国的抗日空军。但剧本更呈现了宏大叙事之下的命运浮沉，特别是女性的不幸，表达出"从边缘出发"的人文关怀。"那个年代，男人的战争结束，女人的战争才要开始。"剧本的扉页如是说道。

剧本把视野聚焦到军人眷属，为她们呈现鲜为人知的历史：空军为报效祖国献身，空军的妻子们则默默无闻地奉献自己。譬如师娘。她一生经历坎坷，颠沛流离，却始终保持着坚韧的品性。她为了爱情，未婚怀孕便辍学，与家人闹翻，父母去世后嫁给飞行员，抗日战争期间逃亡，流产，再也不能生育。抗日战争胜利后，她住在南京军眷村，以师娘的身份照顾所有飞行员的妻子。国共战争爆发了，她丈夫去了东北。丈夫逃了回来，却因残疾再也不能驾驶飞机了。战败后，他们流散到台湾，过着贫苦的生活，最后丈夫也不幸自杀了，她却依旧坚韧地活着。朱青从一名独立自强的女生到一名流亡的风尘女子的情节也令人印象深刻。当她在灯红酒绿之中唱起《东山一把青》时，似乎从未经历过战争和生离死

---

① [法]兹·托多罗夫：《恶的记忆，善的向往》，收入[法]热拉尔·热奈特等《热奈特论文选 批评译文选》，史忠义译，河南大学出版社2009年版，第286页。
② 同上书，第288页。

别的痛苦。

尽管剧本对小说的改编有着较大的改动：从文化乡愁到历史诗学。但剧本与小说一样同时保持着对人性之维的深刻思考，对小说的人性表达有所深化。剧本和小说一样，牢牢抓住朱青和师娘这两个核心人物的"魂"，展开对人性的思考：那就是命运浮沉变迁中人心的"变"与"不变"。

师娘。小说中的师娘是如此。作为历史沧桑的见证者，她以平静的口吻诉说着一切变化。她坦然面对着人情冷暖与离合悲欢，学会了如何面对死亡，哪怕是丈夫从大陆撤退到海南岛时死于疾病，她也平静而坦然地面对。剧本中的师娘也是如此。她在乱世中以小草一般的韧性生存，像尹雪艳一样"总也不老"（当然，她也做过一些不光彩的事情，譬如因为太爱丈夫而出卖朱青）。但总体来说，她的执着是难能可贵的：伟成的激情在腐败政府的不公平待遇中被消磨，但她作为妻子总是在背后执着地坚持着。哪怕伟成最后被放逐，她依旧不离不弃。在师娘的故事里，我们可以看到"民间"与"人性"的坚强韧性。

朱青。两个文本都呈现了朱青的"变"，在小说文本与电视剧剧本中，南京时期的朱青都因战乱流离而饱受创伤；而台北时期的朱青都展示出了交际人物的状态。但笔者以为不同的是，小说中的朱青一开始是有点"怯"的学生味，她和郭轸的爱情也有着"依附"的意味在里面。她随郭轸的笑而笑，随郭轸的哭而哭，随郭轸的"死"而"死"。郭轸的"死"让她失去了主心骨，边跑边嚎哭，目光涣散，瘦成了一把骨头，面皮死灰，眼睛凹成了窟窿。尔后，她成了军中的歌女，喜欢玩乐，玩世不恭。当小顾死后，她对情人的出事非常冷漠，沉溺于一种无休止打麻将的享乐状态。沧桑的历史让她的情感变得空洞而虚无。而剧本之中的朱青则是一开始就有独立自强的味道，世事的浮沉变迁尽管改变了她的生活状态，但是她成了总也不老的朱青，喜欢小空军，被人开玩笑说喜欢吃童子鸡。最后前往美国做了"小朱青"。二十世纪剧烈变动的历史没有把她打倒。电视也忠实了剧本中的表达：师娘、副队娘、大队长、副队或多或少为自己背叛了别人，只有朱青坚强而善良，从未背叛过别人。最后，墨婷再次见到朱青时，画面依然是青涩如学生的朱青。

剧本忠实了小说对沧桑的呈现，但又有其独特的表达：如果说小说更注重展示的是历史沧桑、文化失落、命运浮沉、怀旧之美，那么剧本和最终根据剧本拍摄出来的电视剧既呈现了剧烈变动的历史对人们的改变，又指出总有些人性的尊严与对生活的追求是打不倒的。

余 论

  白先勇的小说《台北人》,如《一把青》呈现饱含沧桑之感的文化乡愁。而《一把青》的电视剧本改编呈现丰厚的历史诗学:一,宏阔的历史内容。剧本呈现了横跨三个时代的历史,具有宏伟的历史维度,呈现富有历史内涵的时代史诗。二,独特的历史叙事视角:从"边缘"出发的女性视角与人文关怀,呈现历史中人性的"变"与不变,在具体的历史中忠实与深化白先勇小说的美学与人性表达。

  最后,本文作一个简单的小结,探究总结白先勇小说改编为电视剧本/电视剧的成功之道,也试图为如何继续改编《台北人》中的小说提供一些思考:从文化乡愁走向蕴含丰厚文化内蕴的历史诗学,呈现"历史"中的"美学"与"人性"。在忠实原著的人文关怀,塑造有血有肉、性格丰满的人物,书写人性尊严的同时,将原著中作为背景的历史具体化、细化、宏阔化,呈现富有历史内涵的时代史诗,在具体的历史中忠实与深化白先勇小说的美学与人性表达,成就跨界改编的精品杰作。

  保罗·利科说,"把记忆重新放回到与对将来的期望和当下的现状的相互关系中去,然后看我们今天或者明天用这个记忆能做点什么"[①]。海峡两岸是一个命运共同体,其中的历史记忆与集体记忆内容是丰厚的。然而,在殖民主义与帝国主义的宰制下,祖国两岸划出了一条幽深的裂谷,"花果飘零"。那么,叩访历史,唤醒那些沉睡的个体记忆与集体记忆,以"立于大者"的家国精神,辽阔、广远的爱国胸怀,弥合这条裂痕,治愈"内战-冷战"结构下两岸分断的伤痕,实现一种美学的救赎乃至历史的救赎,不仅是白先勇小说创作及其影视改编留下的宝贵的经验,也是海峡两岸知识人共同的责任。

---

① [法]保罗·利科:《过去之谜》,綦甲福等译,山东大学出版社2009年版,第21页。

何为"女人"？为何"女性"叙事？
——管窥《孤恋花》小说及电视剧改编

施 云

上海教育出版社

一、问题的提出：不可靠的叙述者

小说《孤恋花》的开头，白先勇假借"我"之口，简要交代了故事发生的背景："从前"，"我"和娟娟一起回家；"现在"，"我"常常一个人先回家。"从前"和"现在"交互而成的双重视点奠定了整篇作品的叙述基调，在形成对照之余，还穿插着"从前"的从前，即作为镜像的"我"和五宝的故事。然而仅采用过去（从前）-现在的二分法来概括文本内部的"今"与"昔"未免过于笼统，不妨首先梳理一下小说时序。

涉及时间标识的词句包括：从前、现在、初来台湾、这些年、一年多以前那个冬天的晚上、搬进金华街那栋小公寓时、最近（一个闷热的六月天）、前夜在五月花、七月十五中元节这天、秋收过了……《孤恋花》的第一人称"回顾性视角的外衣里，裹着经验视角的实质性内涵"[①]。倘若以最具戏剧性的中元节事故为界，便会发现从"娟娟的案子没有开庭"到故事结束存在着视角的越界——"我"所谓"现在"究竟是何时？按照叙事逻辑，"现在"应满足以下条件：

A. "我"先回家弄好宵夜等娟娟，说明"现在"娟娟还在五月花工作；

B. **那晚**柯老雄把娟娟带出去，说明中元节事故已发生，"现在"是中元节之后；

---

① 申丹：《叙述学与小说文体学研究》，北京大学出版社2019年版，第239页。

C."我申请两个多月""林三郎跟我做伴去的",说明"现在"娟娟已住进疯人院。

不难发现其中的矛盾。"我"回家弄好宵夜等娟娟只有两种可能:第一,明知娟娟不会回来仍要等,空等,"我"在自欺,以营造娟娟还在的假象;第二,"我"的叙述不可靠。[①]"我"既是云芳老六,又是连结五宝和娟娟的中间人物,还隐含着藏在文本背后的作者,因而指向叙述者-叙述、人物-叙述、隐含作者-叙述的三重不可靠性。就形成机制而言,《孤恋花》属于"同故事叙述",是"有缺陷的人物充当叙述者",结尾处出现了"异常的叙述声音",产生了类似于"赘叙"的叙述效果。视角越界引发的问题是:"我"是谁?"我"在对谁讲故事?"我"为何活在"过去"?

这在曹瑞原据原作改编的电视剧版《孤恋花》里似乎有了新的出路。故事被一分为二:1—8集由林三郎的视角展开,9—16集从沈云芳的视点切入,时代背景分别是1948年的上海和1958年的台北。1948年,从日本留学归来的台湾人林三郎,寄居于上海姑妈家。1958年,昔日的上海百乐门头牌沈云芳逃难至台湾,成为日式酒家东云阁的"总司令"。一男一女两个叙述者可看作城市的"他者",当他者闯入主体的领地,身份认同就成为不可回避的问题,关于"台湾人"或"外省人"的讨论便可自然带出,性别、阶级、国族等议题也得以拥有生成的场域。故事开头,观众就被"我"(三郎)代入"台湾人"的尴尬处境:

表哥:陈太太,她也是**台湾人**,抗战的时候丈夫被派到东北,一家人在沈阳住了很多年。抗战胜利了,他们很惨的,**日本人**拿他们当**中国人**,撒手不管了,**内地人**拿他们当**日本人**,人人喊骂,**苏联人**来的时候丈夫病死了,她带着孩子东奔西波的很不容易,最后才到了上海。

三郎:这都是**台湾人**的悲哀。[②]

秦家保:**上海人**跟**台湾人**一样,都在**日本人**手下过日子……一旦提起日本人不把**我们中国人**当人看,我就会恨得咬牙切齿。

三郎:现在只希望**我们国家**能够强大起来,这样子他们才不会看不起我

[①] 陈志华:《不可靠叙述研究》,中国社会科学出版社2018年版,第59—70页。
[②] 曹瑞原:《孤恋花》,台北止奔影像有限公司2005年版,第1页。

们,把我们当成二等公民。……

　　三郎:**台湾人**又怎么了?

　　秦家保:总是被日本殖民过。

　　三郎:又不是**我们**愿意的。①

"××人""我们""他们"……对日本侵华的控诉,对中国命运的担忧,对台湾身份的介怀,显然包含了导演、编剧的声音。值得注意的是,关于"国事"的对话均发生在男性人物之间。当对话人变成五宝,林三郎没有刻意谈论"××人",而是顺着五宝那"好像亲人一样"的歌声讲起了台湾:

　　三郎:这一两年我逐渐认识到,创作,是很难离开自己生长的文化。……台湾的冬天一点都不冷……你没听说过台湾四季如春吗?那里真的是人间的一块福地。

　　五宝:如果我能去台湾,三爷就找不到我了……②

"返乡"愿望由此被激发,并随着爱情、生存、文化的需要而一步步迫近,三郎只对上海投去匆匆一瞥,这份"他者"的打量外在于人物的发展需要,他必须通过"返乡"才能完成自身。林三郎注定要逃离上海回归母地,沈云芳却不复有返乡的可能,其中的吊诡在于"大陆人"的归家情结被斩断。相应的,两个"我"("他者")的声音都随着剧情的推动悄然"消逝"。尽管"我"的独白仍然在每一集片头重复,但在正片中,这种声音已然变得模糊,产生了自由间接体的叙事效果。③ 在摄影机运作的影响下,正片中大量使用全知视角和不同人物的限知视角。"他者"在剧中消逝,观众能够同时也更自由地透过人物与创作者的眼睛和语言来看世界。两个不纯粹的"我"("他者"),一个倾向于回顾,呈现为过去时态;一个活在"当下",讲述行为基本与事件同步,呈现为现在时态。电视剧为何这样处理两个"我"?

---

① 曹瑞原:《孤恋花》,台北止奔影像有限公司2005年版,第2页。
② 同上书,第5页。
③ [英]詹姆斯·伍德:《小说机杼》,黄远帆译,河南大学出版社2015年版,第2—4页。

二、人物：前景还是背景

（一）"前景"中的主要人物

要解决"我"之必要性问题，就要厘清"我"在故事中的位置以及"我"从这个位置看到了什么。"我"在小说中处于绝对的"前景"，第一人称叙述口吻构成表层的"前景化"，此外还存在着深层的系统而连贯的"前景化"现象。为了突出"前景"，白先勇对生活中自动化的语言作了"变异"和"平行"[①]，主要包括：

一是修辞，如用典、意象和色彩的隐喻。例如，对中国古代通俗文学典故、白话短语（包括方言）的运用，万春楼、蓬莱阁、白玉楼、小茶某、老龟公、小清倌人、寿头、点大蜡烛、梳拢、开苞……均附着于云芳的讲述，既符合她的身份，又点明欢场女性的封闭性和悲剧性，而这种封闭性指向文学传统。又如，对动物意象和色彩的强调，如娟娟的形象：黑缎子旗袍，披着件小白褂子，黑蝌蚪似的眸子，蚯蚓似的红疤，病猫似的哀吟……黑、白、红形成的强烈视觉反差颇有张爱玲"葱绿配桃红"的参差对照之感，虽不如张爱玲那般"较近事实"，但白先勇注重的是象征性。娟娟的"'幽灵'影像"可视作尹雪艳之幽灵形象的复数变体。

二是重复，如相似的对话、事件、场景。

"九爷，那也是**各人的命**吧？"
"**这是命**，阿姊。"
"**没法子哟**，总司令——"

五宝跌坐在华三房中，华三揪住她的头，像推磨似的在打转子，**手上一根铜烟枪劈下去，打得金光乱窜**……

娟娟赤条条地骑在柯老雄的身上，柯老雄倒卧在地板上，也是赤精大条的。娟娟**双手举着一只黑铁熨斗，向着柯老雄的头颅，猛捶下去**，咚，咚，咚，一下紧接一下。（死亡）

[①] 刘世生、朱瑞青编著：《文体学概论》，北京大学出版社2006年版，第34—43页。

娟娟穿戴好。我们便一块儿走了出去……街头迎面一个**大落日**,从染缸里滚出来似的……

我和林三郎走出疯人院,已是黄昏,海风把路上的沙刮了起来,让**落日**映得黄濛濛的。(落日)①

还有如人物姓名(丽君-孟丽君、凤娟-娟娟)、金属器物(铜钱大的焦火泡子、铜蝴蝶、铜烟枪、黑铁熨斗、金牙齿)等重复意象。

以修辞和重复为代表的"前景化"在小说中具有连贯性和系统性,语言表达被"推至一个引人注目的位置"②,以突出人物的相似性。这种相似和重复遥指张爱玲及"张派"作家"踵事增华"的叙事学。王德威认为,《台北人》是对张爱玲的致敬之作,"是一代大陆人因战乱流落台湾,却兀自要'重复'当年生活、意识、情感形态的故事"。"张的(重复)写作手法——以双语四写同一题材——其实已隐含了对写实主义的一种批判。"③白先勇虽没有运用"双语",却"四写"了同性恋、艾滋病等世界议题,④以及抽象"重复"的过去所带来的幻光。《孤恋花》中占据"前景"的"我",看到两个"重复"的女人并向她们投射情感以实现自我存在的确证与认同,因此关于这两个女人的描写是反写实的。描写的反写实与叙述的不可靠一起架空了"我"的"现在","我"只能靠回忆去寻找"现在"坐标。此"断片的美学"亦指认着中国古典文学处理往事、处理文化记忆的传统。⑤

(二)"背景"里的小人物

受篇幅所限,小说人物大都位于背景板,唯有"见证人"林三郎具备叙事意义,但没有被"聚焦"。他"天天奏,天天拉",一曲《孤恋花》见证了酒家女的青春

---

① 白先勇:《台北人》,广西师范大学出版社 2015 年版,第 115—130 页。
② 申丹:《叙述学与小说文体学研究》,北京大学出版社 2019 年版,第 114 页。
③ 王德威:《落地的麦子不死——张爱玲与"张派"传人》,山东画报出版社 2004 年版,第 28、8 页。
④ 《Danny Boy》(2001)、《Tea for Two》(2003)、《Silent Night》(2016)三篇题为英文的小说由中文写成,且带有"世界化的色彩"。《Silent Night》于 2018 年 10 月 13 日获第五届郁达夫小说奖短篇小说奖。2018 年 12 月 7 日(郁达夫诞辰),白先勇到浙江富阳参加颁奖典礼,他说如果要说三十年代最好的小说,他会选择郁达夫的《过去》。早在 1990 年 9 月刘俊的采访中,白先勇已经提到,《过去》最好。至于"女人"在其中的分量,可参考张莉对《过去》的重读——郁达夫常有一个主题:"辨认自我"或"认出自我"(张莉:《〈过去〉:"危险的愉悦"与"罕见的情感"》,《小说评论》2021 年第 2 期)。
⑤ 吴晓东:《从卡夫卡到昆德拉:20 世纪的小说和小说家》,生活·读书·新知三联书店 2017 年版,第 10 页。

与沉沦,也增添了小说的透视感和纵深感,辐射出广阔的时代和历史空间。电视剧充分利用了这个"背景"人物,设置"三郎—五宝—云芳"和"三郎—云芳—娟娟"两对三角关系。作为"前景",三郎站在主体(三位女性)前面,"突出"她们,引导观众的视线,他的"眼睛"形成某种"框视",内嵌于摄影机的凝视,并对人物投诸大量同情。柯老雄、华三、卢根荣卢九、胡阿花、丽君、心梅、娟娟父亲等到了剧中也都"改头换面"有了新的命名,此外还多出"背景"人物,如表嫂含芳、童养媳春子、许秘书,他们不止助推情节,还有"圆形人物"的复杂面向。

表嫂的首次登场伴随着三郎仰视的主观镜头,这个穿着睡裙、百无聊赖、眼高于顶的少妇是他在上海见到的第一个女人。在之后的相处中,三郎见识了她的压抑和引诱,却很难说是否领略到她的"现代性"。地下党小宋乔装混入上海太太圈,本是为了调查赵正元,却意外爱上了表嫂。表哥出狱,一家人将要搬离花园洋房,表嫂在这时决定离婚。正如香港的陷落成全了白流苏,国共内战也成全了表嫂和小宋。过去"泼辣、散漫、没什么大脑"的少奶奶成了相夫教子、安于现状的家庭妇女,可她"一点也不后悔"。在忠诚和私情短暂对抗的"限制"或"陷阱"中,二人心灵上的团结所催生出的情感力量称不上强大,却是一种接近生活本质的静水深流的力量。剧中其他"背景"人物也大抵如此。影像对"现在"的"台湾性"的理解基于在地化的生活场景和人际关系,体现为一种"地方认同"。诚如曾秀萍指出,"在《孤恋花》中,台北成了主角'成家'的所在","这是'台北人'在台北落地生根的开始"。[1] 如果说白先勇的"地方认同"凝结为云芳"成家"的愿望,并以一种迂回的、功能性的方式隐见于文本,那么曹瑞原则试图通过写实的手法扩充文本容量。

春子属于三郎的"前史",直到第十集才出现。1948年,三郎去上海的一个重要原因是逃避和春子的婚事。十年后,春子仍未出嫁,同时对三郎回心转意抱有幻想。这个勤劳善良、忠贞不贰的传统日本女人,日复一日地照顾年迈的祖父和患有创伤后应激障碍的大哥。对春子来说,置身于枯寂的祖宅,时间几乎不流动,她只有永恒的"现在"。1958年金门炮战爆发,"民国"成为台湾不得不面临的"现在",三郎被痛苦地拉锯在"过去"和"现在"断裂的时空中。十年前逃避包办

---

[1] 曾秀萍:《流离爱欲与家国想象:白先勇同志小说的"异国"离散与认同转变(1969—1981)》,《台湾文学学报》2009年第6期,第14页。

婚姻、坚持音乐理想并不足以构成三郎必须离家的全部动因——二人始终未处于同一时间轴。

"现代"的表嫂和"传统"的春子形成类似"秦香莲与花木兰"的镜像对照。[①] 作为"背景"，她们部分地屈从于曹瑞原的叙述，成为小人物灰调人生的一个截面。至此，小说中的"前景"与电视剧中的"背景"形成对立统一的辩证，一个整伤而重复，一个零碎而具体。两个文本都以女同性恋话语为纽带，试图建立叙述、时态（时间）、人物之间的关联和想象。如果说小说呈现为一种抽象的复数，是在简笔画上大面积涂抹色块，以黑、白、红的叠影召唤神秘的"女性哥特"，那么电视剧则坚持以差异逻辑对小说进行改编和转译，即导演通过镜头的"观看"来重塑女性及其情感的异质性，而这种异质又直指如何解读她们的复杂情感。

三、细节：何为"女人"？

（一）女性情谊和女同性恋

> 风尘女子往往都很**母性**，而我们对母亲总不免怀抱或多或少的眷恋。（白先勇）[②]

> 我觉得女同志有一种来自于内在的这种惆怅跟焦虑，我的体会是，她们的惆怅，他们的焦虑来自那种**母性没有完成**，而男同志比较多来自于家庭。（曹瑞原）[③]

云芳对五宝从怀有"一股母性的疼怜"到"住在一块儿，成一个家""赎一个小清倌人回来养"的伴侣式爱恋，再到将这份复杂的情感移情到娟娟身上，"同是天涯沦落人"的共情贯穿母爱、同性爱、友爱的始终。小说采取了"情不知所起"的书写方式来表现"情谊"，即睡觉、盖被子、亲吻、搂肩膀等图像式描摹，并没有什么情节。而所有情感的发生、停顿和终结在影像中必须有迹可循，因此要分集组

---

① 戴锦华：《涉渡之舟——新时期中国女性写作与女性文化》，北京大学出版社2007年版，第5页。
② 白先勇：《树犹如此》，广西师范大学出版社2015年版，第3页。
③ 白睿文、蔡建鑫主编：《重返现代——白先勇、〈现代文学〉与现代主义》，麦田出版社2016年版，第206页。

成线性的、散点的大单元,形成"横向的叙事结构、扁平的角色矛盾、滚动的冲突铺陈和连环的悬念设置"等电视剧艺术结构美学。[①]

不同于金大班"最后一夜的'两次心软'"都是源于爱情回忆的苏醒,云芳"救风尘"是出于道义,正是这初见之"义"决定了人物的命运走向。为了拿回五宝的卖身契,她不惜委身王老板,面对许秘书的不解,云芳说"你不懂的";三郎要带五宝走时,五宝也对他说"你不会懂的"。因为"阿姐和我一样,命苦"[②],"命苦"让她们看见彼此。电视剧如此拆解与重塑小说人物,调整她们的情感联结形式,激化她们的情感矛盾,让观众看到她们"产生'凝聚的渴望'的关键力量"[③]。更重要的是突出她们的差异:五宝天真、甜美、活泼,对于"阿姐"的爱意,她既懵懂又确凿,还有一颗捍卫到底的决心;娟娟阴郁、焦虑、心事重重,面对云芳的付出,她只感到"责任",当意识到自己的能力不足以回馈一份庞大的爱时,她便自暴自弃,自我放逐。

然而女性情谊在剧中再三因男性的介入而停顿。先是云芳和三郎轮流"争夺"五宝,而后柯老雄和云芳又分别"绑架"娟娟。需要警惕的是,导演似乎对异性情感有刻意美化的嫌疑,如柯老雄被黑道追杀,娟娟及时报信,摩托穿过芦苇丛,晨曦中,娟娟两次替柯老雄披衣服。同时隐含着不易察觉的"温情主义"[④]:小宋和表嫂"现世安稳"的家庭生活;云芳与三郎和解,二人"结盟"般地共同"照顾"娟娟;云芳出门时娟娟仍在熟睡,镜头对灶台上正在炖煮的东坡肉进行特写……这些"家"或"拟家庭"的煽情场景轻而易举地使观众的眼泪填满了小说文本的缝隙。另外,云芳"出柜"时三郎的在场意味着尽管云芳是联结五宝和娟娟的纽带,但实际上三郎才是她们情感位移的中介和承载者,即"女同"需要得到一个男性的认可才能继续进行下去。就女性情谊和女同性恋的模糊化处理方式而言,两个文本似乎达成了某种默契,这导致"女同"成为"母性"、"情谊"的节余——欧阳子认为,"同性恋爱关系只是被作者用来做小说背景的,与小说的主旨含义并没有必然的关联","除了肉体之外含有更多成分的感情……形成作者对人生较肯

---

① 蓝凡:《浅论电视剧结构的美学特征》,《上海大学学报(社会科学版)》2008年第1期。
② 曹瑞原:《孤恋花》,台北止奔影像有限公司2005年版,第2页。
③ 张怡微:《故事识别》,山东画报出版社2021年版,第30页。
④ [美]周蕾:《温情主义宣言·当代华语电影》,陈衍秀、陈湘阳译,麦田出版社2019年版,第37—62页。

定的一面"。① 但果真如此吗？

倘若把"女同"的部分抽掉，或换成"男同"，小说的"神秘性"还会存在吗？这份"神秘性"只是"天命""孽根"吗？小说对女同性恋模棱两可的处理态度，使之乍看上去又是一个"怜爱阿多尼斯美少年和依恋母亲一体两面"的故事，读者会顺理成章地认为她们的感情"建立在母爱的匮乏与提供之上""娟娟与阿六雷同于母女亲情"，②或者她们是因为受够了男人的压迫。（男性压迫确实提供了一个思考问题的重要角度。艾德里安娜·里奇在《强制的异性恋与蕾丝边存在》中指出了一系列关于女同性恋的谬误，如女同性恋通常被"包含"在男同性恋话语之下、作为母亲的养育职责引发了女同性恋的存在等。里奇认为男权——主要是性和暴力——压迫是确保女性成为男性附庸的强制性手段，对异性恋浪漫和婚姻的理想化对女性形成精神上的控制，男性主体性带来的强制性异性恋使得女同性恋隐形或匿名。③）

那么，"女同"叙事何以在叙述者（我/他者）消逝的前提下还能在电视剧中生存下来？

（二）"观看"女性

由于摄影机无所不在，小说中的视角越界现象到了电视剧中变得稀松平常，也更复杂。导演巧妙地"偷换"不同"摄影机"的概念，使其以或冷眼旁观或积极介入或作为画外音或与人物视角同化等方式发挥叙述作用。④ 在对准人物之前，曹瑞原对云芳作出解读：

> 关于云芳这个角色，我觉得我们认为典型的舞女要风姿绰约、仪态万千。可是我觉得云芳其实某些时候不只仪态万千，她不是一般典型的舞女。我觉得袁咏仪有这样的感觉。刘嘉玲可能也是一个适合的人选，但是我认

---

① 欧阳子：《王谢堂前的燕子——白先勇〈台北人〉的研析与索隐》，广西师范大学出版社 2014 年版，第 166 页。
② 蒲彦光：《白先勇〈台北人·孤恋花〉主题试析》，《华文文学》2005 年第 2 期，第 11—21 页。
③ Adrienne Rich, "Compulsory Heterosexuality and Lesbian Existence," https://www.posgrado.unam.mx/musica/lecturas/Maus/viernes/AdrienneRichCompulsoryHeterosexuality.pdf
④ 李显杰：《电影叙事学：理论和实例》，中国电影出版社 1999 年版，第 295—319 页。

为她又太典型。①

这是一个杂糅了尹雪艳、金大班部分性格的女人。摄影机以隐蔽的方式运动,"制造出'故事情节'的幻象性来打动人心"②,观众几乎感觉不到它的存在。镜头似乎在《蔷薇处处开》的背景音乐中冷眼旁观她的登场:蝉联三届"舞国皇后"的云芳小姐"不光人长得好看,行事做人都很圆润",同事对她只有羡慕没有嫉恨,华三的手下出言不逊又不得不让她几分,就连王老板也还没有染指她。随后,导演迅速调整摄影机视点和运动策略。五宝在家中练唱《魂萦旧梦》,摄影机从左前方拍摄二人的中景,观众在看向人物的同时,画面里位于后方的云芳在看前面的五宝。接着云芳从后面环住五宝,画面转向五宝的大特写,几秒后,镜头跟着后面的云芳从左至右运动,画面转为云芳的大特写,再切回五宝的大特写,镜头再次跟随云芳从右至左运动,如此往复,最后定格在云芳若有所思的神情上。云芳不仅教五宝合乎规范又不失美感地摆弄自己的形体,还教她"入戏",教她如何"做女人"。云芳道:

> 腰要挺直,身段要放软。
> 做女人,要有做女人的妩媚。你要想着,自己是一朵娇艳的玫瑰花、风姿绰约的山茶花。你没听过吗,人生如戏,有时候你要演戏给人看,每天要演好自己的角色。③

类似的镜头语言在接下来的段落中复现。二人准备当晚登台的行装,在一面大穿衣镜前,云芳为五宝化妆。在这组双人正反打关系中,云芳占据着主要权力地位。正打时,二人同处一个画面中且云芳居前景,摄影机强调云芳观看的动作而不是表情,此时镜头聚焦五宝的脸,五宝成为一个被观看的对象;反打时,画面中只有云芳一个人,她的动作和表情都很清晰,摄影机强调的是云芳观看的行为以及随之产生的复杂心绪。

---

① 白睿文、蔡建鑫主编:《重返现代——白先勇、〈现代文学〉与现代主义》,麦田出版社 2016 年版,第 167—168 页。
② 李显杰:《电影叙事学:理论和实例》,中国电影出版社 1999 年版,第 297—298 页。
③ 曹瑞原:《孤恋花》,台北止奔影像有限公司 2005 年版,第 2 页。

紧接着是梳头。云芳从前景掠过，画面呈现五宝的特写，然后迅速切回至双人镜头，导演意在让我们知道，作为被观看对象的五宝对于梳头这件事的反应，以此"回应"云芳的观看行为。由于这个镜头很短暂，同时包含云芳起身时滑过的前景、梳头时映现在镜中的立在五宝身后的背景、梳完头后的双人中景，我们虽然能看到五宝期待的表情，但是这份"回应"或回望并不重要，她仍然是被观看的对象而不是主体。

以上两组镜头中,五宝的所有正面都出现在镜中,这是一个投射反观自我的认同。五宝接受了自己被观看,从而使摄影机的观看与云芳的观看形成了认同。

正如白先勇和曹瑞原所达成的共识,云芳不是普通的女人,她是"总司令",有着女性的身体和流动的性别认同。但教别人"做女人"是电视剧强加的,体现了导演和编剧的意图。摄影机分别对两个女人投向不同程度的观看,取缔了叙述者,同时引领观众观看(男人)女人指导女人"做女人",从而启动了摄影机-(男人)女人-女人的多重观看机制。

四、为何"女性"("女同")叙事?

要解决非"女同"不可的困惑,需要再次回到"我"的"不可靠叙述"上。视角越界为故事平添了几分鬼气,第一人称"私语"仿佛是一个受伤的孤魂野鬼到处飘荡,絮絮叨叨地讲述自己的前世今生。之所以活在过去,是因为青春留不住,爱情终将逝去。就像张爱玲说的,是绣在屏风上的鸟,死也还死在屏风上。

白先勇对改编《孤恋花》的态度颇值得玩味。在和上海昆剧院赵莱静的通信中,他建议"改编成像《王魁负桂英》《红梅阁》《坐楼杀惜》《刺虎》一类凄厉而有鬼气的剧本"[①]。"鬼"与"鬼气",经由"张派"作家的"鬼话"传统[②]可上溯至中国抒情传统——除了被普遍化的"女性命运共同体"之外,自屈原以降的"香草美人"传统,经过汤显祖、冯梦龙到曹雪芹,再传承到白先勇这一代身上。以男性为中心的叙事传统排斥"女人腔","鬼"的爱欲被长期地闭锁在鬼影幢幢的阁楼上,成为"没有光的所在"。小说中的"鬼话"流动、隐秘、支离破碎、似是而非、今昔不分,"我"对五宝、娟娟单向度的"女同"情感努力不断受挫、隐蔽、重生、流产,不可靠的"鬼话"正对应着"女同"的流产,使"女同"的声音恰好完成了它的叙事使命。

电视剧则不能免俗地落入三角恋和线性叙事的窠臼,难以在想象女性(女同)的层面有所跃进,"我"("他者")的消逝便成为一种必然。从《孽子》(2003)、《孤恋花》(2005)到《一把青》(2015)[包括《斯卡罗》(2021)],曹瑞原遵循一贯的改编策略:从个体经验到群体经验,人物之间形成互文,大量使用声响弥合影像

---

① 赵莱静、白先勇:《关于改编〈孤恋花〉的通信》,《上海戏剧》1990年第4期。
② [美]王德威:《落地的麦子不死——张爱玲与"张派"传人》,山东画报出版社2004年版,第50页。

叙事的缺漏。就《孤恋花》来说，无论是叙述、人物、情节的温情主义式套路，还是摄影机凝视下的对女性情谊和女同性恋的僭越，均显示出电视剧想象"女性"的局限。

究其根本，是两位作者不同的女性观。白先勇向来以"擅长写女人"为人称道，但夏志清、苏伟贞都曾指出白先勇潜在的"厌女"[1]。欧阳子认为"总司令"属于女同性恋者当中的"男性"，她厌恶男性，习惯于把自己从"那起小查某""那些女孩儿"中排除出去。依上野千鹤子之见，这其实是一种"成为'女强人'"的"'例外'策略"，将除自己以外的女人"他者化"，是为了把厌女症转嫁出去。[2] 这恰好与影像观看机制发生了关联，即摄影机认同的云芳的观看是一种"厌女"的观看，观众因此产生"凝视的快感"；故事结尾，同样是到监狱探视娟娟，影像揭示的更像是两个男人之间的情谊。

"总司令"在成为"例外"的同时并没有轻蔑"他者"女人，不彻底的"厌女"和对女性情谊的肯定在"我"身上达到了平衡，这是白先勇的摇摆和局限。他的"乡愁"是有阶级的，他的笔触面向精英、贵族、资产阶级，在这方面他拥有丰沛的文化资本。他对老兵、舞女、小市民则更多地出自上层知识分子的"悲悯情怀"。而他的女性（女同）视角源于"男同"身份，性少数群体和女性一样，被"强制性异性恋"排除在外。他的漂泊人生注定了他的"中国性"建立在与家庭、国家、民族的疏离之上，故而这份"拯救"意识能够被碎解，退居幕后，使他通过一次次的观看不断返回自身，形成认同。他笔下那些"抽象的复数"之女性，表明他的内在自我认同偏向文化女性的和生理女性-文化女性之间的同质异构、亦敌亦友的情谊和关系。

总之，两个版本的《孤恋花》展示了两种媒介、两位创作者时有时无、内在矛盾的"女性"视角分别是如何在小说与影像中各自完成叙事的。而如何创造新的叙事经验去抵抗经验的日常，是所有创作和改编者需要面临的头号难题。

---

[1] 苏伟贞：《为何憎恨女人？〈台北人〉之尹雪艳案例》，《台湾文学学报》2009年第6期，第14页。

[2] ［日］上野千鹤子：《厌女：日本的女性嫌恶》，王兰译，上海三联书店2015年版，第197—208页。

离散书写中的贵族视角与平民视角

——白先勇作品改编电影《最后的贵族》与《花桥荣记》比较研究

郁旭映

香港都会大学

引 言

电影《最后的贵族》(1989)与《花桥荣记》(1998)分别由导演谢晋与导演谢衍改编自白先勇的短篇小说《谪仙记》(1965)与《花桥荣记》(1970)。前者被认为是谢晋从"谢晋模式"突破的转型之作,而后者则成为白先勇作品改编的影视作品中少见的"黑色幽默"之作。谢晋在为谢衍的《花桥荣记》所写的评论中称这两部作品代表了"两代人对白先勇作品的情结"[1]。而且,《花桥荣记》恰好是谢晋最初想拍的白先勇的作品,因无法到台湾取景,只能作罢。[2] 谢晋说若由他拍《花桥荣记》,"可能会透露出许多的悲凉与沧桑感来,衍儿则不然,这样今不如昔、生生死死的故事,却拍得很有些黑色幽默,甚至有一点喜剧的味道"[3]。他将这两部作品对白先勇作品的不同诠释归为代际差异。

前人研究虽留意到两部电影在"离散"这一主题上的共性,但对于离散主体的阶层差异和离散经验的美学呈现的差异以及造成差异的原因尚缺深究。本文拟通过三个层面的比较——白先勇两部原作、两部电影对小说的改编、两部电影

---

[1] 谢晋:《两代人对白先勇作品的情结》,收入谢衍、杨心瑜等《花桥荣记:电影剧本与拍摄纪事》,远流出版事业股份有限公司1999年版,第13页。
[2] 同上书,第15页。
[3] 同上书,第17页。

的风格,来论证白先勇的小说原作就已为中国人的离散经验提供了大乡愁和小乡愁两种表述,贵族的和平民的不同视角,而这两部电影影像风格的差异是由白先勇作品的风格差异决定的,对原作改编的得失也与为凸显这两个特质的努力有关。

自从欧阳子将《台北人》的主题思想概括为"今昔对比"、"灵肉冲突"和"生死之谜"之后,这三个对照结构就成为我们解读白先勇短篇小说避不开的框架。尽管小说《谪仙记》与《花桥荣记》基本上也通过"今昔对比"、"灵肉冲突"和"生死之谜"这几个方面来书写离散经验,但因所描写的群体不同,所采用的叙事视角有贵族与平民视角之别,叙事基调上则有出世的悲怆与世俗的无奈之别,所表达的乡愁则有"大乡愁"与"小乡愁"之别。电影《最后的贵族》与《花桥荣记》在改编过程中都着力将原作中的贵族与平民精神进行了放大:前者用群体的世俗生活来凸显贵族个体(李彤)在失去原乡之后的自我放逐,而后者则以平民个体视角来描述离散群体的沦落过程。前者以实来衬虚,用象征手法和崇高美学来提升谪仙之死的哲学意味,将以家国为对象的思乡之情上升到现代人失乡后的普世精神危机;而后者则以虚衬实,通过对原作中作留白处理的往昔补充浪漫化的细节来对比今日不堪的现实、生存之难。但两部电影又有共性,皆在展现离散者的共同困境"或生存,或毁灭"时,尽量避免"感伤过度(sentimentality)"(欧阳子语)。

贵族与平民:大乡愁与小乡愁

离散是白先勇作品中众人物的共同状态,而乡愁则是这些离散者的共同心绪。古继堂曾将白先勇小说中的乡愁分为小乡愁和大乡愁。《台北人》中的乡愁属于"小乡愁",而《纽约客》中的则是"大乡愁":

> 如果说《台北人》中那些角色背负的是民族分裂悲剧下的小乡愁,因为他们虽然远在他乡,抛家别子,但他们毕竟还是在自己的宝岛,中华的国土上;虽然失去了乡土的温暖,但却仍有同胞的情意和关照。而《纽约客》中的角色,他们背负的却是东西方文化、民族、生活方式、人情世故等矛盾冲突悲剧下的大乡愁。他们是一批漂泊于海角天涯的孤魂野鬼。既失去了乡土的温暖,也失去了同胞的关怀;既没有祖国可作屏障,也没有主人的身份赖以自持,而是完全生活在不能自主、无依无靠、举目无亲的环境里。《台北人》

中的主要角色们如果是历史和时代的弃儿,那么《纽约客》中的角色却是些漂泊异乡的孤儿;前者所怀的是灭亡之痛,后者心底却是流浪的悲哀。①

林幸谦则认为不应仅从空间角度(即国土内外),而更应该从精神层次来区分乡愁:"两者之间的乡愁乃在精神层次上有所差异,而不在于空间意义上有所不同……若延用'小乡愁'和'大乡愁'字眼——即小乡愁乃是只指涉没有历史和民族文化情感或较弱的思乡情怀;而大乡愁则指涉具有较强烈、渗透性复杂的历史感和民族文化的思乡情怀。"②在这一定义下,《台北人》中有作品表达大乡愁,《纽约客》中亦有作品承载小乡愁。刘俊则将这两部小说集的创作立场变化概括为"从国族立场到世界主义",因为《台北人》中"人物虽然在大陆的'前世'和台北的'今生'之间摆荡撕扯,到底也还是中国人自己的事",而《纽约客》"则以纽约的'世界人'为描写对象——这里所谓的'世界人'既指中国人到了国外成了'世界'公民,同时也是指包含了非中国人的外国人"。③

以上关于大乡愁和小乡愁的界定包含了空间、精神内核和身份等角度,但除此之外,白先勇作品中对乡愁的书写还根据群体阶层差异而采用不同的叙事风格,呈现不同的精神实质。这一点则较少被论及。我们可以通过《谪仙记》和《花桥荣记》来对比。

发表于1965年《现代文学》第25期的《谪仙记》讲述了家世显赫的上海贵族小姐李彤在经历了家国变故之后,在美国日渐沦落,最后在威尼斯投河自杀的故事。小说着重刻画主人公李彤谪仙的气质与贵族身份,让她从世俗生活中脱离出来,聚焦其精神流亡的特性,展现了一种抽象的、普世的、精神的、本体论意义上的大乡愁。发表于1970年《现代文学》第40期的《花桥荣记》则是以荣记面馆的老板娘荣蓉的讲述,塑造了在台北的广西人平民群像,通过具体的今昔、灵肉和生死的对照,表现了世俗的、生存层面的、对于具体人事和故土思念之情的小乡愁。

尽管这两部小说都是以写实为框架,使用旁观者叙事视角,但在写实风格上

---

① 古继堂:《台湾小说发展史》,春风文艺出版社1989年版,第201页。
② 林幸谦:《生命情结的反思:白先勇小说主题思想之研究》,麦田出版社1994年版,第226—227页。
③ 刘俊:《从国族立场到世界主义》,收入白先勇《纽约客》,尔雅出版社2007年版,第3页。

有所不同。欧阳子曾经指出白先勇的现代主义写实风格在《台北人》各篇中表现出差异：

> 写作现代短篇小说的一大原则，便是表达故事含义的方法，不用"诉说"，而用"呈示"。白先勇严格遵守这一项原则。然而"呈示"的方式，又有明暗程度的不同。在《台北人》里，例如《永远的尹雪艳》、《那片血一般红的杜鹃花》、《思旧赋》、《孤恋花》等篇，由于作者多用暗示和暗喻来表达故事旨意，所以相当难解。另外又有几篇，由于呈现旨意的方式多半是明示和明喻，所以我们觉得比较容易了解。《一把青》是其中的一篇。《花桥荣记》是另一篇。①

该分析虽然仅针对《台北人》篇章，但是《谪仙记》、《花桥荣记》也正好符合上文所说的明暗程度不同。前者主要用暗示和暗喻，而后者则较多明示和明喻，它们显然各自配合着主题上的大乡愁与小乡愁之别。本节试从叙事视角切入对两部小说的乡愁属性加以分析。

谢晋曾评价《谪仙记》"它有史的作用，诗的境界"②，既点出了小说的时代性和超时代性的特点，也点出小说在风格上的"以实（史）写虚（诗）"的特点。小说以李彤好友慧芬的丈夫陈寅的第一人称旁观者视角来"呈示"而不是"诉说"李彤的悲怆内心。作为一个局外人，陈寅的视角至关重要，它引导着读者视角由表层到深层去了解和理解李彤。但是，他对李彤的叙述经历了从转述到直接观察再到转述，即从"不在场叙述"到"在场叙述"再到"不在场叙述"的变化。③ 他首先从自己的太太慧芬和其转述中了解到所谓的"最后的贵族"，小说一开头就说明：

---

① 欧阳子：《〈花桥荣记〉的写实架构与主题意识》，收入白先勇《白先勇文集 第2卷：台北人》，花城出版社2000年版，第325—326页。

② 谢晋：《形象大于思想——〈最后的贵族〉的艺术追求》，收入《谢晋电影选集 女性卷》，上海大学出版社2007年版，第125页。

③ 林淑贞将《台北人》中的叙事策略归纳为"不在场叙述"。根据其定义，"'不在场'是指现在不在叙述的现场之中，是被追溯的人物，而'不在场'的不仅是他人，也是叙述者自己的一段过去"。《台北人》常常"透过'在场者'追述'不在场者'之现在的情境或是过去发生的事件"（林淑贞：《寻找记忆：白先勇〈台北人〉"不在场"之叙事策略》，《东亚汉学》2013年第3号，第331页）。本文此处借用在场与不在场叙述的概念，但主要强调叙述者对于被叙述对象的讲述是基于在场的直接观察还是不在场的转述之间的区别。

慧芬是麻省威士礼女子大学毕业的。她和我结了婚这么些年经常还是有意无意的要提醒我：她在学校里晚上下餐厅时，一径是穿着晚礼服的。她在厨房里洗蔬菜的当儿，尤其爱讲她在威士礼时代出风头的事儿。她说她那时候的行头虽然比不上李彤，可是比起张嘉行和雷芷苓来，又略胜了一筹。她们四个人都是上海贵族中学中西女中的同班同学。四个人的家世都差不多的显赫，其中却以李彤家里最有钱，李彤的父亲官做得最大。①

从一段不在场叙述进入李彤故事，带出两层对比。第一层是今昔对比，通过慧芬厨房洗菜与威士礼时代穿晚礼服的形象对比，传达出贵族蜕变为平民的唏嘘。第二层则是在借慧芬的叙述凸显李彤的与众不同。由此，李彤就逐渐由贵族群像的背景中被单独聚焦，成为贵族中的贵族。从陈寅认识李彤之后，慧芬的今不如昔的怀旧叙事就淡去，而李彤乖张、放浪、游戏人间的姿态之下的疲惫和厌世就成为陈寅的叙述重心。如果说慧芬的转述为李彤形象补充了家国飘零的时代注解和作为"中国"的象征性，从而传达了作品对中国传统的凭吊和哀悼主题，那么无论是失控狂舞，还是赌马、疲惫，都是逐渐趋近内心的挖掘，体现了白先勇小说中的另一个常见主题：失根后的现代个体被人性之中不可抗拒的自毁倾向驱动，堕落或死亡。

当李彤死后，她的朋友们争论其死因时，陈寅的直接观察再次转为转述。

"这是怎么说？她也犯不着去死呀！"张嘉行喊道，"她赚的钱比谁都多，好好的活得不耐烦了？"

"我劝过她多少次：正正经经去嫁一个人。她却一直和我嬉皮笑脸，从来不把我的话当话听。"雷芷苓说道。

……

"我晓得了，"张嘉行突然拍了一下手说道："李彤就是不该去欧洲！中国人也去学那些美国人，一个人到欧洲乱跑一顿。这下在那儿可不真成了孤魂野鬼了？她就该留在纽约，至少有我们这几个人和她混，打打牌闹闹，

---

① 白先勇：《谪仙记》，收入《纽约客》，尔雅出版社2007年版，第16页。

她便没有工夫去死了。"①

此处的转述一方面解释了李彤的死无关世俗原因,排除了金钱、爱情、友情、婚姻甚至也不是"身在哪里"的原因;另一方面也通过朋友的选择来衬托李彤的孤傲,同被贬入凡间,其他人已向世俗妥协,无论甘与不甘,只有李彤无法释怀,"好像把世人都要从她眼睛里撵出去似的"。李彤并不讲述自己,无论是往昔的风光,还是她的家国情怀,在李彤自身的展示里一直是淡化的,因而引起了对其悲剧性质的各种讨论。李彤的中国象征性毋庸置疑,但困住李彤的到底是"故国之思",还是命运之网,抑或两者的复合?李彤的投水是水仙花式的感伤,还是属于感时忧国的表征?② 从以上两例分析所示,陈寅叙事视角在"在场叙述"和"不在场叙述"之间切换。将直接观察与间接观察(转述)结合,凸显了李彤悲剧的复杂性和多义性。正如林幸谦说:"白先勇身为一个广义的现代主义作家,从各方面来看待世界,人生的一切内容都是现代主义作家的表达对象。他也关注现实主义作家依据的历史经历,同时也关注在此历史经验中隐藏内心深处的痛苦、恐惧、幻想、奥秘和癫狂。"③如果说陈寅对来自"最后的贵族"群体的转述在于呈现"历史经历",那么陈寅作为局外人对于李彤的直接观察,则是为了传达"历史经验中隐藏内心深处的"种种。但《谪仙记》并不是如《游园惊梦》一般使用心理描写,而是"以外写内",以一种举重若轻的、"背面敷粉"④的客观小说方式。不仅小说中的人物试图以世俗生活、世俗热闹去掩盖失根的空虚,连作品的风格也是着力于刻画活泼热闹的日常细节来反衬痛苦。

《花桥荣记》则是《台北人》中写实框架更为明显的一部作品。小说中的叙述者老板娘本身是离散中人,她的作用不仅是讲述小说主人公卢先生从希望

---

① 白先勇:《谪仙记》,收入《纽约客》,尔雅出版社 2007 年版,第 41—43 页。
② 江宝钗在《投水事件与忧国传统——以〈芝加哥之死〉与〈谪仙记〉为观察核心》(见《白先勇与台湾当代文学史的构成》,骆驼出版社 2004 年版,第 71—85 页)将白先勇小说中的投水事件按照功能分为五类:一、仅作插曲式的片段,作烘衬用;二、映发心理状态,象征洁净、死亡与再生;三、水仙子情结;四、象征欲望;五、既寓有人类普遍的象征意义,又是民族记忆之再现。该文将李彤的投水放在自屈原到王国维的感时忧国传统中。
③ 林幸谦:《生命情结的反思:白先勇小说主题思想之研究》,麦田出版社 1994 年版,第 242 页。
④ 聂伟:《泛亚视域中的家国模式与离散叙事——谢晋电影〈最后的贵族〉的个案意义》,《杭州师范大学学报(社会科学版)》2009 年第 1 期,第 64 页。

到绝望的悲剧故事,而且还要讲述自己以及其他离散群体,如李半城、秦癫子的故事,他们的故事共同指向"今昔对比"的主题。一个世俗、现实、计较着生意、爱讲是非,但有同情心的老板娘的叙事者形象及相应的"现实、轻松、风趣的'语气'或'语调'(tone)"①,在小说中起到多重作用。首先,正如欧阳子所说,如此叙述语调避免了将卢先生的整个悲剧主线"过于感伤化(sentimental),过于戏剧化(melodramatic)"②。吕正惠曾批评《台北人》,其中意识形态上错误的同情心,"遮蔽了他对人物的'真切认识'",然而,相较于对上层人物"沦落"的同情,白先勇对于下层人物的"流落"则较能保持冷静,吕认为《一把青》和《花桥荣记》因为冷静而获得了某种程度的成功。③ 虽然此种关于仅同情上层人物的批评失之偏颇,但《花桥荣记》确实因为老板娘叙事而起到一种冷静效果。老板娘和她的荣记面馆作为群像故事的交汇点,增强了离散故事的世俗性和现实性。从她的角度讲的故事,即使再唏嘘,也是形而下的生存层面的。即使卢先生的悲剧是《台北人》中常见的具有象征性的灵肉之争,即从对纯真爱情的坚守到对肉欲的沉溺,其堕落令人唏嘘,但展现的仍是世俗的情感,是直接而明了的。更不用说,李半城经济上的潦倒、秦癫子的犯花痴,都是非常具体的生存困境。

其次,老板娘在讲述人物故事时不断提到"饭钱",也是对现实性的强化。描述完李半城在七十大寿第二天上吊身亡,老板娘说"他欠的饭钱,我向他儿子讨,还遭那个挨刀的狠狠抢白了一顿"④;在讲述秦癫子的故事之前,她说"我们开饭馆,是做生意,又不是开救济院,哪里经得起这批食客七拖八欠的,也算我倒楣,竟让秦癫子在我店里白吃了大半年"⑤。甚至,在卢先生死后,她立即转向:"我把卢先生的账拿来一算,还欠我两百五十块。"⑥这些市侩的语调不断地打破感伤氛围,将叙事的焦点拉回现实。而同时,老板娘一边炫耀过去,"提起我们花桥荣记,那块招牌是响当当的","我们桂林那个地方山明水秀,出的人物也到底不同

---

① 欧阳子:《〈花桥荣记〉的写实架构与主题意识》,收入白先勇《白先勇文集 第2卷:台北人》,花城出版社2000年版,第340页。

② 同上。

③ 吕正惠:《战后台湾文学经验》,生活·读书·新知三联书店2010年版,第202页。

④ 白先勇:《台北人》,文学出版社1976年版,第135页。

⑤ 同上。

⑥ 同上书,第148页。

些";一边数落着现实,"个个的荷包都是干瘪瘪的……想多榨他们几滴油水,竟比老牛推磨还要吃力"。① 固然是处处让过去与现在对比,实则也展现出了离散中人生的韧劲,让我们看到以老板娘为代表的离散平民从桂林人到台北人的艰难落地过程。学者们一般认为,白先勇直到《孽子》,才是"真正的书写'台北人'的开始"②,但发表于 1970 年的《花桥荣记》其实已经正视台北的现实生活,尽管无奈和挣扎。

综上所述,在白先勇的离散书写中,在同样的时代变动和历史创痛的背景下,我们看到不同层次和角度的群体与个体的创伤反应,在《谪仙记》中看到出世的悲怆,在《花桥荣记》中则看到世俗的困顿;前者是贵族的,后者则是平民的。区分白先勇离散书写中的大乡愁和小乡愁也正是说明白先勇作品兼具时代性与超越性。正如他曾在访谈中所提到的他的作品兼有历史和人性的层面:"我的作品可能要分两方面来讲,一方面是非常个人的,另一方面是历史的,隶属于中国历史文化的大传统。我常常在两方面之间取得平衡,也在大时代里写一些人的感受,这是时代给他们的冲击,却也是他们极端个人的。"③

《最后的贵族》与《花桥荣记》的改编:放大的大乡愁与小乡愁

1986 年中国电影界开始了一场关于"谢晋模式"的大讨论。评论者批评谢晋模式为"情感扩张主义",是"以煽情性为最高目标的陈旧美学意识"。④ 之后,再有论者将谢晋电影的重要特征概括为"家国一体"⑤。从 1987 年开始准备的《最后的贵族》是不是谢晋对外界讨论的一个回应,我们不得而知。但可以肯定的是,谢晋在拍《最》时有着明确的美学目标:"在影片即将开拍时,我想再强调一下,我多年来一直追求而没有完全能达到的'形象大于思想'这个问题,我认为表

---

① 白先勇:《台北人》,文学出版社 1976 年版,第 134 页。
② 洪珊慧:《从"台北人"到"纽约客":白先勇笔下的离散与城市》,收入周建渝编《城市文化与人文视野》,香港中文大学亚太研究所 2009 年版,第 280 页。
③ 杨锦郁:《把心灵的痛苦变成文字——在洛杉矶和白先勇对话》,《幼狮文学》1986 年第 64 卷第 4 期,第 129 页。
④ 朱大可:《谢晋电影模式的缺陷》,《文汇报》1986 年 7 月 18 日。
⑤ 贾磊磊:《谢晋电影中的国与家》,《电影创作》1999 年第 1 期,第 54—57 页。

现性格,就是表现思想。"①从他自己的角度来看,"形象大于历史,大于思想"的追求在这部电影中有以下几方面体现:一是力图有超越国族和时代性的共鸣,"《最后的贵族》可以说是从社会使命感上升到人类使命感,它具有巨大的审美幅度,拍好了,它的震度是宇宙性的,世界性的"②;二是追求"言外之意",因此影片的特点和个性是"含蓄的、婉转的、暗喻的"③。

为了用形象去呈现原著中的"史的作用"和"诗的境界",电影做了几处明显的改动:首先,陈寅的身份从非贵族的局外人变成贵族群体的一员,从纯粹的旁观者视角介入故事,并与李彤有着复杂的感情纠葛。电影中的陈寅是糅合了小说中的两个人物:追求过李彤的王珏和慧芬的丈夫两个人物,因此他成了李彤从前的恋人,好友的丈夫,甚至扮演着某种守护者的角色。对此改动,评论界普遍认为是对小说的误读,是改编的败笔。近似"三角恋"的通俗剧元素的添加,淡化了李彤悲剧的哲学意味,"李彤此后的'沉沦'似乎就可以在更为通俗化的故事层找到原因"④,"一个深刻的个性悲剧便被浅薄地降格为恋爱不果的无力呻吟了"⑤。这些批评不无道理,但此一改动是否源于编导与原著"彼此相异的叙事态度与价值走向"?⑥ 并不然。事实上,白先勇不仅参与了该电影剧本大纲的设计,还为剧本完成稿提出非常细致的修订意见。⑦ 因此,关于误读和价值走向相异的评价本身也是一个误读。我们更应该从电影如何力图再现原著精神的方向去思考电影改编的得失。

不同于小说的限知视角,电影主要使用全知视角,部分保留了陈寅的叙事视角,但赋予其局内人身份。陈寅从非贵族变成贵族群体一员,这一改变的主要作用是为突破原著中限知视角的局限,以便于呈现谪仙贬入凡间的完整过程,即李

---

① 谢晋编:《谢晋电影选集 女性卷》,上海大学出版社2007年版,第126页。
② 同上书,第128页。
③ 同上。
④ 聂伟:《泛亚视域中的家国模式与离散叙事——谢晋电影〈最后的贵族〉的个案意义》,《杭州师范大学学报(社会科学版)》2009年第1期,第64页。
⑤ 魏文平:《〈谪仙记〉的误读——评影片〈最后的贵族〉》,《电影评介》1990年第4期,第23页。
⑥ 聂伟:《泛亚视域中的家国模式与离散叙事——谢晋电影〈最后的贵族〉的个案意义》,《杭州师范大学学报(社会科学版)》2009年第1期,第63页。
⑦ 相关记录见陆士清:《合作、友谊和追求——〈最后的贵族〉从小说到电影改编始末》,收入《笔韵——他和她们诗的世界》,复旦大学出版社2013年版,第118—128页。

彤失根而失魂的完整过程。① 如前文已述,在原著中,"史的部分",即李彤与中国的命运同构性完全靠只言片语的转述进行,陈寅仅仅见过李彤四次,仅能片段式地侧写其作为个体的"格格不入"和自我放逐。编剧白桦坦承,小说在刻画"这个人走向精神深渊的那段最痛苦,也是最美丽的历程"时是以"最含蓄的藏的手法收到其最佳效果",而小说的象征技巧、藏的技巧在电影中较难发挥,"因为在电影里人和事必须让观众看到或听到"。② 正是为了实现白先勇所反复强调的"要抓住'最后的贵族'这个基调"③,电影是在"最后的"与"贵族性"上补足人物发展的逻辑。白先勇所期待的是:"我想应以李彤这个人的传记来反映一个时代,很细致地把人物的七情六欲、五脏六腑写出来。"④电影试图用陈寅这个李彤"由盛而衰的见证人"的目光来引导观众层层深入地去理解李彤的陨落和她的心绪,逐步地把握由具体的、世俗的到形而上的原因——从个人与家族层面,如父母遇难与爱情的失落,到民族层面,如太平轮事件的打击、中国的没落,再到乡愁的普世性,威尼斯的自沉——由国族到世界,由史到诗。

电影不仅为李彤立传,也为离散贵族群体立传,对于四强中其他三强的个性、命运与抉择均有仔细交代。一方面是如原著一般用她们的"随遇而安"去衬托李彤的不妥协,另一方面也为唤起观众对于整个群体的离散感同身受。小说中仅用一句来传达留学生这个离散群体的悲哀,"我感到我非常能够体会慧芬那股深沉而空洞的悲哀"⑤,点到即止。电影则为了强化这种"共鸣",仔细地刻画了这一群体的今昔变化,试图再现贵族群体在时代变迁中载浮载沉的漂泊感。

对于李彤自我放逐的种种表征,电影在将小说中非常隐晦的沦落加以具体化和戏剧化的过程中,比如与邓茂昌这样的有妇之夫恋爱,以及被误作妓女抓入警局,不免给人猎奇和庸俗之感。究其原因,大概是想要通过贵族与风尘的反差,来强化白先勇小说中常见的"灵让位于肉"的自毁情结,即白桦所指的"走向

---

① 根据陆士清的记录,1987年在谢晋与白先勇的讨论中,"他们确定,电影要改变视角,但有些地方可以保持陈寅的视角,以表现陈寅既是李彤的知己,又是她由盛而衰的见证人"。见陆士清:《合作、友谊和追求——〈最后的贵族〉从小说到电影改编始末》,收入《笔韵——他和她们诗的世界》,复旦大学出版社2013年版,第122页。
② 白桦:《世界上的水都是相通的》,《文汇报·笔会》1987年11月18日。
③ 白先勇、谢晋:《未来银幕上的〈谪仙〉》,《文汇月刊》1988年第1期。
④ 同上。
⑤ 白先勇:《纽约客》,尔雅出版社2007年版,第46—47页。

精神深渊的那段最痛苦,也是最美丽的历程"。虽然效果并不佳,以至于电影被批庸俗化、丧失了中国性、"冲淡了家国离散背景下的文化无依感"等。① 但并非源于编导的误读,而恰恰源于太过执着地要将"最后的贵族"的种种细节形象化,以至于适得其反。

电影另一个颇有争议的改编在结局,即李彤在自杀前的场景。小说对于李彤自杀并无直接描写,仅仅通过朋友转述和一张明信片来交代。电影则安排了李彤在威尼斯与上海有渊源的白俄乐师相遇,一起缅怀了过去和故乡,当李彤问乐师"世界上的水是相通的吗",即将现代中国人的离散主题上升到了世界性的离散主题。编导对这部分的改编都颇为满意。白先勇曾专门就此部分贡献了修订意见。② 编剧白桦曾为这句话而痛哭:"我确认这是李彤面对威尼斯河最后一定要想到的一个问题,这也是白先勇多次想到的一个问题。"③谢晋则认为,这一改动"不论是内心的意蕴,或者是美学形式上,都是超越了原著的"④。但评论界对此评价不一,一方面正如主创者期待的,人们结尾中看到了升华。比如,聂伟评价道:"李彤的思乡病(影片中特别用'Are you homesick?'的提问来表现她的失落与绝望情绪)就不全是政治意义上的'家国',不是空间意义上的'上海'、社会关系层面上的'父母'、'恋人'或'同学',亦非语言层面的'乡音',而更接近文化哲学意义上的、形而上层面的'原乡'。"⑤

另一方面,也有如王志敏批评影片的结尾与前面通俗剧情节脱节,"突然将李彤彻底从世俗的烦忧中拉了出来,为一个形而上的'无家可归'的绝望作了注脚。从世俗的诉求跳跃到形而上的概念,显然是一种深刻的难以弥合的矛盾"⑥,

---

① 有趣的是,根据黄仪冠的观察,"八十年代台湾电影对于白先勇小说的影像化,受限于电影时间长度、商业市场的运作机制,因此小说中原有的现代主义意识流技巧往往被改编为通俗剧叙事模式"(黄仪冠:《性别符码、异质发声——白先勇小说与电影改编之互文研究》,收入范铭如、陈芳明《跨世纪的流离:"白先勇的文学与艺术"国际艺术研讨会论文集》,INK 印刻文学生活杂志出版有限公司 2009 年版,第 322 页)。可见通俗剧叙事模式是现代主义文学改编中较普遍的趋势。
② 见陆士清:《合作、友谊和追求——〈最后的贵族〉从小说到电影改编始末》,收入《笔韵——他和她们诗的世界》,复旦大学出版社 2013 年版,第 118—128 页。
③ 白桦:《世界上的水都是相通的》,《文汇报·笔会》1987 年 11 月 18 日。
④ 谢晋编:《谢晋电影选集 女性卷》,上海大学出版社 2007 年版,第 126 页。
⑤ 聂伟:《泛亚视域中的家国模式与离散叙事——谢晋电影〈最后的贵族〉的个案意义》,《杭州师范大学学报(社会科学版)》2009 年第 1 期,第 64 页。
⑥ 王志敏:《超越的界碑——重读〈最后的贵族〉》,收入《谢晋电影选集·女性卷》,上海大学出版社 2007 年版,第 221 页。

结尾只不过是附加了一个家的概念而已,整体上影片的改编进行了从"形而上到形而下的转换"[①]。

如果深究这形而上和形而下的所谓矛盾,我们会发现,这些改编仍然是出自要将贵族陨落过程完整化和形象化的同一个目标。遇见白俄乐师和自沉威尼斯的细节化改动除了升华、抽象化和普世化之外,是凸显失去原乡的痛苦和回归母体的渴望。"世界上的水是相通的吗"不仅仅表达"同是天涯沦落人"的离散思绪,更是"条条都是归途"的醒悟和释然。小说并无出生在威尼斯一说,投水于威尼斯被认为是"孤魂野鬼",象征着永久的漂泊,而电影则以结尾呼应开头,回到出生地终结此生,完成了谪仙的没落并且"回归母体"的全过程。[②] 所以这一改动与陈寅角色设定的改变目标是一致的。

《最后的贵族》作为谢晋的转型之作,对《谪仙记》的改编并未如其所期待的那样广受认可,得到的回应褒贬不一。除了提到外部诸多因素的影响,比如演员选择的遗憾等,批评者主要将其失败归结为编导对于原作的误读。本文同意其有不足之处,但并不认同这是因为误读所致,而恰恰相反,本文认为这部电影在风格上的优势和不足其实都源于编导太过执着于对白先勇原作中的大乡愁和"最后的贵族"的影像再现和完整化。

电影《花桥荣记》与《最后的贵族》在风格上大相径庭。它由谢晋之子谢衍和其同班同学台湾编剧杨心瑜一起改编。该片获得了第35届金马奖最佳改编剧本和最佳男配角两项提名。电影在风格上极力延续原作避免"感伤过度"的努力,一方面用黑色幽默去稀释现实的沉重,另一方面则采用了大量闪回,把过去桂林的回忆,以柔焦镜头,带有诗意及怀旧感的叙事手法,将过去补充了情节、人物,用影像风格的差异来强化"今昔对比"。编剧杨心瑜如此阐述其对原作的理解:"《花桥荣记》的主题是本质上相冲突的怀旧与适应。这发生在我们颠沛流离的上一代,也发生在白先勇、谢衍、我自己和许多移民身上。这是一个愈来愈沉

---

① 王志敏:《超越的界碑——重读〈最后的贵族〉》,收入《谢晋电影选集 女性卷》,上海大学出版社2007年版,第221页。

② 白先勇对于剧本的建议是让白俄乐师出现在开场李彤的生日会,让其作为一个见证人。(见陆士清:《合作、友谊和追求——〈最后的贵族〉从小说到电影改编始末》,收入《笔韵——他和她们诗的世界》,复旦大学出版社2013年版,第118—128页)电影展现得并不明显,但生日会的众乐师中确有一位长得似白俄乐师的年轻版。

重的主题。或许就是因为沉重,我从开始就努力把它轻松化……"①如果说在整个《台北人》中,白先勇寄予同情和悲悯最多的是那些不肯放弃过去,生活在把现在当过去的幻觉中的人。那么,《花桥荣记》中的老板娘作为"保持对过去的记忆,却能接受现在的人"之一,则难得既保留对于过去的怅恨,又表现出适应现实的活力和韧性。杨心瑜亦留意到,与《台北人》的其他篇章不同,《花桥荣记》"描述的不是某一人物","而是一群人",这群人本身亦构成了"怀旧"与"适应"的反差。因此,电影为了突出这两点,用诗意的影像来对应"怀旧",表达对过去的怅恨,而黑色幽默的喜剧手法则处理"适应"部分,展现生命的坚韧。而又因为无论是怀旧还是适应其实都是对应小乡愁,即世俗的、生存层面的、对于具体人事(爱人)和故土(广西)的思念,所以电影所做的也是尽量完整地去表现这现实的、世俗的情感,以及对于生活的本能的应对和朴素的态度。

电影相比于原作进行了以下的改动:第一,以闪回的方式为所有人物,无论主角还是配角都补充了"前世",即在广西的故事和情感,以柔焦镜头进行了浪漫化、诗意化的怀旧画面,与台湾现实的部分用市侩的、埋怨的然而又是带有同情的口吻来讲述的故事形成巨大反差。首先是为老板娘春梦婆补充了感情线:在小说中仅简单交代了"我先生"的身份,行伍出身、在米粉店"把我搭上",以及在梦中"血淋淋的"象征着死亡的形象。在电影中则一方面以浪漫唯美的风格全程再现了老板娘与团长先生的结识、看戏、婚礼、离别;另一方面则以现实主义风格、暗淡色调、朴素又带戏剧性的故事暗示她与荣记厨师陈师傅患难与共的情感,共同维持荣记的生存,共同抗台风等。最后,老板娘在卢先生死后为他烧纸钱时倚在陈师傅肩头痛哭"我要我的男人",某种程度上象征其情感的落地。此外,电影还添加了一条荣蓉对卢先生的微妙情感线,从儿时的戏语"我就是喜欢卢家少爷",到临近结尾处梦见卢先生和丈夫的合二为一,血淋淋地出现,以此作为卢先生死亡的预告。有研究曾对此进行了精神分析,认为"电影中的荣蓉被塑造为充满压抑的角色,她将自己与某些巨大的情绪经验隔离,以保护自己不受伤害,压抑这些需求、感情或意图以避免心灵的痛苦"②。尽管白先勇小说中常见的

---

① 杨心瑜:《〈花桥荣记〉电影剧本改编后记》,收入谢衍、杨心瑜等《〈花桥荣记〉电影剧本与拍摄纪事》,远流出版事业股份有限公司1999年版,第35页。
② 庄宜文:《白先勇小说改编电影中的1949年和离散经验——以〈最后的贵族〉、〈花桥荣记〉和〈青春蝴蝶孤恋花〉为例》,《"中央大学"人文学报》2013年第54期,第81页。

"从灵到欲"的反差在老板娘这一形象的刻画上并不明显,但显然,电影多次用"梦魇"这一元素来揭示老板娘是如何用心理防御机制来尽力保护自己免受过去的笼罩。而每一次梦魇之后电影中陈师傅都会出现。一次因梦见与丈夫失散而大叫,陈师傅跑上阁楼关切地问"怎么了";另一次当老板娘梦见自己丈夫和卢先生的死亡,镜头则切换到楼下陈师傅睡觉打呼的画面,充分可见"现实无梦"、"生存无梦"。

与老板娘的心理防御机制相反的是卢先生、李半城、秦癫子这些人。电影将原本由叙事者老板娘的"不在场叙述"讲出来的人物过去的或略或详的故事以全知视角的闪回加以补充——比如,李半城买下半个桂林城教育儿子成为"李全城",秦癫子左拥右抱三个老婆嬉戏,卢先生的家世及与未婚妻罗家小姐的爱情——与老板娘在现实中观察到的他们的经济困窘、花痴病以及从规矩人到堕落的完整过程对比,凸显这些人活在乡愁中,不愿舍弃旧梦的悲剧。为了强调他们的旧梦未醒,电影分别赋予他们各自以标志性的意象或话语,以渲染。比如李半城手中已变成废纸的地契和口中念念不忘的儿子、象征秦癫子的色欲与权力的"抓一抓",以及卢先生失魂落魄时自言自语着"我们就要回家了,不要怕",来强化他们"至死不醒"的旧梦,让人觉得心酸而荒诞。

第二,电影的另一大改编是加重了空间和环境的对比。小说本身是《台北人》的离散书写中小乡愁较为明显的,明确故乡桂林为寄托对象。小说中老板娘反复用骄傲的口气提到山明水秀的桂林,包括人、事、戏,还有空间的描述如东门外花桥头,水门外,花桥,桥底下是漓江,桥头那两根石头龙柱,等等。尽管如此,对桂林的回忆在小说中仅仅是点缀和象征,主体部分仍集中在各人在台北的流落。电影则明显加重了桂林的比例,除了如上所述交代各人在桂林的过去之外,画面上尤其注重展现桂林之美。[①] 除了逃难场景,电影中的多数桂林场景有着烟雨濛濛的泼墨效果,辽阔而静谧的漓江百里、峻峭的兴坪山峰、敞亮的花桥荣记、民国大宅、花桥、等等。这些风景的共同特点是开阔、以深深浅浅的绿色为主基调,让各个人物的桂林生活在柔焦镜头下显得富有生机,充满希望。相比之下,镜头切换到台北现实时,则以逼仄的室内和半室内空间的近景为主,昏暗局促的

[①] 或许跟桂林当地对电影的投资不无关系。根据摄影师的记录,桂林副市长叮咛:"多把桂林风景拍得美一些,也可以影响久远。"见林良忠:《摄影师手记》,收入谢衍、杨心瑜等《〈花桥荣记〉电影剧本与拍摄纪事》,远流出版事业股份有限公司1999年版,第52页。

荣记面铺、李半城摇摇欲坠的小阁楼、卢先生所住的拥挤杂乱的大杂院、台风过境时各家四处漏水、倒灌的狼狈场景,均以暗淡的深蓝色和黑色为主基调来展现。唯一略有生机的绿色出现在老板娘在大树下听卢先生唱桂林戏《回窑》。但代表一抹生机的绿色在此处多少具有反讽效果,因为紧接着卢先生的命运就急转而下,被表哥所骗,让十五年来的等待和希望化为泡影。

除了环境的对比效果之外,风景的转接也预示着心境的变化。例如,影片结尾老板娘将卢先生和罗小姐在桂林的发黄照片挂在自己店里的墙上。从台北空间中看桂林空间,暗示基于现在的立足点再看过去。从老板娘的视角拉近照片而进入桂林空间,电影在此处使用了"旧照片与实景镜头溶接的效果"①,从桂林的地灵人秀再移向爷爷在漓江边的"花桥荣记"招牌,象征了老板娘将过去转化为力量的决心。同时响起老板娘的画外音:"喏,那就是我爷爷开的那家荣记米粉店。多少年了,它依然还在漓江边,花桥旁。对了,我要找人来看看,把店重新装修装修,再和秀华商量一下,我就不信,我不能把'荣记米粉店'这块招牌再打响。"②

相比于小说的结尾:"日后有广西同乡来,我好指给他们看,从前我爷爷开的那间花桥荣记,就在漓江边,花桥桥头,那个路口子上",③电影显然更为积极也更为坚定地表达了老板娘"适应"台北,再出发(即"再打响")的决心。从表述的时态来讲,小说中对爷爷的花桥荣记的描述是"从前",是明显的过去时态;而电影中用的是"多少年"和"依然",模糊处理了过去时和现在时,某种意义上显示了老板娘的决心:打通空间和时间阻隔,活在现实中,但让乡愁成为现实的精神支撑。

无论是故事情节的补充,还是空间对比的加强,电影都为了强化"怀旧"和"适应"的现实逻辑。虽然在画面上对过去和桂林做了诗意的处理,但是关于人物命运的因果关系的交代非常写实,即用怀旧影像将人物所怀之旧写实,以实写虚。如此处理,无论在风格上还是主旨上均放大了作品的小乡愁和平民视角,与《最后的贵族》中所呈现的人物的难以言说的形而上痛苦是截然不同的。但是,

---

① 根据摄影师的记录,这一效果是导演谢衍的要求。见林良忠:《摄影师手记》,收入谢衍、杨心瑜等《〈花桥荣记〉电影剧本与拍摄纪事》,远流出版事业股份有限公司1999年版,第51页。
② 杨心瑜、谢衍:《〈花桥荣记〉电影剧本》,收入谢衍、杨心瑜等《〈花桥荣记〉电影剧本与拍摄纪事》,远流出版事业股份有限公司1999年版,第179页。
③ 白先勇:《台北人》,文学出版社1976年版,第149页。

电影的问题也由此而来。

诚如欧阳子所总结:"笼统而言,《台北人》中之'过去',代表青春、纯洁、敏锐、秩序、传统、精神、爱情、灵魂、成功、荣耀、希望、美、理想与生命。而'现在',代表年衰、腐朽、麻木、混乱、西化、物质、色欲、肉体、失败、委琐、绝望、丑、现实与死亡。"①这样的对比自然不是所谓"客观中立"的,以至于欧阳子也对《台北人》世界的景象与道德价值观,提出过责评:"'过去'不见得真那样美,那样充满活力和光荣;'现在'也不见得那样丑,只剩下腐朽和败亡。"②但细想,其实,过去之所以美,是因为它是"想象的乡愁",人们依赖于现在建构往昔,借助于审美距离,让过去的美显得自然而非刻意,并不等于过去真的如此。一旦将"过去的荣光"如实再现,笼罩在过去上的"灵晕"就会削弱。比如,秦癫子做县太爷时的荒淫奢华生活其实并不美,亦不善,固然能为他之后的花痴症提供解释,但这些不但不能增加对人物的同情,反而多少证实了批评者所批评的,这些角色是"病态的,自渎的——他们是一个堕落社会里的最后残余,正走向无可避免的消亡"③。这不得不说是对小乡愁,对过去柔光过度的一种反效果。

结 语

1967年,在白先勇第一部小说集《谪仙记》出版的时候,尉天骢就以"最后的贵族"为名批评白先勇作品在感情上、意识上的"贵族味"。④"贵族"不仅仅指小说人物的阶级身份,更在于"他们的道德执迷,他们拒绝改变"⑤。而之后出版的《台北人》则招致更多的负面批评,指责其所写的与"下层社会"无关,与台北无

---

① 欧阳子:《白先勇的小说世界——〈台北人〉之主题探讨》,收入《白先勇文集 第2卷:台北人》,花城出版社2000年版,第195页。
② 欧阳子:《从〈台北人〉的缺失说起》,收入《白先勇文集 第2卷:台北人》,花城出版社2000年版,第440页。
③ 刘绍铭对尉天骢批评的概括,见 Lau, Joseph Sm, "'Crowded Hours' Revisited: The Evocation of the Past in *Taipei jen*," *The Journal of Asian Studies*, 1975-11, Vol.35 (1), p.35。
④ 尉天骢:《最后的贵族——读白先勇的〈谪仙记〉》,《文学季刊》1968年第6期,第125页。
⑤ Lau, Joseph Sm, "'Crowded Hours' Revisited: The Evocation of the Past in *Taipei jen*," *The Journal of Asian Studies*, 1975-11, Vol.35 (1), p. 35.

关,"隔岸观火",充满"非现实性"。① 白先勇对此曾有回应:"有些人批评我写没落的贵族,我觉得不是,我什么都写嘛。在《台北人》里,老兵有,妓女有,酒女也有,老佣人,老副官,上的、下的,各式各样的人……"②本文通过《谪仙记》和《花桥荣记》的文本比较再次证明白先勇的离散书写的丰富性和鲜活性。不仅离散群体涵盖不同阶层,"乡"的指涉和乡愁均具有多重寓意和多重变奏。乡愁既可以表现为传统中国的宿命背景下一个极具现代意识的颓废和虚无的症候,也可以是背井离乡后的市井生活中的种种凄凉、不堪和挣扎。

电影《最后的贵族》与《花桥荣记》尽管未能在观众中和电影史上得到全面的肯定,但它们分别挖掘了白先勇原作中乡愁的形而上与形而下表达,从贵族与平民视角来刻画离散群体与个体,丰富了华语电影的离散经验的呈现,为不同阶层的人在历史变迁中的创伤记忆留下了见证与记录。从它们的得失也可以一窥文学影像化过程中各种因素与机制的复杂互动。可以说,它们自身也成为其时代的见证。八十年代末的《最后的贵族》不仅标志着谢晋个人风格的转型,创作时也恰逢两岸关系趋向缓和,随着两岸开放探亲,离散之痛渐成历史。而且,作为第一部在美国拍摄的中国电影,电影一方面着力表达离散主题的国族叙事,另一方面透露出普世的和世界性的漂泊之感。某种程度上代表着中国性与世界性的结合,也是第四代导演融入世界电影的尝试。③ 九十年代后期由大陆、香港和台湾合力完成的《花桥荣记》则一开始就需要在商业、政治与艺术三者之间周旋"求生",与电影放弃宏大叙事,着眼于生存与尊严的小叙事的审美选择可以说是"表里如一"了。

---

① 在此仅列举一些代表性的批评。尉天骢:《自囿》,《大学杂志》1971年第47期,第59—61页;何田田:《论〈台北人〉的人物和主题》,《文艺月刊》1975年第76期,第21—28页;蒋勋:《台湾写实文学中新起的道德力量——序王拓〈望君早归〉》,尉天骢编《乡土文学讨论集》,远景出版事业有限公司1978年版,第473—474页;胡秋原:《访胡秋原先生谈民族主义》,先收录于《夏潮》1977年第3卷第5期,第48—56页。

② 白先勇:《与白先勇论小说艺术——胡菊人白先勇谈话录》,《联合报》1976年12月28—29日,第12版。

③ 根据记者唐宁回忆,谢晋在拍摄《最后的贵族》之前就主张去科学分析好莱坞模式。1985年谢晋访美时,也曾向美国电影人了解电影在美国发行进入主流院线的条件。(马戎戎:《谢晋的最后20年》,《三联生活周刊》2008年第40期)

《谪仙记》文本/影视艺术话语的美学特征

戴瑶琴

大连理工大学

《芝加哥之死》(1964)与《谪仙记》(1965)是二十世纪六十年代"留学生文学"中的两部经典。《谪仙记》从现象和本质两个层面推进了对吴汉魂(《芝加哥之死》)自杀的思考,它解释李彤为什么无法活下来,呈现陈寅、黄慧芬、雷芷苓如何能活下来。重新审视六十年代"留学生小说",创作者将华人困境首先落地于"失家","失根"事实上在七十年代小说中才被全面阐释。"失根"在白先勇、於梨华、聂华苓作品里,更偏重"无家可归"的境遇。

"漂"是海外华文文学研究聚合文化隔膜和文化悬浮的核心概念,"漂"本意"不下沉",而白先勇说"纽约是一个无限大、无限深,是一个太上无情的大千世界,个人的悲欢离合,飘浮其中,如沧海一粟,翻转便被淹没了"[①]。"飘"强调随风摇动或飞扬,更贴合抒情性的中国文化传承与文学表达。"飘"的微粒性特征体现在个体丰富度,而波动性动势呼应古雅美的演绎与传承,我认为,"飘"更密切契合白先勇的艺术观。

相继改编"伤痕反思"题材小说,拍摄电影《天云山传奇》(1980)、《牧马人》(1982)、《芙蓉镇》(1986)之后,谢晋出人意料地选择了《谪仙记》。这与1986年评论界长达数月的"谢晋电影模式"论争有一定关系。研究者尖锐地指出,"它是对目前人们所津津乐道的主体独立意识、现代反思人格和科学理性主义的一次含蓄否定,但正是这种催泪技巧为票房赚取了大量货币"[②]。1989年上映的《最

---

① 白先勇:《纽约客》,广西师范大学出版社2015年版,第151页。
② 朱大可:《论谢晋电影模式的缺陷》,《文汇报》1986年7月18日。

后的贵族》,是谢晋对论争的创作回应。人、逆境与人性的集合依然是思想基点,而宏大和升华的艺术追求,再次浸润于贵族小姐的人生悲欢,应该说,构思、情节与表演依旧保持"谢晋模式"的审美惯性。早于《最后的贵族》,香港无线电视台(TVB)1987年已拍摄《谪仙记》,片长48分钟,由金庸武侠剧的金牌监制李添胜指导,在TVB新开辟的"巨星单元剧场"播出。虽然该栏目是以培养无线训练班演员为目的,但这部作品是TVB以"电视电影"形式糅合文学/影视的实践。《谪仙记》两版影视改编皆调整叙事线索,但颇为共识地保留且强化了《谪仙记》的诗意。朗西埃讨论审美再生问题时,概括马拉美提出的新的审美,是围绕三个概念:形象、景致和虚构。形象以其力量,孤立一处景致,把一处景致建造成一个独特的点,来呈现那些形影,以及它们的转化和消散。而虚构,就是这些形影有条不紊地展开。① 白先勇塑造的李彤,恰是形象、景致和虚构的共同体,令六十年代"孤岛"境遇里的华人个体可知可悟。

一、意象的沿用与增列

　　白先勇借助单个意象或意象群揭示"飘"的情态和心态。《谪仙记》意象,源于作者对发饰、服饰、家居、色彩的直观感受,意象赋予女性体态和性格以可感的"微粒感"。谢晋从三方向拓展原著意象:第一突出"蜘蛛"、"旗袍"、"花"、"戒指"四个原意象,多角度侧写李彤性格的复杂性;第二增补新意象,如"照片"、"蜡烛"、"水",以此设计并连缀影片"激励事件",归整"谢晋电影"的叙事逻辑;第三在特定场景结构意象群,意象流动、"水"流动、人生流动形成互文符号系统。
　　蜘蛛意象协助确立李彤"典型化"。"大蜘蛛"在文本中有三次聚焦。

　　　　"李彤的身材十分高挑,五官轮廓都异常飞扬显突,一双炯炯露光的眼睛,一闪便把人罩住了,她那一头大卷蓬松的乌发,有三分之二掠过左额,堆泻到肩上来,左边平着耳际却插着一枚碎钻镶成的大蜘蛛,蜘蛛的四对足紧紧蟠在鬓发上,一个鼓圆的身子却高高的飞翘起来。"②

---

① [法]雅克·朗西埃:《美感论:艺术审美体制的世纪场景》,赵子龙译,商务印书馆2020年版,第109页。
② 白先勇:《纽约客》,广西师范大学出版社2015年版,第4—5页。

"她的身子忽起忽落,愈转圈子愈大,步子愈踏愈颠踬,那一阵'恰恰'的旋律好像一流狂飙,吹得李彤的长发飘带一齐扬起,她发上那枚晶光四射的大蜘蛛衔住她的发尾横飞起来。"①

"李彤半仰着面,头却差不多歪跌到右肩上来了。她的两只手挂在扶手上,几根修长的手指好像脱了节一般,十分软疲地悬着。……她的头发似乎留长了许多,覆过她的左面,大绺大绺的堆在胸前,插在她发上的那枚大蜘蛛,一团银光十分生猛的伏在她的腮上。"②

游猎型蜘蛛吐丝,具备对同类和其他物种的双重把控力。三段"蜘蛛"发饰的动静描写,隐喻李彤的攻击性,她既言辞犀利、性情张扬,又有"游移"捕猎男性的自我放纵。"蜘蛛"是她的心灵盔甲,她以主动出击方式抵抗"被物化",然而"生猛"徒有其表,李彤依然摆脱不了对资本的匍匐。

谢晋同样以三场戏特写"蜘蛛"发饰,并以"蝴蝶兰"被肆意甩落的细节,与其形成对比,隐喻特定处境内,美和真在现实/理想较量中被毁灭。李彤狂舞"恰恰"时,镜头在大蜘蛛的横飞和蝴蝶兰的坠落之间迅速切换,在后者"像一团紫绣球似的滚到地上,遭她踩得稀烂"中淡出。

李彤繁复的旗袍令人目不暇接,最惊艳的出场在慧芬婚宴。"李彤那天穿着一袭银白底子飘满了枫叶的闪光缎子旗袍,那些枫叶全有巴掌大,红得像一球球火焰一般。"③她曾是威士礼"五月皇后",先后参与三次聚会,挑选三套装扮,即机场时的红旗袍、婚礼上银白色底红枫叶旗袍、莉莉生日宴的绛红色长裙。颜色与材质的变化,透露主人公的实时情绪与心绪,显示其既往光彩在逐步褪色。

与蜘蛛、旗袍和花不同,戒指具有浓厚的情感,承载最深切的母爱。《最后的贵族》和 TVB 版《谪仙记》,都精心安排了李彤赠戒一场戏,前者更额外在影片开头补叙李彤母亲传戒的场景。谢晋以戒指意象,完成母亲-李彤-陈寅女儿三代人之间情感与承诺的传递。

照片意象是《最后的贵族》的二度创作。威尼斯出生照、李彤与父母合照、"四强"合照,在影片开头结尾呼应,由此形成李彤命运的闭环。

---

① 白先勇:《纽约客》,广西师范大学出版社 2015 年版,第 10 页。
② 同上书,第 17 页。
③ 同上书,第 5 页。

龙华机场"四强"合影是影片重要的激励事件。李彤、黄慧芬、雷芷苓、张嘉行相伴赴美,她们即将共同跳出原有的生活舒适圈。此时四人为一个集体,临行照片打破稳态家庭模式,为与祖国、与父母、与亲友的永久分离伏笔。陈寅按下快门的那一刻,镜头淡出。慧芬婚宴,依然由陈寅为"四强"拍照,这是龙华合照的后续,四人站位未变,但三件白色旗袍和一件粉色裙装并列,透露李彤与另外三位密友间已横亘着不可消弭的"隔"。自称"中国"的李彤,穿着西式套装,而"美英俄"三强,身着中式旗袍。慧芬婚宴是又一次激励事件,"激励事件把主人公送上一条求索之路,去追寻自觉或不自觉的欲望对象,以恢复生活的平衡。在开始追求他的欲望时,他采取了一个最小的保守行动,以促发来自其现实的正面反应。其行为的结果却激发了来自内心的、个人的或社会/环境的冲突层面上的各种对抗力量,阻挡着他的欲望,在期望和结果之间开掘出鸿沟"①。父母意外去世,李彤维持原定生活秩序无法实现,内外双重压力令其举步维艰。由此推论,"失根"已深植于照片意象,并非被置于威尼斯终章。李彤出生照则与"水"构成意象组合。旅欧途中,李彤偶遇曾在上海生活三十年的俄罗斯小提琴手,她两次请他演奏柴可夫斯基的《如歌的行板》,询问他:"世界上的水也是相通的吗?"自沉水中,她一方面期待能与同样经历海难的父母重逢,另一方面期盼能顺着世间相通的水,回到故乡上海。此时镜头推进,李彤撕碎母亲赠予的威尼斯出生照,再拉回岸边茕茕孑立的李彤背影,接着切为张嘉行家喧闹的生日宴,最后两次推进特写龙华"四强"合影。照片和水,深化命运无常感,同时引领"回归"主题,从上海到威尼斯,水将李彤带回生命起点;从威尼斯到上海,水助其回到生活原点。电影意象群诠释白先勇的循环论史观。

二、悲剧性的维度与尺度

小说与电影都确立今昔对比视域,塑造人物和处境的悲剧性,"故事的艺术不在于讲述中间状态,而在于讲述人类生存状况的钟摆在两级之间摆动的情形,讲述在最紧张状态下所经历的人生"②。电影为李彤自我毁灭铺设进阶性细节,

---

① [美]罗伯特·麦基:《故事——材质·结构·风格和银幕剧作的原理》,周铁东译,天津人民出版社 2016 年版,第 217 页。
② 同上书,第 141 页。

例如盛大的家宴、消失的三年、宴会狂舞、威尼斯偶遇故人,影像加固了原著戏剧性,但也预设了命运因果关系。同时,电影增加李彤重返威尼斯篇章,依据编剧"幕设计"规律,它精准出现在影片最后二十分钟处,作为电影最后一个高潮。这场戏有意识地将海外华人故事从自我冲突跨越个人冲突,抵达个人外冲突,小说中的个人命运讲述被提升至电影里的家国命运解读。这固然存有"谢晋模式"的思维惯性,但这一主题升华,也并未显现拼凑的生硬感,导演补叙的俄罗斯小提琴手及其演绎的柴可夫斯基作品,揭示怀乡共情,将作品从悲情升华至悲怆。比较小说与电影的悲剧处理方法,《谪仙记》运用"唤起",而《最后的贵族》采取"给予"。

影、视版《谪仙记》都重视刻画个人,从家庭、社会、心理维度演绎人的悲剧性。"太平轮"沉没之际,李彤必须瞬间接受物质和精神"失家"的重创。小说简笔描绘德国式别墅、花园、喷水泉、露天舞会,电影开篇却以13分43秒生日宴场面,叙述李家昔日光耀,反衬李彤此后遭际。镜头首先推进李彤父母合影,随后扫过黄慧芬、雷芷苓、张嘉行顺次登场。四分钟时用仰拍镜头,通过摇/移刻画二楼李彤,仰附镜头的切换,既透露亲友的艳羡,也暗示李彤的骄傲。"永远快乐,小彤爱女"的祝语运用了四次特写镜头,在陈寅注视中,她分三次吹灭蜡烛。一抹忧虑嵌入陈寅的眼睛,画面从黑暗中淡出,切换为热闹的舞池。电影还增加威士礼大学的新年晚会,"四强"登台合唱三十年代著名作曲家黄自作品——《花非花》,以白居易《花非花》为词。人生如梦,雾、春花、朝云飘荡,她们的人生即将飘摇不定。今昔之变从花雾迷蒙的深远中逼近。

《谪仙记》对悲剧性的书写似乎更不落痕迹。它引发超越自我的共鸣,超出责任和情欲之间的永恒性冲突。电影的悲剧隐线有意识地导向李彤自我毁灭的结局,小说反而稀释了故事性,以静默沉淀孤独。"每家房子的前方都悬了一架锯齿形的救火梯,把房面切成了迷宫似的图样。梯子都积了雪,好像那一根根黑铁上,突然生出了许多白毛来。太阳升过了屋顶,照得一条街通亮,但是空气寒冽,鲜明的阳光,没有丝毫暖意。"[1]狂欢牌局终止,陈寅和慧芬在清晨体验"发霉"的纽约,冷瘦的街巷描写无形中将"留学生文学"的中心意象——"孤岛"实体化,将华人留学生内心集聚的"孤独"具象化。

与同时期的《芝加哥之死》、《又见棕榈,又见棕榈》一样,《谪仙记》关注中国留学生彼时的集体处境。张嘉行和雷芷苓争论李彤死因,张嘉行说:"李彤就是

---

[1] 白先勇:《纽约客》,广西师范大学出版社2015年版,第24页。

不该去欧洲！中国人也去学那些美国人，一个人到欧洲乱跑一顿。这下在那儿可不真成了孤魂野鬼了？她就该留在纽约，至少有我们这几个人和她混，打打牌闹闹，她便没有工夫去死了。"[1]对话的时间背景为1960年，不经意间透露一个重要信息，即华人留学生对彼时美国人的理解，准确说对"垮掉的一代"的理解。二十世纪五十年代，"垮掉的一代"是美国文学的重要标签。《在路上》的作者凯鲁亚克接受《巴黎评论》采访时重申"垮掉"，澄清其"只是我一九五一年在《在路上》的手稿中用过的一个短语，形容像莫里亚蒂那样开着车跑遍全国，找零活、找女朋友和寻开心的家伙们。后来西海岸的左派团体们借用了这个词，把它变成了'垮掉的一代的反叛'和'垮掉的一代的造反'诸如此类的胡说八道；他们只是为了自己的政治和社会目的，需要抓住某个青年运动"[2]。六十年代初，"垮掉"解散了，与此同时，白先勇在《现代文学》先后发表《芝加哥之死》(1964)和《谪仙记》(1965)，而另一位来自台大英文系的留美学生於梨华，出版《又见棕榈，又见棕榈》(1967)，但其小说皆是"反垮掉"。华人留学生信任中国传统道德，并不会接受波西米亚式生活，更不会激进地挑战美国商业文明。他们获得中国文化观和处世哲学的强力支撑，例如动心忍性的修身、哀而不伤的节制。

二十世纪海外华文文学延展"落地-安家-扎根-失根-寻根"的思想轨迹。1965年美国"哈特-塞勒"议案对移民法改革发挥重要作用，缓解中国留学生的无家困境。"该法案最终放弃了民族来源配额机制，给予每个国家2万个移民配额（中国大陆、中国香港和中国台湾每年各享有2万配额），而在配额之外，还订立了通过家庭团聚允许'直系亲属'（包括美国公民的配偶、未婚子女及父母）移民的条款。在配额之下，根据亲疏关系形成排列，以美国公民的未婚子女开始，然后是美国永久居民的未婚子女。其后还有专业人士、科技专家、艺术家、已婚子女，以及成名公民的兄弟姐妹等。由于新的移民法强调家庭关系，因此在配额之外的优先移民条款显然为大量连锁迁移疏通了道路。"[3]1965年后"留学生文学"主题逐步从"失家"向"失根"转移，具体到《谪仙记》，它还是侧重失家层面。影视版略去对特定时代华人留学生现实/心灵困境的探讨，基于故事性要求导向，刻

---

[1] 白先勇：《纽约客》，广西师范大学出版社2015年版，第22页。
[2] [美]《巴黎评论》编辑部编：《巴黎评论·作家访谈1》，黄昱宁等译，人民文学出版社2012年版，第112页。
[3] [美]孔飞力：《他者中的华人——中国近现代移民史》，李明欢译，黄鸣奋校，江苏人民出版社2016年版，第331页。

画民国贵族家庭女性的漂泊命途。《最后的贵族》以李彤为中心,借助循环的图像话语,淡化文本的历史意义。关于水的讨论,将"失根"与"失家"合一。TVB版《谪仙记》更为收缩,叙事空间从上海-纽约被置换为上海-香港,作品以"变"为逻辑主线,复刻小说情节,凝练《谪仙记》"李彤之死",不涉及原著对文化向度和心理向度的思考。

三、"头绪忌繁"的接纳与舍弃

革新脱胎于对传统经典的纯熟掌握,创作者必须精通经典形式,"艺术的历史即是一部复兴的历史:传统的偶像被先锋派砸碎,随着时间的推移,先锋派又变成新的传统,到头来又会有一个新的先锋派利用其祖父的武器来攻击这个传统"①。白先勇是坚守融传统于现代的艺术家,小说《谪仙记》妥帖运用中国古典戏曲创作手法,首先以回忆调整时空,陈寅追忆李彤;其次点线结合,李彤个人发展为主线,生日、送别、独舞、赌马等成为培育情绪的节点。白先勇尤其讲究中国戏曲的"停顿"技巧,文本推进情感将至最高点悲凉处,刻意戛然而止。无论是《最后的贵族》还是 TVB 版《谪仙记》,都转而经营细节填充,舍弃了原著"以简驭繁"理念下的文本结构和抒情方法。

《最后的贵族》从情节层面对小说进行线索重置与细节铺设。第一,陈寅的身份。小说和电影都由他承担全知视角叙事。他是慧芬的丈夫,电影赋予其另一身份为李彤初恋。双重身份有助于设计次情节和多情节以加强故事复杂度。影视共同刻画黄慧芬与张嘉行的热闹婚礼,消失多年的李彤款款而来,欢乐陡然间凝结。谢晋安排一组对应场景,李彤穿梭人群,与二十岁生日宴一样,即刻抢夺全场焦点,陈寅再次为"四强"拍照,只有李彤独自微笑。应该说,陈寅人设变化及由其衍生的情爱纠葛,未助力原作现实意义和文化内涵的强化或补充,仅服务于电影所需的故事性,沿用三角形情爱模型满足接受期待。故事背景是时代、期限、地点和冲突四维,分别关涉时间维、空间维和人性维。②影视作品保证基础维度稳定,后续从期限和冲突增加故事丰富度,借助倒叙调整时序,设定恋人身

---

① [美]罗伯特·麦基:《故事——材质·结构·风格和银幕剧作的原理》,周铁东译,天津人民出版社 2016 年版,第 58 页。
② 同上书,第 64—65 页。

份制造内心冲突和人际冲突。

第二,威尼斯自杀。李彤心路经历悲伤-绝望-疯狂的三次进阶。她向物质敞开自己,却于精神闭锁自己。黑格尔强调悲剧人物,"冲突中对立的双方各有它那一方面的辩护理由,而同时每一方拿来作为自己所坚持的那种目的和性格的真正内容的却只能是把同样有辩护理由的对方否定掉或破坏掉。因此,双方都在维护伦理理想之中而且就通过实现这种伦理理想而陷入罪过中"[①]。李彤与女朋友在价值观和人生观都存在差异。疯狂赌马,并专压劣马赌赢,披露她早已明确落魄事实,但依然渴望永远独占鳌头的隐秘念想。舞会中夸张的兴奋,却依然被故友捕捉住日渐消瘦的事实。她始终不愿意直面"太平轮"事件制造的坠落,自杀也是她为个人价值观的辩护。

每当人物情绪陷入最低点的时候,当事人即刻掐断话题,完成急速转场。这正是中国戏曲停顿技巧的表现。

"那是我出国时我妈给我当陪嫁的。你那么喜欢莉莉,给你做干女儿算了。我说道。罢了,罢了……我们进去吧,我已经输了好些筹码,这下去捞本去。"[②]

"正当每个人都显得有点局促不安的时候,雷芷苓的婴儿在摇篮里哇的一声哭了起来,宏亮的婴啼冲破了渐渐浓缩的沉寂。雷芷苓惊立起来叫道:打牌!打牌!今天是我们宝宝的好日子,不要谈这些事了。"[③]

两段引文,戒指-新生命-母亲-往昔生活-现实落寞,李彤截断话题,以麻醉转移痛苦;李彤去世-失去挚友-断绝往昔-美的毁灭-忧虑自己,雷芷苓及时掐断集体悲恸。

《谪仙记》小说以"家"为核心变量,并非导向中西文化冲突,诠释因承受文化隔膜而牵动际遇变化。电影将"四强"得名、红色旗袍、"花非花"四重唱、旅居上海的俄罗斯小提琴手、《如歌的行板》、水形成能量环,聚合家与国。而TVB版《谪仙记》仅强调人物独特性,"家"元素被淡化。我认为从小说到影视,主题重心是从"无依"移向"无根",创作多情节传达失根现实与寻根方法。

---

① [德]黑格尔:《美学》(第3卷下册),商务印书馆2006年版,第286页。
② 白先勇:《纽约客》,广西师范大学出版社2015年版,第19页。
③ 同上书,第23页。

结　语

朗西埃分析电影《世界的六分之一》组织事实的方法,即将文字嵌入图像,正是文字的一种拓展,它具有"传导线"功能,实现文字的图像运动和字母的视觉动态。[①]他讨论电影中图文结合论题,影视改编是将文本可视化,实为另一种形式的文字拓展,对于文学而言,影像兼具传导、转化和创造的功能,描述文本叙事的运动发展。电影完成文本意义转换为视觉意义。

归于编剧冲突法则视角,TVB版《谪仙记》确立专注个人冲突的肥皂剧模式,而《最后的贵族》采用融合内心冲突与个人冲突的结构模式。两者根本性的创作差异体现于叙述故事还是表现故事。港版基本忠实小说原著,较大改动是将背景要素的地点,由纽约改设为香港。创作团队根本目的是打造TVB"明星",因此影片浮于情节连缀,缺乏严整逻辑。

"谪仙"根植中国传统文化,是才情卓绝、优雅脱俗的人物,指被贬入凡间的神仙。白先勇偏爱李彤的桀骜不驯和自由不羁。小说视死亡是一种解脱,是"谪仙"离开人间的一次飞升,电影却环绕悲情人物和悲凉世事。白先勇在《纽约客》后记谈起"六三、六四那两年夏天,我心中搜集了许多幅纽约风情画,这些画片又慢慢转成了一系列的'纽约故事'……直到六五年的一个春天,我在爱荷华河畔公园里一张桌子上,开始撰写《谪仙记》,其时春意乍暖,爱荷华河中的冰块消融,渐渐而下,枝头芽叶初露新绿,万物欣欣复苏之际,而我写的却是一则女主角飘流到威尼斯投水自尽的悲怆故事。当时我把这篇小说定为'纽约客'系列的首篇,并引了陈子昂的《登幽州台歌》作为题跋,大概我觉得李彤最后的孤绝之感,有'天地之悠悠'那样深远吧。……可是悠悠忽忽已跨越了一个世纪,'纽约'在我心中渐渐退隐成一个遥远的'魔都',城门大敞,还在无条件接纳一些络绎不绝的飘荡灵魂"[②]。我们会反复讨论白先勇小说主题的"无根",但绵长悠远的抒情建立起作品的艺术辨识度。"飘"是白先勇对昆曲、对《红楼梦》的感情转化,恰如其分地展现女性身姿轻盈和心神摇曳,并同步创作者的思绪与情绪。同样处理抒情,白先勇以共情介入,而根据其作品改编的影视却预设性地以感动为目的。

---

① [法]雅克·朗西埃:《美感论:艺术审美体制的世纪场景》,赵子龙译,商务印书馆2020年版,第240页。

② 白先勇:《纽约客》,广西师范大学出版社2015年版,第152页。

中国性的失落

——论《最后的贵族》对《谪仙记》的改编

王天然

南开大学

白先勇的《谪仙记》于 1987 年被谢晋改编为电影《最后的贵族》,影片既有还原小说原著之心,又少不了迎合观众口味的改编之举。"最后"是时间轴上的概念,暗示了一个时代的没落,"贵族"代指旧中国的上海权贵阶层,"最后的贵族"由此带有了历史文化的纵深意义。虽然片名充满深层厚重的历史感,但影片避开了政治乱象的锋芒,而以众人对话、李母家书、太平轮沉没、新闻报纸等来侧写时代的动荡不安。李彤等四位女性的命运是明线,社会动荡、家国同构与文化断裂是暗线,国族命运隐藏在女性命运之下,女性生活影射了旧中国的政治局势与文化断层,形成双重的叙事的结构。

一、 生日会的变换

电影改编了《谪仙记》原本的"他者"倒叙与插叙模式,而采用了"上帝视角"的顺序,谢晋主张尽可能真实地表现事物的日常状态,着眼于浓缩时间的流逝感,电影用景物的空镜头、声音和光线传递时间信息,生日会的拍摄大多借助明暗光影、色彩对比来展现世事变迁。生日会本身具有新生与希望的意义,然而不论白先勇还是谢晋,都赋予新生以死亡的义涵,影片中的三场生日会暗示了李彤的人生从辉煌走向失落的三个阶段。

《最后的贵族》以李彤盛大的生日会作为开场,"先声夺人",攫取了观众的注意力。电影中主角的初登场具有重要意义,李彤的出场铺垫了很久,先是女仆说"小彤梳头梳了个把钟头,我要替她梳她又不肯"(01:22),再是张嘉行问"咱们的公主呢,怎么连人影儿都不见啊"(03:41)。"公主"一词衬托出了李彤的尊贵美丽,吊足了观众的胃口,李彤未见其人先听其形。李彤从楼梯缓缓下来,采用了仰拍的特写镜头,她姗姗来迟、俯视全场,营造出众星捧月的地位。

李彤"跳"下楼梯的举动应是增添角色的天真无邪之感,与之后"跳"着走路、"跳"上沙发等具有同样的作用。在最初的电影选角构想中,"希望两位主角李彤和陈寅能请林青霞和周润发来扮演"①,台湾作家与导演似乎对林青霞有一种特殊的情结,"集清纯、美艳与气派于一身的林青霞,是白先勇心中属意的女主角人选,大陆影后潘虹亦自愿充任第二女主角黄慧芬;不料风声走漏,林受到台湾'新闻局''关切'辞演,潘虹临时顶替扮演李彤"②。可惜当时潘虹的年纪已与少女气质不符,即使用上柔光镜头,仍然挡不住潘虹年龄错位所带来的沧桑感与憔悴感,她饰演的前期李彤不是少女,而是一位成人装成少女,有一种故作娇俏的做作感。然而,潘虹身上的孤傲与冷淡气质,符合中后期的李彤形象,这个人物是越演越到位的。

小说中李彤死于威尼斯,或许是受到托马斯·曼的影响,而电影增加了李彤的出生地威尼斯,这一点可谓高明的改编。自尽之前,李彤将自己婴儿时期的照片撕碎,洒进水里,镜头一转,岸边已经没了李彤的身影,暗示李彤投水自尽。李彤生于斯、死于斯,威尼斯的水具有子宫的含义,整个电影结构上前后呼应,构成一个完整的闭环。谈及威尼斯空间,电影的另一个创新点在于俄罗斯乐师弗伦斯基伯爵的加入,谢晋对此寄寓了深刻的思考,"不论是内心的意蕴,或者是美学形式上,都是超越了原著的"③。是否"超越原著"有待商榷,但多国籍的引入确实增加了电影的世界主义人文关怀,将李彤的命运从中国历史与政治的具体语境中抽离出来,而成为一种难以逃离的离散命运、一种世界普遍的人生际遇。俄国乐师为李彤演奏一首《时光流逝》,二人颇有一种"同是天涯沦落人,相逢何必曾相识"的悲凉感与慰藉感,昔日"贵族"成为"思乡病"患者,"我连上海都留恋。从前我怕彼得堡的冬天,现在我连彼得堡的大雪也会想念起来"(102:42),电影将最后的价值观落在"乡愁"(Nostalgia)上。

---

① 刘俊:《情与美——白先勇传》,花城出版社 2009 年版,第 176 页。
② 符立中:《从"舞台"光影出发——论白先勇的小说与戏剧》,收入《对谈白先勇——从台北人到纽约客》,现代出版社 2015 年版,第 241 页。
③ 李鑫:《论谢晋电影〈最后的贵族〉对〈谪仙记〉的改编》,《电影文学》2011 年第 17 期,第 70 页。

然而,电影窄化了小说的价值取向,《谪仙记》的主旨与其说是"乡愁",不如说是海外华人的同一性(Identity)问题,怀旧哀叹、青春易逝是白先勇小说的底色,却不是《谪仙记》的最终指向。电影改编以"最后的贵族"来代替"谪仙",更为大众化、通俗化,却不能忽略"谪仙"的意义。"谪"寓示流离的命运,"'谪仙'并不衬托'高逸';强调的反而是惨烈的沉沦"[①]。因此"谪仙"的内涵比"最后的贵族"更为广阔,"谪"与"最后"都是外界的被动力量,女性身份由"仙"变成了"贵族",形象性有余而浪漫性不足——白先勇偏向浪漫美学,而谢晋写实主义的区别由此可见。白先勇固然为李彤设计了"乡愁"体验,但"乡愁"的背后是无法回归母体的焦虑、无法传递文化的隐忧,隐含着中华文化无人欣赏、无可继承的悲哀感伤。《谪仙记》是《纽约客》小说集的开端,所有的"纽约客"都是"谪仙",《谪仙记》之于《纽约客》,正如《永远的尹雪艳》之于《台北人》一样,具有提纲挈领的作用,李彤以"贵族"的高傲俯视众生,在疯狂放纵与灵肉割裂下藏匿国破家亡的疲惫与痛苦,自我放逐、漂泊流浪、国族沉沦、文化断层是对整部《纽约客》的高度概括。

对于"归家"的概念,电影赋予了李彤"寻找家乡"、"重温旧梦"的意义,李彤似乎完全是因为父母的死亡而踏上流浪道路,威尼斯即她寻找到的"归家"之所。然而在小说中,李彤父母的罹难具有历史的必然性和宿命的偶然性,家国同构,归家与返乡的概念是虚妄的,"家"已沉入太平洋,"国"也沉入历史的缝隙中。实际上,即使李彤的躯体能漂回祖国大陆,那也不是她魂牵梦萦的旧中国了,电影通过威尼斯出生地、死亡地构成了一种"归家"的回环结构,但这样的改编对小说中原本的离散与无家主题进行了冲击,事实上李彤直到最后也没有找到"家"的概念,无法"归家"、家国不再是她的悲剧性之一,也是中国性失落的表征。真正令李彤面临飘零命运的是旧中国的衰亡,她没有归属感、安全感,何处都不是吾乡,"离家"(unhome)成为叙事的常态。

第二场生日会是黄慧芬女儿莉莉的,与小说中搬回纽约居住的乔迁之喜进行了糅合。光影对比是这场戏的镜头语言重心,在上海别墅的生日会时,采用大量暖色调与柔光镜头,但在美国空间内,则多采用冷色调与明暗对比,突出今非昔比之感。疲惫的神情与黑灰色半身裙暗示了李彤生活的孤独与漂泊,李彤颇

[①] 柯庆明:《情欲与流离——论白先勇小说的戏剧张力》,收入《白先勇 台湾现当代作家研究资料汇编43》,台湾文学馆2013年版,第209页。

有几分《游园惊梦》里钱夫人的影子,昔日的自己是灯光下的主角,今日的自己只是阴影里的陪衬。陪嫁戒指的转让与"干妈"身份的拒绝证明她对贤妻良母、传统婚姻的彻底失望,同时证明了李彤无法回归母国文化的悲伤,其身份认同仍在营造一个"大写的中国",即使这样的"中国"令她痛苦不堪。

第三场生日会安排在影片的结尾,在新生儿的生日会上李彤投水自尽的消息传来,新生命的庆贺与旧生命的死亡共现在同一空间内,由此带有了哲理与宗教的意味,生死相依,生即是死,死即是生。电影以寂静沉默代替了"末日狂欢",对李彤之死进行了诗意化的处理,"这部影片就是一首散文化的朦胧诗。从其艺术风格来看,谢晋所追求的就是'诗的境界'"①,海外华人圈层的新人物如"周太太"等也被卷入无言的、巨大的悲伤诗意中。

李彤投水自尽的悲剧并非仅仅是情关难过、思乡不得,而是个性精神与中国性的失落,李彤代表了一种国族身份、一个风光神气的时代、一个青春神话的记忆。青春神话是白先勇所推崇的,白先勇擅长为逝去的"青春"与"美"造像,李彤的自杀具有国族身份失踪与青春神话破灭的双重悲剧意义。"悲悯情怀是白先勇文学世界的'情感'核心,他的大多数作品,都是表现人在情感、文化、历史(时间)、命运、道德、政治等力量的宰制面前,所呈现出的无力感、苍白感和无奈感"②,对于李彤,白先勇同样是悲悯的,他对由外力所致的悲剧常常怀有悼亡的悲天悯人情怀,他对中华文化传递具有深深的不信任感,但他也努力为"最后的贵族"寻求出路——即使最终的出路是死亡。

二、华服的隐喻

白先勇对于人物服饰的描写十分精细,影片对于"物"的还原应该是不难的,令人讶异的是,《最后的贵族》并未完全还原白先勇的色彩美学,而是以影片独创的服装设计来表现主人公们的性格命运,有些改动是较好的,有些则令人费解。

初登场时李彤身着白色礼服,白色寓意天真纯洁、不谙世事,其余三位女性身穿浅色旗袍,站在一起色调十分和谐,暗喻了四位女性的类似地位、默契友谊。

---

① 王喜盛:《广大观众难于理解的朦胧诗——评影片〈最后的贵族〉》,《电影评介》1990年第2期,第11页。

② 刘俊:《情与美——白先勇传》,花城出版社2009年版,第251页。

赴美留学前，四人不约而同地穿了红旗袍，服饰的一致性暗示四人感情的稳固与前程的光明。"有些美国人看见她一身绫罗绸缎，问她是不是中国的皇帝公主。"①美国人看似被中国留学生的风光"压倒"了，实则他们永远站在西方强势文化的角度下凝视东方，当时清朝政权已然覆灭，所谓传统的"皇帝"、"公主"不复存在，西方对东方的历史变迁无知而茫然，李彤的异国身份具有虚无性。

在1949年的跨年晚会前，李彤不愿意借出自己的红色旗袍，这是她不愿意让渡"中国"象征意义自主权的隐喻。她选择了亮蓝色的中式旗袍礼服，其余三人身穿以黑白灰为主色调的礼服，四人合唱表演时李彤俨然主角，其他三人仿佛伴唱。李彤的蓝色旗袍是对李母蓝色旗袍的继承与怀想，但同时是丧葬的前奏，李彤父母罹难的消息传来，蓝色似乎是波涛汹涌的象征，瞬间成为死亡的噩兆。电影特地强调了时间节点，"1949年"是个明显的分界点，"1949年以前的'中国'是'流离的起点'，那里过往的文明和繁华也就成为永远回不去的'失乐园'"②。留美学生遭遇严重的压迫感与精神危机，华人群体是西方世界中的弱势群体，"白先勇更关注的，毋宁是'弱者的课题'"③。李彤等人的身份比起"海外中国人"的说法，或许"世界人"的说法更为准确，即超越民族主义和种族差别的无边界的人类关怀，具有一种泛人类的共性。

电影改编较好的是李彤的粉色洋装，"作为电影艺术创作的主观色调，象征着创作者的内在意愿，即他的思想、情感和行为方式的结合"④。粉色是一种红色与灰色的中间色，暗示李彤生活灰色调的一面，她已经不完全是"中国"的代言人了，而是糅杂了灰色经历的异国飘零者。电影中增加了新的"四强"合影，唯有李彤一人穿了粉色西洋服饰，其他三人都身穿以白色调为主的中式礼服，突出了李彤作为"纽约人"的世界感，她与旧人旧事格格不入。从这一点看，电影的服装设计颇有独到之处，粉红是异化的红色，是一种不正宗的暧昧颜色，李彤是在异国文化浸泡下异化的"中国"，具有强烈的今昔对比之感。

在小说中，李彤的代表色是红色，中国的代表色也是红色，二者形成很强烈的

---

① 白先勇：《纽约客》，广西师范大学出版社2015年版，第3页。
② 符立中：《姐姐啊，姐姐！——〈游园惊梦〉与南方神话的阴性书写》，收入《对谈白先勇——从台北人到纽约客》，现代出版社2015年版，第4页。
③ 符立中：《白先勇的秘密花园——浅谈〈台北人〉与〈纽约客〉里的音乐密码》，收入《对谈白先勇——从台北人到纽约客》，现代出版社2015年版，第135页。
④ 王文宾：《电影的视觉美感》，中国国际广播出版社1992年版，第116页。

呼应关系,"李彤自称是中国,她说她的旗袍红得最艳"①。姓名学暗示了这一点,"彤,如朱如焰,是无从皈依的欲火,也是对苦闷愤怒的生命之火,跳水自尽象征生命的火光,在苍茫人海中扑灭"②。红色渐渐从鲜艳的旗袍变为暗沉的绒布,暗示了李彤生命力的衰退,也影射了离散华人逐渐与母国割裂的无奈痛苦情状。"就文化情感而言,白先勇在中西文化之间,大概还是有一个'中国'立场"③,李彤之"红色"所寄寓的,除了中国性的失落之外,或许还有对中华文化的瞩目与哀悼。

令人遗憾的是,电影对小说中李彤的红色服饰没有进行"物"的还原。白先勇的作品描写人物之精细,较为容易在银幕上加以还原,况且是如此具有象征意味的色彩,但电影没有着意于这一点,而是以电影语言的冲击性为目标进行了再创作。在"Tavern on the Green"舞厅里,李彤的服装是一件黑色交叉露背礼服,而非小说中潇洒的云红纱的晚礼服,时髦有余而内涵不足。在陈寅家的阳台上,电影采用了黑灰色的齐膝半裙,露出演员的双腿,显得有几分情色——这是电影与小说对李彤定位的错位之处,小说里的李彤再如何堕落也有个界限,而电影则将李彤的堕落往最深的情境里去了。从电影创作与观赏的角度强调影像的视觉感受来说,露出女演员的双腿固然比较"好看","女明星"的功能往往是"一个超越故事领域的、色情的裸露癖时刻,一个打断叙事要素的性别化的奇观"④。比起费尽心思的隐喻,通俗易懂的艳情更符合电影受众的心理。

另外,李彤的"头巾"颜色是不得不注意的细节。电影中将黑色头巾改成玫红色头巾,这一颜色的选用是令人费解的,除了增加画面色彩的多样性外,就是暗示李彤作风轻浮、精力旺盛,实则并不感觉"李彤的样子真吓人"(73;36)。黑色象征着丧葬和死亡,"不管是白发的飞张或是黑头巾的高扬,皆象征着生命阴霾的笼罩与死亡意象的高涨,字里行间充斥着不祥的征兆"⑤。被风吹起的黑色头巾象征灵与肉的分离,"中国"的灵魂飘在半空、无所依凭,李彤成为"无汉魂"

---

① 白先勇:《纽约客》,广西师范大学出版社 2015 年版,第 2 页。
② 符立中:《从金大班到尹雪艳——探寻〈台北人〉的风尘身世》,收入《对谈白先勇——从台北人到纽约客》,现代出版社 2015 年版,第 114 页。
③ 刘俊:《情与美——白先勇传》,花城出版社 2009 年版,第 173 页。
④ 保尔·华森:《明星研究概述》,收入陈犀禾、徐红等编译《当代西方电影理论精选》,中国电影出版社 2012 年版,第 7 页。
⑤ 施懿琳:《白先勇小说中的死亡意识及其分析》,收入柯庆明选编《白先勇 台湾现当代作家研究资料汇编 43》,台湾文学馆 2013 年版,第 283 页。

的女性。或是电影叙事的娱乐性，使得电影在运用声、光、色等手段直观表现小说世界时，悲剧意味有所减少，而不得不重视商业价值。

三、娱乐场的改编

电影对小说的一个很大的改动是麻将局的消失。麻将桌的拍摄很考验导演的能力，在诸多电影中都有打麻将的经典情节，譬如张艺谋《大红灯笼高高挂》（1991）、王家卫《花样年华》（2000）、李安《色·戒》（2007）等，麻将桌上的勾心斗角成为人物关系的切入点。"打麻将"是原著中很重要的情节，但电影只谈及"我们四个人好长时间也没一起搓麻将了"（65:50）。另外带过几个牌局、麻将局的镜头，但也不是"四强"一起打牌的镜头。麻将局具有特殊的象征意义，四位女性好友在牌桌上结成女性同盟，她们只有在牌桌上才能重温昔日的美梦，既是对现实生活的逃避，也是对昔日风光的追忆。麻将局是"富贵闲人"的消遣方式，"荣华不再，贵族总自觉时不我予。一般人则面对生存是否能再延续。在小说中，贵族在乎的是，是否能重复过去的生活方式"[1]，娱乐消遣的背后是深深的焦虑，异国生活的中国女性试图在麻将桌上寻求母国归属与身份认同，她们在精神层面上维护自身尊严，这是物质层面上美国生活所欠缺的。

娱乐场的出现往往与李彤的职业问题密切相关。小说中的李彤有正当而体面的高薪职业，"她说她又换了工作，原来的公司把她的薪水加到一千五一个月，她不干，因为她和她的主任吵了一架。现在的薪水升高，她升成了服装设计部门的副主任，不过她不喜欢她的老板，恐怕也做不长"[2]。原著中的李彤是一位"女强人"，而电影中的李彤似乎是依靠男性生存的情妇，她从一个男人"流浪"到另一个男人，并没有社会伦理意义上的正当职业与情感身份，她的职业与爱情都带着不合法的气息。在电影中，李彤自言这些年当了"模特儿"，其职业隐喻与随性的作风难免令人联想到欢场女性。电影增加了艳情与风尘的元素，令其更具戏剧张力与世俗色彩。张嘉行在《茶花女》剧场外面看到浓妆艳抹的李彤，"茶花女"隐喻了李彤似乎沦为"高级妓女"。最为鲜明的改编是李彤被关进拘留所，

---

[1] 简政珍：《白先勇的叙述者与放逐者》，收入柯庆明选编《白先勇 台湾现当代作家研究资料汇编 43》，台湾文学馆 2013 年版，第 245 页。

[2] 白先勇：《纽约客》，广西师范大学出版社 2015 年版，第 15 页。

"著名模特儿李彤,酒后闹事,警察干涉,她拒捕并殴打警察,现扣押拘留所内。"(74:42)李彤和妓女被关在一起,头发散乱、浓妆艳抹、衣冠不整,"谢晋依然试图为李彤的自杀给予世俗逻辑,改编为她为生活所迫而流落风尘"①。至此,谢晋为李彤安排了一条容易理解的堕落道路,生存之艰难、爱情之绝望、精神之崩溃逼迫她走上了一条自我沉沦和毁灭的道路。然而,这种为了激发观众兴味而增添的"情"与"性",反而冲淡了李彤身上的"仙气儿",令李彤的精神信仰失踪与身份混杂危机成为"家族败亡、流落风尘"的古典寓言,削弱了白先勇小说中人性的不可理解与命运的不可逃避,弱化了宿命论哲学。

结 语

《最后的贵族》包含大量的剪辑符码,冷暖色调的运用、明暗光影的对比、背景音乐与独白的穿插、蒙太奇的手法等,都利用独特的电影美学进行叙事。从片名上看,"贵族"二字具有反讽意义,"谢晋由于自己所处的环境是新中国成立后的中国,所谓的贵族已经被扫荡得荡然无存,他不能体会到白先勇这种刘禹锡的《乌衣巷》中的'旧时王谢堂前燕,飞入寻常百姓家'的国破家亡、人世沧桑的切肤之痛,而简单地将李彤的悲剧归因于一些外部诱因,如爱情上的挫折"②。李彤的自杀并非囿于世俗逻辑,"李彤的自尽不是逃避主义,而是自我的解放"③,比起"解放",或许"解脱"更为恰当。李彤的悲剧不在于丧失美色与青春,而在于生命无所寄托的茫然,她面临的是个性精神与异国文化的冲突与割裂,处于厌世、孤独、离散的困境。白先勇将自身的孤独体验与异国不适赋予了李彤,他幼年时的肺病引发了独特的敏感与忧思,离台赴美的经历在家国意义上面临文化断层,《谪仙记》是赴美后的作品,蕴含了白先勇在美国文化中的焦虑与不安。

生日会的三次复现正好与李彤的三段状态形成呼应,先是"少年不识愁滋味"的"贵族"小姐,后是饱经风霜的异乡客人,最后是魂断威尼斯的死亡。服饰的还原是小说改编电影的重要程序,电影中将李彤的红色服饰改成了其他颜色、

---

① 李妙晴:《最后的贵族——记谢晋》,《电影文学》2008年第22期,第43页。
② 同上书,第44页。
③ 叶维廉:《激流怎能为倒影造像?——论白先勇的小说》,收入柯庆明选编《白先勇 台湾现当代作家研究资料汇编43》,台湾文学馆2013年版,第147页。

款式的服饰,摒弃了红色的中国性意象,但亦有较好的创新。《最后的贵族》在大场面的拍摄上有所掣肘,舍弃了麻将局的情节,令李彤的堕落被划入世俗逻辑的范畴中。电影改编突出了李彤的风尘、堕落与乡愁,而并没有在深层意义上把握《谪仙记》的内涵,即中国性的衰败与失落。白先勇的小说很少正面描写战争,所有的逃难经历、动荡时代作为文本的底子,文本的面子则是各色人物命运的悲欢离合,"大历史"隐藏在"小历史"之下,最终指向"明日"的不可知性与未来的不确定性,流露出中华文化无法被理解、被继承、被传递的消极态度。

白先勇钟情于唯美主义,他追求"阿宕尼斯"(Adonais)式的青春易逝之美,具有极高的审美能力与美学意识,有时甚至会为了镜头的美感而纠结不清。然而,白先勇显赫的家世,加上不俗的教育经历,令他所理解的"美"具有一定的精英主义之嫌,即便落入风尘,也具有"最后的贵族"的气质之美,他或许对于世俗化、通俗化、日常化的美是不敏感的。而影片《最后的贵族》将精英主义之美化为现实主义之美,却往风尘方向过于靠拢,未能找到一个平衡的支点。

从"家国"到"原乡"

——从电影《最后的贵族》的改编看"谢晋电影模式"的转型及成败

戴水英

南京大学

一、"谢晋电影模式":宏大的家国叙事策略

1978年,张暖忻、李陀在《谈电影语言的现代化》一文中提出:"直至今日,我国的电影仅从电影语言方面讲,仍然因袭着五十年代、四十年代,甚至是三十年代的老一套,使我们的一些反映我国人民七十年代斗争生活的最新影片,在表现手法上总是显得陈旧、过时,远远不能适应实现四个现代化的新时代的广大人民对电影艺术的美学要求。"[1]在这八年之后,中国电影界以朱大可为首开始了一场对电影神坛导演谢晋的批判,这场对"谢晋电影模式"的批判本质上是对政治情节剧式的电影模式的批判,是新时期电影形式革新和思想解放的需要,今天看来,这场因谢晋而起的波及广泛、影响巨大的论争,更像是秉承自由主义理念的新生代知识精英自文学电影界开始、波及整个文化圈的一次"扫街清障",而谢晋极具风格化的政治情节剧式的电影则"有幸"成为祭台上的"羔羊"。[2]

自1956年独立执导故事片《水乡的春天》至2001年的《鸦片战争》,谢晋一共执导了二十多部电影,导演生涯持续半个世纪,在代表观众喜爱度的百花奖和

---

[1] 张暖忻、李陀:《谈电影语言的现代化》,《电影艺术》1979年第3期,第41—51页。
[2] 聂伟:《泛亚视域中的家国模式与离散叙事——谢晋电影〈最后的贵族〉的个案意义》,《杭州师范大学学报(社会科学版)》2009年第1期。

代表专家认可度的金鸡奖中屡获殊荣。可以说，从上个世纪五十年代到八十年代，谢晋的高度就是中国电影的高度。谢晋深谙观众的审美心理，坚持以观众为本的创作理念，用大众喜闻乐见的电影形式达到了"寓教于乐"的效果。其执导的电影往往具有强烈的社会责任感和人道主义精神，擅于用饱满生动的人物形象、曲折动人的故事情节、充满浪漫主义传奇性的情绪氛围来铺展银幕故事，最重要的是谢晋擅于通过在大时代书写小人物的"家国模式"叙事纹理来完成价值的输出和附着，很好地调和了电影中的主流意识形态和大众文化之间的矛盾，谢晋前期的作品大多属于这个类型。《红色娘子军》中的琼花在旧社会里没有自由和人权，也没有家，而在解放奴隶的新社会中找到了归属，即共产党代表的大家庭，"家"与"国"在她身上是同一个概念；《牧马人》中的许灵均被打成"右派"发配去了牧场，代表着他站在国家政权对立面的同时也失去了自己的家园，遭受"国"与"家"的双重放逐；《天云山传奇》中的冯晴岚为革命事业蒙冤者罗群奉献自己的人生，她与罗群组成家庭，无私地守护着他却在他平反的那一天从容死去，可以看作代表"国"对罗群的补偿和守护，将对小家的爱融入大国之中；《芙蓉镇》中胡玉音命运的浮浮沉沉以及家庭的兴衰都是以政权意志为风向标，小家的繁荣或灾难完全不受自己控制，而是与国家的政权更迭联系在一起。这些影片无一例外地在获得高票房的同时也收获了好口碑。"谢晋的电影一直秉承主流现实主义美学与道德伦理剧的叙事传统，经由娴熟的电影政治修辞与'家''国'置换模式，实现了主流意识形态与大众情感美学之间的有效缝合。"[①]但在这种"家国"叙事模式机制日渐得心应手的同时，也为八十年代的批判运动留下了隐患。

谢晋的电影代表了新中国成立至八十年代的最高电影美学，但由于有过多的道德化的人物形象和过分追求故事的激烈与圆满，尤其是与政治意识形态靠得太近，将政治正确的原则深深融入了创作中，因此受到一部分接受了新思想的青年批评者的批驳。其先声就是1986年朱大可发表在文艺报上的《论谢晋电影模式的缺陷》一文。朱大可将谢晋电影的叙事符码概括为情感扩张主义，"道德激情以影片主人公为中心机智而巧妙地向四周震荡、激励出观众席间人们的无数热泪，观众被抛向任人摆布的位置，并在情感昏迷中被迫接受艺术家的传统伦理概念"。他认为谢晋的电影无深度的反思，用温婉的人道主义掩盖尖锐的政治

---

① 聂伟：《泛亚视域中的家国模式与离散叙事——谢晋电影〈最后的贵族〉的个案意义》，《杭州师范大学学报（社会科学版）》2009年第1期。

矛盾,其始终遵循着的"好人蒙冤,价值发现,道德感化,善必胜恶"的政治伦理情节剧模式符合国人心理惯好,是在迎合观众的道德审判快感,更尖锐地批评谢晋电影是以煽情性为最高目标的陈旧美学意识,"同中世纪的宗教传播模式有异曲同工之妙,它是对目前人们所津津乐道的主体独立意识、现代反思性人格和科学理性主义的一次含蓄否定,但正是这种催泪技巧为票房赚取了大量货币"①。这篇文章引发国内声势浩大的关于"谢晋电影模式"的讨论,对于电影界的思想解放运动产生了投石问路的效果,但对谢晋本人的电影创作生涯来说是一次致命的打击,一向享受赞美和荣誉的谢晋自此遭受到冷遇的尴尬,在自我怀疑中开始了自我证明的"战役"。在以后的创作中他一直力求突破前期那种宏大的家国叙事策略来证明自己,但是由于固化的审美趣味和叙事方式,在创作上不尽如人意,在时代浪潮面前,这位昔日充满激情的导演也显得力不从心。

第三代导演是新中国电影的开拓者,擅于在电影中用现实主义手法进行新旧社会的对比,更深入展现时代的矛盾,具有时代和政治的烙印,谢晋是其代表。谢晋创作的有影响力的作品大多围绕宏大的家国模式,将政治性与戏剧性融为一体,创造抚慰大众的道德神话,在伦理教化中淡化冲突,修补心灵阵痛和时代伤痕。从《女篮五号》开始,"谢晋电影模式"形成并开始运作,影片与社会权威话语之间的功能运作关系初显端倪;《红色娘子军》是典型的红色电影,意识形态大大加重并成为最明显的符号,"家"、"国"合二为一的叙事机制得到完美演绎。以《芙蓉镇》为代表的"反思三部曲"则是典型的伤痕电影,讲述个体在六七十年代遭受到的非法迫害和痛苦情绪,将创伤记忆归罪于一些偶然的事件和个别群体,通过加工过的关于那段特殊时期的记忆获得个人救赎和社会救赎,通过道德感化来抚平政治伤痕,化解社会冲突,从而弥合在特殊年代中留下的痛苦记忆。这些影片虽然在当时获得主流权力话语和大众观影者的双重认可,但意识形态方面一步步陷入家国叙事模式的牢笼。在这些电影里既可以看到中国传统的叙事技法在谢晋身上投下的痕迹,又可以看到知识分子精英视角的家国情怀对谢晋的影响。经过三十年左右的积累,观众对谢晋电影的印象逐渐约等于"伦理教化/苦情故事/传统叙事+红色文化/时代氛围/政治正确"。作为一种文化表象,谢晋电影中的"家国模式"的政治符码里往往有高度的意识形态支撑,在谢晋电影里具体来说就是政治正确的党性:人物都是在坚信意识形态的合法性中等待

---

① 朱大可:《论谢晋电影模式的缺陷》,《文汇报》1986 年 7 月 18 日。

希望、在党的带领下改变命运、为党的事业奉献自己,道德感化和社会批判融为一体,深入风云变幻的新中国历史中。

谢晋的家国叙事模式使电影创作与政治过于贴近,人物的命运走向和思想变化始终被政治的起伏所决定,有较重的意识形态痕迹,同时太依赖于政治觉悟和道德感化来完成人物形象和情感的升华,个体生命意识淡薄,教化成分明显。《最后的贵族》之前,"谢晋电影模式"框架下的电影始终纠缠在政治话语的中心,塑造一个个戏剧化的政治道德故事,影片与历史互相佐证,互为镜像。

二、《最后的贵族》:文化"原乡"的渐显

当一部分人对"谢晋电影模式"作粗暴定性的时候,《最后的贵族》一片使人们开始重新审视这位创造力旺盛的、已到耳顺之年的导演。该片改编自白先勇的短篇小说《谪仙记》,影片一改谢晋电影以往的风格,以散文结构取代戏剧结构,以个性人物取代道德人物,以人物心灵的幻灭和挣扎取代社会历史苦难,以性格悲剧取代政治悲剧,"在审美效应上突破了以往那种对特定历史时期的反思,透过命运多舛的际遇体味一种人生的沧桑之感,搜寻更为恒远而普泛的人生意蕴"[①]。《最后的贵族》获得大量好评,成为谢晋电影模式转型的关键节点。

白先勇擅于表现人物内心的离散漂泊之感,善于通过今昔之比来描述个体生命体验的幻灭,充盈着怀旧情绪和无根的苦涩之痛,沉淀着世事沧桑之感。他笔下的人物因命运沉浮带来的心灵痛苦往往伴随着个体的疏离和幻灭,具有现代主义色彩,《谪仙记》就是这样一个关于流亡女子命运变化和心灵沉沦的故事——四个"贵族"小姐在新中国成立前夕出国求学,但是突然经历变故,陷入了无家无根的状态,最后在荒凉中草草落幕。四个女孩命运的沉浮虽然也有时代的因素,但故事虚化了政治背景,将重心放在人物内心世界的步步幻灭,用散文结构营造强烈的心理氛围,突出人物心理的沉沦过程。李彤的人生转折是从变为"流浪者"开始,但她的放纵和沉沦,完全是出于一种精神的绝望和灵魂的迷失,与物质上的匮乏没有关系。她不是因为家族的没落,也不是因为爱情的坎坷,而是丧失了生命的寄托,找不到心灵的"原乡",成为一个漂泊无依的精神流

[①] 张洲平:《〈最后的贵族〉之于谢晋——从内容层面看谢晋导演风格的趋优走向》,《丽水师专学报(社会科学版)》1990年第1期。

浪者。影片《最后的贵族》大体遵从原著主题和故事情节,关注的是失去灵魂归属的人如何挣扎以及最后彻悟人生,找到心灵的归宿的过程。"人只有在生命的临界点——生病,突然的不幸,死亡等,才会意识到有限的存在",李彤是在被抛离祖国母体的过程中进入了思考个体存在意义和归属的灵魂救赎之旅,因此故事展现给我们这样一种关于存在的思考,关于心灵救赎到沉沦的故事。李彤的悲剧命运或许始于突然的变故,但故事没有缠绕在具体事件和社会动荡的表象上,而是深刻地展现了精神世界的哲思,让观众在李彤一个人生命的动荡不安中思考生命的终极归属。而当文字转化成影像,人物的情绪呈现为一个个直观的画面从而得以放大,影片用大量特写镜头使人物前期的自信乐观与后期的孤独落寞两种情绪形成鲜明对比,将对"原乡"的寻找浸润进每一个镜头。

李彤从自信活泼转而放浪形骸终至魂断威尼斯的生活道路,既有一种生活变故的导向,更是她自身的性格气质使然,从事件表征走向灵魂内里,引出关于寻找和救赎的主题,这就使得文本具有现代主义的气息,是典型的离散主题文本。在《最后的贵族》中,谢晋保持了原文本的这种主题思想,一改往日的政治传奇剧模式,将重点落在沧桑变迁中的生命归宿上,以及被这种变迁扭曲了的人生历程和心理历程,同时极力探索心灵的皈依,从"家国"叙事转向"原乡"寻找。

"原乡"原意指宗系之本乡,在本片中是李彤心灵皈依的威尼斯,是精神之乡、安息之乡。她失去目标和自我,又在美国这个他者中找不到自我的认证,最后在威尼斯这个出生地找到心灵的归属,通过肉体的死亡走向心灵"原乡"。在最后,李彤回到威尼斯,白俄音乐家问她,"Are you homesick?"这一点题之句所说的"思乡病"绝不是对祖国家乡的思念,而是对心灵故乡的思念。不止李彤,其他三个失去"原乡"的女性都经历着这种无根的痛苦,她们或在平凡的家庭生活和生儿育女中转移自己的注意力,或在学术科研追求中给飘泊的心灵找到另外的寄托,只有李彤最绝对地遵从自己的本心,爱情、友情、物质都没有缓解她的"思乡病",一直飘泊一直寻找,最后在生命的起点威尼斯结束了自己的生命。《最后的贵族》中增加了关于李彤寻找心灵归属的细节。在失去依恋后,李彤也进行过寻找,但都没有缓解内心的落寞和绝望,最后在威尼斯,她的心灵得到安慰。此种改编增强了寻找"原乡"的力量,对表现人物精神世界有更强的表现力,是《最后的贵族》在改编上值得称赞的地方,也体现了谢晋电影创作的"原乡"趋向。

这部影片很大程度上标志着谢晋电影在价值附着层面从"政治伦理"向"生

命个体"的转化。《最后的贵族》之后,心灵关怀和拯救的叙事主题成为主导,新的影像空间也随之展开,《启明星》《清凉寺的钟声》《女儿谷》等可以佐证这种主题的转变,在这些电影里,他使用的是美学的、人性的观点,而不是道德的、党性的观点,也没有过分夸张的戏剧性。《启明星》用智障儿童演员来演绎真实的智力儿童题材故事,笑点夹杂着泪水,展现着生活的残酷和人性的温暖,同时渗透着导演自己的心酸和痛楚;《清凉寺的钟声》里剥离了政治选择对人物命运的左右,人物的价值选择围绕着身份认同感和归属感展开,以一种不同于早期创作的情感编码模式叙述故事;《女儿谷》慢慢展开一群失足女人的心酸人生,没有意识形态的左右,而是肯定她们追求幸福的尊严。在这些影片中,导演将镜头深入人物的内心深处,挖掘人的精神世界,在"去政治化"的语境中展开另一种关于心灵"原乡"的影像探微。

从琼花到李彤,谢晋经历了一次跨越。前者是国家机器的化身,是特定时代和社会的投影,投射时代的风云变幻,展现政治对命运的审判,而《最后的贵族》则把镜头深入人物的内心深处,去探究生存的本质,主题上完成从"家国"到"原乡"的转移和趋优走向。再往后,从李彤到丁静儿,个体的生命意识和尊严开始显现,"原乡"的探寻继续深入,而谢晋这种放下政治正确而表现人物精神世界的创作,开始于《最后的贵族》。从谢晋电影创作生涯的维度来看,《最后的贵族》是谢晋突破固化模式的努力中迈出的很大一步,很大程度上摆脱了"家国叙事模式"的窠臼,走向更深入的心灵处探微。

三、转型症候:价值表述系统的混乱

经过争论的冲击后,谢晋的创作明显有别于前期的风格,取得了不错的效果,起码远离了"家国叙事模式",远离了政治意识形态的束缚,以"美学的"取代"政治正确的",这是后期谢晋电影美学的成功突破之处。但也存在一些问题,那就是谢晋并没有完全跳出自己的叙事定势,依旧遵循传统的戏剧性的叙事手法,审美表达上呈现出一种混乱状态,从某种程度上说,既丢失了原本的美学风格和观众,又没有使得批评者满意,这也是谢晋后期创作的困境所在,这种困境在《最后的贵族》一片中尤其有迹可循。谢晋的转型开始于这部影片,而转型的成功和局限在这部影片里都有体现。

《最后的贵族》这部影片给谢晋的转型带来了一定的正面反响,如郁鸣认为:

"《最后的贵族》的出现,使人们对谢晋不得不重新认识。因为这部影片没有为'谢晋模式'提供又一个新鲜的例证,反而越出了原有的轨迹。"[1]影片的成功一方面是由于谢晋积极转型和自证的驱动,加上熟练的视听语言操练技巧,还有电影媒介直观、强烈的表现力,另一方面是依托于《谪仙记》文本本身为电影故事绘画了一个精彩的蓝图。《最后的贵族》虽然大体保留了《谪仙记》的情节,但是将这两个文本进行对比我们将会发现,在将文字媒介转化成声画媒介的过程中有一些不同之处值得研究,这些改变恰恰是谢晋在积极突破固有模式的实践中混杂着固有的美学姿态的体现,即价值表述系统混乱的体现,对于理解"谢晋电影模式"十分重要。

与原著相比,《最后的贵族》在叙事方式、人物形象、剧情处理等方面都有一定改动。首先,电影在小说原本的散文结构中加入了一些传统戏剧结构的设计,走进了"谢晋电影模式"的叙事定势。《谪仙记》以李彤在美国的生活的进行时和对往昔的回忆的过去式组成两条虚实交叉的叙事线,跳跃的叙事形成强烈的抒情氛围,精巧地呈现了人物内心的迷惘和矛盾。而《最后的贵族》将关于回忆那条"虚"的叙事线也以"实"的方式呈现出来,并且故事情节的发展按时间顺序排列,大大削弱了原著散文结构下的心理氛围,以靠近传统的叙事方式讲述着一个原本带有意识流色彩的故事,破坏了原著虚实交织的情绪氛围,也削弱了故事情感的现代性。其次,原著中对历史背景除了太平轮沉船事件几乎未曾提及,但在影片中加重了笔墨。例如影片开头父母送李彤出国时隐隐忧虑的神情,渲染了一种时代氛围的沉重。对历史环境的交代,或者说把人物命运与国家和社会事件的变动联系起来,将小人物置于大时代的风云变幻中,是"谢晋电影模式"的突出特点之一,在《最后的贵族》中依旧有些许痕迹,只是跟之前的作品相比淡化很多。另外,在故事情节的细节上也有一些变动,例如影片中将李彤的出生地放在威尼斯,也是对原著一个较大的改动,这个变动增强了戏剧性,但是使"精神原乡"与"肉体原乡"保持一致的改编显得太刻意,反而失去了原著那种精神沉沦的现代性,李彤梦归威尼斯并不是因为这里是她生命的起点,而主要是找不到心灵归宿的虚妄。改编在主人公李彤的形象上与原著也有一定的出入,给她增加了一些桃色剧情,这种混乱生活的想象性改编增加了影片的看点,但削弱了走向幻灭的根本原因——文化无依感,而试图为这种幻灭给予世俗逻辑,即她为生活所

---

[1] 郁鸣:《人生本无寄——对〈最后的贵族〉的一种读解》,《电影评介》1990年第2期。

迫而流落风尘、为情场的纠缠倍受创伤。在原著中,陈寅只是李彤好友的先生,在婚礼上第一次见到李彤,然后以一个旁观叙事者视角冷静地展开故事,而电影为了加强叙事人"我"与李彤的关系,在两人之间增加了一些感情纠葛,再次减弱了这个性格悲剧故事的现代性,将个体灵魂的孤独和绝望嫁接成符合观影期待的通俗剧情。

选择《谪仙记》这个文本体现了谢晋寻求转型的态度和眼光,但这些"忤逆"原著情节的改编在深层里暗合了很多"谢晋电影模式的深层编码秘密",也让我们看到了一个风格鲜明的导演转型的困难。谢晋将小说的主题概括为三组对比关系"今昔之比、灵肉之争、生死之谜"[①],认为其根源"不单单是社会原因,而是人类自身的矛盾、人类不可避免的性格造成的悲剧"[②]。可以看出谢晋对文本的解读是抓住了原著的精髓的,但是为什么影片拍出来的结果没有达到解读的深度呢?这种导演阐释与文本的割裂的现象需要我们回到电影生产的时代。"重要的不是影片故事所讲述的年代,而是讲述影片故事的年代。"[③]福柯意义上的"历史"概念可以帮助我们理解"谢晋电影模式"局限性的根源。谢晋成长于政治风云变化的时代中,在国立剧专接受的是曹禺、洪深、焦菊隐等戏剧性的叙事训练,创作时期一直弥漫着红色文化潮流,这导致他的价值体系和审美带有时代的局限。表达时代风云变幻的社会主义现实主义故事早已成为他的叙事策略,戏剧性、道德化的传统审美成为他的审美定势,加上在六十年代遭受的迫害以及电影审核制度又束缚了他的创作,综合后形成所谓的"谢晋电影模式"。及至新时期,大量新思潮涌进中国,在国内形成纷繁复杂的新的话语模式,强势地发起冲击,谢晋作为一个德高望重的老一辈电影大师,当受到这些年轻又强势的话语冲击时努力革新固有的观念以顺应时代潮流,但并没有完全成功。

《最后的贵族》所体现出来的表达的混乱是由于谢晋听到外界不同声音后的一种自我怀疑导致的内心价值系统的混乱。对于这个已经花甲之年的导演来说,求新求变是顺应时代潮流和自我突破的需要,也是在忤逆自己的审美和创作理念,这种勇气和精神更值得尊敬,但效能有待商榷。

---

① 谢晋:《谢晋电影选集》,上海大学出版社2007年版,第125页。
② 谢晋:《谢晋电影选集 女性卷》,上海大学出版社2007年版,第126页。
③ 李奕明:《谢晋电影在中国电影史上的地位》,《电影艺术》1990年第2期。

结　语

　　如上所述:《最后的贵族》在谢晋创作生涯中有着承上启下的作用。这部依托白先勇的短篇小说文本《谪仙记》改编而成的影片与其以往的创作如《女篮五号》、《红色娘子军》、《天云山传奇》、《牧马人》、《芙蓉镇》等相比,很大程度上突破了"谢晋电影模式"的家国叙事和伦理叙事策略,深入人物内心,以表达心灵的寻找和沉沦完成对其"政治传声筒"和"好莱坞模式"的批判的回应。但从视听文本与小说文本对比来看,改编上依旧烙有"谢晋电影模式"的痕迹。《最后的贵族》虽然卸掉了谢晋模式沉重的历史话语枷锁,但谢晋借白先勇的文本铺展的关于"原乡"的想象依旧贫乏,《谪仙记》中离散之怅惘带来的幻灭之必然没有完全展现出来,但已经是"谢晋时代"中的佼佼者,并显示出一个与新中国共同成长的导演的创新勇气。

转型时代的文化症候

——基于电影《最后的贵族》的考察

周孟琪

南京大学

1989年8月19日,上海电影制片厂出品的《最后的贵族》首映。这部电影改编自台湾作家白先勇短篇小说《谪仙记》,由谢晋执导,潘虹、濮存昕等主演,讲述了四位国民党高官家庭的小姐赴美留学、经历家国巨变后十几年的命运浮沉。交织着冲破"谢晋模式"樊篱的尝试、颇具传奇色彩的作家白先勇首次"触电"和一场牵动两岸的"换角风波",《最后的贵族》在文化、市场与政治博弈中声势浩大地出炉,最终却沦为一次悲壮的实验,黯淡收官。精英与民间话语的割裂带来呼唤突破又拒绝突破的转型悖论,"重审民国"与"想象美国"之间是全球化语境下重塑国族认同的渴望。伴随《最后的贵族》的生产、传播与接受,我们得以管窥二十世纪八九十年代之交复杂的文化图景与时代症候。

一、声势浩大的前奏:《最后的贵族》出炉始末

《最后的贵族》之产生须从1986年电影界掀起的一场关于"谢晋模式"的讨论谈起。这位1962年即凭借《红色娘子军》斩获第一届百花奖最佳导演、最佳影片奖的著名影人,在八十年代初接连创作出《天云山传奇》、《牧马人》、《高山下的花环》、《芙蓉镇》等叫好又叫座的作品,屡次问鼎金鸡、百花奖,[1]一时风头无两,

---

[1] 具体情况如下:《红色娘子军》(改编自梁信小说《琼岛英雄花》)获1960年第一届大众百花奖最佳导演奖;《天云山传奇》(改编自鲁彦周小说《天云山传奇》)获1981年第一届中国电影金鸡奖最佳导演奖、第一届中国电影金鸡奖最佳故事片奖、第四届大众百花奖最佳故事片奖;《牧马人》(改编

成为"主流意识形态电影"的代表人物。就在谢晋身处鲜花着锦之盛时,风暴也悄然而至。八十年代中期,随着西方思想理论席卷大陆,文学与电影界开始对以往的文艺创作方法进行反思。1986年7月,上海《文汇报》刊载多篇文章讨论谢晋电影创作模式,批判贬损者有之,辩护推崇者亦有之。其中最令人瞩目的是朱大可《论谢晋电影模式的缺陷》一文,作者言辞犀利地指出谢晋的"电影儒学"不过是"一味迎合的道德趣味,与所谓现代意识毫无干系"①。导火索一经点燃,关于"谢晋模式"的讨论愈演愈烈,善恶美丑两分的现实主义技法、线性纪实的叙述结构、"以煽情为最高目标"的美学意识等弊病逐渐成为争议的矛头所在。

　　这场声势浩大的争论显然也对谢晋本人产生了冲击,"不管他自己是否承认,他必须超越自己"②。这种改变之于电影界抑或之于观众而言,最直观的体现即在于他的下一部电影创作。面对此次备受期待的"转型",谢晋选择将白先勇的短篇小说《谪仙记》作剧本改编。这场跨越海峡的合作酝酿其实早有预谋。1985年春,谢晋就曾在华裔演员卢燕的牵线下与白先勇在洛杉矶见面,相见恨晚的两人一致达成共同摄制电影的愿望。作为第一批进入大陆的台湾文学作家,白先勇的作品集在八十年代已陆续在大陆出版,《谪仙记》也曾被多本主流杂志刊载。③ 谢晋为故事中四个不同贵族家庭的女孩子的命运波折与时代折射的历史沧桑而深深吸引,也清晰地意识到白先勇作品的诗意与哲理固然深刻,但也平添了拍摄难度,甚至有因无法引发观众共鸣而失败的可能。④ 从"形象大于思想"的美学追求出发,谢晋邀请著名剧作人白桦为编剧,与白先勇共同商讨《谪仙记》剧本改编细节,⑤力求艺术上的尽善尽美。精良的制作团队和谢晋"晚年变法之作"的噱头让电影自产生之初即成为各方媒体的关注焦点。甚至在电影筹备阶

自张贤亮小说《灵与肉》)获1982年第六届大众百花奖最佳影片奖;《高山下的花环》(改编自李存葆小说《高山下的花环》)获1984年第五届中国电影金鸡奖最佳编剧奖、第八届大众百花奖最佳故事片奖;《芙蓉镇》(改编自古华小说《芙蓉镇》)获1986年第七届中国电影金鸡奖最佳故事片奖、第十届大众百花奖最佳故事片奖。

① 朱大可:《论谢晋电影模式的缺陷》,《文汇报》1986年7月18日。
② 白桦、潘志兴:《对话——巨著、探索与传统》,收入陶广学编著《白桦研究》,河南大学出版社2015年版,第95页。
③ 电影正式问世前,小说《谪仙记》曾刊载于1984年第2期《萌芽》、1984年第2期《电视·电影·文学》、1984年第8期《小说月报》、1988年第1期《文汇》、1988年第6期《台湾文学选刊》等。
④ 参见谢晋:《形象大于思想——影片〈最后的贵族〉的艺术追求》,《艺术世界》1989年第1期。
⑤ 1987年4月,白先勇应邀赴上海复旦大学讲学,其间谢、白两人会面。参见潘荻:《海峡两岸两奇才——谢晋与白先勇合作拍片记》,《世界博览》1988年第7期。

段的采访中,有女摄影记者戏言要"多拍几张白桦与谢晋的合影,以备将来《最后的贵族》得金鸡奖或百花奖时用"①。1988年《电影故事》第10期更是以"第一流的导演、第一流的编剧、第一流的演员"的宣传语为电影造势,号称"卖名牌、广宣传、高成本、精制作",大众纷纷期待谢晋能借此斩获百花奖"六连冠"。

然而,电影的问世一波三折。一场突如其来的"换角风波",使得这部由艺术革新与市场期待合力推动产生的电影卷入两岸的政治角力。自1987年确定拍摄《最后的贵族》之初,女主角花落谁家便成为谢晋反复考量忧虑和媒体众说纷纭的问题。副导演武珍年曾携介绍信辗转全国各地选取候补人选,在形象、体形、气质、素养、技巧等方面条件极为苛刻的情况下遍寻无果,"可以说,几乎没有一个演员的内心素质具有李彤那种失落的感觉"②。实际上,早在电影正式立案前,谢晋本与白先勇同时属意台湾演员林青霞为李彤的理想饰演者。③ 为此,他费尽周折托人将剧本转交林青霞,并赴美国洛杉矶与之面谈出演事宜。林青霞不仅对剧本赞赏有加,认为"李彤为我莫属",还就剧本人物、服饰等问题提出了许多想法与意见。④

这场看似一拍即合、成功在望的合作却未如愿以偿。自林青霞正式决定并对外宣布赴陆拍摄《最后的贵族》以来,台方媒体社论报道引发的舆论哗然不绝于耳。谢晋为等候林青霞的到来屡次延迟拍摄日期,这同样引起了大陆媒体的关注。⑤ 1988年6月27日,《最后的贵族》摄制组在上海国际俱乐部举办电影首次新闻发布会,谢晋、白桦两人都在采访中提及已接收到台方的明确通知拒绝林青霞赴大陆⑥的消息。即使如此,谢晋仍表示不妨以在香港布置内景拍摄作权宜之计。次日,《人民日报》刊登《海峡两岸电影艺术家首次"联姻" 林青霞潘虹将

---

① 施加明:《一对好搭档——访〈最后的贵族〉的编导白桦、谢晋》,《电影评介》1988年第9期。
② 武珍年:《随谢导拍片——〈最后的贵族〉艺术总结》,《电影艺术》1989年第12期。
③ "谢晋选中了《谪仙记》,因为他看中了故事中那位孤标傲世、倾倒众生的女主角李彤,他欣赏她那心比天高、不向世俗妥协的个性,也是一位在人间无处容身的谪仙,最后自沉于海,悲剧收场。这样一位头角峥嵘、光芒四射的角色,哪位明星能演呢?谢晋跟我不约而同都想到了林青霞。"详见白先勇:《谪仙记——写给林青霞》,收入林青霞《云去云来》,广西师范大学出版社2014年版,第1—2页。
④ 新华社讯:《林青霞潘虹将合演〈最后的贵族〉》,《人民日报》1988年6月28日第1版。
⑤ 参见《宁波日报》1988年5月7日第4版《〈最后的贵族〉六月开拍 林青霞将领衔主演》、1988年7月11日第1版《因参加〈最后的贵族〉演出 林青霞受到台湾当局压力》。
⑥ 参见施加明:《一对好搭档——访〈最后的贵族〉的编导白桦、谢晋》,《电影评介》1988年第9期。

合演〈最后的贵族〉》,将此次合作视为两岸文化交流盛事,"拍摄这部影片是海峡两岸电影艺术家的共同愿望"[1]。身负大陆官方媒体的推介和国家影视审查主管机构的期待,《最后的贵族》显然已从简单的文化产品成为官方争夺的话语权力场域。台湾新闻局随之公开表态,声称"凡电影从业人员赴大陆参与拍片者,如经调查属实,仍将依照《戡乱时期'国片'处理办法》办理"[2],林青霞将面对在台影院禁演、吊销演员执照的风险。然而,这场引发两岸媒体沸腾热议和官方立场尖锐对峙的"女主角风波",最终因林青霞7月私自经由香港赴沪与谢晋商定拍摄事宜被香港记者偶然披露而成为泡影。时逢两岸禁止往来时期,此举无异于一石激起千层浪。林青霞只得主动请辞,李彤一角由原定饰演黄慧芬的潘虹接替,两岸缠绵近一年的媒体炒作和官方拉锯战也自此落下帷幕。

从谢晋寻求突破的自我转型,到颇具传奇色彩的作家白先勇首次"触电",再到一场牵动两岸的"换角风波",尚处筹备阶段的《最后的贵族》即在文化、市场与政治的多重角力下成为万千瞩目的焦点。这些声势浩大的前奏和众望所归的期待增添了此部电影命运的戏剧性,而它的成功与否似乎也被寄寓了超出作品之外的附加意义。

二、"一次悲壮的试验":大众接受与艺术突破悖论

1989年8月19日,《最后的贵族》正式公映。这部从筹备到出炉全程备受电影界、媒体和大众关注的电影,最终的反响却未能尽如所期。与谢晋之前在电影院座无虚席、次次斩获象征大众喜爱度的百花奖桂冠的作品不同,《最后的贵族》门庭冷落,甚至出现"刚到影院门口,令我大惑不解的是好些人在降价退票"[3]的情景,更有观众直言电影"令人失望"[4]。在电影评论界声讨下出炉的"艺术转型之作"和被媒体炒作神化的"一流作品",显然并没有被普罗大众买单。

观众攻讦的矛头首先指向电影原著作者与内容的意识形态定位。实际上,《最后的贵族》自筹备之日起便已在两岸官方"喊话"的拉扯下深陷政治权力博弈

---

[1] 新华社讯:《林青霞潘虹将合演〈最后的贵族〉》,《人民日报》1988年6月28日第1版。
[2] 详见顾志坤:《大师谢晋》,重庆出版社2008年版,第131—139页。
[3] 唐海东:《谢晋,我想说点意见——影片〈最后的贵族〉观后》,《电影评介》1989年第11期。
[4] 非也:《令人失望的〈最后的贵族〉》,《中国电影周报》1989年第31期。

的泥沼。白先勇身为国民党高官白崇禧之子,《谪仙记》内容又涉及四位民国时期贵族小姐的命途没落,这引发了观众最直接的发问——"这部影片在为谁唱挽歌"?对于电影题材可能引起的争议,谢晋已有所预料:

> 在影片《最后的贵族》拍摄阶段,就有同志关切地对我说:"这部影片可能要批判。李彤为什么会死,是共产党解放的缘故……"这种害怕挨批的心态是很可悲的……《最后的贵族》拍成后,上海市委领导看完全片,对影片给予了肯定……说明我们的社会在不断前进。①

然而,官方的首肯与电影界"回归文艺本身"的理念并非意味着这种包容开放的姿态能够下沉至民间。1990年第3期《电影评介》中即刊登了一篇名为《错误的同情——我看〈最后的贵族〉》的观后感,观者质疑导演"站错了阶级立场",认为白先勇替没落贵族(旧政权的统治阶层)大唱悲歌,致使"在他的作品中,没有一丝新生生活的气息,对大陆人民的社会主义建设不理会,不欢呼。电影虽然在原小说的基础上有所改编,但基本的主题思想没变"②。曾笼罩在文艺领域的单声道宏大话语与非黑即白、二元对立的逻辑体系仍旧滞留于集体无意识,规约着大众评价的走向。

当然,意识形态因素虽是《最后的贵族》失败的原因之一,但当时更多焦点仍集中于电影内容的争议。谢晋的艺术转型能否成功?这一问题背后充斥着电影与原著的偏移与误读、电影界的艺术批判同普通大众的审美取向的错位与冲突,交织着时代思想中先锋精神与保守主义的交锋,注定了此次众望所归的"转型"只能成为"一次悲壮的试验"③。

此前电影批评界认为"谢晋模式"的弊病之一在于人物形象单薄、善恶美丑二元对立,谢晋本人也坦言"迄今为止,中国银幕尚未出现一个形象,让全国人民都议论"④。为此他在《最后的贵族》女主角上倾注了诸多心血,希望能塑造出"形象大于思想"的人物。原著以陈寅(李彤好友黄慧芬的丈夫)为第一人称的叙

---

① 利星:《谢晋谈不要害怕挨批》,《电影评介》1989年第11期。
② 李廷桥:《错误的同情——我看〈最后的贵族〉》,《电影评介》1990年第3期。
③ 张东林:《一次悲壮的试验——〈最后的贵族〉小议》,《中国电影周报》1989年第31期。
④ 谢晋:《谢晋谈谢晋》,《电影评介》1989年第8期。

述视角被改为旁观的第三人称视角,让观众成为李彤十余年的人生长流的见证者。在理想的观影状态下,"一部分观众会感到人生苦短,青春珍贵……但是也有人会感受到人生有限,消极宿命;感受到人生虚无,是一场梦;感受到生即是死,死即是生……"①

谢晋在电影摄制中试图弱化白先勇塑造的留学生群像,强化女主角李彤的故事线索,在此基础上对原有情节进行修改增删,却也一定程度上导致了对原著的偏移和误读。一方面,为凸显"李彤灵魂失落"的合理性,谢晋将李彤与陈寅在赴美之后陈黄两人婚宴上才展开的隐晦情感线改为两人在故事开场即两心相许,并以失魂落魄的李彤酗酒后被拘留、与妓女为伍的镜头凸显她的堕落。在着意渲染爱情纠葛之余,李彤本人的事业设定也从原本薪水很高的服装设计部门副主任改为中国传统观念中落难贵族之女标配的以色示人的"模特"……这些更动的确增添了故事戏剧性,却也削弱了白先勇原著中对四位没落贵族少女多舛命途之群像的呈现力度,以及由此生发的对世事沧桑之感慨、对精神殉道者的命运之叹惋,难免有"一个深刻的个性悲剧被浅薄地降格为恋爱不果的无力呻吟"②之嫌。另一方面,电影浓墨重彩地渲染了"李彤之死"。在李彤重返幼时出生地威尼斯投海自尽后,镜头却闪回美国老友张嘉行为子做寿的场景,与出国前李彤父母为女儿举办生日宴、赴美后李彤参加陈寅夫妇之女生日会的场景相呼应,道出物是人非之感。但此处"魂断威尼斯"的"'点睛'缺少前面的衔接,表现得是不够充分的,观众无法深刻地去认识"③,而此后的剧情又无异于画蛇添足,"从审美效应上看,它淡化了'威尼斯'一场戏对观众心灵的强烈冲击,而又不能形成新的冲击波,只是徒然跌入三流导演的俗套"④。

"谢晋模式"的另一特点在于影片思想指向鲜明、情感冲突剧烈,善于强行煽情。当谢晋意图抛却此前固定的美学特色时,必然导致观众不能再进行一目了然的接受。⑤ 这种需要诱发想象力和思索力推断电影的"言外之意"的表达和生

---

① 谢晋:《形象大于思想——影片〈最后的贵族〉的艺术追求》,《艺术世界》1989 年第 1 期。
② 魏文平:《〈谪仙记〉的误读——评影片〈最后的贵族〉》,《电影评介》1990 年第 4 期。
③ 唐海东:《谢晋,我想说点意见——影片〈最后的贵族〉观后》,《电影评介》1989 年第 11 期。
④ 张兆前:《在蛇足的背后——从〈最后的贵族〉的结尾看古典主义美学思想对谢晋的影响》,《电影评介》1989 年第 12 期。
⑤ 参见张成珊:《中国电影不能只打一套拳——从谢晋新作〈最后的贵族〉谈起》,《解放日报》1989 年 7 月 9 日。

活碎片式的诗歌美学迎合了文艺界与部分知识分子的审美取向,让他们感叹于电影本身思想艺术上的"高品位、高格调、高文化层次",但"从广大观众的欣赏水平和接受程度来说,却正因其'高'而发憷,就象不甚懂诗歌原理的人读了一首朦胧诗,难于理解"①。包括针对贯穿《最后的贵族》始终的"李彤为何会自甘堕落?"这一问题的解读,仅仅"靠观众自己去填满它是相当吃力的"②。电影批评界期待谢晋的新作品超越爱国主义煽情模式,追求艺术的深度与哲思,"离开人作为社会的人的现实存在的抽象观点和玄妙哲理才是艺术追求的高层面",而普通观众却"希望艺术家谢晋不要被这种观念模糊了自己的艺术视野,误把追求所谓的时尚,看作是对自己的超越"。③ 不难看出,谢晋的转型与突破之所以陷入进退两难的尴尬处境,正在于文化精英和普罗大众的评价呈现出难以弥合的错位,也昭示着八九十年代之交中国文化场域精英话语与民间话语走向割裂的历史图景。《最后的贵族》尝试打破桎梏之余又希望两头讨好,却在文艺界高扬的现代主义先锋精神与民间社会尚有存留的保守主义的交锋与碰撞中落败,最终不仅终结了谢晋代表民意检验的百花奖连冠,也错失了代表电影艺术水准的金鸡奖问鼎机会。转型时代的众声喧哗赋予《最后的贵族》以声势浩大的前奏,同样预示了谢晋这场充满悖论的转型将会以并不意外的失败告终。

三、重审民国·想象美国:八九十年代之交的文化症候

对《最后的贵族》的解读还可在二十世纪八九十年代之交的时代语境中展开。这部电影或许并未获得传统意义上的成功,但的确具有突破意义。它打破了时间遮蔽,又在此基础上进行空间的延展,一边将历史链条回溯至晚清与民国时代,一边接续身处大洋彼岸的异乡人在美国。在全球化、世界政治重组和文化激荡的宏大背景下,透过电影与历史现场的互动关系和跨越时空展开的故事图景,我们得以观照人们对中国与美国变迁的集体想象,窥视转型时代中大众心理与社会文化的更迭变幻。

---

① 王喜盛:《广大观众难于理解的朦胧诗——评影片〈最后的贵族〉》,《电影评介》1990年第2期。
② 上海电影艺术研究所:《关于〈最后的贵族〉的表演艺术探讨》,《电影新作》1989年第6期。
③ 梅朵:《失落者的大悲痛——影片〈最后的贵族〉观后随想》,《电影艺术》1989年第12期。

1987年7月,蒋经国宣布废除台湾实施三十八年之久的"紧急戒严令",正式开放民众大陆探亲。这一被视作政治破冰的举动为原本处于灰色地带的两岸文化交流互通确立了合法性。两岸意识形态从截然对立到略有松动,影响重塑着人们回顾中国历史的方式。晚清民国在相当长的一段时期都曾是大陆文艺领域的禁区,或是作为反面典型和批判矛头出现。可无论是白先勇的故事蓝本还是谢晋本人在电影中的情感投向,都无一例外地对旧时代或隐或显地流露出悲悯与同情。

　　《最后的贵族》的主人公李彤本身即被作者赋予了某种国族隐喻。原著《谪仙记》中四位准备出国的贵族少女以"四强"（中美英俄）戏称,李彤自比"中国"。这种"家国"意象的诠释在电影里尤显浓重,谢晋将小说中陈寅视角下李彤草草描绘的生命历程不断具像化,其身世设定被加工得更为绚丽。电影中的李彤出生于水城威尼斯,父亲是外交官,外祖父为清朝皇室贵族,母亲是格格,母亲在独生女儿二十岁生日会上赠予了她一只家传的祖母绿戒指。被父母视为掌上明珠的李彤,在南京的府邸享受着高朋满座、富丽堂皇的宴席,赴美初期如"中国公主""五月皇后"般拥有数不尽的华美衣物和绫罗绸缎,风光无限……在电影镜头的摹写下,李彤经历世事巨变前的锦绣人生被渲染得淋漓尽致,与故事末尾魂断威尼斯的凄凉场景形成"眼看他起朱楼,眼看他宴宾客,眼看他楼塌了"[①]的鲜明反差。电影着力描绘了这场极具浪漫主义的悲情死亡,李彤只身一人在空旷的广场,鸽子盘旋而过,置身异国他乡却徒生"我终于回到家了"的感慨。谢晋将白先勇《谪仙记》中借几位旧友之口未能点透的李彤死因[②],具象为"无家无国"的失落感。李彤自尽前曾在河岸边偶遇一位拉小提琴的老人,并发出疑问:"世界的水都是相通的吗?"曾在上海霞飞路酒吧做琴师的旧日沙俄伯爵与国民党贵族的后裔交谈的画面令人心生"同是天涯沦落人"之感,李彤在落魄沙俄贵族的身上看到了无数"最后的贵族"令人唏嘘的命运。民国时代"丽莎的哀怨"与共和国时

---

　　① 颇为巧合的是谢晋好友顾志坤曾回忆称,依照谢晋的时间表,原定1987年下半年先筹备拍摄《桃花扇》,再拍摄《最后的贵族》,两部电影的部分主旨思想与美学呈现有相通之处。详见顾志坤：《大师谢晋》,重庆出版社2008年版,第127—128页。

　　② 原著如下:"张嘉行和雷芷苓两人还在一直争论李彤自杀的原因。张嘉行说也许因为李彤被那个美国人抛掉了,雷芷苓却说也许因为她的神经有点失常。可是她们都一致结论李彤死得有点不应该。"详见白先勇:《谪仙记》,《萌芽》1984年第2期。

期"李彤的哀怨"遥遥呼应,激发出历史长河承前启后的怀旧共鸣,也交织着民间大众对"没落贵族"艳羡与拒斥交织的暧昧想象。身处二十世纪八九十年代之交的历史语境,《最后的贵族》呈现出的怀旧氛围尚且带有政治批判倾向,甚至在部分情节中颇为生硬地为李彤的生命体验抹上一层虚无缥缈的爱国主义油彩,但与之前对民国正面形象讳莫如深相比已是巨大进步,暗含重塑中国自我想象和重估历史驳杂图景的时代冲动。而当十余年后当代中国真正兴起"民国热"时,"最后的贵族"一度成为消费主义和娱乐化市场上常见的民国轶事题材书籍的题目,在大众媒介的加工下成为民国怀旧的象征符号。

处在全球化视野和新的历史语境下,国族身份认同的更迭伴随着对家国历史的多维审视,也往往伴随着以异域为他者的镜像比照。重审民国和想象美国、旧梦重温与新梦酝酿背后是中国当代文学文化面临的民族叙事危机和全球化浪潮裹挟下大众的身份焦虑。"在1990年投放影院的谢晋导演的新作《最后的贵族》,尽管事实上产生于80年代后期的社会文化语境之中,但其放映时客观形成的卖点之一,是中国银幕上的美国-纽约形象及华人的跨洋经历。"[1]从筹备阶段起,媒体便常用"国外拍摄取景"、"聘用外国演员"等字眼作为吸引观众的报道噱头,从电影摄制组、大众媒体到普通观众都寄予《最后的贵族》以"走向世界"的热望。虽然这种渴望直至经由第五代导演之手才真正实现,但我们仍可透过这些"宣传卖点"窥见某种时代症候。

走出"文革"废墟后的中国人在八十年代重新与"世界"遭逢,西方物质文明和精神文明的冲击让中国人的自我定位在以"西方"为中心的参照中向边缘滑落,并时刻具备着重回中心的冲动。1984年底,国务院出台政策允许自费出国,留学逐渐成为一股社会热潮。大陆民众获得亲自走出国门的权力,无须借由来自台湾或华人华裔的声音转述认知"西方"(或"美国"),"留学生文学"也从八十年代的精英话语主导[2]逐渐走向九十年代的市场通俗流行[3]。某种意义上,《最后

---

[1] 戴锦华:《隐形书写——90年代中国文化研究》,江苏人民出版社1999年版,第163页。
[2] 以於梨华《又见棕榈,又见棕榈》、查建英《到美国去!到美国去!》《丛林下的冰河》为始,刘索拉、严歌苓、虹影、刘西鸿等为继,隶属严肃文学范畴。
[3] 介于虚构与非虚构之间"自传"、"亲历记"式的通俗文学,以周励《曼哈顿的中国女人》、曹桂林《北京人在纽约》及同名电视剧为代表,在文学市场和文化生产中流行畅销。仅在1990—1993年间出版的"留学生文学"就有二十余本。

的贵族》的上映主动或被动地参与了这一转折进程,《谪仙记》虽尚属精英文化范畴,但它借由商业市场消费西方的炒作和大电影的媒介传播实现受众群体下沉,并与八九十年代之交的文化现场与大众生活产生互动,唤醒"异乡人"的共鸣。正如谢晋所称,"我曾经请了李彤同时代人来看了此片,一些欧美同学会的留学生们,有的看了痛哭流涕","李彤的失落感可以'延伸'到今天,一批大学生远离国土,他们面对严酷的现状,面对曲折的生活道路,在异国土地上为生存拼搏,做着金色的梦"。[①] 最直观的体现是电影对雷芷苓的改动,原著中这位从已经结婚、在美国生活安定的女子摇身一变为勤勉刻苦、无心交际、投身科研的生物学教授。勤工俭学、知识分子、不婚独身……这些关键词恰呼应了二十世纪八九十年代中国海外学子的群像。但谢晋在渲染美国纷繁世界光怪陆离的同时,并没有沉溺于构建关于美国的大众梦幻,而是在全球化景观和西方故事场域中不断确证中国的身份与想象。离群孤雁者如李彤深陷命途变故和灵魂失落走向溺亡,随遇而安者如黄慧芬、雷芷苓、张嘉行、陈寅虽同样有身若浮萍的无依感,但也的确通过自我的努力拼搏在异国他乡站稳脚跟。这种留学生/移民叙述"在粉碎美国梦的叙述中同时印证着美国梦,在述说代价的同时,确认着某种将在 90 年代日渐响亮的关于'强者'——'物竞天择,适者生存'的哲学"[②]。相较于九十年代后留学生文学将考察异域的聚焦点从政治文化憧憬彻底转移至资本经济与拜金狂热,《最后的贵族》为八十年代与九十年代的"美国想象"变迁搭建了一道过渡桥梁。而这条线索的背后隐藏着由"共名"到"无名"[③]的文化语境转向、由"有序"到"无序"的社会背景变迁,以及激情退却、泥沙俱下的世纪末情绪,共同构筑了二十世纪八九十年代之交驳杂多端的时代症候。

从万众期待的开端到落寞惨淡的收尾,《最后的贵族》的生产、传播与接受可谓充满一波三折的戏剧性。《最后的贵族》在谢晋辉煌的电影生涯中略显平平无奇,《谪仙记》在白先勇璀璨的创作史中也绝非最受瞩目的一篇。即使如此,我们仍能从此次前所未有的合作中窥见一次艺术尝试的勇气,体察时代跳动的脉搏。在即将到来的九十年代,商业掌控文化市场,先锋精神与理想主义退潮,广场政

---

① 利星:《谢晋谈不要害怕挨批》,《电影评介》1989 年第 11 期。
② 戴锦华:《隐形书写——90 年代中国文化研究》,江苏人民出版社 1999 年版,第 179 页。
③ 参见陈思和:《"无名"状态下的九十年代小说——关于晚生代小说的随想》,《明报月刊》1997 年第 8 期。

治走向终结。这部电影声势浩大的前奏或许正见证了八十年代末文化场域最后的狂欢,而它的失败和它自身的生成与接受史也悄然昭示着九十年代前夜文化激荡的暗流涌动。无论电影还是文学,都将在这股转型时代的汹涌浪潮中面临更加严峻的机遇与挑战。

第三辑

从文字到舞台

对传统越剧中悲剧形态的超越

——评新编越剧《玉卿嫂》

朱栋霖

苏州大学

一

2004年春,我在青春版《牡丹亭》彩排场遇见徐俊、曹可凡,他们正策划将《玉卿嫂》搬上越剧舞台。这是上海越剧的新亮点,我一直怀着欣喜的期待。我也知道,他们与越剧都面临着挑战。虽然《祥林嫂》提供了越剧改编现代小说名著的成功经验,但是白先勇这部小说的主人公不是越剧舞台的美学规范所能承受的。自1960年《玉卿嫂》发表以来,这位外表文静、为了占有年少情人不惜以极端手段与之同归于尽的寡妇,已经成为独具异彩的艺术形象,给人留下深刻印象。但是越剧的美学风貌历来是温柔文雅的,居于舞台中心的女性形象都是善良贤惠、温柔多情,从来没有一个是要残暴地杀死自己心爱的情郎的(敫桂英是因为被王魁抛弃才去索命的)。玉卿嫂这个悖异道德的女性形象与她的极端行为,如何呈现在越剧舞台上,这对编导是一个挑战。

我终于在美琪大戏院怀着惊喜与赞叹观看了由曹路生编剧、徐俊导演的这部新编现代越剧。故事从广西被移置到江南,舞美设计出白墙黛瓦的江南民居,剧情时间只标以"元宵、清明、端午、中秋、除夕"的推移,编导在暗示玉卿嫂的故事有着婉约撩人的南方风情。编导也显然充分考虑到了我在上面所说的各种改编因素。他们体会与尊重了文学原著精神,按照越剧美学规范成功地塑造了一个玉卿嫂。剧中的玉卿嫂显然已不是传统越剧中那些善良温情的女性,但是她的悲剧同样令人洒下同情之泪,激起剧场中感叹不绝。

越剧《玉卿嫂》的编导充分利用了小说原著的情节与种种文学因素,也充分挖掘了小说叙述中潜藏的人物内涵与人物关系的种种可能性,根据戏剧人物塑造的要求设计了许多新的情节与场面。在这些新设计的情节与场面中,表达了编导对主人公玉卿嫂、对玉卿嫂与庆生关系的阐释。这些阐释是越剧编导的理解,也是小说原著提供与引导的阐释空间。通过这些,编导在越剧舞台上声情并茂地呈现了玉卿嫂的内心世界,与越剧观众一起分享了对悲剧女主人公的理解与沟通。

小说开端于容哥儿找到了新奶妈玉卿嫂,小少爷对玉卿嫂的依恋,他对玉卿嫂与庆生关系的好奇与追踪成了小说叙述的中心线索与独特视角。编导在戏剧开场采用了小说原著中容哥儿有新奶妈、跟踪玉卿嫂这个情节与结构,引导观众一层一层去发现与认识主人公玉卿嫂。随着容哥儿寻找玉卿嫂,舞台上出现的是平素文静的玉卿嫂一反常态地在曲折陋巷中急急行走。戏剧将原小说中容哥儿在陋巷中寻找玉卿嫂,转化为舞台上玉卿嫂的圆场,那是合情理的。容哥儿走过的路必然也是玉卿嫂去幽会庆生的路。玉卿嫂行路一场产生了悬念。紧接下场是庆生的小屋,江南乡镇白墙黑瓦,一帘纱布后是羸弱的庆生坐在床边,方亚芬扮演的玉卿嫂轻声细语地演唱,对他娓娓倾诉、细细叮咛:吃的住的都替他想到,晚上睡得怎么样?天亮咳嗽厉害不?猪肝、菠菜能补血,花生牛肝熬汤最润肺,天冷挂着他身上衣单,主人赏的东西变着法儿留给他,她费心费神找了这间房,心甘情愿守着他服侍他一辈子,只要他明白自己的心。玉卿嫂的这段唱词全是大白话,纯是絮絮叨叨、琐琐碎碎的口语。通观全剧,朴素无华、不加装饰的唱词是《玉卿嫂》戏剧语言的一个特点,它不同于经典越剧《红楼梦》、《西厢记》的唱词典雅优美、富有诗情画意。有人认为越剧是诗剧,唱词应该像诗词一样华美。但是在玉卿嫂,她对庆生的爱、她对庆生灵肉的深深占有,完全来自一个女人内心的真诚与爱的渴求,诚挚深厚的真情无需语言的装饰,语言美化的唱词在这里会显得装腔作势。朴素的口语恰好表达了玉卿嫂对庆生的一腔真心深情,絮絮叨叨、琐琐碎碎的倾诉叮咛乃是玉卿嫂作为一个女人怀有对庆生疼爱之情的自然流露,那情是母亲般的关心护育、妻子般的体贴叮咛、情人间灵肉占有的融合兼有之情。这些提炼了原小说语言的唱词,同小说中的功能一样。朴素无华、纯粹口语的唱词同样有感人的诗意。方亚芬运用正宗袁派的唱腔将玉卿嫂全身心投入地爱庆生的一腔真心、满腹柔情,演唱得优雅细腻、声声感人。

白先勇原小说通过一个小孩的视角来叙述玉卿嫂与庆生的故事,小孩天真单纯、超越世俗的眼光与他对玉卿嫂亲热、喜爱的感情引导着读者去充分同情这位感性的悲剧女性。但是戏剧舞台不能用一个小孩子的视角叙述代替戏剧行动。它必须正面展开玉卿嫂故事本身,它必须通过戏剧行动本身让一贯同情祝英台、白娘子、祥林嫂的越剧观众去同情这位情杀的女人。

玉卿嫂是如何与庆生相爱的?庆生后来为何又要与她分手、叛离?他们两人经历了怎样的最后的冲突?玉卿嫂为何要采取极端手段"杀死你,再爱你"?这些对于塑造玉卿嫂形象都是至关重要的。原小说中容哥儿的叙述视角略去了两人关系的许多过程与交代。容哥儿作为不知情的第三者的叙述,无须知道两人关系的具体原委与过程,他只是关心玉卿嫂、关爱庆生。白先勇的叙述法使这部小说由此径直突出了性爱冲突的悲剧主题,也给玉卿嫂与庆生两人关系的原委与过程留下许多空白,也正是这些空白使这部小说充满了张力,留给读者许多种想象、揣测、讨论的欣赏、寻味空间。但是戏剧必须直接展开剧中人的行动,编导必须新创一系列戏剧动作,来丰富这些空白、发展人物的戏剧空间。于是有了玉卿嫂拒绝满叔的唱段,有了庆生观《拾玉镯》、与金燕飞一见倾心的戏,有了庆生与金燕飞河边幽会的戏,更有玉卿嫂劝留庆生、遭庆生拒绝的重场戏,以及玉卿嫂痛不欲生、自悲身世的长篇抒情唱段。在这些丰富的戏剧性行动与冲突中,编导注入了对剧中人的行为与心理动机的解释,玉卿嫂的悲剧形象被塑造得相当丰满感人,她获得了观众深深的同情。

玉卿嫂拒绝满叔提亲这场戏很重要。"我想嫁谁就嫁谁",方亚芬的这段流水唱干脆利落、蹦跳弹性,如珠玉坠地字字落地金声,表现玉卿嫂的态度是何等干脆坚决、率真坦诚!这段唱对于塑造玉卿嫂、阐释她的爱情选择,是不可少的。她本来可以轻易获得一切,有吃有住有房有地,做现成的奶奶,但是她对公馆里的垂涎者、求婚者一一拒绝,她不在乎,她不看重,她宁愿一辈子做老妈子放着现成的奶奶不做。她要的是自己心里喜欢的,她选择的是自己心灵的所爱,而不是世俗与物质的要求。原小说中,满叔求亲,玉卿嫂只说了一句:"横直我不嫁给你就是了!"她"将门帘'豁琅'一声摔开"。在小说这样写就够了。但戏剧不能这样演,戏剧要抓住这个戏剧行动让玉卿嫂表露自己的内心世界。她与庆生的畸恋本是超越世俗的,这需要寻找其心理动机。玉卿嫂的爱只是服从自己心灵的追求,不是求生存与物质满足。在这个被世俗遗弃的寡妇心中有自己超越世俗的爱情追求,而且异常炽烈与倔强。

二

庆生要与金燕飞出走，决然拒绝玉卿嫂；玉卿嫂悲痛欲绝，自悲身世；玉卿嫂深夜劝留遭拒、情杀庆生。这三场紧锣密鼓的戏跌宕起伏、浓墨重彩、奇情悲壮，把全剧推向高潮。

"万念俱灰心枯槁义绝情渺"这段长达130句的重头唱，是玉卿嫂悲痛欲绝、自悲身世的心灵自剖自抒。它就是全剧的高潮。越剧等中国戏曲的艺术规律，和话剧不同。从西方引进、偏重文学的话剧以激烈的戏剧冲突见长，话剧的高潮是剧中人之间激烈的冲突，而戏曲的高潮有时并不是激烈的冲突，而是激烈冲突之后的最后一场，那时硝烟顿息、场上乐声轻柔，唯剩一人，主人公自忆自抒、回顾一生的一长段唱。主人公感情激荡、心潮澎湃，那不是情节冲突的高潮，那是全剧情感的高潮、抒情的高潮。这场戏主要就是在特定戏剧情境中的一段唱，但那是塑造主人公最重要的一场戏，也是最见演员功力、戏曲观众认为最有看头的戏。因为在戏曲中，优美动人的唱腔设计、演员精湛的演唱艺术就是表现戏曲人物的最重要的手段。像越剧《祥林嫂》最后一场"雪满地风满天"一段唱、《浪荡子》最后一场"叹钟点"、《沙漠王子》的"算命"、《红楼梦》中"黛玉焚稿"。电影《祝福》的高潮是鲁四老爷、太太仍不让祥林嫂端菜上供，认定祥林嫂仍是有罪孽的，这与原小说的情节高潮基本一致。但是改变后的越剧的高潮是在这场戏之后祥林嫂在漫天风雪中的长段唱。这段唱的写法基本是回顾前情往事即回忆一生、总结全剧，在剧情方面没有增加新的内容，但这段唱确是主人公形象的大总结、大升华，是全剧最浓墨重彩之笔。玉卿嫂在遭受彻底绝望后，编剧根据越剧的舞台艺术规律为玉卿嫂安排了一段长达130句的唱段。她回顾"孤苦伶仃无盼无望象一个幽灵"的一生。她全身心投入这份不伦的爱，"我就是死也要死在你怀抱，可怜我啊可怜我，就是死、我情也难了"。这段唱，一，是从原小说中提炼出基本因素，是有所根据的。小说中写："原来他早没了爹娘，靠一个远房舅舅过活，后来他得了痨病，人家把他逼了出来，幸亏遇着他玉姐才接济了他。"二，说清了玉卿嫂与庆生的不伦之恋是如何产生的。三，表述了玉卿嫂的情感世界，"孤苦伶仃无盼无望"之中视庆生为自己生命中的唯一，"我就是死也要死在你怀抱"，为玉卿嫂情杀庆生的极端行为——通常这会被认为是犯罪行为——寻找了可供理解与同情的心理动机，从而使这个情杀恋人的酷烈女性成为值得同情的悲剧人物。这段重头唱基本是原汁原味的袁派唱腔,韵味醇厚、浓情委婉、旋律凝重沉着、层次分明,全套唱腔格局舒展大气、酣畅淋漓,方亚芬的演唱将袁派的醇厚韵味与变化的激荡韵律相融合,沉稳大气,行腔转腔圆转自如,她以情托声,将玉卿嫂的哀痛、绝望之情抒唱得淋漓尽致,声情并茂、韵味十足。

　　白先勇小说中容哥儿两次见到玉卿嫂与庆生做爱,成为小说情节的两个高峰,而两人畸恋、纠葛冲突种种过程中留下的空白形成了小说的张力,它也是玉卿嫂形象的魅力之所在,因其模糊性而产生吊诡神秘的魅力。在越剧中,玉卿嫂与庆生最后的冲突与决裂成为戏剧的必需场:热恋中的情侣是如何冲突与走向决裂的?这场在凝固、压抑、危机的气氛中开始的重场戏,写得跌宕起伏、张力充沛、激情满贯、感人肺腑。玉卿嫂压抑着深情与痛苦,怀着忐忑、绝望与希望,痛哭着、煎熬着、嘶喊着去试探着、规劝着、哀求着、哭泣着要留住庆生,留住她心灵的爱、留住自己心灵的生命。"你不能这样对待我啊,我只有你这么一个人了,你要是这样,我还有什么意思呢!"她甚至同意庆生与金燕飞在一起,"你带我一起走吧!"她违背自己的心灵,乞求庆生:"我可以做你们的娘姨啊,我是不会打扰你们的……""你跟她好好了,我不会在意的,我就是想看你在我身边啊……"甚至愿意为他们洗衣裤、带孩子!这使我想起《雷雨》第四幕的繁漪,绝望中的繁漪与周萍最后一次摊牌,她哀怜乞求周萍带她一起走,哪怕把四凤接来一起同住!扮演玉卿嫂的演员是袁派传人方亚芬,她深刻地体验剧中人的内心世界,她的表演激情充沛、有爆发力,又细腻传神、层次分明。当庆生最后说出"求求你,饶了我吧,你不要再象鬼一样到处缠牢我了!"这句对玉卿嫂具有毁灭性的话时,她终于在歇斯底里的绝望中走上情杀的绝路。舞台上的方亚芬心灵突颤、身体猛然停顿,随后是浑身刹那间瘫痪下去。随后庆生欲走,突然方亚芬又似从心灵深处迸发出一声生命的厉声嘶喊:"庆生!"庆生行李掉地,方亚芬缓缓说道:"庆生,你要走了,也许一生一世再也看不见了,你就最后抱我一下吧……"方亚芬突然跃身上来,两腿紧紧扣住他的腰,一只手搂定他的脖子……方亚芬将剧中人的心理体验与戏曲的表现艺术结合起来,将玉卿嫂绝望中哀怜乞求、歇斯底里,然后又心灵突转的内心世界刻画得<u>丝丝入扣、深刻透底、激情迸发、动人心魂</u>。

　　我曾见过许多以成功扮演了繁漪而著称的演员(包括话剧的)的舞台艺术表演,方亚芬在这场戏中将体验与表现水乳融合、声情并茂的一流表演,毫不逊色于前者的表演艺术水平,因而在剧场中激起观众强烈的感动。

　　白先勇小说结束于玉卿嫂与庆生最后一次做爱后杀死了庆生,"玉卿嫂伏在庆生的身上,胸口插着一把短刀,鲜血还不住的一滴一滴流到庆生的胸前","玉卿嫂一只手紧紧地挽在庆生的颈子下,一边脸歪着贴在庆生的胸口上"。小说的这个高潮结局体现了白先勇创作的先锋性与现代意识。但是,传统戏曲舞台一般不正面表现残暴恐怖的杀人场面,凶暴恐怖的场面将破坏越剧的总体风格与美学风貌,越剧也不宜在舞台上正面呈现赤裸裸的媾爱场面,这也不符合越剧舞台艺术的美学规范。越剧的观众主要是江浙的城镇女性,这些女性一般比较文静、细腻、含蓄,她们一般不能接受舞台上凶暴、淫欲等赤裸裸的极端表现。越剧的艺术风格与美学规范,其本质上是由它的那些女性观众群所导引与决定的。越剧《玉卿嫂》的导演将小说的高潮情节转化为一个具象的、简练的舞台场面设计。玉卿嫂确知将永远失去庆生,"突然跃身上来,两腿紧紧扣住他的腰,一只手搂定他的脖子"。这时舞台转黑,白色天幕上映出两人缠绵纠揉的身影在慢慢圆转。随后,玉卿嫂另一只手从头上拔出了发簪,只听庆生大叫一声,缓缓地、痛苦地,两个人的身影重合着卧倒在舞台中央……这当然是吸收了八十年代中国探索话剧的舞台艺术,但是运用得灵活自如、恰到好处,用一个舞台具像再现了小说高潮的丰富内蕴,而且手法简练、含蓄,舞台形象优美、富有诗意。它形成了一个韵味十足的戏曲舞台意象,这也可以视为《玉卿嫂》的总体象征性意象。

三

越剧《玉卿嫂》的编导没有为了成全玉卿嫂的悲剧形象而将庆生刻画为一个见异思迁、忘恩负义的浮头浪子薄情郎。这在传统戏曲中本是一个编剧套路。越剧是通俗艺术,很容易掉入这个危险的套路,如果那样做,《玉卿嫂》就是失败的。新设计的庆生看《拾玉镯》一场戏,表现庆生与金燕飞乃是一见倾心,是心灵的吸引。年青的庆生要自由、要飞,而玉卿嫂对庆生全身心投入与灵肉全面占有的爱,恰恰成了对庆生的束缚。他面对她的哀求,他求她"我受不了"。玉卿嫂有情求之理、欲求之情,庆生也有获取自由爱情、获取心灵自由之理,他们双方都有合理性。但是庆生之情与理的实现逼成了玉卿嫂的情欲悲剧,而玉卿嫂之情与欲之实现又造成了庆生青春生命遭扼杀。这是真正的悲剧,人生与人性的悲剧。这与黑格尔所赞赏的最理想的悲剧性相一致。黑格尔在《美学》第三卷中阐释其悲剧观,悲剧冲突的任何一方,其力量与情致就其本身来说是具有合理性的,有其辩护理由。他说:"基本的悲剧性就在于这种冲突中对立的双方各有它那一方面的辩护理由,而同时每一方拿来作为自己所坚持的那种目的和性格的真正内容的却只能是把同样有辩护理由的对方否定掉或破坏掉。因此,双方都在维护伦理理想之中而且就通过实现这种伦理理想而陷入罪过中。"[①]他认为最卓越的悲剧是《安提戈涅》,在这部古希腊悲剧中,"国家的公共法律与亲切的家庭恩爱和对弟兄的职责处在互相对立斗争的地位。女子方面安蒂贡以家庭职责作为她的情致,而男子方面国王克里安则以集体福利为他的情致"。他们双方各自有其合理性与辩护的理由,双方只是各自根据自己的情致行动,只是片面地维护与坚持自己所代表的那一部分力量,为了实现自己的特殊、片面的目的,就与同样有辩护理由的对立面发生冲突,这就否定或破坏了对方的合理性与辩护理由。黑格尔概括说:"两个都是公正的,它们互相抵触,一个消灭在另一个上面,两个都归于失败,而两个也彼此为对方说明存在的理由。"[②]黑格尔认为,这样的悲剧是最理想的悲剧。悲剧理论家希勒在《论悲剧性》中也说:"凡是具有同等高贵价值的对象互相摧残和毁灭时,悲剧性就表现得最纯粹最鲜明。悲剧如果描写不仅矛盾双方都有同样理由,而且在冲突中的每一个人或每种力量同样都有较高权利或努力实现较高职责的悲剧性现象,那么这种悲剧就富于效果。"无论如何,越剧《玉卿嫂》所刻画的真情错爱的人生、人性悲剧,对于传统越剧中的悲剧形态是一种超越。

---

① [德]黑格尔:《美学》(第 3 卷下册),朱光潜译,商务印书馆 1982 年版,第 286 页。
② [德]黑格尔:《哲学史讲演录》(第 2 卷),贺麟、王太庆等译,商务印书馆 1960 年版,第 106 页。

彩云易散琉璃脆

——论越剧《玉卿嫂》对原著的改编

刘 垚

南京大学

作家白先勇的中篇小说《玉卿嫂》初载1960年8月台湾《现代文学》第1期，是他的早期代表作之一。小说以孩子"我"为叙事的第一视角，从玉卿嫂来到少爷家做奶妈开始讲起，叙述了玉卿嫂与其"干弟弟"庆生之间纠葛的悲剧。因其简单却震撼人心的情节、充沛炽热的情感、丰富的色彩性与音乐性，受到了众多种类影视改编的青睐。初载六十多年来，小说先后被电影、电视剧、舞剧、话剧、歌曲、戏曲等重新演绎。

白先勇在《蓦然回首》一文中，谈到了创作这篇小说的经过："有一年，智姐回国，我们谈家中旧事，她讲起她从前的一个保姆，人长得很俏，喜欢戴白耳环，后来出去跟她一个干弟弟同居。我没有见过那位保姆，可是那对白耳环，在我脑子里变成了一种蛊惑，我想戴白耳环的那样一个女人，爱起人来，一定死去活来——那便是玉卿嫂。"白先勇也积极地加入了小说的影视化改编中来，包括筹备、编剧、选角、服化，等等。小说的电影改编版由张毅导演于1984年推出，是其女性电影三部曲中的第一部。白先勇与导演在保留原著悲惨结局上达成了一致，导演也在白先勇与友人共同创作的电影剧本上增添了自己的想法与创意，如让玉卿嫂三次照镜子来反映人物内心世界的变化，也得到了白先勇本人的赞许。黄以功导演在1997年和2007年先后两次执导《玉卿嫂》电视剧，白先勇任艺术顾问。但是由于电视剧时长的要求，原著被凭空添加了许多"原创情节"与"原创人物"，虽然重新梳理并丰富了故事情节，但是打破了原著的节奏，同时也冲淡了原著的悲剧色彩。香港舞蹈团排演的舞剧《玉卿嫂》结合了民族舞、芭蕾舞、现代舞等多种元素，将原著以时间划分为春节前、春节和春节后三个部分，把具体和抽象、散文和诗充分结合了起来,但是也有评论者认为有过分浪漫化之嫌。

越剧《玉卿嫂》由徐俊导演,方亚芬主演,白先勇任艺术顾问。越剧将小说从桂林搬到了二十世纪三十年代的浙江嵊县,既具有一种婉约撩人的江南风情,又充分展现了原著本身所具有的现代性人物与思想。袁派继承人方亚芬成功塑造了第一个绍兴版"玉卿嫂"形象。该剧首演于2005年,方亚芬更是凭借"玉卿嫂"一角的出色演绎,获得了中国戏剧梅花奖、第16届白玉兰戏剧表演艺术主角奖。2019年,导演徐俊又将越剧《玉卿嫂》搬上了电影银幕,越剧电影《玉卿嫂》上映,也是从侧面证明了这一越剧改编的成功。本文将从叙事方式、舞台艺术、人物形象、主题意蕴这四个方面出发,讨论越剧《玉卿嫂》在对原著改编过程中的得与失。

一、外化与整合:叙事方式的舞台化

在改编过程中,为了让小说以更好的形态呈现在戏曲舞台上,越剧导演对原著小说在叙事方式上进行了较大的改动。这些改动在尊重原著的基础上,也最大程度地适应了戏曲舞台,融汇了小说与戏曲不同的表现能力之长。

一方面是叙事视角的转换。白先勇的小说开端于少爷容哥儿找到了新的奶妈玉卿嫂,对她产生了喜爱与依恋。自此,小说便从一个孩子的视角,以"我"容哥儿对玉卿嫂和庆生的好奇与追踪,构成了小说的独特线索。作为一个孩子,"我"的视角必然是天真单纯,极具片面性的。作者利用这一点,从而构成了很多隐而不谈、秘而不宣的暗场情节,给故事增添了许多想象空间,张力十足而令人久久回味。例如,在小说中,因为故事只从容哥儿第一次见到玉卿嫂开始,所以在玉卿嫂与庆生的身世背景、相识经过上略去了许多交代。同时,很多时候,作为不在场、不知情的第三方叙述者,主人公关系的具体原委、金燕飞的身世背景,包括重要的金燕飞与庆生情意相投的起因与过程,都被留下了空白。这些暧昧不明的留白是小说艺术的体现,使得玉卿嫂炽热的情感集中地表现和迸发出来,同时也留给读者许多种想象、揣测和讨论的空间。

但是戏曲舞台上不能留有这么多空白,戏曲必须直接展开剧中人的行动。亚里士多德说:"悲剧是对于一个严肃、完整、有一定长度的行动的摹仿。"人物行动构成了整个戏曲,因此编导必须构造一系列新的舞台行动,来填补和丰富小说中故意留下的空白,充分展现人物与故事的舞台空间。戏曲舞台上的人物行动不外乎唱段与身段表演两种。导演增添了多段人物的大段唱段,尤其是玉卿嫂单人的长篇抒情唱段更是长达 130 句。例如，在小说中，玉卿嫂拒绝满叔的场面是侧面来写的，语言也比较隐晦，只是通过"我"的视角在门口偷听到了几句玉卿嫂拒绝满叔的简单对话。但是在越剧中，导演增添了大篇玉卿嫂拒绝满叔的唱段。面对自己并不爱的人的求婚，玉卿嫂唱道："我想嫁，我就嫁，只要我自己称心怀。我不愿嫁，哪怕你家中房子黄金盖，我愿意嫁，哪怕他一贫如洗是乞丐。我想嫁谁就嫁谁，我偏要自己做主自安排。"由此，对人物的性格心性的表现，由小说中的含蓄收敛，变为戏曲中的外化夸张。类似的唱段增添还有许多，如庆生如何因为观看《拾玉镯》而与金燕飞一见倾心，庆生与金燕飞于七夕在河边相会畅谈，以及玉卿嫂痛不欲生、自卑身世过往的长篇独白抒情唱段，等等。导演使用人物的大段唱段，直抒胸臆地表达了人物隐于小说文字之后的内在情绪、心性品质，将身世经历与内心世界都音乐化、舞台化，极力取消与观看者之间的阻隔与距离。在尊重原作的基础上，极大程度地照顾到了戏曲剧本所要求的可读性、戏曲舞台要求的观赏性，同时也使观众完全了解剧中人物作何感想、有何打算。

另一方面，戏曲剧本对小说进行了故事情节上的重新构造与凝缩。整部小说分为十六个部分，可以见得小说中的事件与描写是相对繁杂和细碎的。原著小说的叙事顺序与分节原则，基本上是按照时间顺序，从"我"第一次看见玉卿嫂，到"我"见过玉卿嫂的第二天，到玉卿嫂来到我们家刚几天，再到满叔来接近玉卿嫂，再到玉卿嫂打回了满叔而"我"跟踪她见到了庆生，等等。虽然时间线简明清晰，易读性较强，但是如果照搬上戏曲舞台，则会显得分节过多、细节过碎，从而给观众的观看造成不必要的难度，容易降低观众的观戏体验。因此，出于戏曲舞台演出的独特限制与要求，越剧改编对原著小说的叙事进行了浓缩与重构。

导演先是在正戏开始之前设置了"序幕"，为女主人公的出场充分造势，这是小说中所没有的。在玉卿嫂出场前，导演先设置了两个没被"我"看上的普通奶妈来对主人公的出场进行烘托与陪衬，再通过暗场时的高声呼喊、震撼配乐中缓缓拉开的黑色巨幕、青白色的定点顶光，将主人公玉卿嫂的出场气势推向了极致。这与小说中的通过"我"的眼睛看到的外貌描写相比，更加具有震撼效果，更加符合戏曲舞台叙事效果的需要。同时，哀凉婉转的音乐与出场气氛，也奠定了整部戏曲的悲剧底调。

接着，导演将整部戏以传统节日划分，按照时间顺序分为清明、端午、七夕、中秋、除夕、除夕夜、春节这七个时间点，将整个故事情节由点至线，串联了起来。每个节日下的人物行动也是充分符合当时传统节日的风俗与气氛。例如，在第一幕"清明"中,玉卿嫂与容哥儿放风筝;在第三幕"七夕"中,庆生与金燕飞在河边相会,互诉衷肠;在第六幕"除夕夜"中,本是合家团圆、欢度节日的温馨日子,但是玉卿嫂痛失爱人、痛不欲生的控诉独白,乐景哀情的强烈对比将人物的悲剧性推展到了极致。以传统节日为节点来划分整部戏曲,既达到了对整部越剧的中国传统氛围、江南灵秀之气的营造,又使得整部戏条理清晰、观赏性大大增强。

可以看出,在叙事方式上,越剧的改编版在原著小说的基础上进行了较大的改动,主要可以分为叙事角度的外化与叙事线索的整合,使其能更好地适应戏曲舞台的要求。

二、 虚实与调度：二度创作的舞台化

从书面文字到舞台呈现,除了演员的戏曲唱段和身段表演的编排,舞台艺术也是改编中的一大重点。写意、写实和虚实结合的舞台风格,不仅营造了符合故事背景的意境氛围,还利用调度、灯光等制造舞台对比冲突,利用实物构成叙事线索,将看不见的情感可视化,以形成对观众视觉和心理上的双重震撼。

首先,在舞台美术设计方面,越剧《玉卿嫂》将故事背景从作者白先勇的故乡,搬到了二十世纪三十年代越剧之乡浙东嵊县。根据这一改动,导演使用了水墨画般的意境舞台,通过三道门和十二道景片来纵深地流动每一个场景,烘托了写意气氛。例如玉卿嫂首次出场时,巨大的黑幕缓缓拉开,四盏灯笼掩映在半明半暗中,幕后暗黄色的灯光下云烟翻涌,背景上是青瓦白墙的江南水乡。在凄婉的歌声中,玉卿嫂就这样穿着一身月白色的衣裤从中缓缓走出。这一个场景中通过声、色、光、影的舞台美术设计,营造了戏曲唯美哀凉的气氛与基调。这样的舞台美术设计成功凸显了故事背景浙江县城的江南风韵。越剧发源于浙江嵊州,发祥于上海,主要流行于上海、浙江、江苏等广大南方地区。越剧《玉卿嫂》将故事搬到浙东县城并设计相对应的舞台美术,使之与越剧受众最多的江浙沪地区的风貌人情相契合,从而能够更大程度地引起相应观众的共鸣。另一方面,新的故事背景浙东离上海非常接近,让剧中人金燕飞和庆生想要去上海打拼的想法更加合理。在原著中,庆生舍弃玉卿嫂而选择和金燕飞结合,但是他的出走和他们的未来走向在小说中是模糊处理而没有实际指向的。而在越剧中,编导设计了上海这样一个具体的现实目的地。相比较县城,上海代表着繁华与现代,代表着光明与未知的未来。这样一个实体目标的存在,让金燕飞的追梦和庆生出

走的选择更加合理和可信。

其次,在舞台调度方面,编导将小说文本中本不可见的情绪和矛盾可视化,成功营造了多处视觉冲击强烈的戏剧性场景。例如,在"我"跟踪玉卿嫂去看她究竟要去哪里时,小说中是用一段动作和心理描写,描绘了"我"在小巷子中偷偷穿行跟踪的紧张与疑惑。而在越剧改编中,先是将舞台灯光调暗,用蓝色的灯光照亮被跟踪的玉卿嫂,用正常灯光照亮跟在后面的"我",营造了昏暗中的气氛和人物的紧张心态。"我"和玉卿嫂在舞台的左右交叉穿行,两人的唱段也在随之交替进行,通过这种巧妙的舞台调度来表现两人所处的跟踪的状态。又例如在第二幕中开场时,"我"和满叔都在高升戏院,分站舞台左右。接着,庆生与玉卿嫂分别从左右上场,形成了舞台左右两个小场景——左边是"我"拉着庆生去看戏,右边是满叔极力邀请玉卿嫂来看戏。两个小场景的唱段与表演,既同时进行,又相互交错,大大提高了舞台的观赏性。类似的,在第五幕中,导演将舞台一分为二,左边是明亮的灯光下庆生与金燕飞在火轮船声中深情相拥、畅想未来,右边是玉卿嫂在昏暗的冷光下孤身一人、痛苦绝望,最后晕倒。以乐景衬哀情,一左一右、一喜一悲的直观对比,将戏剧性的对比冲突最大化,凸显了主人公玉卿嫂的凄惨悲剧。

第三,在舞台道具方面,越剧导演设计了风筝与银钗这两个道具来作为整部戏的实体线索。原著小说中虽然提到了这两个物品,但是并没有起到一个串联故事的线索作用,这是戏曲版本的新增创意。风筝在序幕中,就伴随着"我"容哥儿的出场而出现了,孤独的"我"一直希望有一个奶妈能陪伴自己,陪自己放风筝。随后,"我"在庆生的房子里发现了一个风筝,让"我"更快地与庆生结下了友情,推动了后续"我"带庆生去戏院看戏,从而结识金燕飞。更重要的是,风筝故事中的象征意义,它象征着玉卿嫂对庆生的感情和控制欲就像风筝线一样牢牢抓住庆生,让他不得自由飞翔。而相应的,金燕飞则是那个让庆生能够自我放飞的形象。在第五幕中,她以风筝喻人:"我不会像她那样管牢你,让你整天在家呆。自由的风筝你尽情飞,我绝不把绳子手中拽。展开双翅比翼飞,开阔天空向未来。"这样一个巧妙的象征手法,让玉卿嫂与庆生之间原本无形的人物关系得以实体化,也符合戏曲舞台所要求的可视性。另外一个线索是银钗。银钗首先出现于第一幕中,在玉卿嫂一长段深情告白后,庆生将银钗赠与玉卿嫂并为她戴上,成为两人感情的一个象征。从此,玉卿嫂就一直戴着银钗。一直到了最后一幕"春节"的最后,玉卿嫂想要拦住出走的庆生不成,眼见着爱人的离去和爱情的破碎,她拔下银钗插进了爱人的腹部,随后又用它自尽。可以说,银钗见证了两人的感情,也见证了两人感情的碎裂与死亡。

越剧版《玉卿嫂》中舞台艺术的巧用,作为对戏曲剧本的二度创作,是越剧改编中的一大重点。导演对舞台艺术的多方面利用与营造,在促进情节发展、人物形象塑造的同时,将舞台的可看性也发挥到了极致。

三、 充盈与重构:人物形象的合理化

由于叙述视角的局限性,小说中对于人物形象的塑造都集中在玉卿嫂一人身上,对其他主要角色如庆生、金燕飞以及人物之间关系的描写几乎都是匆匆带过,不着墨过多。这样的做法使得作者能够将女主人公玉卿嫂的人物特征最大化地呈现出来,在情感的抒发和主题的表达上也更加集中和激烈。但是在越剧中,编导对金燕飞、庆生这两个主要角色都进行了不同程度的填充与改编,使其拥有了更加完整的过往、更加自洽的心历路程以及更加充盈的内在个性。

首先是越剧改编过程中变化最大的人物——金燕飞。在原著小说中,金燕飞的形象非常模糊。金燕飞在小说中第一次出场是在第六节,"我"带着第一次看戏的庆生去高升戏院。"年纪不过十七八岁,画眉眼、瓜子脸,刁精刁怪的,是一个很叫人怜的女娃子。"作者通过"我"的介绍和其他戏子的侧面描述,营造了一个俊俏妩媚、长袖善舞的刀马旦的形象。而庆生正是对舞台上的金燕飞一见倾心。第二次的一笔提及是在第九节,金燕飞在提灯会上扮蚌壳精,庆生不顾玉卿嫂阻拦执意要跑出去看她。第三次提到是在第十节,元宵节时金燕飞在《拾玉镯》的戏码里扮孙玉姣,"换了一身崭新的花旦行头,越发像朵我们园子里刚开的芍药了。好新鲜好嫩的模样儿,细细的腰肢,头上簪一大串闪亮的珠花,手掌心的胭脂涂得鲜红,老曾一看见她出场,就笑得怪难看的,哼道:'嘿!这个小狐狸精我敢打赌,不晓得迷死了好多男人呢'"。通过他人的侧面描绘,反映出金燕飞擅长卖弄风情的特点。接着又通过其他戏子的口,讲述了金燕飞对找她做小的阔佬儿"连眼角都不扫一下",可是对庆生则是"一见面,就着了迷"。也是从侧面间接反映了金燕飞对爱情的执着追求。紧接着的第十一节,作者从"我"躲在高升戏院后门电线杆后偷窥的视角,看到了庆生来与结束演出的金燕飞私会:"这时从黑暗里迎出了一个男人,一见面,两个人的影子就合拢在一起了。天上没有月亮,路灯的光又是迷迷胧胧的,可是我恍恍惚惚还是看得清楚他们两人靠得好

近好近的,直到有人走过来的时候,他们两人才倏地分开,然后肩并肩走向大街去。"由于环境昏暗、视角隐蔽,整个场面描写、人物描写也是十分模糊朦胧。第十二节中,"我"拉着玉卿嫂去看庆生和金燕飞。透过我和玉卿嫂在电线杆后面的偷窥视角,对两个人的亲密场面进行了简单的描写:"金燕飞走在前面,庆生挨着她紧跟在后面,金燕飞老歪过头来好像跟庆生说话似的。庆生也伏向前去,两个人的脸靠得好近——快要碰在一起了似的。金燕飞穿着一件嫩红的短袄,腰干束得好细,走起路来轻盈盈的,好看得紧呢。庆生替她提着坎肩儿,两个人好亲热的样子。"小说中共有五次对金燕飞的描写,着墨甚少,也基本上是对她的外貌特征、与庆生亲密动作的简单描绘,对她的身世背景、与庆生的具体相知相识相爱的过程、对她未来的走向都完全没有提及。作者这样模糊化的安排也是为了起到突出主人公玉卿嫂而不喧宾夺主的作用。

但是在越剧改编本中,金燕飞的形象被大大丰富和美化了,这得益于越剧编导给金燕飞增加了三场非常重要的戏份。第一个是第二场"端午"中,金燕飞出演《拾玉镯》,但是她和庆生的相遇并不像小说中所说的眼神接触那样简单,这不容易在舞台上表现,导演设计成让庆生为金燕飞送还演出时意外掉落的玉镯。这一场"戏中戏"的设计,让假"拾玉镯"变为真"拾玉镯",以玉镯为实物载体,让二人的相遇更加具有可观性和戏剧性。另一个重要戏份便是在第三场"七夕"中,河边的金燕飞与庆生诉说衷肠,从身世到抱负,从理想到未来。金燕飞从小在私塾上学,是女子读书第一人,但是她对戏曲充满了热爱,"我情愿一生一世不嫁人,也要在的笃班里度终身"。同时她天资聪颖,非常具有唱戏天赋,虽然自己的爹爹就是戏班班主,但她依旧勤奋坚忍、日日练习:"一曲梁祝全班惊,从此改变我一生……我不靠爹爹靠自己,靠我聪明加勤奋,冬练三九夏三伏,总算辛苦熬成名"。与此同时,金燕飞并没有戏子的薄情寡义,她始终对真爱充满了期盼:"三月里炎凉世态看分明,台上风光虽然好,灯灭散场也凄清。戏中真情总是假,天涯何处觅知音。正叹人生多寂寞,想不到天上掉下个赠镯人。"不同于小说中的"小狐狸精",这一场戏通过金燕飞长篇的个人唱段,塑造了一个潜心学戏又有情有义的"小燕"的形象,令观众们心生喜爱。最后一个是在第五场"除夕"中,金燕飞畅想着之后去到上海演出、施展抱负的场面:"想上海,去上海,我心早已飞上海!高楼大厦看不尽,十里洋场溢光彩!"同时她也向庆生保证了:"自由的风筝你尽情飞,我绝不把绳子手中拽。"此时,她对庆生产生巨大吸引力的原因已经从小说中的模糊变为具体:她正如其艺名一般成了无拘无碍的自由的象征,成了大城市上海十里洋场的光彩生活的象征,成了充满着生机、充满了无限可能与希望的未来的象征。

正是这样被大大填充和美化的金燕飞的形象,让越剧中庆生的移情令人无法诉病,如果说原作中的庆生是受情欲所诱惑的负心人,那么剧中的庆生则变为了追求自由、一心要出去闯荡、实现自我的青年人。再加上戏中第三场"七夕"中,庆生在金燕飞的鼓励下,也以独白唱段的方式诉说了自己悲惨的身世经历,这一点也是在原文中完全没有提及的。父母早亡,寄身他处,"可恨舅妈太凶狠,可怜我忍饥挨饿遭白眼,风雨中我经历了十八春",正要独立之时又身患痨病,由此引出心酸凄苦的身世与经历,但戏里的庆生在金燕飞的带动下燃烧起了对美好未来、对繁华生活的向往与追求。此时金燕飞对于庆生的意义格外重大,庆生对她的执着追求的行为也变得自洽与合理起来。这样的对于人物形象的改编和填充,虽然有过分美化之嫌,但不得不承认也是这部戏作为一部越剧的过人之处。编导并没有为了成就玉卿嫂的悲剧苦情女子形象而去按照传统戏曲的编剧套路,去塑造一对薄情郎和多情女,以赚取观众的同理心与同情心。

黑格尔在《美学》第三卷中阐释其悲剧观,悲剧冲突的任何一方,其力量与情致就其本身来说是具有合理性的,有其辩护理由。他说:"基本的悲剧性就在于这种冲突中对立的双方各有它那一方面的辩护理由,而同时每一方拿来作为自己所坚持的那种目的和性格的真正内容的却只能是把同样有辩护理由的对方否定掉或破坏掉。因此,双方都在维护伦理理想之中而且就通过实现这种伦理理想而陷入罪过中。"① 编导深谙悲剧的真正内核,从而重新给予了金燕飞、庆生等人物饱满的过往经历、内在个性,让每个人物对于自身伦理理想的捍卫行为是自洽的,让人物关系的形成与发展也达到合情合理。

四、分散与失落:主题意蕴的得与失

作为中国第二大剧种,越剧有第二国剧之称,又被称为"流传最广的地方剧种"。越剧长于抒情,以唱为主,美学风貌多表现为温婉雅致、唯美典雅。传统越剧多以"才子佳人"为题材,女主角也多为忠于爱情的传统女性。例如经典的越剧剧目《红楼梦》中的宝黛之恋,《孟丽君》中为了拯救未婚夫女扮男装、中试做官

---

① [德]黑格尔:《美学》(第3卷下册),朱光潜译,商务印书馆1982年版,第286页。

的丽君,《追鱼》中放弃成仙也要和张珍结为夫妻的鲤鱼精,等等。

　　白先勇小说原著中的玉卿嫂虽然也有着上述越剧女性主角对忠贞爱情的勇敢和执着,但是与传统越剧中始终忠于爱人、大多圆满成婚、最终回归于家庭与社会的女主角不同,白先勇小说中的玉卿嫂先是冒大不韪以寡妇身份与庆生结合,后又做出了因为得不到爱情而手刃爱人并同归于尽的决绝选择。这可以说与遵循家庭伦理、社会规范的越剧传统是迥然有别的,例如《孟丽君》中从一而终、拒绝当皇妃的丽君,最后也是由太后和皇帝成全,在大殿上与未婚夫成婚。再比如《追鱼》中鲤鱼精在妖精状态就不被允许与张珍相爱,必须要由观音菩萨来主持公道、拔鳞变人,才能与爱人终成眷属。可以看出,传统越剧相信人与人之间的情感交流、关系建立的无障碍,并通过"一生一世一双人"的模式达到对正常情感状态的扭曲和异化,从而达到巩固封建思想、封建伦理、封建统治的作用。而小说《玉卿嫂》的到来,无疑为传统越剧增添了新的血液和动力。

　　一方面,玉卿嫂作为上世纪三十年代旧社会中的一位三十多岁的寡妇,她并没有被寡妇不能再嫁这一不合理的封建"贞节牌坊"所束缚,反而通过外出打工、远离婆家,来为自己与庆生的相聚相会、为自己的爱情争取可能。同时,她还通过自己的努力买了一间小房子给庆生,还预算着攒钱后过几年去乡下买大房子、过好日子。女主人公对自由爱情的向往与追求,冲击着封建思想与封建伦理。

　　另一方面,玉卿嫂对庆生的照顾虽然无微不至、倾注了几乎全部的感情,但同时也附着无时无刻的监视与禁锢。"玉卿嫂一径想狠狠地管住庆生,好像恨不得拿条绳子把他拴在她裤腰带上,一举一动,她总要牢牢地盯着,要是庆生从房间这一头走到那一头,她的眼睛就随着他的脚慢慢地跟着过去,庆生的手动一下,她的眼珠子就转一下。我本来一向觉得玉卿嫂的眼睛很俏的,但是当她盯着庆生看时,闪光闪得好厉害,嘴巴闭得紧紧的,却有点怕人了。"玉卿嫂炽热激烈的情与欲、几乎疯狂的控制欲都彰显了她对情感的渴求,对与爱人之间情感交流、情感回报的渴求。但是事实并不总如人所愿,玉卿嫂过于沉重和压迫的情感投入,反而让庆生感到想要逃离。在第十三节中,和金燕飞同归的庆生被"我"和玉姐看到,面对玉卿嫂的恳求,庆生说:"玉姐,你听着,请你不要这样好不好,你要是真的疼我的话,你就不要来管我,你要管我我就想避开你,避得远远的,我才二十来岁呢,还有好长的半辈子,你让我舒舒服服地过一过,好不好?玉姐,求求你,不要再来抓死我了,我受不了,你放了我吧,玉姐……"玉卿嫂的情感投入并没有得到如期望中等量的情感回报,她所渴望的情感交流从来没能真正地达成。作者通过玉卿嫂的悲剧反映了人与人之间情感交流的艰难、情感关系的壁垒的存在,但是落脚点并不在于失望与消极。"当白先勇在社会现实中,发现人们内心深处那无形而又微妙的情感世界里,彼此之间竟有着如此辽阔的距离和厚重的隔膜时,他一定感到了深深的震撼和无名的悲哀。对一种严酷现实的无情揭示并不意味着这种揭示本身的悲观,对严酷现实的无动于衷才是一种真正的消极,倒是在这种无情的揭示中,包含着揭示者诚挚的情愫。"[1]哀而不伤,悲而不戚,如玉卿嫂这般拥有炽热到只能燃尽自己才能畅快宣泄的感情,也是一种精神健旺的象征。越剧《玉卿嫂》的编导选择这样一篇小说来改编,本来就是一个巨大的突破,也是走到时代的当下,传统越剧对人本身——人类情感、人性力量的关切与敬意,对现代性的新思考、新转型。

作为原著小说中的绝对主角,白先勇通过对其他人物的模糊化处理,唯一凸显了玉卿嫂这一角色,以及隐于这一角色上的思想与主题。但是在越剧中需要以舞台的可演性、可看性、音乐性为宗旨,因而在人物形象塑造等方面就必须在原著的基础上进行大胆的改动。如上一章所探讨的,越剧为金燕飞和庆生这两个人物,以大段唱段的形式增添了关于身世经历、思想情感的美化性描绘,使得人物形象更加充盈与合理。显然,这样的做法丰富了越剧版《玉卿嫂》的主题意蕴的广度。例如,坚持戏曲梦想、从乡村走向都市大舞台实现自我的金燕飞,就蕴含了编导对勇敢追梦、个体独立的女性的赞扬。而她对爱情的情意深重、对自由的肯定,也让观众看到了一种理想的爱情的状态。再比如戏曲剧本中的庆生,虽然身世凄苦、罹患重病,但是依然憧憬着向自由和未来奔赴而去,富有年轻人的生机与热情。他并不安逸于被给予的安稳与照料,而是选择以羸弱的身体主动迎接未知的挑战,并坚定地选择所爱。相比于原著小说,由于对背景的铺垫以及和金燕飞相识相知戏份被大大增加,戏中庆生选择出走的理由更能令观众接受和信服。透过庆生的形象,青年人在个人命运、时代浪潮中的浮沉与挣扎得以彰显。

由此可见,随着各个人物形象的丰满,越剧版《玉卿嫂》的主题意蕴相比较原著更加多元,同时也更加分散和铺平。但主旨广度被拓展的同时,其核心的深度必然被削减了,即玉卿嫂的悲剧本身带来的情感力量与震撼不得不随之减弱与

---

[1] 刘俊:《以残缺的爱为视域揭示人类情感的困境——白先勇早期短篇小说主题透视》,《南京大学学报(哲学社会科学版)》1995年第2期,第87页。

淡化。另外，在越剧改编过程中还有其他遗憾的失落，例如因为"我"的孩子的视角的不复存在，成长的这一主题也被选择性抹去。

综上可以看出，越剧版《玉卿嫂》一方面是从叙事上对原著小说进行删减与重构，再化语言描绘为戏曲唱段、身段表演与舞台美术设计，使其适应戏曲舞台的呈现和表达，最大化发挥舞台艺术的可看性。在这一方面，越剧改编成功融合了原著小说艺术与戏曲舞台艺术。另一方面，改编从人物形象入手，在充盈和丰富人物背景经历、心路历程的同时，让每个人物与每段人物关系都更加自洽与合理。这一戏曲舞台对于人物形象的要求，无疑丰富了越剧版本的主题广度，但也让其在意蕴深度方面较原著相对欠缺。

"大都好物不坚牢，彩云易散琉璃脆。"玉卿嫂与庆生之间的情感，就像世间彩云一般，无法强求也无法强留；而像玉卿嫂这样内心情感炽热、迸发和爆裂的人物，就如同琉璃一般，美丽但又易折。越剧《玉卿嫂》的首演与原著小说的发表相隔四十五年，成功的叙事重构、舞台设计等赋予这篇小说在戏曲舞台上新的生命。同时反过来，这一小说原著的选择也超越了传统越剧的桎梏，为越剧本身的历史进程注入了新的血液，得到了突破性的发展——这可以说是一个互利互促的过程。但是不可否认，在此舞台化改编的过程中，一些思想主题方面的得失和侧重也是存在的，这也是文学作品跨界改编中总见的问题和困境。无论文学、戏曲，还是戏剧、影视，等等，好的艺术之间总是相融相同的，而找到合适的方法与策略将二者完美结合是过去、现在、未来的改编剧作都需要寻找答案的问题。越剧《玉卿嫂》对白先勇小说的改编无疑是一次成功而有积极意义的探索与尝试。

小说《玉卿嫂》及其影视、舞台剧改编的比较研究

江少川

华中师范大学

白先勇的多部小说被改编为影视与舞台剧,究其原因:首先是作品的思想蕴含、内在思想深度及人物性格塑造等因素,其次是原著所蕴含的诸如场景、诗意、语言、音乐与绘画等元素。《玉卿嫂》是白先勇早期的一篇上乘之作,也是被改编、转化为其他多种艺术形式,如电影、电视连续剧、越剧与越剧电影、舞剧的文学母本。本文从小说文本的"戏"字研究出发,企图与被改编为四种艺术形式的同名《玉卿嫂》作比较研究,探讨其得失与缘由。

原著文本蕴含"戏之核"

《玉卿嫂》是白先勇 23 岁时所作,这篇小说与《月梦》同时发表在《现代文学》杂志第一期上。此刊是他在台大读书时与同学们一起创办的一本文学杂志。《玉卿嫂》收在白先勇早期小说集《寂寞的十七岁》中,他说自己早期小说不够成熟,是自谦之词。我以为这篇小说是他早期十个中短篇中最优秀之作。仅就小说改编为影视剧与舞台剧而言,《玉卿嫂》就力拔头筹。白先勇谈到早期创作曾说"刚刚接触到'现代主义'……努力挣扎,探索寻找一种新的小说形式的轨迹"[①],这部小说的价值不容低估。

至少,小说文本向艺术家们透露出潜藏在小说中的"戏"的元素。白先勇说过,小说的写法有两种:一种是叙述法,一种是戏剧法。西方的小说大多偏向于叙述法,而中国的小说大多用戏剧法。他举例说,如《水浒传》、《三国演义》、《红

---

① 白先勇:《孤恋花·自序》,中国文联出版公司 1991 年版。

楼梦》等用的都是戏剧法。《玉卿嫂》在《寂寞的十七岁》集子中篇幅最长,两万多字,小中篇。半个多世纪以来,海峡两岸的艺术界慧眼识珠,选择这本小说改编为不同艺术样式的影视剧与舞台剧,我以为它作为"母本",至少具备以下三种"戏"的要素:

第一,戏剧性。这里的戏剧性,是指小说文本内蕴着的戏剧性,或者说"在于它内在本质的戏剧性"[1]。按照威廉·阿契尔的说法戏剧性是"命运或境遇上的危机",写人类生活中某些本质的矛盾。如果撇开小说中作为叙事者的容哥儿,《玉卿嫂》中的三位主要人物:玉卿嫂不顾一切乃至疯狂地恋上庆生,强求占他为己有。而庆生虽然对玉卿嫂心存感恩,却不愿意被她管束,他追求自己的自由与所爱,后来选择了年轻美貌的桂剧演员金燕飞。而玉卿嫂得知此变爱恨纠缠,如天塌下,百般挽留却无力改变现状,最后杀死庆生与他同归于尽。小说中的戏,一是玉卿嫂与庆生两个人物之间的矛盾冲突,二是玉卿嫂与庆生各自内心的冲突。这二者构成小说中"戏"的内在张力,把玉卿嫂推入情境的"命运或境遇上的危机",营造出强烈的矛盾冲突而富有戏剧魅力。

第二,抒情性。小说中弥漫着诗意的抒情,充溢哀伤的情调。小说中的主角玉卿嫂处在情感的漩涡与焦点中,玉卿嫂对庆生之情疯狂之极,而庆生对她虽有感激之情却没有爱意。玉卿嫂自以为对庆生付出所有,庆生就应该归属自己,当得知庆生另有所爱后,认定他是背叛。她不能接受而无力回天,爱恨交加。小说"揭示人类情感的困境",表现出"人类渴求情感的艰难"。[2] 而庆生同样如此。如果说玉卿嫂渴求庆生接受她的爱,那么庆生则是力图从这情感泥沼中拔出足来,他企求自由,渴求年轻而富有活力的燕飞的爱。小说中的两个人物都为情所困,陷入了情感的陷阱,情殇是贯穿结构小说的主线。

第三,悲剧性。小说中两位人物性格的冲突必然导致悲剧的结局。小说结尾,玉卿嫂与庆生死于血泊之中,悲凉氛围弥漫。雅斯贝尔斯认为:极限处境是生存困境的危机形式。首先,现代社会中现代个人的危机生存困境则是现代悲剧要处理的核心问题。"悲剧始终是人的悲剧,个体的人的悲剧……"[3]玉卿嫂与

---

[1] [日]河竹登志夫:《戏剧概论》,陈秋峰、杨国华译,中国戏剧出版社1983年版,第5页。
[2] 刘俊:《求人格与思想的独立》,见《悲悯情怀——白先勇评传》,尔雅出版社1995年版,第138—139页。
[3] 任生名:《西方现代悲剧论稿》,上海外语教育出版社2003年版,第109页。

庆生情感危机的极限处境，显然是由玉卿嫂个人所造成，爱情为双方的意愿所致，而玉卿嫂却是单方的强求，求而不得便走向极端。其次，玉卿嫂，失去丈夫的寡妇，期望寻找到一位男子托付终身本无可厚非，但她忽略了爱情来自双方的意愿。痴情错爱，唯爱至上，甚至不惜以生命为代价，结果导致悲剧发生，两人双双倒在血泊之中，揭示出人性的愚昧与可悲。再者也与玉卿嫂的性格密切相关，表面看来，她性情谦和，温柔娴静，甚至有母性一般的慈爱，其实她是外柔内刚，骨子里藏着偏狭固执、心硬如铁的一面。综上所述，在这样的情感危机中，悲剧"事体情理"、"按迹循踪"，皆基于玉卿嫂性格发展的逻辑。玉卿嫂最后的殉情根本上是性格的突现。庆生也成为这场悲剧的牺牲品。

中外文学名著并不少见，但并非都适合改编为影视与戏剧，白先勇的《玉卿嫂》，正是由于其思想意蕴与艺术性，具有"戏"这个核作为母本，因此受到作家本人与其他门类艺术家的青睐与重视，被改编为电影、电视连续剧、越剧（包括越剧电影）与舞剧，搬上荧屏与舞台，反过来又促使白先勇的小说原著获得新的研究与价值发现。

同名电影与电视剧得失探析

就《玉卿嫂》改编的电影、电视剧、越剧与舞剧而言，总体看来，这种转换是成功而有意义的，这种艺术表现形式的转化，是一种二度创作、艺术的再创造。有得有失，值得认真研究。

以小说为母本的改编，包括舞台剧、影视剧等，即母本与改编后的其他艺术品类的关系，白先勇曾经总结出四种类型。总体看来，依据小说母本改编为其他剧作，应当把握三点：第一，原则上是基本忠实原著，主要人物与人物之间的关系、基本情节框架、主题的大体走向等不能变。如借用医学术语，应该有血缘关系、DNA相同。正如一位母亲有几个孩子，相貌、性格，各自的发展道路不一样，可DNA同源于一位母亲。第二，成功地完成从小说到另一种艺术品类的转换，这种艺术转换是否到位、成功，是否凸显出被转换品类的艺术特性，是改编的重要标尺。第三，改编为影视与舞台剧，搬上银屏与舞台，观众的接受程度、剧场效应、反响与评价也是重要参照系，尤其是舞台剧演出，甚至可以形成台上台下演员与观众直接的交流互动。

白先勇本人非常喜欢电影，也很注重探讨小说转换为电影之后二者之间的异同与成败,"特别是那些名著改编的电影,我就比较注重从小说的艺术形式转换为电影的艺术形式之后,二者的相同或不同之处。"①《玉卿嫂》改编为电影有四个版本,可见这部作品在影视界受重视的程度,其中先有白先勇与陈耀圻合作的"陈白本",后有台湾天地公司原定但汉章执导的"但本",白先勇本人非常喜欢与孙正国合作的"孙白本"。他认为"玉卿嫂是剧本的主角,她的个性塑造是剧本成败的关键","剧本代以电影语言,设计各种场景,以投射玉卿嫂内心的激情"。②以上三个本子由于各种原因终未拍成,最后选定由张毅改编导演的《玉卿嫂》拍成电影而成为经典之作。张毅的电影版《玉卿嫂》,从小说转换为电影的艺术形式获得成功有以下几点值得探究:

就影视剧而言,张毅执导的电影《玉卿嫂》(台湾,1984年版)是一部由小说文本向影视艺术转换的优秀之作。张毅本人是导演,深谙电影艺术的特征,而同时他也是作家,年少成名,19岁时,他的小说就备受文坛关注,有学人评价他的语言是"张爱玲、白先勇之后,少见的中国文字风格"。由此可见他对小说与电影两种艺术形式都很熟悉,因此从小说到电影剧本,他从文字平面媒体转化成影像视觉媒体,进行这样的艺术转换得心应手,游刃有余。

第一,张毅改编《玉卿嫂》,正值上世纪八十年代,距离小说问世已二十年了。受到西方影坛新浪潮电影的影响,台湾新浪潮电影风行,尤其关注女性的命运与生存。张毅编导这部电影之时,正值风华正茂,刚过三十,西方反传统电影潮流对他是有影响的。他的前妻萧飒,就是台湾"新女性主义"作家的代表人物。此前张毅执导的电影《我这样过了一生》就改编自萧飒的小说《霞飞之家》。这部影片与后来的《玉卿嫂》、《我的爱》被称作他的"女性电影三部曲"。玉卿嫂是后来他定为女性三部曲的第一部影片。张毅站在女性立场,从女性意识的视角,对原著情困危机、生死孽缘的主旨作了新的演绎,提升了玉卿嫂内在刚烈、叛逆的一面,突出了玉卿嫂作为女性对传统伦理道德的反叛,最后,宁愿付出性命,以死抗争,以同归于尽取代了对爱的忠贞。"在主题上最突出的特点是表现人生哲理和探索主观心理。"③这种改编生发了原著潜藏的意蕴而富有时代新意。

第二,它生发原著思想意蕴的同时,在影像化叙事方面做出了有益的探索与

---

① 白先勇:《第六只手指》,尔雅出版社1995年版,第124页。
② 同上。
③ 李幼蒸:《当代西方电影美学思想》,中国社会科学出版社1986年版,第195页。

贡献。张毅的电影风格在继承中国电影写实传统的基础上吸收西方电影美学的特点:其一,电影采用传统情节结构的写实形式,这种纪实风格仍然具有强大的生命力。其二,整部影片中灵活运用电影长镜头,即用长镜头、深焦距一口气拍完一个场面或者人物的一个动作。巴赞认为长镜头运用"本质上更符合写实要求"。其三,尤为重视视觉人物形象的塑造,主角玉卿嫂性格鲜明突出,影片从人物造型、镜头画面感到音乐旋律等都极为贴近玉卿嫂的生活命运与悲剧人生。

第三,电影《玉卿嫂》上演以后,大获成功。多年以后,白先勇称赞此片是现今极难得再见到的"文学与艺术完美结合"的佳作。张毅说到这部影片,"白先生在过去30年的演讲,任何人在台下问他,您的小说改编成电影,最成功的是哪一部?他都说的是《玉卿嫂》"[①]。根据白先勇小说改编的电影大约有一二十部,作家这一评价也极为难得。此剧曾获第二十一届台北金马影展金马奖最佳改编剧本、导演等多项提名,主演杨惠姗,准确把握角色性格特征,获亚太影展最佳女主角,成为当时台湾电影界最耀眼的表演艺术家。她曾说:"虽然之前拍了百部电影,似乎只演了一部《玉卿嫂》。"导演与演员的珠联璧合也是成就这部电影的一个要素,正是因为拍摄这部电影,最终成就了导演张毅与主演杨惠姗的美好姻缘。

在黄以功执导(2007年版)、蒋雯丽主演的26集电视连续剧《玉卿嫂》上,编导花费了很大功夫,意图拓展原著,添加了许多情节,次要人物戏份增强不少,而且邀请明星加盟出演,演员的表演也可圈可点。就视觉效果而言,此剧注重画面美感,如每集片头水墨画似的桂林山水背景,剧中人物对话一般都比较简短,而且镜头切换的蒙太奇手法运用纯熟,效果也不错。然而就总体而言,此剧失大于得,尤其从编导的角度看是失败的,收视效果也差。其原因有:

首先,主线与情节"脱轨"。小说原著《玉卿嫂》,主线很单纯,就是在玉卿、庆生与金燕飞三个人物之间展开,情节矛盾冲突更是集中在玉卿嫂与庆生之间。容哥儿作为叙述者,只是一种视角,旁观者,起到穿针引线的作用,他本身并没有卷入戏中的矛盾冲突中。这个小中篇改编为电视剧自然要比小说母本的故事情节更加丰富、复杂,需要二度创作。但是有一点,主线以及围绕主线"轨道"发展的故事情节不能"脱轨"与偏移。而黄版电视剧最大的失误恰恰在这里。既然主线为玉卿嫂、庆生与金燕飞构成三角型的人物构架,故事情节的展开从一开始就

[①] 张毅2013年4月20日在北京大学生电影节"观摩暨观众见面座谈会"上的讲话。

不能偏题,或入题太慢。所谓"大小适度,首尾完整",对戏剧而言,就是开端、发展和终场的适度与完整,首尾照应。其实,深谙戏剧理论的白先勇,他的小说从玉卿嫂进容哥儿家写起,就是非常好的开端。而黄版《玉卿嫂》的故事却从柳家写起,让蔺宗义冒充儿子柳其昌迎亲,骗玉卿嫂进柳家成婚为其子戒鸦片烟瘾。围绕柳家母子的家庭纠葛,柳母与老爷及二太太母子火灾中丧生等,直至柳其昌跳岩而死,电视剧用了13集的篇幅,剧中男主角庆生这时才正式出场。而在这13集中,主要人物柳母、大少爷柳其昌,还有蔺宗义倒给人留下颇深的印象,少奶奶玉卿嫂只是个陪衬人物。在小说中不过一带而过的几句话竟然编写出13集的剧情长度。这个开端实在偏题太远,脱离主线,"注水"过多。

其次,是性格悲剧还是言情剧。就小说而言,玉卿嫂与庆生之间的情感纠葛,玉卿嫂是主动一方,她渴求得到庆生的爱,而同时又对他管控很严,不让庆生出门,见不得他外出,恨不得将他拴在自己的裤腰带上,一旦气恼,玉卿嫂的眼睛马上像老鹰一样罩了下来。从小说一出场庆生就是被动而受压抑的,他从未想到将来与她成婚而白头偕老,庆生与玉卿嫂在一起总是被动地迁就,甚至紧张、发怵、发慌。而电视剧对这两个人物关系的改写与小说大相径庭,甚至背道而驰。剧中写庆生养好伤后,对玉卿嫂的护理与照顾非常感激,而且信誓旦旦,主动表白:只爱你一个人,要相爱一辈子,照顾一辈子,发誓要与她成婚,一辈子在一起,以至于比他年长的玉卿嫂都产生犹疑,以为他是一时兴起。而后来庆生以追求自由为名,移情别恋,背叛玉卿嫂,导致玉卿嫂怨恨交加,满腹悲恸,产生杀意,与他同归于尽。这是电视剧改编的一大败笔。似乎玉卿嫂的悲剧主要来自庆生的喜新厌旧、背信弃义,而不是源于玉卿嫂的痴情错爱、偏狭固执的性格。电视剧又加上蔺家二少爷蔺宗义追求玉卿嫂而被她拒绝的情节,更表现出她对爱情的忠贞不贰,而庆生成为忘恩负义之徒,把感情的天平倾斜向了玉卿嫂一方。这种改写,严重偏离了原著人物之间的关系,一部性格悲剧被演绎为言情传奇,大大削弱了作品的艺术魅力。

第三,拼贴式剧情造成结构的断裂失调。就电视剧结构而言,前半部本该是作为背景与铺垫的故事情节,却用了13集,占到电视剧一半的长度。而在这个半部中,戏剧冲突集中在柳府家庭矛盾之中,中心事件聚焦在柳家火灾中老爷等人丧生的原委。玉卿嫂似乎可有可无。进入后半部,从第14集起,玉卿嫂与庆生的戏才拉开大幕,而前半部柳家的人物都消失了,造成一部大戏结构的断裂,给人的感觉是"柳家劫"与"玉卿嫂"两部戏生硬拼凑而成。就剧情节奏而言,前半部叙事从容,情节拖沓,节奏缓慢,进入后半部却是进展匆忙、节奏加速,交代剧情,电视连续剧在剧情的"连续"与结构的"连贯"上都存在失误。

越剧与舞剧版的舞台出新

就舞台剧而论,从文学文本改编为越剧与舞剧《玉卿嫂》的艺术形式转换,较影视剧更富有挑战性,难度也大。这两部舞台剧取得成功的经验值得认真研究。

徐俊执导的越剧《玉卿嫂》2005年首演,后又拍成同名越剧电影,导演在忠实原著主题的前提下,根据戏曲特点重新演绎,在剧情地点、时间与视角等方面大胆出新,在结构场景、动作、唱腔设计、舞美以及后来的交响乐伴奏版等方面都取得成功,主要演员的表演有口皆碑,成为越剧的经典剧目。

以超越传统的电影技术手法,用一根情殇的主线,描写了玉卿嫂和庆生从相惜、相爱到撞击直至决裂,最后共同赴死的过程,给观众以别样的审美享受和悲剧性的心灵震撼。

第一,匠心独具:改写戏剧的时空设计。越剧是江浙一带的地方剧种,在全国有很大的影响。如何将一篇小说改编为适合越剧演出的剧本,对编剧者来说,担子极重。首先,为了与越剧"对路",编剧在戏曲的时空方面进行了大胆而有新意的改编,改变了原著的地理空间背景,将发生在广西桂林的故事改为浙江绍兴,剧中人物由说桂林话改说绍兴话,这样的背景改换使此剧具有浓郁的江南特色,戏中的人物对白与唱腔听起来符合越剧特色,格外自然、亲切,从而拉近了与观众的距离。其次,将小说的时间用中国传统的节令从元宵、清明、七夕、中秋到春节过年,同剧中的场次对应起来,以演绎全剧故事,这种巧妙构思使得此剧具有浓重的中国文化传统意味与古典情韵,使戏剧的时间线索清晰而紧凑。

第二,忠实原著:深化人物的性格悲剧。越剧玉卿嫂的改编最为成功之举是忠实原著、尊重原著。从第一场开始,纱帐边,玉卿嫂为庆生洗脚,庆生一句言语,就定下了他必然会离开玉卿嫂的基调,非常准确地领悟了原著的思想灵魂,即玉卿嫂与庆生的情感纠葛关系,把握住了戏之核,也不会偏离主旨。而剧中庆生一句台词"你不要再像鬼一样地到处跟着我缠着我粘着我啦!"更是全剧中的"点睛"之笔。庆生并不爱玉卿嫂,而玉卿嫂却抓住他不放手,说到底,她只是一厢情愿。然而她固执地认为,只要自己真心付出便会得到回报而俘获对方。所谓"真情错爱,痴情孽缘",正是玉卿嫂悲剧的缘由。

如果说,《玉卿嫂》在小说中的主题表现颇为含蓄,那么越剧的呈现就更为直接、明朗。小说中金燕飞几乎没出场,只是在结尾与庆生相见时让玉卿嫂看见。而越剧中在第二场,庆生看《拾玉镯》的演出中就认识了燕飞,不像小说中那样扑朔迷离。第三场戏庆生就与燕飞约会了。越剧版添加庆生与燕飞决定去上海的一笔,展望他俩对现代化都市的向往,对未来的追求也极具时代特色。这些情节的丰富与扩展,更加强了玉卿嫂悲剧的必然性。

就玉卿嫂生活的那个年代而言,她的这种悲苦,就人伦而言也是可以理解的,她可以追求自己的所爱,然而庆生是无辜的,他凭什么要为玉卿嫂陪葬而成为牺牲品?观众在为玉卿嫂真情错爱的悲情产生同情之时,也为庆生之死深感惋惜怜悯,这正是此剧感动人心之所在,也正是玉卿嫂悲剧的深层魅力。而黄版电视剧恰恰在处理玉卿嫂与庆生的情感关系中与白先勇原著精髓相悖,把庆生写成负心郎背叛了玉卿嫂。"真情错爱"与背信弃义导致了两种截然不同的审美效应。

第三,继承创新:展现戏曲舞台美学。"小说是引起想象的艺术,而戏剧是引起感觉的艺术。"[①]"戏剧只活在舞台上,没有舞台,它就象没有灵魂的躯壳。"[②]读小说《玉卿嫂》,人物的形象需要读者去想象,每个人心中的玉卿嫂都不会一样,而越剧舞台上的玉卿嫂所引起的是观众直接的情感反应。越剧舞台所展现的戏曲舞台艺术,继承传统又锐意创新,使古典戏曲焕发青春,展现出新时代戏剧艺术的强大生命力。

其一,所谓京剧姓京、川剧姓川,那么越剧自然姓越。越剧版《玉卿嫂》将戏曲舞台的地理空间改在江浙,说绍兴话,正是为了突出此戏的地域特色、地域风情。此剧的舞美设计将传统戏曲艺术与现代舞美技术相结合,取得了很好的审美效果。越剧场景运用中国古典戏曲开放式舞台设计,同时运用十多幅流动的景片,灯光变换组合,简约凝练,呈现出具有浓郁江南水乡的风景风俗画场景。舞美设计以写意渲染氛围,水乡古镇、茅舍瓦房、陋街窄巷、古老戏园等,典型的江南水墨画风格,极具江南灵秀之气。布景、道具、服饰都展现出江南一带的婉约风情。

其二,唱腔与人物动作给观众视、听的综合感应。同为舞台剧,话剧以对话

---

① 焦菊隐:《焦菊隐戏剧论文集》,上海文艺出版社 1979 年版,第 25—26 页。
② 果戈里:引自[苏]季摩菲耶夫《文学的发展过程》,查良铮译,平明出版社 1954 年版,第 164 页。

刻画人物,而戏曲主要用演唱刻画人物。越剧的唱腔以婉约优雅著称,特别适合表达抒情悲剧类的剧目,如《梁祝》、《红楼梦》、《祥林嫂》等剧。《玉卿嫂》的编剧与唱腔设计,充分发挥越剧唱腔的优势,又吸收其他剧种演唱之所长,加之演员在舞台上的精彩演绎,使得这部戏的演唱大放异彩。剧中主演方亚芬是袁派正宗传人,有一中心唱段130句,连唱了二十来分钟,连续有112个不同的动作造型。这段唱腔在音乐上继承了袁派艺术深沉含蓄、韵味醇厚的特色,又蕴含别种流派的韵律。在艺术形式上吸纳了西方歌剧的特长,中心唱段成为塑造人物、表达人物内心世界的重要手段。演员的形体动作更是突破传统表演的程式化,吸收了现代话剧、歌剧的手法,使形体、身段表演更富有时代感。

第四,团队合力:倾情打造越剧经典。剧本为一剧之本,上海戏剧学院的曹路生教授曾经改编过《祥林嫂》与《早春二月》,他改编的剧本《玉卿嫂》,在尊重原著的前提下,无论就剧本的主旨、结构、人物形象塑造等,都充分展现了戏曲艺术的优长、越剧的美学风格。如结构上的场次衔接、人物唱词的精心设计、情节故事转换的舞台呈现、细节的巧妙运用等,堪称剧本创作的精品之作,为舞台演出打下扎实的基础。"与当前戏剧创作的不景气相悖、与经典作品被随意改编的急功近利之风背道而驰,他始终坚守住心底的一份文学操守。"[①]导演徐俊由"沪剧王子"华丽转身,到上海戏剧学院深造七年,改任导演,他既具有演员的舞台实践经验,又经过系统的理论学习,具有厚实的双重功底。他融现代于传统的理念,为他执导《玉卿嫂》的成功打下坚实的地基。而主演方亚芬,越剧袁派传人,有"一人千面"之美誉,主演过《祥林嫂》、《西厢记》与《梁祝》,因成功塑造了江南版"玉卿嫂"形象,她获得第23届中国戏剧梅花奖、上海市第16届白玉兰戏剧表演艺术主角奖以及中国越剧艺术节"十佳演员"等多项荣誉称号。主创团队的完美结合成就了《玉卿嫂》这部越剧经典。

舞剧《玉卿嫂》(1988年版)是又一种舞台剧改编的新尝试。舒巧、应萼定编导,香港舞蹈团演出。将一部现代小说改编为舞剧似乎很少也极有难度。此剧三幕中,以舞蹈、音乐与舞美生动表现人物的情绪、内心与痛苦,艺术上大胆创新,把民族、芭蕾和现代舞融合在同一舞剧中,传统与现代相结合,在白先勇小说的改编中为首例,值得大力肯定。

一般而言,将文学文本改编为舞剧文本,较之其他戏剧而言,难度确实很大。

---

① 张倩倩:《论曹路生〈玉卿嫂〉的越剧改编》,《文艺生活·下旬刊》2016年第7期。

一是舞剧与其他戏剧有很大的区别,在于它以舞蹈为主要表现手段,塑造人物形象主要是舞蹈,主题与情节只能通过舞蹈动作来表现。演员不能开口讲话,不能演唱,舞蹈的表演形式比讲话、演唱更虚更抽象。二是舞剧中的故事情节要删繁就简力求简化,人物要少而集中。

第一,用舞蹈动作塑造女性悲情形象。舞剧玉卿嫂围绕玉卿嫂与庆生之间的情感纠葛与心理变化为主线,以玉卿嫂与庆生的舞蹈构架全剧,以性格冲突构成动作体系。舞剧《玉卿嫂》忠实于小说原著,用"双人舞"作为主要舞蹈手段,凸显出舞剧的独特性。舞蹈界评价这部舞剧为编导舒巧的界碑之作。第一幕在东家宅中,玉卿嫂惦念挂牵庆生担心失去他,捧起他的长袍起舞,成为缺少男主角的"独角双人舞",暗示这场情困的悲剧结局。第二幕玉卿嫂与庆生幽会,一段双人舞连串的搂、抱、托等将动作凝聚成语言,如梦似幻,恍惚中庆生似乎已经离开。第三幕裂痕终于出现,庆生另有所恋,一场生死孽缘的双人舞中,玉卿嫂用移动的跳跃、旋转等舞蹈动作再现为爱疯狂的特征,恐惧绝望,痛苦挣扎。"舒巧的舞剧营造建立在两个支撑点上:一个是对人体表现力的不断探索,一个是对人的内心世界的深入发掘"[①],成功塑造出独特的玉卿嫂悲情女性形象。

第二,民族舞蹈剧的现代品格。这部舞剧表现的是典型的中国故事,然而此剧的编导在继承中国民族舞基础上大胆创新。表现在:其一,突破传统舞蹈的程式,用虚实结合的手法,即用生活化的表演动作与抽象的舞蹈语汇相结合塑造人物。如庆生与玉卿嫂在小屋里打手、玩耍,都富有生活气息,而舞蹈语汇却抽象而唯美。其二,用双人舞表现玉卿嫂与庆生两个人物的性格冲突,用群舞表现人物的内心世界、幻觉、想象、意识的流动,把人物的心态通过舞蹈加以外化呈现在舞台上,给观众视觉的感应。如第一幕中的群舞,呈现绿色调子的形象,这种绿色正是青春芳华的象征,玉卿嫂企图挽回已逝的青春,却是惘然迷茫。第三幕中第三次出现群舞,舞台上展现出四个年老色衰的玉卿嫂的幻象,淋漓尽致地刻画了玉卿嫂担忧、绝望的心理状态。而传统的民族舞中的群舞大多为烘染氛围。其三,此剧属于民族舞,却突破传统舞剧的界限,融入现代舞与芭蕾舞的元素来塑造人物形象,给人耳目一新之感。

---

① 胡尔岩:《我看舒巧的舞剧营造》,《舞蹈论丛》1989年第1期。

小说改编为影视戏剧的思考

从玉卿嫂"一"转换"四"的论述,可以归纳为以下几点思考:

第一,再次肯定小说原著的经典性。《玉卿嫂》之所以能引起海峡两岸艺术家的兴趣与重视,多次被搬上荧屏与舞台,证明这部作品经受住了时间的考验。所以对原著的研读与理解至关重要,是否深刻理解原著之精髓、灵魂所在,是衡量改编者的重要标尺。从以上"一"转换"四"的改编中,可以看出,把握原著之主脑精神是重中之重。第二,在改编转换中,如何处理与原著的关系。原著是小说文本,篇幅不算长,正因为如此,不同艺术品类的改编都会在故事情节,人物塑造方面有所丰富与扩展,进行二度创作,这也是主创人员改编的难度所在,但是这里要把守好几个原则:一是主旨不能随意改变,否则就会跑题;二是故事情节大体走向不能改变;三是人物形象的性格特征不能改变。第三,如何凸显被转换成的艺术品类之特性。由平面的小说文本转换为影视剧与舞台剧文本,这是二度创作能否获得成功的关键,它又一次验证:剧本乃一剧之本的真谛。当然,作为影视与戏剧,还必须是一种综合艺术的共同体。第四,是改编、转换中的艺术创新。这里主要指艺术形式上的创新。小说原著的平面文本,作为母体已经定型,而被转换的艺术样式,影视与舞台剧都是综合性艺术品种,有各自的传统套路,只有在继承的基础上进行创新,才能适应时代的旋律,使名著改编焕发出生命力而重生。

说上海话的尹雪艳
——沪语话剧《永远的尹雪艳》创作分析

徐 俊

国家一级导演

一

白先勇老师的作品很有电影缘,很有舞台缘。

2007年,我完成了根据白先勇老师同名小说改编的越剧《玉卿嫂》[①]。之后,我向白老师提出想再次改编他的作品。那天,白老师与我漫步在繁华璀璨的南京路上,白老师久视着这片灯火辉煌的夜上海默不作声。此时,白老师的思绪应该是回到了1999年底,同样是在五光十色的南京路上,他对着为他拍摄纪录片的镜头脱口而出:"尹雪艳永远不老,上海永远不老。"或者,白老师的思绪回到了他的童年,回到了在他记忆深处留下浓墨重彩的那条金光闪闪、灿烂无比的南京路。过了许久,他缓缓地对我说:"就《永远的尹雪艳》吧。"

从《寂寞十七年》到《台北人》,白老师是了解我的心意的。但《永远的尹雪艳》却出乎我的意料。这部不足万字的短篇小说是白先勇作品集《台北人》的开篇,足见它在白老师心目中的地位;1979年,《当代》杂志在创刊号上刊登了《永远的尹雪艳》,这是白老师最早被正式介绍到大陆的文学作品,其意义不言而喻。《永远的尹雪艳》自1965年发表至今,整整四十八年,从未被改编成其他艺术形

[①] 这部剧已成为上海越剧院的保留剧目和方亚芬的代表作,她凭此捧回了梅花奖、白玉兰奖等诸多大奖。我们又一鼓作气出版了CD和书籍——《说绍兴话的玉卿嫂》。2012年,越剧电影《玉卿嫂》也搬上了大银幕。

式。白老师坦言,不轻易放手。他愿意将这部作品交予我创作,是对我的信任、重望和托付。

望着夜幕下绮丽的南京路,我似乎看见一袭蝉翼纱素白旗袍的尹雪艳婷婷袅袅、风情万种地向我走来,我似乎听见她用软糯糯、带有苏州腔的上海话对我说:"奈好呀!"我对白老师说:"我要一个在舞台上说上海话的尹雪艳!"白老师的眼睛顿时亮起来了:"好的,我赞成!"

尹雪艳的故事不似《玉卿嫂》那样有浓烈的情爱怨恨,所有的汹涌澎湃都被掩藏在她的"淡"、"浅"、"白"中,改编的难度相当高。因为,"尹雪艳"意象万千。

2012年,白老师完成了纪念他父亲白崇禧将军的《父亲与民国》、《台湾岁月》的两部著作,并参与了夏季的香港书展活动。7月,我们如约在香港会面。意外的是,白老师因劳累过度严重失声。他坚持完成书展上的演讲后,取消了后面所有的原定活动计划。他把时间全部给了我,用气声与我讨论剧本。白老师爱护晚辈的真诚和深心,令人十分感动。话剧《永远的尹雪艳》首演谢幕时,白老师说:"这出戏的功劳归于导演徐俊。"而我要由衷地说:"功劳归于白老师。"

与白老师讨论剧本,是件十分愉悦的事情。他常常会有奇思妙想,常常会有神来之笔。他认为,百乐门这一物象很重要,应该贯穿全剧。为了舞台的整体性,他甚至打破自己小说的格局,设想增加"文革"中改名红都剧场的百乐门,以及改革开放后尹雪艳重返百乐门的两场戏。百乐门的兴衰,折射了上海这座城市的历史变迁和沧桑。白老师的出其不意,极大地震动了我。他向我展示了一幅生动的历史画卷,波澜壮阔、气势澎湃。我开始理解白老师所要表达的意图。百乐门一组组群像,这些未来的艺术形象的种子,开始在我心里生根、发芽,它们渐渐清晰地跳跃到我的眼前,越来越具象。甲、乙、丙、丁、乐经理、宁波阿哥、小山东、任黛黛、汤圆圆、众多舞客,还有王贵生、洪处长、徐壮图、吴经理,他们齐齐来到百乐门。这一组百乐门的百相图,栩栩如生,热闹非凡。全剧八场戏的铺设很快有了眉目。白老师对我说:"这次讨论很有益,想象中,这部戏应该会不错。"与白老师握别时,8号风球在香港的上空翻腾不息,维多利亚港风高浪急,我希望这预示《永远的尹雪艳》在上海掀起狂潮。

香港之行,话剧《永远的尹雪艳》也就正式启动了。2013年5月4日在上海文化广场首演档期随即确定。由此,《永远的尹雪艳》进入倒计时。按计划,我必须在10月完成剧本,随后确定演员,年后落地排练,中间由不得丝毫闪失和耽误。

二

在《台北人》的扉页上,白老师这样写道:"纪念先父母以及他们那个忧患重重的时代。"[1]夏志清先生说:"《台北人》甚至可以说是部民国史。"[2]欧阳子称"民国成立之后的重要历史事件,我们好像都可在《台北人》中找到"[3],并指出"潜流于这十四篇中的撼人心魂之失落感,则源于作者对国家兴衰、社会剧变之感慨,对面临危机的传统中国文化之乡愁,而最基本的,是作者对人类生命之'有限',对人类永远无法长葆青春,停止时间激流的万古怅恨"[4]。

扉页上,白老师还引用了刘禹锡的诗《乌衣巷》,"朱雀桥边野草花,乌衣巷口夕阳斜。旧时王谢堂前燕,飞入寻常百姓家"。这是一首怀古诗。诗人以此凭吊东晋时南京秦淮河上朱雀桥和南岸的乌衣巷的繁华鼎盛,而今野草丛生,荒凉残照。感慨沧海桑田,人生多变。这也是白老师的心情写照。

《永远的尹雪艳》将从哪里入手呢?我脑子里闪现的那些形形色色的人物,如何明确身份?如何合理地设置在情景中?如何组织语言动作?他们将说什么?与谁说?怎么说?为什么说?等等。还有,这部戏的风格样式究竟怎样确立?虽然,白老师与我有共同的倾向,如前史省略、情节简约、淡化矛盾冲突、歌舞兼容、抒情诗化等。最重要的是,主人公尹雪艳不能过于言表,蜻蜓滴水、幽幽淡淡、处事不惊。尹雪艳应着重于肢体造型,她与众不同,她美轮美奂,她绝世风情,这些都要合情合理、具象化。这些都是摆在我面前的难题,但必须解决。

小说《永远的尹雪艳》开篇第一句即为"尹雪艳总也不老"[5]。不老,是超自然的力量。所以,尹雪艳有着神一般的抽象感。小说中,尹雪艳始终是个旁观者,冷眼俯瞰芸芸众生:看王贵生折戟于引以为豪的财富,看洪处长落魄于醉心不已的权力,看徐壮图丧生于无法自控的情欲,看太太们顾影自怜,看吴经理们英雄迟暮……即便是对于尹雪艳"八字带着重煞,犯了白虎,沾上的人,轻者家败,重

---

[1] 《白先勇文集 第2卷:台北人》,花城出版社2000年版,扉页。
[2] 转引自欧阳子《白先勇的小说世界——〈台北人〉之主题探讨》,收入《白先勇文集 第2卷:台北人》,花城出版社2000年版,第193页。
[3] 同上。
[4] 同上书,第196页。
[5] 《白先勇文集 第2卷:台北人》,花城出版社2000年版,第3页。

者人亡"①的评价,其实质是暗指十里洋场的旧上海。"谁知道就是为着尹雪艳享了重煞的令誉,上海洋场的男士们都对她增加了十分的兴味。生活悠闲了,家当丰沃了,就不免想冒险,去闯闯这颗红遍了黄浦滩的煞星儿。"②这看似讲尹雪艳,但又何尝不是在说当时被称为"冒险家的乐园"的上海?当年,有多少人来这里淘金,又有多少人黯然倒下,可越是这样越是吸引了更多的淘金者,每个人都想以在上海的成功证明自己。这座城市就这样静静地看着人来人往,潮起潮落。尹雪艳与这座城市一样,有魔一般的神秘。

戏剧的语汇与小说的语汇不同。戏剧是直观的、具象的。戏剧舞台上,若是神化的尹雪艳,恐怕难以介入人的真实情感的交流和行动,难以有人的常态。她必然客观、无动于衷,甚至冷冰、冷酷。这样,尹雪艳就可能会置身于局外。如果戏剧的情节、语言、动作、场面调度没有了尹雪艳的常态反应,以及面对面的交流,这将会如何呢?我以为尹雪艳应该是这个动荡岁月里,芸芸众生中的一个,她应该有起伏的人生命运,有复杂的思想情感,有爱,爱而不得,有不能拥有的悲楚,有触到心灵的伤痛。即使她是风华的象征、精致的代表、优雅的集中,然而她像一面镜子,折射时代的变迁,折射世间沧桑,折射人生的飘渺不定。更重要的是,她也折射自己——变迁中无奈的自己,沧桑中悲悯的自己,飘渺不定的命运中难以力挽的自己,种种。尹雪艳应该是一个活生生的、充满人性的形象。我以为,人的意义在于向善、向上,戏剧的意义在于导善、导上。所以,不仅仅应该突显尹雪艳的人性,还更应该突显她作为人的善的本性。

我揣测,不再神化的尹雪艳,会以怎样的心情去对待不同的人?对甲、乙、丙、丁等舞场常客,她是熨帖的;对宋、赵、孙、李等往事沧桑的中年太太,她是同情的;对辉煌不再的吴经理,她是怜惜的;对棉纱小开王贵生,她难免逗趣一番;对意气风发的洪处长,她有的则是敬意。那么,她的爱情呢?即使爱而不得,至少也应该是爱过的。我觉得,尹雪艳的爱情应该落在徐壮图身上。

所以,我将徐壮图的出场大大提前了。让尹雪艳最早认识的徐壮图是个青涩的大学生,让徐壮图用一首纯真炽热的诗,打动见惯名利的尹雪艳,让徐壮图与尹雪艳在百乐门的最后半支舞,牵动着尹雪艳的心……为此,改编与原著很大不同之处,即不让徐壮图死。不再神化的尹雪艳,心中藏爱的尹雪艳,就不可能

---

① 《白先勇文集　第2卷:台北人》,花城出版社2000年版,第4页。
② 同上。

冷眼旁观生死。她会担心害怕徐壮图变成下一个王贵生、洪处长。所以，她可以接受爱而不得的残酷现实，毅然决然拒绝徐壮图，却没有办法眼睁睁看着他去死。即使是从尹雪艳的象征意味解读，我也觉得徐壮图可以不死。王贵生以钱买情，可金钱会用尽，洪处长以权换情，可权力会更替，而徐壮图以情动情，纯真和真情却是美好永远的。

白老师带着体谅的口吻风趣地说："导演舍不得他死。"而在我看来，是尹雪艳舍不得他死。我想强调的是，所谓的"重煞"、"犯白虎"，并非真正尹雪艳的八字，而是所有尹雪艳们的身份悲剧。不让徐壮图死，是尹雪艳对命运的自觉抗争。

三

当今戏剧，假定性戏剧已被广泛认知和沿用。假定性戏剧是上世纪三十年代俄罗斯戏剧大师梅耶荷德所创造的伟大的戏剧理论体系。这个体系与斯坦尼斯拉夫斯基的自然主义派，形成了戏剧世界的两极。梅耶荷德认为，自然主义派关于"'在舞台上重现生活'的目标本身就是荒诞的"[①]。他认为，"戏剧不是生活本身，也不是对生活的精确模仿，戏剧无需依照生活和竭力重复其外形。即使没有台词和戏服，没有脚灯和侧幕，也没有大剧院，只要有演员和他的动作技巧在，戏剧仍然是戏剧。戏剧是在假定的非逼真性中，表现全部生活"[②]。梅耶荷德主张："重点放在演员身上，采用最少的道具和布景，迫使观众运用他们的想象力，演员依靠身体的可塑性和表现力……但是为了精通这门艺术，他必需掌握这些技巧。技巧武装想象力。"[③]

梅耶荷德的假定性戏剧理论与中国戏曲的写意原理有契合之处，中西不同的文化背景，在戏剧的语汇上不谋而合，这种交汇和交融，使得戏剧有了前所未有的美学高度。中国戏曲写意，有着两千多年历史的传承和积淀，舞台语汇达到了出神入化的境界。景随人移，人随景移，景在演员身上。二龙出水，意为千军万马出征；两旗扶把，煞似车轮滚滚；一个腾跃，即为翻山越岭。简易的一桌二

[①] ［英］乔纳森·皮奇斯：《表演理念：尘封的梅耶荷德》，赵佳译，中国电影出版社2009年版，第68页。

[②] 转引自童道明编选：《梅耶荷德论集》，华东师范大学出版社1994年版，第124页。

[③] ［英］乔纳森·皮奇斯：《表演理念：尘封的梅耶荷德》，赵佳译，中国电影出版社2009年版，第74页。

椅,能化出丰富多彩的场景,时而厅堂,时而寒窑,时而小桥流水,时而巍巍昆仑,时而洞房花烛,时而云海仙境,可谓上天入地,千变万化,无所不能。

假定性、写意性戏剧的创作原则也被贯穿运用在话剧《永远的尹雪艳》之中。通过实践和尝试,我更加体会到戏曲写意的宝贵,同时感受到假定性戏剧的无穷魅力。

《永远的尹雪艳》第一幕,百乐门开场舞蹈。音乐选用白光的《莫负今宵》,伦巴节奏很有动感,符合元旦欢庆气氛。这段伦巴舞,没有采用写实的手法,没有再现舞厅真实环境,不设环绕四周的桌椅和道具,以虚描景,并加以变形放大。虚拟情景中的舞客千姿百态。他们或谈天,或谈情,觥筹交错,舞厅的场景气氛通过演员的表演来证实。

前区,乐经理与甲、乙、丙、丁、小山东、宁波阿哥一番穿插后,王贵生、洪处长随即而来,针锋相对。这段戏虽然不长,但恰是对尹雪艳八字犯重煞的态度,通过他俩的较劲,一一交代,从而凸现以他们为代表的洋场新贵们的冒险本性。他们谈尹雪艳,也在说自己的心境。通过他们的若即若离、跳进跳出,假定中的针锋相对、内心外化,观众能够想象他们是在表现相互间的不买账。

千呼万唤中,红幕升起,尹雪艳在高台上转身亮相,随着主题音乐,沿着S型的台阶,似仙女飘然而至。这是舞蹈化的台步处理,舞蹈节奏中的尹雪艳风情妩媚、婀娜多姿。这位"舞国皇后"走向她的白色宝座。① 在白光另一首铿锵有力、节奏鲜明的歌曲《恋之火》中,大学生徐壮图英气勃勃、昂首阔步向尹雪艳走去,全场舞者瞬时定格、停顿。停顿并不是停止,是动作的延伸,是语汇的深入放大,是一种强大的引力,把徐壮图引向尹雪艳,把尹雪艳引往徐壮图,以此强化尹雪艳与徐壮图的初遇。停顿的意义也是假定性表现的重要手段之一。

第二、三幕,国际饭店14层云楼。这场景较为空灵,繁星点点,诗化的意境,高台是穹顶打开的云楼,下方则一排窗格,舞客剪影隐隐约约,形成垂直多元空间。表演区上下内外,灵活机动,行动自由。窗格中间,移门开闭自如。

宋、赵、孙、李四位太太,她们有相似的出身,相似的背景,相似的地位,相似

---

① 宝座作为象征,是全剧贯穿的重要物件,它有意味地出现在第一场结尾处,众客道别时,向宝座一一致意;出现在第四场百乐门即将关门时,乐经理久视宝座不舍;出现在"浩劫"中的红都剧场,作为乐经理的内心视像,成为撑起乐经理对抗现实的精神支柱;出现在1979年改革开放后重开的百乐门,象征尹雪艳风华归来。

的爱好,相似的境遇。她们身着黑白色系旗袍,手持黑扇,脚着白鞋。一上场,就有强烈的仪式感和统一的符号。折扇、转扇、运扇,起步、搓步,步调一致。现代造型和戏曲写意动作相结合,表现她们惬意自得的生活情态。而高台上的尹雪艳则以静态造型为主,上下形成对比反差。人物的心绪不同,行动的节奏也截然不一。当洪处长表示,愿为尹雪艳放弃一切时,尹雪艳小云手旋扇,侧身拧转,频频收放扇子,随即双手背拢,右脚徐徐后抬,然后脚尖轻轻下地,脸部缓缓仰天,组合了戏曲和现代舞蹈的一系列动作,表达了尹雪艳内心的雀跃。戏剧在于行动,表演在于肢体技巧,正如梅耶荷德所言,"技巧武装想象"。

　　第四幕,尹雪艳告别百乐门,开场在凄楚的爵士乐中,寥寥舞者,背对背,萧索而跳,随即逐个隐去。意境幽婉,缠绵悱恻,如泣如诉。异常的舞形,预示百乐门的落寞和苍凉。

　　轰鸣的关闸声,象征百乐门至尊地位的巨型水晶吊灯熄灭了。至此,远东最大的乐府辉煌不再。尹雪艳站在舞台的最前沿,默默注视。随即而来的变裂声,唯尹雪艳若仙女般走过高耸的台阶,层层变裂,尹雪艳撕心裂肺,痛苦万状,头深深埋下。水晶灯、红底幕升空消失,台阶向两侧悄然隐去。百乐门荡然无存,只留下孤独的冷色柱子。尹雪艳一袭透白的风衣,向舞台纵深处,飘然地走向远方。64步台步,走过了尹雪艳飘渺不定的人生历程。尹雪艳向繁华告别,向这个时代告别。

　　第五幕,台北尹公馆。这场戏的开始,则由宋、赵、孙、李四位太太在波涛汹涌、起伏不定的三等船舱里,边打着麻将,边为自己命运的漂泊感到怨悔,以此来衔接转化。这场麻将,空间跨度数千里,时间跨度几年,从漂泊的海上一直打到鸟语花香、温馨舒适的尹公馆。

　　如果将一张桌子、一副牌、四把椅子固定在舞台的某处,舞台调度会受到局限,演员的表演会受到束缚。索性,去掉桌子,去掉麻将牌,保留四把椅子,将椅子装上滑轮,采取无实物、虚拟的动作来表现打麻将的可信场面。而装有滑轮的椅子,仿佛注入了生命,顿时灵动鲜活了起来。演员坐在上面,可聚拢、可分散、可面对、可背向;可任意离开椅子,自由走动;可瞬时进入牌局,又可随时抽离其状。结合优美的舞姿、灵巧的动作,以及各组动与静的造型,在四处可去的空间里,自由自在、随意旋转、随心所欲、尽享其变。假定和写意的麻将戏,让演员的表演得到了最大限度的释放。在多变的流动中,自然而然地将四位太太对上海的无限眷恋和淡淡乡愁娓娓道来,细细倾诉。

第六幕,红都剧场的百乐门。"浩劫"中的百乐门,连同姓氏一起被打倒,改名为红都剧场。乐经理与时代变迁中的百乐门遭到了同样的悲惨命运,斯文扫地、身心受辱。增设这段小说里没有的戏,旨在增强剧情背景的深刻性,上海和台湾年代上不会造成断裂,时空也得以延伸,起到全剧的有机链接作用。

这一幕全部作哑剧处理,强调象征意味。当然,对演员的肢体语言和表演的准确性,则要求更高。在革命小将监视下的乐经理,弯着腰扫着地,趁着小将不注意,他要看一看、摸一摸倒在一边的巨型水晶吊灯,表现了乐经理对昔日辉煌的百乐门不能磨灭的情愫。

当年,未被选为"舞国皇后"而怀恨在心的任黛黛,以一出革命样板戏《白毛女》赢得翻身地位,将"有眼无珠"的乐经理的眼镜,狠狠地砸在地上,扬长而去。畸形的年代,使她人性扭曲。尽管如此,乐经理透过眼镜的碎片,看到白色宝座,视尹雪艳风华犹在,耳畔响起了当年《恋之火》的旋律。隆隆的雷声,丝毫盖不住他内心的音响。他激昂地跳起了探戈,以示他的精神不倒,以示他对现实的抗争,以示他心中装有永远的尹雪艳。

烦躁、嘈杂不断的知了声,寓意那个年代疯狂如潮的口号声;滚滚雷声,寓意那个年代人人自危的压抑。

哑剧,此时无声胜有声。

第七幕,徐家和尹公馆。平行交叉的场景,一侧,徐壮图太太拖着一把藤椅,悻悻地步入冷色、昏幽的光区内,即为徐家的空间。同时,尹公馆白墙后投射的徐壮图与尹雪艳热烈地舞。这既是尹公馆的空间,又是徐家空间内的徐太太内心视像的尹公馆。徐、尹两家的平行交叉的时空,是现在时,又是假定虚拟的意象空间。唯演员的表演才是合理的空间解释。

当徐壮图向尹雪艳示爱遭拒,徐壮图迷狂地、不自觉地进入了王贵生和洪处长的语言、语气、语境的神情状态时,白墙相继投射出巨大的王贵生、洪处长的剪影,成为尹雪艳的内心视像。尹雪艳在王贵生、洪处长的剪影中间,害怕徐壮图也被他自己的欲望所吞噬,成为下一个王贵生或洪处长。于是,她毅然决然地叫徐壮图从她身边离开。徐壮图出走,外面传来一声惨烈的急刹车,剪影出现无数的王贵生、洪处长,越来越大,成为整幅人墙。尹雪艳不甘命运注定,试图冲破这堵人墙,寻回徐壮图。此时,剪影消失,徐壮图惊慌失措地回到尹公馆,尹雪艳一声"没有事情就好",徐壮图忽然彻悟,领会了她对自己的深意,鞠躬而下。

第八幕,尹雪艳重回百乐门。历史上的百乐门真正重开的日期是 2002 年。

话剧舞台上则设置在 1979 年。这一年,中国改革开放,是具有标志性的历史时刻,对于舞台上的戏剧时间来说,具有多重意义。尹雪艳回归,众人都已白发老去,唯尹雪艳,不但风华依旧,而且越来越艳丽。这种超越时空、超越现实的意味,即是象征,即"尹雪艳永远不老,上海永远不老"。

四

小说《永远的尹雪艳》充满了淡淡的乡愁、幽幽的凄美和感伤,汹涌激情在于剧情深刻的背景中。如刘禹锡《乌衣巷》的诗之意境,是怀古的情怀,是对于事物的巧妙暗示。感慨更是藏而不露,轻轻描写,语气浅显,却有一种蕴藉含蓄之美,使人回味无穷。

鉴于此,话剧《永远的尹雪艳》的风格样式注重象征性,抒情诗化,情节简约,淡化矛盾冲突。我试图寻求静的力量,用唯美、精致的形式,娓娓道出动荡年代里人们的挣扎、痛苦、无奈、感伤、悲悯,让观众能够静下心来,细细品味。

在做情景简约时,对于有些地方,还必须做加法,如乐经理。

乐经理这个形象的灵感来自一部法国电影《舞厅》(*Le Bal*)。这是一部完全没有对白的电影,完全是用演员的肢体、舞蹈、音乐,以及一个"舞厅"布景的舞台,创造出不同时代人物生活的心情和不同时代的感觉。白老师非常喜欢这部影片,虽然知道我之前也曾看过,但他还是从美国给我寄来了这部片子的 DVD。他认为此片中的舞厅与百乐门有着相似的象征意味,希望我从中找到一些创作灵感。影片中,一位舞厅经理每天张罗着舞厅大大小小的事情,即便是开灯、关灯这样的小事也都是亲力亲为。让我印象最为深刻的一段场景,是"二战"期间,舞厅关闭,但经理依然守在这里。一天,曾在此工作过的舞女为了躲避轰炸,逃到了舞厅来。微弱的烛光下,经理将仅剩的一盘面与舞女分享。这份烛光下的真情传递闪耀着人性的光芒,感动了我,也点亮了我的思绪——百乐门一定要有个乐经理。

乐经理八面玲珑、殷勤待客、处事机灵、左右逢源,可谓千面人。当王贵生和洪处长较劲争斗时,他也没有忘记从中为自己争取好处。可就是这样一个人,在百乐门关门之际,却依依不舍地与珍珍、玲玲、小山东、宁波阿哥告别,细细关照、反复叮咛"在外面过得不好,还是回来",充分显示他的善良本性。作为百乐门兴衰的见证者,刚柔并济、执着、宽容的乐经理本身就是海派文化的一种象征。

五

如白老师所言:"希望这个剧能触动上海人心里的一种回忆,我当初写这部小说,也下意识地希望上海这种精致文化能通过文学作品定格为永恒。"

以沪语的形式呈现《永远的尹雪艳》,是极其"自然"的实践,高度尊重原著中浓郁的沪语特质。沪语的音、意、气息、节奏、气氛决定了动作的敛放、时间的缓疾,表现了独一无二的地域风情和语言魅力,表现了属于上海特有的微妙和细腻、含蓄和优雅的人物情感和人文气质。白老师说:"我看我的文字来源有两种:一方面是中国传统文学的陶冶,另一方面我看是方言,中国方言。……所以,南腔北调,一方面令文字丰富,写对话时也可以占了些优势。"[①]白老师对各地方言的尊重和重视,可见一斑。方言为他的文学创作提供了充盈的养分。沪语话剧为了语言表达精准,为了语言韵律分明,从剧本开始就用沪语来写。

戏剧大师黄佐临先生曾在上世纪五十年代开始倡导上海方言话剧的文化精神。佐临先生提出,上海话剧应两条腿一起走,一是讲普通话的话剧,二是说上海话的话剧。佐临先生对上海这座城市的文化思考,以及对地方语言与上海人的生命情感的关注是深广的。语言,是一个地域的文化基因,上海人的生活方式、思想情感及其多样化的文化趣味,都融化在上海话和上海文化之中。佐临先生对上海文化的前瞻性引领我们为此实践和探索。舞台上的尹雪艳,传诵得柔软、舒缓、细致、细巧、斯文、优雅、字正腔圆。这种经过提炼的、经典的语音语调,体现了时代的声音精华,激活了属于上海的集体记忆。

结　语

白老师认为:"好的文学作品,总是多层次的,第一层次是社会与时代,第二层次是超越时代的永恒的人性,第三层次是隐藏在社会写实背后的一种社会宗教的哲学的思想。"白老师用他那支细腻而又充满感情的笔,写出了一个特殊时代的情感,写出了一个特殊地域以及一群特殊的人物形象,他们在中华文学史上具有一种特殊性,所反映的是深刻的社会内容和思想内涵,因而具有独特的文学和史学价值。好的戏剧作品,也当如此。

---

① 《白先勇文集　第1卷:寂寞的十七岁》,花城出版社2000年版,第19页。

家宴上追忆似水年华

——记大陆版舞台剧《游园惊梦》在广州的首演

何 华

《联合早报》专栏作家

一

白先勇的小说《孽子》、《玉卿嫂》、《金大班的最后一夜》等，相继被搬上了银幕。名导演谢晋也看上了《谪仙记》，后来于1989年拍成上映，电影名为《最后的贵族》。白先勇眼看自己笔下的人物一个个"活"了起来，自然一番欣喜，因为这些片子的产生，其中也凝聚了他不少心血。

但最令白先勇牵挂和自豪的，还是舞台剧《游园惊梦》一而再再而三的推出，香港台湾大陆，海峡两岸暨香港先后上演了三版舞台剧《游园惊梦》。1979年，香港海豹剧团演出粤语版舞台剧《游园惊梦》，由黄清霞执导、何漪涟主演。白先勇看了颇觉惊讶和惊喜，没想到江南昆曲名伶钱夫人讲起广东话来，不仅不违和，而且粤语独白还很动听，另有一番韵味。这给白先勇很大启发，为他1982年和"新象"合作《游园惊梦》种下因缘。1982年台北版舞台剧《游园惊梦》由卢燕、归亚蕾、胡锦等明星主演。1987年春天，白先勇访问上海复旦大学，带来这一版《游园惊梦》录像带，当时，我在复旦中文系读大四，有幸观看了录像带的放映。这一版《游园惊梦》，多媒体的运用是一大特色，包括电影的插入，对我这位当年的大学生而言，算是开了眼界。

二

关注大陆话剧界的人都知道北京有个高行健，他的剧作《绝对信号》、《车站》、《野人》曾引起广泛关注和讨论。除了高行健，胡伟民我们不能不知，他一度执上海剧坛的牛耳，是上海"青话"的名导，受聘于广州话剧团任艺术总监。他俩不同的是：高行健是文学家，从事剧本创作，胡伟民是导演，他执导的《秦王李世民》、《安东尼与克莉奥佩特拉》、《放鸽子的少女》、《红房间、白房间、黑房间》、《肮脏的手》、《二十岁的夏天》等，轰动一时。近年他又涉足戏曲领域，越剧、桂剧、川剧都导过。值得一提的还有，1985年，胡伟民执导了电视剧《血红的杜鹃花》，此片根据白先勇的小说《那片血一般红的杜鹃花》改编，这是他和白先勇第一次结缘，虽然那时两人未曾谋面。1987年，白先勇来上海复旦讲学，有一段时间住在兴国宾馆，几乎每天和谢晋碰面，商讨改编《谪仙记》剧本。也就在这个时候，1987年6月，胡伟民和白先勇第一次在兴国宾馆见面，谈话的主题就是《游园惊梦》，双方交换了对该作品的艺术见解，颇为投合，最后胡伟民说，有意把《游》剧搬上大陆舞台，白先勇欣然答允。当时，他俩谈话，我也在侧，可以说见证了该剧最初萌生的人。白先勇和胡伟民还互赠了签名照片，老派人有这个习惯，我发现木心也时常送人签名照。

接着便是精心筹备工作的展开：制作单位是广州话剧团，上海昆剧团台柱华文漪饰演女主角钱夫人，窦夫人一角由广东话剧院姚锡娟扮演，作为配音演员，姚锡娟的声音早已为千家万户所熟悉。舞美设计指导周本义，灯光设计金长烈，作曲金复载，编舞李晓筠均为中国大陆一流人才。之前，白先勇看过华文漪、蔡正仁主演的昆曲《长生殿》，对华文漪的表演由衷钦佩，这次能请动华文漪跨界演话剧，白先勇非常高兴，他认为："华文漪就是我心目中的钱夫人。以华文漪的昆曲素养，这出舞台剧可以大大利用昆曲的美。"后来，白先勇飞到广州看首演，还把华文漪邀到宾馆，私下鼓励她把昆曲的身段、手势适当用在钱夫人身上，因为钱夫人就是昆曲名伶出身，虽是话剧，但带一点昆曲味道，观众是可以接受的。

《游》剧的文学顾问是余秋雨。在广州，白先勇和余秋雨初识，余秋雨送了一本《艺术创造工程》给白先勇，看后，白先勇非常赏识余的才情，把他介绍给尔雅出版社的发行人隐地，后来尔雅出版了余秋雨的《文化苦旅》，一经推出，风靡宝岛，那些年余秋雨在台湾真是大红大紫。

特别要说的是，八十七岁的京昆艺术大师俞振飞担任了该剧的昆曲顾问。

1988年三月底，《游》剧在广州首演，我也有幸前往观赏。后来得知，白先勇老师给胡伟民写信："我还有一个特别的要求：我在上海复旦大学讲学时，收了一个学生何华，他的毕业论文便是论我的小说，此论文写得极有水准。此次首演我希望在广州见到他，不知可不可以由您邀请他到广州？"多亏白老师，我成了大陆版《游》剧首演的观众之一。当时，我在《安徽日报》做记者，白老师要我去广州看首演，也希望我以记者的身份采访报道这次演出。

那些天，广州媒体非常捧场，电视、报纸、电台、杂志频频"惊梦"，成了羊城文化界的一件盛事，实为广州剧坛多年之罕见。白先勇和俞振飞、李蔷华夫妇分别从美国和上海赶来助兴道贺。白先勇是个昆曲迷，对俞老的京昆艺术心仪已久，这次因《游》剧得以相见，可谓"半生缘"。抗战胜利那年，白先勇九岁，在上海美琪大戏院看过梅兰芳和俞振飞合作的昆曲《游园惊梦》，那是白先勇第一次接触昆曲，其音乐、身段、唱词之美给他幼小的心灵烙下了最初的、朦胧的印记。而这一烙印与白先勇以后创作小说《游园惊梦》一定存有潜在的关联。颇为戏剧性的是，剧本里提到梅、俞演出昆曲《游园惊梦》的盛况，台上演员赖夫人说："我最后一次看梅兰芳跟俞振飞演《游园惊梦》，那是胜利后……唉，那样的好戏，一个人一生最多也只能遇到那么一回罢了。真是让人难忘，叫人怀念啊。"台下白先勇和俞振飞坐在一起观赏，听到这样的台词，他俩能不感怀？

三

《游园惊梦》的剧情是：时值深秋，台北窦公馆的女主人窦夫人举办一场盛大的家宴，请来了京昆名角和当年在南京"得月台"习艺时的姐妹。昔日"秦淮河上第一人"的昆曲名伶蓝田玉（后来做了钱将军的夫人），亦从台南应邀赶来赴宴。故旧重逢，为助余兴，宴会后大家开怀唱戏。孰料一曲《游园惊梦》勾起了钱夫人无限思绪和满怀幽怨，她触景生情，追忆似水年华。这个剧基本上是一个抒情的"回忆剧"，抒情但没有"文艺腔"，类似契诃夫《三姐妹》，需要营造一种挽歌式的气氛。剧终，钱夫人和窦夫人几句不经意的对话，最能体现这种哀婉的调子，有一种曲终人散的悲凉。白先勇盛赞大陆版《游》剧结尾时的胡琴（南胡）音乐，余音袅袅，回味无穷。作曲金复载功不可没。

钱将军怜惜蓝田玉，爱她的艺术，两人年纪相差很大，老夫少妻。白先勇特别提醒制作方，不能有意识形态的干扰，不能丑化钱将军，他不是玩弄戏子的军阀。

台北版《游》剧，运用多元媒体，很有新意，演员的表演，尤其是卢燕的大段独白戏，演技炉火纯青，可以说达到了表演的极致，那种诗意、静态之美，令人叹为观止。这次大陆版《游》剧在吸收台北版经验的同时，也有自己的独特理解和处理方式。看完整部戏，我们感到导演胡伟民的意图很明显：戏越演到后面，戏味越浓。上半场较现实主义，下半场更多地吸收了"现代剧场"的因素，象征性、间离感逐渐加强，意识流效果越来越明显。运用现代舞蹈（回忆）、京昆唱段（回忆和现在）、钱夫人的内心独白（现在）、窦公馆的宴会场景（现在）……这些"片段"交错展现在舞台上，构成一个整体。这次的舞台设计采用移动滑台，来回转换，交代时间（过去和现在）的变化。舞台穿梭滑移，充满灵动，但不妨碍观众对该剧主题的把握：人生如戏，戏如人生。从前的戏，在今天的宴会上重现，人生就是这样反反复复地演着同一出戏。剧中的人物只要回忆起人生，就会想到戏曲；同样，只要一唱戏，就会带出一段人生。钱夫人回忆当年在秦淮河唱戏，华文漪当场在台上一分半钟换上戏装，粉墨登场，"现身说法"，演唱《游园惊梦》，这个设计非常抢眼，既能体现华文漪的优势，又符合"人生如戏，戏如人生"的主题。

四

可以说，钱夫人的内心独白是这个戏的大梁。一出戏靠一个女人的内心独白来支撑，在中外剧坛都属罕见。我们知道莎士比亚的《哈姆雷特》、郭沫若的《屈原》都有大段的男人的内心独白，相比，钱夫人发自肺腑的嗳嚅哀诉，则别有一种张力，更锥心刺骨。白先勇认为："《游》剧的成败，相当大的部分取决于女主角。首先女主角必须具有昆曲素养，丰富的舞台经验，以及高雅的气质。剧中有六大段独白，是十分吃重的独角戏，对女主角的表演是一大挑战。卢燕和华文漪的表演都十分出色，她们皆能潜移默化将昆曲优美的身段，融入话剧的肢体语言中，中国传统戏曲的舞蹈程式已臻化境，如果能将这个丰富的传统结合到现在的舞台上，我想对于中国话剧的表演，可能有某种推陈出新的效果。《游园惊梦》将京昆话剧融合起来，只是一个初步的尝试。"

钱夫人站在台上就能让人感觉出一种"存在"——过去的存在、现在的存在，以及衔接过去和现在的桥梁的存在。这种"存在"不仅是故事情节、人物形象这类具体的东西,同时包涵情绪、气氛这种抽象的东西。华文漪勇敢跨界,从昆曲舞台走上话剧舞台,精神可嘉。白先勇说华文漪"江南本色,杏花烟雨,更有一番婉约幽独",她本身就是上昆的当家花旦,举手投足都是对的,昆曲为她加了分。

五

人生是一个时间过程。白先勇的确是一位时间的魔术师,施展各种招数,把"时间"置于恰当的空间,能够使人从各种角度得以"体会和品味"。全是因为有了时间,所以才有了缅怀追忆,有了向往憧憬,有了今不如昔,有了飞黄腾达,有了伤春悲秋,有了历史沧桑,有了酸甜苦辣,有了——人生! 有了——戏!

也就有了《游园惊梦》,有了《游园惊梦》的三度出击。

《游》剧庆功宴上,白先勇大声疾呼:"《游园惊梦》要演到上海、北京,要来一次'戏剧北伐'。"《游》剧稍后移师到上海,在长江剧场(旧名卡尔顿)连演十八场,同年底又到香港九龙高山剧场演出四场,愈演愈红,反响极大。遗憾的是,因为种种特殊原因,该剧进京演出被迫取消。不过若干年后,白先勇制作的青春版《牡丹亭》实现了他"戏剧北伐"的宏愿。

补记:

1999年,美国北卡州新世纪剧团演出舞台剧《游园惊梦》,贾亦隶指导,昆曲由许倬云夫人孙曼丽幕后代唱。

2011年,台北"新象"再次推出舞台剧《游园惊梦》,由京剧名角魏海敏饰演钱夫人。

白先勇《游园惊梦》舞台演出 1988

胡雪桦

上海交通大学

白先勇先生的《游园惊梦》1988年话剧版在大陆戏剧界引起极大的轰动，广州南方剧场3月30日首演后，陆续到上海长江剧场、香港九龙高山剧场等地巡演四十多场，场场火爆，引发了"白先勇的游园惊梦"的热议话题。可惜，原定的1988年巡演计划（北京—台北）受限于种种特殊原因最终未能实现。导演胡伟民也于1988年6月20日离世，终年56岁。但这台话剧版《游园惊梦》在中国戏剧史上留下了浓墨重彩的一笔。这是在2004年青春版昆曲《牡丹亭》在中国引发"白先勇现象"的十五年前。

一、演出·缘起

白先勇的小说《游园惊梦》是在中国文学史上最精彩最杰出的作品之一，[①]他创作这部小说的灵感来自儿时读《红楼梦》黛玉听到《牡丹亭》中"游园"的曲词："原来姹紫嫣红，似这般，都付与断井颓垣"，从此，白先勇开始听昆曲《游园惊梦》，并深深痴迷上这"最精致最完美的艺术形式"。1947年，十岁的白先勇有幸在上海美琪大剧院观赏了由梅兰芳、俞振飞等数位戏剧大师联袂上演的昆曲《游园惊梦》，昆曲语言的典雅、演员表演的优美、笙竹音乐的细腻，让他为之倾心，也注定了他一生与昆曲难解难分的情结。

昆曲《牡丹亭》是明代戏曲家汤显祖"临川四梦"中最重要的一部戏剧，"游园惊梦"出自《牡丹亭》第十折"惊梦"。故事讲述了南安太守千金杜丽娘待字闺中，

---

① 参见白先勇：《游园惊梦二十年（修订版）》，迪志文化出版有限公司2007年版，第209页。

一日逛后花园时,看到满园春色,芳心大恸,忽而梦到与书生柳梦梅幽会暧昧,交媾成欢。梦醒,日思夜想。终于,思极病殁。之后,赴考的柳梦梅真实出现在杜丽娘的花园,与死去的她不期而遇,俩人相爱,难分难舍,杜丽娘还魂复生。"情不知所起,一往而深,生者可以死,死亦可生",剧中人杜丽娘与柳梦梅亦真亦幻的爱情故事引人唏嘘。梅兰芳1918年移居上海也是以演出《游园惊梦》一举成名。"爱情征服死亡、超越时空"的浪漫故事深深地触动了白先勇,萌发了要写一个"爱情可以征服一切"的浪漫故事,他还要把"昆曲表演艺术的高贵和精致"融入他的故事中。终于,白先勇把童年时代一位唱昆曲的女士写进他的《游园惊梦》,"她"就是"钱夫人"的原型。白先勇的《游园惊梦》以"梦中梦、戏中戏"的叙述方式讲述了昆曲名角蓝田玉跌宕起伏的人生故事,将传统艺术昆曲的节奏与诗意融于现代戏剧的语境和韵律之中。他的故事很简单,钱夫人这个曾经秦淮河上"天字第一号"的昆曲名角,以唱《游园惊梦》闻名遐迩。此次,从台南到台北,参加昔日的秦淮卖唱姐妹、今日的达官贵妇举行的家宴。丰盛的酒宴、悠扬的笛声、昔日的友情、现场的感怀,勾起了主客的重重记忆,传达出"人生如梦"的最终主题。"我替她编了一个故事,就是对过去,对自己最辉煌的时代的一种哀悼,以及对昆曲这种最美艺术的怀念。"[①]

1979年,香港中文大学戏剧系、文学系的师生把白先勇先生的小说《游园惊梦》改编成了话剧(一个小时的粤语演出)。白先勇看了演出后,萌生了把自己的这部小说改编成剧本的念头。但是,把小说改编成舞台剧本并非易事,即使是作者本人。白先勇在"为逝去的美造像"一文中写道:"小说和戏剧完全是两回事,而且这篇小说着重于回忆、音乐性,改成戏剧我不知道会有什么样的效果……如果把它(小说)扩大,用昆曲配音,昆曲的音乐也融入戏剧里头,是不是效果会更好?"[②]1982年,他和杨世彭终于合作完成了剧本的改编,自己担任艺术总监,请具有京剧功底的卢燕领衔主演,演出在台北引起轰动。1987年6月,白先勇访问大陆,在上海遇见导演胡伟民。两人在兴国宾馆见面,谈话的主题就是《游园惊梦》在大陆舞台上演出,两人见解一致,一拍即合。[③] 两年前,胡伟民就曾把白先

[①] 史嘉秀、胡雪桦主编:《游园惊梦——从小说到话剧》,上海交通大学出版社2014年版,第4页。
[②] 同上书,第58页。
[③] 同上书,第124页。

勇的小说《那片血一般红的杜鹃花》改编成电视剧。他认为，白先勇先生的作品"有独特的认识价值和美学价值"，大陆已经悄悄地形成一股"白先勇热"。①那天，他们商定首演在广州，以胡伟民担任艺术总监的广州话剧团为演出班底。

二、演出·主题和构思

在广州版话剧《游园惊梦》胡伟民与白先勇的合作之时，他们有意识地探讨了当今中国话剧面临的重要课题之一，就是如何将中国传统戏剧的美学转化到现代舞台上。②话剧《游园惊梦》是一台将传统与现代、写实和写意、东方和西方诸多观念在这次舞台实践中积极对话和探索的戏剧。为此，胡伟民组建了一支堪称"一流的主创团队"。

由广州话剧团、上海青年话剧团、上海昆剧团携手共同打造的这台《游园惊梦》成为1988年戏剧界的一件盛事。昆曲泰斗俞振飞担任昆曲顾问，著名理论家、作家余秋雨担任文学顾问，舞美大师周本义任舞美设计，"灯光诗人"金长烈任灯光设计，著名作曲家金复载担任作曲，"小梅兰芳"华文漪饰演主角钱夫人，编剧白先勇，导演胡伟民。

胡伟民在确定了主角"钱夫人"将由著名昆曲演员华文漪扮演后，抑制不住兴奋之情写信告知白先勇。白先生回复：华文漪是女主角"钱夫人"的不二人选，她就是我心目中的"蓝田玉"，这台演出可以大大地展示昆曲的美了。这台一流艺术家创作的大戏未演先热，必将在海峡两岸之间、沪台穗三地架起一座戏剧文化交流的桥梁。"我相信《游》剧的演出，很可能在中国话剧史上立一座里程碑"③，白先勇先生对广州版的演出寄予厚望。

任何艺术创作的成功，离不开主创人员严谨的创作态度和不懈的艺术探求。"将人生和戏剧的边界交织，把古代和现代的哲理珠联璧合"④，是这支团队不懈

---

① 史嘉秀、胡雪桦主编：《游园惊梦——从小说到话剧》，上海交通大学出版社2014年版，第131页。

② 白先勇：《三度惊梦——在广州观〈游园惊梦〉首演》，《戏剧报》1989年第6期。

③ 史嘉秀、胡雪桦主编：《游园惊梦——从小说到话剧》，上海交通大学出版社2014年版，第114页。

④ 余秋雨：《风霜旅行》，收入白先勇《游园惊梦二十年》，迪志文化出版有限公司2007年版，第151页。

努力的动力,把传统艺术与现代艺术相融合是他们的目标,"对爱情和命运的隐喻和象征用舞台形象和动作突现出来"[1]是这台话剧和戏曲、中国美学和西方美学一次大胆的相互渗透。

舞台艺术的二度创作体现出主创对剧本、舞台、演员、观众认知的深度,是导演运用舞台艺术语言对文本解释和演绎的独特体现。在1988年广州版话剧《游园惊梦》的舞台演出中,胡伟民导演牢牢把握原著中的精神内涵,突出二十世纪八十年代大陆社会"人性的解放"的特征,强调钱夫人的内心的呐喊:我一生只活过那么一次。"演出将努力传达出《游园惊梦》中戏如人生、人生如戏的悲剧意识。然而,不仅仅是沧桑感与孤独感,更是人生价值的失落感,永远无法觅回的失落感,才具有真正撼人魂魄的悲剧力量。"[2]

胡伟民在"导演阐述"中写道:"白先勇和曹雪芹一样,敢于直面人生,他们用艺术形象谱写了一曲不幸的'家族史',以睿智洒脱的态度写出衰败乃必然。"[3]汤显祖在《寄达观》中曾写道"情有者理必无,理有者情必无"。《牡丹亭》是汤显祖"化情归性"的代表作。[4] 话剧《游园惊梦》的演出通过刻画钱夫人的内心世界把情感和理性的激烈冲突生动地呈现在舞台上。

学者们对白先勇《游园惊梦》小说有不同的理解,有的认为,这部小说是没落贵族的哀怨之歌,通过选取一位容颜苍老、穷途末路的将军遗孀来描写从大陆流亡到台湾的这群特殊的"没落贵族",渗透出浓郁的悲凉感;[5]也有的认为,这部小说传递出世事沧桑、人生无常的意味,表达了作者历经的精神困境及其对人世的洞察和思考;[6]更多的学者认为,这部小说以"旧时王谢堂前燕,飞入寻常百姓家"的诉说方式表达了中产阶级的崛起,尤其是钱夫人看到自己特意拿出来的丝绸

---

[1] 史嘉秀、胡雪桦主编:《游园惊梦——从小说到话剧》,上海交通大学出版社2014年版,第202页。

[2] 史嘉秀、胡雪桦主编:《游园惊梦——从小说到话剧》,上海交通大学出版社2014年版,第6页。

[3] 同上书,第71—77页。

[4] 刘小梅:《理学的"穷理尽性"与杜丽娘的游园惊梦——对汤显祖"以情格理"的再理解》,《艺术百家》2007年第6期,第82—85页。

[5] 参见钟海林:《没落贵族的哀怨之歌——论白先勇的〈游园惊梦〉》,《名作欣赏》2018年第36期,第17—20页。

[6] 参见龙珊、柯轲:《人生戏梦忆游园,世事无端恨经年——白先勇〈游园惊梦〉与李商隐〈锦瑟〉的互文性分析》,《中央民族大学学报(哲学社会科学版)》2014年第6期,第121—124页。

已经过时,而窦夫人却风光无限时,正契合了新旧阶级的交替。^① 胡伟民则认为:"这次演出不应该强调的是那种'美人迟暮','少妇春去',不是'无可奈何',不是'乡愁',虽然这些也是要揭示的内容,但更重要的内容是要揭示这种被压抑的人性。人性的被压抑和自我压抑是多么悲惨,而人性的唤起又是多么重要。"^②因此,他在舞台上要突出这个主题,"这个戏的主旋律是钱夫人,全剧的精华是钱夫人的6段独白"^③。胡伟民从人性的角度赞扬了钱夫人对爱情的追求,"赞美她只活过一次"。他认为,这一疾呼可以在广州、上海、北京的观众中找到共鸣——"不要被人毁,也不要自毁,被人毁掉是悲剧,自毁是更大的悲剧"^④。

演出"解释的侧重点不同,往往和这个地区的整体心理背景有关"。白先勇先生的特殊身份和人生经历使他有着大量的读者群体,但不同群体对《游园惊梦》所传递的价值理解也不尽相同。台北版《游园惊梦》面对的观众离开本土母体已久,对故乡有着深厚的怀念和追忆,"一提到南京、上海所有这些地名时,心就会颤抖。在大陆不容易找到这个情感上的共鸣点,大陆观众的共鸣点在什么地方?"^⑤广州版《游园惊梦》把"共鸣点"放在了"钱夫人"的个人命运的悲剧性上。胡伟民在攫取文本中的"历史沧桑和人性呼唤",对演出的主题侧重点放在了"人性解放"上。"和白先勇先生交换意见时,我提出,我们要创造一台内在精神一致,演出风格迥异的大陆版演出本。"^⑥而实现主题突出的强效能效应则在于增强演出的"戏剧气质",突出"戏如人生,人生如梦"。"人性解放"这颗"形象种子"在广州版话剧《游园惊梦》的导演构思中生根发芽,"梦中梦,戏中戏"的叙述方式也为《游园惊梦》从剧本向舞台形象演绎提供了明确的立意走向。在导演的演出设计中,演出内容上要表现出各种戏里戏外的人物命运交织盘错,钱夫人的人生就像戏曲里的杜丽娘、宓妃、杨贵妃和虞姬一样,为爱情有过奋不顾身,但她的人生也像是桂枝香的明天,暗示着未来故事的发展;在形式上,舞台上的表演、舞美、灯光、服装、道具、音乐都在中国戏剧美学的"写意戏剧"假定性的总体概念下构

---

① 参见梅梓:《原来姹紫嫣红开遍,似这般都付与断井残垣——浅析小说〈游园惊梦〉创作结构和思想内涵》,《安徽文学》(下半月)2009年第4期,第39、41页。
② 史嘉秀、胡雪桦主编:《游园惊梦——从小说到话剧》,上海交通大学出版社2014年版,第77页。
③ 同上书,第76页。
④ 同上书,第77页。
⑤ 同上书,第203页。
⑥ 同上书,第207页。

成内容和形式的完整统一,合奏出"戏如人生、人生如戏"的乐章。

胡伟民对白先勇《游园惊梦》舞台的演绎没有囿于剧本的文字,而是在文字之中提炼出内在的精神实质,并用形象的舞台艺术语汇进行了构建和体现。在小说《游园惊梦》到戏剧《游园惊梦》的改编中,白先勇保留了"意识流"的表现特征,让舞台戏剧性的因素得到了强化,把文学中的现代主义观念与戏剧中的现代表现技法融为一体,他用"意识流"的方式营造了独特的叙事时空,让人物在宴会中进入了流动的内心独白。美国心理学家詹姆斯创造出意识流(stream of consciousness)这个词,用来表示意识的流动特性:个体的经验意识是一个统一的整体,但意识的内容是不断变化的,从来不会静止不动。[1] 白先勇在《游园惊梦》里用六段推动故事情节发展的"意识流"独白倒叙出钱夫人的情感经历和人生起伏,胡伟民导演也把这六段"意识流"独白定为广州版话剧《游园惊梦》的演出核心所在。"一出戏靠一个女主角的内心独白来支撑,就这一点而言,在中外剧坛都属首创。"[2]

舞台演出强调了现实空间和意识空间的不间断性,即没有"空白",情绪始终在"流动"之中。人物的"心理动作"在舞台时间和空间里完全不受限制束缚,现实的空间和时间在"人物意识的流动中"交集合一,舞台上出现了犹如"诗"一般的意境,体现了"梦中蕴梦"、"借梦演梦"的含义。正如弗洛伊德所说的那句著名的话语:梦,不是一种身体现象,乃是一种心理现象。胡伟民正是那个可以把白先勇的文字用戏剧化的舞台形象语汇完美体现的导演。正如余秋雨所言:"他想构建一种渐次走向肆泼的舞台方式,让精细典雅的文学本呈现出一种由平伏到昂扬的剧场生命。"[3]他把钱夫人的六段独白作为舞台演出的主要戏剧结构的支撑,从"姹紫嫣红"唱到"黄花落尽",画外的言语和内心的独白,现在和过去、现实和梦幻,时空跳跃,舞台流动,一句话、一段唱、一投足、一眼神、一束光、一道具都可以成为舞台时空转换的契机和可能。舞台演出借助"独白"的层层推进,从钱夫人步入窦府开始,慢慢走进了钱夫人的内心深处。首先是窦夫人与钱夫人一起回忆梅园新村公馆里牡丹花的盛开,引得钱夫人想起妹妹月月红采摘她心爱

---

[1] 参见黄希庭:《心理学导论》,人民教育出版社 2007 年版,第 264 页。
[2] 史嘉秀、胡雪桦主编:《游园惊梦——从小说到话剧》,上海交通大学出版社 2014 年版,第 125 页。
[3] 同上书,第 128 页。

的那颗碧玉带,嘲笑她"好痴啊";然后蒋碧月出现在钱夫人面前使得钱夫人回忆起了窦夫人的过去;紧接着蒋碧月与程志刚合唱了《洛神》,一句"絮果兰因难细讲,意中缘分任君猜"使得钱夫人想起了她唱的《游园惊梦》,以及她情感深处的挣扎;入席让座,又勾起钱夫人回忆往日的风光场面以及背后的委屈;《贵妃醉酒》则将钱夫人的记忆带回到月月红和郑彦青的敬酒和调情;最后徐太太的《皂角袍》则使得钱夫人的回忆步入高潮,那次白桦林的过往让钱夫人如痴如醉,而对钱鹏志的愧疚使得钱夫人陷入了理性和感性的挣扎,现实和回忆完全糅合在一起。戏勾起钱夫人的回忆,将她的人生和戏曲中的人物紧紧地绑在一起,真假难辨。秦淮旧时梦,浦江那年戏。白先勇的《游园惊梦》的高明之处就在于把真实的人生与戏幻化,又以戏折射真实的人生,梦境里走进去的是杜丽娘,走出来的是蓝田玉。

一场家宴上的昔日名角名媛"飙戏",非常巧妙地将中国传统戏曲巧妙地嵌入戏剧情节的展现中,营造出"人生如戏"的感觉。白先勇对中国传统戏曲文化的借鉴丰富了《游园惊梦》的故事空间,借杜丽娘入梦与柳梦梅相会对应钱夫人跌入旧梦,回忆起昔日往事;借《洛神》、《贵妃醉酒》、《霸王别姬》(小说里是《八大锤》)等戏曲经典融入《游园惊梦》的戏剧情境折射出钱夫人的精神世界;在整体上创造一种"梦中梦,戏中戏"的叙事基调。白先勇将蓝田玉的真实人生以意识流的方式化为一场梦境,让主人公不由自主地追忆往事。这位"秦淮河第一人",因"游园惊梦"唱得好,成了钱鹏志将军的续弦夫人,但与钱鹏志的年轻参谋郑彦青有过一次"不正经",可是这位参谋又与她的妹妹有了"不正经",这梦幻般的经历让钱夫人堕入情感的囚笼。白先勇用另外三出戏隐喻了钱夫人那次"不正经"最终的走向:以《洛神》暗示钱夫人与郑彦青有染;以《贵妃醉酒》暗示钱夫人对郑彦青和月月红的亲密产生醋意;以《霸王别姬》暗示钱夫人与郑彦青之间情愫的无疾而终。白先勇的《游园惊梦》以杜丽娘的梦,映现出蓝田玉的梦,将蓝田玉的人生化为梦境,又在梦境中讲述了她真实的人生。以梦寓梦、以戏寓戏的方式最终印证瞎子师娘那句话,"蓝田玉——荣华富贵,你这一生是享定了,只可惜——哎——你长错了一根骨头",创造了一种"梦中梦,戏中戏"的叙事效果。

导演胡伟民对中国戏曲的美学原则推崇之至,也曾导演过京剧、川剧、越剧、沪剧、扬剧、淮剧、桂剧等,同时,对深入中国戏剧的现代化的研究和实践,提出过"东张西望、得意忘形、无法无天"的著名戏剧主张,在戏剧界八十年代有"南胡(伟民)北林(兆华)"之说。在《游园惊梦》的舞台形式上,他强调演出遵循"假定性"和"写意"的戏剧原则,让演出具有"诗"的品格。胡伟民在谈到"舞台空间和时间"的处理时说:"一个严严实实的空间无法表达作品的象征意义。因此,我们客厅里的沙发、红木椅和后面那个屏风,招之即来挥之即去。用一个打开的空间来表现人物的返回往事……强化象征,在某些程序上让人物符号化。当我们运用这类手法的时候,要求一个总体的谐和,它非布莱希特,也非斯坦尼拉夫斯基,既非中国戏剧完全的程式,也不是西方话剧所有技法的展览。因为,我信奉这样一个原则,最好的模式就是没有模式。"[1]

一个人性受压抑的社会不可能是一个健康的社会,每一个被压抑的个体也就不可能有真正蓬勃的生命,也就不可能有创造力。[2] 由于历史上封建制度的压抑和束缚,中国人长期以来羞于把自己的情感生活披露于世。对于当时的女性而言,任何一种企图追求自己幸福自由的行为都被视为罪孽,而这是违反人的自然天性的现象。因此,导演将广州版《游园惊梦》整个演出的高潮定在第六段独白中的白桦林,那是她(钱夫人)生命中最光辉的时刻。[3] 客厅里,徐太太唱起"游园",钱夫人在心里低诵:原来姹紫嫣红开遍……此刻,导演让演员当众回到了那段让她魂牵梦绕的"白桦林"的情境。这位被六旬钱老将军明媒正娶的二十芳华的蓝田玉爱上了年青的将军随从,"喝了花雕酒,跟着恋人上了马"。白马、白路、白桦林……太阳发出耀眼的白光,白马在桦树林里奔跑,树干上的树皮露出了赤裸裸的"嫩肉"……导演把随从的呼唤处理成画外音,柔声呼唤:"夫人,夫人……"钱夫人的心苏醒了,桎梏中的情感被感召了,她有了那"第一次"。欢愉尽兴,可她的内心在争辩:"他是我的冤孽,他是我的。我一生只活过那么一次!"此刻,导演把全剧推到了高潮,把主人公的命运推上了巅峰。

三、演出·风格

在白先勇和胡伟民关于《游园惊梦》的往来通信中不难发现,两人对未来演出的内容和形式都做了细致的交流,他们一致认为"此剧演出样式,将有自己的

---

[1] 史嘉秀、胡雪桦主编:《游园惊梦——从小说到话剧》,上海交通大学出版社2014年版,第204页。

[2] 参见梅梓:《原来姹紫嫣红开遍,似这般都付与断井残垣——浅析小说〈游园惊梦〉创作结构和思想内涵》,《安徽文学》(下半月)2009年第4期,第39、41页。

[3] 同上。

独特性。于台湾版,内在精神一致,演出风格迥然不同"。相比较于1982年台北版《游园惊梦》,1988年广州版《游园惊梦》努力地吸取中国戏曲的美学原则,运用"假定性"的戏剧原则,强化舞台演出的戏剧效果。胡伟民在他的导演阐述中提到:"把大陆的艺术生命和台湾作家的艺术生命进行一次新的组合和拥抱,才能诞生一种新的生命。"[1]这种新生就是广州版话剧《游园惊梦》的风格所在、价值所在。

广州版话剧《游园惊梦》紧紧把握舞台现场表演的特性,充分地展示戏剧舞台的内容,竭力发挥昆曲演员的天然优势,如让"钱夫人"(华文漪)当场换装,当场演唱;同时,遵循戏曲艺术"虚拟"的原则,让"假定性"的现场戏剧处理方式贯穿全剧。胡伟民指出,演出强化戏剧气质,把文学作品变成戏剧作品,把文字变成生动的舞台形象,是这台演出追求的目标。演出不是仅仅再现文本里的故事和人物,而是要发掘出作者在文字里蕴藏的情绪、情感、情愫、情怀,让观众通过舞台演出认知这部伟大的作品《游园惊梦》。[2] 为此,胡伟民设计了四个空间:

> 第一空间是乐队席。这是延伸在舞台镜框外的两翼;
> 第二空间是主人窦府客厅。这是在舞台的前区;
> 第三空间是回忆梦乡。这是在舞台的后区;
> 第四空间是历史图腾。这是舞台的最深处背景。

延伸在舞台框外的第一空间,带有浓厚古典戏曲色彩的乐队文武场所在之处。这个空间具有两重功能:一是为演出中的演员做现场伴奏;二是增强演出的剧场性。乐队演奏的音乐随着演出剧情的需求而出现,烘托舞台气氛。"当舞台上表演时,乐队可以发出声音,也可以不发出声音,这声音可以与舞台上的情绪动作同步,也可以形成反差。"导演力图通过"乐队",犹如古希腊悲剧中的"歌队"评述剧中人的行为。这一设想在舞台和观众间建立起了一座桥梁,在历史和现实间建立了联系,具有布莱希特"间离效果"的特征。它在不断提醒观众:这是一

---

[1] 史嘉秀、胡雪桦主编:《游园惊梦——从小说到话剧》,上海交通大学出版社2014年版,第207页。
[2] 史嘉秀、胡雪桦主编:《游园惊梦——从小说到话剧》,上海交通大学出版社2014年版,第70—75页。

场戏,是超越时空的。"从这个意义上,这个乐队又是一支人生的乐队"[1]。

第二空间是台北窦府客厅。这是演出的现实空间,有准确的时间和地点。舞台陈设具有一定逼真性。但这个空间随着剧情的变化、人物思绪的流动,而不断地发生移动变化,繁琐的陈设——消失,屏风上升,平台移动,桌椅撤去,舞台瞬间变成一个空台,为第三空间的出现留出宽阔的天地。

第三空间是钱夫人梦想空间、回忆空间、情思情绪的"流动区",是她的心理空间,是钱夫人"做梦想的地方"、"幻想的地方"、"心驰神往的地方"[2]。 这个空间里有一个具有升降功能的转台,随着情节的进展,这个空间可以产生无限的想象。它是一个随着演员的表演,让观众进入戏剧情境的"想象的天地"。舞美设计周本义指出:现实空间和心灵空间是全剧的整体样式和基本格局。在设计上,几个演区以统一的屏风和六只壁灯相连,不追求过分的精致和逼真的华丽,而要以虚实结合方式把全剧置于近乎现实而又非现实的空间之中,创造人生如梦、世界一剧的寓意和苍凉人生的意境。[3] 在这个空间里,旋转平台上升,钱夫人最后仰天长啸"天啊,天啊!……"观众像是看到了她在祭坛之上的问询。白色的桦树林、红色的枫树海洋、黑色的地狱……在钱夫人回忆的心理空间里,钱鹏志、瞎子师娘、郑彦青、月月红接连出现。演员的形体造型、音乐的渲染铺垫、灯光的色彩变幻、布景的迁换移动,一切都在暗示,在这个空间"不要努力去状物,而是要抒情,不在追求逼真,而是充分运用假定性的手法把内在的意境表现出来,以造成一种总体的冲击力量来俘虏观众"[4]。导演胡伟民对演出提出了明确的要求。

第四空间是舞台最深处的、宏大悠远的历史图腾空间。十块能够左右转动的高高的黑色条屏千变万化,条屏的后面是向上呈大半圆形的底幕,上面点缀着折叠的锡箔纸。在演出需要时,条屏上可以进行灯光投射。例如在白桦林幽会之时,通过平台的前移,灯光投向转动的高条屏,逆光从高处撒在演员身上,象征着此时此刻钱夫人内心燃烧的追求和心灵的沉浸,从而达到为整个演出创造宏大故事背景的目的。当瞎子师娘出现时,底幕出现放大的经文、图腾……千年历

---

[1] 史嘉秀、胡雪桦主编:《游园惊梦——从小说到话剧》,上海交通大学出版社2014年版,第80页。

[2] 同上。

[3] 参见史嘉秀、胡雪桦主编:《游园惊梦——从小说到话剧》,上海交通大学出版社2014年版,第92页。

[4] 同上书,第81页。

史的痕迹，刻本、线装书以及不同的图案出现在观众面前。"一个很概括、洗练、总体的背景……提供一个宏大悠远、历史的东西"[1]，是这个空间的特征。

这四个空间的时空交错形成了广州版《游园惊梦》的演出风格，几个空间的并进、叠加、错位，宛如一部复合的交响乐，展现出立体的舞台艺术效果。正如余秋雨所说，"走向了整体性的诗化写意"[2]。舞台空间处理和演员调度是体现导演总体构思、揭示剧本思想内涵的重要创造性劳动，是导演艺术的重要展现手段。[3] 写实、象征或表现主义风格的戏剧，通过虚实相生的舞台处理，可以使得观众体会到"象外之象"[4]。作为一个出色、大胆、具有创新意识的导演，胡伟民充分理解白先勇先生"意识流"的内涵，"为全剧设想了一个从写实到写意、从实象到抽象、从具体氛围化到整体诗化的爬坡结构"，借助四个空间的创造性使用，营造了一台充满现实、梦幻、写意、象征等色彩，并具有独特开放性的戏剧舞台演出。

同时，这四个空间的演出构想强调了舞台表演的虚实融合的重要性，把演员推到了剧场艺术的中心，形成了这个戏所需要的表演风格。胡伟民在"导演阐述"中提出："这个戏可以说是虚虚实实，很难把它归纳为哪种演剧方法。在现实空间可能都用斯坦尼的演剧方法；乐队席却明显是布莱希特式的；幻想空间是很浓烈的现代主义色彩。这就是我们的演剧方法。"[5] 这台演出的表演方式遵循"拿来主义"的原则，从"东、西方"不同演剧体系中吸取营养，把适合于这台演出的表演方法运用到舞台艺术的创造中，并形成了自己独特的表演风格。难能可贵的是，这台演出中不同的表演方式融合得非常巧妙、和谐。余秋雨说，导演胡伟民"让精细典雅的文学本呈现出一种由平伏到昂扬的剧场生命。昂扬的起点是女主角钱夫人的出场，其高潮，则是钱夫人对自己生活中的一次人性勃发的追忆。于是，他把饰钱夫人的演员的选择，看成是这个戏成败的关键"[6]。胡伟民选择了已经站在昆曲艺术之巅的华文漪。她跨界到了话剧舞台，力图在"冒险"中开拓

---

[1] 参见史嘉秀、胡雪桦主编：《游园惊梦——从小说到话剧》，上海交通大学出版社2014年版，第81页。

[2] 同上书，第108页。

[3] 参见胡一飞：《试论写实主义、象征主义和表现主义风格戏剧演出中的舞台调度导演语汇的艺术特征——兼谈舞台调度的假定性本质》，《戏剧》2000年第2期，第68—74页。

[4] 胡灵风：《戏曲舞台调度的意象世界》，《艺术百家》2003年第2期，第59—63页。

[5] 史嘉秀、胡雪桦主编：《游园惊梦——从小说到话剧》，上海交通大学出版社2014年版，第81页。

[6] 同上书，第128页。

自己,在话剧中融入京昆的韵味,让自己像前辈梅兰芳和俞振飞那样走向宽广的戏剧艺术发展之路。

华文漪成功地饰演了"钱夫人-蓝田玉"。她在体现导演构思,特别是在多维度、综合性的表演上体现得尤其好,在虚实相间的"假定性"舞台上,她的表演准确地体现了白先勇笔下的那个"钱夫人"的心理动作和形体动作。首先,华文漪本人就是著名的昆剧演员,与剧中人"蓝田玉"的昆曲名伶身份一致,这个得天独厚的条件,使演员与角色合二为一。白先勇先生在排演场一见到华文漪就说,佩服她的勇气,她是从那山(昆曲)跨到这山(话剧)来。她身上古典美的韵味和气质,使她非常适合饰演剧中的钱夫人。针对话剧《游园惊梦》的演出,他指出:"《游》剧的成败,相当大的部分取决于女主角。首先女主角必须具有昆曲素养,丰富的舞台经验,以及高雅的气质。"[①]胡伟民导演对这台演出构思的实现,很大程度上也是建立在对"华文漪"这个特殊演员的表演的信任度上,这是他的"东张西望"戏剧观念在表演上的一次重要实践,这次实践把京昆表演与斯坦尼和布莱希特融合于一体,也是中国戏剧舞台上的创举。

《游园惊梦》具有恢弘的内在精神气韵,时间岁月的穿越跨度、人物命运的颠沛广度、京昆艺术的精致深度,这些都在"钱夫人-蓝田玉"这个人物身上留下了深刻的印记。因此,这个角色的表演是连接剧作家-导演-观众的重要环节,选择华文漪饰演"钱夫人-蓝田玉"无疑是演出成功的关键,她对这一角色的完成度则是整体演出水准的试金石。华文漪对这次创作有自己独特的理解:"白先勇先生的《游园惊梦》,融传统与现代为一体,在话剧中融进了京昆的戏曲片段,富有传统的韵味,很适合我的尝试。我是怀着这样的追求,兴奋地接受出演《游园惊梦》的。"[②]从未涉足话剧的华文漪怀着"挑战"的心态走进了白先勇先生和胡伟民导演建造的《游》剧的创作天地,她带来了渗入她血液的汤显祖的《游园》、《惊梦》——被白先勇誉为"民族的精致文化"的昆曲,她美妙绕梁的唱腔、韵味十足的念白、绰约优雅的身姿令人难忘,她在舞台上的转身投足俨然"钱夫人"的附体重现。但那"六段独白",被视为这台大戏的核心唱段,也是华文漪的"心结"。因为,她从来没有演过话剧,话剧独白要用真声,而昆曲的唱念都是用假嗓。"用惯

[①] 史嘉秀、胡雪桦主编:《游园惊梦——从小说到话剧》,上海交通大学出版社2014年版,第67页。

[②] 同上书,第95页。

了假嗓而变换用本嗓,一时也难以适应。而这个剧有戏中戏,轮到唱昆曲时用假嗓,唱完马上又转为本嗓,转换得自然是要靠真功夫的,这是我的一个难点。"①作为一个优秀的演员,华文漪在排练中、在舞台上完美地克服了"真、假"声的难点,让真假声的转化成为戏剧情境中揭示人物心理的舞台表现手段。华文漪认为,这个戏是心理剧,钱夫人这个人物心理很复杂,六段长篇独白,蕴含着丰富的心理层次。对那一代人和那个阶层的陌生,让她的创作之路平添难度。同时,这也激发了华文漪作为一个优秀演员的创作激情,她要在这次难得的舞台演出的探索追求中,使自己的艺术更上一层楼。她做到了,不仅"钱夫人"的昆曲引人入胜,而且"钱夫人"的几段独白也令人难忘。白先勇先生认为,这个角色"非她莫属"②。华文漪最终在舞台上给观众留下了一个活生生的"钱夫人","她醒目到了触目的地步,已经挣脱了一个时时自怨自叹的半老徐娘的自然形貌,几乎成了《天鹅湖》中的白天鹅。这个中心造型本身,就宣告着演出对于写实框范的大幅度突破"③。现实-回忆,写实-写意,再现-表现,话剧-戏曲,演员就是在这样一种整体的戏剧演出的追求中,领悟白先勇先生剧本里写的"此曲只应天上有,人间哪得几回闻"的真义,细心体会胡伟民导演对舞台提出的"整体的和谐"的意图,寻找出了最合适、最准确的表演方式。华文漪这位昆曲大家,首次涉猎话剧就放射出超然卓群的光芒,几段独白从少女、少妇、新娘到寡妇都演绎得贴切细腻,令人难忘。在第三段独白中,她现场化妆扮戏入曲《游园》,一气呵成,华文漪进入了亢奋、迷离、凄美的表演状态;剧中的钱夫人演唱《惊梦》,看到自己的亲妹妹月月红与她心爱的人郑彦青两张脸紧紧地合在一起时,钱夫人心碎了,她的嗓子顷刻间痛哑,此刻,华文漪的手眼身法步、唱做念情都进入了诗的意境,令人难忘;特别是"第六段大段独白中,将钱夫人始而紧张、欢娱,继而失落、苦涩的心理流程极有层次地从口中疾徐有致地流泻,她'只活过一次'的内心呼唤,撼人心魄"④。

胡伟民在谈到《游园惊梦》的表演时说,"戏剧的优势归根结底不是人和影像的会见,应该让戏剧舞台的内容得到充分的展示",突出演员在舞台上的创造性

---

① 史嘉秀、胡雪桦主编:《游园惊梦——从小说到话剧》,上海交通大学出版社 2014 年版,第 95 页。
② 同上书,第 96 页。
③ 同上书,第 108 页。
④ 同上书,第 132 页。

和现场表演技能,强化舞台艺术的剧场性,让演出以整体性的氛围感染观众。一方面通过演员的表演,可以诱发观众对表演内容信以为真,另一方面,观众通过对表演的再理解,成为相对自主的"意义制造者"。[1] 广州版《游园惊梦》在演出美学表现上,让"虚与实"在戏曲片段和人物命运故事反复交织,让舞台"真假难分、虚实难辨、人在戏中、戏中有人",展现出了中国戏曲美学原则。"人人都在扮演着社会角色,而人人又是戏曲场上的好手,这种有趣的遇合构成一种折叠,使《游园惊梦》这个剧目在体现方式上又呈现出一种奇特的美学特征。"[2]在舞台的动态的空间流动中,戏与人生合二为一,《游》剧命运的象征意义迎面而来,师娘站在了转动的平台上,巨大的黑衣裹身,喃喃警示:"这是你的命,只可惜你长错了一根骨头,这是你前世的冤孽……"黑暗的空中回荡着恐怖的咒语,剧场里蕴生出震撼的氛围,惊恐着蓝田玉,也颤动着观众的心;结尾,窦夫人为钱夫人送行,佣人们手执暗红灯笼,排成长长的两排,黑暗里灯光映照出一层雾气,勾勒出一种"此情可待成追忆,只是当时已惘然"的意境。

四、演出·结语

广州版《游园惊梦》的演出,是上世纪八十年代末中国话剧针对"中国戏曲与中国当代话剧的结合点"所进行的一次探索,是海峡两岸一次实质性的文化交流,它是当代戏剧美学探索的一个重要作品,也是白先勇和胡伟民对中国戏剧的重要贡献。正如白先勇先生所言,"把《游园惊梦》改编为话剧的最大企图是想试验中国的传统美学,能否运用到现代舞台上"[3]。广州版话剧《游园惊梦》是胡伟民进行话剧民族性和现代化探索的一个经典的案例,也是一笔从理论到实践的难得的财富。白先勇先生认为,广州版话剧《游园惊梦》流畅、多变化和富有动感的整体设计,让演出有了更加有机协调的整体架构,"演员的情绪流动和起伏波涌达到了希腊悲剧的高昂"[4]。首演结束后,白先勇先生激动地说,"我们成功了!

---

[1] [意]马克·德·马里尼:《观众戏剧学》,丁瑞良译,鞠基亮校,《戏剧艺术》1988年第4期,第121—129页。

[2] 史嘉秀、胡雪桦主编:《游园惊梦——从小说到话剧》,上海交通大学出版社2014年版,第125页。

[3] 同上书,第67页。

[4] 白先勇:《游园惊梦二十年》(修订版),迪志文化出版有限公司2007年版,第157页。

这太使我感动","这个戏要北上,到上海去演,到北京去演"①。他当时就称还要把此版《游园惊梦》带到中国的香港和台湾,以及新加坡、美国等其他国家。白先勇先生视野开阔,他让自己的艺术和时代紧密相连,将人生和戏剧放在同一边界,把远古的幽幽情思与现代的谆谆哲理逆接一体,并与胡伟民一起将中西文化、戏剧演出方式融会贯通,进行富有历史意义的探索。

广州版《游园惊梦》演出以一流的制作和出色的表演,最终实现了导演胡伟民在高层次文化上与白先勇先生的一次大师级的"艺术对话"。《游园惊梦》的成功演出,也让导演胡伟民再次提出大戏剧的概念:中国戏剧。

(博士生田野参与本文资料整理)

---

① 史嘉秀、胡雪桦主编:《游园惊梦——从小说到话剧》,上海交通大学出版社2014年版,第157页。

两岸并蒂莲，梦同戏有别
——评海峡两岸同名话剧《游园惊梦》

钱　虹

同济大学

一、从小说到话剧

　　读广西籍著名海外华人作家白先勇的小说，你总会情不自禁地为他那种借人事沧桑，写历史兴亡的笔法，受到极大的心灵震撼。今年恰逢他那本名闻遐迩的小说集《台北人》发表五十周年，笔者感到其中写得最动人情怀和寓意深刻的是那篇《游园惊梦》。白先勇当年在台湾的清华大学讲演时回答听众的提问，也说自己写《永远的尹雪艳》和写《游园惊梦》对其中的女主人公"在创作态度上有很大的不同"，"写尹雪艳的时候，对她保持很远的距离……我写她的时候比较采（取）一种批评的态度；但写（《游园惊梦》）钱夫人的时候，我是同情的态度多于批评，现在一切已经消逝了，对她是同情的"。[①] 从作者的创作态度，也可见白先勇对《游园惊梦》是比较偏爱的，因为，其中有他从童年起看昆曲演出的美好记忆，心心念念的热爱与渴慕，也有"对昆曲这种最美艺术的怀念"，因而创作时投入了更多的情感。

　　白先勇说起过写小说《游园惊梦》的缘起，是由于年少时曾看过梅兰芳和俞振飞抗战胜利后在上海美琪大戏院联手演出昆曲《游园惊梦》、《思凡》等四出折子戏，虽然当时听不懂唱词，却对昆曲之典雅、优美留下了深刻印象。后来他看

---

① 白先勇：《为逝去的美造像——谈〈游园惊梦〉的小说与演出》，收入史嘉秀、胡雪桦主编《游园惊梦——从小说到话剧》，上海交通大学出版社2014年版，第63页。

到"昆曲唱这段《游园惊梦》,深深感觉昆曲是我们表演艺术最高贵、最精致的一种形式,它辞藻的美、音乐的美、身段的美,可以说别的戏剧形式都比不上,我看了之后叹为观止。那么精美的艺术形式,而今天已经式微了,从这里头我兴起一种追悼的感觉——美的事物竟都是不长久。从这些方面的来源,我开始想,如果把昆曲这种戏剧的意境融合到小说里面,不知道结果如何?正好在我很小的时候,也就是童年时期,曾经见过一位女士,她的风度,她的一切,我一生没有忘记过。后来听说她是位艺人,也听说她昆曲唱得很好。这种印象留下之后,想,如果我有这么一位女主角,讲这么一个故事,是不是就可以写小说了?这就是我《游园惊梦》中的钱夫人。我替她编了一个故事,就是对过去,对自己最辉煌的时代的一种哀悼,以及对昆曲这种最美艺术的怀念。这样一来,我就写下了这篇小说"[1]。

据他自己说,"写《游园惊梦》的过程相当曲折,写了好几遍都很不满意",因为"要把音乐用文字来表达是困难的","怎么用文字来表现音乐、音乐的节奏,我花了很大的功夫,一个一个的尝试。后来,我想既然是回忆,便是用回忆的形式。尤其牵涉心理的活动,特别是心理分析方面,用意识流手法写,跟音乐的旋律比较合适一点。这样,我写到差不多第五遍的时候才觉得自己比较发挥了出来"[2]。由此可见,小说《游园惊梦》的创作极其不容易,甚至可谓艰辛二字。

这篇小说的主要情节并不复杂:台北的窦公馆趁秋凉后举行"唱票"雅聚,请来了当年的"女梅兰芳"、如今栖身于台湾南部的钱夫人前来助兴,不料杯觥交错间竟使钱夫人产生了"今夕是何年"的幻觉,勾起了她隐藏于内心深处的一段情感秘密,待其清醒过来时她的嗓子已哑了,"游园惊梦"的戏文成了现实中的人生隐喻。真难以想象,这样一篇时空交错、历史跨度很大,且还是用意识流手法创作的小说,若把它搬上舞台,会是个什么样子。世界文学史上这方面失败的例子并不少:法国著名存在主义小说家加缪的《局外人》曾搬上银幕,竟沉闷得令人昏昏欲睡;俄国著名批判现实主义小说家契诃夫的第一个剧本《海鸥》,首次上演就以惨败告终;美国著名心理分析小说家亨利·詹姆斯曾尝试写舞台剧,然而仅演到一半,已经有人拂袖而去……可见,一流的小说家,不一定写得出一流的剧本;

---

[1] 白先勇:《为逝去的美造像——谈〈游园惊梦〉的小说与演出》,收入史嘉秀、胡雪桦主编《游园惊梦——从小说到话剧》,上海交通大学出版社2014年版,第57页。

[2] 同上书,第57—58页。

而优秀的小说,也并不一定能成为成功的剧作。

然而,白先勇做到了。1982年8月,由他和美国科罗拉多大学戏剧系主任杨世彭博士编剧的话剧《游园惊梦》(台湾版),在可容纳2400名观众的台北"国父纪念堂"连演十场,场场爆满,盛况空前,据白先勇回忆,"演到第六天的时候,台风来袭,临晚倾盆大雨,而观众看戏的热情丝毫不为风雨所阻,千多把伞蜂拥而至,'国父纪念馆'内连走廊上都坐满了人,那种景况,令人难忘"[①]。上世纪八十年代末,由著名导演胡伟民(于1989年6月20日病故——笔者注)执导的广州话剧团《游园惊梦》(大陆版)在广州、上海、南京、北京及香港上演数十场,也是观众踊跃,好评如潮,"当大幕渐渐闭拢的时候,剧场里响起了经久不息的掌声"[②]。笔者有幸于1988年分别在沪、港两地观摩了海峡两岸这两台同名话剧:前者是1988年2月9日在上海复旦大学举行的邀请上海剧坛知名人士关于《游园惊梦》座谈会前,观摩了白先勇1987年首度访大陆赠送的台湾版录影带,该剧由美籍好莱坞著名演员卢燕、台湾著名演员归亚蕾和胡锦等主演;后者是该年岁末,在首度出席香港文学国际学术研讨会之后,有幸在香港高山剧场观赏了由著名导演胡伟民率广州话剧团演出、由昆曲表演艺术家华文漪领衔主演的大陆版同名话剧。时隔三十余年,当时演出时的精彩情景至今依然历历在目。不得不承认:由白先勇、杨世彭改编自小说《游园惊梦》的同名话剧,无论是台湾版还是大陆版,都是引人入胜而又耐人寻味的话剧佳作。不过,两个不同版本的同名话剧的舞台呈现、主题意蕴及艺术效果还是同中有异的。

二、戏内套戏与戏中演戏

首先,两台话剧《游园惊梦》都采用了"戏内藏戏"、"戏中套戏"的双层结构。一般而言,由于戏剧艺术在时间、空间方面的限制,在各类文学样式(体裁)中,话剧,对结构的要求显得最为严格和苛刻。它好比支撑戏剧的骨架,骨架稍有裂缝,或者疲软轻浮,就无法撑起一台美妙精彩的大戏。显然,《游园惊梦》在戏剧

---

① 白先勇:《三度惊梦——在广州观〈游园惊梦〉首演》,收入《第六只手指:白先勇散文集》,文汇出版社2004年版。

② 唐葆祥:《大陆版〈游园惊梦〉演出缘起——记白先勇两次大陆之行》,收入史嘉秀、胡雪桦主编《游园惊梦——从小说到话剧》,上海交通大学出版社2014年版,第157页。

结构的安排和处理上是颇见艺术匠心的。从表层结构上,通过一位寡居台湾南部的前国民党达官贵人钱将军的夫人(艺名蓝田玉),接受昔日梨园姐妹桂枝香——如今台北军界要人窦瑞生的夫人之邀,来到台北出席窦公馆内一群京昆票友的"唱票"雅聚,非常巧妙地在话剧这一十九世纪末从西洋引入中国的"舶来品"中,嵌入了中国传统戏曲的精彩片段,大胆而又十分自然地进行了"中西合璧"的艺术尝试。尤其是于话剧舞台上,再现濒临衰亡又精彩绝伦、集中国传统表演艺术之大成的"戏祖宗"的绰约风姿,形成了名副其实的"戏(话剧)内套戏(京剧、昆曲)"的艺术表演格局,加上综合运用注重揭示人物内心世界的西方现代戏剧的表现手段(如舞台切割与转换、光区的定点投映和转移、立体音响、人物的幻觉、梦境呈现,等等),台湾版《游园惊梦》更是加入了电影画面、多媒体幻灯片等,正如白先勇所说,"运用多媒体的方式,也用幻灯,也用一段电影,制造回忆的气氛"[1],极大地丰富了话剧这一以人物对话为主的表演形式的视觉形象和心理内容,给人以综合性的艺术享受。并且,剧中保留了原小说中精心选择的几出京剧、昆曲的优美唱段,与剧情发展互为表里,浑然一体,既增强了艺术美感,也深化了主题意旨。

如果说利用多媒体影像、声音技术而使台湾版《游园惊梦》在话剧舞台上呈现出了人物的"过去"(精湛的昆曲艺术及其女主人公的情史奥秘等),而显得别开生面的话;大陆版《游园惊梦》的舞台呈现更让人耳目一新,该剧充分利用女主演华文漪本身是著名昆曲艺术家、表演昆曲信手拈来且唱演俱佳的有利条件(这是台湾版无法做到的),粉墨登场,在话剧舞台中央当众直接更换戏装,别具风情地表演剧中的昆曲唱段,如表演杜丽娘的《步步娇》、《醉扶归》等经典唱段,韵味十足。特别值得一提的是,《游园惊梦》大陆版比台湾版中增加了《醉扶归》的昆曲表演片段,"你道翠生生出落的裙衫儿茜,艳晶晶花簪八宝钿,可知我一生儿爱好是天然?恰三春好处无人见,不提防沉鱼落雁鸟惊喧,则怕的羞花闭月花愁颤"。直接让观众在领略昆曲之唱腔、曲调、声韵、舞蹈之美的同时,还揭示了女主人公,曾经的女伶花魁"一生儿爱好是天然"、"恰三春好处无人见"的自然天性,也为她日后"只活过那么一次"的婚外"情殇"做了自然铺垫。

然而,更重要的,还在于这两个版本《游园惊梦》"戏内套戏"、"戏内藏戏"的

---

[1] 白先勇:《为逝去的美造像——谈〈游园惊梦〉的小说与演出》,收入史嘉秀、胡雪桦主编《游园惊梦——从小说到话剧》,上海交通大学出版社 2014 年版,第 59 页。

深层结构:戏中有戏,以戏寓戏。编剧十分高明地把一群会唱戏、颇懂戏的票友置于窦公馆的客厅内,让她(他)们在"票"戏的同时尽情地"演戏"——把每个人的个性、神态演得"细腻到了十分":无论是颐指气使的赖司令官夫人与拾人牙慧的军界元老仰公关于梅兰芳和程砚秋的明争,还是温文尔雅的窦夫人与轻薄佻达的蒋碧月这一对嫡亲姊妹为抢夺程副官的暗斗,都构成了一种戏中有戏的艺术情境与"冰山"效果。例如,蒋碧月向她姐姐讲述当年钱夫人的妹妹月月红如何把她姐姐的情人郑副官夺了去,窦夫人接口便说道:"是亲妹妹才会专拣自己的姐姐往脚下踹呢!"台湾版"舞台提示"特地标出:窦夫人说此句时"(有意无意用扇子指点蒋一下)",此话真乃一箭双雕,明是说钱夫人的妹妹,暗里正戳着自己妹妹天辣椒的心窝,难怪蒋碧月跳起身来:"哟!三姊,你这句话可不是'指着和尚骂秃子'么?"仅仅这两句台词,就深刻地反映出钱、窦夫人两对亲姊妹之间那种尔虞我诈、你争我夺的复杂而又微妙的人物关系及其心理状态,实在是胜过千言万语。

更令人称绝的是,剧中所"票"的几出梅(兰芳)派名戏:《贵妃醉酒》、《游园惊梦》、《霸王别姬》,恰恰再巧妙不过地隐喻着剧中人与杨贵妃、杜丽娘、虞姬这些封建时代的女子相似的人生经历、命运遭际和悲剧结局。只须将这几出"戏中戏"的情节稍加连缀,不就是那位女主人公钱夫人生活历程的一部绝妙的生命"连续剧"么!?因而,这几出"戏中戏",决非随心所欲、信手拈来的杂凑,而是虚实相印、生动传神的寓言,并且,还是推动剧情发展、展示人物命运、深化题旨内蕴的不可或缺的重要环节和线索,它连接着人物的过去、现在和将来的生活历史,具有别的任何东西都无法替代、最形象不过而又富有深刻哲理的象征寓意:戏如人生,人生如戏。

三、 梦中蕴梦与梦中释梦

其次,两个版本的话剧《游园惊梦》都体现了"梦中蕴梦"、"借梦演梦"的多重题旨。梦,是这台话剧的关键所在,它既是历史的重演,又是现实的折射。正如著名的心理分析大师弗洛伊德所说:"梦,不是一种躯体的现象,乃是一种心理的现象。"[①]因此,抓住了"梦",也就掌握了开启人物灵魂之门的钥匙,才能真正理解

---

① [奥]弗洛伊德:《精神分析引论》,高觉敷译,商务印书馆1984年版,第71页。

该剧的深刻意蕴。这出话剧之所以耐人寻味,正在于它的题旨的多义性和丰富性,比如,白先勇说原来自己的构思是"写美人的迟暮与痛苦",然而,《游园惊梦》却处处体现出了"戏如人生,人生如戏"的形象隐喻和对于艺术、青春、爱情、生命发出悼念的悲悯情怀,难以"一言以蔽之",这样,就牢牢地抓住了观众的心,并让观众情不自禁地跟随剧中人进入一个个"梦境"的"沉浸式"体验,在得到美的享受的同时,也得到人生哲学的深刻启示。

笔者认为,这出话剧的题旨,至少表现了三重"梦"的涵义:第一,它写出了一群精通中国传统戏曲的票友对于以昆曲《游园惊梦》为代表的"戏祖宗"的景仰钦羡,该剧让他们在怀旧的感伤情绪中,重温那一去不复返的京华美梦。在两个版本的同名话剧中,虽然主要场景都安排在台北窦公馆内,但在台湾版中的"沪宁元素"不仅没有被削弱,反而得到了进一步强化。例如,东道主窦夫人要她妹妹蒋碧月去请当年上海徐园的昆曲界"笛王"顾传信,但这位顾师傅轻易不肯出山:

窦夫人:人家是笛王么,难怪他眼界高。

蒋碧月:所以说呀,我一去,一顶顶高帽子先给老头儿戴上。我说,"顾老师,我仰慕您的艺术,仰慕了多少年了,打小时候在上海徐园就听您的笛子啦。"三姐,徐园到底在什么路啊?

窦夫人:(笑了起来,用手直指蒋碧月)在康瑙特路!

这"康瑙特路"就是如今的康定路。提起这座"上海徐园",如今上海本地人中知晓者已很少,然而身居海外近四十载的白先勇却了解得很清楚,他后来在《惊梦》一文中写道,"上海的昆曲是有其传统的,一九二一年'昆曲传习所'成立,经常假徐园戏台演出。徐园乃当年上海名园,与苏州留园可以媲美。传习所子弟皆以传字为其行辈,一时人才济济,其中又以顾传玠、朱传茗尤为生旦双绝。后来徐园倾废,传习所一度改为'仙霓社',然已无复当年盛况……"[①]因此,把上海的徐园写进《游园惊梦》,一方面是为了慨叹曾统领中国剧坛达数百年之久的"百戏之祖"的衰落;同时也是对使濒于失传的昆曲在上海一度复兴而功不可没的徐园的纪念(可惜这所名园如今已荡然无存)。然而,这段台词在大陆版中被

---

① 白先勇:《惊变——记上海昆剧团〈长生殿〉的演出》,《白先勇文集 第4卷:第六只手指》,花城出版社2000年版。

删改了,抽去了"徐园"、"康瑙特路"等地名、路名,只成了蒋碧月为诓骗"笛王"顾传信出山而自我吹嘘和卖弄之语,无疑便没有了台湾版中对于昆曲艺术发展曲折历史的交代,这是十分令人惋惜的。

除此之外,两台话剧还通过那位"最爱好昆曲"的国民党军界要人赖司令官夫人与"笛王"顾师傅等人的对话,在"民国一来,昆曲就没落得不象样","戏院子里,昆曲的戏码都变成冷门儿"的无限惆怅之中,流露出对抗战胜利后"梅兰芳跟俞振飞演《游园惊梦》"于上海美琪大戏院的空前盛况的追忆和缅怀,一方面表现出对梅兰芳、俞振飞"达到极致"的昆曲艺术的无比崇仰,另一方面也流露出"一个人一生中最多也只能遇到那么一回"好戏的无限怅惘。看似闲谈碎语,其中却包含了何等丰富的历史内容和深刻的文化内涵!因此,《游园惊梦》绝非只是一出表现当年大陆的达官贵人而今台北的清客闲人的伤感、思旧之作,而是一部对于中华民族优秀文化艺术遗产的"悲金惜玉"之曲。

第二,一出《游园惊梦》,孕育着一幕哀婉凄恻的"金陵春梦"的悲剧情缘。前来"票"这出戏的钱夫人,从前人称"真正的女梅兰芳",当年20岁时就因为一曲"唱得最正派"的《游园惊梦》,被60开外的钱将军相中,明媒正娶后成为人人景仰羡慕的将军夫人。她虽然荣华富贵享尽,但毕竟与钱将军白发红颜,正如那《游园惊梦》戏文里所唱:"没乱里春情难遣,蓦地里怀人幽怨,则为俺生小婵娟,拣名门一例一例里神仙眷……"杜丽娘的优美唱词与钱夫人年轻时的浪漫经历产生了某种重合,犹如两张轮廓相似的照相底片在记忆的暗房中互相叠印,以至于分不清何是戏的意境,何是梦的幻觉。喝了几杯花雕、处于微醺半醉状态中的钱夫人,竟沉浸在"只活过那么一次"的"鸳梦重温"之中:舞台上响起《游园·山桃红》的唱腔:"则为你如花美眷,似水流年。是答儿闲寻遍,在幽闺自怜。转过这芍药栏前,紧靠着湖山石边,和你把领口儿松,衣带宽,袖梢儿搵着牙儿苫也,则待你忍耐温存一晌眠……"在这里,戏成了梦的"演义",梦又是戏的"史记"。"迁延,这衷怀那处言?淹煎,泼残生除问天。"也正是这一曲《惊梦·山坡羊》,"惊"破了钱夫人和郑副官的缠绵"鸳梦"。就在那一刻,钱夫人的嗓子哑了,"游园"与"惊梦"断了,"女梅兰芳"的爱情和艺术生命都完了。可见,《游园惊梦》这出"戏中戏"牵连着多少不堪回首的"戏外戏":钱夫人的一生酸甜苦辣、悲欢荣枯尽在这出戏内和戏外!然而不知为何,大陆版《游园惊梦》不仅删去了"没乱里"唱腔中的后两句,而且将后几个唱段《山桃红》、《山坡羊》悉数删去,于是,戏似乎变得有些"浅薄"了:一是没能发挥女主演华文漪昆曲行家的特长,二是对戏曲与现实的"互文"关系及其主旨题蕴的揭示显得不够含蓄蕴藉,实在令人可惜。

第三,整出《游园惊梦》,便是一句深刻的"警世恒言":人生如梦。尤其是大陆版,"戏越演到后面,做戏的味道越浓"①。且不说那位寡居台湾南部的钱夫人,来到台北气势非凡的窦公馆有一种恍如隔世的凄凉:殊不知昔日她在南京梅园新村前呼后拥、挥金如土,"宴客的款式怕不噪反了整个南京城";可钱将军一死,"忽喇喇似大厦倾",如今竟捉襟见肘、孤孤单单,不得不坐着计程车来到窦公馆。大陆版中特别在钱夫人的第三大段内心独白中增加了台湾版所略去的原小说开头描写她穿着颜色暗淡、款式老旧的旗袍初登窦公馆时忐忑不安的片段:"裁缝师傅的话果然说中了:现在不兴长旗袍了。这件旗袍料是真正的杭绸,带来多少年总舍不得穿。不知道是不是搁得太久了,光色好像暗了一点,可这到底是真正的杭绸。……待会儿穿这身长旗袍上去,不知道还登不登样?能不能压场?……"②一副小心谨慎、诚惶诚恐的自卑模样,哪里还有半点从前钱司令长官夫人的威仪和尊贵?两相对比,人生荣枯、命运不济已显露无遗。而当年那个曾委委屈屈做窦家小妾,连生日庆宴都得靠钱夫人撑腰的桂枝香(窦夫人),却随着窦瑞生的官运亨通,她"也扶了正",现如今雍容华贵,举止矜持,轮到她来出头露面,设宴请客了。这两位夫人一衰一荣、一降一升的地位变化,本身就像一场人事靡定、难以捉摸的白日梦,难怪窦夫人也好,"笛王"顾师傅也罢,都口口声声"真是人生聚散无常",处处在这幕表面热闹非凡的"唱票"喜剧中,勾勒出萧索颓败的悲剧氛围:谁能说钱夫人的今日,不是窦夫人的明日?谁又能说钱夫人与郑副官当年的"惊梦",不是窦夫人与程副官将来的"情尽"?这里虽有点佛家的轮回意味和宿命色彩,但蕴含着深刻的人生哲理"悲凉之雾,遍被华林"。

结　语

"游园惊梦",梦幻人生;浑然一体,相辅相成,构成了大千世界。只有历经荣

---

① 何华:《〈游园惊梦〉三度出击》,收入史嘉秀、胡雪桦主编《游园惊梦——从小说到话剧》,上海交通大学出版社 2014 年版,第 125 页。

② 《游园惊梦(大陆演出版)》,收入史嘉秀、胡雪桦主编《游园惊梦——从小说到话剧》,上海交通大学出版社 2014 年版,第 37 页。

辱升降、阅尽人间沧桑的人,才能把世界看得如此清晰,把"红尘"看得这样透彻!透过两个版本同名话剧《游园惊梦》,白先勇让观众看到了钱夫人、窦夫人及其姐妹这群依附于权贵的妻妾眷属的双重悲剧:她们既是春情难遣的尤物,也是自相残杀的冤家;既是骄奢淫逸的"人上人",又是醉生梦死的"阶下囚"。于是,便演《贵妃醉酒》:"人生在世如春梦,且自开怀饮几盅";于是,便演《游园惊梦》:"原来姹紫嫣红开遍,似这般,都付与断井颓垣";一旦梦被鼙鼓"惊"破,便难逃《霸王别姬》的厄运:"骓不逝兮可奈何,虞兮虞兮奈若何!"这三部堪称中华戏曲经典之戏,便是上世纪八十年代在海峡两岸上演的同名话剧《游园惊梦》留给人们的最深刻的历史"警训"。

"整体来说,台北版的《游》剧精致、深沉,趋向静态表演;而大陆版则流畅、多变化、富有动感,整体设计比较切题。这两个版本的确风格迥异,但演到最后,都能给人曲终人散的苍凉。"[①]道尽了历史沧桑,揭示了人生哲理,而又能含而不露,意犹未尽,好比海上的一座冰山,露出水面仅十分之一,水下则还有更为丰富、深邃的内蕴。两台话剧《游园惊梦》正像这样一座海上冰山,博大而又精深。它继承了五四以来中国话剧的优秀传统,又吸收了现代西方戏剧艺术的多种表现手法,成为上世纪继三十年代曹禺的《雷雨》、五十年代老舍的《茶馆》之后又一部中国话剧杰作。笔者相信,像这样的好戏佳作,无论在大陆还是在海外,都会拥有它忠实的观众,找到它的真正知音的。

---

① 白先勇:《三度惊梦——在广州观〈游园惊梦〉首演》,收入《第六只手指:白先勇散文集》(下),文汇出版社2004年版。

"人伦"的变奏：
小说《孽子》从电视剧到舞台剧的跨媒介改编

阮雪玉

厦门大学

2020年恰逢《孽子》问世四十周年，白先勇做了题为《〈孽子〉变奏40年》的演讲，他说道，这本书"写的其实是人伦，写的是父子之情、母子之情、兄弟之情、同性的爱"[1]。长篇小说《孽子》1987年首次在大陆出版，1988年即被人民文学出版社无删改全文出版，也被翻译为世界各国的多种语言而出版，并于2019年被《法国世界报》（*Le Monde*）评选为1944年以来一百本世界最佳小说之一。它之所以能够以同性恋的议题被中国大陆主流出版社接受，能够受到世界各国读者的欢迎，原因即在于这"人伦"。它不仅仅是讲同性恋的故事，更是反映了中国传统文化中的家庭观念，以及将其推而广之所建立的非血缘"家族"共同体，这在国外的同志小说中也是很少见的。"越是民族的，就越是世界的"，《孽子》所反映的这一民族特性使其四十年来能够享誉世界而经久不衰。

《孟子·滕文公上》所说的"五伦"为"父子有亲，君臣有义，夫妇有别，长幼有序，朋友有信"。《孽子》中所表现的"人伦"显然在这"五伦"基础之上为其赋予了新的时代定义，增加了与"父子"相对应的"母子"，将"兄弟"扩大为"兄弟姐妹"，等等。而同性恋者也是"人"，他们之间的关系并不是超脱于"人伦"之外的，他们之间可以是朋友、恋人，也可以是类似父子、兄弟般的关系，由此组成一个非血缘的"家族"共同体。

小说《孽子》自问世以来，曾被改编为电影、电视剧以及多个版本的舞台剧。

---

[1] 白先勇：《〈孽子〉变奏40年》讲座，bilibili网站，2021年5月4日，https://www.bilibili.com/video/BV1RA41137hb？from=search&seid=13025464956494351731。

白先勇认为,"任何艺术形式的变奏都是二度创作……只要导演、编剧抓住原著的精神,把人物导出来,细节的改变并不要紧"[1]。各种跨媒介改编以不同的艺术形式呈现原作,仍能够得到广大受众和原著作者白先勇的肯定,也在于对这一"人伦"内涵的创造性阐释。在多种艺术媒介的改编中,曹瑞原2003年导演的电视剧版《孽子》影响较大、受众较广,并在第38届台湾电视金钟奖中获得最佳连续剧奖、最佳导演奖等六大奖项。曹瑞原因此获得白先勇的认可,2014年继续导演了同名舞台剧处女作,并以此为母本,于2020年重制该舞台剧,再次掀起一轮热潮。2020年既值《孽子》问世四十周年之际,又是台湾刚刚通过同志婚姻法的第二年,有着特殊的意义。曹瑞原毕业于台湾世新大学广电系,作品以电视剧为主,多次入围台湾电视金钟奖。除《孽子》之外,他还将《台北人》中的短篇小说改编为同名电视剧《孤恋花》(2005)和《一把青》(2015),与白先勇结下了不解之缘,能够较好地理解白先勇的创作思想,并结合媒介特点进行二度创作。

由于笔者暂时无法观看到2020年新版舞台剧,因此本文以曹瑞原导演的2003年版电视剧和2014年版舞台剧为主要对象,研究《孽子》的跨媒介改编如何用不同的艺术形式表现原作中的"人伦"内涵,以及同性恋群体与这一内涵的关系。

一、"人伦"的核心：小说《孽子》中的父子关系

"人伦"在古代所强调的尊卑长幼的秩序,所谓"君为臣纲,父为子纲,夫为妻纲"中强调的父权制,到现代社会中依然延续着。白先勇曾坦言:"这个小说不是只写同性恋,重点是写同性恋的'人',同性恋的人一样要求追求亲情、友情、家庭、爱情,即使是个小偷或是男妓,但他还是个'人',渴望被接受谅解。还有中国人的父子关系是最重要的,这是大前提。"[2]对父子关系的强调成为《孽子》与其他同性恋题材小说相比所凸显的特殊性,也成为白先勇阐述"人伦"的主轴。他还说,"在《孽子》中,我主要写父子关系,而父子又扩大为：父代表中国社会的一种

---

[1] 白先勇口述,李玉玲整理：《〈孽子〉的三十年变奏》,《PAR表演艺术杂志》2014年第253期,第36—39页。

[2] 李公权：《访白先勇教授纪实》,见《〈孽子〉与改编影剧之研究》,台湾铭传大学硕士学位论文2007年,第388页。

"人伦"的变奏:小说《孽子》从电视剧到舞台剧的跨媒介改编 / 阮雪玉

态度,一种价值,对对下一辈、对待同性恋子女的态度——父子间的冲突,实际是个人与社会的冲突"[1]。小说《孽子》题目中的"子"便是对应着"父"的血脉而存在,"孽"字则是这群同性恋孩子对以异性恋为代表的父权制主流社会文化的反抗。在对父亲的爱、尊重、寻找,与怨恨、违拗、反抗之间形成的张力,反映了现代"人伦"内涵的复杂性,不再只是单纯的尊卑秩序。

小说中的"孽子"主要分为两类:一类因其同性恋取向被父亲逐出家门成了无家的后天"孤儿",如李青(阿青)、王夔龙(龙子)、傅卫;一类则是生来就无父或被父亲抛弃的先天"孤儿",如老鼠、阿凤、阿雄仔等。他们既处于"孤儿"状态便免不了要"寻父",构成一种"拟父子"关系。他们常常在原生家庭之外的同性恋世界寻找一个类似父亲的情感寄托,如阿雄仔与杨教头、小玉与"干爹"老周和林茂雄、小敏与张先生等;或是在异性恋世界寻找能够包容同性恋子辈的"精神之父"。傅老曾对龙子说"你以为你的苦难只是你一个人的么?你父亲也在这里与你分担的呢!你痛,你父亲更痛!"[2]这也是对所有"孽子"们说的,傅老站在一个父亲的角度,替他们的父亲说出这一心里话。

中国自古有"长兄如父"之说,父权制实际上是由性别与年龄编组的、以男性年长者为主宰的家庭体制,[3]因此兄弟关系往往从属于父子关系,或者说属于父权制的一部分。对老鼠来说,乌鸦如父亲一般权威却有割不断的血脉;而阿青因得不到父亲的认同,转而将这份感情投入对弟娃的思念,以及对如弟娃一般大的孩子们的爱护,如小弟、赵英、罗平等;王夔龙对待哥乐士和小金宝也是如此。在这样的关系中,一旦父亲在生命中缺席,他们便把自己设想为"拟兄长"甚至是"拟父亲",将自己缺失的爱给予这些陌生的孩子。如此,本不为"人伦"所容的同性恋群体便基本处于"父子关系"及"兄弟关系"的结构中。

白先勇的作品中常有着浓厚的"历史感",《孽子》中也蕴含着台湾文学中深沉的"孤儿意识"。这群孩子象征着台湾,他们所要找寻的父亲便象征着台湾的历史命运。小说中有不少的"父亲"都是来自中国大陆,后随着国民党入台,如阿青的父亲是来自四川的团长,龙子的父亲王尚德是高级将领,傅老爷子是来自山

---

[1] 王晋民:《白先勇传》,幼狮文化事业公司1994年版,第163页。
[2] 白先勇:《孽子》,广西师范大学出版社2010年版,第340页。
[3] 参见[日]上野千鹤子:《父权体制与资本主义:马克思主义之女性主义》,时报文化出版企业公司1997年版,第54页。

东的副师长,他们身上有着《岁除》、《梁父吟》、《国葬》等白先勇的短篇小说中老年外省军人的影子。李父还将宝鼎勋章授予阿青,希望他能保送陆军军官学校;王父本打算送龙子出国深造,进外交界创一番事业;傅老也希望傅卫能成为优秀的陆军少尉,子承父业,这便将传统人伦中的"君臣关系"转化为军人对国家的忠心和父辈对子辈的期望。因此,当子辈的性向不符合父权制主流社会的常规时,他们便被当作"不肖"而"堕落"的,更无法完成父辈作为军人的报国之志,只能被逐出家门。此外,小玉的父亲是日本华侨,他的干爹林茂雄和其好友吴春晖曾被日军征调到中国东北和东南亚,他的表外甥小强尼的父亲是美国大兵,这些也暗示了台湾被殖民和卷入"冷战"的历史。

小说的故事背景是台湾尚处于"戒严"时期的1970年代,当时人与人之间充满了距离感和不信任感,难以投入真情,对不被主流社会承认的同性恋者来说更是如此,因此小说用主流社会可以理解的传统"人伦"概念来包装同性恋者的故事也是其巧妙之处。它以表现父子关系为核心,涉及"人伦"的方方面面。电视剧、舞台剧对它进行的文学改编在保留主干情节的前提下,都各取所需,有一定侧重,以表现编剧和导演的二次创作的特性,而这些仍离不开"人伦"。

二、"人伦"的发展:电视剧《孽子》中的"家庭"

"五伦"中"父子、夫妇、兄弟"所组成的其实是一个家庭。中国传统文化中的"家国一体"观便体现着家的重要性,家人之间的关系是社会关系的重要组成部分。2003年,台湾社会早已"解严",还举办了第一届同志大游行,但对社会大众来说同性恋仍然不被主流认可。电视剧相比小说和电影有更广泛的传播特点,尤其在晚上八点黄金时段播出需要面对不同年龄层、不同认知水平的观众。白先勇称,"当初写作《孽子》的初衷,就是希望不被认同的同志,能得到家庭对他们的谅解,因为这出电视剧,这样的诉求才能走进家庭,走进客厅,被更多人听见、看见"[①]。电视剧《孽子》的主要目的是让支离破碎的家庭能够认同、谅解同性恋者,因此,它通过增加人物与情节强化了母子关系,也让父子关系在严肃之外多了一层温情,较小说更加强调"家庭"的意涵。

---

① 白先勇口述,李玉玲整理:《〈孽子〉的三十年变奏》,《PAR表演艺术杂志》2014年第253期,第36—39页。

"人伦"的变奏：小说《孽子》从电视剧到舞台剧的跨媒介改编／阮雪玉

白先勇在谈到电视剧改编时说道，"《孽子》里有几根重要的柱子来支撑：第一根是开头阿青的家庭故事、第二根是中间的龙凤恋、第三根就是后半部傅老爷子的部分。那时候我跟曹导演讨论剧本时，特别抓出这三根柱子，只要这三根柱子撑起来，整部戏就跟着撑起来了"①。而这三根柱子都与"家庭"的主题有关。

小说中只是将阿青被父亲赶出家门作为故事的楔子，在叙述"我们的王国"的故事时再插叙阿青的家庭故事。电视剧则将阿青被父亲赶出的桥段作为每集的片头，又在一开始用了整整两集的篇幅顺叙了阿青的家庭故事，到了第三集阿青才被赶出家门进入了新公园，使得故事更加连贯，也使阿青对"家庭"不再只是"过去时"的回忆，而有了"现在时"的记忆。

电视剧着重表现了阿青与母亲的互相理解与相似的宿命。小说中阿青在母亲生病后只去探望过两次，而在电视剧中，阿青前后四次探望病中的母亲，只有第一次与小说中的情节相似。第二次探望时阿青背着母亲去弟娃的坟墓祭奠，母亲谈到阿青的父亲时说"其实他对我还不错，不过，我们像是陌生人一样，他不知道我心里想什么，我也不知道他在想什么"，较小说中补充了两人分开的原因在于相互不理解；随后阿青独白"我突然感到，我跟母亲在某方面毕竟还是十分相像的，她一辈子都在逃亡、流浪、追寻"，而阿青自己也"步上她的后尘，开始在逃亡，在流浪，那一刻，我竟感到跟母亲十分亲近起来"。② 这段独白与母亲的话并置产生了类似蒙太奇的效果，阿青与母亲在面对父亲时都有种不能被理解的痛苦，他们在家庭中分别处于父子关系与夫妻关系中，却共同面临着父权制下主流社会规范对同性恋者和对出轨者的压制，只能以离开作为反抗，流浪于家庭之外，于是他们在此刻惺惺相惜，化解前嫌。在父亲、母亲、儿子的三元结构中，母亲不仅能够和儿子站在与父权对立的同一战线，也是父子关系乃至家庭关系的中介者。因母亲重病，阿青写信并托小敏转交给李父，由此引入阿青第三次看望母亲和三人的最后一次"团聚"。阿青为母亲带来饭菜时，父亲竟也循信上的地址找来，大家凭声音认出了彼此，却在母亲的抗拒下只能隔着薄薄的门帘流泪。值得玩味的是，在门帘的两侧，阿青与母亲再次站在了一起，空留父亲一人立于门外，这门帘便象征着双方的深深隔阂：父亲或许愿意原谅母亲，而母亲却在社

---

① 李公权：《访白先勇教授纪实》，见《〈孽子〉与改编影剧之研究》，台湾铭传大学硕士学位论文2007年，第391页。
② 曹瑞原：《孽子》，台湾公共电视台制作，2003年，第6集。

会规训下始终无法原谅自己的罪孽,这又在后来的阿青身上重蹈。阿青第四次看望母亲时,母亲在留下遗言后,在阿青的怀抱中逝去。阿青在海边给母亲烧了一座纸房子,因为他理解母亲,即使在逃亡与流浪,即使到死,她也怀念着、渴望着他们曾经的家,阿青也是如此。

小说中的龙凤之恋尽管爱得如痴如狂,阿凤却因其天生的野性不愿意被龙子的爱所束缚,最终酿成悲剧。不同于小说中的抽象与诗意,电视剧则更加现实,创造出龙子母亲的形象,点出悲剧的原因在于两人身份背景的差异和龙子家庭的特殊性。龙子生于典型的父权制家庭中,父亲王尚德将军给龙子介绍曹部长家的千金,龙子冲动下选择和阿凤私奔,被父亲断绝经济来源而只能靠翻译文稿为生,即使有母亲的暗中救济还是杯水车薪;他们居住的小屋一直被龙子家派人监视,让阿凤在一次争吵中说出"毕竟我们两个是不同世界的人"[1];龙子母亲为了一家和睦,专程去劝说阿凤,这让阿凤下定决心彻底离开龙子;龙子被父亲打骂、关禁闭时,都是母亲在父子之间耐心劝解,她对龙子说"你是独生子,传宗接代的担子你不扛着,难道想让咱们王家绝后"[2],一语道破男同性恋者为父权制社会所不耻的原因之一在于"不孝有三,无后为大"。母亲的形象再一次成为缓和父子二元对立冲突的中介,她尽管也无法认同性少数群体,却出于对儿子的爱而选择站在龙子一边。

电视剧依然将傅老爷子作为"孽子"们尤其是阿青与龙子的"精神之父",而增加了傅老爷子看望阿青父亲的情节,两位父亲虽地位有高低,却同为军人,由此将"家"与"国"更加紧密地联系在一起。傅老知道自己即将不久于人世,他劝说李父原谅阿青,"当年你在几场战役里立下了不少汗马功劳,只因为打了一场败仗就被革去军职,你心里一定不平衡。如果你觉得一生效忠的国家让你变成无依的孤臣,你又何必一定让敬仰你的阿青成了罪无可赦的孽子"[3]。李父最终接受了傅老的话,写家信寄给阿青。这就点明父子家国的一体性,将"父子关系"中处于上位的父亲与"君臣关系"中处于下位的孤臣并置,才有可能让李父去同情和理解阿青作为处于下位的儿子的心境。在大年夜,阿青带着一本赠与父亲的《三国演义》回到家,但父亲追出时,已不见人影。《三国演义》是父亲最爱的

---

[1] 曹瑞原:《孽子》,台湾公共电视台制作,2003年,第12集。
[2] 曹瑞原:《孽子》,台湾公共电视台制作,2003年,第13集。
[3] 曹瑞原:《孽子》,台湾公共电视台制作,2003年,第19集。

书,代表着父亲对天下大势"合久必分,分久必合"的寄望,也代表着阿青对父亲不得志心境的理解。父子之间,又一次隔着门,达成了一种未见面的和解。父亲或许已经愿意原谅阿青,但阿青和他的母亲一样,即使依恋着父亲和那个破败的家,却不愿意原谅自己,不愿意束缚自己的天性。

从这"三根柱子"可以看出,电视剧主要通过塑造几个母亲的形象,强化了母子关系、夫妻关系,也让父子关系在对立冲突之外多了一些缓和的余地,强调了"家庭"的意涵,是对小说中以父子关系为核心的"人伦"的发展。

三、"人伦"的新解:舞台剧《孽子》中的同性恋"家族"共同体

"人伦"在广义上指人与人之间的关系,因此同性恋这一边缘群体所组成的非血缘共同体也是一种"人伦"。比起"家庭","家族"更为庞大,血缘关系更远,多不具有共同的居所,因此本文以"家族"这一概念喻指同性恋者组成的非血缘共同体,正如电影《小偷家族》。白先勇曾谈道,"家是人类最基本的社会组织,而亲子关系是人类最基本的关系。同性恋者最基本的组织,当然也是家庭,但他们父子兄弟的关系不是靠着血缘,而靠的是感情"[①]。当"孽子"们被逐出家庭,他们只能寻找一个超越血缘关系的"家族",而小说中将新公园比作"王国",将这群同性恋者比作一个"国族",便说明他们已经建立起有着家国般情感认同的共同体意识。

舞台剧比起文字更具在场感,舞蹈、独白、朗诵、音乐等艺术形式的呈现使得故事更贴近小说中写意性的美感,也就更能表达出同性恋"家族"共同体的抽象特质。就受众而言,舞台剧需要购买门票,也要求观众具有一定的艺术欣赏能力或对故事题材感兴趣;又因受众范围和层次相对集中,以及社会对同性恋的接受程度日益提高,使得舞台剧能够把表现的重点放在该议题上。

由于舞台剧的时间只有短短三个小时,加之同性恋者与父权制家庭的冲突性,在突出同性恋"家族"共同体的同时,势必要淡化电视剧中的"家庭"意涵,甚至是原著中的父子关系。第二幕简短交代了阿青被学校退学、被父亲赶出家门的背景,两人分处于不同的光束中,朝向同一个方向隔空对话。全剧除了送骨灰回家一段,父亲只是短暂地出现在阿青的回忆中,从未与阿青处于同一舞台空

---

① 白先勇:《写给阿青的一封信》,收入《第六只手指》,花城出版社2009年版,第56—59页。

间,暗示两人的心理距离非常遥远。父母与阿青三人唯一一次同时出现在舞台上竟是母亲离家时的情景,且使用了间离化手法,三人分别处于不同的叙事时空中隔空呼应,阿青在此刻的出租房回忆,母亲正和小喇叭手私奔,父亲在家中愤怒地喊着母亲。电影叙事的惯例也适用于舞台剧中,"分享画面空间意味着在某种程度上分享意义或心灵空间;而画面空间的绝对分立,则呈现着截然对立或无法交流、不可通约的状态"①。

  舞台剧中一共有五场群舞,以表现同性恋"家族"共同体。前三场群舞都发生在新公园的莲花池畔,后两场则在同志酒吧安乐乡中,两处都是少有的能让这群同性恋者容身的地方,他们在这里能够找到共性,也只有在这里,他们才能暂时忘却主流社会异样的眼光,自由而快乐地做回自己。他们有着共同的诉求和反抗对象,由此形成一个"家族"般的共同体,这种共同体内部的一致性在舞台上便是通过整齐有序的群舞来表现的。

  最让人感到惊艳的是用龙凤之舞来表现这个共同体中的一则神话。导演曹瑞原在接受采访时说,现代舞可以去表达很多内在的情感,可以是张扬、狂放、跳跃的,很像阿凤无法被羁绊的个性。② 阿凤的舞姿以幻灯片的形式依节奏出现在舞台背景上,之后,阿凤从树林中的剪影逐渐变成新公园中奔跑狂舞的一只野凤凰,直到遇见龙子,他终于借助象征着爱的粉红色绸带像一只真正的凤凰那样在天空中飞翔,但这样的爱也同时对他构成了一种束缚,不能像在地面上奔跑那样无拘无束,于是在生命的高度与广度之间,他选择了死亡。阿凤全程没有台词,只用舞蹈这一肢体语言来表现抽象的意涵,龙子则用独白叙述他们的故事。在2020新版舞台剧中,龙子则和阿凤一同起舞,在空中互相追逐缠绕,更加绝美动人。

  舞台剧还突出表现了"莲花"这一意象,有着佛教中的救赎、净化与重生等意涵。当阿青被载入老园丁郭公公的画册《青春鸟集》后,大家在莲花池畔如一朵莲花般包围着他,在舞蹈中阿青以脱下旧衣换上新衣的形式象征着他正式走出家庭,成为"青春鸟"们的一员,成为这"家族"共同体的一员。当安乐乡即将歇业时,大家随着杨宗纬的《莲花落》跳起"last dance",歌中唱道"找对了人为什么更

---

① 戴锦华:《电影批评》,北京大学出版社 2004 年版,第 12 页。
② 舞台剧《孽子》(下),bilibili 网站,2016 年 10 月 4 日,https://www.bilibili.com/video/BV17s411b7Ft/? spm_id_from=333.788.recommend_more_video.-1。

难过/爱/因为爱上了谁变龌龊/倘若慈悲的阳光眷顾我/能够照耀着我们/直到欲望随莲花开落"①,唱出了同性恋群体的命运,在他们看来本是人性一部分的爱与欲望,却成为旁人眼中的"龌龊"。在古诗词中,"怜"即是"爱"的意思,"莲"与"怜"同音,便常常用来象征爱,在小说《孽子》中更成了同性恋者之间热烈奔放的爱情象征。但在舞台剧《孽子》中,莲花不仅仅蕴含着同性之爱,更有悔过与救赎之义。舞台剧依然延续小说中把傅老爷子作为青春鸟们的"精神之父",在傅老爷子的葬礼上,大家庄严肃穆,手捧莲花,一一放入莲花池中,既是表达对傅老的悼念,又是表达对自己离开家庭给家人造成伤害的深深悔过,希望能借此得到救赎。舞台上的群像呈现出傅老葬礼不仅对于龙子有重大意义,更是对于整个同性恋"家族"共同体而言的,他们要追求爱与自由本没有错,但这样的追求避免不了会和家人产生矛盾,让原本和睦的家庭变得支离破碎,这是需要反思和悔过的,这让剧中表现同性恋的主旨有了更加厚重的内涵。如此再来看莲花意象第一次出现时的莲花之舞,就具有了双重的意涵,既是阿青离开家庭、给父亲造成痛苦和伤害的深深悔过,又是阿青即将开始的对同性之爱的自由追求。

导演原本的设想是在舞台剧的最后播放台湾同志游行影片,让过去与现在相联结,展现同性恋者一直以来对自由、对认同的向往。② 这便点出了舞台剧通过表现新公园内的这群同性恋"家族"共同体,所要表达的是关怀乃至支持整个同性恋群体的主旨。这早已不是传统"人伦"规范中涵盖的内容,而是导演与编剧在当今时代对"人伦"赋予的新义。白先勇的挚友奚淞认为,舞台剧暗藏着1930年代黄自所写的《天伦歌》的结构,从失去父母的孤儿到《礼运·大同篇》中对理想社会的描述,这种来自天伦、伦理、伦常的爱,是白先勇承继的儒家人伦传统。③ 曹瑞原导演作为一名虔诚的基督教徒,他通过作品所要传达的当然不仅仅是同性恋主题,更重要的是在同性恋"家族"共同体中那种"老吾老以及人之老,幼吾幼以及人之幼"的大同社会理想,而这是一种非血缘的、更广义的"人伦"。

---

① 舞台剧《孽子》(下),bilibili 网站,2016 年 10 月 4 日,https://www.bilibili.com/video/BV17s411b7Ft/? spm_id_from=333.788.recommend_more_video.-1。
② 同上。
③ 参见陈明纬:《白先勇·奚淞:浪子回家了——〈孽子〉舞台剧形式与情感之美》,《文讯》2020年12月号,第 88—94 页。

结　语

　　白先勇本人非常认同并赞许曹瑞原所做的一系列改编,认为他保留了原著的精神,而这被不断丰富发展的精神内核就在于其"人伦"特质。小说《孽子》是以表现父子关系为核心的同性恋题材小说,又兼及"人伦"的方方面面,以刻画人情、人性打动人;电视剧因其较为写实、受众较广,因此将"人伦"内涵加以发展,丰富并具象化了母子、父子、夫妇关系,使其具有了"家庭"的内涵,也迎合了社会大众普遍的期待视野;舞台剧因其抽象的艺术特点和较为集中的受众群体,用舞蹈创新了对同性恋这一边缘群体所组成的非血缘"家族"共同体的表现形式,在传统的"人伦"内涵之外,增添了由非血缘的同性恋群体所构筑的大同理想社会这一新义。在小说《孽子》及其各种跨媒介改编的四十年变奏中,其"人伦"内涵也发生了一定程度的变奏,但依然有着感动人心的魅力。

《花桥荣记》：从小说到话剧

黄伟林

广西师范大学

白先勇小说《花桥荣记》写的是桂林人春梦婆战乱年代流落到台北，为谋生在台北长春路开张了一家主要卖桂林米粉的饭馆花桥荣记。花桥荣记的顾客中有不少广西人，诸如原广西容县县长秦癫子、原柳州商人李半城、原桂林书生卢先生以及春梦婆丈夫的侄女秀华。

一、小说《花桥荣记》改编为话剧的经过

《花桥荣记》最初于1970年发表在台北《现代文学》第四十二期，1971年收入晨钟出版社出版的白先勇小说集《台北人》。1980年，《花桥荣记》先后在上海《文汇增刊》和广州《广州文艺》上转载。

我本人大学本科一年级的时候在《文汇增刊》上读到《花桥荣记》这部作品，因为是桂林人，自有一种特别的亲切感。

大学毕业后我分配回桂林到广西师范大学中文系任教，曾经将《花桥荣记》编入广西人民出版社1994年出版的《当代中国文学作品选评》，作为当代文学课程的教材。

1997年，电影《花桥荣记》（后更名《桂林荣记》）在桂林开拍，有部分情节在广西师范大学王城校区拍摄外景，亦给笔者留下印象。

大约2010年前后，我曾经有过将《花桥荣记》搬上桂剧舞台的想法，并与时任桂林桂剧团团长张树萍女士以及著名小说家东西先生进行过认真深入的探讨。

2014年，我牵头策划举办了广西师范大学校园戏剧文化工程"新西南剧展"，

重排重演了抗战时期桂林文化城的三个话剧《秋声赋》《桃花扇》和《旧家》，得到戏剧界人士的好评。著名剧作家张仁胜先生表示愿意为"新西南剧展"创作一个剧本。

新西南剧展的成功，让我又产生了将白先勇小说《花桥荣记》改编为话剧的想法，我曾经请一位桂林籍的本科生蒋诗琦写了剧本，后来又请正在广西师范大学做博士后研究的陈霞博士写了剧本。两个剧本皆不成熟。2016年，时任广西师范大学党委书记王枬女士提出新西南剧展能否创作一个新作品。笔者恳请张仁胜先生为新西南剧展将白先勇小说《花桥荣记》改编为话剧。

2016年3月3日，张仁胜先生专程到桂林考察白先勇童年时代的生活环境以及桂林花桥历史文化。当月，张仁胜先生完成了话剧《花桥荣记》的改编。

2016年5月，我给白先勇先生发电子邮件，转达张仁胜先生的意见，希望白先勇先生授权出版话剧《花桥荣记》剧本和排演《花桥荣记》话剧。

2016年7月6日，我得到白先勇先生的电子邮件："我同意广西文化促进会排演张仁胜先生改编《花桥荣记》的话剧。"

之所以广西文化促进会排演话剧《花桥荣记》，是因为广西师范大学在获得《花桥荣记》剧本后，因为各种原因，未能及时将剧本搬上舞台。广西文化促进会得知这个情况，决定将该剧搬上舞台。同年十月，话剧《花桥荣记》在桂林大剧院首演。

2016年10月27日，我给白先勇先生发电子邮件汇报演出的情况："昨天晚上，话剧《花桥荣记》在桂林临桂新区桂林大剧院首演成功，一千多观众观看了该剧，不少人感动得流泪。今天上午，我们在广西师范大学王城校区召开了一个话剧《花桥荣记》座谈会，与该剧编剧张仁胜、导演胡筱坪、舞美秦文宝等进行了座谈……"

白先勇先生很快回复表示了祝贺。

话剧《花桥荣记》在桂林首演成功后，经张仁胜先生推动，广西区党委宣传部委托话剧《花桥荣记》的演出单位广西群众艺术馆指导广西师范大学排演青春版话剧《花桥荣记》。经过广西群众艺术馆的指导，广西师范大学望道话剧社的青春版话剧《花桥荣记》终于在2017年5月24日进行了首演。

2017年5月27日，我给白先勇先生发电子信函，向他汇报《花桥荣记》在广西师范大学演出的情况：

5月24日晚我们在广西师范大学田楼报告厅举行了青春版《花桥荣记》首演。演出非常成功,全场座无虚席,许多观众加凳子观看,还有许多观众站着观看,全场近3个小时,包括前面的几位领导讲话和一个签约,没有人离开剧场。许多观众被感动得流泪。演出结束时所有演员哭成一片。编剧张仁胜先生说演员哭有时候会有,但这样哭成一片很少见。朋友圈好评如潮!

第二天接到白先勇先生回复:"观众反应如此热烈,可喜可贺!"

二、话剧《花桥荣记》的剧情

小说《花桥荣记》以春梦婆第一人称叙述视角讲述,场景完全设定在台北长春路花桥荣记饭馆。

话剧《花桥荣记》共十六场戏,单号场次为五六十年代的台北花桥荣记场景,双号场次为四十年代的花桥荣记桂林场景,全剧在台北和桂林两地的花桥荣记转换呈现。

第一场为台北场景,时间为1956年,呈现的是台北花桥荣记开张的场景,台北人物全体出场,包括花桥荣记春梦婆、春梦婆侄女秀华、柳州木材商李半城、原容县县长秦癫子、书生卢先生、花桥荣记大师傅三光板、包租婆顾太太、洗衣妇阿春妈、阿春、擦鞋匠。除春梦婆外,三个主要人物李半城、秦癫子、卢先生先后出现。这一场的主要功能是人物介绍、背景介绍,观众通过这场戏初步认识了这些人物,对当时的历史背景也有了基本了解。当卢先生意识到台北花桥荣记的米粉不是马肉米粉的时候,春梦婆进入独白状态,舞台转换为第二场,场景变成了桂林的花桥荣记。

第二场为桂林场景,呈现的1940年代桂林花桥荣记的情景。这时候花桥荣记快要打烊,已经没有客人,春梦婆(当时还是少女时期的米粉丫头)的奶奶正在开心地算账,因为这一天的收入不少。卢先生的爷爷卢兴昌从湖南回到桂林,还没有回家,就到了花桥荣记,按他的说法,他回到桂林首先就要感受花桥荣记米粉的味道。卢老爷对花桥荣记米粉的沉迷让米粉丫头感到好奇,奶奶拿出祖传的精致木盒,为米粉丫头讲述花桥荣记米粉的配方奥妙。这时候,天色已晚,米粉丫头进入独白状态,舞台转换至第三场。

第三场为1963年的台北花桥荣记，七年前开张的花桥荣记已经显得陈旧，生意也日渐萧条，为了改善经营状况，花桥荣记早已开始增加了米饭炒菜，顾客中的李半城越来越老，秦癫子花痴的毛病被人发现，卢先生指出台北花桥荣记的米粉与记忆中桂林花桥荣记的米粉味道不一样，引起春梦婆对漓江水的回忆。

第四场写米粉丫头到米粉作坊取米粉，遇上米粉师傅正在教训徒弟，原来徒弟偷懒，在路边水塘挑了一担水掺进泡籼米的水中，被米粉师傅闻了出来，这一场讲述了桂林米粉与漓江水的关系，桂林米粉的品质是漓江水泡出来的。

第五场写春梦婆等人议论卢先生多年来积攒了不少钱，而秀华因为失业到花桥荣记请春梦婆帮助找工作，春梦婆有意秀华嫁给卢先生，秀华责备春梦婆忘记了她的叔叔，也就是春梦婆本人的营长丈夫。春梦婆因此回忆她的青春年华。

第六场写营长在桂林花桥荣记吃马肉米粉，终于与米粉丫头搭上了话，他希望娶一个做马肉米粉的女子为妻，如此一辈子都能够吃到马肉米粉，他说米粉丫头的头发有一种天香，那是漓江水和桂花配合而成，营长的情意俘虏了米粉丫头的芳心。

第七场，这天是李半城七十岁生日，没钱吃饭，春梦婆送他一碗面，李半城把他收藏多年的胡琴送给春梦婆。卢先生兴高采烈地出场，因为他的表哥马上到台北了，他用李半城的胡琴给春梦婆拉了一段桂剧名旦小金凤的《薛平贵回窑》，这段桂剧把春梦婆带到了回忆之中。

第八场，春梦婆与营长一起观看小金凤的《薛平贵回窑》。

第九场，卢先生拉完《薛平贵回窑》，告诉春梦婆他的未婚妻罗小姐即将到台北的消息。阿春跑过来，告诉他们李半城吊死了，春梦婆为李半城烧纸钱，又做一碗面，让李半城吃饱了的灵魂能够回到广西。

第十场，想象中，米粉丫头和奶奶在桂林花桥荣记算账，李半城也到了桂林花桥荣记，他们阴阳相隔，无法互相看见。

第十一场，台北花桥荣记，卢先生失魂落魄地出场，他的未婚妻并没有到香港，他省吃俭用十多年积攒的钱被表哥骗了，秀华与卢先生对话时用了"同是天涯沦落人"的典故，春梦婆有意撮合他们俩，卢先生拒绝了，秀华告诉春梦婆她马上要离开台北嫁到高雄。秦癫子因为调戏卖菜婆被打得额头开花，他说他的额头没有开花，是花桥上的桃花开了。春梦婆因此想到花桥的情景。

第十二场，桂林花桥，年轻的卢先生和罗小姐在花桥以古诗《上邪》定情，照相师傅为他们照相。

第十三场,台北大雨,顾太太等人在讲卢先生和阿春的事情,卢先生和阿春走了过来,擦鞋匠告诉春梦婆秦癫子死了,春梦婆又为秦癫子烧了纸钱,冒了米粉,让他有力气回广西。物伤其类,春梦婆想到自己死后是否有人为自己烧纸钱,自己的灵魂能否回到故乡桂林。

第十四场,漓江边,桂花树下,米粉丫头在洗头,营长与米粉丫头重复他们初次见面时的对话,春梦婆独白,她知道为什么这么多年营长找不到她,因为她无法用漓江水洗头,头发里不再有桂花的天香。

第十五场,台北花桥荣记,卢先生与阿春打架,三光板把春梦婆祖传的秘方盒拿出来,春梦婆发现里面的秘方已经被老鼠啃得成为碎末。本场末尾,春梦婆独白,告诉大家卢先生死于心脏麻痹。春梦婆为卢先生烧纸钱,冒米粉,结果她自己把为卢先生冒的米粉吃了。春梦婆独白,说她把卢先生与罗小姐在花桥荣记的合影收留了。

第十六场,桂林花桥,桃花,卢先生与罗小姐对诵《上邪》,春梦婆独白,表示她要把卢先生与罗小姐在花桥的合影挂在店里,让广西同乡看见。

三、话剧《花桥荣记》对小说原作的改编

小说《花桥荣记》全部由主人公春梦婆叙述完成,但春梦婆主要讲述的并不是自己的故事,而是她眼中李半城、秦癫子、卢先生这些流落在台北的广西人的故事。换言之,春梦婆在小说《花桥荣记》中并非主角,小说《花桥荣记》的主角是卢先生,次要人物是李半城、秦癫子。李半城是商人,秦癫子是政客,卢先生是教师,三个人物职业特征鲜明。但春梦婆讲述李半城和秦癫子,分别只用了不到400字,而卢先生贯穿整个小说全篇,可见,小说《花桥荣记》的焦点人物是卢先生。

欧阳子经过对小说《花桥荣记》的细读,发现春梦婆在《花桥荣记》"却不居'附属地位',有其独立之重要性。她的叙述,某些部分,和卢先生完全无关。可是从头至尾,不管她说的是自己生活圈子里的琐事,或是卢先生的故事,却都同样十分流露出她自己的个性。而且我们感觉得出,这是作者的存心。所以,从这一点来论,我们也很可以把老板娘当做这篇小说的主角"[①]。

[①] 欧阳子:《〈花桥荣记〉的写实架构与主题意识》,收入白先勇《台北人》,花城出版社2009年版,第226页。

欧阳子这个发现是很有见地的。我们不妨这样说,卢先生是小说《花桥荣记》的显性主角,春梦婆是小说《花桥荣记》的隐性主角。从这个角度,或许能够让我们发现小说《花桥荣记》还是能够挖掘出"别有意蕴"的。

话剧《花桥荣记》在某种程度上,将欧阳子的发现变成了现实。春梦婆不再是作品中的隐性主角,而成为真正的主角。如果说,小说《花桥荣记》是卢先生的故事,那么,话剧《花桥荣记》则成为李半城、秦癫子、卢先生、春梦婆共同的故事,而且,春梦婆的故事在这个共同故事中占有最大的比重。

这是话剧《花桥荣记》对小说《花桥荣记》最重要的改编。

话剧《花桥荣记》对小说《花桥荣记》第二个重要改编是增加了桂林场景。小说《花桥荣记》全部在台北完成,话剧《花桥荣记》有一半故事在桂林进行。欧阳子认为整个《台北人》第一个主题命意就是"今昔之比",但小说《花桥荣记》中的"昔"只存在于春梦婆三言两语的叙述中,而话剧《花桥荣记》则用了一半的篇幅来实景呈现。

这一半篇幅,包括春梦婆(即米粉丫头)跟着奶奶经营花桥荣记,与卢老爷对话,参观米粉制作作坊,与营长相遇和恋爱,以及春梦婆想象中的卢先生与罗小姐恋爱,等等。

这些场景和故事在小说中都是一言以蔽之的内容,在话剧中全部写实化、具象化、细节化了。

话剧《花桥荣记》对小说《花桥荣记》的第三个重要改编,是增加了一些小说中未有的意象。

小说《花桥荣记》的故事虽然发生在台北,但小说的叙述者春梦婆是桂林人,她在叙述过程中会涉及她在桂林生活时接触到的意象,如漓江、花桥、水东门,马肉米粉、原汤米粉、冒热米粉、培道中学、芍药花、桂剧、小金凤、七岁红、《平贵回窑》,等等。但这些意象在小说中多是一语带过,只有花桥反复出现,成为小说的核心意象,此外,《平贵回窑》这个意象也有较重的分量,与小说故事情节构成内在的关联。

小说是语言艺术,通过语言建构形象,话剧是综合艺术,有更多的建构形象的手段,比如音乐、美术,等等。在小说《花桥荣记》中,桂剧《平贵回窑》只是通过语言说明春梦婆请卢先生唱了一段,话剧《花桥荣记》则在舞台上还原了《平贵回窑》的桂剧片断。小说《花桥荣记》的花桥只是文学语言建构的意象,话剧《花桥荣记》,则可以通过图像直接呈现花桥。值得说明的是,花桥是桂林真实存在的桥梁遗产,最初建于宋代,传承至今。抗日战争时期,花桥在桂林享有盛名,是几乎所有桂林游记中不会缺失的人文景观,至今我们可以在许多桂林民国时期历史文献中看到花桥当年的照片。或许正是因为这个原因,白先勇才创设了这样一个花桥荣记米粉店。荣记是假,花桥是真。

话剧《花桥荣记》一方面重点承接了上述桂林花桥、桂剧《平贵回窑》两个意象,另外,根据剧情和人物形象塑造,还增加了漓江水、桂花、桃花、米粉秘方等多个意象。

漓江这个意象在小说《花桥荣记》中已经出现,但话剧《花桥荣记》中的漓江水,则于漓江的清澈之美之外,具有一种实用功能,即只有用漓江浸泡米制作而成的米粉,才是正宗的桂林米粉。为此,话剧《花桥荣记》用了专门一场来表现这个原理。白先勇在其散文《少小离家老大回》中也提到"桂林水质好,榨洗出来的米粉,又细滑又柔韧,很有嚼头"[①]。

桂花这个意象是为米粉丫头这个人物创设的。桂花是桂林市花,桂花具有美妙的清香,中国传统神话中又有月桂之说,因此,话剧《花桥荣记》将桂花之香味形容为天香。桂军营长正是以天香之说打动了情窦初开的米粉丫头,米粉丫头因此成为营长太太。

桃花这个意象则是为卢先生和罗小姐创设,主要是衬托他们青梅竹马的爱情。花桥称为花桥,有一种说法是缘于方信孺为龙隐岩题写的诗,其中有一句:"满溪流水半溪花"。但这半溪花究竟是什么花,似乎没人提及。不过,剧作家张仁胜将其设想为桃花,并非没有理由。桂林除漓江外,还有一条桃花江。可见,桃花亦是桂林常见之花。桃花本身同时也有爱情的文化内涵。因此,为卢先生和罗小姐创设一座在桃林中的花桥,并非空穴来风。

话剧《花桥荣记》还有一个意象,即米粉秘方。这个意象最先在第二场出现,还以桂剧《梁红玉》作为衬托,用以说明花桥荣记米粉为什么能够赢得那么多顾客;最后在第十五场再次出现,米粉秘方已经被老鼠啃碎。在笔者看来,这个话剧创设的情节非常精彩。因为,小说《花桥荣记》三个重要人物,商人李半城受到叙述者的揶揄,政客秦癫子受到叙述者的鄙视,只有教师卢先生知书达礼、文质彬彬,受到叙述者的同情。这个设计,在笔者看来,隐喻了中国传统文化在那个年代遭受的挫败,小说最后,卢先生终于晚节不保,身心堕落。而话剧《花桥荣

---

① 白先勇:《昔我往矣》,龙门书局2013年版,第12页。

记》一方面呈现了卢先生这条情节线,使小说的这个隐喻得以继续;另一方面,米粉秘方的设计,进一步强化了这个隐喻。2021年,桂林米粉入选第五批国家级非物质文化遗产代表性项目名录,由此可见,桂林米粉作为传统文化的象征,是其来有自的。

四、青春版《花桥荣记》演出情况

2017年5月24日,广西师范大学青春版话剧《花桥荣记》首演,至今已经在北京师范大学、广西大学、广西师范大学、贺州师范学院、玉林师范学院、桂林旅游学院、桂林桂海碑林博物馆、桂林大剧院、南宁403禾集红椅剧场、来宾高级中学等演出20多场。其中,桂海碑林博物馆的演出是实景演出,直接以花桥和漓江为背景。

青春版话剧《花桥荣记》首演之时,打动了现场观看的一位名为胡智强的企业家,他花费上百万元购买了"花桥荣记"的米粉商标,并投资推出了一款"花桥荣记"方便米粉,让"花桥荣记"米粉从艺术虚构变成了生活现实。

在桂林演出四年多,许多观众认为青春版话剧《花桥荣记》已经成为桂林的文化符号。前三年,甚至有观众每场必看,成为青春版《花桥荣记》的粉丝。一位名为曾大军的艺术家,不仅为《花桥荣记》拍摄了大量照片,而且以《花桥荣记》演员团队为题材,创作了数十幅《花桥荣记》手绘速写,他希望能够通过这种方式"使《花桥荣记》这个桂林新的文化现象广泛传播"。

白先勇是桂系名将白崇禧的儿子,在广西有很高的知名度。白先勇童年时期看过不少桂剧,说起民国时期的桂剧剧目和桂剧演员,如数家珍。桂剧在白先勇心中播下了最早的中国戏剧的种子。青春版话剧《花桥荣记》每次演出,皆在观众方面激起较大的反响,成为广西师范大学新西南剧展的保留剧目。这样的演出效果,对广西戏剧界也产生了影响。话剧《花桥荣记》首演不久,广西戏剧界就启动了桂剧《花桥荣记》的创作,2019年12月6日,由广西戏剧院创作的国家艺术基金2018年度大型舞台剧资助项目小剧场戏剧《花桥荣记》在桂戏坊成功首演。2021年7月25日,桂剧《花桥荣记》作为第十一届广西剧展竞演剧目中唯一一台小剧场剧目再次在广西戏剧院桂戏坊演出。

白先勇作品的影视改编是比较多的,但其作品由大学主导改编为话剧的应该不多。话剧是大学生比较喜爱的一种艺术样式,将白先勇小说搬上话剧舞台,对于我们而言,是一个尝试,经过四年的排演,我们认为这是一个成功的尝试。广西师范大学没有戏剧专业,将小说《花桥荣记》改编为话剧,主要依托的是广西师范大学文学院的师生。戏剧是文学院学生必修的四大文学体裁之一,但由于戏剧的特殊性,文学院的戏剧教育日趋薄弱。而我们从2014年开始举办的新西南剧展,从排演田汉、欧阳予倩作品开始,到请剧作家改编白先勇的小说为话剧并将其搬上舞台,七年多时间,我们亲眼见证了新时代大学生对话剧的浓厚兴趣和巨大热情,切身体会到《花桥荣记》从小说到话剧的过程,在文化传承和审美教育领域所起到的积极作用。

《花桥荣记》讲述因战争流离到台湾的大陆人在台北的生活。白先勇在回答法国《解放报》记者关于"你为什么写作"的问题时表示:"我写作是因为我希望用文字将人类心灵中最无言的痛楚表达出来。"《花桥荣记》正是深切传达了人类心灵中这种无言的痛楚。无论是李半城还是秦癫子,无论是春梦婆还是卢先生,他们的人格有高低,性格有差异,但他们的乡愁、他们心灵中无言的痛楚是一致的。《花桥荣记》写出了中华儿女浓得化不开的乡愁,写出了中华儿女无论到哪里,其心灵深处都镌刻着深刻的中华文化基因,深藏着深情的中华文化认同。

小说《花桥荣记》是我们当代文学学科教学的精读作品。白先勇小说通常平白如话、不露声色,但其平静的叙述表层下面,汹涌着情感的深流。品读这样的作品,是需要一定的审美修养的。将小说《花桥荣记》变成舞台作品,必须将无声的语言变成有声的语言,无形的动作变成有形的动作,看不见的表情变成看得见的表情,简言之,是将想象变成现实。参与演出的学生,从阅读小说到阅读剧本,从阅读剧本到表演剧本,这个过程是一个非常好的鉴赏文学的过程,小说作品中许多隐而不彰的内容,都必须在表演的过程中彰显。像《花桥荣记》中春梦婆为李半城、秦癫子、卢先生烧纸钱,在小说中是一笔带过的,粗心的阅读者不会很在意,但在话剧中,则成为非常重要的动作,进一步,话剧作者还添加了给死者冒一碗米粉的细节,让死者能够有力气返回故乡,这个动作表现和细节添加,确实传达并拓展了原作的内在精神。

编剧张仁胜先生为话剧《花桥荣记》创作了一首主题歌:"那双筷子还在老家筷筒,那碗米粉还在老家碗中,那扇木门还在梦里打开,那个味道还在老家等我重逢。"短短四句歌词,成为一首非常感人的桂林米粉主题歌曲。它委婉地诠释了《花桥荣记》的乡愁主题,使两个小时的话剧《花桥荣记》余韵绵长。

2021年6月,广西师范大学桂学博物馆开馆,专门设置了白先勇专题。开馆数月,白先勇专题都是参观者关注的热点专题。

2001年,白先勇撰写了散文《少小离家老大回——我的寻根记》,专门写到了桂林花桥:

> 香港电视台另一个拍摄重点是桂林市东七星公园小东江上的花桥,原因是我写过《花桥荣记》那篇小说,讲从前花桥桥头一家米粉店的故事。其实花桥来头不小,宋朝时候就建于此,因为江两岸山花遍野,这座桥簇拥在花丛中,故名"花桥"。现在这座青石桥是明清两朝几度重修过的,一共十一孔,水桥有四孔,桥面盖有长廊,绿瓦红柱,颇具架势。花桥四周有几座名山,月牙山、七星山,从月牙山麓的伴月亭望过去,花桥桥孔倒影在澄清的江面上,通圆明亮,好像四轮浸水的明月,煞是好看,是桂林一景。①

花桥无疑是白先勇童年时代最深刻的故乡记忆之一,在白先勇另一篇桂林题材小说《玉卿嫂》中,白先勇也专门写到花桥。无论在过去还是在今天,花桥都是桂林一景。

行文至此,欢迎读者诸君有机会到桂林,欣赏花桥,参观广西师范大学桂学博物馆白先勇专题,观看广西师范大学的青春版话剧《花桥荣记》,当然,还有品尝桂林米粉。

2021年8月25日完稿于桂林吊箩山东

---

① 白先勇:《昔我往矣》,龙门书局2013年版,第11—12页。

陌生空间的再造

——论《花桥荣记》的话剧改编*

姚 刚

南京师范大学

一、作家、作品及话剧概览

上世纪六十年代，白先勇留美期间曾相继开始三个系列的小说创作，即"海外中国人"、"台北人"和"纽约客"系列。1965年，在完成"台北人"、"纽约客"两个系列的首篇小说之后，白先勇决定暂时搁置"海外中国人"和"纽约客"系列的创作，集中精力专攻"台北人"系列。及至1971年，《台北人》终于由晨钟出版社付梓发行。《台北人》的出版也算是了却了白先勇心头的一件大事，如若不然，"再不快写(《台北人》)，那些人物、那些故事，那些已经慢慢消逝的中国人的生活方式，马上就要成为过去，一去不复返"[1]的初衷恐怕将一语成谶。

在这部短篇集中，《花桥荣记》是唯——篇以作者故乡桂林为题材的小说。小说以"我"(米粉丫头，来台后唤作春梦婆)流落台湾，为谋生路而将祖业桂林荣记米粉店开在台北长春路为引子，勾勒出一批外省人，尤其是以前柳州富商李半城、前容县县长秦癫子、国文教员卢先生为代表的小人物在人生剧变中的生活图景和内心挣扎。与同集其他小说相比，《花桥荣记》同样写出了"被命运放逐后人性的各种表现，传达了白先勇对历史失败者特有的悲悯之情"[2]，但更为特殊的

---

* 特此鸣谢广西师范大学文学院、白先勇研究中心黄伟林教授对文章修改所提出的宝贵意见。
[1] 刘俊：《悲悯情怀——白先勇评传》，尔雅出版社1995年版，第282页。
[2] 黄伟林：《经典回故乡——写在话剧〈花桥荣记〉桂林首演之际》，《广西日报》2016年11月2日。

是,它"还真实地写出了 1950—1960 年代流落在台北的大陆人既无法追回往昔,又无法跨越海峡的生存状态"①。在这一背景下,桂林、桂林米粉这些独具故土气息的物什便在作家笔下转变为"浓得化不开"的乡情的符号与载体。

对故乡的眷念成为小说改编成话剧,并在桂林首演的重要内部契机之一。从外部条件上看,两岸文化交流活动的开展是重要促成因素之一,它要求文艺工作者在诸多艺术作品中披沙拣金,筛检出能够引起两岸同胞情感共鸣的优秀作品并以创新的、为两岸同胞所喜闻乐见的形式加以呈现。时值中华文化促进会、台湾太平洋文化基金会在桂林成功举办"第七次两岸人文对话"活动,②10 月 26 日话剧《花桥荣记》首演即是最有价值的献礼作品。

该话剧由国家一级导演胡筱坪先生、一级编剧张仁胜先生合作编排而成。从主创团队的身份和创作经历上来看,胡、张二人原籍皖鲁,深耕广西文化,不仅对桂剧创作、改编熟稔于心,还对乡情具有切身体悟,这些都让胡、张之于《花桥荣记》犹如伯乐之于千里马而成为可能。所谓"文逢解人,琴遇妙手,乐遇知音"③,确为的论。

二、文本转换:开辟陌生空间

通俗地说,改编就是小说、话剧间的文本转换过程。它是一个二度创作行为,在坚持"忠于原著"④原则之外,还要求改编者具有"独立的鉴赏能力和批判精神"⑤,在把握原著主体精神风貌的基础上进行创造性改造,使其符合新的文本表现形式的要求。

《花桥荣记》的改编大抵亦是如此。原著作为短篇杰作,读者甚众,对于小说所表现的失根者的悲苦飘零、人性挣扎和浓郁的乡情早已熟稔于心。张仁胜先生通过变形、扩充、新增等方法,把那些为人熟知的、一目了然的事件或人物剥

---

① 黄伟林:《经典回故乡——写在话剧〈花桥荣记〉桂林首演之际》,《广西日报》2016 年 11 月 2 日。
② 参见唐晓燕:《"第七次两岸人文对话"在桂林举行 话剧〈花桥荣记〉隆重首演》,《南国早报》2016 年 10 月 26 日。
③ 黄伟林:《经典回故乡——写在话剧〈花桥荣记〉桂林首演之际》,《广西日报》2016 年 11 月 2 日。
④ 夏衍:《对改编问题答客问》,收入《夏衍论创作》,上海文艺出版社 1982 年版,第 406 页。
⑤ 张福贵、周珉佳:《小说与话剧文本转换的现代性表达——关于新世纪话剧的文本考察》,《求是学刊》2013 年第 3 期,第 133—135 页。

去,使观众对之产生惊讶和好奇心[1],从而为观众在话剧中开辟出一个不同于小说原著的陌生空间。

(一)变形:先破后立,改弦更张

变形,是指通过替换重置小说原有人设和叙事结构,内在地包含着先破后立的原则,从而使之更符合话剧剧本的行文要求,继而为舞台表演提供便利。

小说是从来台后"我"(春梦婆)的视角出发,在讲述祖业桂林花桥荣记米粉店旧事的过程中,先后引出李半城、秦癫子、卢先生等流落台湾的广西同乡的生活境遇。小说段落间空行,分六章节,笔墨所及,李半城、秦癫子二人只占六分之一,余下部分全在讲述卢先生如何由一个温文尔雅的忠贞男子而落得个堕落身死结局的悲惨故事。毋庸置疑,"我"只起到交代叙述、串引情节的线索作用,卢先生才是小说唯一的主人公。更重要的一点,同时也是小说最为特殊之处,就是其本身并不具备鲜明的戏剧性,以至于一些评论家认为其"像流水、像柔风"[2],具有极大的改编难度。此言不虚。

在话剧剧本中,小说的角色主次定位被推翻并新设,以入台后的"我"作为全剧主角,以米粉作为中心道具,借用"我"对家乡桂林的回望串联起现实(台北)和记忆(桂林)这两种永不可兼得的情绪寄托。在这一过程中,构成话剧最重要因素的矛盾冲突开始显现。首先,桂林作为出生地,台北作为寓居地,因政局影响而有家不能回,这是现实地域间的矛盾;其次是失根者在心理情感上的矛盾和郁结,"我"作为流落台湾的失根者之一,愈久经历在台生活的艰辛和孤独,就会愈发怀念桂林旧事之温情,犹如坚石击中柔波,掀起波涛滚滚。总体而言,小说侧重于对来台后生活的勾勒,叙述平缓;而话剧则以"我"的回望为机杼兼顾两地,波澜起伏。

通过"我"多达八次的回望,话剧艺术性地实现以李半城、秦癫子、卢先生为代表的失根者的今昔对比和灵肉抗争。为使行文简洁,表列如下:

---

[1] 参见[德]贝·布莱希特:《论实验戏剧》,收入《布莱希特论戏剧》,中国戏剧出版社1990年版,第62页。

[2] 话剧《花桥荣记》座谈会于2016年10月27日在广西师范大学王城校区召开,笔者有幸与会。此处据会议录音整理而成。

时空 人物	李半城	秦癫子	卢先生
来台前	柳州木材富商；房产多达半城，在桂林赁房收租	官任县长；有妻妾二人，与二房更为亲近	名门之后，温文尔雅；有婚约在身
在台时	独居台北，身无分文；有子不孝，身患疾病；珍视房契以自慰；七十寿后吊颈而亡	独身一人，无一张照片寄托相思；因调戏女职员被开除公职而疯癫；台风天落水而亡	忠贞痴情，洁身自好；被骗后自甘堕落，滥性而亡

李半城、秦癫子、卢先生三人前后殊异的人生境遇在一定程度上凸显了其对往昔的怀念，这是三人乡情的隐秘流露。更重要的是，话剧中来台后的李半城珍视一摞房契、秦癫子牵挂二房太太、卢先生痴等未婚妻，这些场景构成了推动话剧情感深化的桥梁，三者既是也只能在"我"回望桂林的时空转换中才能得到展演空间，反过来也共同作用于"我"对桂林的回望。换句话说，"我"的回望不仅是三人望乡情绪和生活现状呈现的契机，更是因其之铺垫烘托而形成的合力，其程度之愈深自不待言，同时还满足了"我"作为话剧主人公的情感表达要求。

(二) 扩充：承其原意，敷衍铺陈

扩充是对原著已有但着墨不多之处承其原意地补充。全剧有代表性的扩充有以下几处。

首先是"我"与营长丈夫相识的过程。小说中，"我"是在自豪于桂林人总"沾着几分山水的灵气"[①]时，顺带论及自己当年吸引营长并结为连理的旧事："我替我们爷爷掌柜，桂林行营的军爷们，成群结队，围在我们米粉店门口，像是苍蝇见了血，赶也赶不走，我先生就是那样把我搭上的。"[②]这一用五十余字一笔带过的小事被张仁胜先生单独拎出并大书特书，于是可见《花桥荣记》剧本之第六场对此事的铺陈敷衍。第五场末，"我"为侄女秀华和卢先生牵线搭桥，反遭秀华抢白忘夫；第六场一开始，有苦难言的"我"便回望桂林荣记店堂内"我"与营长调情时的甜蜜与羞涩：

营长：……这种味道，要是一辈子天天有得品，方不枉人活一世。

米粉丫头：容易，想吃就来花桥荣记。

---

① 白先勇：《台北人》，上海文艺出版社1999年版，第121—126页。
② 同上。

营长:行伍之人,四海为家,若想一辈子天天有得品,除非——

米粉丫头:除非什么?

(营长盯着米粉丫头……)

营长:除非娶个会做马肉米粉的女人为妻……

米粉丫头:(脸红道)……

……

营长:桂花树在上游,桂花跌落漓江,花瓣顺水流到你洗头的地方,因此上,你的头发比一般桂林妹子的头发多一股香气……

……

营长:天香。桂林人来花桥荣记,都是闻到了花桥荣记的米粉香;我来花桥荣记,闻到的是你头上的天香……

(米粉丫头忽然脸红地捂住脸……)

米粉丫头:你、你坏,闻人家头发……[1]

其次是对桂剧表演的扩充,这一扩充大大增强了话剧的舞台表演性。相较于小说的纯文字叙述而言,舞台灯光、场景的变化能够带给观众强烈的视觉冲击和审美感受,从而使得观众"沉浸到剧情里,暂时忘掉自己,成为整个演出活动的一部分"[2]。

小说中卢先生一句"十八年老了王宝钏"听得"我""不禁有点刺心起来"[3],桂剧《薛平贵回窑》是桂林唱腔,会让人感受到故乡的味道。戏中人王宝钏苦等十八年而有所得,终究夫妻团聚,这与流落台湾的"我"和卢先生等人的现实遭遇形成鲜明对比。一曲终了,让人唏嘘不已。小说也只是点到为止,情感基调虽有些许伤感却也较为收敛。

话剧则不尽相同,卢先生戏言一出,"我"顿时泪流满面。在这情满自溢时,"我"于泪光中回望当年的乐群剧社。值得注意的是,由于"戏中戏"被搬上舞台,此时的舞台已经被潜在地分割成三个层次:距离观众最近的是发出回望动作的

---

[1] 文中所引话剧《花桥荣记》(张仁胜著),均出自李咏梅、黄伟林主编《广西多民族文学经典(1958—2018)戏剧卷》(广西师范大学出版社 2018 年版)。下同。
[2] 董健、马俊山:《戏剧艺术十五讲(修订版)》,北京大学出版社 2012 年版,第 247 页。
[3] 白先勇:《台北人》,上海文艺出版社 1999 年版,第 121—126 页。

"我",在"我"的独白声中,米粉丫头(年轻时的"我")和营长相偎而坐,他们面前演的正是回窑一段,在当下之甜蜜中又不得不担心因战火而分离。从观演关系的角度看,这一安排的一大利好就是破除"第四堵墙",让"墙"外的观众在无意识状态中自觉地融入"我"的角色中来,尽管观众处于第四层次,但"我"在回望过程中的所喜所乐、所悲所哀都能够在观众间找到共鸣。

从听觉体验方面来看,话剧对曲辞进行了补充:

王宝钏:(唱)十八年老了我王宝钏……

王宝钏:(白)既是儿夫回来,你要往后退一步……

薛平贵:(白)哦,退一步……

("我"忍不住跟着王宝钏的道白……)

王宝钏、我:(白)再退后一步……

薛平贵:(白)再退一步……

王宝钏、我:(白)再要退后一步……

薛平贵:(白)哎呀,往后就无有路了啊……

王宝钏、我:(白)后面有路,你……也不回来了啊……
……

薛平贵:(唱)平贵离家十八年,

王宝钏:(唱)受苦受难王宝钏。

薛平贵:(唱)今日夫妻重相见,

王宝钏:(唱)只怕相逢在梦间……①

这一补充,使得《回窑》一段相较小说显得更加完整,从曲辞文字不难看出王宝钏对薛平贵又怨又爱和对团聚的难以置信。在专业戏曲演员的唱腔中,这种情绪随着曲调弥漫开来,遍布剧场。同时,"戏中戏"呈现的薛、王团圆之情由远及近,经由米粉丫头和营长的浓情蜜意和忧心忡忡,再到"我"孑然一身的孤苦悲戚。与情感变化相呼应,舞台灯光随之渐趋暗淡,由《回窑》处的明亮到二人看戏处的柔和,再到"我"独白时的微亮,每进一步便消极一分。若视《回窑》为湖心,这一系列的情感便是波浪,层层堆积交叠,最终一股悲情重重地撞击于岸边,为

---

① 摘自话剧《花桥荣记》剧本,张仁胜著。

观众带来迥异于原著的视觉和听觉体验。

（三）新增：另辟蹊径，有的放矢

新增，顾名思义，即添加原著所无的内容。新增之处并非旁逸斜出的闲笔，而均关涉主旨、深化情感。

其一，米粉师傅惩徒。话剧第三场末，"我"和卢先生慨叹台北荣记不及桂林荣记正宗之因是少了漓江水。由此，"我"在第四场初始即回望桂林往事。年幼时随奶奶去粉坊取粉，却见米粉师傅惩罚学徒，只因学徒偷懒，在挑了二十七担漓江水后兑入一担池塘水，坏了米粉的味儿，只能将十几板米粉倒进潲水缸喂猪。漓江水缘何如此重要？首先肯定是粉坊师傅对水源水质的严格要求；其次，漓江水更是"我"等一众流落者心中桂林记忆最具代表性的乡情符号之一：

> 米粉丫头：（感慨地）作坊被漓江水泡了几十年，就剩漓江水的味道了。也是喔，漓江水泡出来的桂林米粉，天生漓江味道，桂林米粉放再多料子，最要紧的味道，还是漓江味道……
>
> 黄奶奶：孙女，一个人能喝一世漓江水、吃一世漓江水泡出来的米粉，是前世修来的福，奶奶享了一世这个福，你这一世也莫离开桂林，也享一世这种福，记下了？
>
> 米粉丫头：奶奶，我这一世，是不肯离开桂林的……①

"我"幼时的愿望终究还是落了空，流落台北后对故乡桂林所有的情感寄托都存于长春路上的荣记米粉店，但此时的米粉又失去了故乡的味道。反转循环间，更见悲戚。

其二，融合风俗民情。风俗民情具有明显的地域色彩，有时甚至会成为该地区的同义指称，很容易使人联想到故乡等具有特定情感寄托的词汇。揆诸剧本，可以发现编剧张仁胜先生将广西地区有关招魂还魂的民间习俗融入其中，带来了令人耳目一新的舞台效果。

"广西古代俗信鬼"②，在普遍观念中，灵魂和肉体是两种不同的物质，灵魂可

---

① 摘自话剧《花桥荣记》剧本，张仁胜著。
② 广西壮族自治区地方志编纂委员会编：《广西通志·民俗志》，广西人民出版社1992年版，第359页。

以脱离肉体而独立存在却不为人所见,同时,人们也认为,灵魂的"出走"即意味着人之将亡。由此,人们"在思想上,就出现灵魂崇拜的观念;在行为上,则出现招魂的风俗"①。民俗招魂的缘起之一,是人们担心客死异乡者的灵魂找不到归路而与其生前一样饱受离散的苦楚,甚至没有轮回转世的机会;除非死者家人为之招魂,让其魂魄循着家人的指示回乡。毫无疑问,无论是鬼神崇拜,还是招魂仪式,都具有一定程度上的迷信色彩。但另一方面,作为一种民俗,其背后的文化因子也不容忽视。

话剧《花桥荣记》在这一关节上的处理颇为巧妙,既有所收敛,避开了民俗中的糟粕成分,又加以阐发,将落叶归根的观念诠释得淋漓尽致。在又一次从长春路到桂林荣记的回望过程中,身为局外人的"我"看着粉铺里的米粉丫头和奶奶,心中只是落寞;也就在此时,"我"看见已经在台北逝去的李半城的魂魄拎着满是房契的皮包回到了桂林。

(落魄的李半城提着那口箱子从门外走入店堂,动情地看着黄奶奶和米粉丫头……)

李半城:黄奶奶……

(李半城看得见黄奶奶和米粉丫头,她俩却看不见李半城……)

李半城:(对米粉丫头说)我从台北长春街来,你交待过我,吃两碟荣记马肉米粉,一碗放腌马肉,一碗放腊马肉……

(李半城坐到桌前等着……)

("我"也想走进桂林花桥荣记的店堂,但是,好像有一层玻璃门挡在我面前一样,"我"走不进去……)②

话剧在这里呈现给观众的是颇为奇特的观赏效果:"我"作为大活人,梦想着回到桂林,回到花桥荣记,一切看似近在眼前却始终被像玻璃一样的东西拒之门外;而李半城虽身死人亡,尽管他的灵魂始终只是一个游魂,见得到人却不为人所见,但毕竟,他还是遵照"我"的嘱托回到了桂林,也即所谓的落叶归根。

如此一来,再在舞台暖色调灯光的烘托下,民俗招魂还魂带有的迷信色彩和

---

① 徐华龙:《鬼》,上海辞书出版社 2014 年版,第 143 页。
② 摘自话剧《花桥荣记》剧本,张仁胜著。

令人毛骨悚然的精神刺激成分已经被完全消解,只剩下还乡、落叶归根等核心意识,引导观众自然而然地感叹生前无法完成的回乡愿望终究要在死后由灵魂来实现的无奈和悲苦。而"我"发出的盼死的感慨,或许这时也更能为人所理解与同情。

关于改编招魂还魂民俗的动因,编剧张仁胜先生有着自己的看法,他本是齐鲁人士,在桂林度过青少年时期,他的奶奶在去世后也与桂林的山水融为一体。张仁胜先生坦言,对话剧中李半城灵魂返回桂林情节的改编在很大程度上寄寓着其对奶奶身后无法还乡之遗憾的精神弥补。这对理解此剧具有重要意义。[①]

此外,编剧张仁胜先生还为话剧撰制了主题曲《回家》的歌词:"那双筷子还在老家筷筒,那碗米粉还在老家碗中,那扇大门还在梦里打开,那个味道还在老家等我重逢。"歌词虽只有短短四句,却句句不曾脱离话剧中暗含的有关乡情的符号载体。在婉转轻柔的歌声中,已被话剧本身激发的思乡情绪只会愈加强烈、浓郁,直至催人泪下。

三、观剧体验:陌生—再熟悉

小说《花桥荣记》借助"我"的视角帮助读者一览流落台湾的失根者的生活境遇的同时,也揭示了他们人性的渐变和内心的挣扎,更重要的是,桂林人写桂林记忆总还是绕不开乡情这一话题。话剧在对小说的改编过程中,或许是考虑到献礼两岸人文对话活动顺利开展的需要,有意无意地将乡情的传达作为话剧最重要的情感主线加以突显。但这绝不意味着话剧改编将小说意旨腰斩或剥离,只是侧重点稍有不同罢了。

话剧对小说的文本转换,通过一系列方法的运用,加之不同艺术表现形式内在要求的影响,话剧成功建构了一个特殊的舞台陌生空间。不容忽视的是,这一陌生空间是相对于潜在的小说阅读体验而言的。小说为人熟知,意旨为人领悟,是观众十分熟悉的艺术表现形式之一。等到观众入场观看话剧时,陌生空间便要发挥作用,尽可能地消解观众原有的关于小说的固定认知,引导观众融入话剧这一新的充满陌生感的艺术表演形式。

---

① 话剧《花桥荣记》座谈会于 2016 年 10 月 27 日在广西师范大学王城校区召开,笔者有幸与会。此处据会议录音整理而成。

在观众的观剧感触中,"一碗米粉串起两岸故乡情"最为常见——这是话剧将米粉作为全剧中心道具、文化符号和情感载体的成功之处。关于米粉的制作秘方和搭配素材的正确选择,话剧中是如此呈现的:分别用中药配伍和梁红玉排兵布阵来比拟。中药配伍讲究"君臣佐使",要求每一味药都要有主次之分并发挥不同的作用,唯有如此才能药到病除;梁红玉点将,讲究能者居其位,将帅兵卒各有所用,才能克敌制胜。这两种奇特的比拟对于医治乡思之病,追溯桂林米粉久盛不衰之因极具启发意义。毫无疑问,熟读小说的观众在此获得的肯定是十分陌生,但细细想来又饶有余味的观剧体验。而前述文本转换手法运用的目的,大抵也与此相同。

话剧建构的是一个陌生空间,这一空间的突然出现为观众带来了暂时性的异质感受,观众原有的阅读体验会在视觉、听觉的强烈冲击下被暂时隐藏或忘却。这也是改编者在改编名著时所期待达成的效果。随着舞台表现形式的不断变化、情感历程的不断推进,当观众再次见到与乡情有关的文化符号和情感载体时,他们便会产生似曾相识的心理认知。在小说原著对乡情的铺垫作用下,观众会恍然大悟,从而实现对小说原著所表达情感的"再熟悉"。在这个过程中,观众对于话剧所开辟的陌生空间的未知和求知欲会促使其投入话剧的舞台演出中,他们会"跟随着人物进入情境,把注意力放到情节和人物性格的发展中"[1],这对实现观演关系的良性互动具有积极意义,而话剧最着力表达的乡情也在你来我往之中得到深化。

不言而喻,改编已被观众熟知的知名小说是一件充满挑战的事,这不仅在于文本转换可能会破坏原著风貌、引起观众误读,更在于如何让观众欣然接受改编后的作品。对于话剧《花桥荣记》的创演团队来说,深耕联系两岸同胞的故乡情怀,借鉴布莱希特"陌生化"理论构造陌生空间,便已为观众打开了新的视界,从而实现改编的成功。

---

[1] 张福贵、周珉佳:《小说与话剧文本转换的现代性表达——关于新世纪话剧的文本考察》,《求是学刊》2013年第3期,第133—135页。

《花桥荣记》的桂林叙事：
从影剧改编到小说的再解读

于 迪

南京大学

在白先勇《台北人》系列小说中，地域空间占据着重要的地位。1949年国共政权的更迭带来了两岸的对峙与空间的隔绝，大批渡海迁台的人经历了空间的流转，过去的时空因两岸对峙而被静置，小说文本由此形成一个空间与时间不可分割的时空体。白先勇将台北与大陆城市桂林、上海、南京等进行对照，涵盖了他本人对这些空间的内在经验与生命感知。其中，桂林是他的出生地，他在这里度过了童年时期(1937—1945年)。发表于1970年12月的小说《花桥荣记》正是以桂林为时空背景，展现了迁台的桂林人对故乡的深沉眷恋及在巨大历史转圜中不可掌控的命运悲剧。1998年导演谢衍将小说《花桥荣记》改编为同名电影；2016年编剧张仁胜、导演胡筱坪将此改编为话剧搬上舞台。从小说到电影、话剧，后二者的影像媒介性质令桂林的地域空间因素表现得更为直观突出。

在既往有关影视改编的研究中，长久地存在着一些偏见，电影改编往往被视为有损于或窄化了文学文本，忠实性问题更始终缠绕着改编转换的整个过程。而结构主义符号学将所有的表意实践都视为共享的符号系统，电影文本与文学文本都可作为同一等级的文本来进行细读与分析，这样就颠覆了以往对电影改编的偏见与等级歧视。罗兰·巴尔特更是将文学批评与文学之等级进行摧毁，电影改编由此被比作一种阅读和批评小说的形式，不必属于或者寄生于原作。[①] 其实，文学本是一种非稳定的、开放的结构形态，文学文本存在着许多未言之物/未做之事，文本并不了解它们自己，电影改编甚至可以发现源小说的结构性空白/召唤结构，

---

① [美]罗伯特·斯塔姆：《电影改编：理论与实践》，刘宇清、李婕译，《北京电影学院学报》2015年第2期。

或填补源小说的缺陷。同时,改编行为也涉及意义(主题/语义)的转换问题,这个过程与翻译实践具有很高的相似性,翻译研究可为改编研究提供有效的帮助与启示。借用韦努蒂的翻译"诠释模式",改编也可被视为一种解释行为,改编者在新的社会文化背景下,通过利用现有的表达资源来扮演解释者。[1] 因而,本文将电影《花桥荣记》与话剧《花桥荣记》视为对小说《花桥荣记》的一种阅读和阐释形式,不再拘泥于忠实性问题,而是将影剧文本作为小说文本的无限流转,考察桂林在不同文本中的呈现,以作为对小说文本的不同阐释形式。

一、电影《花桥荣记》：作为"风景"的桂林

电影《花桥荣记》由谢衍担任导演,于 1997 年年底拍摄完成,1998 年上映;编剧由杨心瑜、谢衍共同担任,从 1995 年夏天开始着手。由于二人有着相近的文学观念,所以改编工作进行得十分顺利。同时,杨心瑜也表示,改编白先勇的短篇小说为电影剧本有许多优势,"他的故事完整写实,剧情戏剧化,而且人物的描述在声影上都有很大的想象与创作空间"[2],这也是白先勇许多小说都改编成为电影、电视剧或舞台剧的重要原因。但从文学到电影,并不意味着将源故事元素一对一地转换成图像,而是对文学最重要方面及其意义的视觉处理。在这种艺术转换中,对于源故事元素的择取是十分主观的。[3] 因而,就可将谢衍的导演作品《花桥荣记》视为对白先勇小说《花桥荣记》的一种主观阐释与个人呈现,包含着导演本人对源小说的理解。

小说《花桥荣记》采用了第一人称"我"——"春梦婆"的叙事视角来讲述发生在荣记米粉店的故事,荣记米粉店迁台渡海从桂林来到台北,聚集在店里的食客们也多是广西人,他们到店吃一碗桂林米粉一解思乡之苦。人来人往的米粉店成为故事上演的舞台,老板娘也目睹了形形色色在台北的广西人的生命流转。小说的叙事时空为 1960 年代的台北,桂林是老板娘口中的故乡,一个"桃花源记"般的存在,经由回忆和叙述不断强调桂林的山明水秀和桂林人的灵气出众。

---

[1] 雷雯霏:《从翻译到改编,不止是语言模式的转换》,《北京电影学院学报》2021 年第 4 期。
[2] 杨心瑜:《〈花桥荣记〉剧本改编后记》,收入谢衍、杨心瑜等《花桥荣记:电影剧本与拍摄纪事》,远流出版事业股份有限公司 1999 年版,第 33 页。
[3] 雷雯霏:《电影改编理论与实践障碍》,《电影文学》2021 年第 10 期。

《花桥荣记》的桂林叙事：从影剧改编到小说的再解读／于　迪

电影采用旁白的形式，以春梦婆的声音讲述荣记米粉的过往，以桂林水东门外花桥旁的山水景色和桂林的荣记米粉店作为开幕影像。紧接着电影镜头便聚焦于台北的荣记米粉店"陈设简陋，生意清淡"，来店的食客每个人都穷困潦倒，为钱所困，与桂林荣记米粉店里的客人如织形成鲜明对比。接下来电影全部采用台北与桂林场景交错呈现的形式，借由出场人物的回忆思绪带领观众在1960年代的台北与1940年代的桂林间来回穿梭。在电影中，桂林是每个人的"前身"，在交代人物此时台北的生活现状时，都要回顾过去在桂林时的情形。老板娘容貌的变化、李半城收集地契却身无分文、秦癫子不断对女性进行性骚扰、卢先生为见未婚妻而被骗走钱财，这些人物此时的生命困境都经由时空交错和对比的形式呈现而得到充分解释，此刻的沉沦堕落都有"前因"，经由桂林前史的补充，台北故事得以完整。

在电影《花桥荣记》中，桂林场景的几次出现都是作为台北的"前景"。每一次出现都有桂林山水的景色，剧本中用"奇峰林立，风景如画"、"桂林的花桥，景致宜人"等词句来形容桂林的风景，电影镜头更是贴切地表现出了"风景如画"的桂林山水，每一幅景色都几乎是静止的，导演用长镜头语言来描摹桂林的山水画，并且强调这种风景的自然性，这种自然性实际上也代表了桂林的地方特色。自然风景作为一种视觉存在，一直都是电影媒介所"框取"的对象。电影作为一种仿真的视觉艺术，无论是对于再现还是表现自然风景，都有着得天独厚的优势，它可以灵活运用各种景别和拍摄角度，多方位地展现自然风景。但当自然风景进入电影，成为一种审美对象，风景与自然就发生了区别。风景并非自然，而是自然的寓言，是自然的图像，而非自然本身。在列斐伏尔看来，风景被视觉装置——包括摄像机、凝视、取景框以及与视觉文化相关的技术——彻底渗透，"通过框取，自然转而为文化，大地转而为风景"[1]。并且，列斐伏尔还将场景与风景进行区分，他认为场景是叙事的发生之地，而风景却从"发生性"（或"事件态"）中抽离出来，独立存在。电影《花桥荣记》中的"风景"有时是没有人的空景，具有过场的功能，即所谓的空镜头，这种风景便"最少承担实在的叙事任务，最能灵活地表达情绪、感情状态、内心体验"[2]，同时也"意味着间歇，意味着由间歇而唤起的

---

[1] Martin Lefebvre(ed), *Landscape and Film*, London: Routledge, 2006, pp. xv, 19-60.
[2] ［俄］C.M.爱森斯坦：《并非冷漠的大自然》，富澜译，中国电影出版社1995年版，第286页。

填充意义的冲动,召唤人们以自己的方式去填补缝隙"①,这种风景更具有敞开性,也可视为罗兰·巴尔特意义上的"可写的文本","要求读者不断地积极参与到它的建构中来"。②但有时也是人物个性与故事展开的背景,团长骑马带着年轻的老板娘驰骋在桂林山水间、李半城与儿子在山间俯视整个桂林城、水东门外花桥旁的卢先生与罗小姐这些镜头,导演分别采用远景、俯视与近景等不同视角多方位地摄取桂林的风景,并将人与景融合在一起。此时这些风景就具备了叙事的功能,由"风景"变为了"场景"。尤其是最后一个镜头,照片上花桥旁的卢先生与罗小姐变为影像中的真实场景,"导演希望电影的 Ending 有旧照片与实景镜头溶接的效果,因此必须先拍一张透视、景深、背景、角度、比例效果能与活动画面一致的照片"③,静置的图像逐渐变为动态的场景,讲述着遥远而美好的桂林往事。

电影中的桂林风景以一种自然静默的方式呈现,更多的是起到突显地域特色和作为故事背景的作用,没有过多地介入叙事,与台北场景有着鲜明的对比。电影中的台北场景多是生活空间的展示,陈设简陋的米粉店、杂乱破旧的大杂院、狭仄局促的违建屋等都给人一种视觉上的压迫感;桂林整齐宽敞的店面、气派别致的卢家大院、汽车等现代化设施更突出了今昔对比的落差,而秀丽宜人的桂林自然风景使得这种落差更加明显、压迫感更加强烈。这种对比与静景的设置,更显示了导演的意图是着意强调台北生存的困境。山水画般的桂林景色与桂林故事在影片中被淡化处理,沉郁嘈杂的台北图景被凸显放大,故事人物当下的生活现状被细细摹画。导演显然更注重的是桂林人迁台后的生存问题。小说中卢先生在台北的境遇是故事发展主轴,但在电影中秦癫子、李半城包括秀华的生活后续都被补充完整,分别作为独立的线索加以完善扩充,这也显示出了导演对小说的理解,他将白先勇的小说阐释为桂林人的"台北故事",着重的是台北时空。谢衍谈及为什么会选择白先勇的《花桥荣记》作为改编对象时,认为"白先勇的东西写的不是什么两岸分开的东西,而是人生,一群人去了另一个地方以后,

---

① 施畅:《真实的风景与风景的政治——中国电影海外批评的当下取径》,《文艺研究》2013年第4期。

② [英]丹尼·卡瓦拉罗:《文化理论关键词》,张卫东等译,江苏人民出版社2006年版,第55—61页。

③ 林良忠:《摄影师手记》,收入谢衍、杨心瑜等《花桥荣记:电影剧本与拍摄纪事》,远流出版事业股份有限公司1999年版,第51页。

人怎么活下去才是最重要的,这给我的感触很深刻"①,他将桂林场景完全处理为台北故事的背景,为此刻的故事发生作一交代。这种处理方式与理解角度与导演的个人经验有着密切的相关性。谢衍1980年代初就从上海到美国自费留学,刚到美国时,"身上只有三百块美金,学费却要四千多,打工啊什么的,也生存下来了。所以我的经历是和故事老板娘有所呼应的,因为感触深,所以才想拍"②。而编剧杨心瑜也有移民经验,她在小说阅读和剧本改编过程中也找到了与个人经验相契合的部分,她认为"《花桥荣记》的主题是本质上相冲突的怀旧与适应。这发生在我们颠沛流离的上一代,也发生在白先勇、谢衍、我自己和许多移民身上。这是一个愈来愈沉重的主题。或许就是因为沉重,我从开始就努力把它轻松化"③,显然主创者的移民经验参与了改编与阐释。经过杨心瑜和谢衍的改编,白先勇的小说成为桂林人的"移民"故事,"移民"后的生存境遇是他们表现的重点。

与白先勇不同,谢衍没有浓重的怀乡情愫和哀叹之感。在谈及1990年代大陆拍摄的电视剧《北京人在纽约》时,谢衍对此剧所展现的北京人在纽约的悲惨生活表示不满,他认为美国生活是多元的,是具有多种机会和可能性的,可以给人提供多种生活模式,他表示"一到纽约,我就觉得有一种特别的亲切感,几乎没有一种身在异乡的感觉。我想这里就应该是我今后工作和生活的地方"④,这种认知体验与身份认同也决定了谢衍对《花桥荣记》中"桂林人在台北"的态度。他不认为桂林人在台北的悲剧是由两岸分隔造成的,而是"由他们本身的性格造成的",这也影响到了他对小说的理解,"白先勇先生的这篇《花桥荣记》不是肤浅地写国共两党谁对谁错,也不是写两岸分开的痛苦。《花桥荣记》写的是生命的意义和人生的价值,它远远超过一般思念家乡,渴望统一的泛泛之作"⑤。因而,谢衍对小说进行改编时,一方面对李半城、秦癫子等人在台北的境遇作了嘲讽,李

---

① 王志成:《漂洋过海来拍戏》,收入谢衍、杨心瑜等《花桥荣记:电影剧本与拍摄纪事》,远流出版事业股份有限公司1999年版,第37—38页。

② 同上书,第38页。

③ 杨心瑜:《〈花桥荣记〉剧本改编后记》,收入谢衍、杨心瑜等《花桥荣记:电影剧本与拍摄纪事》,远流出版事业股份有限公司1999年版,第35页。

④ 谢衍:《我的电影步途》,收入谢衍、杨心瑜等《花桥荣记:电影剧本与拍摄纪事》,远流出版事业股份有限公司1999年版,第21页。

⑤ 王志成:《漂洋过海来拍戏》,收入谢衍、杨心瑜等《花桥荣记:电影剧本与拍摄纪事》,远流出版事业股份有限公司1999年版,第30页。

半城与儿子在桂林被人力轿夫抬着上山、在半山腰俯视所拥有的半城房产,但在台北面临儿子不给寄钱、无限期拖欠饭钱、守着一床的房契却毫无用处;秦癫子在桂林当县长、有着铺排的生活、一晚流连于三个太太的房间,来到台北后成为一个小公务员,又死性不改,对女性进行性骚扰而被打,在时空对比中,导演表露更多的是讽刺之情,"很有些黑色幽默,甚至有一点喜剧的味道"①。另一方面,谢衍对小说的政治背景作了淡化,而把故事处理为一个具有普世性价值的人生悲剧。这与谢衍的文学观念和艺术理念相关,他所注重的是艺术的普泛性和永恒性。同时,这也与编剧杨心瑜的历史认知与政治意识有关,"台海两岸关系在我童年时代就是交相攻击,不相往来,观念里彼岸的同胞生活是在水深火热中,一直到我出国前依然如此,因此对我而言有些问题并不是问题"②,所以影片中并没有对政治分隔的特殊性做过分强调,桂林的存在也就自然成为一个仅仅是时间意义上的"过往",导演对桂林的呈现也就趋近于一个自然状态下的"风景"。

二、话剧《花桥荣记》:电影的摹本与作为"地方"的桂林

与电影《花桥荣记》不同,话剧《花桥荣记》显示出强烈的桂林地方色彩与地域文化特色。编剧张仁胜本身就是在桂林长大并长期生活在桂林的,对桂林十分熟悉,也有丰富的桂林生活和写作经验。2016年3月3日,张仁胜应邀到广西师范大学讨论《花桥荣记》编剧事宜,不到一个月时间,他就完成了话剧《花桥荣记》的剧本写作。2016年10月26日,话剧《花桥荣记》在桂林大剧院成功首演。话剧《花桥荣记》共分十六场,第一场以1956年春台北长春路的"花桥荣记"开张为开头,第二场随着春梦婆的回忆转到了她童年时期的桂林,接下来台北与桂林场交错呈现,时间也随着场景的切换而在现实与历史间跳跃。在时空并置中,桂林一直是被突出强调的,即便在台北时空中,人们口中不断谈论的也是桂林,桂林没有出现,但桂林米粉、桂林山水、桂林女人等代表桂林特色的话语一直充斥在舞台上。整部剧作以桂林马肉米粉为线索,开启了有关抗战时期的桂林故事。

---

① 谢晋:《两代人对白先勇的情结》,收入谢衍、杨心瑜等《花桥荣记:电影剧本与拍摄纪事》,远流出版事业股份有限公司1999年版,第17页。

② 杨心瑜:《〈花桥荣记〉剧本改编后记》,收入谢衍、杨心瑜等《花桥荣记:电影剧本与拍摄纪事》,远流出版事业股份有限公司1999年版,第35页。

桂林米粉成为改编后剧本的主要角色,卢先生、春梦婆等人物反而退居次要位置。"一根米粉装一小碟、一两米粉装五小碟,切六片马肉、点六颗黄豆、撒八点葱花,这是桂林马肉米粉的老规矩"[①],桂林马肉米粉起源于明清之际发生在桂林的战争,大军骑马打仗进驻桂林城,马记就把牛肉改为马肉,战争平息的太平时期就又将马肉改回牛肉加锅烧。抗战时期,桂林城内又是满大街驮枪拉炮的高头大马,花桥荣记就此开张,专营马肉米粉。相较于原著小说,话剧剧本中这一细节的补充将米粉与桂林地域空间和抗战历史背景紧密相连,完成了物与时、空的结合。在第一场台北时空中,卢先生就动情地说道:"这一天,我心神不宁,想的都是桂林花桥荣记的马肉味道,那个味道,今生怕是再也尝不到了……"[②]在小说中,来自桂林的人在台北想念米粉味道是因为思乡心切,在话剧中卢先生对于荣记米粉的眷恋不仅是思乡之情,更是因为米粉本身的味道令人难以忘怀。因为卢先生的爷爷卢兴昌从前就是这样留恋马肉米粉的味道,"几天闻不到米粉味道,我就跟鸦片鬼犯烟瘾一样,浑身不舒服",而米粉丫头也"觉得这股味道让人心里踏实"。剧本围绕着米粉的制作工艺来设置情节,不断揭秘,逐步探明为什么桂林荣记米粉具有如此大的魔力。奶奶解释道是药材秘方——中药配伍和"以锅烧为元帅"的秘诀,而这种烹制灵感又来自桂戏,可见,桂林米粉不仅仅是一道汇聚了各种物质的食材,还融入桂林本地的民间文化与习俗。而老板娘即便掌握了米粉秘方和老套路,在台北做出来的米粉也不是桂林的味道,是因为少了漓江水,"桂林米粉只有漓江水才能泡出来"[③],"漓江水泡出来的桂林米粉,天生漓江味道,桂林米粉放再多料子,最要紧的味道,还是漓江味道"[④]。不仅如此,用漓江水洗头会有香味,这种香被营长称为"天香"。这个细节在小说原著中并没有,而是来自电影《花桥荣记》,话剧沿用了此说法和解释。虽然在改编体系中,小说是"原作",电影是"摹本",但解构主义理论将"原作"与"摹本"之间的等级废除,电影作为"摹本",也可以变成"原作",供后来者模仿,话剧《花桥荣记》在某种程度上正是对电影《花桥荣记》的"摹本",电影的阐释由此构成话剧编排的前理解。

---

① 张仁胜:《花桥荣记》,《歌海》2017 年第 2 期,第 188 页。
② 同上书,第 122 页。
③ 同上书,第 126 页。
④ 同上书,第 127 页。

米粉离开了漓江没有了原来的味道、桂戏不在桂林唱也唱不出那个味道、头发没用桂花泡过的漓江水洗也没了香味，一切离开了桂林全都变了样，原本生发于桂林的一切风物都带有桂林的印记。剧作极度彰显桂林的地方色彩，甚至有地理决定论的倾向，不断强化"一方水土养育一方人"的概念。但其实，桂林味道与漓江情结都来自人的主观感受与经验联结。在话剧《花桥荣记》中，米粉是最主要的意象，但它所具有的特殊性和地方色彩是人所赋予的，它与桂戏、漓江等桂林元素相互交融，并增添了"中药配伍"和"菩萨过河"等超越地域性的传统文化色彩，桂林由一个"空间"变为"地方"，[①]这个"地方"是"具有既定价值的安全中心"，可以满足诸如食物、水、休息和繁衍等生理需要或精神需要。而人与环境是密不可分的，人具有感知环境的内在机制，主观性是感知行为固有的特性，地方是由人建构、反映主体的客体。同时，环境具有本身特质，提供了感官刺激，地方的意义反作用于人。[②] 段义孚将人对环境天然的依恋感叫"恋地情结"，人与其生活和经历的地方之间存在深深的心理和情感联系。这种"恋地情结"具体可以表现为一种审美反应，这种反应首先是"从风景中感到的短暂愉悦"，或是"突然显现的美"所给予的"同样短暂却令人震撼的美感"，话剧《花桥荣记》中人们对桂林山水风景的沉迷正是这种审美反应；其次，也可以体现为触觉上的快乐，在剧中更多的体现的是味觉的享受与难忘；最后是一种家园感，这种情感给人一种归属感，并与身份认同相连，远在台北的广西人因一碗米粉而相聚在荣记米粉店、因有共同的记忆而自觉归入同一个身份"都是广西老乡"，彼此的人生都在这碗米粉中品味出来。

话剧《花桥荣记》对桂林地方感的营造，不仅来自剧中人物的经验情感，也来自编剧本身。成长与长期生活在桂林的个人经验为张仁胜提供了灵感来源，而此前的写作经验也为他阐释桂林提供了深刻的理解方式。2012年张仁胜写作出版了电视连续剧本《桂林城》，讲述了抗战时期桂林文化城的历史，将两大家族的爱恨情仇与家国兴衰联系在一起，并将抗战时期桂林城复杂多元的政治军事力量交织其中，显示了张仁胜对桂林现代历史的深度把握与理解。此外，他在2013年前后编剧的山水实景演出《天门狐仙·新刘海砍樵》和《大宋·东京梦华》等，

---

① [英]Tim Cresswell：《地方：记忆、想象与认同》，徐苔玲、王志弘译，群学出版社2006年版，第19页。

② 宋秀葵：《段义孚人文主义地理学生态文化思想研究》，山东大学博士学位论文，2011年。

也为他书写地方特色积累了经验。话剧《花桥荣记》熔铸了他本人对桂林的认知、情感与经验,此剧本由桂林人编写、在桂林演出、呈现的也是一个桂林故事,本身也是桂林所孕育的产物,具有极强的地方色彩。因而,在这版改编中,台北故事被淡化,两岸对峙的政治背景也被淡化,桂林抗战时期的历史与文化被着意彰显。由此,台北故事成为用来对照的背景,桂林场景被前置和反复强化。

三、小说《花桥荣记》再解读:作为民族区域的桂林

电影与话剧《花桥荣记》显然是针对小说文本的两种不同的阐释,前者着重于"移民"们在台北的生存困境,后者强调桂林故事的地方色彩,二者都在两个时空的对比中各有侧重,但都淡化了故事的政治历史背景。而在既往研究中,对《花桥荣记》的定位主要是由欧阳子的新批评解读而奠定的。欧阳子在对《台北人》的小说主题进行分析时,指出这十四篇小说都有着强烈的"今昔之比"、"灵肉之争"和"生死之谜",小说《花桥荣记》也被纳入这个二元对立的结构。具体来说,台北的花桥荣记,虽然同样是小食店,却非桂林水东门外花桥头的花桥荣记。卢先生所珍贵而不能摆脱的过去,与他的"青春"有关:少年时与罗家姑娘的恋爱;来台多年,一直紧抱"过去",一心一意要和罗家姑娘成亲,这一理想是他生命的全部意义,但当现实之重击碎了理想,"灵"立刻败亡,"肉"立刻大盛,他与洗衣服的阿春的苟合就是绝望和崩溃的证明,最后他死于"心脏麻痹",正是灵肉冲突引致的悲剧。[①] 欧阳子深刻把握到了白先勇的小说结构,也总结奠定了白先勇小说研究的基本范式。在新批评的视野中,白先勇的小说呈现出完整的结构与圆融的形式,尤其是在对《台北人》的解读上,每个文本都像"一个精致的瓮",并显示出强烈的建构性。这其实是由新批评的"有机体"概念决定的,也被称为"有机整体论",是一种强调文本内部结构构成的有机论,认为文学作品是一种独立自足的、内部各种因素相互对立调和的有机整体,归根到底就是一种形式构成论。但后结构主义批评强调文本的裂缝、悖论和超越。尤其是阿尔都塞的"症候阅读"更是强调文本的"空白"与"沉默",以揭示文字背后的理论框架。阿尔都塞认为任何一个文本,都有"可见"与"不可见"的对象问题,"任何问题或对象只有位

[①] 参见欧阳子:《白先勇的小说世界——〈台北人〉之主题探讨》,《白先勇文集 第 2 卷:台北人》,花城出版社 2001 年版,第 195—206 页。

于某个范围或视界之内,即位于一个给定理论学科的理论问题框架的确定的结构领域中才是可见的"①,而"不可见"即被特定的理论框架排除在外的对象或问题。当产生一个理论时,"不可见的"东西就被"可见"的对象或问题的结构所限定了。阿尔都塞提出要从充实的话语中找出"空缺",在完满的文本中看到"空白",从被洞察的内容中寻出"失察",从可见的东西中窥见"不可见的"东西。为此,我们需要换一种思路,从新的视角,即实现理论框架的"转换",改变整个思考的问题结构,以洞察原来失察的空缺、空白、不可见的东西。这也提醒我们在阅读白先勇小说时,要打破新批评的富有秩序的有机构成论。

但借由新批评的分析,我们可以发现白先勇《台北人》系列小说的建构性很强,每一个故事都好像被精心设计过一般,经由时空对比,台北与南京/上海/桂林也成为彼此映照的对象,而这三个大陆城市都是他曾经生活过的地方,他的系列小说都在这三个地点间展开"前史"的诉说。其中,桂林是他的出生地,也是他童年成长地,早期小说《玉卿嫂》和《闷雷》都是以桂林为空间展开的。这两篇小说都写于就读台大期间,此时的白先勇还处在模仿西方现代主义小说的时期,着力于性别/欲望的叙事,虽然《闷雷》也是以台北和桂林双重空间展开的,但没有明显的时空对比。显然,赴美留学后的文化冲击建构了《台北人》的时空对比叙事,也加强了"两岸对峙"的情感结构。不过,这两篇早期的小说还是在字里行间透露出桂林因素与地方经验,值得仔细推敲。而《花桥荣记》中的桂林,常常被放置在与台北的对照下才得以突显出来,这显然落入了作者意图的"圈套"。桂林处在无法找回的时空中,因记忆和叙事的选择性,被塑造成为一个"桃花源",更由于时空相隔,散落在台北的桂林人被相互视为"老乡",成为一个"族群共同体"。电影和话剧《花桥荣记》中都将聚集在荣记米粉店的人统称为"广西老乡",尤其是在电影中,"广西人"成为一个无差别的统一体;而在话剧中,编剧已有意识地将他们彼此的身份相区分,比如,李半城常从柳州去桂林收租,不吃花桥荣记,只吃阳桥义利居,以区分广西内部还有桂林与柳州之区别。在这里,编剧并没有褒贬之意。并且,编剧已更进一步发现:"桂林这个地方其实一点都不壮族,反而是最汉族的,无论是文化传统还是对山水的审美意识,都是中国最超越当地

---

① [法]阿尔都塞:《读〈资本论〉》,收入俞吾金、陈学明编《国外马克思主义哲学流派新编:西方马克思主义卷》(下),复旦大学出版社2002年版,第467页。

民族的。"①但在小说中,桂林的地方性被着力突显,以区别于广西其他地区,尤其是其他民族区域。

"讲句老实话,不是我卫护我们桂林人,我们桂林那个地方山明水秀,出的人物也到底不同些。容县、武宁,那些角落头跑出来的,一个个龇牙咧嘴。满口夹七夹八的土话,我看总带着些苗子种。哪里拼得上我们桂林人?一站出来,男男女女,谁个不沾着几分山水的灵气?"这句话出自老板娘春梦婆之口,春梦婆是桂林人,这句话看似表达对故乡的偏爱与恋地情结,但实际上也包含了对其他地区的鄙夷与轻视。容县、武宁被视为与桂林相区隔的"角落",这些地区的方言也被视为"夹七夹八的土话",而"苗子种"这一称谓更突出了与桂林地区不同的民族身份。《花桥荣记》的故事背景是在抗战时期,此时桂林是广西的省会城市,自然处在广西的中心位置,其他地区如容县、武宁等就相对地成了"角落"与"边缘"。当时的广西处在新桂系治理之下,是一个经济、政治、文化发展相对完整的多民族聚居的区域社会,汉族占广西人口的大多数,各少数民族的族系分支更是繁多。当时的南京国民政府以现代民族国家建设的政治理念为指导,在全国范围内进行现代民族国家观念的构建。新桂系集团根据壮族、回族等民族与汉族生活生产的同一性和相似性,以"开化"、"特种部族"为手段强制将他们认定为汉族,以促进民族国家的构建和追求大一统的"中华民族"的目标实现,带着深刻的民族"同化"烙印。

小说中苗族被视为"特种部族",老板娘对卢先生偏向的原因是"人家可是有涵养,安安分分,一句闲话也没得。哪里像其他几个广西苗子?摔碗砸筷,鸡毛鬼叫。一肚子发不完的牢骚,挑我们饭里有沙子,菜里又有苍蝇"。卢先生的爷爷卢兴昌从前在湖南做过道台,水东门外那间培道中学就是他办的,而卢先生正是培道中学毕业的,接受过现代教育,所以文化成为区分"汉"、"蛮"的重要标准。相对应的,桂林就成为广西地区民族同化与现代建设的重要标的,这也是春梦婆具有如此强烈的地方自豪感和自信心的重要原因。而这种地方自信也与民国时期的地方主义政治有关。在广西,为自立自存的需要,军事化成为当地政治和社会发展的根本动力资源,新桂系组建和改造"民团",便是为了武化广西地方社会,以维系地方主义的政治局面。白先勇早期小说《闷雷》中福生嫂在桂林时期家里的铺子就是开在军训部对面,常有军队官兵到店里买东西,她的丈夫马福生

---

① 林东林:《一个山东人的广西放逐——剧作家张仁胜印象》,《歌海》2015年第4期。

就是当时的兵员。而抗战爆发后,民族主义勃兴,与地方主义相结合,并体现着民族主义。因为在反对外来侵略、争取国家民族独立的斗争中,地方利益与国家民族利益有根本的一致性。民族危机感、责任感与地方危机感、责任感相结合,新桂系"建设广西,复兴中国"就包含着这样的意义。同样,民族主义也进一步加强了地方主义。春梦婆的观点实际上也正是抗战时期新桂系治理下桂林地方主义与民族主义的表征。在这样一种视角下再来看小说中的桂林叙事,会发现对桂林的偏爱不仅仅是漂泊离散的原乡情结,更是出于特定历史时期地方主义与民族主义情感的结合。

而借助对抗战时期广西民族政策和地方自治的考察,可以进一步理解白先勇本人的民族认识与观念。他作为回族,父母是穆斯林,但在小说中对回族身份"隐而不彰",与此一民族政策与观念也有关系。他的父亲白崇禧认为回族不是少数民族,是同属于"中华民族",这一民族认知也带有时代的烙印,当时在全国范围内兴起的民族大讨论热潮正盛,"中华民族是一个"是当时应对抗战救亡与民族国家建设的主要理念,在此认知观念下,少数民族都被归为同一个民族,全民抗战,共同实现中华民族的复兴是当时共同的追求目标,因而从这一角度也可以理解白先勇的民族认知与观念,以及他的家国情怀与国族主义。

结　语

夏志清早就在1969年评论说"《台北人》甚至可以说是部民国史"[①],除了直接与辛亥革命、五四运动、北伐、抗战、内战等历史事件相关以外,整个《台北人》小说都可纳入现代中国形成的历史进程中考量。而这样一个现代历史进程,也是"旧邦新造"的过程,即由多民族王朝国家向现代民族国家的转化过程,民族观念与疆域概念也发生了转变。《花桥荣记》以抗战时期的广西为时空背景,小说文本折射出现代中国民族国家建构进程中的在民族主义话语处理上的矛盾与冲突。白先勇有意无意地触碰到这个问题,并以海外视角反观中国,还原了现代中国的多民族属性,也解构了战后台湾对"外省人"族群"共同体"同质化的处理方式。

---

① 夏志清:《白先勇论》(上),《现代文学》1969年12月第39期。

从《花桥荣记》及话剧改编看其乡土叙事的伦理倾向

王云杉

南京大学

随着现代性的浪潮对"乡土中国"的侵入和影响,"进城叙事"和"去乡村化"逐渐成为当下小说较为突出的叙事倾向。在作品中,乡土不再被视为温暖亲切的"故乡",而是普通人所要竭力逃离的地方。可以说,从"城乡中国"到"城镇中国"的社会转型,[1]推动着乡土叙事的创作流变与转型。因此,作家如何表现出新的乡土经验与文化记忆,重构人与乡土世界的伦理关系,值得探讨。本文拟从乡土小说的文化视野,重新考察白先勇的短篇小说《花桥荣记》及其话剧改编,细致分析两种文学形态之间的互文关系,以及它们所蕴含的伦理倾向,并对当代文学史中乡土写作的伦理问题展开深入思考。

一、乡土中国:记忆的重构与乡愁的具象化呈现

《花桥荣记》可以视为白先勇对桂林这座城市的一篇"印象记",作品反映了客居他乡的游子和旅人对故乡的深切怀念,体现出海外华文作家对乡土中国的诗性记忆和文化认同。在艺术成就上,《花桥荣记》并不低于《台北人》中其余的十三篇小说。从乡土小说的视域看,《花桥荣记》集中表达了《台北人》的悲剧性主题,诸如爱情的消逝、婚姻的瓦解、事业的失败,以及人与故乡的时空距离所带来的伤感、痛苦、迷茫等情感体验。由此,《花桥荣记》的话剧改编能够引领读者从新的路径去认识白先勇的文学世界。

---

[1] 参见王鹏程:《从"城乡中国"到"城镇中国"——新世纪城乡书写的叙事伦理与美学经验》,《文学评论》2018年第5期。

与小说评论界相比,《花桥荣记》在戏剧和影视界得到了更多改编者的青睐。在改编史上,《花桥荣记》最早被导演谢衍搬上银幕,同名电影上映于1998年9月。二十一世纪以来,《花桥荣记》先后被改编为话剧和桂剧。2016年3月,剧作家张仁胜把小说改编为同名话剧。同年10月26日,话剧在桂林大剧院首次上演,随后获得专业学者和普通大众的一致好评。① 总体上看,话剧《花桥荣记》还原了小说中的主要情节,并通过桂林米粉这个核心的文化意象,反映了漂泊者背井离乡的忧愁和感伤,融合了白先勇的故乡记忆和生命体验。随着剧本《花桥荣记》的发表②,研究者陆续展开了《花桥荣记》及其话剧改编的评论活动。③ 2017年5月24日,广西师范大学望道话剧社推出了青春版话剧《花桥荣记》。话剧的首演同样获得了巨大的成功。④ 根据黄伟林的介绍,青春版话剧《花桥荣记》在2016—2020年期间,先后上演于广西各个城市和高校,巡回演出约有二十多场。此后,小说还被改编为同名桂剧,并于2021年7月上演于广西桂戏坊。⑤ 不难发现,刻骨铭心的乡愁情感与还乡的不可能性,属于小说与话剧共同的艺术魅力。本文重点分析的是青春版话剧《花桥荣记》。

话剧以视觉和听觉两种媒介语言,将抽象的故乡记忆和乡土情怀进行具象化呈现,使小说乡愁情感的倾诉更有渗透力和穿透力,引起更为广泛的情感共鸣。在话剧中,叙述者"我"的记忆不断穿越到过去的桂林时空环境中。话剧第一场,"我"在台北长春路的花桥荣记米粉店开业,街坊邻里纷纷向"我"道贺,广西老乡李半城和秦癫子在店门外面拌嘴,"我"出来打圆场,请大家进店用餐。卢先生下课之后,来到店铺门口,"我"赶忙将开张之后的第一碗米粉送到卢先生的手上。卢先生表示,自己很难再次尝到桂林米粉的"那个味道"⑥。此时,"我"的

---

① 参见廖静:《谈话剧〈花桥荣记〉的桂林首演》,《歌海》2017年第2期。
② 参见张仁胜:《花桥荣记》,《歌海》2017年第2期。
③ 相关的论文主要有刘铁群:《从小说〈花桥荣记〉到话剧〈花桥荣记〉——谈〈花桥荣记〉的剧本改编》,《歌海》2017年第2期;陈霞:《马肉米粉是载不动的乡愁——话剧〈花桥荣记〉观后感》,《歌海》2017年第2期;李雪梅:《话剧〈花桥荣记〉中的乡愁书写》,《歌海》2017年第2期;姚刚:《由陌生到再熟悉——论小说〈花桥荣记〉的话剧改编》,《歌海》2017年第2期。
④ 参见黄伟林:《〈花桥荣记〉:从小说到话剧》,收入《跨界观照与多维审美——白先勇戏剧影视作品研讨会论文集》,即将由南京大学出版社2024年出版。
⑤ 参见蒋林:《桂林〈花桥荣记〉讲述浓浓乡愁》,《广西日报》数字版 http://ssw.gxrb.com.cn/json/interface/epaper/api.php？name＝gxrb&date＝2021－07－27&code＝009&xuhao＝3,2021年12月7日查阅。
⑥ 张仁胜:《花桥荣记》,《歌海》2017年第2期。

记忆回到了桂林,想起童年时期的一天晚上,"我"(米粉丫头)和奶奶在店里接待卢爷爷的场景。卢爷爷承认自己身上有个医不好的"病根",那就是:"只要离开桂林,几天闻不到米粉味道,周身酸软无力。"在"我"的记忆中,米粉及其制作配方,成了生命的"根",即"我"和乡土社会之间的情感纽带。

随着话剧情节的发展,"我"的记忆不断呈现在舞台上。话剧第三场,李半城再次把店里的碗摔碎,引起"我"的不满。秦癫子偷看阿春洗澡,这种行为在"我"看来,丢尽了广西人的脸面。卢先生向"我"抱怨米粉的味道不佳,又使"我"想起童年时代的"我"参观米粉制作的图景。在"我"的记忆中,瘦徒弟将一桶取自路边水塘的水,倒进了盛着漓江水的米粉器具中,后来遭受了米粉师傅的严厉惩罚。因此,经过记忆的组装,"漓江水泡出来的桂林米粉,天生漓江味道,桂林米粉放再多料子,最要紧的味道,还是漓江味道"[①]。可以说,乡愁和返乡是小说和话剧的共同主题。而在话剧中,不同人物回到故乡的"超现实"场景,同样融入"我"的记忆中。话剧第九场,在"我"的想象中,李半城魂归故里,来到了桂林花桥荣记的门口,看到少年的"我"和奶奶在煤油灯下记账。

图1 "我"想象着李半城的魂魄回到了桂林花桥荣记

应该说,记忆的重现与乡愁的具象化表达,极大地增加了话剧的情感力量。除了视觉语言,话剧对听觉语言的运用,同样传达了原著小说的乡土主题和乡愁情感。在话剧中,"我"多次梦见丈夫血肉模糊的形象,并在梦里与他对话交流。

---

① 张仁胜:《花桥荣记》,《歌海》2017年第2期。

图 2　卢先生与罗小姐在桂林花桥照相

丈夫的声音带有缥缈空灵的意味。第十四场,"我"梦见自己在漓江边上洗头。此时,营长丈夫出现在"我"的面前:

> 营长:(空灵地)你平日里是去漓江洗头———
> 我:(空灵地)有什么稀奇?桂林妹子,但凡离得江边近,都去漓江洗头。
> 营长:(空灵地)不过,你洗头那块石头的左边有一蔸桂花树———
> 我:(空灵地)你怎么晓得?
> 营长:(空灵地)桂花树在上游,桂花跌落漓江,花瓣顺水流到你洗头的地方,因此,你的头发比一般桂林妹子的头发多一股香气……

在睡梦中,丈夫以空灵的声音,对"我"提起了桂花树的"典故",充分展现出"我"对故土的留念,以及还乡的不可能性所带来的无尽悲伤。类似的听觉语言还有奶奶对"我"的嘱咐。第十五场,店里的伙计三光板告诉"我",制作花桥荣记的秘方被老鼠啃食,已经面目全非。此时此刻,奶奶用古代战事比喻桂林米粉制作工艺的话语,出现在"我"的耳旁。另外,话剧的主题曲多次在剧中出现,发挥了重要的叙事功能。主题曲的歌词是:"那双筷子还在老家筷筒,那碗米粉还在老家碗中,那扇老门还在梦里打开,那个味道还在老家等我重逢。"歌曲把游子对

图 3 "我"与丈夫在梦中重逢

故乡的眷念之情展现得淋漓尽致、感人至深。

当然,《花桥荣记》中的故乡不完全属于桂林这小城,而是乡土中国的大片土地。正如黄伟林所说:"我们无论是阅读小说《花桥荣记》还是观看话剧《花桥荣记》,都没有必要局限于地域文化视角,而应该有文化中国的视野甚至普世价值的理念。"[①]从文学史的视野来看,《花桥荣记》呈现出陌生化的审美效果。1990年代以来,离乡书写成为乡土文学创作的主流。诸多作家站在启蒙现代性的立场,将乡村视为封闭、落后的地方,并叙述了形形色色的小人物为了逃离故乡、融入城市所付出的努力和牺牲。与之相比,《花桥荣记》不仅扩大了"故乡"的文化内涵,还表达了对乡土中国的文化认同和情感眷恋。总之,话剧以记忆的重构,呈现了原著小说的乡土主题,并用视觉与听觉两种语言,将抽象的乡愁具象化地展现在舞台上,实现对白先勇作品的再创造。

二、"故乡"的重新认识与精神家园的艰难探寻

乡土小说的写作往往始于写作者与故乡之间产生一定的距离。白先勇的乡土叙事同样如此。1960—1970 年代,白先勇在大洋彼岸的美国加州大学开始进

---

① 黄伟林:《动人心弦的话剧诗——话剧〈花桥荣记〉解读》,《南方文坛》2017 年第 3 期。

行《台北人》的创作,①他通过塑造诸多血肉饱满的人物形象,叙述他们颠沛流离的人生经历,完成对故乡的文学建构。对于《花桥荣记》的审美特性和艺术风格,大多数研究者以"乡愁"和"怀旧"之类的评价作为研究结论。② 王晋民指出:"桂林时期的童年生活经验,使他的作品充满乡土气息和浓重的乡愁。"③这种观点同样符合话剧《花桥荣记》的舞台呈现与剧本创作。应该说,白先勇的故乡记忆与小说创作具有紧密的关系。由此,研究者还需要追问的是:"故乡"在白先勇作品中具有怎样的话语内涵?白先勇如何重新认识"故乡",并丰富乡土小说的文体概念?

"故乡"存在着丰富的语义指向。虽然小说和同名话剧《花桥荣记》用大量篇幅来描绘 1940 年代的桂林小城,表达对桂林的热爱和怀念,但桂林未必是白先勇文学层面上的故乡。毫无疑问,桂林是白先勇童年生活的"故乡"。在散文《少小离家老大回》中,作家书写了桂林的自然地貌、人文景观,以及个人成长等历史记忆,具有强烈的地方色彩。可以看到,桂林的饮食承载着白先勇的"乡愁"。文中写道:"花桥桥头,从前有好几家米粉店,我小时候在那里吃过花桥米粉,从此一辈子也没有忘记过。"④在一次访谈活动中,白先勇指出小说《花桥荣记》中的乡愁"基础就是在桂林米粉上面,一个实在的东西"⑤。在这里,地方的特色饮食成为乡愁的具体载体。可以说,故乡即是作家念念不忘的一方水土,属于现实层面的客观对应物。

然而,白先勇在散文《蓦然回首》中,又明确否认了桂林属于自己的故乡的事实。据林怀民的回忆,白先勇曾说:"台北是我最熟的——真正熟悉的,你知道,我在这里上学长大的——可是,我不认为台北是我的家,桂林也不是——都不是。"⑥从传记资料来看,白先勇自 1937 年到 1944 年都生活在桂林。⑦ 在抗战时期的桂林文化城,城郊的会仙镇山尾村与城区内的风洞山和榕湖,都曾经是白先

---

① 参见刘俊:《情与美——白先勇传》,花城出版社 2009 年版,第 86 页。
② 参见刘俊:《从"单纯的怀旧"到"动能的怀旧"——论〈台北人〉和〈纽约客〉中的怀旧、都市与身份建构》,《南方文坛》2017 年第 3 期。
③ 王晋民:《论白先勇的小说——〈白先勇自选集〉代序》,收入白先勇《白先勇自选集》,花城出版社 2009 年版,第 2 页。
④ 白先勇:《树犹如此》,广西师范大学出版社 2015 年版,第 56 页。
⑤ 白先勇:《一个人的文艺复兴》,广西师范大学出版社 2019 年版,第 335 页。
⑥ 林怀民:《白先勇回家》,收入白先勇《第六只手指》,文汇出版社 1999 年版,第 382 页。
⑦ 参见刘俊:《情与美——白先勇传》,花城出版社 2009 年版。

勇的住处。① 因此，对于白先勇来说，"故乡"具有非常丰富的话语内涵。应该说，在作家的认知思维中，生活层面的故乡并非简单等同于文学层面的故乡。余秋雨对白先勇作品中"乡愁"主题的理解，形象地说明了"故乡"一词的复杂含义。可以说，乡愁具有多个维度，"不完全是指一个地方"②。这样看来，话剧《花桥荣记》固然包含了原著作家对桂林的记忆和情感，但不完全属于"乡愁"和"怀旧"题材的作品。

综合白先勇的"创作谈"和其他研究资料，文学"故乡"由物质和精神两个层面共同构成。物质层面的"故乡"不仅仅指向桂林一座小城，还包含着乡土中国的大片土地。而精神层面的"故乡"则是作家一直以来苦苦探寻的理想家园。从这个意义上，话剧以文化的视角来重新发现文学"故乡"，体现了白先勇的乡土记忆。由此，"故乡"的话语内涵在话剧《花桥荣记》中得到新的诠释。应该说，白先勇笔下的"故乡"具有独特的审美特征。在二十一世纪返乡书写的潮流中，作者大多为接受过高等教育的知识分子、科研人员，他们以启蒙者视角，展现"故乡"在物质层面的贫乏与精神层面的困境，③表达对乡土社会的现实关怀。与之不同的是，话剧《花桥荣记》放弃了启蒙者的写作姿态，以文化视角来重新认识"故乡"的存在意义，并从精神维度实现对故乡的文学重构。

《花桥荣记》呈现了诗意盎然的故乡图景。可以说，话剧中的故乡具有理想化的审美意味，体现改编者对精神家园的探寻。纵观全剧，无论是"我"的故乡回忆，还是台北的现实生活，都带有"理想主义"的艺术格调。在话剧中，诸如"我"对秦癫子和卢先生各自爱情故事的回忆，以及"我"对于侄女秀华婚恋生活的"介入"，体现出话剧原作家对乡土中国的理想化认识。故乡经过个体记忆的加工，沾染着一层理想的光辉。相比秦癫子与小老婆，卢先生与罗小姐的恋爱故事更加具有浪漫主义的情调。然而，台北国校的卢先生被香港的表哥骗走了长期省吃俭用所攒下的积蓄，在精神崩溃、神志不清的状态下，与洗衣婆阿春媾和，败坏了自己的气节和名声。尽管卢先生与阿春的所作所为令人不齿，"我"还是用记忆的方式，重现了卢先生与罗小姐在桂林时期的唯美爱情。

---

① 参见白先勇：《少小离家老大回》，收入白先勇《树犹如此》，广西师范大学出版社2015年版。
② 参见《到"五四"一百年，再来一场"文艺复兴"——余秋雨、白先勇谈话录》，收入白先勇《一个人的文艺复兴》，广西师范大学出版社2019年版，第335页。
③ 参见杨胜刚：《"返乡书写"呈现的问题与反思》，《当代作家评论》2021年第6期。

"我"对于侄女秀华的情感生活的介入方式,同样具有理想化的意味,体现原著作家对理想家园的文化想象。秀华的丈夫在战乱年代生死、下落不明。对此,"我"出自善意,准备撮合秀华和卢先生。由于工厂裁员,失业不久的秀华希望"我"帮忙介绍工作。"我"恰好从邻居顾太太那里得知,卢先生积攒了不少存款。在"我"看来,秀华与卢先生的结合既能满足二人的情感需求,又能解决秀华面临的生计问题。不难看出,"我"对秀华婚恋生活的干涉,体现出功利性和务实性的生活逻辑。当然,对于秀华的婚恋选择,"我"的情感态度非常暧昧复杂。当"我"得知卢先生毕生积攒的积蓄悉数被人骗走,同时又看出秀华对卢先生略有好感,便以开玩笑的试探方式,劝说卢先生与秀华订婚。按照现实的逻辑,"我"在认识到卢先生陷入穷困潦倒的生存处境的时候,应当果断制止秀华与卢先生的交往。然而,"我"却出乎意料地支持二人的感情发展。可以说,话剧通过"我"的视角,呈现不同人物过去的爱情经历与现在的婚恋生活,展现了原著作家对理想家园的向往和追寻。

作为原著小说的"再创造",话剧《花桥荣记》继承了白先勇小说中的乡土情怀。总体上看,中国现代乡土叙事以现实主义和浪漫主义的艺术形式,从物质与精神两个层面,实现对乡土中国的文学建构。在现代中国文学中,物质层面的乡土社会呈现出贫瘠和衰败的景象,而精神层面的乡村往往被建构成远离现实的桃花源。可以说,中国作家以不同的视角和叙事,对乡土社会进行多样化的建构。与之相比,话剧《花桥荣记》和《台北人》与沈从文等人的乡土小说具有更多的互文性。在白先勇的文学世界中,"故乡"寄托着作家对理想家园的想象。剧本及其舞台演出不仅展现了故乡的景物、风情和习俗,还对人的精神家园进行探索,从而增加了乡土叙事的文化深度。

三、"故乡"与"他乡"的辩证关系

一般来说,暂别故土、寄居外地的作家才能展开乡土小说的创作活动。从二十世纪二十年代起,中国现代文学作家对乡土文学的文体概念进行了理论建构。鲁迅认为侨居外地的作者以回忆的方式,完成对故乡的文学书写,即是乡土小说。在概念界定上,鲁迅更为突出作家身份的重要性,即"侨寓的只是作者自己,却不是这作者所写的文章,因此也只见隐现着乡愁,很难有异域情调来开拓读者的心胸,或者炫耀他的眼界"①。茅盾对乡土小说的艺术特点进行了更为全面的归纳,他指出:"关于乡土文学,我以为单有了特殊的风土人情的描写,只不过像一幅异域的图画,虽能引起我们的惊异,然而给我们的,只是好奇心的餍足。因此,在特殊的风土人情而外,应当还有普遍性的与我们共同的对于命运的挣扎。"②在茅盾看来,乡土小说的写作范围并非局限在某个狭小的区域,而是需要扩大到更宏阔的范围,并展现出具有普遍性的生活经验。作为小说的"再创造",话剧《花桥荣记》同样具有鲜明的乡土特色。就此而言,在话剧与小说两种文类中,改编者和原作者怎样认识"故乡"与"他乡"的复杂关系,值得深入研讨。

话剧固然表达了"他乡"与"故乡"的遥远距离,以及还乡的不可能性,体现了改编者对白先勇作品的深刻理解,但未能建构出符合现实人生的乡土伦理。话剧第四场,在记忆中,奶奶带"我"去作坊观看米粉制作环节的场景。奶奶说:"孙女,一个人能喝一世漓江水、吃一世漓江水泡出来的米粉,是前世修来的福,奶奶享了一世这个福,你这一世也莫离开桂林,也享一世这种福,记下了?""我"的回答是:"奶奶,我这一世,是不肯离开桂林的。"③从审美的角度看,改编者不仅表达出乡思情感的真切,还反映了现实人生的无常和痛苦。正是因为人生存在着种种遗憾,故乡经过记忆的改造,成为个体精神世界中的桃花源和乌托邦。然而,个体如果滞留在乡土社会有限的空间范围内,并不利于增加生命的文化底蕴,从而发现故乡独特的存在价值。不难发现,离乡属于大多数人在全球化时代必然做出的生活选择。应该说,文艺的叙事伦理不能完全脱离日常生活的理性伦理。按照文学伦理学的理论,作品属于伦理的产物,并具有一定的"教诲"功能。④因此,作家在叙事的过程中,将个体层面的叙事伦理与社会层面的公共伦理相互结合,才能使作品发挥出更多的伦理意义。就乡土叙事而言,作家既要叙述乡土,倾诉乡愁;又要超越乡土,缓解乡愁,从而增加作品的伦理价值。

实际上,《花桥荣记》里面存在一些刺耳的"声音",引起了观众对"乡愁"和乡土伦理的审视和反思。台北长春路上的米粉店名为"花桥荣记",似乎成为广西人缓解乡愁的药引子。然而,阿春转述卢先生的话,即"那味药在桂林水东门外,

---

① 鲁迅:《〈中国新文学大系〉小说二集序》,收入《鲁迅全集》(第8卷),人民文学出版社2005年版,第255页。
② 茅盾:《关于乡土文学》,收入《茅盾全集》(第21卷),人民文学出版社1991年版,第89页。
③ 张仁胜:《花桥荣记》,《歌海》2017年第2期。
④ 参见聂珍钊:《文学伦理学批评导论》,北京大学出版社2014年版,第1—13页。

长春路这间卖的是假药"①,这句台词消解了乡愁的审美意义。毫无疑问,社会现实与故乡记忆不免产生抵牾。剧中的卢先生丝毫不肯放下恋人罗小姐。当然,这份真情无法被外乡人所理解。当顾太太说起秦癫子因调戏妇女而被开除的悲剧,擦鞋匠说:"真不如人家卢先生,总讲等未婚妻,转身把阿春睡了。"②卢先生的堕落和沉沦展现了故乡的虚幻色彩。在文学叙事的层面,"故乡"原本属于不可抵达的"彼岸"。因此,普通人一味沉湎于过去的乡土记忆,并不能实现自我心灵困境的突破,难以获得精神救赎的可能。应该看到,在现代化的社会语境下,离乡已经成为一种普遍性的个体生活经验。尽管现代通信设备缩短了人与人、人与故乡之间的时空距离,极大降低了返乡的困难性,但是乡土记忆仍然属于不可割裂的生命之"根"。然而,面对"故乡"与"他乡"的巨大差别给现代人带来的不适感,整部话剧似乎没有建立其缓解乡愁、乡思的情感机制。

从当下乡土叙事的小说看,"故乡"与"他乡"在每个人的生命中,能够融合为一个新的情感共同体。刘汀《魏小菊》中的主人公厌倦了乡间的日常生活,独自前往北方的大城市闯荡。为了彻底割裂自己与故乡的联系,魏小菊还狠心地解除了与丈夫郑智的婚姻关系。经历过一番风雨后,魏小菊和郑智没有返回残破的村庄,而是在不远的小镇定居。在小说结尾,郑智和魏小菊都顺利融入了"他乡",并保持着"故乡"的乡土本色。与之相比,付秀莹《他乡》则反映了普通人把"他乡"转化为"故乡"的过程。小说在芳村—S市—北京的空间结构中,叙述了主人公来自乡下的女孩翟小梨的成长经历。翟小梨离开熟悉的"故乡",前往陌生的"他乡"打拼,不仅面临着许多难以想象的生存困难,还需要忍受婚姻和家庭带来的心灵创伤。即便如此,翟小梨通过不懈的奋斗,实现了自己的愿望和梦想,将"他乡"打造成自己的"故乡"。可以看出,当下的乡土小说没有回避"故乡"与"他乡"的差异问题,并且展现了"他乡遇故知"的美好人生前景。

回到戏剧和白先勇作品本身,《花桥荣记》将不可视的乡愁化作实实在在的乡土记忆,即桂林米粉及其文化记忆。乡土记忆属于中国人的生命之根,而且每个人都无法割裂自己与故乡之间的"根"。在话剧中,李半城每次来店里吃粉,都要失手打烂一个碗,这个细节似乎反映了记忆无法对完整的"故乡"进行还原的冷峻现实。后来,李半城以"七十大寿"为借口,向"我"赊账,"我"端来的一碗寿

---

① 张仁胜:《花桥荣记》,《歌海》2017年第2期。
② 同上。

面同样被他泼洒在地。在李半城上吊身亡之后,"我"给他冒了一碗米粉。李半城终于吃上饱饭,他的魂魄回到了桂林花桥。剧中类似的还乡故事不乏情感震撼力,却不能淡化乡愁带来的精神痛苦。需要指出,作家在找到乡思和乡愁的载体之后,还需要建立起新的情感寄托。从这个意义上,乡土文学既需要情感温度,又需要思想厚度。

  基于白先勇小说的话剧改编与百年中国文学乡土叙事的考察,乡土写作需要从多个维度完成对乡土社会的文学建构。乡土叙事不仅需要在物质层面上,扩大"乡土"的文化内涵,还需要上升到形而上的精神层面,探寻人类共同追寻的理想家园,重建人与故乡之间的生命纽带。应该说,乡土文学可以容纳丰富的哲性思想空间,恰如鲁迅在《故乡》的结尾所写:"其实地上本没有路,走的人多了,也便成了路。"[①]鲁迅正是借助记忆与现实的双重对话,对乡土中国的历史处境和现实状况进行深刻思考,并表达了寻找希望的创作思想。当然,哲学意蕴对文学作品的提升,未必能够完全缓解现代人的乡愁和乡思。面对离乡的必然性和还乡的困难性,作家在故乡与他乡之间建立一定的内在联系,才能真正缓解人在现代社会中的精神痛苦。就此而言,话剧《花桥荣记》和白先勇提供的乡土文学经验,需要进行批判性思考。

---

① 鲁迅:《故乡》,收入《鲁迅全集》(第1卷),人民文学出版社2005年版,第510页。

第四辑

传统艺术与"现代""青春"

情与美的青春表达

——白先勇的昆曲观

王悦阳

《新民周刊》社

情不知所起,一往而深。

在著名华文文学家白先勇八十四岁生日到来之际,恰逢其最经典的代表作品《台北人》出版五十周年,这本短篇小说集印证了白先勇这位文坛巨擘笔下融汇东西、见证沧桑更迭的赤子之心,出版至今五十年来,不仅版本众多,更有英语、法语等译本,还有不少研究专著,可谓声名卓著,享誉海内外。

熟悉《台北人》的读者不难发现,这部短篇小说集中的许多篇目与人物,都与上海息息相关,无论是百乐门的金大班,还是永远的尹雪艳,都留有浓浓的上海情结。事实上,抗战胜利后,幼年的白先勇曾在上海居住不到两年,而就是这短短的上海岁月,对白先勇今后一生的文学创作,乃至文化推广,都起到决定性的作用与影响。1987年,白先勇作为访问学者回到大陆,在复旦大学讲学一学期,不仅重访了许多儿时的足迹,更结识了蔡正仁、华文漪等一大批上海昆剧团优秀的艺术家,也为今后的弘扬昆曲艺术之路,种下因缘。

的确,白先勇与戏有缘,更与上海有缘。多年来,他笔下的众多人物形象诸如钱夫人、尹雪艳、金大班、玉卿嫂……都一一在上海的戏剧舞台上展现。而他担任策划与制作的青春版昆剧《牡丹亭》、《玉簪记》、《白罗衫》等,更是多次在上海的舞台上引起轰动……2018年,第28届上海白玉兰戏剧表演艺术奖更授予白先勇"特殊贡献奖",这是上海这座城市对自称"昆曲义工"的白先勇,多年来致力传统文化复兴的崇高致敬与礼赞。面对殊荣,白先勇笑嘻嘻地对我说:"你是知道的,其实'义工'绝不是我一个人,而是两岸三地一群文化精英,我们共同努力的成果。"

时光的记忆来到1945年秋天,抗战胜利后的上海美琪大戏院,蓄须明志多年未曾登台的京昆艺术大师梅兰芳带着万众期盼,华丽回归心爱的戏曲舞台,与著名昆剧表演艺术家俞振飞先生连演几天昆曲,从《游园惊梦》到《断桥》,丝竹管弦,水磨声声,一时间,万人空巷,票价最高竟要炒到一根"小黄鱼"(金条)换一张的盛况。而就在氍毹间的流连婉转之处,那悠扬的笛声,竟不自觉地进入了一位八岁孩童敏感、细腻且多情的内心。他,就是日后享誉华语文坛的著名小说家白先勇。

整整七十六年过去了,岁月荏苒,几度沧桑歌未歇,谁能想到,就在这颗文化的种子埋在心田的初始地,迎来了古老昆曲艺术的华丽回归与重生,改变的是岁月,不变的是一代代文化人、艺术家对中华文化在当今盛世伟大复兴的热忱、努力与期盼。"我的一生到过很多地方,两岸三地,东方西方……总在寻寻觅觅自己的家乡究竟在何处,最后我发现,原来心中永远的根,就是古老而伟大的中华文化。"

一生爱好是天然

毋庸置疑,白先勇是当代最负盛名的华文文学家。但这十几年来,他把最大的关注投入了昆曲艺术之中。于昆曲,白先勇有一生难忘的情缘,小时候在心中埋下的种子,历经岁月更迭,走过天南海北,最终生根、发芽,开出了一朵别样绚丽的花。如果说童年与昆曲的偶遇是一段美丽的传奇,那么到了1988年,首次回到大陆讲学的白先勇,在上海再度看到上海昆剧团艺术家华文漪、蔡正仁主演的全本《长生殿》时,那久违的激动与唤醒记忆深处的感动,更将昆曲与他牢牢地捆绑在了一起。从小说《游园惊梦》对于昆曲写意抒情的意境追求与西方意识流手法在文字间的完美融合,再到《游园惊梦》被搬上话剧舞台,由卢燕、华文漪两代杰出艺术家成功演绎出不同版本的昆曲名伶蓝田玉,再到将全本昆剧《牡丹亭》带到台湾……自幼与昆曲结下不解之缘的白先勇一发不可收,他曾坦言:"昆曲无他,得一'美'字,词藻美、舞蹈美、音乐美、人情美,是中国美学理想的集中体现,是中国古典文化高度发达的产物,是世界级的艺术,我们所有人都要好好珍惜它。"

十多年前,眼见昆曲艺术已被联合国教科文组织列为"人类非物质文化遗产"的榜首,却仍止不住凋零与式微,演员、观众与演出形式都逐渐老化,不知哪里来的勇气与信心，白先勇硬是放下了手头构思多年的创作，带着强烈的文化责任感，振臂一呼、四处奔走，组成一支坚强的创作队伍——除了敦请昆曲"继"字辈、昆大班、浙江"世"字辈等国宝级艺术家们亲身传承、培训出一批"小兰花班"的年轻演员之外，更积极走入校园推广，让昆曲由内而外真正青春"还魂"，重放亮丽光采。

经过一整年的精心准备，2004年4月29日，日后在中国戏曲史乃至文化史上有着浓墨重彩的一笔——"青春版《牡丹亭》"应运而生，并且一演成名，大受好评。十八年来，青春版《牡丹亭》已演出近四百场，足迹遍布祖国大江南北，苏州昆剧院的一批优秀青年演员唱着"则为你如花美眷，似水流年"走进各大剧场、高校，不光在海峡两岸暨香港，甚至在美国、英国，都留下了汤显祖玉茗堂前"白牡丹"瑰丽多姿的身影，吸引无数青年观众，从跨入剧场的那一刻，爱上了昆曲，爱上了传统文化。

从青春版《牡丹亭》到新版《玉簪记》，乃至近年推出的新版《白罗衫》与《义侠记》、《红娘》、《铁冠图》……白先勇担任制作的昆曲剧目佳作迭出，不仅培养锻炼了一批昆曲舞台上的中坚力量，也影响吸引了大量青年观众。2009年，经白先勇与叶朗教授牵头，北京大学正式开设了昆曲课程，至今为止已有十余年。几乎每个学期，白先勇都要亲自来北大上课，并邀请最一流的昆曲大师和学者为学生上课，也把苏州昆剧团的演员找去课堂示范，借由示范演出及推广课程，将昆曲艺术渗透到年轻一代的生活中，拥有六百年历史的昆曲艺术成为当今最受年轻人，特别是高校学生欢迎与喜爱的戏曲剧种……昆曲宛如白先勇的青春梦，伴随着他走过自己的晚晴岁月。曾经，作为好友的章诒和劝过他，不要为了昆曲而放下自己的写作，毕竟，在章诒和看来，能拥有白先勇那般优雅文字与叙事能力的作家，至今并不多见。如果因为昆曲而耽误了写作，实在是一种遗憾。可这些年来，每次两位老友相见，看见白先勇青春焕发的面容，如数家珍的神采，连章诒和也不禁感叹："举止谦恭，内心坚韧。做一件，成一件，没他办不成的事，因为他是白先勇！"如今，章诒和再也不劝老友"回归写作"了，因为在她看来，白先勇不仅在昆曲中焕发了青春，更将一个伟大的"文艺复兴"之梦，寄托在昆曲艺术之上。

2017年，北京大学昆曲传承与研究中心主办制作"校园版《牡丹亭》"，吸引了十多家高校青年学子，从观众到演员，学习、传承、演出青春版《牡丹亭》，并于2018年首次公演，得到热烈回响，随后又在上海、天津、南京、苏州、抚州、香港、高雄等巡演。至此，由白先勇所开启的"昆曲复兴传奇"，又迈入了一个新的传承与里程碑,"把昆曲带进校园的策略成功了,我们培养了一大群年轻观众,现在看昆曲的主要观众是 20 到 40 岁"。白先勇得意地说,校园版有个唱杜丽娘的女孩子,后来去新加坡教书,也教当地学生《牡丹亭》,让更多人接触到这个已有六百年历史的剧种……此刻,八十三岁的白先勇仿佛又看见了那个八岁时的自己,从不曾改变,更没有老去。

移步不换形

如花美眷,似水流年,闲寻遍,在幽闺自怜。很多时候,传统戏曲艺术恰如《牡丹亭》里所写的那样,养在深闺人未识。曾几何时,昆曲作为一种高度综合的艺术形式,痴迷了中国人两百余年。它将文学、音乐、绘画、书法、舞蹈、服饰、曲艺、武术、杂技等众多艺术和技术熔于一炉,堪称中国传统文学艺术精华之结晶,其中蕴藏着中华民族艺术审美和文化精神的基因密码,是先人留给我们的一笔极其宝贵的财富。但辉煌过后,戏曲曾经也有过极为低迷的时期,观众的大量流失,演员的青黄不接,缺少与时代审美和艺术精神产生共鸣的优秀作品……都让曾经的流连婉转、隽永雅逸,成为孤芳自赏的明日黄花。

任何一门艺术想要求得生存和发展,必须与时俱进,戏曲当然也不例外。毋庸置疑,戏曲曾是中华民族优秀的文化瑰宝,却也在社会由农业文明向工业文明和后工业文明快速转型的历史进程中遇到了前所未有的严峻挑战。穷则变,变则通,为了跟上时代的步伐,当代戏曲人也在不断进行改革和探索:一方面学习借鉴新兴艺术的表现方式和技巧,满足现代观众的审美需求;另一方面也积极探索与时代精神与审美标准相结合的作品,激活传统,守正创新,以此扩大戏曲的观众群和影响力。

拥有六百年历史的昆曲艺术,自白先勇所策划的青春版《牡丹亭》问世以来,不仅成为拥有青年观众最多的传统戏曲剧种,而且带动了诸如《玉簪记》、《白罗衫》、《义侠记》、《占花魁》等一系列传统剧目的"华丽转身",在培养了苏州昆剧院"小兰花班"一代演员成才的同时,也吸引了大量年轻观众,不仅如此,更通过各地高校开设课程,送戏进校园等活动,使得昆曲成为在高校学生中影响最大、学习研究者最多的一门古老戏曲剧种……一时间姹紫嫣红开遍,再不是断井颓垣。这些年来,多部既具有戏曲艺术精华又不乏时代感的舞台艺术佳作应运而生,依托经典,青春表达,突出情与美,成了古老戏曲艺术在当今凤凰涅槃、浴火重生的关键所在,这也恰是白先勇"昆曲观"在今天传播戏曲文化乃至传统文化精华的价值与意义。

对于白先勇而言,昆曲或许是他心中最永恒的绮丽青春梦,因而在晚年的岁月中,他秉着一颗传承之心,为年轻观众一再奉上既蕴含着浓烈的古典美学与昆曲传统精神,又不乏鲜明个性的现代元素与先进技术相结合的优秀舞台作品。从青春版《牡丹亭》到新版《玉簪记》,这一切,本着"尊重传统而不因循传统,运用现代而不滥用现代"的美学方向,呈现的恰是最具中华美学精神与戏剧艺术最高典范的原汁原味的中国昆剧艺术,轰动海内外,从而逐渐由一种热闹的文化现象自然地上升为一种全民自觉、广泛参与的社会现象,仿佛回到了当年昆剧鼎盛时代全民参与的"虎丘曲会",每每演出时一票难求的热烈盛况令人为之动容。

青春版《牡丹亭》自问世以来,历经多个寒暑,走遍世界各地,其精致的艺术性、大胆的现代感与纯粹的昆曲味已得到世人认可,自可成为舞台精品工程而载入史册。而对于之后的新版《玉簪记》,或可以梅兰芳先生所谓"移步不换形"五字,来加以概括:

其一,《牡丹亭》之后续《玉簪记》,可见总策划白先勇先生对于昆曲生旦戏把握眼光之敏锐、表现理念之准确,对于新版《玉簪记》的制作,可谓独具慧眼而意味深长。

众所周知,《玉簪记》是一出极为优秀的昆曲传统剧目,其中《琴挑》、《秋江》等折更是脍炙人口的经典折子戏。在上世纪八十年代,由于昆剧艺术家岳美缇、华文漪的孜孜以求与不断创新,《玉簪记》在传统折子戏的丰厚基础上又串联成一部小巧精炼、细腻耐看且极具"玩意儿"的精品小型昆剧剧目,自演出至今广受欢迎,已成为当代昆剧舞台上的传世之作。然而,尽管该版本珠玉在前,毕竟有些美中不足。由于在体量上构不成一台丰满的大戏,《玉簪记》往往会以折子戏串本形式结合其他毫不相干的戏码共同演出,似乎破坏了观剧的完整性。虽然此剧好看好听,但无论是领导专家还是普通观众,都往往乐于将之当成一种折子戏形式的演出而非一出完整的大戏,因而对它的关注、欣赏与评论就远远不及《牡丹亭》、《长生殿》等连台本戏来得那么热烈。对此,白先勇先生独抒己见,甚至认为《玉簪记》因其无比经典的折子戏,加之书生尼姑相爱故事的现代感,可以提升至与《牡丹亭》同等高度的艺术地位。由此可见,白先勇先生力排众议,坚持选择此剧,也是有一番压力与挑战的。

其二,在舞台表现上,出神入化地运用现代元素,大胆提出"昆剧新美学",做到了真正意义上的"整旧如新"。

所谓"整旧如新",是指在表演形式方面,新版做了大胆的改革与创新。在人们的印象里,《玉簪记》已经有着很固定、很规范的表演程式,如何加以创新？尤其是在没有对剧本大作修改的前提下(仅加了投观与旁疑两处情节),如何挖掘出新的意境,既要把道观中寂静、高雅的氛围表现出来,又要突出生、旦之间不断波折起伏的细腻情感,两者如何加以统一？在传统戏里,演员完全可以通过"演"来表现,身段、唱腔、表演……但作为一出重新编排的、具有强烈现代感的大戏,新版《玉簪记》究竟会如何？这始终吸引着业内业外人士的好奇心。

这个萦绕在人们心中许久的谜团,最终在 2008 年该剧首演之时揭晓了最终答案,既出乎意料,同时又在情理之中,令观众一下子豁然开朗,感到"真的很妙"！

首先,这出戏在原有的基础上通过主创人员的努力,被挖掘得更深、更细了。无论专家学者还是普通观众,都可以很真切地感受到——整出戏是一直努力在往"昆曲"上靠的——高雅、精致、严谨、简洁。绝不是"似有似无"的模仿,更不是"离经叛道"的改变,主创人员紧紧抓住了昆曲艺术最核心的部分,简洁而不简单,大气却不粗糙。无论是背景上的佛像、佛手还是贯穿始终的书法、古琴,白先勇先生都凭着自己严格挑剔的艺术眼光与广泛良好的人脉关系,邀请到了海峡两岸各领域顶级的高手为之"量身定做",因而使得全剧看似淡雅清新,却始终有一股强烈的艺术感染力扑面而来。令人最难忘的恐怕就是《秋江》了。由于之前背景已经用过奚淞先生绘制的佛像、佛手,也用过书法抄写的佛经,那么在最后一折至关重要的《秋江》中,背投到底应该用什么来渲染气氛？恐怕谁也没想到最终的答案居然是台湾书法大家董阳孜女士书写的顶天立地的"秋江"二字吧？不仅如此,根据剧情的不断推进,秋江二字竟然还可以变幻出五种不同的字体,或奔放或内敛,或激越或沉郁,与男女主人公此时此刻的心情极为吻合！

其次,除了氛围的成功营造之外,整体音乐的设计也有很大的功劳。《玉簪记》的唱腔原本已极为经典,如何使之统一在一种美好的音乐情调之下,又不伤其原来最完美的一面？白先勇先生想到了剧中反复出现的"古琴"。作为与昆曲艺术同为"人类非物质文化遗产代表作"的古琴,与昆曲"贴"得很近,"琴"者,即"情",通过《琴挑》中"琴曲"旋律的反复运用、变奏,将全剧情感贯穿始终,尤其到了《秋江》的结尾处,尽管之前戏剧冲突强烈,感情极为浓烈,然而最终仍以几声悠扬的古琴作为结尾,回归了古典艺术的气氛,同时也将无尽的情绪融入戏中,使之情景交融,很是高明。

可以说,这番精益求精的艺术态度,才可能使呈现于观众眼前的新版《玉簪记》如此动人,且令人始终有耳目一新之感。正是通过书法、古琴、国画、古诗词、佛经等传统文化元素的大量介入,新版《玉簪记》得以将昆曲艺术诠释得雅致、生动且高妙,紧紧抓住了中华文化最精髓的部分,将王元化先生所总结的"写意型,虚拟性,形象化"三者做了最为完美的诠释。我想,这种综合艺术的互相渗透影响,最终呈现一种完美的状态为昆曲艺术服务,本身就与中国昆剧兴盛繁荣的直接原因——高浓度的文化介入(余秋雨总结)有着一脉相承的渊源,加之最为精密的背投设备、灯光舞美,使得新版《玉簪记》创立了一种全新的昆剧美学理念,真正做到了"整旧如新"。

第三,在艺术风格上,最大程度地继承了优秀传统,绝不犯形式大于内涵的错误,堪称"整新如旧"。

事实上,"整新如旧"与"整旧如新"绝非水火不相容的两个极端。在新版《玉簪记》中,"整新如旧"指的是优秀青年演员俞玖林、沈丰英毕数年苦功,坚持向岳美缇、华文漪两位艺术大师学习传承这出拿手好戏。尽管他们有着美丽的外表与辉煌的经历,同时还享受到顶级的艺术团队为之量身定做精品剧目的特殊待遇,但他们并没有以此为傲,依然不懈地向老师学习,不断磨炼自己,为演好这出舞台佳作尽自己最大的努力。从目前的演出状况来看,虽然现代化的制作令人眼前一亮,然而真正的精华——岳、华两位艺术大师最宝贵的舞台经验与艺术风格,基本上还是较为完整地传承给了这两位年轻人。尽管舞台样式变了,可是昆剧原汁原味的本体艺术,依然在新版《玉簪记》中得到最大程度的保存,自始至终没有做出"买椟还珠、舍本逐末",只重形式不重内涵的错误选择。

中国的传统戏曲历来采取口传心授的承袭方法,白先勇先生深谙此道,故而一再要求两位年轻人要将老艺术家的艺术精华全盘学到手。尤其是两人在演出青春版《牡丹亭》一百余场之后,一种迫切希望改变自己、突破自我的心情显而易见。学习传承《玉簪记》,正是给了他们一个最好的机会。

新版《玉簪记》无论在制作方面还是表演方面,较之青春版《牡丹亭》毫不逊色且似乎显得更纯粹、更唯美且具有浓烈的古典主义精神。所谓的"移步不换形",或许恰在戏曲艺术的新旧之间,谋求一个主次分明的临界点。由此来看,新版《玉簪记》的成功,完全可以为戏曲艺术,尤其是昆曲艺术未来的发展道路提供一片崭新的探索领域与一条更具有民族精神、国际视野的新路。有这两部戏的基础，才会有之后《白罗衫》立足对人性的思考、《义侠记》对潘金莲的解读以及《占花魁》在传承中的创新……一系列作品，依托古典，立足现代，传承精华，时代表达，均取得不俗的艺术成就，也恰是白先勇昆曲艺术观在舞台作品中的体现与表达。

月落重生灯再红

十八年的普及、传承昆曲之路，白先勇走得艰辛、曲折却又快乐、充实。正所谓"多情人不老"，这情，正是最美好的传统艺术与民族文化。而这十八年来，昆曲命运已不同于当时，原本的"则见风月暗消磨"，已转为"惊春谁似我"。这两句是汤显祖写给男主角柳梦梅的词，此处却可以借指昆曲在当代的由衰转兴，从文化自觉到文化自信，昆曲真正做到了"月落重生灯再红"。

对于昆曲传承，白先勇坦言："一路一脉相传下来最要紧。昆曲有高成就价值的美学，如何传下来、让它复活，就像牡丹还魂，把它的魂还回来。这个戏曲就讲传承，手把手传下来，最重要就是讲世代传承。"

熟悉白先勇的人都知道，有着"白将军"外号的他平时看似儒雅和善，但做起事来，绝对是雷厉风行，力求尽善尽美。从青春版《牡丹亭》的构思立项，到组织专家打磨剧本，再到多次登门，邀请汪世瑜、张继青两位早已退出舞台多年的艺术家亲自担任艺术指导，乃至一件衣服的花纹、颜色，一段曲子的编排，演员举手投足的眼神、动作准确与否……事无巨细，一一过问，最终也确保了青春版《牡丹亭》拥有高超艺术水准与巨大文化影响力。

"我的职业是作家，文学是我安身立命之本。其实我只要在家好好写作就好了，何必去做这些繁琐之事呢？关键还是因为对昆曲的爱，因为这件事情，值得我去做。"白先勇曾这样对笔者说过自己的"心里话"。的确，制作一部优秀的戏曲艺术作品，需要一个极为庞大的制作团队，不光是艺术上的问题，更有经费、演出、交际、票房、宣传等诸多杂事。对于始终独善其身、一派谦谦君子之风的白先勇而言，这些"与人打交道"的事，并不是他所擅长的，但为了昆曲，他心甘情愿地去做了。

他曾在采访中笑称自己上辈子可能是戏班班主，这辈子做的也是带着戏班到处"走江湖"。其实，这句玩笑话的背后是饱含着人情冷暖的。据笔者所知，尽管有着华文文学大家身份，影响巨大，但事实上，白先勇也不是所到之处，都被捧在手心里。在一些场合，即使被人打击、受到冷落，白先勇也不会口出恶言，永远是温煦定坐,无改颜色。这份涵养与素质,真可谓荣辱不惊,永远保持着君子之风。他的助手郑幸燕告诉过笔者两件往事:当初推动青春版《牡丹亭》时,实在是需要太多经费,每一场出国演出总不下百万人民币,于是一生斯文备受敬重的白先勇也得要想方设法募款。一次,他的朋友安排好了与某著名企业家相聚,出席者其实也都知道餐叙目的,但白先勇自始至终在饭桌上聊戏说艺,好半天下来就是开不了口,最后郑幸燕实在忍不住了,站起来直截了当地跟大家开口募款。不知怎的,这故事听得让人有点心酸。

还有一次,青春版《牡丹亭》在上海大剧院首演,这也是昆曲艺术第一次登上上海大剧院大剧场的舞台。白先勇对此特别重视,这场表演能否成功非常关键,偏偏负责票务的友人出了问题,顿时让白先勇心急如焚,那一阵子他和郑幸燕两人在上海的酒店里,为手上一张一张票如何"推销"出去伤透脑筋,一通电话一通电话的打,一张一张票分配,关键是要请相熟的企业家买下价格不菲的戏票,再全部赠送给各高校学生,邀请大学生们免费来看戏,甚至还专门给刚进入上海戏曲学校昆曲班几十个十来岁的孩子,专门安排了戏票,希望这群最年轻的昆曲接班人,能走进最一流的剧场,感受昆曲艺术所应该拥有的待遇、场面与规格,提升文化自信心与自豪感……那几天里,白先勇可谓操碎了心,既是运筹帷幄的"大将军"也是昆曲界的一个"无名小卒",最终,上海大剧院三天的演出获得成功,座无虚席,影响巨大,劳累数天之后终于开怀大笑的白先勇,真无愧于大家给他的雅号——"白班主"。

这些如人饮水、冷暖自知的回忆,从没在公开场合被白先勇所提起。面对青春版昆曲《牡丹亭》所带来的成果与巨大影响力,观众最能感受到的,还是白先勇的"无私",尽管为昆曲做了那么多贡献而不求回报,面对赞扬,他总是强调青春版《牡丹亭》的成功,不是个人的功劳,而是一大批"昆曲义工"、文化精英共同努力的结果。此时此刻,在他的心里,想得最多的还是"传承"这件事。与此同时,他一直希望能让自己十八年来推广、传播昆曲艺术的经验,以及"尊重古典但不因循古典;利用现代但不滥用现代"的"昆曲观",得到更多人的认可与实践。情与美的青春表达,才能做到民族传统艺术精粹在新时代的守正创新,代代相承,这也正是白先勇晚年放下安身立命的文学创作,转而投身于民族文化艺术复兴运动最大的意义与价值所在。

有心情那梦儿还去不远,正如白先勇对笔者所说的那样:"我就是一个'昆曲大义工'。其实,昆曲不光有我,更需要很多很多义工。说得好听点,这是文化使命感，其实是不知天高地厚，就这么闯入了本来不属于我的世界……与昆曲紧紧捆绑近二十年的时间，我想，我自己最大的变化就是从作家变成了大众媒体上的昆曲'布道者'，无论在哪里，我一遍又一遍地讲，昆曲有多美，直到大家相信我。很高兴，现在北京大学、香港中文大学、台湾大学乃至美国伯克利大学等，都开设了昆曲欣赏课程。我们的青春版《牡丹亭》还有了'校园版'传承……昆曲是我们民族最美的瑰宝。我已经是八十四岁高龄了，其实早该退休，但对于民族的文化艺术，我有一种不舍。我更希望在二十一世纪，随着国家的日益强大，我们能迎来一次属于中国的'文艺复兴'。我以昆曲为切入点，如果能做成，相信不久的将来，文学、艺术、哲学……都会迎来繁荣兴盛，我个人期待着这一天的到来。"

我和昆曲青春版《牡丹亭》

沈国芳[*]

苏州昆剧院

作为一名昆曲人,我很有幸自己在青春的年纪与昆曲青春版《牡丹亭》相遇。今天很开心能在这里与各位专家老师分享这十八年来的历程,谢谢刘俊老师的美意。分享有不到之处还请大家多多包涵、指点。

《牡丹亭》中的春香是昆曲贴旦艺术中绕不开的一位角色。汤显祖前辈笔下的春香是如此真实可爱、善良纯净。在青春年少的年代演绎这样一个角色绝对是无限快乐的。更快乐的是在 2003 年我的春香与白先勇老师和青春版《牡丹亭》剧组相逢,至此便开始一段神奇的昆曲之旅。

一、 神奇之旅之酝酿发酵

青春版《牡丹亭》剧组让我有缘与昆曲大师结缘。昆曲旦角祭酒张继青、昆曲巾生魁首汪世瑜老师坐镇我们剧院,天天手把手传授心得。春香自是每天跟在小姐杜丽娘身边一起受熏陶,虽有时也如剧中春香般淘气,溜个学去别的剧组玩玩看看,但老师的指点、教授丝毫不敢大意。一段《游园》【皂罗袍】在张继青老师的监督下小姐和春香一丝不苟地起码来上二十遍。一段《离魂》【集贤宾】要唱上无数遍,记得有一次张继青老师看我天天陪着小姐学唱就说:"来,春香来唱一遍。"结果不争气的我开了几次口也没唱出一个字,张老师哈哈大笑说:"那小姐带着她唱吧。"就这样混过去了。当时也不觉得难为情,觉得春香不会唱很正常啊。在排练中张老师和汪老师对我的要求非常高,一点点不对都会悉心指出,但

---

[*] 沈国芳,苏州昆剧院著名表演艺术家,也是青春版《牡丹亭》春香的扮演者。

同时两位老师对我又很是宽容,总会给我很大的自我发挥余地。所以我在剧组就像春香在杜府,很得宠也很快乐。看过我演出的老师、观众,会说我饰演的春香总给人一股天性的快乐,我想这和我在这个剧组中的整体状态是相通的。老师们严谨的教学风范搭配上发散性的思维启发,总会让青年演员在舞台上散发出属于自己的光亮和风采。在这些大师的身边,我们既是学生又是迷妹,心中对昆曲顶级艺术的向往完全化作了对老师们的崇拜和敬畏。在耳濡目染、潜移默化中我们像吸收了阳光与雨露的花朵般开始酝酿绽放。从2003年8月到11月,老师们陪着我们进行着魔鬼般的训练,一指一台步无不浸润着老师们的心血。这期间白先勇老师数次带团队来苏检查我们阶段性的成果。他端正地坐在台下,凝神静气的样子总会让我们有点紧张,但更多的是兴奋。那时候我们初生牛犊不怕虎,我们很想把老师教给我们的本事向白老师汇报。白老师看到开心处会拍着手大声说"不错不错",看到不足时则会紧紧把手臂抱在胸前,一手捏着下巴,皱着眉头说"不行不行,肯定不行",就是这样无数次的"不错"和"不行"的交替中,我们飞快地成长着。

当看到我们在舞台上有了人物的雏形,白老师开始着手对我们进行人物意识形态培养,他带着我们到苏州沧浪亭实地游园,爬上园内高高的土山,白老师指点着画廊金粉、金鱼池、青山、烟波画船。迤逦行来,白老师落座于山顶的沧浪亭内,我们即兴分别演绎了一段【皂罗袍】和【山桃红】,真乃良辰美景也。白老师讲究每一位角色必须从里到外浸润人物的气质,所以我们的训练除了舞台表演过关之外,还必须给人物注入血液,使他在舞台上除了惊艳之外还必须让观众信服。讲析人物是白老师的拿手菜,他帮我点明春香在剧中的地位,提醒我在《闺塾》中应该掌握什么分寸,在《游园》时的渲染掌握什么尺度,等等。当我们对人物有任何疑问不解,白老师总会循循讲解开导,到心中豁然开朗之时舞台上的人物也就呼之欲出。记得在青春版《牡丹亭》第一次彩排时,我看到春香在《游园》中的穿着竟然是一件绿色的马甲。在传统昆曲里面,穿绿色马甲的丫鬟一般皆由小花脸扮演,俗称"彩旦"。所以当时我想不通,心里很排斥这件马甲,白老师知道后就开导我:"春香是春天的一缕香气,正是这一缕香气引领着杜丽娘去游园,所以《游园》中春香穿绿色就是春天的象征。"白老师的话一下子让我悟到了服装设计师王童、曾咏霓两位老师的用意了,在《游园》中春香已经不是一个具体的人物,她已经上升为一种意境的存在,一抹代表春天气息的绿色飞旋于舞台之上,引领着杜丽娘沉浸在春天的烂漫之中。春香越是自由烂漫,杜丽娘心目中的春光就越是夺人心魄。有了这一层理解,我突然发现在演《游园》时,我的心似乎飞出了自我,像一只翩飞的蝴蝶用着一种全身心的热情指引着杜丽娘进入一个旖旎的梦境。白老师很喜欢我们的《游园》,总觉得我们演出了那种心境的对比,用姹紫嫣红的绚烂折射出藏在心底最深的落寞。这样的人物感悟每天在老师的提点下积累、发酵,我们每一个角色都是经历了这样一种从外到内的延伸升华。

剧组到冲刺的最后阶段,我们全体一天三班关在一所烂尾楼里合成排练。根据台北"国家大剧院"的现实尺寸现搭的舞台非常简陋,嗖嗖的寒风从没有遮挡的窗户框框吹进来,白老师裹着一件羽绒大衣坐镇在现场,饿了就和大家一样手捧个大馒头充饥,冷了就站起来跺跺脚搓搓手。所有的演职员被白老师感动着,都憋着一口气,没有嬉笑没有偷懒没有抱怨,空气中弥漫着一种不达目的不罢休的气息。台北首演,不鸣则已一鸣一定要惊人。

二、神奇之旅之人在旅程

2004年4月29日晚上7点30分,青春版《牡丹亭》在台湾"国家大剧院"正式首演,演出开场前一刻钟在大剧院二楼的化妆间客厅,白老师召集所有演职员汇聚一堂,进行了精神训话。那一刻的白老师沉着冷静,讲话简短而有力,灌注着孤注一掷的气势,令在场的所有人格外动容。最后白老师语调突然提高问道"大家有没有信心?",所有人毫不迟疑地高声回答"有"。我们这一批被白老师笑称草台班的演职员,在那一刻也仿佛身披盔甲,昂首挺胸去打一场至关重要的战役。演出准点开始,《闺塾》【一江风】小春香一人身处偌大的舞台中央,身体做着早已练习得滚瓜烂熟的动作,脑子却被黑压压寂静无声的台下吸噬过去,不禁紧张得脚底开始微微打颤。那时候我才体会到演员的意识和舞台行动是可以分开的。台下十年功,台上一分钟的含义我也才深刻体会,这上面演出的春香仿佛只是我平时训练的一个成果,我的意识可以上升到空中俯瞰我的表演和我自己惊慌不定的内心。三个多小时的《牡丹亭》上本在《离魂》的大红斗篷的渲染中落幕,突然寂静无声的台下响起了热烈的掌声,一批一批观众起身鼓掌,台上谢幕的我们犹如掉进了爱丽丝的奇妙世界,意外地享受着观众的喜欢。白老师左手牵汪世瑜老师、右手牵张继青老师缓缓鞠躬谢幕的经典的场景也由此而生,并一直延续到巡演一百场。

台湾首演后，白老师筹划了大陆高校的巡演之路，起点站选在苏州大学的存菊堂。存菊堂建于上世纪九十年代，是苏州大学本部大礼堂，里面舞台设施和首演的台湾"国家大剧院"完全不能相提并论，青春版牡丹亭的舞美老师们花了九牛二虎之力，把有限的条件最大可能地转变成合格的舞台环境。三天的演出座无虚席，甚至走廊里坐满了搬着小凳子看演出的观众。如果说在台北、台南演出是一种被认可的享受，那么苏州大学的这一场完全是一种被温暖的感动。站在台上谢幕看着苏州的观众给我们这么热烈的掌声和呼喊，心中就像被温暖的太阳照耀着，就像打仗归来的战士面对自己淳朴热情的父老乡亲，禁不住有些热泪盈眶。

接下来白老师带着我们开始征战于国内各个顶级高校之间，北京大学、南京大学、南开大学、北京师范大学、北京传媒大学、复旦大学等，真正形成了一股昆曲热潮。那时在北京大学的师生中流传一句话"现在世上只有两种人，一种是看过青春版《牡丹亭》的，一种是没看过青春版《牡丹亭》的"。现在回想起来这段经历应该是我生命中演出的鼎盛阶段，几乎不是在演出，就是在去演出的路上。这一路白老师、汪老师、张老师亲力亲为始终陪伴在我们身边，每场演出之前白老师的精神训话是必须的，每场演出后汪老师、张老师的指点意见也是必须的。那时我们一边享受着亲爱的老师们的深深关爱，一边享受着台下那么那么多观众的由衷喜爱，我们就像被爱包围的孩子一样幸福。但时间一久不免有些飘飘然。

2006年9月10日到10月10日，白老师带领着我们浩浩荡荡八十员人马前往美国加利福尼亚州演出。首站是在白老师从事教育的加州大学柏克莱分校，当时高达200美元的套票已全部售空，可以说当时的加州都在翘首期盼这部由白先勇带来的昆曲《牡丹亭》。我们一群年轻人下得飞机踏上美国的土地，觉得一切都那么新奇，行动举止不免有些欢欣雀跃、蠢蠢欲动。白老师看在眼里不动声色，但第二天就在柏克莱大学的礼堂内由汪世瑜老师为主对我们进行极其严格的精神训话。那次汪老师的训话我将一生铭记，汪老师说："你们不要被胜利冲昏头脑，你们现在还什么都不是。舞台上所有的表现都是师父教给你的，离开师父的教导你一无所有。你们不要被大家表扬你就是杜丽娘、你就是柳梦梅、你就是春香而沾沾自喜，这一切都归功于你们的父母，你们的父母给了你们最最适合演绎这个角色的天然条件，才有了你们今天舞台的光彩，所以我建议这次巡演回去把你们的演出费毕恭毕敬奉给自己的父母，感谢他们的付出培养。"当时有些自我膨胀的我们一下子被训得羞愧难当，个个恨不得找个地缝钻下去，训话结束后乖乖躲到后台复戏背戏，全身心投入战斗。柏克莱大学首演轰动加州后，厄湾大学、洛杉矶大学、圣芭芭拉大学三轮演出受到了当地人的高度关注，我们也切实地感受到了艺术是没有国界之分的。白老师说他在课堂上讲《红楼梦》，有很多国外的学生对里面的社会关系提出疑问，表示不理解。但当《牡丹亭》以昆曲的形式唯美地体现在舞台上时，人心最深处的那根弦会被触动，会不由自主地被吸引、被感动，从而被中国古典文化折服。

就这样到了2007年5月31日，青春版《牡丹亭》在北京展览馆剧场进行了百场专场演出。在演出结束后的庆功宴上，白老师表示一路走来苏州昆剧院成长了，我们这批小兰花也长大了，他想休息休息了。听了白老师的话，本来开心无忧的我们一下子陷入了沉思。我们感恩白老师这四年来放下手头诸事几乎朝夕相处式的陪伴提携；感恩他振臂呼吁这么多有爱人士来关心帮助我们；感恩他把每一次不可能转化为一次又一次的完美呈现。但我们也清楚地看到白老师的额头为我们添了皱纹，甚至有一次因为心脏不适做了大手术。这四年来他无怨无悔打着昆曲义工的旗号奔波在前线，经历了多少次的焦头烂额、多少次的化险为夷。白老师为昆曲为我们付出了太多太多，一百场已经功德圆满，白老师是应该好好休息休息，做些自己的事情了。庆功宴结束我和杜母的扮演者陈玲玲相伴走出宴会厅，看见前面白老师瘦高的背影，"白老师"，我不由得喊出声来，白老师闻声缓缓地转过身来，我们急走几步赶到他的面前，白老师微笑着看着我们，照样拍着手说"加油，你们正在做一件大事，我也相信你们有能力越做越好。加油加油"。目送白老师离开。人生聚散依依，白老师在面对繁华过后的离开是如此优雅从容，似乎以往一马在前豪迈挥鞭驰骋沙场的白老师也只是他舞台的一刻呈现。生活中的一切繁华与孤独对白老师本身而言仿佛就是似水流年般不着痕迹。前年与白老师相聚时，白老师还特意和我提起此事，他说当时看到了我们眼底闪烁的泪光。是啊，对于我们而言，人生聚散还犹如四季更迭般的分明，面对离开挥手告别心底该有多么不舍和留恋。放开提携我们的手，在背后看着我们朝着您指点的道路披荆斩棘，如有困难及时鼓励支援，如有成功大加赞扬。现在青春版《牡丹亭》已经走过了17年，演出场次达到400有余。在去年，剧院已开始培养青年演员传承，并像我们当年一样的青春姿态以精华版的模式与广大观众见面，受到观众的认可和喜欢。

三、神奇之旅之无限可能

青春版《牡丹亭》如今已成为昆剧舞台上的经典,成为很多昆曲人和非昆曲人一生的精神守望。跟着青春版《牡丹亭》我的艺术生命走过蕴含丰富生命力的春天,姹紫嫣红开遍。走过万树苍翠的夏天,绚烂释放春的生命。现在正经历着秋的喜悦。无论走到哪里,只要聊起昆曲,总会因为青春版《牡丹亭》而彼此心生欢愉,仿佛是多年未见的老朋友。在去年12月青春版《牡丹亭》去广西南宁演出,演出前期我被安排到南宁第二中学为高一的同学分享青春版《牡丹亭》,当时是学校夜自习时间段,五百座位的报告厅座无虚席,他们的老师正在介绍青春版《牡丹亭》,见我们进去,立刻爆发热烈的掌声,一个半小时的分享,同学们全程热烈参与,他们时而为昆曲的精致赞叹,时而为昆曲的诙谐幽默乐得哈哈大笑,时而为昆曲讲解的人性情爱而会心一笑,低头不语。最想不到的是,结束后同学们一位都没有撤离,自觉排起长长的队伍等待我们签名留影。面对这一情景我带过去示范的两位青年演员笑着说,"老师,我紧张得名字都不会写了"。后来交流我才知道刚才进来就在讲解的老师曾经就是北京师范大学的学生,当时她一遇见青春版《牡丹亭》就被吸引,至此愈陷愈深,在她走上工作岗位之后,她说她一定要把这么美的中华文化传给她的学生,让他们领略中华昆曲艺术无可替代的独特美。处于这样的场景中我深受感动,我不禁想马上和白老师联系,告诉他您播下的种子已经在发芽成长了。白老师一直和我们强调昆曲在大学传播的重要性,他说我们一定要把青春版《牡丹亭》带给师范的学生,他们以后是各个重要学府的老师,他们的传播广度和力度都是最大的,我们还要让传媒大学的同学看见,他们以后都是社会传媒精英,要由他们把昆曲的美传达到社会各个角落。十几年过去了,当年我们巡演在各个大学时候的学子们已经成长为社会各个阶层的精英。因为有了那一次的灵魂相触,在他们以后的工作生活中,只要有意无意再次触动那根弦,一种别样的情怀便扑面而来,再次遇见昆曲便会产生无限的温柔,愿意为它的弘扬尽自己的一份力量。我总觉得昆曲是一份情怀的传递。白先勇老师大力扶持昆曲是情怀;来自北师大的老师不在夜自修帮学生补语数英,而是讲解昆曲,也是情怀;甚至苏州的一个房产公司邀请昆曲老师讲述昆曲,寻找现代人写意的生活方式,这也是一种情怀。可喜的是如今有情怀的社会人士越来越多,昆曲开始进入社会生活有了无限种可能。

白先勇老师还有一个弘扬昆曲的举措是令人赞叹的,那就是2010年3月校园版《牡丹亭》工作坊在北大启动。选角色、青春版原班人马教学、学习结束彩排公演,这一方案刚公布立刻吸引了八十多位北京高校的学子来报名,经过层层筛选,经过陆陆续续几个月的特殊排练,汪世瑜、张继青、俞玖林、沈丰英等所有青春版的原班人马来到北大进行教学。2011年4月7日校园版《牡丹亭》在北京大学百年讲堂上演。白老师看得如痴如醉,他说:"昆曲很难演,唱念做要彼此配合。这些学生能演成今天这样,最重要的是他们有热情。"其中饰演杜丽娘的杨楠楠在自己的微博中写道"对于昆曲和传统艺术来说,我们的身体力行正是一种最满怀诚挚和敬意的传承"。可喜的是一批又一批的学生毕业,一批又一批的学生还在延续着昆曲《牡丹亭》这个旖旎的梦。在2017年校园传承版《牡丹亭》项目正式启动,这次的排演计划比2010年更加详细周密,演出剧目阵容完全传承自青春版模式,甚至连乐队都是自我组建。先后在北京、抚州、台湾、香港、苏州昆山等地演出。同样是制作人的白先勇老师由衷地说:"他们都是昆曲发芽的种子。"在与这一群种子接触教学的时候,他们给我的感触也非常多,他们在学习的过程中除了听从老师教导外,自己还会有一套自我消化和成熟的方法,几乎每个人都不一样。我终于明白这些学习健将能取得这样的成绩绝非偶然,他们善于总结、善于寻找适合自己表述的方法。所以在舞台上他们表演虽然未必能尽善尽美,但无论哪个人物都会无形中展示出一种独立的魅力。看着台上水袖飘飞的他们,我静静寻思:短短几个月的训练,他们就能演绎出人物感,恐怕是中华文化常年的积淀修养在他们身上正好通过这个渠道得以体现了吧。腹有诗书气自华,所言非虚。想到这里又不禁深深叹服白先勇老师的眼光和胆量,昆曲《牡丹亭》校园版的产生将会是昆曲史上浓重的一笔。

面对如今青春版《牡丹亭》的格局,白老师和我们聊起其中的艰辛,总会大手一挥说:"哎呀,当时你们只顾在台上打仗,台下多少场艰辛的战役你们是不知道的,现在回想真是不可思议,后怕连连。不过吉人自有天相,我们都在做有功德的事,事情到最后一步总会出现转机。"佛缘很深的白老师把所有的转机归结为天相,但我们清楚地知道这一切都是因为白老师胸怀的大爱感动了一批又一批同样胸怀大爱的人士,在每一个危急时刻伸出援手,才成就昆曲青春版《牡丹亭》的神奇之旅。我们适逢其中,化感恩为动力将是我们一生的修为。

青春版《牡丹亭》的神奇之旅还在继续,我这个春香经过十八年的成长已经到了不惑之年。记得前年刚到不惑之年时,我问白老师:"我还能继续演绎春香吗?"白老师笑着说:"哈哈,我们永远的小春香也长大啦,不怕不怕,至少演到 45 岁。"一直担任我们精神导师的白老师总会引领我尝试着继续前进,继续在舞台上演绎花面丫头十三四。我想春香也将是我舞台生命中最最闪亮的存在。

传统复兴与中国经验

——海外视野下的白先勇青春版《牡丹亭》改编与传播

张 娟 赵博雅

东南大学

汤显祖的《牡丹亭》是中国昆曲的巅峰之作，昆曲经历了六百年兴衰起伏，《牡丹亭》也被多次整编上演，二十一世纪著名作家、旅美华人白先勇先生带领海峡两岸暨香港的文化精英创制了青春版《牡丹亭》，青春版《牡丹亭》出现演出热潮，成为中国传统文化复兴的一个典型案例。青春版《牡丹亭》不仅流行于中国大陆和港澳台地区，也传播到美国、英国、韩国、希腊、荷兰并得到一致好评。有关青春版《牡丹亭》的演讲、访谈、剧评等材料也结集出版，包括《姹紫嫣红〈牡丹亭〉——四百年青春之梦》《白先勇说昆曲》《白先勇与青春版〈牡丹亭〉》《牡丹情缘：白先勇的昆曲之旅》等，本文结合以上材料，介绍《牡丹亭》海外演出历史与青春版《牡丹亭》海外演出情况，并分析青春版《牡丹亭》形成的"昆曲新美学"，探索中国传统文化当代复兴的中国经验。

一、青春版《牡丹亭》的海外传播

在青春版《牡丹亭》演出之外，《牡丹亭》的海外舞台有海外改编和国内改编两种模式，影响较大的海外改编版《牡丹亭》有彼得·谢勒斯的"后现代版《牡丹亭》"、陈士争版《牡丹亭》、玩偶剧场版《牡丹亭》和中日合作版《牡丹亭》。1998年5月美国先锋派导演彼得·谢勒斯依据白之英文译本制作"后现代版《牡丹亭》"，全剧约三个小时，在欧洲多国巡演。此版本由中国演员华文漪、黄英等人与外国演员合作，综合昆曲、话剧及歌剧的形式，杜丽娘从大家闺秀变成一个充满肉欲的少女的形象,野蛮原始的性爱元素被突出。① 1999年7月,美国林肯中心上演华裔导演陈士争编排的全本《牡丹亭》。该版本排演的是汤显祖《牡丹亭》的全55出,演出时长三个下午加三个晚上,该版本糅杂了许多中国民间的戏曲文化元素,如地方戏曲、各地方言、木偶、杂耍,因为过度承载舞台元素,多有争议。2000年2月24日—3月12日,冯光宇和史蒂芬·凯派林导演的玩偶剧场版《牡丹亭》在纽约多罗茜剧场上演,这个版本将欧洲十九世纪的玩偶剧场和中国的昆曲结合在一起,以昆曲演员和玩偶交替表演的方式展现了杜丽娘从一梦而亡到起死回生的故事。② 2008年日本歌舞伎著名演员坂玉昆三郎与苏州昆剧院合作,在日本京都南座上演了《牡丹亭》联合演出,一共演出《惊梦》、《离魂》、《写真》、《游园》四折。③

本土《牡丹亭》的海外演出肇始于梅兰芳1930年代的访美巡演,梅兰芳表演了京剧《春香闹学》。二十世纪时,著名昆曲演员张继青等人多次海外演出《牡丹亭》的经典折子戏,在八十年代出访威尼斯、西柏林和日本,④1989年华文漪和尹继芳、史洁华合演的《游园惊梦》二折在伦敦和香港上演,这些演出均获得良好反响。⑤ 进入二十一世纪,2010年6月由林兆华和汪世瑜联袂改编的厅堂版《牡丹亭》受意大利孔子学院邀请进行了七场巡回演出,分别在威尼斯市政厅、波罗尼亚大学法学院、都灵皇后行宫。表演场地有所创新,布置了四方金鱼池和白色烛台。一小时左右的演出表演了从《惊梦》到《回生》的八个曲目。⑥ 谭盾改编并导演的大型园林实景版昆曲《牡丹亭》将《牡丹亭》的表演放置于搭设精美的园林实景中,2012—2019年,该版《牡丹亭》分别在纽约、巴黎、德国、莫斯科等多地的博物馆、艺术馆进行演出。⑦

综上所述,海外改编的《牡丹亭》不同程度地颠覆了昆曲表演的基本程式,西方审美审视下的"混血儿"创作削弱了昆曲的主体性地位。本土《牡丹亭》的改编

---

① 参见廖奔:《观念挪移与文化阐释错位——美国塞氏〈牡丹亭〉印象》,《文艺争鸣》2000年第1期,第55—60页。
② 参见《玩偶剧场〈牡丹亭〉在美上演》,《文汇报》2000年3月14日。
③ 参见何静:《中日合演〈牡丹亭〉观众反响很热烈》,《中国文化报》2010年10月26日。
④ 参见朱禧、姚继焜编:《青出于蓝——张继青昆曲五十五年》,文化艺术出版社2009年版,第71—95页。
⑤ 参见白先勇:《白先勇说昆曲》,中国友谊出版公司2018年版,第16页。
⑥ 参见马赛:《昆剧〈牡丹亭〉征服意大利观众》,《光明日报》2010年6月29日。
⑦ 参见《在莫斯科古老园林里,昆曲〈牡丹亭〉让俄罗斯观众沉醉》,《文汇报》2019年5月15日。

在二十世纪的海外演出中遵循传统,二十一世纪后则尝试在传统基础上创新。这些改编版本均为昆曲的海外传播做出了有益贡献。

相比于厅堂版《牡丹亭》和园林版《牡丹亭》,青春版《牡丹亭》是一次舞台型演出的再创作,青春版《牡丹亭》的海外演出可以分为两个阶段:全本演出阶段(2005—2009年,分上、中、下三场,包括标目共28回)和精华本演出阶段(2012—2019年,只有一场,共8回)(见表一)。在全本演出阶段,青春版《牡丹亭》刚刚崭露头角,在全本演出中打响名声。2005年青春版《牡丹亭》最早在韩国小试牛刀,在金海市和釜山市的艺术节上登场,这是韩国首次表演中国昆曲,演出团共十六位演员,在八天内表演六场精华折子戏。2006年9月,美国加州大学四大分校的演出将近百人的台前幕后团队全数到场,以商业化演出模式在四大分校的剧院内演出全本四次,共十二场。2008年青春版《牡丹亭》在英国伦敦萨德勒斯威尔斯剧场演出两轮六场,随后赴希腊艺术节演出全本一轮三场。2009年,为纪念中新合作十五周年,青春版《牡丹亭》第一次在除中国以外的亚洲国家新加坡上演上、中、下全场(2005年韩国的演出非全场)。2012—2019年是青春版《牡丹亭》精华本演出阶段,此阶段青春版《牡丹亭》名声已然打响,考虑到跨国成本、人员调度等问题,除了2016年在英国演出全本以外,其他场次均是精华本演出。精华本演出一天内三个小时完成,海外观众能够短时间内领略中国昆曲的审美特质和文化精神。

表一 青春版《牡丹亭》海外演出统计

时间	地点	国家
2005年10月11日—10月13日	金海市"加耶世界文化庆典"	韩国
2005年10月14日—10月17日	釜山市"剧场艺术节"	韩国
2006年9月14日—9月17日	加州大学伯克莱分校有泽勒巴大剧院(Zellerbach Hall)	美国
2006年9月22日—9月24日	加州大学厄湾分校厄湾巴克莱大剧院(Irvine Barclay Theatre)	美国
2006年9月29日—10月1日	加州大学洛杉矶分校 Royce Hall UCLA	美国
2006年10月6日—10月8日	加州大学圣芭芭拉分校洛伯罗剧院(Lobero Theatre)	美国
2008年6月3日—6月5日	伦敦萨德勒斯威尔斯剧场	英国

续　表

时间	地点	国家
2008年6月12日—6月15日	雅典国家音乐剧场	希腊
2009年5月7日—5月9日	新加坡滨海艺术中心剧院	新加坡
2012年9月29日	密歇根孔子学院演出"精华版"	美国
2012年10月7日	纽约凯伊剧场	美国
2016年9月25日—9月30日	伦敦特洛西剧场	英国
2017年7月12日	雅典阿蒂库斯露天剧场	希腊
2019年9月19日	海牙南沙滩剧场	荷兰

　　青春版《牡丹亭》的海外演出依托艺术节、文化交流项目，以商业化模式在现代剧场中售票演出，[①]与国内演出的差别首先是增加了翻译字幕或者现场实时讲解，英文翻译字幕由加州大学李林德教授完成，保证唱词的传情达意效果。其次，海外演出剧场条件差异很大，有金海市容纳三百人左右的小剧场，英美容纳上千人的剧院，也有希腊和荷兰的露天剧场，青春版《牡丹亭》需要随时根据演出场地进行调整。最后，青春版《牡丹亭》在跨文化传播时，既希望保持昆曲本色，也在具体演出中根据不同文化场合做出融合，如2005年在釜山表演时融合无锡歌舞团的舞蹈，2019年精华本在荷兰表演结束后，苏州昆剧院与荷兰现代舞团尝试合作表演，将简约的现代舞化为杜、柳二人爱情的诠释，这些都是靠拢海外观众的文化与审美的尝试。

二、"昆曲新美学"：青春版《牡丹亭》的文艺复兴

　　青春版《牡丹亭》将昆曲带入世界视野，它在海外造成的文化现象是其他版本的昆曲难以企及的，其舞台呈现的"昆曲新美学"是打动海外观众的核心要素，本节讨论"昆曲新美学"三个层面上的美学范式：跨界的艺术融合、传统与现代的统一、高雅艺术与平民欣赏的结合。

　　首先，青春版《牡丹亭》利用跨界的艺术融合，打造全新昆曲形式。青春版

---

① 2012年在美国纽约凯伊剧场（Kaye Playhouse）采用传统的一桌二椅、简单灯光的昆曲演法，而不是现代剧场的模式。

传统复兴与中国经验/张 娟 赵博雅

《牡丹亭》在制作中重新编制音乐、舞蹈,强化二者的艺术表现力,同时配合舞台空间装置的书法与国画,实现琴曲书画的跨界,渲染美的意境。在音乐上,青春版《牡丹亭》使用更丰富的配器,共有笛子、唢呐、笙、箫等二十多件乐器,尤其设置提胡、箫、埙、编钟等色彩性乐器,乐器之间或合奏或独奏配合表演。[①] 在舞蹈上,一方面是重新编制或增设大型舞蹈,使舞台增加流动感。另一方面则增强演员身段动作的舞蹈化。演员通过翻跹的舞蹈延伸空间与叙事;在舞台空间中,既有柳梦梅"叫画"时小幅精致的粉彩美人图,也有舞台背景中悬挂的大幅书法和花鸟画置换原本戏曲舞台的屏风。以《惊梦》为例探讨此种艺术跨界:开场时舞台背景垂挂了三幅绘有柳枝和淡粉牡丹的国画,营造春天氛围。杜丽娘和春香上场时"音乐先由高胡、编钟、古筝等乐器奏出三个音的主导动机,而后是一段笛子独奏"[②],此时是杜丽娘游园前的准备阶段。随着舞台国画收起,暗处的背景屏幕被投影为抽象的红绿渲染色彩,暗示二人进入春光明媚的花园,音乐转为节奏较欢快的【皂罗袍】曲牌的变奏,烘托赏春的喜悦心情。赏春后,花神们在多乐器合奏的主题音乐下演绎轻柔飘渺的舞蹈,将昏昏欲睡的杜丽娘引入梦境,杜丽娘在梦中与柳梦梅相会,二人运转水袖翩翩舞蹈,传达交融的情愫。

陈多认为戏曲"'它本身是一个对象,即它本身作为目的出现着',于是它们在戏曲中,不仅要影响到表演与文学语言的关系;进而还要引起表演艺术内部的结构变化……形式美的要素是如形状、线条、色泽、声音、语言等能直接诉诸人们感官、给人们以美的感受的物质材料,以合规律的、和谐完整的形式进行组织结构"[③]。书、画、舞、乐在中国艺术传统中有共通性,它们在技法上互相启发,遵循着和、清、淡、雅的美学理想。青春版《牡丹亭》中书法的飘逸俊秀、国画的写意清新、舞蹈的优美灵动、音乐的悠远柔雅互相交融,"音乐唱腔、舞蹈身段犹如有声书法、流动水墨,于是昆曲、书法、水墨画融于一体,变成一组和谐的线条文化符号"[④]。这种浑然融通营造了青春版《牡丹亭》纯净雅致的意境。

---

① 参见顾礼俭:《简评昆剧青春版〈牡丹亭〉的音乐》,《人民音乐》2006年第4期,第8—9页;林萃青:《世界音乐文化全球化对话中的昆曲音色与音响体质》,收入华玮主编《昆曲·春三二月天:面对世界的昆曲与〈牡丹亭〉》,上海古籍出版社2009年版,第14页。
② 周友良:《青春版〈牡丹亭〉全谱》,苏州大学出版社2014年版,第233页。
③ 陈多:《中国戏曲美学》,百家出版社2010年版,第241页。
④ 白先勇:《牡丹情缘:白先勇的昆曲之旅》,商务印书馆2016年版,第293页。虽然引述讨论的是《玉簪记》,但是青春版《牡丹亭》同样适用。

青春版《牡丹亭》也是传统和现代的融合,是"将原汁原味的昆曲放入现代的博物馆"①。"原汁原味的昆曲"要求回归昆曲艺术本体,传承古代戏曲美学。陈多将中国戏曲美学概括为"舞容歌声、动人以情、意主形从、美形取胜"②。"舞容歌声"是指声容和歌舞完美地融会一体。"动人以情"是指中国戏曲即景写情,言情是主要目的。"意主形从"强调戏曲的抽象写意,即表演方式的程式化和虚拟性。"美形取胜"指戏曲极力发展形式美,通过各类艺术手段呈现表演艺术。昆曲不仅完美地容纳上述美学特点,还将"雅"视为它的美学品格,白先勇总结为"抽象、写意、抒情、诗化"③。青春版《牡丹亭》以这些美学理念为方向,它对《牡丹亭》原唱词删繁就简,弱化政治和战争因素,将上、中、下三本的主题定为"梦中情"、"人鬼情"、"人间情",更加凝练地表达昆曲的情美;它的经典唱段基本不动,只在前奏、间奏、尾奏上进行补充和延伸,对演出较少的唱段进行润腔,使曲调流畅,极少的没有曲谱或与情节相悖的唱腔则按照昆腔原则重写;④造型艺术方面,传统昆曲服装的浓艳颜色与昆曲的高雅品格矛盾,因此青春版《牡丹亭》特意降低服装彩度、亮度,采用鹅黄、淡粉、浅蓝等颜色,梅兰竹菊等图案,凸显人物的身份性格和表现《牡丹亭》的戏曲意境。综上所述,青春版《牡丹亭》虽和传统昆曲相比有变化,但是不仅没有越出昆曲的基本原则,还在树立古典美学新范式,真正做到了"尊重传统而不因袭传统"⑤。

"现代博物馆"即现代舞台技术。传统戏曲并不特意关注舞台的景物造型,只有一桌二椅和全场打光,这已经不适应现代观众的审美。孟繁树认为新时代改编戏的景物造型应遵循两条原则:"一是从规定情境出发,以烘托气氛和刻画人物形象为归宿;二是具有独立的审美品格。"⑥青春版《牡丹亭》的舞台设计不是写实的舞台布景,而是以抽象写意对照昆曲的虚拟假定,营造灵动的舞台氛围。其舞台后侧采用梯阶设置,由简单的台阶、台阶上的平面和台阶左侧的缓坡组成,台阶上是舞台调度空间,大型舞蹈多利用其走位,台阶下是表演空间,台阶设

---

① 该说法来自翁国生的转述,见傅谨主编《白先勇与青春版〈牡丹亭〉》(中央编译出版社2014年版,第105页)。
② 陈多:《中国戏曲美学》,百家出版社2010年版,第61页。
③ 傅谨主编:《白先勇与青春版〈牡丹亭〉》,中央编译出版社2014年版,第7页。
④ 参见周友良:《青春版〈牡丹亭〉全谱》,苏州大学出版社2014年版,第233页。
⑤ 白先勇:《牡丹情缘:白先勇的昆曲之旅》,商务印书馆2016年版,第270页。
⑥ 孟繁树:《现代戏曲艺术论》,北京时代华文书局2017年版,第85页。

计形成从舞台调度到舞台表演的空间过渡,增加舞台的视觉立体度。舞台背景一是使用国画/书法置换传统屏风,二是利用投影在天幕上投出渲染堆叠的色彩,这些色彩并不形成具体的形象,而是以抽象的组合暗示场景的转换。青春版《牡丹亭》的舞台灯光以光具、投光方式的不同组合体现人、物、景的结构关系,构造舞台空间的场域。另外,因为《牡丹亭》涵盖了梦、鬼魂等虚幻元素,因此通过灯光的冷暖变化制造舞台的"虚景"与"实景"。以上分析可以看出舞台的各项设计自身形成了独特的舞台美学,这种舞台美学又有效烘托了昆曲表演。总结来看,青春版《牡丹亭》立足昆曲的美学传统,现代技术则为昆曲艺术的主体性而生,形成既古典又适应现代审美的美学气质。

青春版《牡丹亭》注重高雅艺术与平民欣赏的融合。昆曲最初吸收加工了民间里巷歌谣的曲调,因此沉淀着民间文化,明清时期,昆山腔文人化色彩浓厚,唱词日趋雅化,后来在清代的花雅之争中落败,逐渐式微。纵观昆曲历史,昆曲存在着雅俗的辩证发展。历来《牡丹亭》的演出基本围绕杜、柳二人的典雅唱词,青春版《牡丹亭》则雅不轻俗,雅俗交融,发掘普通观众喜闻乐见的滑稽戏、武戏,表现为剧本结构上雅俗双线的诗文与戏文,表演上生旦与净丑的冷热对照。青春版《牡丹亭》的主线是才子佳人的组合,其中的词曲继承古典文学的精华,词旨优美,音韵婉柔,代表着昆曲最正统的水磨腔调和最细腻抒情的表演。青春版《牡丹亭》的副线人物则多带有民间文化的印记,符合平民的欣赏趣味。李全和杨婆是一对江湖夫妻,李全性格难以自主,只听杨婆吩咐,而杨婆武艺高强,足智多谋。他们被金国招安攻打淮阳,最后两人回归草莽。地府鬼判身着五颜六色的服装,脸上涂抹成鬼脸,代表地府文化。陈最良是教导杜丽娘的迂腐儒生,因腐成趣。石道姑代表道家文化,是唯一以方言念唱的角色,也是杜柳爱情的催化剂。这些角色的语言质而直,俚俗易懂,多谐谑打趣,带有民间口语的特征,因此演唱的曲调也相对活泼,他们制造许多热闹场面,穿插在生、旦舒缓优美的表演中,提高喜剧气氛,松散观众精神。这些人物中,最具代表性的是李全、杨婆,二人爱情粗犷而直白,又常以背、抱、靠的夸张姿势表达感情。他们的出现正好与杜、柳爱情互相映照,形成浓艳热烈与淡雅清丽的风格对比。总结来看,青春版《牡丹亭》中融合了平民欣赏的俗文化元素,其热闹的滑稽场面与昆曲的高雅艺术结合形成了雅俗共赏的演出效果。

三、文艺复兴：青春版《牡丹亭》文化输出的中国经验

白先勇说："希望二十一世纪我们中华民族像欧洲那样迎来'文艺复兴'。"①文艺复兴发生在 14—17 世纪的欧洲，以彼得拉克为首的知识分子虽称复兴，实则创造，他们借助古希腊、古罗马文化与思想形成人文主义精神，挣脱神学桎梏。布克哈特指出："文化一旦摆脱中世纪空想的桎梏，也不能立刻和在没有帮助的情形下找到理解这个物质的和精神的世界的途径。它需要一个向导，并在古代文明的身上找到了这个向导，因为古代文明在每一种使人感到兴趣的精神事业上具有丰富的真理和知识。"②意大利人从古典文化中找到导师，对古典文化加以改造，以面对中世纪末期的时代问题。当白先勇说"二十一世纪的文艺复兴"时，中国面临具体而特殊的实践要求，为了民族国家的现代化，五四新文化运动要求强烈地挣脱中国传统的"束缚"，拥抱西方文化和西方现代文明，还来不及反思西方文明背后的悖论，跃入现代的代价是中国传统文化的断裂，白先勇面对中国这样的现实才提出了二十一世纪中国的文艺复兴。

二十一世纪中国的文艺复兴"必须重新发掘中国几千年文化传统的精髓，然后接续上现代世界的新文化，在此基础上完成中国文化重建或重构的工作"③。因此白先勇的"文艺复兴"不是简单地回归传统，而是扎根传统的现代创新。白先勇制作青春版《牡丹亭》为代表的昆曲，首先做到保留昆曲艺术的原汁原味，再思考如何用现代技术加强昆曲艺术的特质。溯源白先勇的艺术生涯，他最早的文学影响来自儿时接触过的中国古典文化，他的小说的艺术风格是在中国古典诗词的浸润下结合了西方现代小说技巧。以《纽约客》和《台北人》为代表的小说描绘被放逐的异乡人的悲剧命运，无时无刻不飘荡着文化乡愁，中国传统文化认同依然是小说的精神动因。白先勇推广昆曲之后，他又开始推介中国古典文学的巅峰——《红楼梦》，出版《白先勇细说〈红楼梦〉》，保存已然式微的程乙本《红楼梦》，从小说艺术层面结合西方现代小说理念分析《红楼梦》，目的是推广《红楼

---

① 白先勇：《一个人的"文艺复兴"》，广西师范大学出版社 2019 年版，第 299 页。
② ［瑞士］雅各布·布克哈特：《意大利文艺复兴时期的文化》，商务印书馆 1979 年版，第 189 页。
③ 白先勇：《一个人的"文艺复兴"》，广西师范大学出版社 2019 年版，第 292 页。

梦》的普及与阅读。无论制作青春版《牡丹亭》、创作小说还是重读《红楼梦》,传统文化始终贯穿于他的艺术实践,现代接续则使传统文化重新焕发本身蕴含却被时代蒙尘的美。

白先勇承接了五四启蒙意识的现代精神,比如他的平民意识、艺术上的开放观念。五四时期胡适提出"八事"倡导白话文体,陈独秀提出建设"国民文学"、"写实文学"、"社会文学",鲁迅创作《狂人日记》率先实践白话文学,周作人写《平民的文学》提倡文学的平民精神:"普遍"、"真挚",[①]即文学关注更普遍的人的生存境遇,记录人类普遍的思想感情。从形式到内容,平民精神都是五四文学的重要特征,白先勇从推广青春版《牡丹亭》,到制作《玉簪记》、《白罗衫》、《潘金莲》,重读《红楼梦》,落脚点始终在更广泛的观众/读者。在制作昆曲时他就在考虑现代观众的审美情趣,并在各高校和其他文化空间举办讲座,希望普通人也可以欣赏昆曲。他把《白先勇细说〈红楼梦〉》定位于导读,文字晓畅明白,该书将思想性与通识性相结合,易于学生群体的理解。在对待艺术的态度上,他也承接了五四对艺术的开放心态,五四时人多有国外留学经验,造就了他们开放包容的心态,他们不仅吸收各国小说艺术同时关注国外美术、雕塑等艺术的发展。比如鲁迅收藏有多国的创作版画,诗人李金发在法、德学习雕塑。白先勇在制作新版昆曲的过程中,他都允许团队成员用各种现代理念去不断尝试,正是白先勇的开放胸怀,才制作出现代与传统融合恰当的昆曲作品。

青春版《牡丹亭》的成功还在于它在海外视角下深刻洞察现代社会的传播规律。团队一是利用市场行为进行文化输出,市场化运作是工业化时代成功的产物,经由市场行为,传统文化不仅可以遭遇更广泛的观众,也可以解决资金问题。传统文化走出去的过程中不能仅仅把传统文化推介出去,而是化被动为主动,让文化区隔的消费者通过购票主动了解中国的传统文化。二是依托公共空间和网上媒介进行宣传,例如美西巡演提前两个月就开始宣传,海报、广告、报纸上不断有预热报道,团队还在各种文化空间如伯克莱加大中国研究中心、旧金山亚洲艺术博物馆等举办讲座与演讲。演出结束后,较长跨度的一系列报道、演讲等活动产生了反映良好的社会效果,形成"议程设置"效应。[②] 三是团队精准定位受众群

[①] 周作人:《平民的文学》,《周作人全集》(第2卷),广西师范大学出版社2009年版,第103—104页。

[②] "议程设置"由唐纳德·肖提出,指媒体议程设置影响公众议程。

体，由于不同国家之间的文化区隔，昆曲对于海外观众相当陌生，团队把目标观众定位于审美水平较高的国际大学的外国大学生、中国留学生、教授、华侨、汉学家。与此同时白先勇还在加州大学厄湾校区戏剧系、伦敦大学亚非学院音乐系、雅典艺术学院等国际一流院校陆续开设昆曲课程或昆曲讲座，从而促成与他国平等对话的文化交往伦理，形成国际传播共同体。

白先勇借助昆曲复兴在世界视野下寻找失落的文化认同，重塑中国的文化自信。在美求学时，白先勇就对西方现代小说有深入研究，他又旅美多年经常接触到欧美的文化艺术，这样的世界视野使他意识到每一个国家或民族都应有它代表性的且被世界普遍承认的文化艺术，但是典雅精致的昆曲，中国人自己还没有发掘好它的艺术性和文化精神，海外更是相对陌生，世界各国人民没有在中国和某种艺术之间建立普遍联想，因为中国曾经的民族生存危机导致文化认同危机，也影响了对传统文化的挖掘与继承，白先勇因为他的世界视野，有比较平衡、端正的文化态度，所以并没有厚西薄中，而是为中国没有代表性的艺术扼腕叹息。他以昆曲复兴推进中国人走出文化上的自卑心理，对中国传统文化产生认同感，重新确立起新的文化身份，重塑中国的文化自信，再用自己的文化影响世界，推动新的文化形态的建构。

青春常在

——白先勇《牡丹亭》与戏曲艺术现代化

卢李响

南京大学

一、一种青春的效果——《牡丹亭》的全新呈现

青春版《牡丹亭》对于 2004 年的文化界来说不是一件小事。八大名校巡演之轰动让昆曲这个一直以来"曲高和寡"的艺术形式得到了"曲高和众"的效果，而青年学生的喜爱也让古老的《牡丹亭》焕发青春的生机。创造这种"青春"的，除了白先勇先生作为文化名人的强号召力，更重要的是青春版《牡丹亭》作品本身对母题的全新呈现。它们集中地表现为戏剧构作与剧场手段的创新。

1. 现代性"至情"的戏剧构作

青春版《牡丹亭》在八大名校的巡演中之所以能收获了青年学生的普遍喜爱，使得柳梦梅与杜丽娘古老的故事重焕生机，对二人爱情故事的现代性改编是一大原因。白先勇先生遵循"只删不增"的原则，因此这场改编更多的是戏剧构作上的改动，其中的"现代性"则着重表现在增添梦梅戏与放开性爱戏两点上。

对柳梦梅角色戏份的调整，是最能将二人的爱情从古典式"女方奔赴"转为现代式"双向奔赴"的构作调整。在传统的昆曲表演中，《牡丹亭》只演上本，也就对应剧本中的"梦中情"部分。上本着重对杜丽娘游园惊梦、寻梦离魂的描写，柳梦梅的戏份本就较少；小部分演出增加部分原著中本情节，也集中表现杜丽娘在地府所诉衷肠，最终得以生还，更加是一本"大女主戏"。因此，在传统的表演中，二人的爱情在观众看来是杜丽娘付出更多。这种"情不知所起"之头绪，"一往而深"之坚持，也是在杜丽娘单一角色身上得到更多体现。柳梦梅在这段感情中相

对来说是游离的。青春版《牡丹亭》则很好地调和了这个问题。青春版《牡丹亭》演出是全本演出。中本除去《冥判》外,大多是柳梦梅的"男主戏"。《冥判》中,杜丽娘以一介弱女之身在判官面前娓娓道出自己的痴情,紧接着的《旅寄》则刻画柳梦梅进京赶考之不易。《旅寄》这场戏很重要,不仅因为它对应着柳梦梅梦中的"发迹之期",将赴试与爱情挂钩,更是因为这场戏写出了二人在人鬼两界为情付出的艰辛与各自的努力,真正突出了"情至"二字。以《旅寄》为开端,中本后部分将柳梦梅之情意做了细致的展现。第四出《拾画》是"男寻梦",柳梦梅在园中拾得杜丽娘的自画像而重忆起当年之梦,则对上本杜丽娘"写真"以期重逢有了回应与对照。柳梦梅的努力,使得"单相思"的局势开始转变。因此《魂游》《幽媾》《冥誓》直至《回生》,此后柳杜的"人鬼情"是两人的"双向奔赴"。相比于二人戏份大致相当的中本,下本"人间情"部分的演出则让柳梦梅的戏份弥补了上本的缺失。下本中,《淮泊》《硬拷》包括《圆驾》,在杜丽娘为了此情战胜天人两隔后,柳梦梅又为此情获得世俗的认可和祝福付出了万般艰辛,他的人物形象也在下本中获得了根本转折:他从一个注重"发迹之期"的经典书生形象转变成为一个爱情至上的浪漫人物。因此,《牡丹亭》若只演上本,或只演上、中二本,二人的感情是没有获得最终的结果的,又或者说,这种"情"因为故事的戛然而止而不够浓郁;《牡丹亭》演完全本,二人的感情获得世俗的认可,此前种种传奇才算"痴"得可叹,二人在此中的表现才算"情至"。除了演出全本,关于柳梦梅戏份的顺序调整也为戏剧构作的纯熟添砖加瓦,其中最四两拨千斤的就是上本的《言怀》一出。按照传奇的表演规则,传统的《牡丹亭》演出中小生戏《言怀》是被放在上本第一出的。《言怀》中柳梦梅自报家门并谈及其梦,却未说明梦中人是谁,也未谈及梦中人的身份,后接《训女》《闺塾》就显得冷清,直至《游园》《惊梦》才呼应起来。而青春版《牡丹亭》将《言怀》放在《惊梦》之后,柳生即是杜丽娘梦中书生的事实则得以更加顺畅的表达。且此时二人处于不同的空间,将两段"不知所起"之情缝合起来,才更显得二人爱情之传奇之余也使人信服。为柳梦梅的戏份在戏剧构作上做出修改,归根结底是因为青春版《牡丹亭》是给年轻观众看的,因此青春版《牡丹亭》中的爱情必须是年轻一代认可的"二十一世纪式"的现代爱情。二人的"情至",只有双方的付出与坚守,才能获得观众的认可,引起观众的共情。

二人"至情"的另一种"现代",则表现在性爱戏的坦诚上。汪世瑜在导演手记中写道:"白先勇一再要求加强这段戏,两个人要奔放、热烈,表现'情',表现

'性'……因此,提供给演员表演必须亲昵、缠绵热情。"[①]在实际演出中,这种性的旖旎确实被仔仔细细地放大并呈现,尤以《惊梦》为最。杜丽娘进入梦乡,即场灯几近全灭,众花神一一出场,舞台也由暗转亮,此后的灯光将持续地以暖色调柔光服务舞台。这就为二人的温存制造了暧昧的氛围。柳梦梅出场后、二人性事发生前,是两次试探、两次骄矜。一次是柳梦梅要杜丽娘"作诗赏此柳"试探心意,一次是柳梦梅直白地示爱"姐姐咱一片闲情爱煞你哩"。这个过程中,二人的身体距离也由远及近,柳梦梅的爱意愈强,杜丽娘的矜持也就越弱,直至最后柳梦梅的手搭着杜丽娘的肩,二人对视含情脉脉,标志性爱的开始。性爱的过程,则通过纠缠的水袖、忽远忽近的距离来表现。性爱的结束,则是二人分站舞台两侧,以几秒钟的空当与前面的激烈歌舞做隔断。随后,以柳梦梅的"姐姐,你身子乏了,稍事休息,小生去也"为梦之结尾,此时同样是几近全灭场灯处理。这一场春梦,开始得寂静、结束得悄然,便更加突出梦之激烈。放开性爱戏,对于青春版《牡丹亭》的意义是巨大的,不仅是突破前人的表现形式,更是给年轻观众一种"实体感"。这种实体感,是一种"现代性",是以现代爱情的思维"关注人的心灵自由"[②],使现代观众信任故事,从而创造共情,创造"青春"的效果。

2. 多样的情感表达媒介

由于传统的戏曲表演是寻求假定性的,因此在剧场手段上比较匮乏。青春版《牡丹亭》在剧场手段的创新上则为戏曲的发展做了示范,这也是产生"青春"效果的原因之一。剧场手段的丰富与变革,其实是削去了表演手段在剧场的唯一性地位,以空间、舞美、服化道、声音等多种手段代以帮助剧中情感的表达。在本剧中,则表现为使用现代剧场、丰富的舞蹈、精美的服装以及西式的音乐。使用现代剧场,则减弱了戏曲假定性给外行观众带来的距离感,增强年轻人的兴趣。使用中西结合的配乐,亦是配合空间变化之举。而在舞蹈元素的运用与服装方面,则落实了白先勇先生对于"雅"的文化定位。要雅,因此戏曲演员传统的大红大绿的服装便改成了灰调低饱和度的粉、青、黄等颜色。即便是一贯俏丽的春香小丫头,在本剧里也显秀气。原作丑扮的石道姑姑,也一身白衣清新脱俗。

---

① 汪世瑜:《青春版〈牡丹亭〉舞台总体构想》,收入白先勇《圆梦:白先勇与青春版〈牡丹亭〉》,花城出版社2006年版,第105页。

② 华玮:《情的坚持——谈青春版〈牡丹亭〉的整编》,收入白先勇《圆梦:白先勇与青春版〈牡丹亭〉》,花城出版社2006年版,第133页。

除服装外,剧中"雅"的文化元素还有苏绣、古琴等。服化道之"雅"一定程度上中和了西式剧场空间与传统戏曲形式的违和感,又将中华优秀文化成果汇聚在观众眼前。它们对于作品的呈现,除了增强文化底蕴、提升文化定位,更实在的是给杜柳二人的爱情增添了额外的优美与浪漫,使得感情的流露更加婉转含蓄,更具有大家风范,更中式。在灯光美术上,则注重明暗冷暖之变化,对应剧中人物的情感呈现。杜柳二人在梦中,则使用柔暖光;杜丽娘离魂、杜母忆女,则使用柔冷光;地府冥判,则用冷调顶光;金兵入侵、抗击敌寇,则使用强暖光。除了舞美与服化道,青春版《牡丹亭》将花神的戏份大大增加,请云门舞者吴素君编排了花神的舞蹈。花神服饰清雅,颇具楚风。① 她们的队形时而是线、时而是圆,她们时而遮住主人公,时而又前后蹲着簇拥着主人公。种种转换间,众花神在镜框式舞台上创造出三面舞台的流动性。这种流动性,既指向空间,对应戏曲乾坤方圆的假定性,又指向杜柳二人的情感交换,对应每一次的情感高潮时刻。

二、"青春"宗旨与"戏曲现代化"之互文

白先勇创造青春版《牡丹亭》,受到"文艺复兴"的内在驱动力指引,而非特意观照创新理论之产物,这是"青春"宗旨与"戏曲现代化"讨论得以对读的前提。白先勇的"青春"宗旨更多是从作品呈现的整体效果中体现,即昆曲新美学理论中谈到的"写意抒情"与"诗化"。而谈论戏曲现代化,则从实操的多维度,讨论戏曲在新时代的适应,包括文本、表现形式,等等。实际上,这种"青春"的戏曲理念在对戏曲现代化的广泛讨论中多有互文对照,二者的重合点也许正标志着戏曲现代化大讨论的走向,同时标志着"青春"理念的意义。

1. "创新"理念辨析

"青春"宗旨与戏曲现代化讨论都共同指向一个方向,那就是戏曲的创新问题。甚至不必延伸至方法论,光是此问题的提出,就触及了戏曲作为一种艺术形式的定位问题。昆剧尊古派曾经提出问题:"昆曲是遗产,遗产怎么创新?创新了还是遗产吗?"② "遗产"与"创新"的矛盾,就是针对其定位产生的。戏曲这种艺

---

① 参见陶子:《文化复兴的"青春"方式——青春版〈牡丹亭〉访谈录》,《文化纵横》2013年第1期,第76—82页。
② 刘红庆:《昆剧艺术节,创新还是灭杀?》,《南风窗》2006年第15期。

术形式，本是民间的产物。自晚清戏曲改革以来，时装戏、破"四旧"、样板戏都不同程度地改变了戏曲的艺术形态，也一步步使戏曲在新时代从民间性质为主的文艺形式转变成了"遗产"，继而束之高阁。而昆曲本就属于戏曲中的"雅部"，则更加曲高和寡了。"遗产"这个词，代表前人遗留之宝，在艺术上与之挂钩的自然就是"保护"的原则。"遗产"这个词，用在艺术之后，又更加象征着一种价值肯定与高位，而"创新"是务必打破前者以启后人的。因此，尊古与改革的根本不同在于是否把昆曲看作所谓的"遗产"。看作"遗产"，则要拿出考古学与文献学的态度来；不看作"遗产"，则能够大胆进行改革尝试。"青春"理念与戏曲现代化的讨论，显然都偏向于改革。前者之例，有如白先生所言："复兴不是守旧，而是如何把新的东西融入，让它产生新的生命。"[1]后者之例，则在诸家或是"戏曲性"或是"情节整一性"的方法论中可见一斑。

而在改革的讨论方向中，也同样充斥着"创什么新"的不同意见。白先勇创造青春版《牡丹亭》，新在剧作、新在演员、新在舞台呈现……而其中最重要也是最根本的是新在观众。青春版《牡丹亭》向年轻人、大学生介绍昆剧，是针对受众群体的创新。在此基础上，则引出的是戏曲文化传播的创新、戏曲美学的新范式。另一边，现代戏曲化的讨论不断影响着现代戏曲的改革。这其中，多是针对舞台形式、剧本内容的创新，如改编旧戏、新编历史，或索性写现代故事。[2] 此类创新，也与青春版《牡丹亭》部分类似，想要通过文本改编与舞台革新达到"旧瓶装新酒"的效果。

2. 戏曲新叙述趋势

在对戏曲现代化的讨论中，傅谨回应"情节整一性"时说："当代戏曲不仅在剧本的结构上注重戏剧的整一性，在舞台呈现上同样极大地提升了整一性。"[3]吕效平在《论"情节整一性"对于"现代戏曲"文体的意义》中则着重解释了"情节整一性"作为文体要求的"现代性"所在。为什么欧洲古典剧作的文体要求变成了中国戏曲"现代性"的要求？在他的论述中，这与黑格尔《美学》中推崇的理性主

---

[1] 陈怡蓁：《创造新的文化方向：三件大事一种精神——专访白先勇》，收入白先勇《圆梦：白先勇与青春版〈牡丹亭〉》，花城出版社2006年版，第87页。

[2] 参见丁盛：《当代昆剧创作研究》，上海古籍出版社2017年版，第42页。

[3] 傅谨：《"现代戏曲"与戏曲的现代演变》，《戏剧（中央戏剧学院学报）》2021年第1期，第74—88页。

义、个人主义以及亚里士多德的诸多戏剧观念有关。[①] 我想,在傅谨与吕效平的讨论中,也许反映的还是"尊古还是改革"的问题,这是基于改革大方向下的二次分歧。傅谨在《"现代戏曲"与戏曲的现代演变》中讨论了戏曲现代化的多种可能性与局限性,而最终却落在了对"戏曲化"的观照上,认为坚持"戏曲化"的现代戏曲是以东方姿态融入多元的"现代化"。在坚持"戏曲化"的基础上,则追求"剧目的整体性和精致化"。"戏曲化"是现代戏曲演变的不变准则。显然,他更加注重保护戏曲中"传统"的部分。当"戏曲化"成为大前提时,"情节整一性"就成了"舞台整一性"的一部分,不单独引领所谓现代精神。相比而言,吕效平则并不执着于东方姿态而专注于"现代性"的表达。当"情节整一性"作为文体要求出现并伴以理性主义与个人主义精神支持,就为"现代性"指明了方向,也就解放了在剧场手段、剧本内容、表达形式上的改革,使得一切与"戏曲化"不大适应的戏曲表达都有了对标的准则。然而,戏曲本是没有"戏曲化"的,"戏曲化"是"非戏曲化"的伴生物;中国现代之理性主义也绝非与古老的"理性信仰"、"行为模仿"准则一致。因此,在这场讨论中,无论何种姿态立场、无论以何为标,不可回避的是现代戏曲在寻求一种新的故事叙述形式和叙述媒介来获得"现代化"的效果。

"青春"理念指导下的《牡丹亭》的制作则也很好地体现了这一趋势。首先,青春版《牡丹亭》的故事叙述形式是追求一种整体性的。正如前文所论,青春版《牡丹亭》首演全本戏,便是将杜柳爱情故事之因果、自《训女》至《圆驾》视为整体的表现。而在此基础上,以"梦中情—人鬼情—人间情"的"情至"为"戏胆",[②] 对原本进行了删、调,进一步提升了故事的整体性。剧本除了安排杜丽娘与柳梦梅之爱情为主线,更安排了杜宝与杜母、李全与杨婆两条情感副线。其中李全与杨婆的副线情节,则着重表现二人活泼有趣的爱情,作为杜柳二人坎坷爱情的映衬。李全在剧中有白道:"未封王号时,俺是个怕老婆的强盗;这封王之后么,也要做怕老婆的王。"且在华玮的改编谈中说到具体的安排:"把原本第十九出《牝贼》的【番卜算】('百战惹雌雄')移到此处作为杨婆上场的引子,又把这整出《淮警》穿插在《幽媾》和《冥誓》中间……紧接着的《冥誓》实际上包含了第二十九出

[①] 参见吕效平:《论"情节整一性"对于"现代戏曲"文体的意义——兼答傅谨〈"现代戏曲"与戏曲的现代演变〉》,《戏剧艺术》2021年第4期,第1—14页。

[②] 黄树森:《白先勇文化范式》,收入白先勇《圆梦:白先勇与青春版〈牡丹亭〉》,花城出版社2006年版,第12页。

《旁疑》和第三十出《欢挠》的部分内容。"①不仅如此,在上本中,《虏谍》也作为中场休息后的第一出戏活跃剧场气氛。这样的安排,使得李全夫妇作为战争敌方的身份色彩被削弱了,仅仅用作历史背景的简单交代;而李全夫妇作为主角爱情陪衬的色彩却加强了,中和剧场气氛、作用于"情至"的效果被大大突出了。对李全夫妇戏份的删、调,正是强调叙述整体性所在。这种整体性与"情节整一性"有相似之处,且都是戏曲文本的新叙述方式。除了在叙述形式上追求整体性,舞台呈现的多种手段则代表新的叙述媒介的寻求。自然,青春版《牡丹亭》对原本语言不做改动,在故事纲领上仍然是神的意志左右人的行为而非人自身的欲望引导行为,这是与"情节整一性"的精神不符的。然而,当文字不再是叙述的唯一媒介,青春版《牡丹亭》舞台所呈现出的多种叙述媒介(舞美灯光、服化道、音乐,等等),又正照应着现代性的"多元化"精神。这种多元的融合,也与上文之"戏曲现代化"讨论相照应。

3. 商业化趋势

王国维在《宋元戏曲史》中便谈到元杂剧作者们的创作态度:"盖元剧之作者,其人均非有名位学问也;其作剧也,非有藏之名山,传之其人之意也。彼以意兴之所至为人,以自娱娱人。"②元杂剧的作者大多是仕途不顺之读书人,凭借写戏文来获取物质回报,所以写作全以"自娱"或"娱人"为目的。因此在元代,戏曲创作的过程就是充满着商业性的。这样的状态并未维持至今,而是在中国进入"现代"时间概念之后发生了几番变化。正如在"'创新'理论辨析"部分所谈到的对于戏曲是否需要创新的分歧在于对戏曲的定位问题上。将其作为"遗产"来看待,则不必考虑普通观众,放心束之高阁,只消专家评审;主张改革进步,则要寄希望于适应现代观众之审美习惯。戏曲传统的商业性,恰恰也就在改革派的作品中重新被赋予了现代意义存在下去。事实上,无论是追求"戏曲化基础上的全面精致"的现代化,还是追求"情节整一"的现代化,都是不同程度对观众的倾斜、不同维度的商业化倾向。傅谨所求的前者,是迎合现代媒体技术的发达以及现代观众对信息的高处理能力。在保持戏曲基本程式的基础上,精致化演员的表演、舞美、灯光,等等,使用现代媒体为戏曲程式作辅助。吕效平追求的后者,则

---

① 华玮:《情的坚持——谈青春版〈牡丹亭〉的整编》,收入白先勇《圆梦:白先勇与青春版〈牡丹亭〉》,花城出版社 2006 年版,第 130 页。

② 王国维:《宋元戏曲史》,百花文艺出版社 2001 年版,第 98 页。

是迎合现代观众普遍接受的价值观,即理性主义与个人主义的立场。相信理性与个人的力量,则相信个人的努力可以改变命运而非命运天定。这在戏曲就表现为,将通过"降神"实现的大团圆变为通过个人努力实现的结局,将"天降大任于斯人"的人物动机、行为闭环变为个人合理欲望在可然律和必然律之下驱动的个人行为逻辑。只有在这样的作品中,观众才能同元代观看杂剧的观众一样既能共情,又能因为戏曲表演程式而共情,而不是以一种"不相信"的态度完全将作品视为程式表演。因此,"情节整一性"的要求是产生共情与吸引力的要求,也是指向商业性的。

而青春版《牡丹亭》之所以获得人气上的巨大成功,也与其创作过程中的商业性倾向密不可分。可以说,"青春"理念的丰富内涵中,商业性本就是重要一环。除了八大名校巡演、海外演出等宣发手段,青春版《牡丹亭》的创作动机中便包含着将昆曲"兴灭继绝"[①]的愿望。这种愿望之所以被赋予在这个作品之上,是缘于此前对昆曲的多次复兴都收效甚微。在昆曲已被评选为"人类口述非物质文化遗产"后,人们的口耳却几乎没有昆曲相传,因此这种"兴灭继绝"不仅仅是针对昆曲界的人才扩充愿望,更加是针对昆曲知名度的愿望。白先勇先生的做法便是让年轻人爱上昆曲。古老作品向年轻眼光靠拢的过程,就正是商业性考量体现的过程,正是"青春"宗旨闪光之处。因此,青春版《牡丹亭》的精致优雅的舞台效果、整编的故事框架,乃至青春靓丽的演员,都是商业性火花的点点滴滴。

4. 小结

"青春"宗旨与"戏曲现代化"的互文,首先表现在"青春"宗旨与"戏曲现代化"的大方向均指向"创新";其次,现代戏曲正在通过不断的演变寻求一种新的故事叙述形式和叙述媒介,"青春"宗旨也正指导这一诉求的落实;最后,现代戏曲的多种主张指向同一发展趋势:商业化趋势,而商业化的准则正是"青春"宗旨的内涵之一。其实,三层互文正说明"青春"宗旨也许就是戏曲"现代化"的另一种书写。鲜活的戏曲,在观念上一定是匹配当下时代社会的思想意识、认知习惯和审美习惯的。因此在现代化的社会里,一定只有与之匹配的现代化戏曲才能成活。不"青春"的戏曲是可以存在的,只不过不够鲜活,是"遗产化"的,正如白

[①] 何西来:《传统与现代的审美对接——论白先勇青春版〈牡丹亭〉的成功演出及其意义》,收入白先勇《圆梦:白先勇与青春版〈牡丹亭〉》,花城出版社2006年版,第157页。

先勇所说:"文化如果没有新的创造就一定会死掉,会僵化。"①这就同时表明"青春"宗旨的必要性与可持续性。

余论:"青春常在"

白先勇在接受采访时说道:"昆曲只是一个切入点。整个中国文化的断层如何弥补起来、如何让中国人产生文化认同,我认为一定要先有一个实际的、看得见的表演艺术来感动人心。"②这正表明"青春"宗旨不仅是青春版《牡丹亭》的创作指导,更是白先勇对于该时期以及未来文艺产品创作态度的期许。这种期许,是以联通中华文化的古与今、创造中国人的文化自信并将之输出为最终目的,也就是白先勇"文艺复兴"之期许。这种期许,又正折射着华人在新世纪初对民族文化缺乏自我认可与他者认可的高度焦虑。白先勇选择以精英文化作为文化使命的起点,他说:"通俗文化与精英文化可以并存,但一定要有精英文化才能对社会起净化的作用,才能延续下去。"③也许在各种文化一股脑涌进中国的世纪之交,这正是发扬本民族文化的正确文艺态度。因此,在昆曲这个切入点上,白先勇建立了昆曲新美学,融合古典与现代、古典与古典,追求一种整体性的写意抒情与诗话。古典与现代融合,则填补了新世纪初科技勃发给旧艺术带来的心理落差,以"古今结合"的法子来保全与复兴昆曲。古典与古典融合,则进一步肯定中华文化自身魅力,将优秀传统文化汇聚,并为之奠定写意抒情的大基调,打造出华人的民族文化自信点。在此基础上,将此三则包装成为受年轻人喜爱的、具有广泛传播力的作品。青春版《牡丹亭》正是此番产物,它的成功也恰证明白先勇此番期许与此番行为是充分满足华人心理需求、当代年轻人需求的。即便在青春版《牡丹亭》过后近二十年的今日,全球化日臻成熟稳定依然不能完全打消中华民族对于自我认可、他者认可的焦虑。而这正是"青春"宗旨在处理本民族文化继承、外来文化与本民族文化融合竞争方面给文艺创作的启示与指引之处。

事实上,除了指导"文艺复兴","青春"宗旨更是一个游子的乡愁执念。相比

---

① 陈怡蓁:《创造新的文化方向:三件大事一种精神——专访白先勇》,收入白先勇《圆梦:白先勇与青春版〈牡丹亭〉》,花城出版社 2006 年版,第 88 页。
② 同上书,第 84 页。
③ 同上书,第 85 页。

于白先勇产出作品之"宗旨","青春"的名词在这种场景更能称为一个"梦"①。他在采访中总把"文化"与"家乡"相比,与"复兴"关联。他说"中国这个民族一个世纪以来都有一种文化上的漂泊感"②,又说昆曲的衰落对他而言"总有一种文化上的焦虑与乡愁"③,可见这"青春之梦"是关于文化皈依、精神居所的。白先勇小时常听戏,是个"老票友"。昆曲尤其是《牡丹亭》这样的剧目,不仅代指白先勇的童年与青春时光,也代指一湾海峡之隔的大陆,代指世界华人共同的家——中华民族。青春版《牡丹亭》之制作演出能集结了海峡两岸暨香港的文化界精英,得到许多文化大家的无偿帮助,因此也变得是有原因的了。这样一场文化盛事之下,流露的是所有人共同的复兴中华之梦,皈依中华之梦。"青春之梦",就是一场通过使传统文化重焕青春从而寻求民族身份认同并最终欣然寻得的游子梦。白先勇圆自己之梦,更是圆所有华人之梦。而人对群体的焦虑、对群体中身份的焦虑永恒存在,因此相匹配的集体记忆也永恒地需要被创造和保留。这种集体记忆在彼时具化成青春版《牡丹亭》,在此时、将来又将具化成别的,而不变的是人对民族的"乡愁"④。这正是"青春"宗旨的第二层可延续性。

"青春"宗旨,关乎民族心理、关乎集体记忆,是具备长久生命力的文艺创作指导理念。落实在戏曲上,又关乎昆曲乃至整个戏曲艺术的现代化方向,具有高度实践性。可见白先勇一人之事业将触动更多的人,在未来不仅做"昆曲义工",也将做"戏曲义工"、"文化义工",接下这个担子,背上这份使命。使"青春"之宗旨常在,正是推动戏曲勃发、助力民族文化勃发,从而使得文化长盛不衰,这也正是在近二十年之后重读青春版《牡丹亭》的部分意义所在。

---

① 何西来:《传统与现代的审美对接——论白先勇青春版〈牡丹亭〉的成功演出及其意义》,收入白先勇《圆梦:白先勇与青春版〈牡丹亭〉》,花城出版社2006年版,第154页。
② 陈怡蓁:《创造新的文化方向:三件大事一种精神——专访白先勇》,收入白先勇《圆梦:白先勇与青春版〈牡丹亭〉》,花城出版社2006年版,第86页。
③ 同上书,第83页。
④ 何西来在《传统与现代的审美对接——论白先勇青春版〈牡丹亭〉的成功演出及其意义》中说:"能够窥见白先勇灵魂深处那一抹挥之不去的乡愁,淡淡的、同时也是浓得化解不开的乡愁。"

回余温，醅新酒

——昆曲新编戏《白罗衫》的改编与创新

耿雪云

马来亚大学

《白罗衫》的改编是以"渡桥僧"的故事为灵感。总策划白先勇老师曾以"命运不可逆"的独特视点将故事推向了具有古希腊悲剧的境况与意境，虽均是描述子女在得知自己父母犯下不可饶恕的过失后的痛苦与矛盾，后者却重塑了一个与命运抗争，最终逐步沦入生命桎梏的"东方俄狄浦斯"形象。[①]

笔者拟从故事改编的整体架构入手，再具体到主、配角设定，对人物形象进行由表及里的分析。从整体而言，新版《白罗衫》改编取材于冯梦龙《警世通言》中的白话短篇小说，讲述了江上杀人越货的贼人徐能谋害了苏云夫妇，后拾得一养子名唤徐继祖，十八年后的徐继祖上任为官并接手了亲生父母的冤案，发现凶手正是自己养父，随后将仇人就地正法的奇案。原素材情节复杂，人物枝蔓过多，演出时长以及价值观也不符合现代戏曲的要求，因此编剧在原素材的取舍上，依旧遵循了之前在青春版《牡丹亭》中"只减不增"的改编原则。

首先是故事情节的删减，并非毫无道理的去除，而是力求故事在删减过后以情节联贯、结构合理为基本，以叙事明了、寓意深刻为改编亮点。编剧将叙事角度着眼于更深邃的人性与命运主题，因而在选材时删繁就简，着力点从观看事件"如何发展"转移为观看事件"如何处理"，一切围绕着主人公命运发展而展开。因此，编剧将《全本白罗衫》中的《揽载》、《设计》、《杀舟》等前七折均以删减，模糊掉对受害事件的交代，进而弱化了苏云夫妇与老妇人作为受害者的悲惨境遇；从

[①] 参见张淑香：《行行重行行，发现另一片迥异景观——昆剧〈白罗衫〉的改编与翻转》，《中国艺术报》2017年3月17日（第6期）。

某种程度上来说，徐继祖与家人本身是作为正义一方，而徐能作为对立方，二者本属于单纯的受害与施暴的关系，而编剧巧妙地弱化同方，加强反方之间的联系，使得原本单纯的对立关系变得复杂起来，这种处理方式本身也是戏剧的主要矛盾点所在。新版特意规避受害事件，而且将主人公与家人的戏份尽可能地删减，只留《井遇》（徐继祖与张氏的戏）、《游园》（徐继祖与苏母的戏）二折为剧情发展服务。而原本中，徐继祖留宿与苏母掌灯夜谈的情节在新编剧中仅仅是到徐继祖拿到白罗衫便戛然而止，这样的处理事实上也在弱化徐继祖与苏氏之间的情感交流，将二人关系停留在萍水相逢、慷慨相助的层面上，与原本意欲认亲的思路大不相同，其实主要目的都是讲清故事，围绕徐继祖感情发展为中心。以第八折《贺喜》作为故事开始，在原本的基础上加以改编，类似于倒叙的讲述形式不仅不失破案的悬疑感，而且更加提升了现代青年观众的观赏兴味，巧妙地引导观众思考编剧想要提出的问题：人伦、法律与命运的矛盾。

然而与情节上"只减不增"的改编原则不同的是，编剧虽然在人物数量上做了删减，但注重人设信息量的扩充——尽可能扩大戏剧功能，致力于人物从片面到立体的转化。显而易见，剧中父子二人作为主角，改编前后人设差距可谓云泥之别。原本中人物单薄，个性片面化，江中事发后，徐能自叹"慈心一点养灾基，咻！今日反来相欺"以及在曲牌【一封书】小生（徐继祖）有一句唱词是"可恨贼潜逃，首未枭，肃法申冤赖儿曹"，只言片语我们可得知，徐能彻头彻尾就是个不知悔改的贼人，他养育徐继祖只是为了满足继徐门宗嗣、光耀门楣的一己私心，而徐继祖得知案件真相后对养父无情的态度表明他是个只辨对错、对十八年的养育之恩置若罔闻的迂官。

全本《白罗衫》中，《贺喜》一折有设徐能与小喽啰玩"接麻令"的桥段，通过几个喽啰的行酒令暗喻徐能之后的命运："（付）海浪滔天（丑）天诛地灭（净）灭门绝户"。由此可见，原话本中作者的好恶处理直接影响了后来昆曲新编的故事发展，因此在新编《白罗衫》前的折子戏多讲述"天道好轮回，苍天饶过谁"的善恶对立与因果轮回。而新编戏《白罗衫》中编剧另辟蹊径，笔锋一转，和解父子关系，塑造人物性格的多面性，如徐继祖既有"愿逐长风达九京"的青云之志，亦有"一重愁翻做两重愁"的良善，徐能既有"强忍泪珠，怕儿心系"的舐犊之情，"今日方知罪孽深"的悔之晚矣，也有《堂审》一折中父子二人难逃命运捉弄面面相觑时道出"苍天当知如何来周全"的尴尬与无奈，直指对人性命运的叩问，徐能最终以自刎破解了这两难的尴尬境地，而徐继祖与之的关系也从原本"插下蔷薇有刺藤，养成乳虎自伤生"的对立关系,巧妙地转换为徐能自我救赎的心路历程。之所以说是"救赎",是因为徐能在抱回孩儿之后,金盆洗手,重新做人,是徐继祖让他感受到做一个好人、好父亲的价值。在江中案发后,作为案件的审判者,徐继祖既不能抛弃"法"的准则,又难以规避父子之情,最终意欲放走养父,以死谢罪的抉择也感动了徐能,末徐能选择代子一死,并发出"这天意呵要成全我做一个真真实实、完完整整的父亲"的嗟叹,他叹的不是事情败露,而是在儿子面前一个父亲尊严的坍塌。唯有一死才能平苏云一家内心之恨,也唯有一死才能让自己的颜面得以保全。新编戏中,徐能虽说年轻时是个为富不仁的歹人,然而情节中交代的一句"为活幼弟,不幸沦为贼盗"也为他的过失寻了一个合理"借口",也为后两折收煞时,徐能一心向佛的慈父形象崩塌时自甘献出生命保全儿子的行为埋下伏笔。徐能作为在新编剧中角色转变最大的主要人物,虽均是以死做结,但作者巧妙的改写与添补让这个原本罪无可恕的贼人形象充盈起来,重塑了一个重情慈悲的悔过之人,使得整个剧情发展在意料之外,又于情理之中。原本简单的"轻侦探"戏升华为"深入探讨人性、人心、人情多面的复杂纠葛",具有内在灵魂的好故事。[1]

再说配角,原本的配角还有徐能的弟弟、苏云的弟弟、徐能的喽啰赵三、帮助徐继祖之母逃生的朱婆等,因改编的需要均以删减,但编剧也保留了起主要戏剧功用的配角,如奶公,在话本中其名为"姚大",其妻乃是徐继祖的乳娘,在故事前半部分,他作为事件的参与者,即帮凶,后半部分又作为旁观者,虽说只是一个辅助性的小角色,但是唯一一个知晓来龙去脉的见证者,因而这个角色得以保留,上帝视角的巧妙安排对整个故事剧情的揭露必然是不可或缺的,在新编戏中占有举足轻重的地位。

"尊重古典,但不因循古典;利用现代,但不滥用现代"[2],是《白罗衫》总策划白先勇所秉持的创作原则。在维持昆曲的古典清灵的意境美的同时还迎合现代人对舞台美学的感受和需求。譬如利用昆曲舞台表现抽象性的特点与中国书法相结合,比如《白罗衫》第一折《应试》,禅意悠然的佛乐起,舞台前区的"云纹图饰立体舞美景片"从中间向两边打开,传统的一桌二椅的舞台设置程式,布景为纯

---

[1] 参见张淑香:《行行重行行,发现另一片迥异景观——昆剧〈白罗衫〉的改编与翻转》,《中国艺术报》2017年3月17日(第6期)。
[2] 白先勇:《昆曲的新美学(上)》,《文史知识》2014年第1期。

蓝色，蓝色代表着理性、智慧。年迈的徐能颤巍巍在躬身膜拜，再加上两边"积善人家庆有余，向阳门第春常在"的对联一副，将传统读书人家的府邸和在这样的书香门第的氛围中饱受熏陶的孩儿即将赴京赶考的场景、人物形象交代得一清二楚。其中俞玖林老师试演的徐继祖在舞台表现上亦可圈可点，与之前《玉簪记》、《西厢记》中塑造的情意绵长的文弱书生形象截然不同。其中《游园》、《看状》、《堂审》中从巾生到小官生的转变颇为惊艳。以《游园》为例，徐继祖高中，官拜八府巡按，既遵循了小官生的程式、工架，又通过增加稳重与力度性强调其官威。苏母告状时，又通过气息营造出一种紧张的氛围，情绪表达颇有挑战性。

该戏大多数以简单的泼墨为背景，简单不杂乱，为演员情绪表达与舞台表现增色却不抢风头，除了第四折《梦兆》，在纯蓝背景色中添了一幅释迦牟尼佛像，再加上正面光的运用，给人梦幻感与神秘感。徐能在这个环境中再三思索自己颈上开满红花的梦的寓意，虽说运用了设置悬念的手段，然而背景设计已经暗喻了事情要败露，佛家因果轮回一说："因果一错，则堕落有分，超升无由矣。且勿谓此理浅近而忽之！如来成正觉，众生堕三途，皆不出因果之外。"[1]由此可见，徐能惹下的祸端必会寻回自身上来，背景构想之精巧令人回味。"写意是昆曲舞台美术的特色，而'留白'也是昆曲舞台设计中一个相当重要的手段"[2]，艺术家们正是通过古典多元化的融合与虚实结合的手法，在舞台上呈现出别样的昆曲之美。

新编戏从西方戏剧美学的角度对命运的注定性做了真实的探讨，也表达出创作者抛弃旧戏传统伦理道德观以及礼法与亲情问题的思考，极具现代人文主义情怀，同时亦满足了当代受众对于情感、理智与美学的审美口味与高度期待，凸显一种"情与法"的美。

正如编剧张淑香所说"他在这个挣扎的过程中，渐渐由法理精神（坐堂上）转向伦理精神（走到堂下），由为官靠近为子，由理性趋向感性，这个转移，并非纯然出于激情或冲动，其实是向更高层的人性人道精神的攀登，向另类更高层的理性与感性的超越"。中国传统戏剧从来都是视"教化"为主要目的之一，这点在明清文人传奇剧中的体现尤为突出，在《警世通言》原话本《苏知县罗衫再合》中，文末后人有诗云"月黑风高浪沸扬，黄天荡里贼猖狂。平陂往复皆天理，那见凶人寿命长"，直接点明该剧主旨，暗喻天道轮回，还有"犯法从来后悔迟"等唱词，俱是

---

[1] 释印光：《复四川谢成明居士书》，收入《印光法师文钞（上）》，宗教文化出版社2008年版。
[2] 赵喜恒：《舞台布景设计中的形态研究》，西安工程大学硕士论文，2013年。

劝人为善的点题之句。放在那时,民间大众对奇事冤案的这类题材颇为中意,当然也是因为比较符合当时"忠孝礼教"的传统文化背景。然而以现代角度观之,结局的处理手法淡漠了人性之间对情义的肯定,细思起来也有着很大的不合理性。情与法的抉择问题,可能是中国传统为官者的一大难题,既有"子为父隐"的纲常,也有"法立,有犯而必施"的果决,[①]而《白罗衫》则用现代的理念诠释了古往今来很多人都难以回答的问题,达成现代主义审美与传统戏曲美学的有机统一,成为该戏最大的创新之处,"通过对古典名著的全新解读而寄托现代人对历史与现实的反思,通过反映古代人物的生活和历史风貌而给现代人以现实的启示,更重要的是,它们将昆曲的艺术特点和现代人文精神巧妙结合,赋予了古老的昆曲全新的内涵和流动的生命"[②]。从这个角度而言,昆曲新编戏《白罗衫》是值得我们去不断探索和深究的。

[①] 王运声、易孟林主编:《中国法治文化概论》,群众出版社2015年版,第112页。
[②] 柯凡:《昆曲现代戏创作实践评述》,《艺苑》2010年第2期。

寻梦：白先勇的传统与现代
——看《牡丹还魂——白先勇与昆曲复兴》

王晶晶

一

2021年6月16日夜里，临睡前翻朋友圈，看到刘俊老师一个小时前发布的讯息：电影《牡丹还魂——白先勇与昆曲复兴》明天下午一点在上海美琪大戏院放映。一看地点是在上海，便觉事不关己。但沈丰英的海报勾起了我多年前看青春版《牡丹亭》的回忆，海报上的她粉面含春，眼角飞扬，眼中似有无限柔情……我看了又看，观之不足，便把这张照片和刘老师的布告一齐发到朋友圈，并附小故事：当年苏大开青春版《牡丹亭》研讨会，我是会务，坐在会场门口的桌子后面，要俞玖林出示参会的证件，会议召集人朱栋霖老师赶来笑说："还要证件？帅锅到面前都不知道！"如今仍历历在目。

海报上方的英文把"牡丹还魂"径直译成"Peony Pavilion in Renaissance"，真是神来之笔。中文"牡丹还魂"一语双关，既说《牡丹亭》写杜丽娘慕色还魂的故事，又指"青春版"使古老式微的昆曲《牡丹亭》焕发新生。而英文则直接凸显"文艺复兴"，既指青春版是"昆曲《牡丹亭》的复兴"，又指《牡丹亭》在今日"文艺复兴"中的作用；或许还可以指晚明"文艺复兴"浪潮中的《牡丹亭》——汤显祖写作《牡丹亭》的时间恰好是欧洲的文艺复兴。

我2000年进大学时，刘俊老师的《白先勇评传》刚刚出版，是"白先勇文集"系列中的一本，摆在图书馆书架上最显眼的位置。白先生的《台北人》一读之下相当惊艳，刘老师的评传和欧阳子的评论便也留下很深的印象。十多年来，毕业后去海外工作又回到国内任教，2018年刘俊老师来我工作的大学开海外华文文学的会，才久闻得见。此后微信上联系，看他办公众号，发表反对僵化学术机制的言论，关注真正有趣有益的文章，不啻朋友圈清流。

平日交流不多，没什么机会表达对他的赞同，不过每每在他掷臂一呼时，小小响应一下，以示微不足道的支持。上一次还是两年前，正巧在去南京开年会的前一天，看到刘老师朋友圈里昆曲《白罗衫》的海报，第二天会议报到之后，便独自一人去了江苏大剧院——那是青春版《牡丹亭》后第二次看整本的昆曲演出，其间已隔十五年。《白罗衫》的故事传奇、话本里都有，但白先勇老师策划的苏昆新版《白罗衫》，不论在徐继祖无奈震惊、仰头问天的痛苦中，还是丑角父亲徐能的内心挣扎、父子情深，都把传统的故事提升到了命运悲剧的高度。剧终，我见到了久违的白先勇老师，他领着众人谢幕，恍然间，我仿佛听到十五年前青春版《牡丹亭》在苏大表演谢幕时，一潮一潮的掌声雷动，直欲掀翻屋顶，而白老师谢了十几次都谢不了幕。

二

快十二点了，我发微信问刘俊老师："我要不要明天去上海看电影？"没想到刘老师秒回："去！"我一阵激动，因为他说出了我心里的愿望。

折腾找电影票（最后还是朋友灵机一动在"淘票票"上帮我找到了），查火车班次，回复完朋友圈各类留言，已经是凌晨两点半。渐渐平复不明所以的兴奋，沉沉睡去。

第二天早上，醒来已是八点，昨夜的激动散去不少，我躺在床上盘算，真的要跑去上海看一个纪录片吗？手头两篇论文没有改好，期末＋毕业季一堆事情没做完，今天又是交一份表格的死线，舟车劳顿回来后还得休息一天……过段时间会不会网上就能看到了？正犹豫，刘俊老师又发来微信，还在继续昨晚的对话："片子拍得很美！绝对值得！"外加一个enjoy的表情……我一骨碌爬起来，搭上正好送上门来的亲戚的车，冲去了火车站。企图混上8:50的火车，不果，好歹等到9:40，火车开动了。

美琪大戏院并不陌生。2008—2012年在上海读博，有空便到福州路的上海书城淘书，有次信步走远了点，抬头不期然便邂逅了美琪大戏院。记得当时朝黑洞洞的门里张望了几下，很好奇这个民国的戏院还在上演什么。这个模糊的印象，让我觉得"美琪"就在记忆中某个熟悉的地方。然而一路上网络一点也不给力，幸亏丽雯帮我查好虹桥火车站去"美琪"的路线，还不忘提醒老师要从地铁站一号口出去。

一号出口外是南京西路，远远望去，地铁口外面，初夏的嫩阴天下江南嘉树青翠可爱，仿佛到了一个暮春时节的园林。一路走去，凯司令面包房、西班牙时装店……恍然间好像进入了一个电影的时空。然而时间不多了，不及细看。正在街头徘徊，幸好看见一个人在按图索骥，我上前一问，果然也是去看《牡丹还魂》的。

两个人很快走到美琪大戏院，换好票进场，刚刚坐定，霎时灯灭。

三

昆曲的水磨腔从镜头里悠悠传来，江南的阴雨梅天，柳枝摇曳，丽娘道：

> 趁此悄地无人，正好寻梦也——

当时不知道，"寻梦"，恰是这整部电影的主题。《牡丹还魂》叙述白先勇推广青春版《牡丹亭》、复兴昆曲的因缘际会和种种努力，交织着一百年来昆曲于方生方死之际接续和传承的历史。对于白先勇来说，他寻的既是沧桑变幻后的年少之梦，又是中国文化四百年前一场生机无限、旖旎摇漾的春日梦幻。

白先生说他九岁时，抗战胜利，在美琪大戏院听梅兰芳和俞振声唱"游园惊梦"，从此与昆曲结缘。那是梅兰芳蓄须罢演八年后的首次登场，轰动了整个上海甚至中国。岁月倥偬，他再次回到大陆看昆曲，已是"文革"之后；1987年他在复旦大学访学结束，偶然看了上海昆剧院"文革"后首次排演的《长生殿》，为薪火不灭激动不已，从此动心起念。片中白先勇说，他感觉自己过往的一生都是与昆曲《牡丹亭》的前缘，命运冥冥中把他推到投身复兴昆曲的大业中去——我不免有些吃惊，我始终认为白先勇首先是小说家的白先勇，没想到，他自己把复兴昆曲的事业在他的生命中看得如此重要。

从2002年开始，访贤、选角、拜师、磨炼、巡演、"校园版"……其间无数的工作、奔波、辛劳、焦虑；离当初的起心动念，白先勇致力于昆曲的事业已有三十年。这哪里是一点个人爱好和情缘，分明有绝大的视野和绝高的境界在支撑他，背后是中国文艺复兴的大题目。

中国文艺的现状如何,而当复兴? 又复兴什么?

西方14—16世纪的文艺复兴是借古希腊的戏剧艺术,借文学、绘画,回复欧洲的人文精神,重启了欧洲近代的文明。而中国的传统文化在二十世纪大致上是被否定的历史。五四新文化运动提倡向西方学习,提出重估一切"传统";而上世纪中叶的"革命"和破坏又将其基本扫荡殆尽。如今大多数的中国人对自己的传统缺乏自知和认同——我们既不知道我们的来处,也不知道自己的文化中有哪些好处。

白先勇说,"21世纪中国需要一场欧洲式的文艺复兴,也许《牡丹亭》《红楼梦》就是火种"。它们影响了我们的心灵,展现了中国人的审美和情感,代表了我们文化的高度和成就,通过对它们的复兴和不断的阐释,庶几可以找回我们的文化认同和自信,这或许又是个契机,带来整个中国文化的复兴与自信。他近二十年来所锲而不舍的,便是这样的工作。

也就是说,一百多年来,中国至少经历了两次"文艺复兴"。一次是二十世纪初的五四运动,一次是二十一世纪初白先勇所提倡的"文艺复兴"。1917年的五四新文化运动,是民众使用活的语言创作的新文学取代用旧语言创作的古文学的运动,是反对旧的文化、旧的道德,张扬生命和人的价值的运动,也是力图用现代的新的、历史的批判的方法研究文化遗产的运动。在这三点上,二十世纪初的中国文艺复兴和欧洲的文艺复兴运动有相似之处。

而二十一世纪初白先勇所提倡的"中国的文艺复兴",与五四新文化运动的"文艺复兴"相比,所关注的主要不是新旧的问题,而是在文化面临失序和断裂、全球化的双重背景下寻求自我的文化认同的问题。不是以批判的,而是以更积极的态度从我们的文化遗产中寻求资源。以青春版《牡丹亭》为例,可以看到晚明的个性解放、"情真",如何穿过四百年,给今天的我们以滋养。而《牡丹还魂》恰恰讲述了以昆曲复兴、以青春版《牡丹亭》为中心的"中国文艺复兴"的一个过程和片段。

一言以蔽之,文艺复兴是古老文明的新生的运动。"复兴"和创造联系在一起,是指向当下而非过去的,这是一个悖论。

我们看到白先勇所强调的"复兴"从来不是简单地回到传统,而是在现代的前提下探求传统与现代的融合。影片中他说,"传统扎得越深,越能创新",既是他的经验之谈,又实在是真知灼见。无论是青春版《牡丹亭》在传统昆曲基础上加以改编,增强舞台效果以符合现代人的审美,还是"青春版"中"情"的表达,把"情"上升到形而上的地位,又或是新版《白罗衫》中悲剧精神的增强,以契合现代人的心灵,再或是白先勇以中国古典小说的手法来写家国沧桑,刻画现代人的灵魂,都是"传统扎得越深,便越能创新"的典范。

四

《牡丹还魂》所讲述的青春版《牡丹亭》诞生的故事,以及围绕"青春版"推动昆曲传承的幕后细节,其中尤其可以看出白先勇的现代精神。

青春版《牡丹亭》自 2004 年首演,在海内外演出三百多场、引起巨大轰动、培养了一大批年轻观众之后,白先勇又在中国大陆、港、台三地开设昆曲课,先后使几千学生受益。影片中我们看到北大的昆曲课上,他请沈丰英、俞玖林言传身教,十年后,北京十六所高校学生演出"校园版"《牡丹亭》——此处是整部影片中最喜感的地方,大家看到一个个扮相差强人意、艺术上不那么成熟的杜丽娘、柳梦梅,发出轻松欢乐的笑声。果然没有对比就没有伤害,看到"校园版",才知道"青春版"增一分则长、减一分则短,正是十分的和谐、十分的纯熟才造就了昆曲醇厚精雅的美感。然而,我以为"校园版"的意义在于它是一条新的昆曲传承之路的尝试,显示了白先勇的现代观念与眼光。

昆曲数百年的传承主要培养专业的演员,使其能登台演出,并期望能精益求精、成为名角。特别是到了清代"花雅之争"以后,人们对于名角精彩表演的期待远远大于晚明时的剧本创作。像白先勇这样大规模培养业余演员来传承昆曲的,还是第一次。白先生之所以如此独辟蹊径,在于他所具有的西式的平等精神和实验主义的态度。而他自己曾夫子自道,晚岁渐入佛境,看得芸芸众生,众生平等。

白先勇的平等精神和实验主义的态度,可能体现在以下三个方面:

第一,实验主义从根本观念上来说,天生本着一种创造的、改良的态度,认为并没有一个绝对的、现成的、完全的、至高无上的真理,一切都在修改、创造之中,而没有终结的时候。白先勇显然具有这一思想。他固然认为恪守昆曲传统的基本规范很重要,但又没有一个一成不变、绝对的正统,因此在坚持规范的前提下,他认为传统是可以改变、创造,与现代融合的,因为一切本在改变、创造之中。因此他尊重传统而毫不泥古,在他眼中,新起的、新创造的和"传统"处于平等的地位。而且,在这样的根本观念下,世界是一点一滴成长而成的。于是,有一场演出,昆曲便有一分进步和传播。这恐怕正是白先勇先生几百场巡演、几百次鞠躬谢幕、一遍遍"像留声机一样重复昆曲之美"所蕴含的信念,而这既是过往的信心,也是未来的希望。

第二,正因为根本观念如此,实验主义认为没有一个绝对的、完全的、现成的实在,因此是人人平等的。在这样的观念和眼光之下,白先勇才会起用当时完全籍籍无名、只在周庄给边啃万三蹄边猎奇的游客表演的苏昆"小兰花班"担纲"青春版",又不遗余力地培养"校园版"的大学生业余演员。正如杜威所说,"知识乃是一件人的事业,人人都该做的,并不是几个上流人或几个专门哲学家、科学家所能独享的美术鉴赏力"。昆曲传承走向越来越精英化的道路,可能是昆曲式微的一个因素,而白先勇以现代的精神改变了这一传统。

第三,从方法上来说,实验主义把"目的"和"进行"看作一件事,"进行"也即是达成"目的"。青春版的策略并不是等小兰花班演员的功夫炉火纯青才上台,而是在演出的过程中逐渐练就。这正如五四时期的白话文运动,旨在发展每个普通人学习使用这一语言的能力。至于什么是好的白话文,并没有一个先验的标准,而是不断在文学创作中确立这个标准。正所谓"走的人多了,也便成了路"——正是在专业演员以及包括校园版在内的业余演员不断表演的过程中,真正地传播了昆曲。如果有人问青春版《牡丹亭》艺术成就几何?或可回答:四百场演出本身即是成就。

可见白先勇有勇气以现代的精神来面对我们的传统。从这一精神和勇气来说,他和五四一代的知识人站在一起。

现代的另一面则是与传统的连接。可以说白先勇是个典型的有现代精神的中国人。没有他对中国传统的深知便没有青春版《牡丹亭》的成功,而"青春版"的成功又显示了中国人的人格、处世哲学、行为方式。白先勇说"传统扎得越深,越能创新",他这么说,也是这么做的。最有意思的一个例子是他让俞玖林、沈丰英分别拜汪世瑜和张继青为师,说服退休的二人分别收俞、沈为徒。汪世瑜有"巾生魁首"之称,是"传字辈"周传瑛的徒弟;而张继青尤以唱《牡丹亭》"惊梦"、"寻梦"等著称,人称"张三梦",她转益多师,曾师从姚传芗、沈传芷学戏。俞、沈拜师如能成功,则意味着得到"传字辈"的真传,白先勇认为这不但是整出戏演出的关键,也是昆曲传承的重要一环。

平等的、实验主义的精神对注重权威、名气、师徒传承的传统戏曲界,显然会是个挑战。白先勇深知人伦物理在中国文化中尤其被看重,他坚持举行隆重的拜师仪式,行古礼,"就是下跪磕头,一拜下去就是入室弟子了"。"文革"、"横扫一切"、"破四旧",这一套早就被扫进了历史的垃圾堆——师父都诚惶诚恐,遑论"收徒",更谈不上"仪式"。连汪世瑜和张继青二人都说,很多年没有这一套了,他们简直不习惯。也就是说,上世纪中叶的"革命"不但扫荡了几乎一切传统文化,比如昆曲,更严重的是革掉了其背后的生产传承机制、其赖以生存的人伦关系的基础。"革命"在一个特别注重人伦的文化中,使人伦遭受了最严重的摧残和沦丧,以致今天的人们仍然进退失据。

尽管不习惯,但在拜下去的那一刻,白先勇后来回忆,"张继青老师的眼角湿润了"。这就是文化和传统的力量,拜师的成功成了整个演出成功的基础。

五

白先勇呼唤复兴中国文化的传统,绝不是说希望一种文化退回到自身,独自狂欢、固步自封。恰恰相反,他所说的"文艺复兴",是开放的、世界性的,与世界对话的。

与其说他要以昆曲的复兴、"还魂",来引发整个中国的文艺复兴,找回失落的文化认同和自信,毋宁说,恰好是昆曲开启了这一进程,提示了"文艺复兴"的时机。

白先勇认为"时机很重要",中国的文艺复兴在二十一世纪初恰逢其时;早了不可能,晚了许多文艺已经衰微消亡了。昆曲便是一个最好的例子。因此影片中把"青春版"《牡丹亭》置诸更大的背景——昆曲百年甚至几百年的兴衰来考察。

影片中周秦老师介绍,昆曲在乾嘉的全盛时期,苏州一地就有几百个家班,中秋月明,满城昆笛悠扬,苏州城里的人们在虎丘、在水上戏台通宵达旦地唱昆曲(当周秦老师的声音还是画外音时,我便听出了这熟悉的腔调。他是我读研究生时的老师,在秋阳和满城的桂花香中,他骑着自行车带我们在苏州城内穿梭,去文庙和园林;在苏大东区的一间阶梯大教室里,他略带沙哑的嗓音缓慢从容地给我们讲解《道德经》;学期末的课上,他先是吹了一首《高溪梅令》的笛曲,又轻声浅吟姜夔的词,"好花不与殢香人。浪粼粼"……这一切都随着他在影片中的出场一一来到眼前)。

而到了1923年,最后一个昆曲职业戏班解散,昆曲算是死亡了。与此差不多同时,1921年,张紫东、穆藕初等昆曲爱好者,在苏州桃花坞五亩园创办昆曲传习所,聘请全福班后期艺人为教师,招收学员,教授昆曲,这一批学员便是昆曲

"传字辈"演员,其中有周传瑛、王传淞为代表的佼佼者。(我对"传字辈"一直不求甚解,看了《牡丹还魂》才明白其渊源。原来"合肥四姐妹"之一的大姐元和执意要嫁的顾传玠也是传字辈艺人)

但传习所只办了一期,便于1927年解散了,学员们结社组班在苏沪宁一带演出,三十年代国难日深,艺人们终于风流云散。尽管1956年"传字辈"演出改编的昆剧《十五贯》,轰动一时,所谓"一出戏救活一个剧种",但"文革"中昆剧院解散,演员卖菜、下工厂,只敢在无人处独自温习曲调,昆曲这一曾经风靡全国的古老精雅的剧种,只剩一点微火在灰烬中寂然明灭。"文革"后虽然重又排练昆剧,但和所有的地方戏曲一样,昆曲遽遭冷落,甚至几乎不为人知。

2001年,联合国教科文组织(UNESCO)宣布了十九项"口述非物质人类文化遗产",昆曲被列为第一项。而这时,一线演员很多是"传字辈"的徒弟,他们都已老去,相继退休,观众老化、越来越少,昆曲再一次面临了危机,而这次的危机甚至不亚于1923年的危机。在上世纪中叶几乎遭扫荡殆尽之后,中国文化传统又面临功利主义和全球化浪潮的考验。白先勇认为这个时候,一方面我们民族的灵魂飘荡无依,另一方面也激起了新的思考和希望。我们的传统文化又到了方生方死的关键点。十九、二十世纪我们急于向西方学习,否认、破坏自己的文化,二十一世纪开始或许是中国文艺复兴的最好时机。

正是在这样的情境下,2002年白先勇开始了青春版《牡丹亭》的艰难准备。2004年在台北"国家大剧院"首演,后在三十多所高校巡演一百多场后,2006年开始在美国、英国、希腊等西方世界演出,同样获得了热烈反响。

青春版《牡丹亭》尤其显现了开放、自信、走向世界的气象,"中国的文艺复兴"不是关起门来讲传统,而是强调中国文化对世界的贡献,成为世界文化的一部分——为人类文化的万仞山头添上一些属于我们自己的东西。

六

电影里,白先勇先生坐在存菊堂的木头椅子上,无限怀念地说:"这次来了有好多好多回忆,这是我们发家的地方……"那大概是2019年。镜头非常真实,存菊堂外秋阳灿烂,开过一辆小汽车。电影悄然结束的时候,我泪流满面。

存菊堂也有我的好多好多回忆,我在它的附近行走了四年。春天"东吴大学"牌坊上的新绿,秋天红楼前的落叶,冬天图书馆外的大雪,早春王健法学院窗外轰隆隆的雷雨……存菊堂是苏大本部的大礼堂,有了年代,里面联排的木椅子人一站起来就会嘎吱作响。一般只有开学典礼、考研讲座、政治学习这种大型活动才会动用到它。2004年6月毕业季,青春版《牡丹亭》大陆首演在此举行。对于那一届苏大学子来说,这既是青春散场的骊歌,又是永恒的美的召唤。

银幕上放着长长的感谢名单,其中正有朱栋霖教授和刘俊教授。这部电影是一段生命的回顾,白老师似乎要在此连接起这段昆曲之缘曾连接的所有人。黑暗中周围的人似乎也都意犹未尽,一时想不到这么快就结束了。散场的灯亮了,观众才三三两两起身离开。我重新走到初夏江南微淡的阳光下,绿意依旧,一个阿婆在石库门里串白兰花卖。回到现实的世界一时不知何往,感觉无所依凭,恍然大悟今天我是被所有人送来寻梦的,刘俊老师,帮我买票的朋友,送我去火车站的亲戚,丽雯……

我们时常闯入一段时空,就像飞入玻璃罩的小虫,却不知道前后的因缘际会,回头看去才恍然那是最好的时光。今天如此,东吴园中苏大岁月也是如此。

2004年9月我考入苏大读研,正是青春版《牡丹亭》方兴未艾、声潮鼎沸之际。因此有机会与"青春版"相遇。苏大四年在大大小小的礼堂不知听了多少回,有三天整本的演出,也有"百年文学史研讨会"上西门小礼堂演的"游园惊梦"。一直以来对我来说,"青春版"是热烈的青春时候的相遇,遇见即是她在舞台上大放异彩的时候;直到今天,来到电影中的另一段时空,我才明白,两道平行线交错之前的来龙去脉。《牡丹还魂》仿佛是《天堂电影院》里那一帧帧当年被剪去的胶片,很多年后,摇动一台老式的放映机,透过岁月,才看到白先勇先生所率领的一众人马,为"青春版"所做的一切,以及关于这一切的前世今生。

原来,《牡丹还魂》是白先生邀请我们走过他幼时走过的南京西路、凯司令,走到美琪大戏院,来看他寻梦——也是寻我们各自的前尘旧梦。这时,我心生感激,感谢白先生特别有心地带我们到美琪大戏院——他最早听"游园惊梦"的地方,让我们或许体验到了本雅明所谓的"灵光";以及感谢所有指引我来到此地的人。

阳光下记忆的吉光片羽兀自沉浮,我想起几年前回到中国试图寻找并理解中国文化的理想,这时有豁然开朗之感。文化的密码就在我们所熟悉的中国的文学艺术之中,而白先勇先生带给我们的昆曲构成了其中重要的一部分。十七年前既然见证了昆曲的美丽精雅,其想象的自由、表现的丰富、情感的真挚以及内在精神的深厚多元……那么我们就担负了说出我们的理解的责任(而不必特别在乎说得好不好),也许这就是所谓文化的传承。

以昆曲/"情与美"为焦点的"自叙"和"他叙"

——论传记电影《姹紫嫣红开遍：白先勇》的叙述形态

吴麟桂

随着影像文化在当今语境中的影响不断扩大，影像作为传播媒介，在各个领域都有了更为广泛的应用。以文学为例，不同于纸质文本使用文字作为媒介，作为图像化的书写媒体，影像与文字最大的不同来自它的直观。影像可以透过视觉、听觉等冲击，将平面的文字立体化。影像表达比文字表达往往更容易吸引到观众，也能更轻易地被接受。在这样的时代语境之下，国内外出现了大量的传记电影。当我们看完一部传记电影的同时，会认为自己已经相当于看过一部纸本的传记作品了。尽管传记电影大多参考了历史记录及其生平资料，但在史料之外，关于传主的人生仍然还有大量的空白。同时，在商业市场的考量下，如果只是用历史考究的方式呈现，难免会跟观众产生距离感，而这些未知都是需要仰赖编剧在剧本中填满的；除此之外，电影中演员对于人物角色的理解以及诠释，也是影响一部传记电影成功的关键。综上，一部传记电影的呈现除了要考虑真实性，也要将娱乐性以及各个面向的观众接受度纳入考量。另一方面，从传记理论的角度出发，如果一部传记只有传主的生平和背景而不写出传主的个性，那就只是传主的年谱而不是完备的传记。[1] 具有视听性的电影若只是一味地将历史记录以及作品等资料编排成剧本，即便传主本身的经历已经足够撑起一整部电影的张力，观众所能看见的也只是换了一种媒介的记叙。这样的传记电影只能流于故事本身，没有对于传主自身更深层的挖掘。有学者认为，从开始起传记片就以故事的形式出现，并不具备文字传记那样严格的历史学传统，高度故事化既是

---

[1] 参见杨正润：《论传记的要素》，《江苏社会科学》2002年第5期，第174页。

由电影自身的特点所决定的,又成为传记片的传统。这样的传记电影虽然保留着传主基本的历史框架,但实际上是故事,不能用传记的眼光来评价和要求它们,它们只是电影艺术中一个特殊的品种。[①]

然而,近年来关于传记电影的制作逐渐出现转型,有别于故事片的拍摄模式,直接拍摄传主的纪录式传记电影成为新型的叙述方式。传记纪录片改变了过去传记电影的传统,以纪实取代故事,并舍弃了第三方的演绎,将镜头空间让位于传主,使传主直接介入影像文本。但这又不单纯是个体自我叙述的影像文本,传主负责的是主我的展现,最终决定如何处理材料、如何叙述传主生平则是导演的工作。这种创作方式构成了一种双向"书写"——既给了传主极大的展示空间,又不至于让这样的介入显得太过强势,导演也同时平分了叙述的权利,影像文本的呈现会因为导演的设计变得更加具备美感,从而在电影中达到"自叙"和"他叙"/纪实与审美的平衡。自2011年开始发行的《他们在岛屿写作》就是这样一个关于文学家的传记纪录片系列。

一

"借此永久记录作家的重要事迹,也希望透过这些作品,重燃新一波的书写复兴"是《他们在岛屿写作》的创作初衷。而不论是书写的复兴,抑或中国文化复兴这项大业,作为第二系列传记电影中非常引人注目的主角——白先勇,他在这条路上都已经走得很远了。

目前关于白先勇的影视传记有两部:第一部是2015年的《杰出华人系列:白先勇》由香港电台拍摄,记录时间止于1999年,以纪录片的形式分成上下两集播映;而《姹紫嫣红开遍:白先勇》(以下简称《姹紫嫣红开遍》)则是经历了长达三年的跟拍,相较于前一部纪录片又增加了后面十几年的活动记录。对于自身的这两部影视传记,白先勇曾在一次访问中表示肯定:"两部片子拍的都很用心,抓到了我艺文活动的核心。"[②]这句话,是对《姹紫嫣红开遍》的肯定,同时也点出了电影想要表达的精髓之处。一般而言,传统故事传记片的主要目的是要透过影视

[①] 参见杨正润:《现代传记学》,南京大学出版社2009年版,第476页。
[②] 许通元、白先勇:《从〈红楼梦〉到〈姹紫嫣红开遍〉——白先勇访谈录》,《蕉风》2016年第510期,第48页。

建构传主的形象,说明"传主是谁",但《姹紫嫣红开遍》并不致力于解答"白先勇是谁",而是想要完成"白先勇是如何成为白先勇的"这一命题。前者叙述一种结果,后者展现了生命的过程。因此,与其将这部电影看作一部人生传记,不如说它想要透过影像探究白先勇更深层的精神世界乃至生命本质。

"一直在路上",是白先勇有别于其他作家的特质,其艺文活动从读书期间至今,从未间断。他的艺文活动,是围绕着中国传统文化的复兴展开的。若要将这种"白先勇式"的文艺复兴一一摆开来看,文学创作与创办文学刊物是第一步;在美国二十九年的执教生涯,同时成就了白先勇的事业以及理想;退休后,白先勇更是以愈发惊人的行动力扩大文艺复兴的理想版图,推广昆曲以及《红楼梦》不遗余力。由此,围绕着白先勇的多重身份所带出的多重文化场域,也就成了电影中真正需要注视的所在。邓勇星将白先勇比喻成"一本很厚的书",每个篇章都有自己的价值,不太能忽略。延续这一概念,在设计电影文本的时候,邓勇星刻意将原有的线性时间切断,极大程度地运用蒙太奇等剪辑手法重新拼贴,组成新的叙事线。电影将白先勇艺文活动的不同表现形态作为电影叙述的主要元素,就如同书中的每个章节。白先勇作为整部电影陈述活动中的中心符号,而围绕着他所延伸出的艺文活动则成了对于白先勇的符号解释。把每一块符号解释都拼凑起来,建构出一个完整的传主形象,从而进一步稳固白先勇与这些艺文活动之间的符号隐喻,加深其映射域的规约化程度。放弃线性叙事并不代表导演放弃了时间性的表达。相反的,电影作为一种时间的艺术,其影像特有的运动不规则性把时间从一切连贯中释放出来,它通过颠倒时间之于规范运动的从属关系来实现时间的直接显现。[①] 也就是说,正是因为以电影作为叙述媒介,导演才在重构叙事线的同时也保留观众在影像叙述中对于时间的感知。

传主在影像中的介入以及放弃线性叙事,很容易让影像叙事陷入一种不稳定的状态,因为这会让所有的文本叙述变得零散。白先勇多年来的艺文活动横跨小说、报刊、舞台剧、昆曲复兴等多个领域,这些跨媒介的文化行为虽然互相产生互文性,但是如何让这些散落的时间线和叙事碎片能够重新排列,完成整个叙述的全貌,需要时间之外的另一条主线加以串联。而这条主线,必须要是最能够体现白先勇核心本质乃至整部电影灵魂所在的场域。电影命名为《姹紫嫣红开遍》,涵盖了两层意义:这指出导演选择了《牡丹亭》作为电影文本的核心精神;此

---

① 参见[法]德勒兹:《时间-影像》,谢强、蔡若明、马月译,湖南美术出版社 2004 年版,第 58 页。

外,"姹紫嫣红开遍"也是白先勇这一生对中国传统文化复兴的真实写照,就如同满园春色,姹紫嫣红开遍于世界各地。

《牡丹亭》之于白先勇的关系,如同他自己曾在文章中讲到的:"我的一生似乎跟昆曲,尤其是昆曲中国色天香的《牡丹亭》结上了一段缠绵无尽的不解之缘。"[①]从内容上看,《牡丹亭》讲情,柳梦梅与杜丽娘的人间至情,直面的是人最根本之处,准确地牵动人的情根;在形式上,昆曲《牡丹亭》也代表了中国式审美的最高标准,集合了中国古典美学之精粹。《牡丹亭》完美地呈现了"至情"与"至美"的两个面向。同时,"情"和"美"也是对白先勇人生最好的概括:一个"情"字,几乎涵盖了白先勇所有的创作(文学创作和艺术制作)行为,而一个"美"字,则可以说总括了白先勇艺术形态上的全部特征。[②] 由此,昆曲《牡丹亭》成了最能体现白先勇钟"情"爱"美"的人生和艺术的绝佳载体。[③] 电影以"美"为电影的底色,以"情"为电影的灵肉,逐步呼应"白先勇是如何成为白先勇"这一命题。

二

"美"作为电影的底色,主要体现在形式上。《姹紫嫣红开遍》采用了白先勇的经典小说《游园惊梦》的表现方法作为主要的叙述形式。《游园惊梦》直接借用《牡丹亭》中《游园》与《惊梦》两篇题名,以意识流的方式,在不同的时间与空间中穿梭,造就现实和幻境的相互交织,情节充满了大量的写实性以及象征性手法。邓勇星也将这样的意识流手法运用在影像传递上,让电影充满了文学的气韵。这种《牡丹亭》式的美感被巧妙地融合进电影的声光之中,使文学与电影产生互文的方式有了另一种可能。

电影的开篇虽然只是由几个简短的画面剪接而成的,但已经充满了意识流的意蕴。"有一年强烈台风过境,倾盆大雨,一早我去母亲房中探视她,发觉她端坐在床上,地上摆满面盆、铅桶,母亲看我进来,指了一下屋漏,放声哈哈笑起来,我也忍不住跟着笑了","是母亲的朗笑声,把在逆境中遭受的一些不愉快,驱逐

---

① 白先勇:《十年辛苦不寻常:我的昆曲之旅》,收入刘俊编选《一个人的"文艺复兴"》,广西师范大学出版社2019年版,第120页。
② 刘俊:《情与美——白先勇传》,花城出版社2019年版,第255页。
③ 同上书,第254页。

得一干二净",这些摘录自《父亲与民国》童年时期与母亲的回忆;与墓园里沉默追悼已逝亲人的白先勇相呼应的是《父亲与民国》里那句"老五,我昨天晚上梦见外公了"。接着是透着霞光的天际线,画面上《玉卿嫂》的对白:"我想,我们还是不要出去的好,少爷!——"和在飞机上阅读的白先勇产生了文学世界与历史现实的交汇——"少爷"白先勇在长大后到了美国读书、工作,站在讲台上成了白教授。画面切回在夜行的车上望着窗外雨景的白先勇,昆曲《牡丹亭》的唱段在这时候响起,寓意着退休后的他复兴昆曲,一路前行。这种蒙太奇的手法同时达到了象征和隐喻的效果。熟悉白先勇的观众从这短短两分多钟、看似跳跃而没有逻辑的画面中就能意会,在光影的一明一灭之间,其实已经交代了白先勇生命中的重要阶段进程;而对白先勇的生平并不了解的观众,这段画面则具有隐喻的功能。在电影中隐喻一般用于预告以后的故事,利用画面在观众思想上产生一种心理冲击,便于看懂并接受导演有意通过影片表达的思想。[①] 由此,在观众看完整部纪录片之后,就能重新意会到导演设计这几个镜头的用意,从而对整部电影产生更深刻的共鸣感。

  此外,影像与影像之间的剪贴以及影像与声音之间的剪贴都是《姹紫嫣红开遍》中经常用到的表现形式。超过百场演出的青春版《牡丹亭》,从台北到苏州,再到各地高校,甚至到了美国,涉及的多个历史时空是以过去演出的录像资料与白先勇处于当下的自述旁白结合而成;在谈论《牡丹亭》的片段当中,则是采用白先勇过去的上课影像与当下的录制画面拼接完成的。除此之外,导演还在电影中放入了许多历史影片,《金大班的最后一夜》电视剧片段、过往昆曲名角的表演片段,还有白先勇幼时的家庭影像,等等。这些影像就像被镶嵌进电影中一样,成了一种再创造、再观看。它们没有现代科技的高清画面,却用带有历史感的纪实性点缀了新的时空场域,让过去拍摄的瞬间与当下产生新的共鸣。用柏格森的话说,即是"刻意识别中的视觉(和听觉)影像不在运动中延伸,而是与他唤起的'回忆-影像'发生关系"[②]。这两种关系虽说本质上不同,但"彼此衔接",相互关联,相互反射,不分先后,它们都走向融合的界限(limite),到达一个相同的不可分割点。[③] 而透过影像的再拼贴,不只是画面产生了作用,声音同样也发挥了

[①] 参见[法]马赛尔·马尔丹:《电影语言》,何振淦译,中国电影出版社2006年版,第79页。
[②] [法]德勒兹:《时间-影像》,谢强、蔡若明、马月译,湖南美术出版社2004年版,第71页。
[③] 同上书,第71—72页。

深化视觉印象的效果。这样的处理方式,在影像文本中形成了现在进行时和过去完成时两个时态的并列。这是因为传主的在场性让过去和现在可以拥有充分的镜像性连结,加深了时光所累积出的底蕴,但又弱化了时间的概念。在时间产生错位的同时,观众与历史的空间距离反而同位了。相较于传记文学仅能达到的相对真实,又或是传记故事片的故事真实,详实的画面更能让观众直观感受到历史的真实。对于观众而言,也能借此在视觉与听觉上双重满足对传主经历想象过程中的形象性需要,获得最大程度上的身历其境。

电影在表现形式上,用"美"做了底色,这是一种外在形象的叙述,那么对白先勇精神世界更加深入的形塑以及自呈,则需要落实到"情"上。

电影中一直如影随形的复调就是对白先勇文学世界的探究。除了在形式上用了文学化的表现手法之外,文学还以字幕的方式呈现在画面中。字幕一般是作为客观手法出现在电影当中,但在这里导演让这些字幕承担了主观手法的表现功能,即,使人物的思想活动在银幕上具体化。[1] 这些文字与白先勇的生活、经历互相呼应,像是一个引子,为我们引入新的叙述部分,有时候又是一个结语,带着观众往下一章前进。

1986年法国《解放报》问全世界的作家为何写作,白先勇的答复是:"我写作,因为我希望把人类心灵中无法言出的痛楚转换成文字。"(I write, because I want to put into words the silent pain of the human soul.)[2]这种对于世间的悲悯之情,源自童年时期所得的肺病。与世隔绝的养病经历使他自幼的情感就早熟于同龄人,丰富细腻。在电影中,导演花了不少篇幅在复盘白先勇每一个创作的过程。从《台北人》到《纽约客》,写的是两代人远离家国的思与愁。前者是"旧时王谢堂前燕,飞入寻常百姓家",后者是"念天地之悠悠,独怆然而涕下"。白先勇为这两个时代的小人物立了列传,折射出他对时代的观照,对两代人的同情。这是白先勇源于对父辈的历史以及自身经历的怀旧之情。《游园惊梦》是受到《红楼梦》启迪最多的现代小说。《游园惊梦》中的"园子"亦象征着《红楼梦》当中的大观园,对白先勇而言,这两个园子所投射的是人们心中最自然纯粹的地方,直面的是人性的最根本之处,准确地牵动了人的情根;唯一一部长篇小说《孽子》,写的是一群在黑暗里孤苦无依的孩子,在这本书里白先勇表达了他对于当

---

[1] 参见[法]马赛尔·马尔丹:《电影语言》,何振淦译,中国电影出版社2006年版,第179页。
[2] 摘录自电影《姹紫嫣红开遍:白先勇》字幕。

时被视为异类的"情"的尊重与接受。文学作为白先勇人生的第一个志业,承担了白先勇对世间"情"的观照与落实。因此,当电影在讨论白先勇的文学作品时,其实讨论的正是白先勇精神世界中"情"的具体体现。白先勇写"情",事实上写的是"人"。他将对于世间的"情"投注进作品,而那些人物角色也鲜活地活在他的精神世界当中,这模糊了现实世界和文学世界的界限,产生了虚构与非虚构之间的交汇。"当我们寻找到一个时代的代表人物时,一方面看时势及环境如何影响到他的行为,一方面看他的行为又如何使时势及环境变化。"[1]从上述来看,面对这个问题,文学或许就是观照白先勇最好的途径。白先勇的经历让他的作品拥有丰厚的历史感,而围绕他所展开的文学场域及艺文活动,各自成为对其本人的注解。

以《牡丹亭》为电影主调,带出了文学的复调,影像与声音的结合形成互文,同时达到了历史与当下、文学世界与现世的交融,导演成功地从"他叙"的角度建构了跨媒介与跨时空的审美场域,实践了影像意识流叙述的艺术效果,完整地呈现了白先勇的"美"与"情"。

三

传主的"自叙"是构成电影的另一维度,因此这一部分需要讨论的是电影中如何运用镜头语言呈现传主的在场性。

由传主现身自述,这也是传记纪录片与故事片之间的另一区别。故事片叙事的最重要而基本的特征,便是抹去叙事行为的痕迹,是场景、事件自身在自行呈现;[2]而纪录片中传主的在场性转换了原本摄影机和被拍摄者之间的关系,传主不必像演员一样根据预先设计或即兴发挥的场面调度进行表演,[3]是摄影机随着传主的叙述而移动,让观众在镜头前感受到这些叙述空间的再现。因此,空间感的建立就变得极为重要。随着白先勇的叙述,我们跟着他重新走访了每一个叙述空间:从台北出发,以台大外文系的系图书馆为起点,学生时期的白先勇从这里开始创办《现代文学》;在美国从留学生成为大学老师,其美国的住所、写出

---

[1] 梁启超:《中国历史研究法 中国历史研究法补编》,新华书局2015年版,第255页。
[2] 参见戴锦华:《电影批评》,北京大学出版社2004年版,第5页。
[3] 同上。

《游园惊梦》的海边小屋以及在圣芭芭拉加州分校内的研究室,都有不同时期的白先勇在回应着当下;退休后决意复兴昆曲,与十年前青春版《牡丹亭》的演员在当时聚首的昆山同唱《牡丹亭》,是回望也是感慨;桂林是家乡,桂林米粉是填不满的乡愁的味道,少小离家老大回,拿着自己童年的照片讲述童年故事的白先勇与照片中的自己在同一个空间重合了。最后,时间来到拍摄当下,白先勇回到台北出书《父亲与民国》,白先勇从台北出发的文学活动在辗转多年后又再度回到台北,完成了在空间上的叙述闭环。每一个空间都承载了白先勇不同时期的故事,蒙太奇在这里再度发挥了作用,随着空间的转场,白先勇透过记忆重述这些人生历程,这样对自身过去的解构与自我的重构,既是对历史现场的重现,也是传主站在当下的回望。

除了大环境空间的转场,呈现白先勇生活空间的许多镜头则是以景深的美学表现造成画面的停留,甚至是连旁白都没有,进而成了片段的留白。留白的审美形态源自中国古典山水画,而影像中的留白效果则需要借助照相技术中的景深概念来达成。当画面停留在白先勇独自在镜头前安静地翻阅书信、整理园中花草,或是坐在公园中的时候,往往都是采用远景拍摄的方式,以固定长镜头将人物"嵌"于布景之中,由原地不动的摄影机去突出人物的心理活动。[①] 在一般电影当中,这样的镜头可能会有过于单一的视点、过长的镜头和"绘画式"的构图而使场景"舞台化"的现象,[②]但是放在纪录片电影当中,安静而缓慢下来的节奏成了另一种表达途径,观众也得以站在更远的视角,透过镜头的"注视",绕过许多过去我们已然清楚的故事,而带观众往着更深处发现未曾见过的白先勇。如同与旧友聊天的姿态,白先勇偶尔会抬头与镜头对话。这时候镜头的焦距又会出现变化,拉近的景深让观众距离白先勇更近了一点,这样的距离会有一种彼此之间正面对面谈话的错觉。于是白先勇拿着《游园惊梦》香港首演的照片,谈当时写作的心境;重访美国的海边小屋,他回忆如何突破瓶颈写出这篇经典作品;青春版昆曲《牡丹亭》的制作是白先勇的心血之作,然而最开始是因为在搬园中茶花时的一次心脏不适,在经历了那场意料之外的大病后,他下定决心完成自己的心愿。与蒙太奇分切画面不同的是,景深的美学在于透过摄影机镜头改变焦距的方式借以看到同一空间的收缩与凝聚。在这里,远镜头造成的聚焦效果类似

---

① 参见[法]马赛尔·马尔丹:《电影语言》,何振淦译,中国电影出版社2006年版,第162页。
② 同上。

于叙事学的"外视角"(vision "du dehors"),没有任何叙述、对白或字幕的画面只是一种客观性的呈现,这里的远景镜头虽然看似缺少了陈述,但事实上,揭示了一种多样性和共时性;①而拉近的景深又让观众似乎回到摄影机之内,再加上白先勇的讲述,制造出"同视角"(vision "avec")的效果。

综上,导演利用镜头进行了综合性的场面调度,将蒙太奇、景深变化以及空间三种形式应用于镜头语言当中,使三者得以相辅相成,摆脱了线性时间的束缚,也拓宽了传主在影像中的自叙空间,进而完成了影像中的意识流叙述。

结　语

作为传记电影,《姹紫嫣红开遍》无疑是成功的,它带领观众所看见的,不仅仅是一个传主的生平,而是更深一层地探索了白先勇的生命本质所在,以及白先勇自身所代表的众多文化符号。从电影标题到媒体素材的处理,都是"情"与"美"的影视化呈现。而现代性的意识流手法以及中国式特有的美学表现形式,也暗合了白先勇本身对于复兴中国传统文化以及文学创作中的现代性。

电影中的"他叙",透过书信、旧照片、影像资料甚至文学作品等具象化的时间概念在电影中为白先勇提供了记忆的立足点,最大程度上保证了传记电影的真实性以呈现历史的真实感;而白先勇的"自叙",则使得整部传记电影有了不同的叙述视角,传主的在场性不仅立体了叙述空间,也让观众看见白先勇对自我主体性的确认。电影透过时空两个维度形成一种同传主有关的氛围和心理暗示,使观众得以最大程度感受传主的心理世界,②以更加接近传主的姿态感受其生活方式、内心活动、自我思想乃至与社会群体的互动及关系,引领观众进一步探究白先勇的生命本质。这是邓勇星对白先勇的"书写",也是白先勇跟自己的一次对话。两者之间的结合构成了白先勇完整的精神世界,共同完成了"白先勇是如何成为白先勇"的这一命题。

《姹紫嫣红开遍》将白先勇强烈的个人特色以及丰富且特殊的人生经历以文学化的手法完美地融入影像当中,成功地结合了纪实性与影像美学,让整部电影

---

① 参见[法]让·米特里(Jean Mitry):《电影符号学质疑:语言与电影》,方尔平译,吉林出版集团有限责任公司2012年版,第188页。

② 参见杨正润:《现代传记学》,南京大学出版社2009年版,第527页。

的语言有了绝对风格化的艺术魅力和审美满足,突破了传统传记电影的叙述模式,拓宽了传记电影的表现形式,真正做到了用影像书写传记。作为白先勇传记的新形式,《姹紫嫣红开遍:白先勇》的研究意义和价值都是值得我们更加深入去讨论的。

附录一　会议手册

会议日程

2021年11月20日(周六)

8:30—9:00 开幕式

(文学院221;腾讯会议:414260819　密码:0221)

主持人:刘　俊

播放白先勇教授视频致辞

南京大学文学院刘重喜书记致辞

9:00—9:10

线下与会者与线上与会者(屏幕)合影

9:20—12:00　大会主题发言

(主题发言每位25分钟,每位主持5分钟)

(文学院221;腾讯会议:414260819　密码:0221)

9:20—9:25　　主持人:刘　俊(南京大学教授)(线下)

9:25—9:50　　丁亚平(中国艺术研究院研究员)

《典型如何构建真实:白先勇、影视改编与空间叙事》

9:50—10:15　　朱栋霖(苏州大学教授)

《对传统越剧中悲剧形态的超越——评新编越剧〈玉卿嫂〉》

10:15—10:40　梁燕丽(复旦大学教授)

《白先勇小说及其影剧改编的上海想象》

10:40—10:45　主持人:张光芒(南京大学教授)(线下)
10:45—11:10　朱寿桐(澳门大学教授)
　　　　　　　《白先勇创作的戏剧资源及其开发运用》
11:10—11:35　黎湘萍(中国社会科学院文学研究所研究员)
　　　　　　　《"白先勇时间"与中华文化复兴》
11:35—12:00　金　进(浙江大学研究员)
　　　　　　　《孤臣孽子、历史重构与梦回民国——白先勇小说创作与影视 IP 改编的精神谱系》

12:10—13:30　午餐(线下与会者)
14:00—15:30　分论场(一)

(发言人每人 12 分钟,共评议 15 分钟,开放讨论 15 分钟)
(A 组:文学院 221　腾讯会议:506439822　密码:0221
　B 组:文学院 209　腾讯会议:540435013　密码:0209)

小组发言(A)　主持人:孙良好(温州大学教授)
　　　　　　　评议人:王艳芳(江苏师范大学教授)
14:00—14:12　黄伟林(广西师范大学教授)
　　　　　　　《〈花桥荣记〉:从小说到话剧》
14:12—14:24　江少川(华中师范大学教授)
　　　　　　　《小说〈玉卿嫂〉及其影视、舞台剧改编的比较研究》
14:24—14:36　胡雪桦(上海交通大学教授)
　　　　　　　《白先勇〈游园惊梦〉舞台演出 1988》
14:36—14:48　王悦阳(《新民周刊》记者)
　　　　　　　《情与美的青春表达——白先勇的昆曲观》
14:48—15:00　钱　虹(同济大学教授)
　　　　　　　《两岸并蒂莲,梦同戏有别——评海峡两岸同名话剧〈游园惊梦〉》
15:00—15:15　评　议
15:15—15:30　开放讨论

小组发言(B)　主持人:刘东玲(江苏师范大学教授)
　　　　　　　评议人:李咏梅(广西师范大学教授)
14:00—14:12　沈国芳(苏州昆剧院一级演员)

《我和昆曲青春版〈牡丹亭〉》
14:12—14:24　徐　俊(上海徐俊文化艺术有限公司导演)
《说上海话的尹雪艳》
14:24—14:36　赖庆芳(香港大学讲师)
《究论白先勇的美人观点及承传——以〈金大班的最后一夜〉、〈永远的尹雪艳〉等小说及影视作品为例》
14:36—14:48　何　华(新加坡《联合早报》专栏作家)
《家宴上追忆似水年华——记大陆版舞台剧〈游园惊梦〉在广州的首演》
14:48—15:00　郁旭映(香港都会大学助理教授)
《离散书写中的贵族视角与平民视角——白先勇作品改编电影〈最后的贵族〉与〈花桥荣记〉比较研究》
15:00—15:15　评　议
15:15—15:30　开放讨论

茶歇(15:30—15:50)(线下与会者)
15:50—17:20　分论场(二)
(发言人每人12分钟,共评议15分钟,开放讨论15分钟)
(A组:文学院221　腾讯会议:506439822　密码:0221
B组:文学院209　腾讯会议:540435013　密码:0209)

小组发言(A)　主持人:黄伟林(广西师范大学教授)
　　　　　　　　　评议人:江少川(华中师范大学教授)
15:50—16:02　孙良好(温州大学教授)
《白先勇小说中的情欲书写及其影视改编》
16:02—16:14　刘东玲(江苏师范大学教授)
《电影〈孽子〉与〈孤恋花〉的身份认同比较》
16:14—16:26　俞巧珍(浙江师范大学讲师)
《时代曲与救亡歌:白先勇小说影视化过程中的乐曲文化》
16:26—16:38　施　云(上海教育出版社编辑)
《何为"女人"?为何"女性"叙事?——管窥〈孤恋花〉小说及电视剧改编》
16:38—16:50　王　璇(北京联合大学讲师)
《历史错位与解构离散——论白先勇小说〈一把青〉的影视改编》
16:50—17:05　评　议

17:05—17:20　开放讨论

小组发言（B）　　主持人：李　良（江苏省社科院文学研究所研究员）（线下）
　　　　　　　　　评议人：钱　虹（同济大学教授）

15:50—16:02　王艳芳（江苏师范大学教授）
　　　　　　　《论白先勇小说和剧作的互文性——以〈游园惊梦〉和青春版〈牡丹亭〉为中心》

16:02—16:14　张　娟（东南大学副教授）（线下）
　　　　　　　《传统复兴与中国经验——海外视野下的白先勇青春版〈牡丹亭〉改编与传播》

16:14—16:26　朱云霞（中国矿业大学副教授）
　　　　　　　《论白先勇小说电影改编中的空间构设及其文化意义——以〈最后的贵族〉和〈花桥荣记〉为分析对象》

16:26—16:38　戴瑶琴（大连理工大学副教授）
　　　　　　　《〈谪仙记〉文本/影视艺术话语的美学特征》

16:38—16:50　王晶晶（盐城师范学院副教授）
　　　　　　　《寻梦：白先勇的传统与现代——看〈牡丹还魂——白先勇与昆曲复兴〉》

16:50—17:05　评　议
17:05—17:20　开放讨论

17:30—18:30　晚餐（线下与会者）

19:00　放映影片《姹紫嫣红开遍》
　　（地点：文学院报告厅）

2021 年 11 月 21 日（周日）

8:30—9:50　青年学者论坛（一）

（发言人每人 12 分钟，共评议 10 分钟，开放讨论 10 分钟）
（A 组：文学院 221　腾讯会议：870478191　密码：0221
　B 组：文学院 209　腾讯会议：882755592　密码：0209）

小组发言（A）　　主持人：张娟（东南大学副教授）（线下）

　　　　　　　　评议人：戴瑶琴（大连理工大学副教授）
8:30—8:42　　耿雪云（马来亚大学青年学者）（线下）
　　　　　　　　《回余温，酷新酒——昆曲新编戏〈白罗衫〉的改编与创新》
8:42—8:54　　于　迪（南京大学青年学者）（线下）
　　　　　　　　《〈花桥荣记〉的桂林叙事：从影剧改编到小说的再解读》
8:54—9:06　　马海洋（南京大学青年学者）（线下）
　　　　　　　　《增衍叙述下〈一把青〉的创伤呈现与情感政治》
9:06—9:18　　姚　刚（南京师范大学青年学者）
　　　　　　　　《陌生空间的再造——论〈花桥荣记〉的话剧改编》
9:18—9:30　　戴水英（南京大学青年学者）（线下）
　　　　　　　　《从"家国"到"原乡"——从电影〈最后的贵族〉的改编看"谢晋电影模式"的转型及成败》
9:30—9:40　　评　议
9:40—9:50　　开放讨论

小组发言(B)　主持人：袁文卓（南京大学讲师）（线下）
　　　　　　　　评议人：王璇（北京联合大学讲师）
8:30—8:42　　陈　晓（南京师范大学讲师）（线下）
　　　　　　　　《荡妇与移民：离散主题与〈东山一把青〉的跨媒介改编》
8:42—8:54　　霍超群（南京大学青年学者）（线下）
　　　　　　　　《从小说集到有声剧：跨媒介视域下白先勇〈台北人〉的声音景观》
8:54—9:06　　崔婷伟（南京大学青年学者）（线下）
　　　　　　　　《孽海情天皆赤子——论白先勇的同性恋文学创作及影响》
9:06—9:18　　吴麟桂（南京大学青年学者）（线下）
　　　　　　　　《以昆曲/"情与美"为焦点的"自叙"和"他叙"——论传记电影〈姹紫嫣红开遍：白先勇〉的叙述形态》
9:18—9:30　　卢军霞（南京大学青年学者）（线下）
　　　　　　　　《跨媒介视域下的战争叙事与创伤体验——以白先勇〈一把青〉的影视改编为中心》
9:30—9:40　　评　议
9:40—9:50　　开放讨论

茶歇(9:50—10:10)(线下与会者)

10:10—11:30　青年学者论坛(二)

（发言人每人12分钟，共评议10分钟，开放讨论10分钟）
A组：文学院221　腾讯会议：870478191　密码：0221
B组：文学院209　腾讯会议：882755592　密码：0209

小组发言(A)　　主持人：俞巧珍（浙江师范大学讲师）
　　　　　　　　评议人：朱云霞（中国矿业大学副教授）
10:10—10:22　庞　鹤（香港浸会大学青年学者）
　　　　　　　《〈孽子〉舞台剧改编研究》
10:22—10:34　阮雪玉（厦门大学青年学者）
　　　　　　　《"人伦"的变奏：小说〈孽子〉从电视剧到舞台剧的跨媒介改编》
10:34—10:46　罗欣怡（中南财经政法大学青年学者）
　　　　　　　《"台北人"的回响——论白先勇小说〈一把青〉的电视剧改编》
10:46—10:58　易文杰（厦门大学青年学者）
　　　　　　　《从文化乡愁到历史诗学——论〈一把青〉电视剧本对白先勇原著小说的改编》
10:58—11:10　蒋妍静（广州大学青年学者）
　　　　　　　《战争历史背景下的女性生存图景呈现——论白先勇小说〈一把青〉改编电视剧中的女性叙事》
11:10—11:20　评　　议
11:20—11:30　开放讨论

小组发言(B)　　主持人：李海鹏（南京大学讲师）（线下）
　　　　　　　　评议人：施云（上海教育出版社编辑）
10:10—10:20　马　峰（云南大学讲师）
　　　　　　　《白先勇的文化流散与文化复兴》
10:20—10:30　王天然（南开大学青年学者）
　　　　　　　《中国性的失落——论〈最后的贵族〉对〈谪仙记〉的改编》
10:30—10:40　刘　垚（南京大学青年学者）
　　　　　　　《彩云易散琉璃脆——论越剧〈玉卿嫂〉对原著的改编》
10:40—10:50　卢李响（南京大学青年学者）（线下）

《青春常在——白先勇〈牡丹亭〉与戏曲艺术现代化》
10:50—11:00　王云杉(南京大学青年学者)(线下)
　　　　　　《从〈花桥荣记〉及话剧改编看其乡土叙事的伦理倾向》
11:00—11:10　周孟琪(南京大学青年学者)(线下)
　　　　　　《转型时代的文化症候——基于电影〈最后的贵族〉的考察》
11:10—11:20　评　　议
11:20—11:30　开放讨论

11:30—12:30　大会总结发言及闭幕式

（文学院221；腾讯会议:870478191　密码:0221）

主持:周安华(线下)
小组代表发言(6分钟×8人=48分钟)
会议总结:刘　俊(12分钟)(线下)
会议闭幕

12:40—14:00　午餐(线下与会者)

14:10—15:30

白先勇文化基金"博士文库"编辑、作者见面会

（地点:文学院221　腾讯会议:870478191　密码:0221）

主持:刘　俊(线下)
14:10—15:30　天津人民出版社王玾主任("博士文库"执行编委、出版项目主持人)介绍"博士文库"第一辑出版情况;"博士文库"作者宋仕振、李光辉介绍自己博士论文的撰写、投稿情况。

15:30—17:00

放映电影《牡丹还魂——白先勇与昆曲复兴》

（地点:文学院报告厅）

附录二　跨媒介与超时空
——"白先勇戏剧影视作品研讨会"会议综述

于　迪

　　由南京大学白先勇文化基金主办、南京大学文学院协办、南京大学台港暨海外华文文学研究中心承办的"白先勇戏剧影视作品研讨会",于 2021 年 11 月 20 至 21 日,在南京大学隆重召开。来自海内外多所高校及研究机构的六十余位专家学者参加了此次会议,会议以线上线下结合的方式进行,基于白先勇戏剧影视作品的跨媒介与超时空属性进行多元审视,深入讨论了白先勇的文学文本在媒介转化过程中的实践与理论问题,涉及美学,文化研究,社会学,传播学和视、听觉文化等诸多领域,拓宽了白先勇研究的视野与边界。

　　白先勇是二十世纪世界华文文学中的著名作家,集中于 1960、1970 年代的小说创作为他奠定了华文文学史经典作家的地位;自 1980 年代以来,他的小说作品不断被改编为电影、电视剧、话剧(舞台剧)、现代戏曲等,以多种媒介的样态呈现给读者、观众,扩大并加强了他的影响力,也增加了对他的文学作品的多元解读与深入阐释;而 2004 年开始演出的青春版《牡丹亭》及其一系列的昆曲复兴计划,不仅丰富了白先勇创作的文本内涵,更将他的文学地位与研究价值推向了文化研究与文明史论的高度。在反思西方中心主义与重新理解中国文明秩序、走向"中华文化复兴"的当下,也正值小说集《台北人》出版五十周年之际,对白先勇的文学创作及跨媒介实践进行一个整体性反思与再阐释,显得尤为必要,这也是华文文学研究者必须回应的学术挑战与时代问题。

　　会议开幕式由南京大学文学院刘俊教授主持,白先勇以视频形式亲自为本次会议致辞,简要回顾了自己小说作品改编成电影、电视剧及舞台剧的情况;南京大学文学院党委书记刘重喜教授现场致辞,生动、形象地介绍了南大文学院学科发展状况和南大台港暨海外华文文学研究中心取得的学术成就。随后,与会学者围绕"兼及古今·跨越媒介:白先勇戏剧影视作品的多元审视"的总议题,从白先勇跨媒介创作中的时空转换、改编创作者的实践经验、多元媒介间的比较互释等不同维度,以大会主题发言、分论坛小组发言、青年学者论坛的形式展开了热烈的学术讨论。

一、超越时空的中国经验与文艺复兴

会议的主题发言由六位学者分别从时间、空间的角度,深入探讨白先勇的中国经验表达与中华文化复兴的实践意义,从更为宏阔的视野给予白先勇再定位与新阐释。白先勇的小说作品被不同程度地改编为电影、电视剧、话剧(舞台剧)、现代戏曲等,每被推出必引发关注与热议,持续影响着当下海峡两岸暨香港、澳门的文学与文化场域。而白先勇的小说作品为何成为影视竞相改编的对象,为何具备当下性,中国艺术研究院丁亚平研究员在大会主题发言《典型如何构建真实:白先勇、影视改编与空间叙事》中认为是白先勇的个人经验与文学创作具有"超空间"性。而他的作品影视化,更是借由中国化的典型场景与现代性互融表现,助推其成为影视改编实践过程中文化文明协商的热点,和互动的、复杂的中国经验书写的亮点。丁亚平研究员将白先勇作品影视改编中的典型创作视为一种有生命的动力学,它作为历史的一部分,而非外在者,和中国性、现代性和文明性相呼应,体现出独具魅力的艺术真实。

这种"超空间"属性在跨媒介过程中得以更突出的体现,复旦大学梁燕丽教授以《白先勇小说及其影剧改编的上海想象》为题,聚焦于上海空间,将白先勇的小说创作放入海派文学谱系中,将其影视、话剧改编作品作为一种展现上海想象和上海性的路径,从海派文化空间和异托邦空间两个方面入手,探讨白先勇小说及影视改编作品中的都市现代性与审美现代性的议题。

而在中国社会科学院文学研究所黎湘萍研究员看来,时间比空间更为重要,时间属于每一个人,空间只是表达时间之哀伤的依托。因而他在此次发言《"白先勇时间"与中华文化复兴》中,提出了"白先勇时间"的重要概念。"白先勇时间"是指从1937年白先勇诞生之时,到他以文学创作集中展开的1960、1970年代,再到他的影视剧改编、昆曲复兴计划至今,不仅包括白先勇小说中所描述的时间,而且包括白先勇生命历程中观察、感受、体验、表现时间的方法和特质,这是一个超越了白先勇个人的时间,是一种具有历史意义和文化价值的时间,它包含着白先勇所领悟的文化精神和白先勇所创作的艺术世界,上接汤显祖、曹雪芹所开创的新人文主义传统和五四文艺复兴的精神,下开战后中华文化复兴的大业。白先勇时间的容量大、持续时间长、影响广泛而深远,我们每个人都处在这个特殊的白先勇时间当中。黎湘萍指出,将白先勇放置于具有更深广意义的"中华文化复兴"历史进程中,"白先勇"三个字从一个专有名词,变成一个包含着文艺与文化意义的普通名词,可以用来描述具有世界意义的战后华文文学或者东亚文学的特质,也可以用来阐释中华文化复兴的内涵,赋予了当代人以更深邃、多样、开放的诠释,开启了古典与现代互相融合的人文与美学的新境界。

浙江大学金进研究员也从超越时间的角度,探讨白先勇小说创作与影视改编的精神谱系问题。他首先从白先勇在大陆和台湾文坛的"中心化"与"边缘化"吊诡处境入手,其次着力论述了白先勇在大陆文学界经典化的内外因素,认为白先勇在中国大陆受到青睐,是因为他基于"感时忧国"精神之上的对"文化中国"理念的追求,他的"孤臣孽子"是中国的,是延续中国文学传统的,是延续真正的中国文化的一脉。而白先勇小说与影视改编作品中的历史意识与历史书写,同时也具有人类学研究的意义与价值。

苏州大学朱栋霖教授更是高度评价了白先勇的文学创作成就,认为白先勇是在二十世纪中国文学史上最有资格获得诺贝尔文学奖的,并将青春版《牡丹亭》的策划作为白先勇的一次全方位创作,更从中华文化与美学复兴的意义上去认识与定位白先勇。最后聚焦到越剧《玉卿嫂》,以具体的戏曲改编实例来展现人物塑造与悲剧形态的处理上对传统越剧的超越。

澳门大学朱寿桐教授在《白先勇创作的戏剧资源及其开发运用》中,新颖独到地指出白先勇的人生与写作,都体现出丰厚的戏剧资源,这也可能是白先勇迷恋于戏剧的深刻的心理机制。更进一步,朱寿桐教授归纳总结了白先勇的拟剧作品,通过细致分析其中所运用的突变与情节、渐变与性格的历史、戏剧化的情节解密法与先锋戏剧手法等,来表明理解戏剧性是理解白先勇的一个重要门钥。这样丰富的戏剧资源使得白先勇小说具有天然的戏剧性,他的每一篇小说可以转化为戏剧或戏文的文本,从而也将白先勇与中国戏剧文化作了紧密的联结,开启了从戏剧资源、戏拟效应研究白先勇的新视角。

二、跨媒介转换中的文本流转:从小说到影剧改编

在分组论坛的四场小组发言中,共有二十多位专家学者做了报告。他们主要针对白先勇的小说作品在不同的媒介转换中发生的文本流转所涉及的具体问题进行分析讨论。无论是从小说到影剧的转换,还是改编后所形成的不同艺术形式的呈现,其实都涵盖了比较的问题,学者们也就不可避免地以比较的视角,以跨学科、跨领域的方法进行分析探究。

在从小说到不同媒介的转换过程中,小说往往被视为原作,影视改编作品则被用以与原作相比较,忠实性问题、女性叙事、不同艺术呈现方式、意义的延展等都是被纳入比较考量的对象。华中师范大学江少川教授将小说《玉卿嫂》作为"母本",分析比较了从小说到电影、电视、越剧、舞台剧四种不同艺术形式的《玉卿嫂》在转换过程中的得失问题。广西师范大学黄伟林教授选择《花桥荣记》作为分析对象,认为两个版本的话剧《花桥荣记》(2016年张仁胜编剧版,2017年广西师大青春版)都对原作进行了忠实性改编,并在

思想艺术内涵上作了精妙的延伸。尤其是青春版话剧《花桥荣记》，不仅成为一个新的桂林文化符号，还在文化传承和审美教育方面起着积极的作用。

上海交通大学胡雪桦教授以《白先勇〈游园惊梦〉舞台演出1988》为题，着重讨论了其父胡伟民导演1988年执导的话剧《游园惊梦》怎样将小说文本转换实现为戏剧舞台演出的核心问题，其中涉及了如何将中国传统戏剧的美学转化到现代舞台上、文学中的现代主义观念怎样与戏剧中的现代表现技法相融、怎样加强演员在舞台上的创造性和怎样强化舞台艺术的剧场性等话剧实践与理论问题，并将此次话剧演出作为话剧民族性和现代化探索的经典案例。同样，徐俊导演也以亲身改编的实践经验深入探讨了戏剧、电影在由小说转换过程中的人物塑造与语言展现问题，以《说上海话的尹雪艳》为题，重点介绍了沪语话剧《永远的尹雪艳》(2013)的改编原则与创作宗旨，更兼及越剧《玉卿嫂》(2007)、越剧电影《玉卿嫂》(2012)的实践经验，从假定性戏剧理论与中国戏曲的写意原理的共性出发，探讨中国戏剧的现代发展方向。

除从整体比较与宏观把握外，还有不少学者从具体微观的视角对小说原作与改编作品进行细致比较，既有精到的文本细读，又展示了丰富多元的阐释主题。温州大学孙良好教授聚焦于情欲书写，分析比较了白先勇小说与其改编的戏剧影视作品中对于情欲主题的不同表现方式，其中包含情欲主角的形象塑造问题，音乐、色彩、气味等细节处理与情欲氛围的营造等诸方面。香港大学赖庆芳讲师以《究论白先勇的美人观点及承传——以〈金大班的最后一夜〉、〈永远的尹雪艳〉等小说及影视作品为例》为题，主要将白先勇小说中对美人形象的描述与影视剧女主角形象的展现作对照，深入探析了白先勇的审美观点，并将其放入古代文士的美人观点传统中，论证其承传关系。上海教育出版社施云编辑的《何为"女人"？为何"女性"叙事？——管窥〈孤恋花〉小说及电视剧改编》则从现代女性立场出发，以叙事学视角，探讨《孤恋花》从小说到电视剧的改编过程中，白先勇和导演曹瑞原不同的"女性"叙事立场，通过"我"和"他"的叙述话语建构以不同的媒介完成不同的叙事使命。

在小说文本转换为电影、电视剧影像的过程中，时间与空间是最能体现跨媒介不同表现形式的两个重要维度。中国矿业大学朱云霞副教授抓住了空间呈现这一角度，在《论白先勇小说电影改编中的空间构设及其文化意义——以〈最后的贵族〉和〈花桥荣记〉为分析对象》中考察了小说原作的"时空意识"如何通过电影的空间构设得以呈现或拓展，在具体分析中注重辨析文本跨界所产生的张力及新意义的衍生，进一步思考白先勇小说电影改编的意义和影响。而北京联合大学王璇讲师着重于电视剧《一把青》文本中的历史叙事与时间意识，她在《历史错位与解构离散——论白先勇小说〈一把青〉的影视改编》中指出，与原作小说相比，电视剧在改编中由于混乱的镜头语言、有意误读的历史而造成了历史叙事的错位与反转，进而引发作品主题的变化，解构了原作中的离散主题，让原本厚重的历史叙事成为以虚假的历史感博眼球的噱头。同时，也深入探析了这一转换背后的不同社会文化思潮差异及历史认识差异。而大连理工大学戴瑶琴副教授更是从意象群落、历史观念、悲剧性表达、繁简转换的创作手法等诸方面将白先勇的小说《谪仙记》及影视改编作品归纳为"飘"的微粒性与波动性美学，深入探讨了白先勇文本中的"无根"主题与抒情艺术，在与影视改编的可视化文本相较中，更加凸显了白先勇动态处理抒情与以共情介入的价值与意义。

在改编中，除将文字可视化外，还涉及听觉艺术的转换与实现。浙江师范大学俞巧珍讲师就从听觉样态的角度，在论文《时代曲与救亡歌：白先勇小说影视化过程中的乐曲文化》中考察白先勇小说在影视改编中插曲的叙事功能，尤其是《孤恋花》《一把青》《金大班的最后一夜》等几部本身蕴含着丰富乐曲因素的小说，在改编过程中，通过音乐流动传达关于"情"的经验、"家"的议题、"国"的脉络的影视叙事肌理。

三、多元媒介间的比较与互文

除考察从小说文字到影视图像转换的过程中所发生的各种衍异现象，许多学者还从不同媒介改编后的影像文本入手，横向比较不同媒介文本间的差异与特质。同济大学钱虹教授的论文《两岸并蒂莲，梦同戏有别——评海峡两岸同名话剧〈游园惊梦〉》，就细致地比较分析了1980年代初台湾版话剧《游园惊梦》和1980年代末由胡伟民导演执导的大陆版话剧《游园惊梦》的舞台呈现、主题意蕴、艺术效果等诸多方面，并指出"戏内套戏，梦中蕴梦"是台湾版和大陆版话剧《游园惊梦》最突出的特色，但二者在呈现方式和舞台效果上存在极大的不同。新加坡华文作家何华也聚焦于台湾和大陆两版的话剧《游园惊梦》的比较分析，认为台版《游》剧在运用多元媒体和女主角卢燕的大段独白设计上独具新意，大陆版《游》剧在吸收台版经验的同时，也有自己独特的理解和处理方式，尤其是下半场对"现代剧场"的运用和女主角华文漪现场演唱昆曲《游园惊梦》的设计，点出了"戏如人生，人生如戏"的主题意蕴。

江苏师范大学刘东玲教授的论文《电影〈孽子〉与〈孤恋花〉的身份认同比较》围绕"身份认同"这一议题将电影《孽子》与《孤恋花》进行比较研究，认为二者都有对于人物同性恋身份的表现，但《孽子》强调同性恋这一少数群体寻求社会身份认同的艰难，《孤恋花》则相对掩饰对这一身份的认同。香港都会大学助理教授郁旭映则以电影《最后的贵族》和电影《花桥荣记》为研究对象，分析、比较两部电影的贵族视角与平民视角之差别，在叙事基调上也存在着出世的悲怆与世俗的无奈之别。其中，电影《最后的贵族》用群体的世俗生活来凸显贵族个体（李彤）在失去原乡之后的自我放逐，《花桥荣记》则以平民个体视角来描述离散群体的沦落过程。最后，郁旭映认为前者是谢晋从"谢晋模式"突破的转型之作,而后者是白先勇作品改编的影视作品中少见的"黑色幽默"之作。

在跨媒介改编中,常常将小说与影视剧视为不同的文本形态,但在互文性理论视域中,任何文本都处于与其他文本的相互关联中,符号的意义则在文本的交织中演变、发展。江苏师范大学王艳芳教授就从互文性理论出发,将白先勇的小说《游园惊梦》、舞台剧《游园惊梦》和昆曲青春版《牡丹亭》视为一种原文本的存在,而将汤显祖的《牡丹亭》视为不断被引用、借鉴、嵌套、隐喻的潜文本。如此,"游园"、"惊梦"不仅构成各自文本的重要部分,成为叙事推进的情节关键,而且还重塑了人物性格及其精神特质,深度渲染了故事的氛围和情调,更诠释了创作者对于兴衰质变、家国离散的情感文化意蕴。经由此一路径,便可将白先勇创作与中国古典文本中以"儿女之情"寄"兴亡之感"的经典一脉相联结,同时也完成了对中国传统文学经典的复活与重新创造。

四、"昆曲新美学":传统戏曲的当代复兴

自 2004 年在台北首演以来,昆曲青春版《牡丹亭》在包含海峡两岸暨香港、澳门在内的全世界范围内演出数百场,以及后来陆续制作的新版《玉簪记》、《白罗衫》、《红娘》等,成为重要的文化事件,影响深远。而白先勇作为策划人,从选角演员、讲戏排戏、剧本改编、舞美设计等各个环节都亲自参与,现代与传统相结合的制作理念与白先勇个人的文学创作理念也相一致,于是,青春版《牡丹亭》也可视为白先勇本人的一次全方位的创作与实践,本着"尊重传统而不因循传统,运用现代而不滥用现代"的美学方向,包括青春版《牡丹亭》在内的这一系列昆曲实践被称为"昆曲新美学"。《新民周刊》记者王悦阳就从青春版《牡丹亭》到新版《玉簪记》的"移步不换形"和"整旧如新"、"整新如旧"的成功经验,来审视白先勇本人的昆曲艺术观,并概括为"情与美的青春表达"。而苏州昆剧院著名表演艺术家也是青春版《牡丹亭》春香的扮演者沈国芳更是从实际表演与参与经验层面,介绍了白先勇在排戏过程中对演员的人物意识形态培养,并在讲戏中解释对人物、情节乃至服装设计的安排意图,其中,白先勇认为《游园》中春香穿绿色就是春天的象征,春香已经不是一个具体的人物,而是已经上升为一种意境的存在。这些都表明青春版《牡丹亭》中处处都浸透着白先勇的艺术理念与创作原则,以及白先勇本人的人格力量与文化诉求。

东南大学张娟副教授的论文《传统复兴与中国经验——海外视野下的白先勇青春版〈牡丹亭〉改编与传播》首先详细统计了青春版《牡丹亭》的海外演出场次,其次归纳总结了青春版《牡丹亭》"昆曲新美学"在三个层面上的美学范式:跨界的艺术融合、传统与现代的统一、高雅艺术与平民欣赏的结合,最后定位于青春版《牡丹亭》作为文化输出的中国经验,指出白先勇是借助昆曲的复兴,在世界视野下寻找失落的文化认同,重塑中国的

文化自信,再用自己的文化影响世界,推动一种新的文化形态的建构。

2021年6月电影《牡丹还魂——白先勇与昆曲复兴》在上海放映,记录讲述了青春版《牡丹亭》诞生的故事,以及围绕"青春版"推动昆曲传承的幕后细节。盐城师范学院王晶晶副教授在《寻梦:白先勇的传统与现代——看〈牡丹还魂——白先勇与昆曲复兴〉》中认为在电影中可以看出白先勇的现代精神,尤其是平等精神和实验主义的态度,主要是指:对传统的改变、创造,使之与现代融合;"去精英化"的昆曲传承之路;"进行"即"目的",演出的过程就是培养演员、观众,传承昆曲的过程,本身即是成就。白先勇是在中国文艺复兴的广阔视野与高境界中致力于昆曲事业的,而电影《牡丹还魂》更是把青春版《牡丹亭》置诸更大的背景——昆曲百年甚至几百年的兴衰来考察,借此思考世界文化与人类文化视野中的中国文艺复兴。

五、青年论坛:跨媒介视域下的文本、历史与文化研究

为了给青年学者提供学术平台,此次会议特设青年学者论坛,共有香港大学、南京大学、香港都会大学、香港浸会大学、马来亚大学、南京师范大学、厦门大学、暨南大学等海内外高校的二十余位青年学者参与了讨论。所提交的论文涉及多种媒介的改编与转换,同时展现出文本、历史与文化研究多元结合的新趋势与新气象。

白先勇创作于1966年的短篇小说《一把青》在2015年由导演曹瑞原改编成同名电视剧,从万字小说到31集电视剧,其中的丰富内涵与媒介转换具有非常大的探讨空间,因而本次青年论坛有多篇论文都是以电视剧《一把青》为探讨对象,展开了多方面、跨学科、跨领域的分析论述。其中,南京大学博士研究生马海洋的论文《增衍叙述下〈一把青〉的创伤呈现与情感政治》就是以小说到电视剧改编过程中的"增衍叙述"为切入点,认为电视剧《一把青》补足了小说中的留白内容,并呈现了从抗战结束到1980年代中国两岸的历史,即一个台湾版的战争故事。同时,电视剧以罗曼史和家国史的相互指涉展现出中国特定历史时间的创伤记忆,并将情感政治指向一种对于创伤的弥合与救赎,开启了对于创伤的问责机制,但又以"告别政治"的口吻表达救赎,显示出一种立意与结局之间的自我消解。南京大学博士研究生卢军霞的论文《跨媒介视域下的战争叙事与创伤体验——以白先勇〈一把青〉的影视改编为中心》也是聚焦于战争历史背景下离散者的创伤体验,以电视剧为分析文本,指出电视剧高举人性与反战旗帜,用生动影像再现战争历史的残酷,以反衬当今珍惜和平、反思暴虐的时代强音。而广州大学硕士研究生蒋妍静的论文《战争历史背景下的女性生存图景呈现——论白先勇小说〈一把青〉改编电视剧中的女性叙事》则着重于女性叙事,分析电视剧以女性为叙事为主体、展现女性生存困境是怎样对历史革命题材影视作品的限制进行突破的。中南财经政法大学硕士研究生罗欣怡

较为全面地归纳总结了电视剧《一把青》在人物形象、视听语言和主题思想方面的成功改编之处,厦门大学硕士研究生易文杰则更进一步将电视剧《一把青》对小说的改编概括为从文化乡愁到历史诗学的转换,同时指出治愈"内战-冷战"结构下两岸分断的伤痕,不仅是白先勇小说创作及其影视改编留下的宝贵经验,也是海峡两岸知识人共同的责任。此外,南京师范大学陈晓讲师的论文《荡妇与移民:离散主题与〈东山一把青〉的跨媒介改编》别出心裁地以歌曲《东山一把青》为切入点,聚焦创作本身所凝聚的灵感、经验及时代记忆,梳理了《一把青》创作的"后传"和"前史",指出小说《一把青》与作为电影《血染海棠红》插曲的《东山一把青》之间跨媒介的姿态以及二者所具有的同题异构的关系,由此构筑了个体身份在性别、文化及社会群体结构中的多重边缘性:女性身份、作者身份与移民身份。最后,面对去国怀乡的离散主题,《一把青》的创作指向了敞开式的地带,从而具有时代性与超越性。

小说《花桥荣记》被改编为电影、电视剧,也引发了许多青年学者的关注与研析。南京大学博士研究生于迪的论文《〈花桥荣记〉的桂林叙事:从影剧改编到小说的再解读》以桂林叙事为切入点,将改编而成的话剧、电影《花桥荣记》作为对小说文本的二度阐释,而话剧《花桥荣记》又是对电影的摹本,以一种嵌套逻辑重新对小说文本进行解读。在电影中,桂林作为一个前景,是自然状态下的风景;而在话剧中,桂林是叙事的主体,是一个极具地方感的存在。而如若将桂林放入民族区域的视野中,就会发现小说文本中呈现出现代民族国家建构过程中的民族主义与地方主义的症候,从而将《台北人》系列小说纳入现代中国的视野中。南京师范大学博士研究生姚刚同样聚焦话剧《花桥荣记》,从改编的具体方式入手,细致分析了从小说到话剧进行文本转换过程中所使用的变形、扩充、新增等方法,开辟出较之于原著的陌生空间,为观众带来"熟悉(小说意旨)—陌生(话剧舞台)—再熟悉(乡情)"的观剧体验,实现观演关系的两性互动和乡情表达的深化。而南京大学博士研究生王云杉则从乡土叙事的角度切入,将小说与话剧《花桥荣记》放入乡土文学的谱系中,认为两种文本建构了理想化的乡土世界,扩大了乡土叙事的精神空间,但同时指出二者没有认识到"故乡"与"他乡"的辩证关系,很难建立起缓解乡愁的情感机制,从而降低了乡土伦理的审美价值,从而对白先勇的文学经验进行了批判性思考。

《最后的贵族》是1980年代末期由谢晋执导、由小说《谪仙记》改编而来的电影,南京大学博士研究生戴水英的论文《从"家国"到"原乡"——从电影〈最后的贵族〉的改编看"谢晋电影模式"的转型及成败》就是在谢晋半个世纪的电影创作生涯的横向维度和电影与文本的差异纵向维度上探讨《最后的贵族》作为"谢晋电影模式"的转型和成败,并进一步指出《最后的贵族》突破了"谢晋电影模式"的政治正确的"家国"叙事策略,走向了心灵"原乡"的寻找,但保留了大量传统戏剧叙事的痕迹,是其转型过程中审美性阻力的体现。南开大学王天然则从人物塑造的层面,主要分析了电影对李彤这一角色形象的改编,通过增加恋爱、艳情与世俗的逻辑，冲淡了"谪仙"的哲学意义，而她的流放、离散与死亡影射了中国性的失落。而南京大学硕士研究生周孟琪则以《转型时代的文化症候——基于电影〈最后的贵族〉的考察》为题，着重于电影《最后的贵族》的产生历程，展现了1980、1990年代之交复杂的大众心理和社会文化图景。通过对电影的生产和接受过程进行史实梳理和分析，来考察1990年代前期大陆社会的文化激荡的时代境况。

除了电影、电视剧、舞台剧之外，白先勇的小说作品还被改编为越剧。南京大学硕士研究生刘垚就以越剧《玉卿嫂》为对象，从叙事方式、舞台艺术、人物形象、主题意蕴四个方面出发，讨论此剧在对原著改编过程中的得与失。此外，白先勇与昆曲的现代化也是此次论坛讨论的重点。南京大学本科生卢李响的论文《青春常在——白先勇〈牡丹亭〉与戏曲艺术现代化》将白先勇的戏剧改良观念归纳为"青春"的宗旨，而这种宗旨又与持续的戏曲现代化讨论有互文之处：支持对传统戏曲作创处理；在故事叙述上寻求新的形式与媒介；整体的商业化趋势。马来亚大学博士研究生耿雪云的论文《回余温，酪新酒——昆曲新编戏〈白罗衫〉的改编与创新》则关注于昆曲新编戏《白罗衫》，从《白罗衫》故事改编的整体架构入手，再具体到主配角设定、人物形象进行由表及里的分析，并从西方戏剧美学的角度对命运的注定性做了真实的探讨，也表达出创作者抛弃旧戏传统伦理道德观以及礼法与亲情问题的思考，极具现代人文主义情怀。

此外，南京大学博士研究生霍超群从特殊的媒介——有声剧《台北人》出发，探讨白先勇小说集《台北人》的听觉化改编策略，指出有声剧通过听觉影像化、音色形象化、同构联觉、声音蒙太奇四个策略"转译"小说原著，故事世界经由声音媒介的多元表达，呈现出更加立体、丰富的"风景"，也对于思考视听时代文学经典的生存之道有重要的启示意义。而云南大学马峰讲师和南京大学博士研究生吴麟桂都聚焦于纪录片电影《姹紫嫣红开遍：白先勇》，分别从内容思想与叙述形态两个方面来探讨白先勇的生命历程、文化理想与传记呈现。

刘俊教授在大会总结中，指出这次会议在白先勇研究领域体现出"再深入"、"跨领域"、"青春气"和"国际化"的特点。"再深入"是指这次会议的议题将白先勇的研究从小说、散文的领域推广到了戏剧、影视领域；"跨领域"是指会议论文很多都呈现出跨学科、跨媒介的特质；"青春气"是指这次参会的青年学者成了半壁江山，为白先勇研究带来了新锐的朝气和青春的活力；"国际化"是指这次会议有马来西亚、新加坡、美国、丹麦等国的学者参与，可以说是一次国际学术研讨会。相信这次会议及其成果，必将成为白先勇研究中的一座重要里程碑。

附录三　跨界视野·多维观照

——南京大学举办"白先勇戏剧影视作品研讨会"

马海洋

2021年11月20日至21日,"白先勇戏剧影视作品研讨会"在南京大学仙林校区举行,此次会议由南京大学白先勇文化基金主办、南京大学文学院协办、南京大学台港暨海外华文文学研究中心承办。来自中国社会科学院、中国艺术研究院、澳门大学、苏州大学、复旦大学、浙江大学、香港大学、南京大学等科研机构和高校的学者、博士,以及致力于此的记者、导演和演员六十余人以线上和线下结合的形式参加了此次会议。

南京大学台港暨海外华文文学研究中心主任刘俊教授主持开幕式,指出本次会议意在展现白先勇文艺创作的多种面向和成就,深化对白先勇艺术世界的认识。开幕式播放了白先勇先生的致辞视频,他自言小说改编为影视剧,媒介的不同可以产生不同的感受。南京大学文学院党委书记刘重喜教授致辞,他指出学科建设需要有学术平台和项目的支撑,"南京大学台港暨海外华文文学研究中心"与"南京大学白先勇文化基金",在培养学生、学术交流和实现中国文化走出去方面取得了不凡的成就,并预祝此次会议圆满成功。第一场主题发言由刘俊教授主持,丁亚平、朱栋霖、梁燕丽等就白先勇小说影视改编的典型和真实问题、悲剧形态和城市想象展开报告讨论。第二场主题发言由张光芒教授主持,朱寿桐、黎湘萍和金进就白先勇小说中的戏剧资源、文艺复兴和影视IP等问题进行论述分析。此后,会议分论坛以及青年学者论坛等依次展开。并于20日放映影片《姹紫嫣红开遍》,21日放映电影《牡丹还魂——白先勇与昆曲复兴》,举办了白先勇文化基金"博士文库"编辑、作者见面会。

一、时间开启：白先勇影视改编的资源谱系探讨

白先勇小说独特的文本表现与影视这一艺术类型之间具有先天的亲密性特质,以文学为基点探讨其为影视改编所提供的资源,可以厘清小说和影视互动的桥梁纽带。研

者立足于宏观的视角,打捞和分析二者之间联动的资源谱系和精神脉络,并以此为出发点探讨以白先勇为中心的中国的文艺复兴对于当下文化建设的意义。

黎湘萍将白先勇放置于世界文学的场域中看待,指出他的小说洞察人的生存境遇和精神世界,呈现内心的激情和无名的痛楚,这决定了其小说具有的生命特质并浸透于影视改编之中。文学和影视的交融互动碰撞出两个核心概念即"白先勇时间"和文艺复兴,而白先勇时间正意味着中国文艺复兴在二十世纪的生根、开花和结果。"白先勇时间"为白先勇在小说中所呈现的个人在时代巨轮下的命运,以及在生命历程中感受和表现时间的方法以及特质,所领悟的文化精神和艺术世界,包括从文学延伸出去的戏剧和影视作品,上接汤显祖和曹雪芹开创的新人文主义文艺传统和五四文艺复兴的精神,下开战后中华文化复兴的大业。白先勇借助青春版《牡丹亭》展现了从汤显祖到曹雪芹数百年的艺术传统,这一传统中蕴含的美学和人文理想,核心在于明确地提出了情感对于人的成长和社会再造的意义。丁亚平的发言围绕"典型"和"真实"展开,勾勒出典型和中国性、现代性以及文明性的呼应关系。他将白先勇戏剧影视改编的"典型"问题放置于二十世纪八十年代台湾新电影崛起的语境中做考察,指出典型作为构建真实的动力学手段需要被重新重视和探讨。他认为白先勇在中国大陆、中国台湾和美国的生活可视为"超空间"的经历,这促使他不断反身回望过往大历史下的人物和故事。在超空间的激发之下,中国化的典型场景和现代性互融表现,成为影视改编过程中文化文明协商的热点和中国经验书写的亮点。朱栋霖将白先勇放置于二十世纪中国文学史中予以思考,指出白先勇的创作不仅受到现代西方文学的影响,也是中国传统文学深入底层的回归,传承了张爱玲被断续的传统。在二十世纪中国文学谱系中白先勇非常重要,他将现代文学、中国传统文化和传统美学相结合,是创造中国文学美学的成功例子。从小说到戏剧,白先勇所走过的是中华文化和美学复兴的道路。

朱寿桐围绕中国现代文学史上文学创作和戏剧资源互动的线索展开。他指出成功的文学作品往往与戏剧资源连在一起,并提及"詹姆斯假说",确证杰出作家处于童年和青少年时期的原始资源的重要性。戏剧作为具有综合艺术特色的强势资源,对于主体的影响力超过文学传播和接受的单向传播的效率。他提出"白先勇链接"这一概念,认为白先勇的人生和写作都体现出丰厚的戏剧资源,白先勇与中国戏剧文化处于这一链接的高端,他的每一篇小说皆可以转换为戏剧或戏文的文本。梁燕丽的发言围绕白先勇小说和戏剧以及城市想象入手,她提及白先勇诸多作品和上海这座城市以及海派文化具有关联,并参与了城市想象。以《金大奶奶》《永远的尹雪艳》及其同名改编的沪语话剧,《金大班的最后一夜》及其同名改编的电影,《谪仙记》及其改编的电影《最后的贵族》为例,指出白先勇小说及其影剧改编呈现出海派文化空间的想象,通过上海故事的女性传奇和海派文化空间的剧场、影像形塑,完成上海想象和形象建构。上海这座现代化大都市体现出的海派文化、江南文化和传统文化,成为白先勇等海外华人的乡愁空间、精神空间和美学空间的载体。金进从白先勇外省一代和战后二代的代际身份入手,思考白先勇在台湾文坛的位置,对于"孤臣孽子"的认识等问题,并依据台湾联合报副刊、《中外文学》、台湾前卫出版社出版的"台湾作家全集"系列等相关的报刊、丛书史料进行探究,分析白先勇在台湾文坛"中心化"和"边缘化"的处境。进一步的,金进指出白先勇影视改编从缅想中国大陆到关怀台北家园,从母体的依恋到在地的归化路径,使他真正地从"老台北人"过渡到"新台北人"。

二、 故事新编:跨媒介互动的演绎铺陈

白先勇小说到影视改编属于跨媒介的互动,从文字到影像的演绎呈现出内容的增衍裂变、主题的演绎变迁与精神的幽微之变等不同样态。研究者通过细致的文本细读和影像分析,不仅呈现出跨媒介互动的多维面向,也旁涉改编过程中的现实语境与主体的精神姿态等问题。

黄伟林梳理小说《花桥荣记》改编为话剧的经过,指出从小说到戏剧的三个重要变动:主角、场景和意象。小说《花桥荣记》是卢先生的故事,话剧《花桥荣记》则成为李半城、秦癫子、卢先生、春梦婆共同的故事。在小说中被一言以蔽之的内容,在话剧中则写实化、具象化和细节化。相比于小说中"花桥"的主要意象,话剧《花桥荣记》重点承接了桂林花桥、桂剧《平贵回窑》两个意象,根据剧情和人物形象塑造,增加了漓江水、桃花、米粉秘方等多个意象。他尤其提到话剧当中"米粉秘方"这一意象,指出它被老鼠啃碎隐喻着中国传统文化在那个年代遭受的挫败。钱虹以二十世纪八十年代初台湾版话剧《游园惊梦》、二十世纪八十年代末大陆版话剧《游园惊梦》为例,就舞台呈现、主题意蕴及艺术效果等进行比较和评析。她指出两部话剧都采用了戏内套戏与戏中演戏的双层结构,体现了梦中蕴梦与梦中释梦的多重题旨,承袭了五四以来中国话剧的优秀传统,吸收现代西方戏剧艺术的特色,可在中国现代话剧谱系中予以安置。孙良好认为"情欲"是白先勇小说着力表现的主题之一,情欲书写潜藏了作者对人性的深度思考和深切关怀。他指出《玉卿嫂》表现人物内在的偏执和激情,《金大班的最后一夜》则属于弃"灵"保"肉"的主题,在电视剧改编中情节上的扩充和偶像剧路线,以及主题上的重情去欲,传递出的思想和原著存有偏差。刘东玲选取1986年虞戡平导演的《孽子》、1985年林清介导演的《孤恋花》,运用后结构主义的社会身份理论展开分析,指出两部电影对于性少数群体的身份认同处理的差异。《孽子》是外向型的,围绕同性恋族群寻找身份认同展开,讲述在社会边缘生存的艰难现实,属于直接对同性身份认同的叙事。《孤恋花》则是一部内敛式的同性

恋电影。胡雪桦则借助第一手的资料呈现1988年广州版《游园惊梦》演出始末,认为导演胡伟民与白先勇将中国传统戏剧的美学转化到现代舞台上,是传统与现代、写实和写意、东方和西方诸多观念在戏剧舞台实践中的一次积极的对话和探索。1988年广州版《游园惊梦》吸取中国戏曲的美学原则,运用假定性的戏剧原则,强化舞台演出的戏剧效果,是胡伟民进行话剧民族性和现代化探索的经典案例。

王艳芳将白先勇的小说和剧作放置于"互文性"的场域中思考,指出小说《游园惊梦》、舞台剧《游园惊梦》、昆曲青春版《牡丹亭》都是一种原文本的存在,而汤显祖的《牡丹亭》则是那个不断被引用、借鉴、嵌套、隐喻的潜文本。互文性生成的起点为"游"和"园",互文性阐释的深层意蕴为惊"梦",并追溯至中国文学以"儿女之情"寄"兴亡之感"的互文性传统中,在唤醒对于经典再认识的同时复活了经典。张娟、赵博雅认为青春版《牡丹亭》为白先勇在海外视角下重新审视传统文化,把握当下时代脉搏,重塑古典美学和推进文艺复兴的代表作。两位作者通过史料梳理勾勒出二十世纪上半叶《牡丹亭》的译文在欧美、日本等国走过的路径,指出白先勇借助昆曲的复兴,在世界视野下寻找文化认同并重塑了中国的文化自信。朱云霞关注"时空"在故事转化与文本对话中所衍生的深广意涵,认为电影《最后的贵族》和《花桥荣记》都把握住了小说隐藏的"家庭"线索,在从家宅形象到居所空间的过渡中,延伸出与家国、家庭相关的精神面向并拓展家庭的象征性。《最后的贵族》以人与城的空间关系思考精神家园的终极意义,《花桥荣记》则在"过去"和"现在"的双城空间中,探寻个体重构现实之家的可能。戴瑶琴以"飘"的美学展现小说对丰富度和多元化的强调,以波动性的动势展现古雅美的演绎与传承,揭示白先勇在继承基础上持续创新的艺术追求。她指出白先勇使用意象表现"飘"的情态和心态。小说与电影都确立今昔对比视域,但小说与电影对于悲剧的处理并不同,《谪仙记》采用"唤起"法,《最后的贵族》用"给予"法。无论《最后的贵族》还是TVB版《谪仙记》,都讲究细节填充,舍弃了原著"以简驭繁"理念下的文本结构和抒情方法。王晶晶从《牡丹还魂》所呈现的青春版《牡丹亭》的诞生故事,以及推广的幕后故事,认为演出的过程就是培养演员、观众、传承昆曲的过程,又显示了中国人的人格、处世哲学、行为方式,可以看出白先勇的现代精神。

三、交叉思考:文化视域下的影视周边

白先勇小说创作植根于中国和西方文化的滋养,丰富的文化感亦渗透入影视改编的方方面面,与会者以此为线索,从更为广泛的文化视域切入对于影视改编的探讨,抽丝剥茧、打捞发现戏剧影视的周边因素,呈现出立体多元和丰富深厚的影视改编的周边故事。

附录三 跨界视野·多维观照/马海洋

江少川指出白先勇多部小说被改编为影视与舞台剧,与小说所具有的思想蕴含、人物性格塑造以及场景、诗意、语言、音乐与绘画等元素密切相关。他以《玉卿嫂》作为分析对象,指出小说母本中存在着以戏剧性、抒情性和悲剧性为中心的戏之核。以小说为母本的改编,包括舞台剧、影视剧等总体而言转换成功,但小说和影视剧的改编存在主线与情节"脱轨",混淆以及拼贴式剧情造成结构的断裂失调等问题。越剧与舞剧《玉卿嫂》则是继承传统又锐意创新的成功之作。王悦阳认为昆曲复兴并非救亡图存和抢救遗产,而是进行中国传统文化艺术在新时代的复兴。他从"情"与"美"两个角度探究白先勇的昆曲观,指出青春的表达首先是美,其次是情,自白先勇策划的青春版《牡丹亭》问世以来,昆曲成为青年观众最多的传统戏曲剧种,《玉簪记》、《白罗衫》等传统剧目浴火重生,这一切都体现出白先勇昆曲观的价值与意义。苏州昆剧院一级演员沈国芳则作为昆曲人现身说法,回忆自己与昆曲青春版《牡丹亭》的相遇结缘:昆曲旦角祭酒张继青、昆曲巾生魁首汪世瑜坐镇剧院指导,白先勇带领他们感受画廊金粉、金鱼池、青山、烟波画船的场景,以及剧团巡演的往事。她认为青春版《牡丹亭》如今已成为昆剧舞台上的经典,成为昆曲人和非昆曲人一生的精神守望。导演徐俊认为《永远的尹雪艳》作为《台北人》开篇有着举足轻重的分量,沪语话剧《永远的尹雪艳》以沪语的形式呈现,旨在高度尊重原著中浓郁的沪语特质。以静的力量,用唯美、精致的形式道出动荡年代里人们的挣扎、痛苦、无奈、感伤、悲悯,让观众能够静下心来细细品味。

赖庆芳从白先勇笔下的美丽女子形象出发,探究白先勇的美人观点和中国传统观念的承传关系,将小说的描写与影视剧对于女主角的形象呈现加以对照,认为白先勇的审美观念可以概括为:肌肤洁白为美、温婉娴静为美,并具有超凡脱俗的倾向。白先勇所描写的美人,与古代红颜祸水之论一脉相承。新加坡《联合早报》专栏作家何华提及1979年粤语版、1982年台北版、1988年大陆版三版《游园惊梦》,追忆大陆版舞台剧上演和制作的始末,他指出白先勇是一位时间的魔术师,施展各种招数,把"时间"置于恰当的空间,能够使人从各种角度得以"体会和品味"。郁旭映认为白先勇小说就已为中国人的离散经验提供了贵族式的和平民式的两种表述,两部电影像风格差异由白先勇作品的风格差异决定,对原作改编的得失也与为凸显这两个特质的努力有关。两部电影都着力将原作中的贵族与平民精神放大,《最后的贵族》用群体的世俗生活来凸显贵族个体失去原乡之后的自我放逐,《花桥荣记》则以平民个体视角来描述离散群体的沦落过程。前者以实来衬虚,后者则以虚衬实,皆尽量避免用"感伤过度"的方式展现离散者困境。俞巧珍指出在白先勇小说影视化的过程中,影视插曲具有重要功能。《孤恋花》、《一把青》等几部小说本身便蕴含着丰富的乐曲元素,音乐是影视表达的情绪助力、话题隐喻,并搭建了"台北人"的精神空间与在地空间。《孤恋花》等"有情之曲"隐喻女性在生命历程中遭受的困境。台湾民歌《寒雨曲》等"时代之曲",隐喻着流离岁月里对"家"的寻觅。战时流行

473

乐《西子姑娘》等"救亡之声",则还原战争给民众带来的伤痕体验。音乐的使用尊重小说个体的生命体验,使观众捕获了"中华民族"的身份立场。施云从叙事学的角度出发,围绕着叙述、人物、细节对小说《孤恋花》及其电视剧改编展开探讨,认为二者分别在象征和写实的层面实践了重复与差异的美学。对于女性特别是女同性恋者及其情感的"描写"与"观看"显示出白先勇和曹瑞原不同的"女性"叙事立场。王璇认为电视剧《一把青》的重点放置在历史叙事的框架下,呈现一种年代感。"谨以此片,献给台湾"显示出主创团队立意严肃而非娱乐。小说《一把青》追忆往昔而无意处置疑云,有重构历史的意识,以仇恨代替缅怀。电视剧《一把青》对于南京空间和台湾空间的呈现详略失当,颠覆了原作的离散主题。电视剧《一把青》中对原作历史叙事的反转与颠覆,源自二十一世纪以来重构历史浪潮的影响。

四、青年学者论坛:青春气象与青春声音

本次会议特设青年学者论坛,话题涉及白先勇小说与影视的跨媒介互动、文化诗学、戏曲艺术现代化等,显示出新力量和新气象;新鲜力量和新鲜阐释不断丰富着白先勇戏剧影视改编的研究,这也与白先勇所坚持的"青春美学"遥相呼应。

耿雪云以白先勇担当总策划的昆曲新编戏《白罗衫》为中心,认为此作遵循青春版《牡丹亭》中"只减不增"的改编原则,落脚于人性与命运主题,从观看事件"如何发展"转移为观看事件"如何处理"。删减人物数量但注重人设信息量的扩充,创作者对旧戏传统伦理道德观加以汰变,极具现代人文主义情怀,凸显"情与法"的美。于迪则考察桂林在白先勇小说、电影与话剧《花桥荣记》中的不同呈现,认为在电影《花桥荣记》和话剧《花桥荣记》中,显示出两种对原小说的不同阐释方式,前者将桂林作为"前景",摹画为一种自然风景;后者将桂林当作叙事的主体,极具地方特色和地域倾向。通过对抗战时期广西民族政策和地方自治的考察,指出小说《花桥荣记》展示了抗战时期桂林作为边疆地域的地方,也显示了白先勇"隐而不彰"的回族身份书写与民族认识。马海洋指出电视剧《一把青》在小说的基础上产生了"增衍叙述",补足小说中的留白内容并呈现出台湾版的战争故事。电视剧以罗曼史和家国史的相互指涉呈现中国的创伤记忆,洞穿了人性的幽微与复杂。电视剧指向对于创伤的弥合与救赎,质询了政策失当并开启问责机制,但是落脚于上层宽恕的结果,显示出立意与结局之间的自我消解。

姚刚认为《花桥荣记》在把握原著主体精神风貌的基础上进行创造性改造,替换原有人设和叙事结构的"变形"和承其原意,敷衍铺陈的"扩充",以及另辟蹊径的"扩充"。话剧对小说的文本转换,属于一种陌生空间的建构,消解观众原有的关于小说的固定认知,

引导观众融入话剧这一新的充满陌生感的艺术表演形式。戴水英以二十世纪八十年代后期关于"谢晋电影模式"的讨论为切入点,讨论电影《最后的贵族》在"谢晋电影模式"中的地位和特殊性,认为《最后的贵族》突破了"谢晋电影模式"的政治正确的家国叙事策略,走向了心灵"原乡"的寻找,但保留了大量传统戏剧叙事的痕迹,是其转型过程中审美惯性阻力的体现。

霍超群以"看理想"APP上的有声剧版《台北人》作为分析对象,认为从小说集到有声剧的改编,表明小说本身所蕴含的"听觉性"因素具有较高的审美价值,体现出白先勇对小说语言、对话、语调、音乐等的重视。有声剧对小说的"转译",故事世界经由声音媒介的多元表达,呈现出立体、丰富的"风景",对思考视听时代文学经典的生存之道有重要的启示意义。吴麟桂认为传记电影《姹紫嫣红开遍:白先勇》直接由传主介入影像文本,并借用《游园惊梦》中的意识流手法,以蒙太奇的拼贴方式呈现电影的叙述,以"美"做底色并且以"情"做精神,拓宽了传记电影的表现形式,真正做到了用影像书写传记。卢军霞认为电视剧《一把青》在忠于原著思想精髓的基础上,重点突出了战争历史的时代背景,颠覆传统英雄形象,将个体生存欲望重新赋予合法性。电视剧延续白先勇对女性惯有的偏爱与思考,将故事的单线情节扩充为三线情节,女性作为战争中的边缘人物浮出历史地表,并实现了影像与文学的相互辉映。

阮雪玉探究《孽子》的跨媒介改编对于原作中的"人伦"内涵的表达,以及同性恋群体与这一内涵的关系。她认为电视剧所传达不仅是同性恋的主题,更重要的是同性恋"家族"共同体中"老吾老以及人之老,幼吾幼以及人之幼"的大同社会理想,而这是一种非血缘的、更广义的"人伦"。罗欣怡认为电视剧《一把青》描绘出人物爱情的悲欢离合与命运的起伏跌宕,还原了"台北人"的集体经验。注重视听语言的表达,吸收了小说中的对话作为人物台词,借助多视点以及音响化音乐增强了电视剧的艺术感染力,对人生、命运的独特哲学思考是电视剧《一把青》的价值和意义所在。易文杰认为《一把青》的电视剧改编呈现出丰厚的历史诗学,剧本呈现了横跨三个时代的历史,具有宏伟的历史维度;从"边缘"出发的女性视角与人文关怀,呈现历史中人性的"变"与不变,在具体的历史中忠实与深化白先勇小说的美学与人性表达。小说改编的成功之处在于从文化诗学走向蕴含丰厚文化内蕴的历史诗学。蒋妍静认为电视剧《一把青》在战争的叙事背景下以女性为叙事主体,通过改编书中三个原型女性人物故事作为叙事主干,反映出特殊历史语境下女性的生存困境。该剧通过维护女性立场的叙事方式传承了白先勇尊重、体恤女性的创作理念,同时又成为历史革命题材影视作品中的突破之作。

马峰指出"白先勇是十分典型的多元流散者",从个体流散、群体流散到民国流散承载着集体乡愁,这是白先勇不停创作演绎的母体文化源泉。白先勇为大陆迁台的"外省人"、流转美国的"古典文学"传播者、流动无界的中华文化复兴者,"身体流散"、"精神流散"反而激发且丰富了"文化流散",在流散中又践行、传播、复兴中华文化。王天然认为电影《最后的贵族》相较于小说《谪仙记》进行了人际关系的重置,李彤从中心人物逐渐变为边缘人物。电影服装"物"的还原没有完全依照白先勇的色彩美学,娱乐场的场面调度还原了舞厅场景,电影改编增加了恋爱、艳情与世俗的逻辑,冲淡了"谪仙"的哲学意义,李彤的流放、离散与死亡影射了中国性的失落。刘垚认为越剧《玉卿嫂》在叙事方式上进行了舞台化,通过叙事视角的转化和故事情节的重新构造与凝缩,形成写意、写实和虚实结合的舞台风格,营造了符合故事背景的意境氛围,利用调度、灯光等制造舞台对比冲突,实物构成叙事线索,将看不见的情感可视化。卢李响认为白先勇的青春版《牡丹亭》以现代性"情至"为特点,增添多样的情感表达媒介,戏剧改良观念可以归结为一种"青春"的宗旨,提示"青春"是戏曲现代化的另一种书写形式。王云杉指出话剧《花桥荣记》以记忆书写的形式,展现了《台北人》的创作主题,反映了作家对乡土中国的深厚情感,丰富了"故乡"的概念内涵,扩大了乡土叙事的精神空间,与中国现代乡土文学形成了潜在的对话关系,但没有认识到"故乡"与"他乡"的辩证关系,从而降低了乡土伦理的审美价值。周孟琪从1986年"谢晋模式"的讨论入手,指出尚处筹备阶段的《最后的贵族》即在文化、市场与政治的多重角力下成为瞩目的焦点。《最后的贵族》在文艺界高扬的现代主义先锋精神与民间社会存留的保守主义的交锋与碰撞中落败,但它透过电影与历史现场的互动关系,窥视了转型时代大众心理与社会文化的更迭变幻。

  本次会议以白先勇戏剧影视改编为主题,辐射面广泛,涉及典型问题、跨媒介互动、城市想象以及文艺复兴等多重脉络,展现了白先勇文艺创作的多种面向和成就,提示在当下语境中新的学术增长点和探索可能性。相关影片的放映为与会学者提供了亲身的视觉体验,在专业而精深的学术探讨之外,亦有对中国文艺复兴等具有时代性命题的关注,展现出强烈的人文关怀,白先勇及其创作与影视改编逐渐被视为了解时代与思索文化复兴的"方法"。

附录四 "青春之眼":白先勇戏剧影视作品研讨会的"台前幕后"

黄桂波　吴麟桂

2021年11月20日清晨,作为会务组的我们,迎着朝阳,踏着晨曦,沿途欣赏着金陵的"金秋",通身披满了"无限荣光",来到文学院,奔赴一场"青春"盛会——白先勇戏剧影视作品研讨会。会议开始之前,刘俊老师早早来到现场指导我们的会务工作。老师事无巨细,凡事亲力亲为,大到会议流程排演、人员调度,小至贴海报、挂横幅的琐细小事,都要严格把关。与此同时,他洞悉每个学生的长处优势,常常夸赞认可我们的努力,用极富青春活泼的言语"解除"我们的工作困乏。正如白先勇先生通过昆曲改革寻回"青春",刘俊老师也在以他年轻的心态、谦和的姿态和活力的状态自然地与我们(青春)靠近,完全没有"代际的焦虑"。在调试好设备、准备好茶歇、接待完到场嘉宾之后,会议即将开始。

时间来到上午8点半,会议开幕式在刘俊老师充满温情的开场白中准时开始。首先是播放本次会议"灵魂人物"——白先勇老师的祝福视频。视频中,白老师精神矍铄,笑容满面,讲话不紧不慢,娓娓地回顾自己的小说被改编成电影、电视剧、话剧和舞台剧后在海峡两岸暨香港所引起的巨大反响,也期待与会学者们在学术交流中迸发出智慧的火花。精彩的发言赢得了线上线下学者的鼓掌称好。紧接着,文学院党委书记刘重喜老师以幽默的口吻讲述刘俊老师在马祥兴菜馆与他开怀畅饮,忆及曾在此地宴请白先勇老师,有感而发题词赠送菜馆的风雅美谈;介绍了文学院的学科建设情况,并强调中文学科的发展离不开刘俊老师的一流教学和学术耕耘。最后,刘俊老师坚定地表达克服疫情影响、冲破艰难险阻的办会精神和决心,并对白先勇老师、白先勇文化基金、学校学院各部门和参会嘉宾表示诚挚谢意。开幕式在线上线下学者的"跨空间"互动合影中拉下帷幕。休息期间,刘俊老师、张光芒老师和李良老师等亲切地与在场青年学者进行对话交流,现场充盈着和谐融洽的气氛。

高瞻远瞩：宏阔的"白先勇时间"

在接下来的主题发言环节中，前三场由刘俊老师主持，后三场由张光芒老师主持。在这过程中，中国艺术研究院丁亚平研究员认为白先勇是作品被影视化改编最多且最有影响力的华人作家。朱栋霖教授展示了其"青春活泼"的一面，特地带上"线上技术助手"为我们播放了《玉卿嫂》的最后视频片段（没有字幕），同时热情地为与会学者"实时翻译"唱词内容诸如"我们永不分开"等，增强了我们对戏剧的"代入感"。复旦大学梁燕丽教授也分享了自己教学生涯的"白先勇情结"，强调自己在"复旦课堂"上每年必讲白先勇以表崇敬之心。澳门大学朱寿桐教授结合具体作家作品创造性地提出"中国现代文学史上几乎所有作家创作的巨大成功都借助于丰富的戏剧资源"，这让张光芒老师联想到曹禺的《雷雨》创作，周朴园这一戏剧形象正是来源于曹禺父亲的形象原型。中国社科院黎湘萍研究员激情澎湃地为我们阐释了"白先勇时间"，这启发了张光芒老师思考"启蒙辩证法"的理性神话如何在"白先勇时间"的"情"（感性）中得到反思与除魅的问题。浙江大学金进研究员则从代际、心理转换和心理学等层面来考察白先勇小说创作及其IP影视改编的精神谱系。在结尾处，他动情地表达了自己的"白先勇"式祝福："尹雪艳不老，我们也期待白先生永远不老！向白先勇先生致敬！"其言情真意切，听来不禁叫人"泪目"。

上午的六场主题发言集中展示了老中青三代学者对白先勇研究的"学术接力"，也成为本次会议的"重头戏"。结束后，线下的师生们在我们会务人员的指引下来到教工食堂，围坐一桌吃饭聊天，彼此交流学术与生活，其乐融融，充满着欢声笑语。我们不仅有"学术气"，也有"烟火气"，上得"学术殿堂"，下得"教工食堂"。

多元共生：卓越的中坚力量

20日下午的小组发言分为A、B两组分会场。在A组分会场中，上半场由温州大学孙良好教授主持，江苏师范大学王艳芳教授评议。在评议环节，王艳芳教授认为这五个发言主要分为三类：经典小说的影视和舞台剧的综合改编实践，《游园惊梦》的话剧改编实践，白先勇先生的昆曲实践。在第一类中，广西师范大学黄伟林教授结合自己的"桂林经验"分析了白先勇的《花桥荣记》从小说改编成话剧之后在文化传承和审美教育方面的积极作用。发言的最后，黄伟林教授热情地邀请我们到桂林观光，赏美景（桂林山水），品美食（桂林米粉）。华中师范大学江少川教授从小说文本的"戏"字研究出发，将被改编为四种艺术形式的同名《玉卿嫂》作比较研究，探讨其得失与缘由。在第二类中，上海交通

附录四 "青春之眼":白先勇戏剧影视作品研讨会的"台前幕后"/黄桂波 吴麟桂

大学胡雪桦教授从缘起、主题构思、演出风格三个角度分析了1988年白先勇《游园惊梦》话剧版的诞生和演出,在此过程中还特地展示了昆曲演员华文漪(钱夫人扮演者)等的演出片段,从视听方面深化我们对话剧的理解。同济大学钱虹教授满怀深情地讲述了自己与话剧《游园惊梦》所结的善缘,并将台湾版和大陆版话剧《游园惊梦》进行比较分析,认为"戏内套戏,梦中蕴梦"是两者的突出特色。在第三类中,《新民周刊》记者王悦阳从昆曲的改编、传承与发展等维度来探析白先勇的昆曲观——情与美的青春表达,唯有如此才能做到民族传统艺术精粹在新时代的守正创新、代代相承。在互动环节中,孙良好教授就以学生作为演出主体的校园话剧的可持续问题与黄伟林教授进行交流。最后的合影,印象深刻的是胡雪桦教授即使在外办事,也坚持打开摄像头一起合影,这就是会议的感人之处和魅力所在。

在同一时间段的B组会场上半场,集结了青春版《牡丹亭》演员沈国芳、沪语版《永远的尹雪艳》导演徐俊、新加坡《联合早报》专栏作家何华以及来自香港的两位学者——赖庆芳及郁旭映,组成一场跨领域的对话及经验分享。尽管前面三位因为疫情关系无法来到现场,但他们还是为会议提供了详实且生动的演讲内容。沈国芳作为青春版《牡丹亭》的见证者与参与者,向我们娓娓道来这趟生命中的"神奇之旅"。从结缘到初登场,再到走过十七年的历程,沈国芳在最青春年华的时节遇到青春版《牡丹亭》,遇到春香,这趟神奇之旅成就了她舞台生命中最最闪亮的存在。徐俊也回忆起当时决定制作沪语版《永远的尹雪艳》的过往。徐俊在这部舞台剧中,让尹雪艳这个"神"坠入世间成为"人"。有了爱却又爱而不得的尹雪艳,在舞台上成了另一个生动又有魅力的形象。同时,徐俊也分享了许多假定性戏剧的创作原则,让我们也有机会从舞台剧导演的视角,看见文本改编的种种思考,实属一次难得的经验。何华老师记录了当年大陆版舞台剧《游园惊梦》的首演台前幕后的种种故事,戏里戏外,真真应了那句"人生如戏,戏如人生"。而赖庆芳以及郁映旭两位学者则分别以学术的视角带来精彩的发言。赖庆芳透过研究白先勇笔下的美人角色,探究了白先勇的美人观点,点出其小说中的女主角与古代美人一脉相承之处,从古典文学的审美角度为白先勇小说打开了一个新的视野;郁旭映则是通过电影《最后的贵族》与《花桥荣记》的比较,点出离散书写中的贵族视角中的"大乡愁"以及平民视角中的"小乡愁"。

茶歇期间,线下师生们在走廊边上一起吃我们精心准备的"巴黎贝甜"茶点,三三两两,有说有笑,轻松自在,构成一道"青春"的风景线。

A分会场的下半场由广西师范大学黄伟林教授主持,江少川教授评议。这五个发言大致可以分为三类:比较研究、个案研究和整体研究。在比较研究中,温州大学孙良好教授授权由其学生沃丽丽代为发言,她从情节、角色设定和主题演变三个角度来探讨白先勇《玉卿嫂》和《金大班的最后一夜》从小说到电视剧改编过程中的变化。江苏师范大学刘东玲教授围绕"身份认同"将电影《孽子》与《孤恋花》进行比较研究，认为二者都有对于人物同性恋身份的表现，但《孽子》强调同性恋这一少数群体寻求社会身份认同的艰难，《孤恋花》则相对掩饰对这一身份的认同。在个案研究中，上海教育出版社的施云老师认为小说《孤恋花》及其电视剧改编中对于女性特别是女同性恋者及其情感的"描写"与"观看"显示出白先勇和曹瑞原不同的"女性"叙事立场。两位作者利用两种媒介，在"过去"和"现在"两种时空观里，通过"我"和"他者"的叙述话语建构完成了各自的叙事使命。北京联合大学王璇老师讲述因被朋友安利观看豆瓣评分高达 9.3 的电视剧《一把青》，由此介入对小说《一把青》的影视改编研究。在整体研究中，浙江师范大学俞巧珍老师特别指出白先勇小说影视化过程中乐曲文化的重要性，特别是《孤恋花》《一把青》《金大班的最后一夜》等几部本身蕴含着丰富乐曲元素的小说。

B 分会场的下半场一开场，李良就妙语如珠，展现了绝佳的主持功力，一下子炒热了现场的气氛。本场由王艳芳、张娟、朱云霞、戴瑶琴以及王晶晶五位学者发言——评议人钱虹精准地以五个关键词加以概括。"互文性"，是指王艳芳的论文中，讨论了白先勇小说和剧作之间的互文，透过层层递进的互文性，贯穿中国文学史还有道家哲学的观念，意蕴深广。"跨界传播"点出了张娟论文中的重点。这篇论文梳理了海外青春版《牡丹亭》的改编以及传播。以数据说话，是此篇论文最大的特点。"影视改编"及"文艺复兴"是朱云霞及戴瑶琴发言的关键词。前者重视电影《最后的贵族》及《花桥荣记》改编中的空间构设问题，后者以"飘"作为象征性意涵讨论《谪仙记》的影视改编。"艺术传承"这一面向则是源自王晶晶的发言。在参会文章中她写了特意到上海看《牡丹还魂》纪录片的感受，在现场她也与我们分享了更进一步的思考，即白先勇在昆曲运动中的现代眼光。几位学者发言精彩，让主持人不忍打断，会议进程因此稍有耽误，这也让线上评议人钱虹一开始就幽默地表示自己要赶快讲完，"免得晚点食堂就没菜了""请大家包涵"。话虽如此，但感谢钱虹教授依然给了相当详实与精辟的评议。下午的小组发言以合影的方式宣告结束。

在教工食堂吃过饭后，我们会务人员提前来到文学院会议厅调试设备，准备晚上的电影播放。在开播之前，刘俊老师站在台上为同学们简要介绍播放电影《姹紫嫣红开遍：白先勇》的初衷。随着电影镜头的流转，我们得以进入"白先勇时间"，感受白先勇人生的"姹紫嫣红"。观影结束后，我们会务组人员清理完现场就结伴回宿舍了，刚走出文学院楼回头发现刘俊老师办公室的灯还亮着，它似乎在照亮我们前行的路，温暖着我们的心灵，夜晚的寒意瞬间减弱了大半，这就是为人师表的榜样力量吧！

学术接力：奏响"青春之歌"

2021 年 11 月 21 日，又是一个清晨，不同的是，今天是阴雨天，温度下降了许多，还伴

附录四 "青春之眼"：白先勇戏剧影视作品研讨会的"台前幕后" / 黄桂波 吴麟桂

有淅淅沥沥的小雨，但我们会务组的热情丝毫不因天气而"冷却"，早早地来到文学院会议现场准备各项工作。有了昨天的办会经验，今天的工作就顺畅许多了，一切有如行云流水般自如。准备好茶水、调试完设备、与会学者确认就位后，会议在8点半准时开始。今天是青年学者论坛，同样分为A、B两个分会场。如果说昨天的分组发言展现了白先勇影视作品改编研究的"再深化"，那么今天开始的青年学者论坛则是让我们感受到了白先勇研究的"青春气息"。

在A分会场的两场讨论中，上半场的评议人戴瑶琴老师将五位青年学者发言的关键词概括为文本、历史和文化研究，以小说为原文本，开掘电影、戏剧两种艺术形式的二度阐释，分为两类：一类是对小说、电影和话剧改编的比较研究（南京大学博士生于迪），一类是昆曲、戏剧和电影的个案研究（马来亚大学博士生耿雪云、南京大学博士生马海洋、南京师范大学博士生姚刚和南京大学博士生戴水英）。她特别指出南京大学博士生于迪的学术创见：在比较电影和话剧版《花桥荣记》的基础上指出，白先勇小说《花桥荣记》实际展示了抗战时期桂林作为边疆地域的地方，存在着多民族区域向现代民族国家转化过程中的冲突与矛盾。下半场的评议人朱云霞副教授则认为这五位青年学者的研究展现的是蕴含自己情感体验的"有情的研究"，既能深入细节进行互文阐释（香港浸会大学硕士生庞鹤、厦门大学硕士生阮雪玉、中南财经政法大学硕士生罗欣怡和广州大学硕士生蒋妍静），又有文学介入历史现实的思考，特别肯定厦门大学硕士生易文杰由白先勇影视改编所生发的"海峡两岸命运共同体"的见解。

B组分会场的两场讨论分别由陈晓老师以及马峰老师领航，前者将《东山一把青》这一歌曲作为切入点，讨论的是白先勇作品中对歌曲的跨媒介改编；后者从白先勇纪录片《姹紫嫣红开遍》出发，对其文化流散与文艺复兴做了一个具有广度的梳理及探究。此外，还有许多来自各个大学的硕、博研究生参与此次论坛，令人感到欣喜的是，甚至还有本科生的踊跃加入，这也让青年论坛充满了青春气息。这些学子或从《台北人》广播剧探讨其声音景观（南京大学博士生霍超群），或论及白先勇同性恋文学的创作及影响（南京大学博士生崔婷伟），他们还讨论了《谪仙记》的改编（南开大学王天然）以及白先勇《牡丹亭》与戏曲艺术现代化之间的关系（南京大学本科生卢李响）等问题。

A、B两个分会场的讨论显示了青年学子的多元化视角，也让我们了解白先勇影视作品改编的研究边界依然在不断地扩大。值得注意的是，会议过程中，平易近人的刘俊老师还临时充当起"摄影师"，拿起手机专门为发言人拍特写镜头，画面十分温馨有爱。

闭幕式由南京大学周安华教授主持。首先是小组代表发言，各代表皆细致地总结了小组的发言，指出这次研讨会的发言是"有情的研究"、"有记忆也有青春"。会议总结刘俊教授则对会议的特色做了说明。他表示本次会议共有四个特点——分别是"再深入"、"跨领域"、"青春"以及"国际化"。正如黎湘萍所言，这场会议处在"白先勇时间"里，虽然会议落幕了,但是对白先勇的研究依然在继续。

番外篇:"博士文库"与"牡丹还魂"

　　由南京大学白先勇文化基金所出版资助的"博士文库"在21号下午举办了编辑、作者见面会。主持人刘俊教授介绍了白先勇文化基金对"博士文库"资助的缘起,天津人民出版社王铮主任以及编辑佐拉则分别介绍了文库出版情况及投稿需要注意的问题等;作者李光辉、宋仕振介绍了自己博士论文撰写以及投稿的情形。这些经验分享,让线上线下的青年学者们对于投稿"博士文库"有更具体、清晰的概念。

　　会后,文学院报告厅放映了电影《牡丹还魂——白先勇与昆曲复兴》,这部电影目前只在北京国际电影节及上海国际电影节上放映。为了支持本次会议,特地授权予会,是非常难得的机会,也让刘俊教授在发言时称赞到场观影的老师同学们都是"识货的人"。

　　至此,两天的会议完全落幕。感谢这两日积极参与会议当中的各位线上、线下嘉宾。感谢现代科技,让我们有机会可以共聚一堂。尽管仍有不能线下相见、共襄盛举的遗憾,但在这样的疫情时代之下,能够以这样健康平安又欢乐的见面已经足够让人感恩。愿疫情早日远去,我们能够以更好的姿态重新相会,见面寒暄,握手拥抱。

　　最后,借用金进研究员在开幕主题发言中所说:"白先勇说他的青春版《牡丹亭》挑选出来的杜丽娘、柳梦梅都是二十五岁,正是容貌、演技的最好年龄。写第一篇'台北人'的白先勇不也正是二十五、六岁吗?尹雪艳不老,我们也期待白先生永远不老!向白先勇先生致敬!"

图书在版编目(CIP)数据

跨界观照与多维审美：白先勇戏剧影视作品研讨会论文集 / 刘俊编. ——南京：南京大学出版社，2024.1
ISBN 978-7-305-27010-9

Ⅰ.①跨… Ⅱ.①刘… Ⅲ.①白先勇-戏剧文学-文学评论-文集②白先勇-电影文学-文学评论-文集③白先勇-电视文学-文学评论-文集 Ⅳ.①I207.3-53

中国国家版本馆 CIP 数据核字(2023)第 093287 号

出版发行　南京大学出版社
社　　址　南京市汉口路 22 号　　邮　编　210093

KUAJIE GUANZHAO YU DUOWEI SHENMEI　BAI XIANYONG XIJU YINGSHI ZUOPIN YANTAO HUI LUNWEN JI

书　　名	跨界观照与多维审美——白先勇戏剧影视作品研讨会论文集
编　　者	刘　俊
责任编辑	郭艳娟
照　　排	南京紫藤制版印务中心
印　　刷	南京人文印务有限公司
开　　本	718 毫米×1000 毫米　1/16　印张 31　字数 532 千
版　　次	2024 年 1 月第 1 版
印　　次	2024 年 1 月第 1 次印刷
ISBN	978-7-305-27010-9
定　　价	128.00 元

网　　址　http://www.njupco.com
官方微博　http://weibo.com/njupco
官方微信　njupress
销售咨询　(025)83594756

* 版权所有，侵权必究
* 凡购买南大版图书，如有印装质量问题，请与所购图书销售部门联系调换